Mitten in der rauen Wüste Nordafrikas hat Taita die Jahre seit dem Tod seiner geliebten Königin Lostris verbracht. In dieser Zeit ist er ein Meister des Übernatürlichen und der Magie geworden. Doch nun muss sich Taita den Forderungen der realen Welt stellen und kehrt zu den Menschen zurück. Schon bald sieht er sich in einen schrecklichen Kampf gegen die Mächte des Bösen verstrickt, die Ägyptens Reich zu zerstören und den Prinzen Nefer, Lostris' Enkel, zu vernichten drohen.

Wilbur Smith, Jahrgang 1933, Engländer mit südafrikanischem Pass widmet sich seit 1964 ganz dem Schriftstellerberuf. Seitdem hat er um die dreißig Romane geschrieben, die auf exakten Recherchen bei seinen vielen Reisen in die ganze Welt basieren.
Wilbur Smith lebt mit seiner Frau abwechselnd in Kapstadt, auf einer Farm im Landesinneren von Südafrika, auf den Seychellen und im Herzen von London.

Unsere Adresse im Internet: www.fischer-tb.de

Wilbur Smith

Die Söhne des Nils

Roman

Aus dem Englischen von
Bernd Seligmann

Fischer Taschenbuch Verlag

Limitierte Sonderausgabe
Veröffentlicht im Fischer Taschenbuch Verlag,
einem Unternehmen der S. Fischer Verlag GmbH,
Frankfurt am Main, Oktober 2003

Lizenzausgabe mit freundlicher Genehmigung der Scherz Verlag AG, Bern

Die Originalausgabe erschien unter dem Titel «Warlock»
bei Macmillan Publishers Ltd., London

Gesamtherstellung: Ebner & Spiegel, Ulm
Printed in Germany
ISBN 3-596-50722-7

Für meine neue Liebe
MOKHINISO
Dschingis Khan und Omar Chaijam,
wieder geboren in einem Mond,
schimmernd
wie die vollkommene Perle

Der Zug der Streitwagen schlängelte sich wie eine graue Riesenschlange durch das enge Tal. Prinz Nefer Memnon hielt sich an der Kanzel des ersten Wagens fest und schaute an den senkrechten Felsen hinauf, zwischen denen sie hindurchfuhren, Wände wie steinerne Honigwaben: die Gräber des Alten Volkes. Die schwarzen Höhlenlöcher starrten auf ihn herab wie ein tausendäugiges Geisterheer. Der Knabe wandte sich schaudernd ab und machte verstohlen mit der linken Hand ein Zeichen gegen das Böse.

Als er sich umsah, sah er durch die Staubwolken, dass Taita ihn vom zweiten Wagen aus beobachtete. Der alte Mann und sein Gefährt waren über und über mit weißem Staub bedeckt. Ein einsamer Sonnenstrahl, der seinen Weg bis zur Talsohle fand, brachte die Staubkristalle zum Funkeln und ließ den Alten wie die Inkarnation eines Gottes strahlen. Taita musste Nefers abergläubische Geste bemerkt haben, und der Junge senkte beschämt den Kopf. Als Kronprinz des Hauses Tamose durfte er weder Furcht noch Schwäche zeigen, besonders jetzt nicht, an der Schwelle zur Manneswürde. Taita, sein Lehrer seit frühester Kindheit, kannte ihn wie niemand sonst und war ihm näher als seine Eltern und Geschwister. Taitas Miene war wie immer unergründlich. Nefer spürte, wie der Blick des alten Mannes in den Kern seines Seins drang. Taita sah alles und verstand alles.

Nefer schaute wieder nach vorn und reckte sich neben seinem Vater zu seiner vollen Höhe auf. Der Pharao ließ die Zügel locker und trieb die Pferde mit einem Knall der langen Peitsche zu noch größerer Eile an. Vor ihnen öffnete sich das Tal plötzlich in ein großes Amphitheater voller eingestürzter Mauern und Ruinen: die alte Stadt Gallala. Es war das erste Mal, dass Nefer dieses berühmte Schlachtfeld vor sich sah, und er war sehr aufgeregt. Taita hatte hier gekämpft, als junger Mann unter dem Halbgott Tanus Harrab, der hier die Kräfte der Finsternis vernichtend schlug, die Ägyptens Existenz bedrohten. Das war vor über sechzig Jahren gewesen, doch Taita hatte ihm die Schlacht in allen Einzelheiten geschildert, und seine Erzählung war so lebendig, dass Nefer das Gefühl hatte, er wäre selbst dabei gewesen an jenem schicksalhaften Tag.

Nefers Vater, der Gottpharao Tamose, lenkte den Streitwagen zu der eingestürzten Torruine und zügelte die Pferde, um das Gespann zum Stehen zu bringen. Die hundert Wagen hinter ihm führten einer nach dem anderen genau das gleiche Manöver durch, die Fahrer sprangen herab und machten sich sofort daran, die Pferde zu tränken. Als der Pharao den Mund öffnete, rieselte ihm Staub von den Wangen auf die Brust.

Er rief den Großen Löwen von Ägypten heran, den Fürsten Naja, seinen Feldmarschall und geliebten Freund. «Naja! Wir müssen wieder unterwegs sein, bevor die Sonne die Berggipfel berührt. Ich will über Nacht durch die Dünen nach El Gabar ziehen.»

Die blaue Kriegskrone auf Tamoses Haupt funkelte unter dem glitzernden Staub, der alles bedeckte. Nefer sah seinem Vater in die blutunterlaufenen, entzündeten Augen, als der ihm eröffnete: «Von hier an wirst du mit Taita weiterfahren.» Nefer öffnete den Mund, obwohl er wusste, dass jeder Protest sinnlos war. Die Schwadron war auf dem Weg in die Schlacht. Tamoses Plan war, im Bogen durch die Großen Dünen und zwischen den Bitteren Salzseen hindurch zu ziehen und dem Feind in den Rücken zu fallen. So wollte er eine Bresche schlagen, durch welche dann die ägyptischen Legionen, die am Nilufer vor Abnub standen, hereinströmen konnten. Tamose würde beide Streitkräfte zusammenführen und mit ihnen, bevor der Feind eine Gelegenheit zum Gegenangriff hätte, die Zitadelle von Avaris erobern.

Es war ein verwegener, brillanter Plan, der, falls erfolgreich, den Krieg mit den Hyksos, der seit zwei Generationen wütete, mit einem Schlag beenden würde. Nefer war beigebracht worden, dass der Grund seiner Existenz auf dieser Erde Schlachtruhm und Kriegsglorie war. Aber trotz seines fortgeschrittenen Alters von vierzehn Jahren hatte er bisher dafür keine Gelegenheit gehabt. Und wie sehnte er sich danach, an der Seite seines Vaters zu Sieg und Unsterblichkeit zu reiten.

Doch sein Vater fuhr ihm über den Mund, bevor er etwas sagen konnte: «Was ist die erste Pflicht des Kriegers?», fragte er den Jungen.

Nefer senkte den Blick und antwortete leise und zögernd: «Gehorsam, Majestät.»

«Vergiss das nie.» Sein Vater nickte ihm zu und wandte sich ab.

Nefer fühlte sich gedemütigt und zurückgewiesen. Seine Augen füllten sich mit Tränen, und seine Lippen zitterten, doch unter Taitas Blick riss er sich zusammen. Er wischte sich die Augen und trank einen Schluck aus dem Wasserbeutel, der an der Seite des Kampfwagens hing, bevor er seinen staubbedeckten Lockenkopf Taita zuwandte und befahl: «Zeig mir das Monument, Taita.»

Das seltsame Paar machte sich auf den Weg durch die mit Wagen, Pferden und Männern verstopften Straßen der Ruinenstadt. Zwanzig Krieger hatten in der Hitze ihre Kleider abgelegt, waren in die tiefen, uralten Brunnen hinabgestiegen und hatten eine Eimerkette gebildet, um das rare, bittere Nass an die Oberfläche zu fördern. Diese Brunnen waren einmal ergiebig genug gewesen, um eine reiche, bevölkerte Stadt an der Handelsstraße zwischen Nil und Rotem Meer mit Wasser zu versorgen. Vor Jahrhunderten hatte jedoch ein Erdbeben die Wasser führenden Gesteinsschichten zertrümmert und die unterirdischen Flüsse blockiert. Die Stadt Gallala war verdurstet. Jetzt gab es dort kaum genug Wasser, um zweihundert Pferde zu tränken und die Wassersäcke aufzufüllen.

Taita führte Nefer durch die engen Gassen und an Tempeln und Palästen vorbei, in denen jetzt nur noch Eidechsen und Skorpione hausten, bis sie zum verlassenen Hauptplatz der Stadt kamen. In dessen Mitte erhob sich das Monument zum Gedenken an Fürst Tanus und seinen Triumph über die Räuberarmeen, die beinahe zum Verderben der reichsten und mächtigsten Nation der Welt geworden wären. Das Denkmal war eine eigenartige Pyramide aus durch Mörtel verbundenen Totenköpfen, geschützt durch eine Halle aus roten Felsplatten. Tausend oder mehr dieser Schädel grinsten auf den Knaben herab, während er laut die Inschrift auf dem steinernen Portikus las: «Zum Gedenken an die Schlacht, in der wir unter dem Schwert des Tanus Harrab gefallen sind. Mögen alle kommenden Generationen in den Taten dieses mächtigen Fürsten den Ruhm der Götter und die Macht des Gerechten erkennen. So sei es nach Dekret des Gottpharaos Mamose, erlassen im vierzehnten Herrschaftsjahr.»

Taita ließ sich auf dem Boden im Schatten des Monuments nieder, während der Prinz es von allen Seiten und aus allen Blickwinkeln studierte. Taita beobachtete den Knaben mit unbewegter Miene, doch sein Blick war voller Wärme. Seine Liebe zu dem Jungen ging auf zwei andere Menschen zurück, die nicht mehr waren, vor allem auf Lostris, die einstige Königin von Ägypten. Taita war ein Eunuch, doch vor seiner Verstümmelung hatte er eine Frau geliebt. Seitdem war seine Liebe rein, und sie gehörte bis auf den letzten Rest seiner Königin Lostris, der Großmutter des Knaben Nefer. Seine Liebe war so allumfassend, dass sie noch jetzt, zwanzig Jahre nach Lostris' Tod, der Mittelpunkt seines Daseins war.

Der andere Mensch, aus dem seine Liebe zu Nefer entsprang, war Tanus, Fürst Harrab, dem dieses Monument geweiht war. Tanus war ihm teurer gewesen als ein Bruder. Beide, Lostris und Tanus, waren nun nicht mehr, doch ihr Blut floss in den Adern Nefers, ihres Enkels. Aus ihrer heimlichen Vereinigung vor so langer Zeit war ein Sohn entsprungen, der zu einem Pharao herangewachsen war, Tamose, der Vater des Prinzen Nefer, der die Kampfschwadron führte, die sie hierher gebracht hatte.

«Taita, zeige mir, wo du den Anführer der Räuberarmeen gefangen genommen hast», rief Nefer mit krächzender Stimme, teils aus Aufregung, teils weil vor einigen Wochen der Stimmbruch eingesetzt hatte. «War es hier?» Er lief zu der eingestürzten Mauer auf der Südseite des Platzes. «Erzähle mir doch die Geschichte noch einmal.»

«Nein, es war hier, auf dieser Seite.» Taita stand auf und stakste auf seinen langen, dünnen Storchenbeinen auf die Ostmauer zu. Er blieb davor stehen und schaute zu ihrem zerbröckelnden Kamm hinauf. «Sein Name war Schufti, und er war so einäugig und hässlich wie der Gott Seth. Über diese Mauer hier versuchte er vom Schlachtfeld zu entkommen.» Taita bückte sich, hob ein Stück Lehmziegel auf und warf es mit verblüffend energischem Schwung über die hohe Mauer. «Ich traf ihn mit einem einzigen Wurf. Ich hörte seinen Schädel bersten, und er fiel vor meine Füße.»

Obwohl Nefer aus erster Hand wusste, wie stark und ausdauernd der alte Mann war, staunte er immer noch über diese berühmte Tat. Taita ist so alt wie die Berge, dachte er, älter als meine Großmutter wäre, die er gepflegt hat, so wie er mich pflegte, wenn ich einmal krank war. Man sagte, er hätte zweihundert Nilfluten erlebt, und nach anderen Gerüchten hatte er gar die Pyramiden mit seinen eigenen Händen erbaut. «Und dann hast du ihm den Kopf abgehackt und auf diesen Haufen geworfen?», fragte er Taita nun, indem er auf das grausame Denkmal zeigte.

«Du kennst die Geschichte. Ich habe sie dir schon hundert Mal erzählt.» Taita spielte den Bescheidenen, der nicht mit seinen Ruhmestaten prahlen wollte.

«Erzähl sie mir noch einmal!», forderte Nefer.

Taita setzte sich auf einen Felsblock, und Nefer ließ sich zu seinen Füßen nieder und hörte ihm andächtig zu, bis der Klang der Widderhörner, dessen versiegendes Echo von den schwarzen Felswänden widerhallte, sie zur Schwadron zurückrief. «Der Pharao ruft uns zu sich», sagte Taita, bevor er den Knaben durch das Stadttor hinausführte.

Vor der Stadtmauer herrschte große Geschäftigkeit. Die Schwadron machte sich für den Zug durch das Dünengebiet bereit. Die Wassersäcke waren prall gefüllt, und die Krieger zogen die Geschirre ihrer Zugpferde fest, bevor sie auf ihre Streitwagen stiegen.

Pharao Tamose sah Taita und Nefer über die Köpfe seiner Offiziere hinweg entgegen und winkte Taita zu sich. Gemeinsam entfernten sie sich aus der Hörweite der Soldaten. Als Fürst Naja sich ihnen anschließen wollte, flüsterte Taita dem Pharao etwas zu, worauf Naja von seinem König mit einem kurzen Befehl zu den anderen zurückgeschickt wurde. Der Fürst war sichtlich verletzt. Sein Gesicht rötete sich vor Zorn, und die Blicke, mit denen er Taita bedachte, waren wie Pfeilspitzen.

«Du hast Naja beleidigt. Eines Tages bin ich vielleicht nicht mehr da, um dich zu beschützen», warnte der Pharao.

«Wir dürfen niemandem trauen», erwiderte Taita ernst, «nicht bevor wir der Schlange des Verrats, welche die Säulen Eures Palastes umschlungen hält, den Kopf abgeschlagen haben. Bis Ihr von diesem Feldzug im Norden zurückkehrt, dürfen nur wir beide wissen, wohin ich den Prinzen bringen werde.»

«Aber wir reden schließlich von Naja!» Der Pharao schüttelte lachend den Kopf. Naja war für ihn wie ein Bruder. Sie hatten zusammen die Rote Straße der Krieger absolviert.

«Selbst Naja.» Mehr sagte Taita nicht. Sein Verdacht erhärtete sich immer mehr zur Gewissheit, doch er hatte noch nicht all die Beweise zusammen, die er brauchen würde, um den Pharao zu überzeugen.

«Weiß der Prinz, weshalb du dich mit ihm in die Einsamkeit der Wüste zurückziehst?», fragte der Pharao.

«Er weiß nur, dass wir sein Wissen um die Mysterien vertiefen und seinen Gottvogel fangen wollen.»

«Sehr gut, Taita», nickte der Pharao. «Du warst immer schon diskret, aber aufrichtig. Mehr gibt es nicht zu sagen, denn wir haben alles gesagt. Geh jetzt, und möge Horus seine Flügel über dich und Nefer ausbreiten.»

«Möge er auch Euch behüten, Majestät, denn der Feind ist nicht nur vor Euch, sondern auch hinter Euch.»

Der Pharao packte den Magus am Oberarm und drückte fest zu. Der Arm in seinem Griff war sehr dünn, doch so stark und hart wie ein trockener Akazienast. Nach einer Weile ließ er ihn los und ging zu Nefer hinüber, der schmollend neben dem königlichen Streitwagen stand, wie ein Hündchen, das man in seinen Zwinger zurückschickt.

«Göttliche Majestät, in dieser Schwadron gibt es Männer, die jünger sind als ich», begann der Prinz einen letzten, verzweifelten Versuch, seinen Vater zu überzeugen, dass sein Platz in der Schlacht und an seiner Seite war. Und im Grunde hatte der Knabe Recht, das wusste der Pharao. Meren, der Enkel des berühmten Generals Kratas, war drei Tage jünger als Nefer und ritt heute mit seinem Vater als Lanzenträger in einem der Wagen am Ende des Zuges. «Wann wirst du mir endlich erlauben, mit dir in die Schlacht zu reiten, Vater?»

«Vielleicht, nachdem du die Rote Straße absolviert hast. Danach werde nicht einmal ich dir einen Wunsch abschlagen können.»

Es war ein leeres Versprechen, das wussten sie beide. Die Rote Straße war eine mörderische Probe der Reit- und Waffenkunst, der sich nur wenige Krieger je unterzogen hatten. Es war eine Prüfung, die selbst einen starken, perfekt durchtrainierten Mann in den besten Jahren vollkommen erschöpfen oder gar umbringen konnte. Nefer war weit von dem Tag entfernt, wo er sich auf die Rote Straße wagen konnte.

Die Miene des Pharaos wurde sanfter, und er ergriff seinen Sohn beim Arm, die einzige Geste der Zuneigung, die er sich vor seinen Truppen erlaubte. «Und nun befehle ich dir, mit Taita in die Wüste zu gehen, um deinen Gottvogel zu fangen. So wirst du beweisen, dass das Blut eines Königs in deinen Adern fließt und du das Recht hast, eines Tages die Doppelkrone zu tragen.»

Nefer stand mit dem alten Mann vor den Trümmern der Stadtmauer von Gallala und sah zu, wie die Streitwagen vorbeifuhren, der Pharao an der Spitze, die Zügel um die Handgelenke gewickelt, aufrecht und mit nackter Brust, die blaue Kriegskrone auf dem Haupt: Groß und mächtig wie ein Gott.

Den nächsten Wagen fuhr Fürst Naja, fast ebenso hoch gewachsen, fast ebenso gut aussehend, mit stolzer, hochmütiger Miene, den großen Krummbogen über der Schulter. Naja war einer der mächtigsten Krieger Ägyptens, und sein Name war zugleich ein Ehrentitel, denn Naja war auch die heilige Kobra in der königlichen Schlangenkrone. Pharao Tamose hatte ihm diesen Titel an dem Tag verliehen, als sie gemeinsam die Prüfungen der Roten Straße überlebt hatten.

Naja ließ sich nicht dazu herab, in Nefers Richtung zu schauen. Der Wagen des Pharaos war schon in der finsteren Schlucht verschwunden, bevor der letzte der Wagen an ihnen vorbei war. Meren, sein Freund und Kamerad in vielen verbotenen Abenteuern seiner Kindheit, lachte ihm ins Gesicht und machte eine obszöne Geste, während er über den Donner der Wagenräder hinweg versprach: «Ich werde dir Apepis Kopf bringen, damit du etwas zum Spielen hast!» Nefer hasste ihn dafür. Apepi war der König der Hyksos. Aber Nefer brauchte kein Spielzeug mehr. Er war jetzt ein Mann, auch wenn sein Vater sich weigerte, das anzuerkennen.

Noch als Merens Wagen längst verschwunden war und der Staub sich gesetzt hatte, standen Taita und Nefer schweigend vor der Stadtmauer. Dann drehte sich Taita plötzlich um und ging zu den Pferden, die nicht weit von ihnen entfernt angebunden waren. Er zurrte den Riemen vor der Brust seiner Stute fest, raffte seinen Rock zusammen und schwang sich mit dem kühnen Schwung eines viel jüngeren Mannes auf den nackten Pferderücken. Einmal hoch zu Ross, schien er eins mit dem Tier zu werden. Nefer erinnerte sich an die Legende, nach der Taita der erste Ägypter gewesen sein sollte, der je die Reitkunst gemeistert hatte. Er trug immer noch den Titel «Herr der zehntausend Wagen», der ihm mit dem damit verbundenen Ruhmesgold von zwei Pharaonen nacheinander verliehen worden war.

Auch heute noch war Taita einer der wenigen Männer, der breitbeinig auf einem Pferderücken ritt. Die meisten Ägypter hielten es für obszön und würdelos, und nicht zuletzt für gefährlich. Nefer teilte diese Bedenken nicht, und in dem Augenblick, als er auf seinen Lieblingshengst sprang, begann seine Bedrücktheit zu verfliegen, und sobald sie den Kamm der Hügelkette über der Ruinenstadt erreichten, war er fast wieder sein normales, überschäumendes Selbst. Er schaute noch einmal sehnsüchtig zu der Staubwolke am nördlichen Horizont, wo die Schwadron durch die Dünen zog, und kehrte ihr dann entschlossen den Rücken zu. «Wohin reiten wir, Taita?», wollte er wissen. «Du hast mir versprochen, es mir zu verraten, sobald wir unterwegs sind.»

Taita war immer zurückhaltend und geheimnisvoll, aber selten in dem Maß wie über das Ziel dieser Reise. «Wir sind auf dem Weg nach Gebel Nagara», verriet er nun endlich.

«Gebel Nagara», wiederholte Nefer leise. Er hatte noch nie von diesem Ort gehört, doch es klang sehr romantisch. Er fühlte sich an irgendetwas erinnert durch diesen Namen. Vor Aufregung und Vorfreude kribbelte es in seinem Nacken, als er in die unermessliche Wüste blickte: zerklüftete, unwirtliche Hügel, so weit das Auge reichte, bis zu einem fernen, blauen, in der Hitze flirrenden Horizont. Die Farben der nackten Felsen erstaunten ihn: finsteres Graublau wie Gewitterwolken, Gelb wie die Federn des Webervogels und Rot wie rohes Fleisch, ein in der Hitze flimmerndes Farbenmeer.

Taita blickte mit einem Gefühl nostalgischer Heimkehr in diese Landschaft hinab, denn hierher hatte er sich zurückgezogen, nachdem seine geliebte Königin Lostris gestorben war, hatte sich verkrochen wie ein verwundetes Tier. Doch dann, als die Jahre vorübergingen und sein Schmerz etwas von seiner Gewalt verlor, hatte er sich wieder zu den Mysterien und Künsten des großen Gottes Horus hingezogen gefühlt und war als Arzt und Chirurg in die Wildnis gegangen, ein Meister der bekannten Wissenschaften. In der Einsamkeit der Wüste hatte er den Schlüssel zu Toren und Türen von Geist und Seele gefunden, die sich nur wenigen Geschöpfen je öffneten. Er war als Mensch in die Wildnis gegangen und verließ sie als Vertrauter des großen Horus, eingeweiht in Geheimnisse und Rituale weit jenseits der Vorstellungskraft der meisten Menschen.

Taita war erst wieder in die Welt der Menschen zurückgekehrt, nachdem ihm Lostris in seiner Einsiedlerhöhle bei Gebel Nagara im

Traum erschienen war. Sie erschien ihm als fünfzehnjähriges Mädchen, knospend frisch wie eine Wüstenrose in erster Blüte, mit Tau auf den Blütenblättern. Selbst im Schlaf schwoll sein Herz vor Liebe und drohte ihm die Brust zu sprengen.

«Mein Liebster, Taita», hatte Lostris geflüstert, während sie sanft seine Wangen streichelte, «du warst einer der beiden Männer, die ich geliebt habe. Tanus ist schon bei mir, doch bevor auch du zu mir kommen kannst, musst du noch tun, was ich dir nun auferlegen werde. Du hast mich nie enttäuscht, kein einziges Mal, und ich weiß, dass du mich auch diesmal nicht enttäuschen wirst, nicht wahr, Taita?»

«Euer Wunsch ist mir Befehl, Herrin.» Wie eigenartig seine Worte ihm in den Ohren hallten.

«In Theben, meiner Stadt der hundert Tore, wird diese Nacht ein Kind geboren, der Sohn meines Sohnes. Das Kind wird den Namen Nefer tragen, was bedeutet, rein und vollkommen in Körper und Geist. Mein tiefster Wunsch ist, dass durch ihn mein Blut und das Blut des Tanus auf den Thron von Oberägypten gelangt. Doch wird er von vielen großen Gefahren umgeben sein. Ohne deine Hilfe wird er sein Ziel nicht erreichen können. Nur du kannst ihn beschützen und leiten. Die Jahre, die du allein in der Wüste verbracht hast, das Wissen und die Künste, die du hier erlernt hast, erfüllen nur diesen einen Zweck. Geh nun zu Nefer, geh schnell, und bleibe bei ihm, bis dein Auftrag erfüllt ist. Und dann komm zu mir, Geliebter. Ich werde auf dich warten und dir deine Männlichkeit wiedergeben, die dir so grausam geraubt wurde. Du wirst wieder ganz und vollkommen sein, wenn wir zusammenstehen, Hand in Hand. Enttäusche mich nicht, Taita.»

«Niemals!», hatte Taita in seinem Traum gerufen. «In Eurem Leben habe Euch nie enttäuscht und werde Euch auch im Tod nicht enttäuschen!»

«Ich weiß, das wirst du nicht.» Das Lächeln der Königin war süß und bezaubernd, als sich die Erscheinung in der Wüstennacht auflöste. Taita erwachte tränenüberströmt. Er raffte seine wenigen Besitztümer zusammen und blieb vor dem Höhleneingang stehen, um zu den Sternen aufzuschauen, die ihm den Weg weisen würden. Er suchte instinktiv nach einem bestimmten hellen Stern, dem Stern seiner Göttin. Dieser Stern war am siebzigsten Tag nach dem Tod der Königin, in der Nacht, als das lange Ritual der Einbalsamierung endlich abgeschlossen war, plötzlich hell und rot am Himmel erschienen, wo zuvor kein Stern gewesen war. In dieser Nacht in der Wüste huldigte Taita diesem Stern, bevor er sich nach Westen auf den Weg machte, auf den Nil und die Stadt Theben zu, das prachtvolle Theben der hundert Tore.

All dies hatte sich vor über vierzehn Jahren zugetragen, und nun hungerte er nach der Stille dieser Wüste, denn nur hier konnte er die Kräfte wiedergewinnen, die er benötigen würde, um Lostris' Auftrag zu erfüllen. Und nur hier konnte er etwas von diesen Kräften an den Prinzen weitergeben, und das musste er, denn er wusste, dass die Mächte der Finsternis, vor denen Lostris ihn gewarnt hatte, sich immer bedrohlicher um sie zusammenzogen.

«Komm», forderte er den Knaben auf, «lass uns hinunterreiten und deinen Gottvogel fangen.»

In der dritten Nacht, nachdem sie Gallala verlassen hatten und das Sternbild der Wildesel am nördlichen Nachthimmel seinen Zenit erreichte, hielt der Pharao die Schwadron an, um die Pferde zu tränken und damit sich die Männer hastig mit sonnengedörrtem Fleisch, Datteln und kaltem Durragebäck stärken konnten. Dann gab er den Befehl, die Wagen wieder zu besteigen. Es gab diesmal keine Hornsignale, da sie sich inzwischen in einem Territorium befanden, wo Hyksos-Patrouillen keine Seltenheit waren.

Die Wagenkolonne setzte sich langsam in Bewegung, und während sie im Schritttempo vorrückten, änderte sich die Landschaft dramatisch. Sie hatten die Wüste endlich hinter sich gelassen und kamen in die Vorgebirge über dem Flusstal. Weiter unten in der Ferne konnten sie im fahlen Mondschein einen Streifen dichter Vegetation erkennen, der den Lauf der großen Mutter Nil kennzeichnete. Sie hatten einen großen Bogen um Abnub geschlagen und befanden sich im Rücken der Hyksos-Armee am Fluss. Gegen einen Feind wie Apepi waren sie nur eine winzige Streitmacht, doch Tamose hatte die besten Wagenkämpfer Ägyptens und damit die besten der Welt in seiner Schwadron, und sie hatten das Element der Überraschung auf ihrer Seite.

Als der Pharao diese Strategie vorgeschlagen und seinen Männern eröffnet hatte, dass er die Kampagne persönlich zu führen gedachte, hatte ihm sein Kriegsrat mit aller Vehemenz, die man gegen das Wort eines Gottes aufbringen konnte, davon abgeraten. Der große Kratas, einst der kühnste und wildeste Krieger der ägyptischen Armeen, hatte sich den weißen Bart gerauft und gerufen: «Bei Seths zerschundener, eiternder Vorhaut, ich habe doch nicht deine beschissenen Windeln gewechselt, um dich jetzt Apepi in die Arme laufen zu lassen!» Er war vielleicht der einzige Mensch, der es wagen konnte, so zu dem Gottpharao zu sprechen. «Lass doch jemand anderen diese Drecksarbeit machen. Führe die Hauptarmee, wenn es dir Spaß macht, aber verschwinde auf keinen Fall in der Wüste, wo dich die Teufel und Dämonen verschlingen werden. Du bist Ägypten! Wenn Apepi dich in seine Gewalt bekommt, hat er ganz Ägypten in seiner Gewalt!»

Der Einzige im Rat, der ihn unterstützte, war Naja gewesen, doch Naja hätte ihn in allem unterstützt. Und nun hatten sie die Wüste überwunden und standen im Rücken des Feindes. Morgen, bei Sonnenaufgang, würden sie den einen waghalsigen Angriff unternehmen, mit dem sie Apepis Armee spalten und fünf weiteren ägyptischen Schwadronen mit tausend Kampfwagen erlauben würden, durch die Mitte zu kommen und sich Tamose anzuschließen. Er hatte schon den süßen Geschmack des Sieges auf der Zunge. Noch vor dem nächsten Vollmond würde er in Apepis Palast zu Avaris speisen.

Seit der Spaltung Ägyptens in zwei getrennte Königreiche, Oberägypten und Unterägypten, waren nun fast zwei Jahrhunderte vergangen. Im nördlichen Königreich hatten seitdem entweder ägyptische Usurpatoren oder fremde Eindringlinge geherrscht. Tamoses Bestimmung war es, die Hyksos aus dem Land zu treiben und die beiden Königreiche wieder zu vereinigen. Erst dann könnte er mit Recht und mit der Zustimmung aller Götter die Doppelkrone für sich beanspruchen.

Die Nachtluft blies ihm so kalt ins Gesicht, dass seine Wangen taub wurden. Sein Lanzenträger kauerte hinter dem Schildbrett, um sich vor dem Wind zu schützen. Das einzige Geräusch war das Knirschen der Wagenräder auf dem groben Geröll und von Zeit zu Zeit ein Ruf, «Vorsicht, ein Loch!», der durch die Reihen der Wagenlenker ging.

Plötzlich öffnete sich das breite Wadi Gebel Wadun vor ihnen. Pharao Tamose zügelte sein Gespann. Das Wadi war die glatte

Straße, die sie in die Flutebene des Nils führen würde. Der Pharao warf die Zügel seinem Lanzenträger zu und sprang vom Wagen. Während er seine steifen, schmerzenden Glieder streckte, hörte er hinter sich Najas Wagen heranrollen. Ein geflüsterter Befehl, und die Räder kamen knirschend zum Stehen. Dann hörte er Najas leichte feste Schritte, und bald war sein Freund an seiner Seite. «Ab jetzt sind wir in größerer Gefahr, entdeckt zu werden», sagte er. «Sieh, dort unten.» Er zeigte mit seinem langen, muskulösen Arm über die Schulter des Pharaos. Wo das Wadi in die Nilebene überging, war ein einzelnes Licht zu sehen, der sanfte gelbe Schein einer Öllampe. «Das ist das Dorf El Wadun. Dort werden unsere Spione auf uns warten, um uns an den Posten der Hyksos vorbeizuführen. Ich werde zum Treffpunkt vorausfahren und dafür sorgen, das wir sicher sind. Wartet hier, Majestät, ich werde bald zurück sein.»

«Ich werde mit dir gehen.»

«Nein, Majestät, bitte. Wer weiß, vielleicht sind wir verraten worden. Ihr seid Ägypten. Ihr seid zu wertvoll, um dieses Risiko einzugehen.»

Der Pharao schaute seinem geliebten Kameraden in das schmale, gut aussehende Gesicht. Najas weiße Zähne schimmerten im Sternenlicht, als er lächelte, und der Pharao legte ihm eine Hand auf die Schulter, eine Geste voller Vertrauen und Zuneigung. «Dann geh», stimmte er schließlich zu, «aber beeile dich. Geh schnell und komme schnell zurück.»

Naja legte eine Hand auf sein Herz und lief zu seinem Wagen zurück. Er grüßte seinen Herrn noch einmal, als er an ihm vorbeifuhr, und Tamose schaute ihm nach, wie er vorsichtig in das Wadi hinunterfuhr. Sobald er den glatten, harten Sand des trockenen Flussbetts erreicht hatte, gab er seinem Gespann die Peitsche und stürmte auf El Wadun zu. Der Wagen hinterließ schwarze Spuren auf dem silbernen Sand und war bald hinter der nächsten Kurve verschwunden. Erst dann wandte der Pharao seinen Blick ab und ging langsam zu seiner wartenden Schwadron zurück. Er sprach einige seiner Soldaten an, nannte manche beim Namen, lachte mit ihnen und sprach ihnen Mut zu. Kein Wunder, dass sie ihn liebten und freudig mit ihm zogen, ganz gleich, wohin er sie führte.

Naja hielt sich vorsichtig am Südufer des alten Flussbetts. Dann und wann schaute er hinauf zu den Hügelkämmen, bis er endlich den windschiefen Turm am Horizont entdeckte und befriedigt vor sich hin brummte. Und dann sah er auch den Pfad, der sich vom Wadi zu dem alten Wachturm hinaufschlängelte.

Er sprang vom Wagen, rückte den Bogen auf der Schulter zurecht, band den Gluttopf von der Seitenstange los, befahl seinem Lanzenträger kurz, auf ihn zu warten, und ging den steilen Pfad hinauf. Der Weg war fast unsichtbar, und wenn er sich nicht jede Biegung genau eingeprägt hätte, wäre er nie auf der Spitze des Hügels angekommen.

Dann endlich stand er auf der Zinne des Wachturms, der vor vielen Jahrhunderten erbaut worden und nun fast zerfallen war. Ein falscher Schritt, und er wäre ins Tal gestürzt. Er wusste jedoch noch, wo er das Bündel Reisig versteckt hatte, mit dem er die Kohle in seinem Gluttopf entzünden konnte, um ein Signalfeuer anzufachen. Er machte keinen Versuch, sich zu verbergen, sondern stellte sich in den Schein des Feuers. Jemand im Tal würde ihn sofort entdecken. Die Flammen erstarben, das Reisig war verbraucht, und Naja wartete in der Finsternis.

Kurze Zeit später hörte er Steine auf dem Weg knirschen. Er stieß einen scharfen Pfiff aus. Das Signal wurde erwidert. Er zog sein Sichelschwert aus der Scheide, legte einen Pfeil an die Sehne seines Kampfbogens und war bereit, sofort zum Angriff überzugehen. Augenblicke später hörte er eine Stimme, ein heiseres Flüstern in der Sprache der Hyksos. Er antwortete in der gleichen Sprache, fließend und ohne Anstrengung, und hörte, wie mindestens zwei Männer die Rampe des Turms betraten.

Nicht einmal der Pharao wusste, dass Najas Mutter eine Hyksos gewesen war. In den Jahrzehnten ihrer Besatzung hatten die Invasoren viele der ägyptischen Sitten angenommen. Da ihnen an Frauen ihres eigenen Volkes mangelte, nahmen sich viele der Hyksos-Krieger ägyptische Frauen. Über die Generationen hatten die Völker sich vermischt.

Ein hoch gewachsener Mann trat auf die Turmzinne. Er trug einen eng anliegenden Bronzehelm, und in seinen Bart waren bunte Bänder geflochten. Die Hyksos liebten leuchtende Farben.

Die beiden umarmten sich. «Seth segne dich, Vetter», sagte der Hyksos-General.

«Möge er auch dir zulächeln», erwiderte Naja. «Wir haben nicht viel Zeit, Vetter Trok.» Naja zeigte auf die ersten Sonnenstrahlen, die sich über den östlichen Horizont stahlen.

«Du hast Recht, Vetter.» Der Hyksos-General löste sich aus der Umarmung, drehte sich zu seinem Leutnant um, der hinter ihm stand, und nahm ein in Leinen gewickeltes Bündel in Empfang, das er sofort dem Ägypter übergab. Naja brachte mit seiner Stiefelspitze das Feuer wieder in Gang und wickelte sein Geschenk aus. Es war ein geschnitzter Köcher aus einem leichten, harten Holz, mit besticktem Leder bezogen. Es war eine ausgezeichnete Arbeit, ein wahres Kunstwerk und gehörte ohne Zweifel zur Ausrüstung eines hohen Offiziers. Naja zog den Stöpsel heraus, mit dem der Köcher verschlossen war, und nahm einen der Pfeile heraus. Er musterte ihn kurz und drehte den Schaft zwischen seinen Fingern, um die Balance und Symmetrie zu prüfen.

Hyksos-Pfeile waren unverwechselbar. Jeder Pfeil trug die grellen Farben des Regiments und auf dem Schaft das persönliche Emblem des Bogenschützen. Die Pfeilspitzen waren aus Feuerstein und hatten Widerhaken. Selbst wenn ein Treffer nicht sofort zum Tod führte, blieb die Spitze tief in der Wunde verankert und widerstand jedem Versuch, sie chirurgisch zu entfernen. Die Folge waren Wundbrand und ein langsamer, qualvoller Tod. Feuerstein war viel härter als Bronze und verbog sich nicht oder flachte ab, wenn er auf Knochen traf.

Naja ließ den Pfeil in den Köcher zurückgleiten und verschloss ihn wieder. Er kannte diese Waffe, doch nie hätte er sie in seinem Streitwagen mitgeführt, denn falls sie von einem Diener oder Lanzenträger entdeckt worden wäre, hätte sich jeder daran erinnert, und der Fund wäre schwer zu erklären gewesen.

«Wir haben noch einiges zu besprechen.» Naja setzte sich und forderte Trok mit einer Geste auf, dasselbe zu tun. So sprachen sie, bis Naja sich wieder erhob. «Genug! Wir wissen beide, was nun zu tun ist! Die Zeit zum Handeln ist endlich gekommen!»

«Mögen die Götter auf unserer Seite sein.» Trok und Naja umarmten sich noch einmal, bevor Naja ohne ein weiteres Wort ging und auf dem engen Pfad den Turmhügel hinab verschwand.

Auf dem Weg fand er einen Platz, an dem er den Köcher verbergen konnte, eine Spalte, wo die Wurzeln eines Dornbaums den Fels gesprengt hatten. Er bedeckte den Köcher mit einem Stein, der nach

Form und Größe fast wie ein Pferdekopf aussah. Der Wipfel des Baumes formte ein Kreuz unter dem Nachthimmel. Diesen Platz würde er bestimmt wieder finden.

Dann ging er weiter zu seinem Wagen, der im Wadi auf ihn wartete.

Pharao Tamose sah den Wagen kommen und erkannte an der Art, wie Naja fuhr, dass etwas nicht stimmte. Er befahl der gesamten Schwadron, sofort aufzusteigen und die Waffen bereitzuhalten.

Najas Wagen ratterte den Pfad vom Grund des Wadis herauf, und er sprang ab, sobald er neben dem Pharao zum Stehen kam.

«Was ist los?», wollte Tamose wissen.

«Die Götter sind uns gnädig.» Najas Stimme überschlug sich vor Aufregung. «Apepi wird bald in unserer Gewalt sein.»

«Wie ist das möglich?»

«Meine Spione haben mich zu dem Lager geführt, wo der feindliche König sich aufhält, nicht weit von hier. Er hat seine Zelte direkt hinter der nächsten Hügelreihe aufgeschlagen, dort drüben.» Er zeigte mit seinem Schwert in die graue Nacht.

«Bist du sicher, es ist Apepi?» Tamose wurde kaum seiner Aufregung Herr.

«Ja. Ich habe ihn selbst ganz deutlich im Licht seines Lagerfeuers gesehen, jeden seiner Züge. Die große Hakennase, den Bart mit den Silbersträhnen: unverkennbar. Er überragt alle um sich herum, und er trug die Geierkrone auf seinem Haupt.»

«Wie stark sind seine Truppen?», fragte der Pharao.

«In seiner Arroganz hat er nur eine Leibgarde von höchstens fünfzig Mann mitgenommen. Ich habe sie gezählt, und die Hälfte davon schläft. Ihre Lanzen liegen auf einem Haufen. Er scheint nichts zu befürchten, seine Feuer brennen lichterloh. Ein schneller Angriff aus der Dunkelheit, und er gehört uns.»

«Führe mich zu Apepis Lager», befahl der Pharao und sprang auf seinen Wagen.

So folgte er Naja durch das dunkle Wadi. Der silberne Sand dämpfte die Fahrgeräusche, und die Schwadron zog in gespenstischer Stille um die letzte Biegung, wo Naja mit erhobener Faust das Zeichen zum Anhalten gab. Der Pharao kam mit ihm auf gleiche Höhe und lehnte sich hinüber.

«Wo ist Apepis Lager?»

«Hinter dem Kamm dort drüben. Meine Spione behalten es im Auge.» Naja zeigte den Pfad entlang zu dem Wachturm hinauf. «Auf der anderen Seite ist eine versteckte Oase mit einer Quelle und Dattelpalmen. Dort zwischen den Bäumen hat er seine Zelte aufgeschlagen.»

«Wir werden mit einer kleinen Vorhut vorausgehen und das Lager auskundschaften. Erst danach können wir unseren Angriff planen.»

Naja hatte mit dieser Taktik gerechnet und rief mit wenigen scharfen Befehlen fünf Krieger herbei. Jeder Einzelne dieser Männer war ihm durch Blutschwur verbunden. Sie gehörten ihm mit Hand und Herz.

«Wickelt eure Schwertscheiden ein», befahl er, «ihr dürft keinen Ton von euch geben.» Dann ging er mit seinem Krummbogen in der linken Hand auf dem Pfad voraus, der Pharao direkt hinter ihm. Sie marschierten rasch auf die Höhe zu, bis Naja die gekreuzten Dornbaumäste sich vor der Morgendämmerung abzeichnen sah. Er blieb abrupt stehen und erhob seine rechte Hand, vollkommene Stille gebietend. Er lauschte.

«Was ist?», flüsterte der Pharao direkt hinter ihm.

«Ich dachte, ich hätte Stimmen gehört oben auf dem Hügelkamm», antwortete Naja, «Hyksos-Stimmen. Wartet hier, Majestät. Ich gehe allein voraus, um zu sehen, ob alles in Ordnung ist.» Der Pharao ließ sich mit den fünf Kriegern am Wegrand nieder, und Naja schlich vorsichtig weiter. Bald war er hinter einem mächtigen Felsvorsprung verschwunden. Die Minuten krochen dahin, und der Pharao wurde unruhig. Es würde bald hell sein, und der hyksische König würde sein Lager abbrechen. Die Gelegenheit wäre verpasst. Dann endlich hörte er einen leisen Pfiff, den nachgeahmten Ruf einer Nachtigall, und sprang sofort auf.

Tamose ergriff den Knauf seines legendären blauen Schwerts und flüsterte: «Der Weg ist frei. Kommt, folgt mir.»

Sie stiegen weiter auf den Bergkamm zu, bis der Pharao den Vorsprung erreichte, der den Pfad blockierte. Er ging darum herum und blieb abrupt stehen. Er sah Naja vor sich, nur zwanzig Schritte entfernt. Sie waren allein, die fünf Kundschafter konnte er nicht sehen. Naja hatte seinen Bogen gespannt, und der Pfeil zeigte auf Tamoses nackte Brust. Bevor er eine Bewegung machen konnte, erkannte der Pharao in aller Klarheit, was er vor sich sah. Dies war also die verdorbene schändliche Wahrheit, die Taita geahnt hatte.

Es war inzwischen hell genug, dass er den Feind, den er als Freund geliebt hatte, deutlich sehen konnte. Hinter der Sehne des Bogens verzogen sich Najas Lippen zu einem hässlichen Lächeln, und seine Augen funkelten wie die eines Leoparden. Die Federn des Pfeils waren purpurn, gelb und grün, und die Pfeilspitze war nach Hyksos-Art aus messerscharfem Feuerstein, so hart und stark, dass sie einen bronzenen Helm oder Brustharnisch durchbohren würde.

«Mögest du ewig leben!» Naja formte die Worte wie einen Fluch, ohne sie auszusprechen, als er den Pfeil losließ. Das Geschoss schnellte surrend und summend von der Sehne. Tamose sah es auf sich zukommen wie ein giftiges Stechinsekt, und obwohl die tödliche Gefahr alle seine Sinne geschärft hatte, konnte er nur zusehen, wie die Federn den Schaft auf seinem Weg über zwanzig Schritte Entfernung einmal völlig herumdrehten. Er war wie gelähmt. Seine Bewegungen waren zäh und langsam wie in einem Albtraum, viel zu langsam, um dem Geschoss auszuweichen. Der Pfeil traf ihn mitten in die Brust, wo das königliche Herz unter den Rippen schlug. Der Aufprall klang, wie wenn ein Stein aus großer Höhe in einen Tümpel dicken Nilschlamms fällt. Der Schaft verschwand in der Wunde. Die Gewalt des Aufpralls warf den Pharao gegen den roten Fels, der hinter ihm den Weg versperrte und in dessen raue Oberfläche er für einen Augenblick seine Finger krallte. Der Pfeil hatte sein Fleisch glatt durchschlagen, und die blutige Pfeilspitze ragte aus den Muskeln an der rechten Seite seines Rückgrats.

Das blaue Schwert fiel ihm aus der Faust, und er stieß einen leisen Schrei aus, der im hellroten Blut aus seiner Lunge erstickte. Seine Beine gaben unter ihm nach, und er fiel auf die Knie. Seine Fingernägel hinterließen eine Kratzspur auf dem roten Felsen.

Naja sprang vor und schrie: «Vorsicht, ein Hinterhalt!», und legte dem Pharao einen Arm um die Brust unterhalb der Stelle, wo der Pfeil eingedrungen war.

Während er den sterbenden König stützte, rief er: «Soldaten, zu mir!» Die zwei Krieger, die nun hinter dem Felsblock hervorkamen, erkannten sofort, was mit dem Pharao geschehen war, und sahen die bunten Federn am Ende des Pfeilschafts.

«Hyksos!», rief einer von ihnen, bevor sie den Pharao eilig hinter die Felsen zogen.

«Tragt den Pharao zu seinem Wagen, während ich den Feind aufhalte», befahl Naja. Er wirbelte herum, zog einen anderen Pfeil aus seinem Köcher und schoss ihn in Richtung des verlassenen Hügelkamms. Dann rief er etwas in die Dämmerung hinein und antwortete sich selbst mit verstellter Stimme in der Sprache der Hyksos.

Nach einer Minute hob er das blaue Schwert auf, wo Tamose es hatte fallen lassen, und lief den Pfad hinunter, wo er bald die kleine Gruppe der Krieger einholte, die den König zu den Wagen im Wadi hinuntertrugen.

«Es war eine Falle», erzählte Naja den Soldaten hastig. «Auf dem Hügel wimmelt es von Feinden. Wir müssen den Pharao in Sicherheit bringen.» An der Art, wie Tamose der Kopf auf die Brust hing, erkannte er, dass jede Hilfe zu spät kommen würde, und seine Brust schwoll im Triumph. Als dem Pharao die blaue Kriegskrone vom Kopf fiel und den Pfad hinunterrollte, hob Naja sie auf, wobei er sich kaum zurückhalten konnte, sein eigenes Haupt damit zu krönen.

«Geduld», mahnte er sich im Stillen, «die Zeit ist noch nicht reif, doch Ägypten wird mein sein, mit allen Kronen, aller Macht und allem Pomp. Ich werde Ägypten sein. Ich werde Teil der Gottheit sein.»

Er klemmte sich die schwere Krone unter den Arm und rief: «Beeilt euch! Der Feind ist uns auf den Fersen! Beeilt euch! Der König darf ihm nicht in die Hände fallen.»

Die Truppen unten im Wadi hatten das Geschrei gehört, und der Regimentsfeldscher wartete schon neben dem Wagen des Pharaos. Er war ein Schüler Taitas, und wenngleich er auch nicht über die besondere Magie des alten Mannes verfügte, war er ein fähiger Arzt, der vielleicht in der Lage gewesen wäre, selbst eine solch furchtbare Wunde wie die in Tamoses Brust zu behandeln. Doch Fürst Naja hätte nie riskiert, dass jemand sein Opfer doch noch der Unterwelt entriss. So schickte er den Arzt brüsk weg. «Der Feind ist uns auf den Fersen. Wir haben jetzt keine Zeit für deine Quacksalberei. Wir müssen den Pharao hinter unsere Linien in Sicherheit bringen, bevor wir überrannt werden.»

Er nahm den König behutsam aus den Armen der Männer, die ihn getragen hatten, und legte ihn auf den Boden seines eigenen Streitwagens. Er brach das Ende des Pfeils ab, der dem Pharao aus der Brust ragte, und hielt es hoch, so dass alle es sehen konnten. «Dieses blutige Geschoss hat unseren Pharao getötet, unseren König und Gott. Möge Seth den hyksischen Schweinehund verdammen, der diesen Pfeil abgeschossen hat, und möge er in den ewigen Flammen schmoren.» Seine Leute brummten Zustimmung. Naja wickelte den Pfeil sorgsam in ein Leinentuch und steckte ihn in den Waffenhalter an der Seite des Wagens. Er würde ihn für den Kriegsrat in Theben brauchen, als Beweis für seinen Bericht über den Tod des Pharaos.

«Ich brauche hier einen guten Mann, um unseren König zu halten», befahl er als Nächstes. «Behandle ihn vorsichtig», sagte er, als der Lanzenträger des Königs vortrat. Dann nahm er Tamose den Schwertgurt ab, steckte das blaue Schwert in die Scheide und verstaute alles in seinem eigenen Waffenhalter.

Der Lanzenträger sprang auf den Wagen und bettete behutsam Tamoses Kopf in seinen Schoß. Aus den Mundwinkeln des Pharaos sickerten hellrote Blasen frischen Blutes, als der Wagen in weitem Bogen wendete und mit dem Rest der Schwadron das ausgetrocknete Flusstal hinaufraste. Selbst in den starken Armen des Lanzenträgers wurde der schlaffe Körper des Pharaos grausam hin und her geworfen.

Naja schaute nach vorn. Niemand sah sein Gesicht, als er leise lachte. Niemand hörte ihn unter dem Donnern und Knirschen der Wagen, die über Stock und Stein rollten. Naja machte keinerlei Anstalten, irgendein Hindernis zu umfahren. Schließlich verließen sie das Wadi und rasten auf die Dünen und Salzseen zu.

Es war inzwischen helllichter Vormittag, und die gleißende Sonne war schon auf halbem Weg zum Zenit, bevor Naja dem Zug eine Rast erlaubte und den Arzt nach vorn kommen ließ, um den König zu untersuchen. Es bedurfte keiner besonderen Kenntnisse, um zu sehen, dass die Seele des Pharaos längst seinen Körper verlassen hatte und auf der Reise in die Unterwelt war.

«Der Pharao ist tot», sagte der Arzt leise. Seine Hände waren bis zu den Handgelenken mit königlichem Blut bedeckt. An der Spitze des Zuges erhob sich ein mächtiger Klageruf, der sich schnell bis zum Ende fortpflanzte. Nachdem die Soldaten so ihrer Trauer Ausdruck gegeben hatten, rief Naja seine Hauptmänner zu sich.

«Der Staat ist ohne Oberhaupt», begann er, «Ägypten ist in größter Gefahr. Zehn der schnellsten Wagen müssen den Leichnam des Pharaos sofort nach Theben bringen. Ich werde diese Gruppe selbst anführen, weil es sein könnte, dass der Rat mich als Prinz Nefers Regenten einsetzen wird.»

Damit hatte er den ersten Samen gesät, und an dem ehrfürchtigen Gesichtsausdruck der Offiziere sah er, dass dieser fast augenblicklich gekeimt hatte. So fuhr er in einem grimmigen, geschäftsmäßigen Ton fort, der den tragischen Umständen entsprach: «Der Arzt soll den königlichen Leichnam einwickeln, bevor ich ihn zu seinem Grabtempel bringe. Doch vor allem müssen wir Prinz Nefer finden. Er muss vom Tod seines Vaters und seinem Thronerben unterrichtet werden. Das ist im Augenblick die wichtigste Angelegenheit des Staates und meiner Regentschaft.» Er nahm den Titel für sich in Anspruch, ohne dass jemand etwas sagte oder auch nur mit einer Wimper zuckte. Er entrollte ein Papyrusblatt, eine Karte des Territoriums zwischen Theben und Memphis, und breitete es auf seinem Wagen aus. «Ihr müsst mit mehreren Gruppen dieses ganze Gebiet absuchen. Ich glaube, der Pharao hat ihn mit dem Eunuchen in die Wüste geschickt, wo er sich den Ritualen der Mannwerdung unterziehen soll. Konzentriert euch also besonders auf diese Region hier, von Gallala nach Süden und Osten, wo wir ihn zuletzt gesehen haben.» Mit dem geschulten Auge eines Generals bezeichnete Naja das Suchgebiet und befahl den Wagenführern, auszuschwärmen und ihm den Prinzen zu bringen.

Mit Naja an der Spitze kehrte die Schwadron nach Gallala zurück. Der nächste Wagen trug den teilweise balsamierten Leichnam des Pharaos. Am Ufer des Salzsees Waifra hatte der Truppenarzt den verstorbenen König auf den Boden gebettet und den traditionellen Schnitt an seiner rechten Seite vorgenommen. So hatte er die Eingeweide und inneren Organe entfernt. Magen- und Darminhalt waren im zähen Salzwasser des Sees ausgewaschen worden. Danach hatten sie alle Organe zusammen mit reichlich weißem Natronsalz vom Ufer des Sees in tönerne Weinkrüge versenkt. Der Rumpf des Königs war ebenfalls mit Natronsalzen aufgefüllt und dann in salzgetränkte Binden gewickelt worden. Sobald sie in Theben ankämen, würden sie den Leichnam zu seinem Begräbnistempel bringen und den Priestern und Einbalsamierern übergeben, die dort die siebzig

Tage dauernden Rituale vor dem Begräbnis vornehmen würden. Naja war jede Minute zu viel, die sie auf der Straße verbrachten, so eilig hatte er es, nach Theben zu kommen, bevor die Nachricht vom Tod des Pharaos dorthin gelangen konnte. Vor den Toren der Ruinenstadt nahm er sich dennoch etwas wertvolle Zeit, um die Hauptleute, die mit der Suche nach dem Prinzen betraut waren, noch einmal genau zu instruieren.

«Nehmt euch sämtliche Straßen nach Osten vor. Der Eunuch ist ein gerissener alter Hund und hat wahrscheinlich seine Spuren verwischt, doch ihr müsst ihn aufspüren. Bei den Oasen Satam und Lakara gibt es Dörfer. Befragt die Leute dort. Benutzt Peitsche und Brenneisen, damit auch bestimmt niemand etwas verheimlicht. Sucht alle denkbaren Verstecke in der Wildnis ab. Findet den Prinzen und den Eunuchen. Enttäuscht mich nicht, ich warne euch.»

Als die Hauptleute schließlich ihre Wasserbeutel aufgefüllt hatten und bereit waren, ihre Abteilungen in die Wüste hinaus zu führen, hielt Naja sie noch einmal zurück, um ihnen einen letzten Befehl mit auf den Weg zu geben. Dieser Befehl, so erkannten alle an der Stimme und dem wilden Funkeln in den Augen ihres Führers, war der wichtigste von allen. Jeder, der ihn missachtete, wäre des Todes. «Wenn ihr Prinz Nefer findet, bringt ihn zu mir, zu niemand anderem, nur zu mir.»

Die Streitwagenabteilungen hatten nubische Kundschafter bei sich, schwarze Sklaven aus dem wilden Süden, die große Erfahrung darin hatten, Spuren von Mensch und Tier zu finden. Sie liefen vor den Wagen her, die in die Wildnis ausschwärmten, und Naja verbrachte weitere wertvolle Minuten damit, ihrem Verschwinden in der Ferne nachzusehen. In seinen Triumph mischte sich Unruhe. Er wusste, dass der alte Eunuch, unter dessen Schutz Nefer stand, ein Adept war. Er wusste, dass Taita unheimliche Wunderkräfte besaß. Wenn es einen Mann gibt, der mich jetzt noch aufhalten kann, so dachte Naja, dann ist er es. Ich wünschte, ich könnte sie selbst aufstöbern, den Eunuchen und den verwöhnten Flegel. Ich wünschte, ich müsste mich nicht auf Untergebene verlassen, die den Listen des Magus vielleicht nicht gewachsen sind. Doch meine Bestimmung ruft mich nach Theben. Ich darf keinen Augenblick mehr zögern.

Er lief zu seinem Wagen zurück und ergriff die Zügel. «Vorwärts!» Er hob seine geballte Faust. «Auf nach Theben!» Und sie rasten die östlichen Hügel hinab in die weite Flussebene, die Flanken der Pferde schaumverkrustet, die Augen rot und wild.

Naja hatte eine ganze Legion, die Phat-Garde, aus der Armee vor Abnub abgezogen, angeblich als strategische Reserve, um die Hyksos am Ausbrechen zu hindern, falls die Offensive fehlschlagen sollte. In Wirklichkeit war sie jedoch Najas Sonderregiment, dessen Kommandeure ihm durch persönlichen Schwur verbunden waren. Auf seinen geheimen Befehl waren sie von Abnub abgezogen und warteten nun an der Oase Boss auf ihn, nur vier Meilen vor Theben.

Sobald die Garde die sich nähernde Staubwolke über den Kampfwagen erspähte, machte sie sich kampfbereit. Oberst Asmor und seine Offiziere begrüßten Naja in voller Rüstung an der Spitze ihrer bewaffneten Legion.

«Asmor!», rief Naja von seinem Wagen. «Ich habe schreckliche Neuigkeiten für den Rat in Theben. Der Pharao wurde von einem hyksischen Pfeil getötet.»

«Fürst Naja, was sind Eure Befehle? Wir sind bereit.»

«Ägypten ist nun ein Kind ohne Vater.» Naja blieb vor den federbehelmten, prächtig uniformierten Offizieren stehen und erhob seine Stimme, damit auch die hintersten Reihen ihn deutlich hörten. «Prinz Nefer ist noch ein Kind und daher nicht in der Lage, die Herrschaft zu übernehmen. Ägypten braucht dringend einen Regenten an seiner Spitze, sonst werden die Hyksos den Augenblick nutzen, da wir ohne Führer sind.» Er hielt inne und schaute Oberst Asmor bedeutungsvoll an. Asmor wusste, welches Vertrauen Naja in ihn setzte und wie fürstlich er ihn belohnen würde.

«Wenn der Pharao fällt, hat die Armee das Recht, einen Kriegsregenten zu ernennen!» Naja hielt eine Faust vor der Brust geballt, in der anderen seine Lanze. So stand er schweigend vor seinem Heer.

Asmor trat einen großen Schritt vor und machte kehrt, so dass er den schwer bewaffneten Kriegern gegenüberstand. Mit theatralischer Geste nahm er seinen Helm ab. Die Narbe eines Schwerthiebes hatte seine Nase nach einer Seite gebogen. Sein glatt rasierter Schädel war mit einer Perücke aus geflochtenem Pferdehaar bedeckt. Nun riss er sein Schwert hoch und rief mit einer Stimme, die gewohnt war, jeden Gefechtslärm zu übertönen: «Heil Fürst Naja! Heil dem Regenten von Ägypten! Heil Fürst Naja!»

Nach einem langen Augenblick vollkommener Stille brüllte die

Legion wie ein Löwenpack: «Heil Fürst Naja! Heil dem Regenten von Ägypten!»

Jubel und Gebrüll verstummten erst, als Naja die Faust hob und sprach: «Ihr erweist mir eine große Ehre. Ich nehme die Bürde an, die ihr mir auferlegt.»

Die Krieger trommelten mit Schwertern und Lanzen auf ihre Schilde und schrien *«bak-her»*, bis das Echo wie ferner Donner in den Hügeln hallte.

In diesem Lärm rief Naja Asmor zu sich und befahl: «Ich will Wachposten auf allen Straßen. Niemand verlässt diese Oase vor mir. Der Rat in Theben darf nichts erfahren, bevor ich selbst vor ihm stehe.»

Die Fahrt von Gallala hatte drei Tage gedauert. Die Pferde waren erschöpft, und selbst Naja fühlte sich müde. Dennoch gewährte er sich nur eine Stunde Ruhe, um den Staub der Reise von sich abzuwaschen und die Kleider zu wechseln. Dann, mit frisch rasiertem Kinn und geöltem und gekämmtem Haar, stieg er auf den Prunkwagen, den Asmor vor seinem Zelt hatte vorfahren lassen.

Naja trug einen weißen Leinenrock und einen mit Halbedelsteinen besetzten goldenen Harnisch vor seiner muskulösen, nackten Brust. An seiner Hüfte hing das legendäre blaue Schwert in der goldenen Scheide, das er dem toten Pharao abgenommen hatte. Die Klinge war aus einem geheimnisvollen Metall geschmiedet und härter und schärfer als jede Bronzewaffe. In ganz Ägypten gab es kein anderes Schwert wie dieses. Es hatte früher Tanus Harrab gehört, der es dem Pharao vermacht hatte.

Das Wichtigste an seiner Aufmachung war jedoch ein unscheinbarer Stein an einem glatten goldenen Band um seinen rechten Oberarm: das blaue Siegel des Falken. Auch das hatte er Tamose abgenommen und nun, als Regent von Ägypten, hatte er sogar das Recht, dieses mächtige Zeichen der Autorität zu tragen.

Seine Leibgarde gruppierte sich um ihn, und die gesamte Legion stellte sich hinter ihm auf. So begann der neue Regent mit fünftausend Mann seinen Marsch auf Theben.

Asmor fungierte als Najas Lanzenträger. Er war jung für den Rang eines Legionskommandeurs, doch er hatte sich im Krieg gegen die Hyksos ausgezeichnet und war Najas enger Kamerad. Auch er hatte hyksisches Blut in den Adern. Noch vor kurzem hatte Asmor gedacht, das Kommando über eine Legion wäre das Höchste, was er erreichen könnte, doch nun hatte er die Vorgebirge hinter sich und sah die prachtvollen Gipfel der höchsten Ämter vor sich, Macht ohne Grenzen und vielleicht sogar – durfte er das zu hoffen wagen? – den Aufstieg in die Reihen des allerhöchsten Adels. Nichts würde er unversucht lassen, keine Tat wäre ihm zu tollkühn oder schändlich, die seinem Gönner den Weg zum Thron von Ägypten ebnen würde.

«Was mag nun alles vor uns liegen, alter Kamerad?» Naja schien die Gedanken des Offiziers gelesen zu haben.

«Die gelbe Pest hat alle Prinzen des Hauses Tamose aus dem Weg geräumt.» Asmor deutete mit seiner Lanze über die salzigen Fluten des Nils hinweg zu den fernen Hügeln im Westen. «Dort liegen sie in ihren Gräbern im Tal der Edlen.»

Drei Jahre zuvor hatte die gelbe Pest in den beiden Königreichen gewütet. Sie hatte ihren Namen von den grässlichen gelben Beulen, mit denen Gesicht und Körper der Erkrankten bedeckt waren, bevor ein brennendes Fieber sie dahinraffte. Die Pest hatte keine Rücksicht auf Rang oder Klasse genommen und weder Ägypter noch Hyksos verschont, weder Frau noch Kind, weder Bauern noch Prinzen. Die Pest hatte alle niedergemäht wie ein reifes Durrafeld.

Acht Prinzessinnen und sechs Prinzen des Hauses Tamose waren der Seuche zum Opfer gefallen. Von allen Kindern des Pharaos hatten nur zwei Mädchen und Prinz Nefer Memnon überlebt. Es war, als hätten die Götter beschlossen, alle aus dem Weg zu räumen, die zwischen Fürst Naja und dem Thron von Ägypten standen.

Es gab Leute, die sagten, auch Nefer und seine Schwestern wären gestorben, wenn der alte Magus Taita sie nicht mit seiner Zauberei gerettet hätte. Die drei Kinder trugen immer noch die winzige Narbe an ihrem linken Oberarm, wo Taita einen Schnitt gemacht und ihrem Blut das Hexengebräu gegen die gelbe Pest beigemischt hatte.

Naja runzelte die Stirn. Selbst im Augenblick seines Triumphs musste er an die unheimlichen Kräfte des Magus denken. Niemand konnte bestreiten, dass er das Geheimnis des ewigen Lebens gefunden hatte. Er hatte inzwischen so lange gelebt, dass niemand wusste, wie alt er war. Manche sagten hundert Jahre, andere zweihundert, und dennoch ging und lief er wie ein Mann in seinen besten Jahren.

Niemand war ihm in Debatten gewachsen, und niemand übertraf ihn an Gelehrtheit. Die Götter mussten ihn wahrlich lieben, sonst hätten sie ihm gewiss nicht das Geheimnis des ewigen Lebens anvertraut.

Das wäre das Einzige, was Naja noch fehlen würde, wenn er erst Pharao war. Würde er dem Magus Taita dieses Geheimnis entringen können? Zunächst musste er ihn fangen und mit Prinz Nefer in seiner Gewalt haben. Es durfte ihm jedoch kein Haar gekrümmt werden. Er war viel zu wertvoll. Die Wagen, die Naja in die östlichen Wüsten hatte ausschwärmen lassen, würden ihm den Thron in Gestalt des Prinzen Nefer und das ewige Leben in Gestalt des Eunuchen Taita zurückbringen.

Asmor riss ihn aus seinen Gedanken. «Die getreue Phat-Garde ist die einzige Truppe südlich von Abnub. Der Rest der Armee ist im Norden gegen die Hyksos im Einsatz. Thebens Verteidigung besteht nur aus Kindern, Krüppeln und alten Männern. Nichts und niemand wird Euch im Weg stehen, Regent.»

Tatsächlich wurden die Stadttore aufgerissen, sobald die Wachposten die blaue Standarte sich nähern sahen, und die Einwohner strömten heraus, die Legion zu begrüßen. Sie brachten Palmwedel und Girlanden aus Wasserlilien, da alle erwarteten, Fürst Naja würde einen großen Sieg über die Hyksos und König Apepi verkünden.

Aus Begrüßungen und Gelächter wurde jedoch wildes Wehklagen, sobald die Leute den in Bandagen gewickelten königlichen Leichnam auf dem Boden des zweiten Streitwagens sahen und die Rufe der Fahrer an der Spitze hörten: «Der Pharao ist tot! Die Hyksos haben ihn getötet! Möge er ewig leben!»

Die klagenden Massen verstopften die Straßen hinter dem Wagen des toten Pharaos auf dem Weg zum Begräbnistempel, und in der Verwirrung schien niemand zu bemerken, dass Asmors Männer an den Stadttoren Posten standen und an jeder Ecke und auf jedem Platz Wachen aufgestellt waren.

Der Wagen mit Tamoses Leiche zog die Menschenmasse hinter sich her. Die übrige Stadt war fast vollkommen verlassen, so dass Naja seinen Wagen im Galopp durch die engen, gewundenen Straßen zum Flusspalast steuern konnte. Er wusste, dass die Mitglieder des Rats sich sofort zum Versammlungssaal begeben würden, sobald sie die schrecklichen Neuigkeiten gehört hätten. Naja und Asmor ließen ihre Wagen am Eingang zum Palastpark zurück, und fünfzig

Mann der Leibgarde marschierten in geschlossener Formation über den Hof, an Teichen voller Lotusblüten und Fischen vorbei, die unter der glatten Oberfläche schimmerten wie Juwelen.

Niemand im Rat hatte mit einem solchen Auftritt gerechnet. Die Türen zum Versammlungssaal waren unbewacht, und bisher hatten sich nur vier Ratsmitglieder eingefunden, die Naja von der Tür aus schnell musterte. Menset und Talla waren alt und hatten ihre einst beträchtliche Macht verloren, und Zinka war immer schon schwach und unentschlossen gewesen. Es hielt sich nur ein Mann im Saal auf, den Naja zu fürchten hatte.

Kratas war älter als alle anderen, doch er war gealtert wie ein Vulkan. Nach dem Zustand seiner Kleider zu urteilen, war er direkt aus dem Bett gekommen, wo er jedoch bestimmt nicht geschlafen hatte. Man sagte, er wäre immer noch in der Lage, seine beiden jungen Gemahlinnen und seine fünf Geliebten bei Laune zu halten, was Naja angesichts der viel besungenen Kriegstaten des alten Mannes nicht bezweifelte. Die Narben an seinen Armen und auf seiner nackten Brust zeugten von den hundert Schlachten, die er in seinem Leben ausgefochten und gewonnen hatte. Der alte Mann trug keine der Ehrenketten und Goldmedaillen, die er mit seinen Ruhmestaten errungen hatte. Es waren so viele, dass kein Ochse sie alle hätte tragen können.

«Edle Herren!», begrüßte Naja die Ratsherren. «Ich bringe traurige Nachricht.» Menset und Talla machten ihm ängstlich Platz, als er die Treppe herunterkam, die in den Saal führte, und starrten ihn an wie der Hase die Kobra, die sich auf ihn zu schlängelt. «Der Pharao ist tot. Ein hyksischer Pfeil hat ihn getötet, während er eine feindliche Stellung oberhalb von El Wadun stürmte.»

Die Ratsmitglieder gafften ihn an, ohne ein Wort zu sagen – bis auf Kratas, der sich als Erster von seinem Schock erholte. Seine Trauer wurde nur durch seinen Zorn übertroffen. Er erhob sich schwerfällig und funkelte Naja und seine Leibwachen an wie ein alter Büffel, der an seinem Tümpel von einer Gruppe halbwüchsiger Löwen belästigt wird. «Welcher Verrat, welche Unverschämtheit gibt dir das Recht, das Falkensiegel an deinem Arm zu tragen? Naja, Sohn des Timlat und einer hyksischen Hure, du bist nicht würdig, im Schmutz unter den Füßen des Mannes zu wühlen, dem du dieses Siegel geraubt hast. Das Schwert an deiner Hüfte gehört in die Hände eines Helden und nicht in deine weichen Pfoten.» Kratas' kahler Schädel war purpurrot vor Wut, und seine faltigen Gesichtszüge bebten vor Entrüstung.

Für einen Augenblick war Naja überrumpelt. Woher wusste das alte Ungeheuer, dass seine Mutter hyksischen Blutes war? Es war ein wohl gehütetes Geheimnis. Naja wusste nun, dass Kratas außer Taita der einzige Mensch war, der die Kraft und die Macht hätte, ihm die Doppelkrone noch zu entreißen.

Für einen Moment überwand Naja seinen Stolz und trat einen Schritt zurück, bevor er erwiderte: «Ich bin der Regent des Kronprinzen Nefer. Ich habe das Recht, das blaue Falkensiegel zu tragen.»

«Nein», donnerte Kratas, «das hast du nicht! Nur große und edle Männer haben das Recht, das Falkensiegel zu tragen. Pharao Tamose hatte das Recht, Tanus Harrab hatte das Recht und viele Könige vor ihm. Du, du hinterhältiger Hund, hast kein solches Recht.»

«Die Legionen des Schlachtfelds haben mich zum Regenten ernannt. Ich bin der Regent des Prinzen Nefer.»

Kratas schritt quer durch den Saal auf ihn zu. «Du bist kein Soldat. Bei Lastra und Siva haben dich deine hyksischen Vettern in die Flucht gejagt. Du bist weder ein Staatsmann noch ein Philosoph. Du konntest nur erreichen, was du erreicht hast, weil der Pharao dich nie durchschaut hat. Ich habe ihn hundertmal vor dir gewarnt.»

«Zurück, du alter Narr», warnte Naja ihn. «Ich vertrete den Pharao. Wenn du mich anfasst, beleidigst du die Krone und Würde Ägyptens.»

«Ich werde dir dieses Siegel und dieses Schwert abnehmen.» Kratas schritt weiter auf ihn zu. «Und danach wird es mir ein Vergnügen sein, dir den Hintern zu versohlen.»

Asmor flüsterte zu Najas Rechten: «Wenn er Euch anrührt, erwartet ihn die Todesstrafe. Das sagt das Gesetz.»

Naja erkannte sofort seine Chance. Er reckte sein Kinn hoch und schaute dem alten Mann in die immer noch strahlenden Augen. «Du bist ein seniler Windbeutel, voller Sumpfgas und Fürze», forderte er ihn heraus. «Deine Zeit ist vorbei, Kratas, du zittriger alter Esel. Du wirst es nicht wagen, den Regenten von Ägypten anzurühren.»

Wie es Najas Absicht gewesen war, erwies sich diese Beleidigung als zu viel für Kratas. Er stieß einen Schrei aus, stürzte die letzten

Schritte auf Naja zu, packte ihn, hob ihn hoch und versuchte ihm das Falkensiegel vom Arm zu reißen.

«Du bist nicht würdig ...»

Ohne sich umzuschauen, sprach Naja zu Asmor, der mit gezogenem Sichelschwert hinter ihm stand.

«Stoß zu», sagte Naja leise, «und stoße kräftig.»

Asmor trat einen Schritt zur Seite und stieß Kratas sein Schwert in den Rücken, direkt in die Nieren. Der Hieb war präzise und kraftvoll. Die Bronzeklinge glitt lautlos ins Fleisch wie eine Nadel in Seidenstoff, bis zum Knauf, und dann drehte Asmor die Klinge, um den Wundkanal zu vergrößern.

Kratas' ganzer Körper versteifte sich. Seine Augen waren weit aufgerissen. Sein Griff löste sich, und Naja sank auf seine Füße zurück. Asmor zog die Klinge heraus, gegen den Widerstand des klebrigen Fleisches. Die schimmernde Bronze war mit dunklem Blut beschmiert, das nun auch Kratas' weißen Leinenrock zu tränken begann. Asmor stieß noch einmal zu, diesmal höher, unter der untersten Rippe. Kratas runzelte die Stirn und schüttelte seinen großen Löwenkopf, als würde ihm dieser kindische Unsinn allmählich lästig. Er wandte sich ab und ging auf die Tür des Saales zu. Asmor lief ihm nach und stieß ihm die Klinge noch einmal in den Rücken, doch Kratas ging weiter.

«Hilf mir, Herr», keuchte Asmor, «hilf mir den Hund zu töten», worauf Naja das blaue Schwert zog und Asmor zu Hilfe eilte. Die Klinge drang tiefer ein als jede Bronzeklinge, und Naja stach unablässig auf den Alten ein. Kratas taumelte durch die Tür in den Hof hinaus, Blut sprudelte aus einem Dutzend Wunden. Die anderen Mitglieder des Rats riefen: «Mord! Verschont den edlen Kratas!»

«Verräter!», rief Asmor ebenso laut. «Er hat Hand an den Regenten von Ägypten gelegt!» Und er stieß noch einmal zu, und diesmal zielte er auf das Herz. Kratas stolperte gegen die Umrandung des Fischteichs. Er suchte Halt, doch seine blutverschmierten Hände rutschten auf dem polierten Marmor ab, er stürzte über die niedrige Mauer kopfüber ins Wasser und versank.

Die beiden Männer kauerten schnaufend am Rand des Teichs, dessen Wasser sich vom Blut des alten Kriegers rosa färbte, und plötzlich stieß dessen Kopf durch die Oberfläche, und Kratas holte keuchend Luft.

«Bei allen Göttern, will der alte Bastard immer noch nicht sterben?» In Asmors Stimme mischten sich Staunen und Ärger.

Schließlich sprang Naja über die Mauer und stand bis zur Hüfte im Wasser über dem massigen Körper des wild um sich schlagenden alten Mannes. Er setzte ihm einen Fuß auf die Kehle und drückte seinen Kopf wieder unter Wasser. Kratas zappelte und kämpfte immer noch in dem aufgewühlten, von Blut und Schlamm gefärbten Wasser. Naja stellte sich mit seinem ganzen Gewicht auf ihn und ließ ihn nicht hochkommen. «Es ist, als würde man ein Nilpferd reiten», lachte Naja atemlos und Asmor und seine Soldaten, die um den Teich herumstanden, stimmten sofort ein. Sie brüllten vor Lachen und spotteten: «Nimm deinen letzten Schluck Kratas, du alter Säufer!»

«Wenn du bei Seth anklopfst, wirst du sauberer sein als ein frisch gebadeter Säugling. Nicht einmal ein Gott würde dich wiedererkennen.»

Die Gegenwehr des alten Mannes wurde immer schwächer, bis eine letzte große Luftblase an die Oberfläche drang und endlich alles still war. Naja watete an den Rand und kletterte aus dem Teich, während Kratas' Leiche langsam an die Oberfläche stieg, wo sie mit dem Gesicht nach unten trieb.

«Fischt ihn heraus», befahl Naja. «Hackt ihn in Stücke und verscharrt ihn neben den anderen Banditen, Vergewaltigern und Verrätern im Tal der Schakale in einem unbezeichneten Grab.» So würde Kratas niemals im Paradies ankommen. Er wäre dazu verdammt, für alle Ewigkeit durch die Finsternis zu irren.

Immer noch triefend nass, ging Naja in den Saal zurück, wo inzwischen auch die übrigen Mitglieder des Rats angekommen waren. Sie alle hatten gesehen, wie es Kratas ergangen war, und saßen totenbleich und zusammengesunken auf ihren Bänken. Ihre Blicke waren voller Entsetzen, als Naja mit dem blauen Schwert, von dem noch das Blut tropfte, vor sie trat. «Edle Ratsherren, auf Verrat hat schon immer der Tod gestanden. Ist jemand unter euch, der die Rechtmäßigkeit dieser Hinrichtung in Zweifel zieht?» Er blickte einem nach dem anderen ins Gesicht, und sie senkten die Blicke. Sie waren von Phat-Legionären umzingelt, die Schulter an Schulter um sie herumstanden, doch nach Kratas' Tod gab es ohnehin niemanden mehr, der ihnen sagen würde, was zu tun war.

«Fürst Menset», sprach Naja den Vorsitzenden des Rats an, «billigt Ihr die Hinrichtung des Verräters Kratas?»

Einen langen Augenblick schien es möglich, dass Menset sich widersetzte, doch dann seufzte er tief und schaute auf seine Hände im Schoß. «Es war die gerechte Strafe», flüsterte er. «Der Rat billigt das Vorgehen des Fürsten Naja.»

«Billigt der Rat auch die Ernennung des Fürsten Naja zum Regenten über Ägypten?», fragte Naja leise, aber deutlich hörbar in der angstvollen Stille, die in der Versammlung herrschte.

Menset hob den Kopf und schaute sich zu den anderen Ratsmitgliedern um, doch niemand wollte seinen Blick erwidern. «Der Vorsitzende und alle Mitglieder dieses Rats erkennen den neuen Regenten von Ägypten an.» Endlich brachte es Menset fertig, Naja direkt anzuschauen, aber seine gewöhnlich so freundlichen, sanften Züge zeigten einen finsteren Zorn. Das genügte, dass man ihn, noch bevor der Mond voll war, tot in seinem Bett auffinden würde. Für den Augenblick nickte Naja jedoch nur.

«Ich nehme die Pflichten und die schwere Verantwortung an, die Ihr mir auferlegt.» Er steckte sein Schwert in die Scheide und bestieg das Podium, auf dem der Thron stand. «Meine erste offizielle Erklärung in meiner Eigenschaft als Regent besteht in meinem Bericht über den heldenhaften Tod des göttlichen Pharao Tamose.» Er machte eine lange Kunstpause und unterbreitete dem Rat dann für eine volle Stunde seine Version des schicksalhaften Feldzugs und des tödlichen Anschlags in den Hügeln von El Wadun. «So starb einer der tapfersten Könige, die Ägypten je besessen hat. Seine letzten Worte an mich, als ich ihn den Pfad hinuntertrug, waren: ‹Kümmere dich um meinen einzigen Sohn. Sei sein Behüter, bis er reif ist, die Doppelkrone zu tragen. Nimm auch meine beiden kleinen Töchter unter deinen Schutz und sorge dafür, dass ihnen kein Leid widerfährt.›»

Fürst Naja gab sich alle Mühe, tiefe Trauer zu zeigen, und es dauerte einige Augenblicke, bevor er seine Fassung wiedergewonnen hatte und mit fester Stimme fortfuhr: «Ich werde den Gott nicht enttäuschen, der mein Freund und Pharao war. Meine Krieger suchen die Wildnis nach Prinz Nefer ab. Sobald sie mit dem Prinzen hier in Theben eintreffen, werden wir Prinz Nefer auf diesen Thron setzen und ihm Geißel und Zepter überreichen.»

Zum ersten Mal war nun zustimmendes Gemurmel unter den Ratsherren zu hören, und Naja fuhr fort: «Und nun lasst die Prinzessinnen kommen, sofort.»

Als sie zögernd durch die hohen Türen des Saals kamen, führte Heseret, das größere der beiden Mädchen, seine kleine Schwester Merikara bei der Hand. Merikara hatte mit ihren Freundinnen Schlagball gespielt und war nass geschwitzt. Sie hatte noch mehrere Jahre vor sich, bevor sie zur Frau werden würde. Ihre Beine waren dünn und lang wie die eines Fohlens, und ihre Brust war so flach wie die eines Knaben. Sie trug ihr langes schwarzes Haar seitlich zusammengebunden über der linken Schulter. Ihr Leinenschurz war so winzig, dass er die untere Hälfte ihres kleinen runden Hinterteils unbedeckt ließ. Sie lächelte scheu in die Runde der berühmten Männer und klammerte sich an die Hand ihrer älteren Schwester.

Heseret hatte ihren ersten roten Mond erlebt und trug den Leinenrock und die Perücke der heiratsfähigen Frauen. Selbst die alten Männer beäugten sie mit großem Interesse, denn sie hatte die sagenhafte Schönheit ihrer Großmutter, Königin Lostris, geerbt. Ihre Haut war weiß wie Milch, ihre Glieder schlank und wohlgeformt, ihre nackten Brüste wie zwei pralle Monde. Ihr Gesichtsausdruck war gelassen, bis auf das kleine, schelmische Lächeln, das stets um ihre Mundwinkel zu spielen schien, und in ihren großen dunkelgrünen Augen schimmerten betörende Lichter.

«Kommt näher, meine hübschen Lieblinge», rief Naja sie heran, und erst jetzt erkannten die beiden Mädchen den geliebten Freund ihres Vaters. Sie lächelten und gingen zutraulich auf ihn zu. Er erhob sich vom Thron, stieg von seinem Podest und legte ihnen seine Hände auf die Schultern. Stimme und Miene waren voller Tragik. «Ihr müsst jetzt sehr tapfer sein und daran denken, dass ihr königliche Prinzessinnen seid, denn ich habe euch etwas sehr Trauriges mitzuteilen. Euer Vater, der Pharao ist tot.» Zuerst schienen die beiden nicht zu verstehen, doch dann erhob Heseret einen herzzerreißenden, hohen Klagegesang, in den Merikara sofort einstimmte.

Naja legte seine Arme um ihre Schultern und führte sie auf das Podest vor dem Thron, wo sie auf ihre Knie sanken und sich schluchzend umarmten, vollkommen untröstlich.

«Die Trauer der königlichen Prinzessinnen ist für alle Welt sichtbar», wandte sich Naja wieder an die Versammlung. «Die Pflicht, die der Pharao mir anvertraut hat, ist ebenso klar. So wie ich Prinz Nefer Memnon unter meine Obhut genommen habe, so nehme ich nun auch die beiden Prinzessinnen, Heseret und Merikara, unter meinen Schutz.»

«Jetzt hat er die ganze königliche Brut in seiner Gewalt», flüsterte Talla seinem Nachbarn zu. «Ganz gleich, wo er jetzt ist und wie stark und kräftig er zu sein scheint, sehe ich schwarz für die Gesundheit des Prinzen Nefer. Der neue Regent hat bereits unmissverständlich klar gemacht, wie er Ägypten zu regieren gedenkt.»

Nefer saß im Schatten der Felswand, die Gebel Nagara überragte. Er hatte sich nicht von der Stelle gerührt, seit die Sonne über den Bergen jenseits des Tals aufgegangen war. Zuerst hatte das Stillsitzen seine Haut zum Brennen und Jucken gebracht, als würden giftige Insekten darauf herumkrabbeln. Er wusste jedoch, dass Taita ihn beobachtete, und hatte deshalb seinem widerstrebenden Körper langsam seinenWillen aufgezwungen. Nun endlich befand er sich in einem Zustand der Überwachheit, wo jeder seiner Sinne vollkommen auf seine Umgebung eingestimmt war.

So roch er das Wasser, das von seiner geheimen Quelle in einer Felsspalte zur Oberfläche stieg und tropfenweise in ein Felsbassin rann, das nicht größer war als die Schale, die er mit seinen beiden Händen formen konnte. Was aus dieser Mulde überfloss, sammelte sich in einem anderen Becken mit schlüpfrigen grünen Algen, und von dort floss es weiter abwärts und versickerte schließlich in dem roten Sand auf dem Grund des Tales. Doch wie viel Leben spendete dieses Rinnsal! Schmetterlinge und Käfer, Schlangen und Echsen, die anmutigen kleinen Gazellen, die wie Safranstaub über die hitzeflimmernden Ebenen tanzen, und die gesprenkelten Tauben mit den dunkelroten Schwanzfedern, die hoch auf dem Felsvorsprung nisteten, sie alle tranken von dieser Quelle. Diese kostbaren, nassen Felstümpel waren der Grund, weshalb Taita ihn hierher gebracht hatte, um auf seinen Gottvogel zu warten.

Nach ihrer Ankunft in Gebel Nagara hatten sie zunächst an dem Netz gearbeitet. Taita hatte die Seide von einem Händler in Theben erworben. Das Knäuel Garn hatte so viel gekostet wie ein guter Hengst, da es aus einem Land weit östlich des Indus nach Ägypten gelangt war, auf einer Reise, die mehrere Jahre gedauert hatte. Taita hatte Nefer gezeigt, wie man aus dem feinen Garn ein Netz knüpfte, das fast unsichtbar war und zugleich stärker, als wenn man es aus dicker Leinenkordel oder aus Lederstreifen gemacht hätte.

Als Nefer damit fertig war, hatte Taita darauf bestanden, dass der Junge sich auch um die Lockvögel kümmerte. «Es ist dein Gottvogel», hatte er erklärt, «und du musst ihn selbst fangen, mit allem, was dazugehört, damit dein Anspruch in den Augen des großen Gottes Horus berechtigt ist.»

Tagsüber hatten Nefer und Taita vom heißen Talgrund aus eine Aufstiegsroute für die Felswand geplant, und bei Einbruch der Dunkelheit hatte sich Taita an das kleine Feuer am Fuß des Felsens gesetzt, seine Lockrufe gesungen und von Zeit zu Zeit eine Handvoll Kräuter in das Feuer gestreut. Um Mitternacht dann, im Lichte der Mondsichel, hatte Nefer den schwierigen Aufstieg zu dem Vorsprung begonnen, wo die Tauben nisteten. Er hatte zwei der großen, ängstlichen Vögel im Schlaf gefangen, als die Dunkelheit sie blind machte und sie unter Taitas Zauber standen.

Am nächsten Tag hatte Nefer nach Taitas Anweisung zunächst jeder der Tauben einen Flügel gerupft, damit sie nicht wegfliegen konnten. Dann hatten sie sich eine Stelle gesucht, die nicht zu weit von der Quelle entfernt war und zugleich offen genug lag, dass die Lockvögel von der Luft aus sichtbar wären. Sie trieben einen Stock in den harten Boden und banden die Tauben an einem Bein mit Pferdehaar daran fest. Dann befestigten sie über ihnen an vier Halmen trockenen Elefantengrases das hauchdünne Netz. Die Halme würden brechen und das Netz zusammenfallen, sobald der Gottvogel darauf landete.

«Das Netz muss ein bisschen gespannt sein», erklärte Taita, «nicht zu fest und nicht zu schlaff. Der Vogel soll sich mit Schnabel und Krallen darin verfangen, so dass er sich nicht zu viel bewegen und vielleicht verletzen kann, bevor wir ihn aus dem Netz befreien.»

Als die Falle zu Taitas Zufriedenheit aufgebaut war, begann das lange Warten. Die Tauben gewöhnten sich schnell an ihre Gefangenschaft. Sie pickten gierig die Hirsekörner auf, die Nefer für sie ausgestreut hatte, und sonnten und putzten sich friedlich unter dem Seidennetz. Ein glühend heißer Tag folgte dem anderen, und sie warteten und warteten.

Sobald der kühle Abend sich senkte, banden sie die Tauben los, falteten das Netz zusammen und gingen auf die Jagd nach Nahrung. Taita erklomm die Felswand und setzte sich mit überkreuzten Beinen an den Rand, von wo er das ganze Tal überblicken konnte. Nefer hielt sich unten verborgen, jeden Abend in einem anderen Versteck, so dass er das Wild immer wieder überraschen konnte, wenn es zum Trinken an die Quelle kam. Von seinem Aussichtspunkt aus ließ Taita seinen Zauber wirken, mit dem es ihm fast jeden Abend gelang, eine nichts ahnende Gazelle in die Reichweite von Nefers Bogen zu locken. So konnten sie vor ihrer Höhle regelmäßig frisches, schmackhaftes Gazellenfleisch braten.

Die Höhle war nach dem Tod der Königin Lostris viele Jahre Taitas Einsiedelei gewesen. Nefer war nur ein Novize und wusste noch nicht viel von den geheimnisvollen Kräften des alten Mannes, an deren Existenz er jedoch nicht zweifeln konnte, da sie ihm täglich vorgeführt wurden.

Erst nach etlichen Tagen in Gebel Nagara begriff Nefer, dass sein Gottvogel nicht der einzige Grund war, weshalb sie hier waren. Taita setzte hier die Erziehung und Unterweisung fort, die er Nefer hatte angedeihen lassen, so weit sein junges Gedächtnis zurückreichte. Selbst die langen Stunden des Wartens neben den Lockvögeln waren Lektionen, in denen er lernte, die Türen zu seinem Geist zu öffnen, nach innen zu blicken, in die Stille zu lauschen und das Flüstern zu hören, für das andere taub waren.

Sobald er sich an die Einsamkeit gewöhnt hatte, war Nefer empfänglich für die tiefe Weisheit und die vielen Geheimnisse, die Taita kannte. Sie saßen in der Wüstennacht im Geflimmer der Sterne, deren Muster ewig und zugleich flüchtig sind wie die Winde und die Strömungen des Ozeans. Taita erzählte ihm von Wundern, für die es keine Erklärung zu geben schien und die er nur begreifen würde, wenn er seinen Geist öffnete und ihn in sich ausdehnen ließ. Er spürte, dass er sich erst in den dunklen Randgebieten mystischen Wissens befand, doch er spürte auch, wie der Hunger in ihm wuchs, mehr zu erfahren.

Eines Morgens, als Nefer vor der Morgendämmerung vor die Höhle trat, sah er dunkle, schweigende Gestalten draußen in der Wüste jenseits der Quelle sitzen. Er berichtete Taita davon, und der alte Mann nickte. «Sie warten schon die ganze Nacht.» Er legte einen wollenen Schal um die Schultern um und ging hinaus.

Sobald die Menge Taitas sehnige Gestalt durch die graue Dämmerung kommen sah, erhob sich ein großes Klagen und Flehen unter ihnen. Die Leute waren Angehörige der Wüstenstämme. Sie brachten Taita ihre Kinder, die an der gelben Pest erkrankt waren, glühend vor Fieber und mit fürchterlichen gelben Geschwüren bedeckt.

Taita behandelte sie an Ort und Stelle, jenseits der Quelle von Gebel Nagara, und keines der Kinder starb. Nach zehn Tagen brachte der Stamm Korn, Salz und gegerbte Tierhäute als Geschenke, die sie vor den Eingang der Höhle legten, um dann wieder in der Wildnis zu verschwinden. Danach kamen andere Kranke und Leute mit Wunden, die sie bei Angriffen von Mensch oder Tier davongetragen hatten. Taita kümmerte sich um jeden Einzelnen und wies niemanden ab. Nefer ging ihm zur Hand und lernte viel aus dem, was er sah und hörte.

Doch ganz gleich, ob es um die Versorgung kranker und verwundeter Beduinen, die Jagd oder Unterricht ging, jeden Morgen band Nefer seine Lockvögel an den Stock, baute das Netz auf und wartete.

War es Taitas Einfluss? Jedenfalls wurden die Tauben so zahm und zutraulich wie Hühner. Sie ließen sich anfassen, ohne die geringste Furcht zu zeigen, und gurrten wohlig, während Nefer ihre Beine festband. Sobald die Falle aufgebaut war, hockten sie sich nieder und glätteten ihr Federkleid.

Es war der zwanzigste Morgen ihres Aufenthalts. Nefer bezog wie gewohnt Stellung neben seiner Falle. Er brauchte sich nicht umzuschauen, um zu wissen, dass Taita in der Nähe war. Der alte Mann hatte die Augen geschlossen und schien, wie die Tauben, in der Sonne zu dösen. Seine Haut war ein Netz aus unzähligen feinen Linien und voller rötlicher Flecke, wie sie sich bei alten Menschen zeigen. Sie sah so zart aus wie feinstes Papyruspergament. Sein Gesicht war vollkommen unbehaart, hatte nicht einmal Augenbrauen und nur ganz feine Wimpern, farblos wie Glas. Nefer hatte seinen Vater einmal sagen gehört, die Kastration hätte Taitas Gesicht so bartlos und zart gemacht, doch für seine Langlebigkeit und seine unglaubliche Kraft und Energie gab es sicherlich andere, spirituelle Gründe. In lebhaftem Kontrast zu seinem übrigen Körper war Taitas Haar so dicht und kräftig wie das einer gesunden jungen Frau und glänzte wie poliertes Silber. Taita war sehr stolz darauf, wusch und kämmte es regelmäßig und trug es hinten zu einem dicken Zopf zusammengebunden. Trotz seiner Weisheit und seines Alters war der Magus offenbar nicht gegen Eitelkeit gefeit.

Dieser menschliche Zug machte Nefers Liebe zu ihm so stark und brennend, dass sie fast schmerzte. Er wünschte, er könnte diese Liebe irgendwie ausdrücken, doch er wusste auch, dass Taita ihn schon verstehen würde, denn Taita wusste alles.

Nefer streckte verstohlen seinen Arm aus, um den schlafenden alten Mann zu berühren, doch im selben Augenblick öffneten sich dessen Augen, und er war sofort hellwach. Nefer wusste nun, dass Taita nicht geschlafen, sondern alle seine Energien darauf konzentriert hatte, den Gottvogel in die Falle zu locken. Er wusste auch, dass seine Gedanken und Bewegung den alten Mann irgendwie gestört hatten. Seine Missbilligung war so deutlich, als hätte er sie ausgesprochen.

Nefer zog sich reumütig zurück und brachte seinen Körper und Geist wieder unter Kontrolle, wie Taita es ihn gelehrt hatte. Es war, als ob er durch eine geheime Tür zu einem Ort der Macht gelangte. Die Zeit verging schnell und mühelos, bis die Sonne ihren Zenit erreichte und dort stehen zu bleiben schien. Plötzlich hatte Nefer eine wunderbare Vision. Es war fast, als hätte auch er nun die Fähigkeit, über der Erde zu schweben und alles zu sehen, was auf der Welt vorging. Er sah Taita und sich selbst, wie sie neben der Quelle von Gebel Nagara saßen, und die Wüste um sie her. Er sah den großen Fluss, der mit seinen mächtigen Armen die Wüste einschloss und die Grenzen Ägyptens markierte. Er sah die Städte und Königreiche unter sich, das geteilte Land unter der Doppelkrone, große Armeen, bereit zur Schlacht, die Intrigen der Bösen und das Leiden der Gerechten und Guten. In diesem Augenblick sah er seine Bestimmung mit einer Klarheit vor sich, die ihn fast überwältigte und in Schrecken versetzte.

Zugleich wusste er, dass dies der Tag war, an dem sein Gottvogel kommen würde, denn nun war er endlich bereit für ihn.

«Der Vogel ist da!»

Die Worte waren so deutlich, dass Nefer für einen Augenblick meinte, Taita hätte sie gerufen, doch dann wurde ihm klar, dass sich die Lippen des alten Mannes nicht bewegt hatten. Taita hatte Nefer den Gedanken auf eine Weise übermittelt, die er weder begreifen noch erklären konnte. Daran zweifelte er nicht, und im nächsten Augenblick war er ganz sicher, denn die Tauben begannen ängstlich an ihren Fesseln zu zerren. Sie spürten die Gefahr, die über ihnen kreiste.

Nefer ließ sich mit keiner Bewegung anmerken, dass er Taita gehört und verstanden hatte. Er drehte sich nicht um und schaute nicht nach oben. Er rührte sich nicht, so besorgt war er, er könnte den Vogel verschrecken und damit Taitas Zorn erregen. Doch der Vogel war da, das wusste er mit jeder Faser seines Seins.

Der Königsfalke war ein so seltenes Geschöpf, dass nur wenige Menschen ihn je in Freiheit gesehen hatten. Seit tausend Jahren hatte jeder Pharao seine Jäger ausgesandt, diese Vögel zu fangen. Sie hatten sie in Fallen und Netzen gefangen und sogar die Jungen aus den Nestern geraubt, bevor sie flügge waren, um das königliche Vogelhaus zu füllen. Der Besitz dieser Vögel war der Beweis, dass der Pharao mit der göttlichen Vollmacht des großen Horus über Ägypten herrschte.

Der Falke war das *Alter Ego* des Gottes Horus. Statuen und Bilder zeigten ihn stets mit dem Falkenkopf. Da der Pharao selbst ein Gott war, durfte er den Vogel jagen und in Gefangenschaft halten. Für jeden anderen stand darauf die Todesstrafe.

Nun war der Vogel also da, Nefers eigener Vogel. Taita schien ihn vom Himmel gezaubert zu haben. Die Aufregung hielt Nefers Herz umklammert, und seine Lungen waren wie gelähmt, so dass ihm die Brust zu bersten drohte. Und immer noch wagte er nicht, zum Himmel aufzuschauen.

Dann hörte er den Falken. Sein Schrei war wie ein fernes Klagen, fast verloren in der Unermesslichkeit des Himmels und der Wüste, und doch erschütterte er Nefer bis ins Mark, als spräche Horus zu ihm. Dann noch ein Schrei, Sekunden später, direkt über seinem Kopf, diesmal schriller und wilder.

Die Tauben flatterten wild vor Angst und zerrten an ihren Pferdehaarfesseln, so verzweifelt, dass sie von einer Wolke von Staub und ausgefallenen Federn umhüllt waren.

Nefer hörte, wie der Wind im Gefieder des Falken pfiff, und er wusste, dass sein Gottvogel herabschoss. Nun konnte er endlich aufschauen, denn der Vogel würde nur noch seine Beute sehen.

Er sah den Umriss des Falken vor dem strahlend blauen Wüstenhimmel, ein Anblick von göttlicher Schönheit, die Flügel eng angelegt, der Kopf vorgereckt. Der Vogel strahlte eine solche Kraft, solche Macht aus, dass Nefer laut aufstöhnte. Er hatte andere Falken in den Volieren seines Vaters gesehen, doch nicht in der Pracht und Anmut, wie sie sich in der Wildnis zeigten. Auf wunderbare Weise schien der Falke immer größer und farbiger zu werden, während er auf Nefers Netz zustürzte. Der krumme Schnabel war von einem tiefen Gelb, die Augen reines Gold mit Tränen in den Winkeln, der Hals hellgrau mit schwarzen Sprenkeln wie Hermelin, die Flügel rotbraun und schwarz, der ganze Vogel in jeder Hinsicht von so edler Erscheinung, wie sie nur die Inkarnation eines Gottes zeigen konnte. Sein Wunsch, diesen Vogel zu besitzen, war so stark, wie Nefer es nie für möglich gehalten hätte.

Nefer machte sich für den Augenblick bereit, wenn der Falke auf das Netz prallen und sich darin verfangen würde. Er spürte, dass auch Taita wartete. Wenn der Augenblick kam, würden sie beide vorspringen.

Und dann geschah etwas, das er nie erwartet hätte. Er wollte kaum seinen Augen trauen. Die Geschwindigkeit des Sturzflugs war so hoch, dass nur das weiche Gefieder der Tauben ihn sicher stoppen würde. Das hatte Nefer jedenfalls gedacht, doch plötzlich breitete der Falke seine Flügel aus. Für einen Augenblick sah es aus, als würde der Wind sie aus ihren Gelenken reißen, doch dann nutzte der Vogel den Impuls seines Sturzflugs, um wieder hoch in die Lüfte zu steigen. Nach Sekunden war er nur noch ein schwarzer Punkt am blauen Himmelszelt. Sie hörten noch einmal seinen Schrei, fern und klagend, und dann war er verschwunden.

«Er hat sich geweigert», flüsterte Nefer. «Warum, Taita, warum?»

«Die Wege der Götter sind unergründlich.» Nach Stunden des Stillsitzens sprang Taita auf wie ein junger Athlet.

«Wird er wiederkommen?», fragte Nefer. «Er ist mein Vogel, das spüre ich in meinem Herzen. Er ist mein Vogel. Er muss wiederkommen.»

«Er ist Teil der Gottheit», sagte Taita leise, «nicht der Natur.»

«Doch warum hat er sich geweigert? Es muss einen Grund geben.»

Taita antwortete nicht sofort, sondern kniete sich hin und band die Tauben los. Ihre Federn waren inzwischen nachgewachsen, doch sie machten keinen Versuch davonzufliegen, als Taita sie von ihren Fesseln befreite. Eine flatterte hoch und setzte sich auf seine Schulter. Taita nahm sie zärtlich in beide Hände und warf sie in die Luft. Erst dann spannte sie ihre Flügel auf und flog am Felsen empor, gefolgt von ihrer Gefährtin.

Taita sah den Tauben nach, bis sie an ihrem Nistplatz gelandet waren, und ging dann zur Höhle zurück. Nefer folgte ihm langsam, Herz und Beine schwer vor Enttäuschung. Taita setzte sich auf eine Steinplatte am Ende der Höhle und beugte sich vor, um das rauchende Häufchen Dornzweige und Pferdemist anzufachen, bis es wieder lichterloh brannte. Taita war bedrückt und voller düsterer Vorahnungen, und Nefer ließ sich auf seinem gewohnten Platz gegenüber von seinem Lehrer nieder.

Lange Zeit sagte keiner der beiden ein Wort. Nefer schwieg, obwohl die Enttäuschung über den Verlust des Falken so schmerzte, als hätte er seine Hände ins Feuer gehalten. Schließlich seufzte Taita und sagte matt, fast traurig: «Ich muss wohl das Orakel des Ammon Ra befragen.»

Das hatte Nefer nicht erwartet. Während der ganzen Zeit, die sie zusammen verbracht hatten, hatte Taita sich nur zwei Mal in die Labyrinthe des göttlichen Bewusstseins gewagt. Er wusste, dass dies eine prophetische Trance bedeutete, die wie ein kleiner Tod war und den alten Mann sehr erschöpfte. Er würde diese gefährliche Reise in das Übernatürliche nur wagen, wenn er keine andere Wahl hatte.

Nefer schwieg weiter und beobachtete ehrfürchtig, wie Taita das Orakel vorbereitete. Als Erstes zerdrückte er in einem Mörser aus geschnitztem Alabaster verschiedene Kräuter und tat sie in eine Tonschale. Dann goss er aus einem Kupferkessel siedendes Wasser darüber. Der Dampf, den dieses Gebräu erzeugte, war so beißend, dass Nefer die Augen tränten.

Während der Sud abkühlte, holte Taita die Ledertasche mit den geschnitzten Orakelsteinen aus ihrem Versteck ganz hinten in der Höhle. Dann setzte er sich wieder ans Feuer und rieb die Elfenbeinsteine zwischen seinen Fingern, während er die Beschwörungsformel an Ammon Ra zu singen begann.

Die zehn Elfenbeinsteine, die Taita selbst geschnitzt hatte, waren der Schlüssel zu göttlichem Bewusstsein, zu den Labyrinthen des Ammon Ra. Zehn war die mystische Zahl höchster Mächtigkeit.

Jeder Stein zeigte eines der zehn Symbole der Macht, und jeder war ein Kunstwerk für sich. Während des Beschwörungsgesangs klickten die Steine zwischen Taitas Fingern, und nach jeder Strophe blies er sie an, womit er ihnen seine Lebenskraft einhauchte. Sobald sie seine Körperwärme angenommen hatten, gab er sie Nefer.

«Halte sie und hauche sie für mich an», und während Nefer seiner Anweisung folgte, wiegte Taita sich im Rhythmus der magischen Verse. Taita begab sich an die geheimsten Orte seines Geistes und war schon tief in Trance, als Nefer die Orakelsteine in zwei Stapeln vor ihm auftürmte.

Nefers nächste Aufgabe war, ab und zu einen Finger in das Gebräu in der Tonschale zu tauchen und dessen Temperatur zu prüfen. Sobald es genug abgekühlt war, dass Taita sich nicht den Mund verbrennen würde, kniete er sich vor dem alten Mann hin und hielt ihm die Schale mit beiden Händen an die Lippen.

Taita leerte sie bis zum letzten Tropfen, und im Feuerschein sah Nefer, dass sein Gesicht so bleich wurde wie der Kalk von Assuan. Er sang weiter seine Beschwörungsformeln, doch bald war es nur noch ein Flüstern, und nach einer Weile erstarb seine Stimme ganz. Das einzige Geräusch war nun sein röchelnder Atem. Schließlich sank er langsam zu Boden und rollte sich neben dem Feuer zusammen wie eine schlafende Katze.

Nefer legte seinen wollenen Schal über ihn und blieb neben ihm sitzen. Der alte Mann begann zu zucken und zu stöhnen. Der Schweiß tropfte ihm vom Gesicht. Er riss die Augen auf und verdrehte sie, bis nur noch das Weiße sichtbar war, mit dem er blind in die Schatten der Höhle starrte.

Nefer wusste, dass er nichts für den alten Mann tun konnte. Taita befand sich in einer Schattenwelt, wo Nefer ihn nicht erreichen konnte, und bald konnte der Junge nicht mehr mit ansehen, welche Pein der Magus in seiner Trance litt. Er stand leise auf, holte seinen Bogen und Köcher und ging gebückt durch den Eingang der Höhle, hinaus in die Wildnis. Die Sonne stand tief über den Hügeln, ganz gelb in der staubigen Dämmerung. Er wanderte die westlichen Dünen hinauf, und als er von deren Kamm aus in die Täler schaute, empfand er die Enttäuschung über den Vogel, der sich nicht von ihm einfangen lassen wollte, die Sorge um Taita, der sich in den Klauen der Droge und seiner Beschwörungen wand, und seine düsteren Vorahnungen darüber, was Taita in seiner Trance entdecken würde, mit solcher Macht, dass er davor weglaufen wollte wie vor einem furchtbaren Raubtier. Er rannte die Düne hinunter, dass der Sand unter seinen Füßen zischte. Über seine Wangen strömten Tränen des Grauens, und er rannte und rannte, bis der Schweiß an den Beinen herunterlief, bis er kaum noch atmen konnte und die Sonne den Horizont berührte. Erst dann wandte er sich wieder nach Gebel Nagara und legte die letzte Wegstunde in Dunkelheit zurück.

Taita lag immer noch unter seinem Schal neben dem Feuer zusammengerollt, doch er schlief nun. Nefer legte sich neben ihn und nach einer Weile fiel auch er in Schlaf, einen Schlaf voller Albträume.

Als er aufwachte, stahlen sich gerade die ersten Sonnenstrahlen in die Höhle. Taita, immer noch blass und schwach, saß am Feuer und briet Gazellenfleisch auf der Glut. Er spießte eines der Stücke auf seinen Bronzedolch und bot es Nefer an. Der Knabe fühlte sich plötzlich heißhungrig, setzte sich auf und nagte den Knochen blank. Nach der dritten Portion des wohlschmeckenden, zarten Fleisches fühlte er sich endlich stark genug zu fragen: «Was hast du gesehen, Taita? Warum hat sich der Gottvogel mir verweigert?»

«Es war alles verschwommen», antwortete Taita, und Nefer wusste, dass die Omen nicht gut sein konnten und Taita ihn schonen wollte.

Für eine Weile aßen sie schweigend, obwohl Nefer nun kaum noch etwas schmeckte. Schließlich sagte er niedergeschlagen: «Du hast die Lockvögel freigelassen. Wie soll ich morgen die Falle aufbauen?»

«Der Gottvogel wird nicht nach Gebel Nagara zurückkommen», erwiderte Taita kurz angebunden.

«Heißt das, dass ich nie ein Pharao sein werde?»

Nefers Stimme war so voller Schmerz, dass Taita ihn zu beruhigen versuchte. «Wir müssen deinen Vogel aus dem Nest holen.»

«Aber wir wissen doch nicht, wo der Gottvogel zu finden ist!» Nefer hatte aufgehört zu essen und schaute Taita flehend in die Augen.

Der alte Mann senkte den Kopf. «Ich weiß, wo das Nest ist, so viel habe ich gesehen. Aber jetzt musst du essen, wenn du stark bleiben willst. Wir brechen morgen früh auf, vor Sonnenaufgang. Es ist eine lange Reise.»

«Werden denn auch Junge im Nest sein?»

«Ja», antwortete Taita, «die Falken haben gebrütet. Die Jungen sind schon fast flügge. Wir werden deinen Vogel finden.» Oder der Gott wird uns andere Geheimnisse offenbaren, fügte er im Stillen hinzu.

In der Dunkelheit vor der Morgendämmerung banden sie die Wassersäcke und Satteltaschen auf die Pferde und schwangen sich auf die nackten Pferderücken. Taita führte sie vor der Felswand vorbei, den schmalen Weg in die Hügel hinauf. Bis die Sonne sich über den Horizont erhoben hatte, lag Gebel Nagara schon weit unter ihnen. Als Nefer nun nach vorne schaute, zuckte er zusammen. Vor ihm erhob sich die blasse Silhouette eines Berges, blau über blauem Horizont, in so großer Ferne, dass er ganz unwirklich wirkte, eher aus Luft und Dunst denn aus Fels und Erde bestehend. Nefer hatte das bestimmte Gefühl, diesen Berg schon einmal gesehen zu haben, was ihn für einen Augenblick sehr verwirrte. Doch dann wusste er plötzlich, wo er ihn gesehen hatte. «Dieser Berg dort ...» – er zeigte ihn Taita – «dorthin reiten wir, nicht wahr?» Er klang so sicher, dass Taita zu ihm zurückschaute.

«Woher weißt du das?»

«Ich habe es geträumt, letzte Nacht», antwortete Nefer.

Taita wandte sich ab, damit der Junge sein Gesicht nicht sehen konnte. Endlich hatte Nefers Geist sich geöffnet, wie eine Wüstenblume im Morgengrauen. Zum ersten Mal hatte er durch den dunklen Vorhang, der die Zukunft vor uns verbirgt, geschaut. Taita empfand eine tiefe Erleichterung. Er pries die hundert Namen des Horus: Seine Bemühungen waren nicht umsonst gewesen.

«Das ist unser Ziel, ich weiß es», bekräftigte Nefer in vollkommener Gewissheit.

«Ja», gab Taita endlich zu, «unser Ziel ist der Bir Umm Masara.»

Bevor die heißesten Stunden des Tages anbrachen, führte Taita sie in ein Akazienwäldchen in einer tiefen Schlucht, wo die Baumwurzeln Wasser aus einer unterirdischen Quelle sogen. Nachdem sie die Pferde entladen und getränkt hatten, schaute Nefer sich ein wenig um und entdeckte nach wenigen Minuten Spuren von anderen, die diesen Weg gekommen waren. Er rief Taita herbei und zeigte ihm die

Radspuren einer Abteilung von vielleicht zehn Streitwagen, die Asche eines Lagerfeuers und die platt gedrückten Stellen auf dem Boden, wo Männer sich schlafen gelegt hatten. Die Pferde waren offenbar an Akazienstämmen ringsum festgemacht worden.

«Hyksos?», fragte der Knabe ängstlich, denn der Pferdedung in den Wagenspuren war höchstens ein paar Tage alt. Unter der trockenen Kruste fanden sie immer noch Feuchtigkeit, als sie einen Klumpen davon aufbrachen.

«Nein, es sind unsere Leute.» Taita hatte die Wagenspuren erkannt. Schließlich war er derjenige gewesen, der einige Jahrzehnte zuvor die ägyptischen Speichenräder erfunden hatte. Taita bückte sich plötzlich und hob eine winzige, halb von loser Erde bedeckte Bronzerosette auf, die abgefallene Verzierung eines Streitwagens. «Leichte Kavallerie», erklärte Taita, «wahrscheinlich ein Trupp aus dem Phat-Regiment. Fürst Najas Leute.»

«Was tun die wohl hier draußen, so weit von der Front entfernt?», fragte Nefer verwundert, doch Taita zuckte nur die Schultern und ging weg, damit der Junge nicht sah, wie beunruhigt er war.

Der alte Mann brach ihre Rast ab, und sie ritten weiter, obwohl die Sonne noch hoch am Himmel stand. Der Umriss des Bir Umm Masara wurde immer schärfer und füllte bald den halben Himmel vor ihnen. Allmählich zeichneten sich auch Einzelheiten wie Steilwände, Plateaus und Felsspalten ab. Sobald sie den Kamm der ersten Vorgebirgskette erreicht hatten, zügelte Taita sein Pferd und schaute sich um. In der Ferne bewegte sich etwas, und er hielt sich die Hand über die Augen, um sie vor der Sonne abzuschirmen. So konnte er unten in der Wüste eine winzige Staubwolke ausmachen, viele Meilen entfernt. Er beobachtete sie eine Weile und stellte fest, dass sie sich nach Osten bewegte, auf das Rote Meer zu. Er wusste nicht, ob sie von Ochsenkarren oder Streitwagen herrührte. Zu Nefer sagte er jedenfalls nichts. Der Junge dachte ohnehin nur an die Jagd auf seinen Königsfalken und hatte nur Augen für die Bergsilhouette vor ihnen. Taita stieß seinem Pferd die Fersen in die Flanken und ritt an Nefers Seite.

Am Abend, nachdem sie auf halber Höhe des Bir Umm Masara ihr Lager aufgeschlagen hatten, sagte Taita ruhig: «Wir werden heute kein Feuer machen.»

«Aber es ist so kalt», beschwerte sich Nefer.

«Und unser Lagerplatz liegt so offen, dass man ein Feuer aus zehn Wegstunden Entfernung sehen würde.»

«Meinst du, es sind Feinde dort unten?» Nefer blickte besorgt auf die Wüste hinab. «Banditen? Plündernde Beduinen?»

«Es gibt immer Feinde», erinnerte ihn Taita. «Wir wollen lieber frieren als sterben.»

Um Mitternacht wurde Nefer von dem eisigen Wind und dem Stampfen und Schnauben seines jungen Hengstes, Sterntänzer, geweckt. Er rollte sich aus seiner Schaffelldecke und ging zu ihm, um ihn zu beruhigen. Nun sah er, dass auch Taita wach war und ein wenig abseits saß.

«Hier, siehst du das?» Der alte Mann zeigte in die Wüste. In der Ferne flackerte ein Licht. «Ein Lagerfeuer.»

«Es könnte sich um eine unserer Abteilungen handeln, vielleicht die, deren Spuren wir gestern gefunden haben», meinte Nefer.

«Ganz richtig», stimmte Taita zu, «es könnte jedoch auch etwas ganz anderes sein.»

Nach einer langen, nachdenklichen Pause sagte Nefer: «Ich habe genug geschlafen. Es ist sowieso zu kalt. Warum steigen wir nicht auf und reiten weiter?»

Sie beluden die Pferde und folgten im Mondschein einem schmalen Ziegenpfad, der sie um die östliche Schulter des Bir Umm Masara herum führte. Als es hell wurde, waren sie von dem fernen Lager in der Wüste aus nicht mehr zu sehen.

Der Wagen des Sonnengottes Ammon Ra brach aus dem östlichen Himmel hervor und tauchte den Berg in goldenes Licht. Im scharfen Morgenlicht wirkten die Felsspalten und Schluchten noch schwärzer als sonst. Die Wüste tief unten war von grandioser Schönheit und Weite.

Nefer warf den Kopf zurück und jubelte: «Schau! O, schau nur!» Er zeigte den Berg hinauf, über den Felsengipfel hinweg. Taita folgte seinem Blick und sah die beiden Punkte, die gemeinsam ihre Kreise zogen. Dann und wann traf sie ein Sonnenstrahl, und sie blitzten auf wie Sternschnuppen.

«Königsfalken», lächelte Taita glücklich. «Ein Paar.»

Sie stiegen von ihren Pferden ab und suchten sich eine Stelle, von der aus sie die Vögel beobachten konnten. Selbst aus dieser Entfernung wirkten sie so majestätisch und schön, dass Nefer es nicht in

Worte fassen konnte. Plötzlich brach einer der beiden Falken, das kleinere männliche Tier, der Terzel, aus der Flugbahn, flog gegen den Wind und schlug kraftvoll die Flügel.

«Er hat etwas entdeckt», rief Nefer in der Aufregung und Freude des echten Falkners. «Pass auf!»

Der Terzel stürzte vom Himmel wie von einem Bogen geschossen. Eine einzelne Taube segelte nichts ahnend unten an der Felswand entlang. Nefer sah genau, wann der plumpe Vogel sich der Gefahr plötzlich bewusst wurde und versuchte, dem Falken auszuweichen. Er schlug in vollem Flug einen Haken auf die schützende Wand zu. Der Richtungswechsel war so abrupt, dass er sich für einen Augenblick auf den Rücken drehte. So krallte sich der Terzel mit beiden Füßen in den Bauch der Taube, die sich dabei in rot-blauen Rauch aufzulösen schien. Die Federn trieben in einer langen Wolke im Morgenwind davon, während der Falke sein Opfer festhielt und in die Schlucht hinabstürzte. Jäger und Opfer landeten schließlich auf dem geröllhaltigen Abhang, nicht weit von Nefer entfernt. Nefer hörte den dumpfen Aufprall, der von der Felswand widerhallte.

Der Knabe tanzte vor Freude, und selbst Taita, der die Falken schon immer geliebt hatte, konnte sein Vergnügen nicht verbergen.

«Bak-her!», rief er, während der Falke sein Jagdritual abschloss, indem er einen prächtig gemusterten Flügel über der toten Taube ausbreitete und damit den Fang als sein Eigentum erklärte.

Der weibliche Falke näherte sich in anmutigen Spiralen und landete auf dem Felsen neben seinem Gefährten. Der zog seine Flügel ein, um das Weibchen an der Beute teilhaben zu lassen, und sie fraßen gemeinsam. Dabei zerrissen sie den Kadaver mit ihren messerscharfen Schnäbeln und hoben jedes Mal den Kopf, um mit ihren wilden gelben Augen zu Nefer hinüberzustarren, bevor sie die blutigen Stücke Fleisch samt Knochen und Federn herunterschlangen. Sie waren sich der Anwesenheit der Menschen und Pferde vollkommen bewusst, doch störten sie sich nicht daran, solange sie sich nicht näherten.

Als von der Taube nur noch ein Blutfleck auf dem Felsen und ein paar Federn übrig waren und die Falken ihre Bäuche gefüllt hatten, erhoben sie sich wieder in die Lüfte. Die Flügel hatten nun einige Arbeit zu leisten, um die voll gefressenen Leiber zur Kante der senkrechten Felswand hinaufzutragen.

«Folge ihnen!» Taita raffte seinen Rock zusammen und machte sich auf den Weg über das tückische Geröllfeld. «Du darfst sie nicht aus den Augen verlieren.»

Nefer war schneller und gewandter und lief voraus. Der Berg gipfelte in zwei mächtigen schwarzen Felsnadeln, die schon von der Schulter aus, auf der Nefer und Taita sich befanden, beängstigend wirkten. Der Knabe und der alte Mann beobachteten, wie sich die Falken vor diesem Naturmonument in die Höhe schraubten, und Nefer entdeckte endlich, wo ihr Ziel war. An einem Felsüberhang auf halber Höhe des östlichen Gipfelturms erspähte er einen V-förmigen Spalt mit einer Plattform aus Ästen und Zweigen darin.

«Das Nest», rief Nefer, «da ist das Nest!»

Die beiden standen nebeneinander und sahen mit zurückgebogenem Kopf zu, wie die Falken einer nach dem anderen auf dem Nestrand landeten und begannen, das Taubenfleisch hochzuwürgen. Der Wind, der von der Felswand herabwehte, trug einen schwachen Laut zu Nefer: der Chor der Jungvögel, die nach ihrem Futter schrien. Nefer und Taita konnten, von wo sie standen, die Falkenjungen nicht sehen, sosehr sich Nefer auch bemühte. «Wenn wir den Westgipfel besteigen und diese Stelle dort erreichen», er zeigte sie Taita, «dann können wir in das Nest hinabschauen.»

«Hilf mir zuerst mit den Pferden», kommandierte Taita. Sie banden den Tieren die Vorderläufe zusammen und ließen sie sich an dem spärlichen Berggras laben, das in dem bisschen Feuchtigkeit, die der Wind vom fernen Roten Meer herübertrug, wachsen konnte.

Die Besteigung des Westgipfels nahm den übrigen Morgen in Anspruch. Obwohl Taita mit unfehlbarem Scharfblick die leichteste Route über die Rückseite des Felsturms gefunden hatte, musste Nefer an manchen Stellen die Luft anhalten und in eine andere Richtung schauen, wenn er den Abgrund hinter sich sah. Schließlich kamen sie auf einem schmalen Felsvorsprung dicht unter dem Gipfel an. Dort hockten sie sich für eine Weile hin, um Luft zu schnappen, und bewunderten die fantastische Aussicht mit dem Meer im Hintergrund. Die ganze Schöpfung schien sich vor ihnen auszubreiten, während der Wind um sie heulte und Nefers Lockenkopf kraulte.

«Wo ist das Nest?» Selbst an diesem gefährlichen Ort hoch über der Welt konnte er nur an seinen Gottfalken denken.

«Komm!» Taita erhob sich und schob sich vorsichtig weiter, den

Rücken an der Felswand, die Fußspitzen über dem gähnenden Abgrund. So arbeiteten sie sich langsam vor, bis endlich der Ostgipfel in Sicht kam. Die senkrechte Wand des anderen Felsturms war vielleicht nur fünfzig Ellen entfernt, der Abgrund zwischen den beiden Gipfeln jedoch so tief, dass Nefer ein wenig schwindlig wurde und fast ins Schwanken geriet.

Sie waren nun höher als das Nest und konnten hineinschauen. Die Falkenmutter hockte auf dem Rand und verdeckte, was sich im Nest befand, doch bald drehte sie den Kopf und starrte feindselig in Richtung der beiden Eindringlinge. Die Federn auf ihrem Rücken stellten sich auf wie die Mähne eines Löwen kurz vor dem Sprung. Dann stieß sie einen wilden Schrei aus, spannte die Flügel, hängte sich in der Mitte des Abgrunds in den Wind, so dass sie fast bewegungslos in der Luft stand, und beobachtete Taita und Nefer eindringlich. Sie war so nah, dass sie jede einzelne Feder in ihren Schwingen sehen konnten.

Durch ihr Aufsteigen war der Inhalt des Nests frei zu sehen: Zwei Jungvögel kuschelten sich dort in die Federn und Wollflocken, mit denen ihre Eltern das Nest ausgekleidet hatten. Ihr Gefieder war voll entwickelt, und sie waren fast so groß wie ihre Mutter. Während Nefer staunend zu ihnen hinüberstarrte, erhob sich eines der Jungtiere, breitete seine Flügel aus und flatterte wild.

«Er ist wunderschön.» Nefer stöhnte vor Verlangen. «Das Schönste, was ich je gesehen habe.»

«Er übt für seinen ersten Flug», sagte Taita leise. «Sieh nur, wie stark er schon ist. In wenigen Tagen wird er das Nest verlassen.»

«Ich werde noch heute zu ihnen klettern», schwor Nefer und machte Anstalten zurückzugehen, doch Taita legte ihm eine Hand auf die Schulter.

«Langsam. Ein solches Unternehmen beginnt man nicht, ohne es sorgfältig zu planen. Komm, setzen wir uns hin.»

Nefer lehnte sich an Taitas Schulter, und der Alte wies ihn auf die Schwierigkeiten hin, die mit der Besteigung der Felsspitze gegenüber verbunden waren. «Die Wand unter dem Nest ist glatt wie Glas. Es geht fünfzig Ellen senkrecht bergauf, ohne jeden Griff, ohne jede Kante, wo du einen Fuß hinsetzen könntest.»

Nefer riss seinen Blick von dem jungen Falken los und schaute an der Felswand hinunter. Taita hatte Recht. Nicht einmal der Klippschiefer, diese klettersichere, murmeltierartige Kreatur, die in diesen Höhen heimisch war, würde diese Wand erklimmen können. «Wie soll ich nur zu dem Nest kommen, Taita? Ich will diese Jungen. Ich will sie so sehr …»

«Schau, was über dem Nest ist.» Taita zeigte auf die Wand. «Siehst du, wie die Spalte sich nach oben fortsetzt, bis zum Gipfel?»

Nefer nickte. Er konnte nicht sprechen. Seine Kehle trocknete aus, wenn er an den gefährlichen Weg dachte, den Taita ihm zeigte.

«Wir werden einen Weg zum Gipfel über dem Nest finden. Wir nehmen die Pferdestricke mit, und ich werde dich von oben abseilen. Du kannst dich mit Händen und Füßen in die Spalte klemmen, und ich sichere dich mit dem Seil.»

Nefer konnte immer noch nicht sprechen. Ihm drehte sich fast der Magen um, wenn er sich vorstellte, was Taita im Sinn zu haben schien. Kein Mensch würde dieses Vorhaben überleben. Taita verstand, was der Knabe empfand, und bestand nicht auf einer Antwort.

Nefer schüttelte den Kopf. «Ich glaube …», doch dann schaute er wieder zu den beiden jungen Falken. Er wusste, es war seine Bestimmung. Einer der beiden war sein Gottvogel, und ohne ihn konnte er nicht die Krone seines Vaters erben. Jetzt aufgeben hieße alles verlieren, zu dem die Götter ihn bestimmt hatten. Er musste es tun.

Taita spürte, dass der Junge die Herausforderung angenommen hatte und damit zum Mann geworden war, und er freute sich, denn dies war auch seine Bestimmung.

«Ich werde es versuchen», sagte Nefer kurz und stand auf. «Lass uns absteigen und uns vorbereiten.»

Am nächsten Morgen verließen sie ihr einfaches Lager und begannen den Aufstieg noch im Dunkeln. Irgendwie fand Taita einen Pfad, den nicht einmal Nefers junge Augen erkennen konnten. Beide trugen eine schwere Rolle aus Leinen und Pferdehaar geflochtener Seile auf dem Rücken, mit denen normalerweise Pferde angebunden wurden. Sie hatten auch einen der kleineren Wasserbeutel mitgenommen, denn Taita wusste, dass es heiß sein würde auf dem Gipfel, wenn die Sonne hoch am Himmel stand.

Bis sie die Rückseite des Ostgipfels erreicht hatten, war es hell genug geworden, um die Wand über ihnen sehen zu können. Taita verbrachte eine Stunde damit, die Route zu studieren, und schließlich fand er einen Aufstieg, mit dem er zufrieden war. «Im Namen des allmächtigen, großen Horus, lass uns beginnen.» Er machte das Zeichen des Verwundeten Auges des Horus und führte Nefer zu der Stelle, die er als Einstieg ausersehen hatte.

«Ich werde voraussteigen», erklärte er dem Jungen, während er sich ein Ende seines Seils um die Taille knotete. «Gib mir allmählich mehr Länge. Beobachte genau, was ich tue, und wenn ich Bescheid sage, binde dir das andere Ende des Seils um den Bauch und folge mir. Wenn du ausrutschst, werde ich dich halten.»

Zuerst war Nefer sehr vorsichtig und folgte genau der Route, die Taita genommen hatte. Sein Gesicht zeigte die Anspannung und Konzentration bei jedem Schritt und Griff, doch mit Taitas Ermunterung fühlte er sich immer sicherer, und als er neben Taita ankam, grinste er: «Das war einfach.»

«Es wird bald schwerer werden», versicherte Taita ihm und führte ihn in die nächste Steigung. Diesmal stieg Nefer hinter ihm her wie ein Äffchen, schwatzend und singend vor Freude und Aufregung. Und dann standen sie vor einem Felskamin, der oben zu einem engen Spalt wurde.

«Der Aufstieg hier ist dem deines Abstiegs zum Nest ganz ähnlich. Schau dir genau an, wie ich mich in den Kamin klemme.» Taita stellte sich seitwärts in die Spalte und hievte sich mit Händen und Füßen hinauf, langsam, aber ohne Pause. Auch als der Kamin immer enger wurde, zögerte er nicht, sondern kletterte weiter, wie jemand, der eine Leiter hochsteigt. Sein Rock flatterte ihm um die dürren alten Beine, und Nefer konnte die groteske Narbe sehen, wo man ihm seine Männlichkeit abgeschnitten hatte. Nefer hatte die furchtbare Verstümmelung schon früher gesehen und sich so daran gewöhnt, dass es ihm nichts mehr ausmachte.

Als Taita ihm zurief nachzukommen, fand Nefer sofort den richtigen Rhythmus und tanzte regelrecht den Felskamin hinauf.

Wie sollte es auch anders sein, sagte sich Taita. Er versuchte, seinen Stolz zu bezähmen. Schließlich floss in den Adern des Jungen das Blut von Kriegern und großen Athleten – und er hatte mich als Lehrer, dachte er. Kein Wunder, dass er so gut ist. Er lächelte, und seine Augen funkelten, als wäre er selbst wieder ein junger Mann.

Die Sonne hatte erst die Hälfte ihres Weges zum Zenit zurückgelegt, als sie zusammen auf dem Gipfel des Ostturms standen. «Wir legen besser eine kleine Rast ein.» Taita nahm den Wasserbeutel von seiner Schulter und setzte sich hin.

«Ich bin aber nicht müde, Taita.»

«Trotzdem, lass uns rasten.» Taita reichte ihm den Wasserbeutel und sah zu, wie der Junge ein Dutzend Schlücke nahm. «Der Abstieg zum Nest wird schwieriger sein», sagte er, als Nefer den Beutel absetzte, um Luft zu holen. «Du wirst niemanden haben, der dir den Weg zeigt, und an einer Stelle wirst du nicht sehen können, wo dein nächster Schritt hinführt.»

«Es wird schon gut gehen, Taita.»

«Wenn die Götter es zulassen.» Taita wandte sich ab, als wolle er die Pracht des Berges, der Wüste und des Meeres noch einmal bewundern, in Wirklichkeit aber, damit der Junge seine Lippen nicht sehen konnte, als er betete: «Breite deine Schwingen über ihm aus, mächtiger Horus, denn er ist der, den du auserwählt hast. Hüte ihn, o Lostris, die du zur Göttin geworden bist, denn dies ist die Frucht deines Leibes und Blut von deinem Blut. Lass deine Hände von ihm, stinkender Seth, rühre ihn nicht an, denn du bist schwächer als jene, die dieses Kind beschützen.» Er überlegte sich noch einmal, ob es wirklich klug war, den Gott der Finsternis und des Chaos so herauszufordern, und milderte seine Warnung mit einem kleinen Friedensangebot: «Verschone ihn, guter Seth, und ich werde dir einen Ochsen opfern in deinem Tempel von Abydos, wenn ich das nächste Mal dorthin komme.»

Dann stand er auf und sagte zu Nefer: «Es wird Zeit, den Versuch zu wagen.»

Er ging zur anderen Seite des Gipfels vor, bis zum Rand, und schaute zu den grasenden Pferden am Fuß der Felswand hinunter. Sie erschienen nicht größer als neugeborene Mäuse. Das Falkenweibchen kreiste über dem Abgrund, und er meinte etwas Ungewöhnliches an ihrem Verhalten zu bemerken, besonders wenn sie einen eigenartigen, traurigen Schrei ausstieß, wie er ihn noch nie von einem Königsfalken gehört hatte. Von dem Männchen war nichts zu sehen, sosehr er auch den Himmel absuchte.

Er schaute über den Abgrund zum Hauptgipfel des Berges und zu dem Vorsprung hinüber, wo sie am Vortag gestanden hatten. Daran orientierte er sich, denn der überhängende Fels unter ihm versperrte die Sicht auf das Nest. Er bewegte sich langsam am Rand des Gipfelplateaus entlang, bis er die Ritze entdeckte, die zum Falkenhorst führen musste.

Er hob einen losen Kiesel auf und warf ihn über den Rand. Der Stein prallte einmal gegen die Wand und verschwand außer Sichtweite. Taita hoffte, er würde damit den Terzel aus dem Nest scheuchen und so dessen genaue Lage verraten, doch es rührte sich immer noch nichts. Und der weibliche Vogel zog weiter ziellos seine Kreise und stieß seine eigenartigen, einsamen Schreie aus.

Taita rief Nefer zu sich und band ihm ein Ende des Seils um die Taille. Er überprüfte den Knoten sorgfältig und ließ dann das restliche Seil durch seine Finger gleiten, Zoll für Zoll, um es auf Risse oder andere Schwächen zu untersuchen. «Wenn es so weit ist, steck den jungen Falken in die Satteltasche», erinnerte er Nefer, bevor er die Schlinge prüfte, mit welcher der Junge sich die Tasche über die Schulter gebunden hatte, damit sie ihn beim Klettern nicht behinderte.

«Nun hör endlich auf, mich zu bemuttern. Mein Vater sagt, manchmal wärst du wie eine alte Frau.»

«Dein Vater sollte lieber mehr Respekt zeigen. Schließlich habe ich ihm den Hintern abgewischt, als er ein schreiender Säugling war, genau wie ich deinen abgewischt habe.» Taita schob den schicksalhaften Augenblick weiter hinaus, indem er noch einmal den Knoten in Nefers Taille prüfte, doch diesmal trat Nefer nach vorn und stellte sich aufrecht an den Rand des Abgrunds, ohne das geringste Zögern zu zeigen.

«Bist du bereit?» Er schaute lächelnd über seine Schulter. Seine weißen Zähne und die dunkelgrünen Augen blitzten auf, die Augen, die Taita so lebhaft an Königin Lostris erinnerten. Nefer war sogar noch hübscher als sein Vater in diesem Alter, fiel Taita in diesem Augenblick auf.

«Wir können nicht den ganzen Tag warten.» Das war einer der Lieblingsausdrücke seines Vaters, die Nefer nun in königlicher Manier von sich gab.

Taita setzte sich und brachte sich in eine Position, in der er seine Füße gegen den Fels stemmen und sich in das Seil legen konnte, das er um seine Schulter geschlungen hatte. Er nickte Nefer zu und bemerkte, wie das mutige Grinsen aus dessen Gesicht verschwand, als er sich vorsichtig über den Rand abließ. So arbeitete sich Nefer langsam nach unten, während Taita entsprechend Seil nachgab.

Bald war Nefer an der Stelle, wo die Felswand sich nach außen wölbte. Er klammerte sich mit beiden Händen an den Fels und tastete mit den Füßen nach einem Tritt unter dem Überhang. Schließlich fand er die Felsritze mit seinen Zehenspitzen, drehte die Füße, um sich in den Riss zu klemmen, und ließ seinen restlichen Körper nachrutschen. Er blickte ein letztes Mal zu Taita hinauf, versuchte zu lächeln, brachte jedoch nur eine verkrampfte Grimasse zustande und schwang sich um den Überhang. Bevor er wieder Halt fand, kamen seine Füße ins Rutschen, und er begann sich am Seil zu drehen. Wenn er jetzt seinen Tritt verlor, würde er hilflos über dem Abgrund baumeln. Er bezweifelte, ob der alte Mann die Kraft haben würde, ihn hochzuziehen.

Nefer streckte verzweifelt einen Arm aus und fand einen Griff in der Felsritze. Wenigstens hörte jetzt das Drehen auf. Mit der anderen Hand fand er den nächsten Griff. Er hatte den Überhang überwunden, doch das Herz hämmerte ihm in der Brust, und sein Atem pfiff in seiner Kehle.

«Alles in Ordnung?» Er hörte Taitas Stimme.

«Ja», keuchte Nefer. Er schaute zwischen seinen Knien hindurch nach unten und sah, wie der Riss sich in die breitere Felsspalte über dem Nest öffnete. Seine Arme waren müde und begannen zu zittern. Er streckte sein rechtes Bein aus und fand den nächsten Tritt.

Taita hatte Recht: Der Abstieg war schwieriger als der Aufstieg. Bei der nächsten Bewegung seiner rechten Hand sah er, dass seine Knöchel schon wund waren und rote Spuren auf dem Fels zurückließen. Dann, endlich, erreichte er die Stelle, wo der Riss in dem V-förmigen Felsspalt endete. Wieder konnte er nicht sehen, wo der nächste Tritt war, und musste mit seinen Füßen nach Halt tasten.

Gestern, als er mit Taita auf der anderen Seite des Abgrunds saß und den Abstieg besprach, hatte dieser Übergang so einfach ausgesehen, doch nun schwangen seine Beine über dem Abgrund, der ihn mit seinem riesigen Maul aufzusaugen schien. Er krallte sich mit beiden Händen an die Wand. Er war starr vor Angst. Der heiße Wind, der an ihm zerrte, schien den letzten Funken seines Muts davongetragen zu haben und drohte nun, ihn von der Wand zu reißen. Er schaute nach unten, und der Schweiß auf seinen Wangen mischte sich mit Tränen. Der Abgrund schnappte nach ihm, er konnte ihn riechen, den stinkenden Atem des Grauens, der ihm den Magen umdrehte.

«Beweg dich!», wehte Taitas Stimme zu ihm herunter, nicht laut, aber drängend. «Du musst in Bewegung bleiben!»

Nefer nahm seine letzten Kräfte zusammen, um es noch einmal zu versuchen, und schließlich fand er mit seinen nackten Zehen eine Kante, die breit genug zu sein schien, ihm als Tritt zu dienen. Er ließ sich an seinen schmerzenden, zitternden Armen ab, doch plötzlich rutschten seine Füße weg, und seine Arme waren zu müde, weiterhin sein Gewicht zu tragen. Er stürzte mit einem Schrei.

Der Sturz ging jedoch nicht weiter als eine Armeslänge. Die Seilschlaufe zog sich schneidend unter seinen Rippen zusammen und presste ihm die Luft aus den Lungen. Er verlor seinen Griff an der Felswand und schwang über den Abgrund hinaus, nur noch gehalten von seinem Seil und dem alten Mann über ihm.

«Nefer, kannst du mich hören?», ächzte Taita unter dem Gewicht des Jungen. Nefer wimmerte wie ein junger Hund. «Du musst wieder Griff finden», beschwor ihn Taita, «du kannst nicht ewig dort hängen bleiben.» Taitas Stimme beruhigte ihn. Er blinzelte die Tränen aus seinen Augen und sah, dass die Felswand immer noch in greifbarer Nähe war.

«Na komm schon, such dir einen Griff!», spornte Taita ihn an. Nefer hing direkt vor der Felsspalte. Die Öffnung war tief genug, dass er hineinpassen würde, und die schräge Kante breit genug, dass er darauf stehen könnte, wenn er sie erreichen konnte. Er streckte einen zitternden Arm aus und berührte die Wand mit seinen Fingerspitzen, und allmählich schwang er darauf zu.

Es schien eine Ewigkeit zu dauern und unendlich schwer zu sein, doch schließlich schwang er in die Spalte, brachte beide Füße auf den schrägen Boden, ging in die Knie und ließ sich nach vorn fallen, so dass er sich mit den Händen an der anderen Seite sichern konnte. Keuchend nach Luft ringend, hielt er inne.

Taita spürte, wie das Seil schlaff wurde, und ermunterte Nefer: «*Bak-her*, Nefer, *bak-her!* Wo bist du?»

«Ich bin in der Spalte über dem Nest.»

«Was kannst du sehen?» Taita wollte, dass der Junge an andere Dinge dachte als an den Abgrund, der unter ihm klaffte.

Nefer wischte sich mit einem Handrücken den Schweiß aus den Augen und schaute nach unten. «Ich kann den Rand des Nests sehen.»

«Wie weit ist es entfernt?»

«Nicht weit.»

«Kannst du es erreichen?»

«Ich werde es versuchen.» Nefer schob sich langsam den schrägen Boden hinunter. Unter sich konnte er die trockenen Zweige sehen, die am Nestrand überstanden, dann den Rand selbst und immer mehr von dem Nest, je weiter er abstieg.

Diesmal war seine Stimme wieder stärker und voller Aufregung. «Ich kann den Terzel sehen! Er hockt noch auf dem Nest!»

«Was macht er dort?», rief Taita.

Das Falkenmännchen lag bewegungslos am hohen Rand des zerwühlten Nests. Wie konnte es schlafen und nicht merken, was über ihm vor sich ging, fragte sich Nefer. Nun, da er den Vogel so dicht vor sich hatte und das Nest fast berühren konnte, wich seine Furcht unendlicher Aufregung.

Er arbeitete sich schneller und sicherer vor, während der Boden unter seinen Füßen immer ebener wurde und die Spalte immer breiter, so dass er bald aufrecht stehen konnte.

«Ich kann seinen Kopf sehen!» Der Terzel hatte seine Flügel ausgebreitet, als würde er eine Beute abschirmen. Wie schön er ist, dachte Nefer. Ich kann ihn fast berühren, und er zeigt immer noch keine Furcht.

Plötzlich wurde ihm klar, dass er den schlafenden Vogel ergreifen konnte. Er suchte sich einen sicheren Stand, streckte langsam einen Arm aus und hielt erst inne, als seine Hand über dem Falken schwebte.

Auf dem rotbraunen Rücken des Vogels sah er nun winzige Blutstropfen, die wie Rubine in der Sonne funkelten, und plötzlich fühlte er einen stechenden Schmerz, als er begriff, dass der Terzel tot war. Das Gefühl des Verlusts überwältigte ihn fast. Er spürte, dass ihm etwas sehr Kostbares für immer entrissen worden war. Es war nicht nur der tote Falke. Der königliche Vogel stand für mehr: Er war das Symbol eines Gottes und Königs. Der Vogelkadaver schien sich vor seinen Augen in den Leichnam des Pharaos zu verwandeln.

Nefer schluchzte auf und riss seine Hand zurück – und keinen

Augenblick zu früh, denn nun hörte er ein lautes Zischen. Ein riesiges, schwarz glänzendes Etwas schnappte nach der Stelle, wo seine Hand gewesen war, und schwang mit solcher Gewalt zurück, dass das ganze Nest erzitterte.

Nefer zog sich so weit zurück, wie es der enge Felsspalt erlaubte, und starrte der grotesken Kreatur, die sich vor ihm hin und her wiegte, in die hässliche Fratze. Alles erschien schärfer und größer, und die Zeit verging so langsam wie in einem grauenhaften Albtraum. Die toten Falkenjungen lagen hinter dem Terzel auf dem Grund des Nestes, vom Schwanz einer gigantischen schwarzen Kobra umschlungen. Direkt vor ihm erhob sich der Kopf und der schwarz und weiß gemusterte Halsschild der Riesenschlange.

Die glatte schwarze Schlangenzunge züngelte zwischen den dünnen, grinsenden Lippen hervor, und die schwarzen, unergründlichen Augen, in denen sich die Sonne als winziger Stern spiegelte, starrten Nefer hypnotisch an.

Nefer wollte Taita eine Warnung zurufen, doch seine Kehle war wie zugeschnürt. Er konnte seinen Blick nicht von der Kobra und ihren grässlichen starren Augen wenden. Ihr Kopf schwang langsam vor ihm hin und her, doch der zusammengeringelte Schwanz, der nun das ganze Nest zu füllen schien, glitt zuckend und knisternd an den trockenen Zweigen entlang. Jede einzelne Schuppe ihrer Haut funkelte wie ein Juwel, und jede Windung des Schlangenschwanzes war so dick wie Nefers Arm.

Der Kopf schwang zurück, und die Schlange riss ihren Rachen so weit auf, dass Nefer den blassgelben Schlund sehen konnte und wie sich in den weichen Falten des Mauls die fast durchsichtigen Giftzähne aufrichteten. Jede der knochigen Nadeln verriet sich durch einen winzigen, farblosen Tropfen Gift an der Spitze.

Der widerliche Kopf schnellte nach vorn, und die Kobra schnappte nach Nefers Gesicht.

Nefer schrie auf und warf sich zur Seite. Dabei verlor er das Gleichgewicht und fiel rücklings aus der Felsspalte.

Taita war darauf vorbereitet, dass das Seil sich plötzlich anspannen würde, doch als es nun Nefers volles Gewicht auffing, wurde er fast von den Füßen gerissen. Ein Stück des Pferdehaarseils rutschte ihm durch die Hände und hinterließ brennende Spuren, doch dann bekam er es in den Griff. In der Tiefe hörte er den Jungen schreien und er spürte, wie Nefer am anderen Ende des Seils über dem Abgrund baumelte.

Zunächst pendelte Nefer vom Falkenhorst weg, doch dann schwang er geradewegs auf die Schlange zu, die sich schnell von dem verfehlten Angriff erholt hatte und aufgerichtet auf ihn wartete. Sie starrte den Jungen an und stieß ein furchtbares Zischen aus.

Nefer schrie wieder auf und trat wild um sich. Taita erkannte die Verzweiflung in dem Schrei und zerrte mit aller Kraft an dem Seil, bis seine Muskeln zu zerreißen drohten.

Die Kobra schnappte instinktiv nach Nefers Augen, sobald er in ihre Reichweite kam, doch im selben Moment sorgte Taitas Ruck an dem Seil dafür, dass der Junge zur Seite schwang. So schnellte das weit aufgerissene Schlangenmaul einen Fingerbreit an Nefers Ohr vorbei und prallte mit Kopf und Hals gegen seine Schulter, wie der Peitschenschlag eines Wagenfahrers. Nefer schrie. Er war sicher, tödlich gebissen worden zu sein.

Während er wieder von der Wand weg schwang, schaute er zu der Stelle auf seiner Schulter, wo die Schlange ihre Giftzähne eingeschlagen hatte, und sah zu seiner Erleichterung, dass sie ihr blassgelbes Gift über das dicke Leder seiner Satteltasche verspritzt hatte. Das gab ihm neuen Mut, und er zog sich die Tasche vor die Brust, um sie dann, während er auf die wieder angriffsbereite Kobra zu pendelte, wie einen Schild vor sich zu halten.

Als die Schlange das nächste Mal vorschnellte, fing Nefer sie mit seiner Ledertasche ab. Das Untier verbiss sich darin mit seinen Giftzähnen und ließ auch nicht los, als Nefer wieder nach außen schwang. So zog der Prinz die ganze Bestie, ein Knäuel aus gewundenem Fleisch und polierten Schuppen, nach und nach aus dem Nest. Das Fleischknäuel schlug gegen seine Beine, der Schlangenschwanz peitschte ihn, der Kopf zischte fürchterlich und versprühte Wolken von Gift, das von der Ledertasche tropfte. Die Kobra war so schwer, dass Nefers ganzer Körper wild geschüttelt wurde.

Fast ohne nachzudenken, schleuderte Nefer die Tasche von sich und mit ihr die Kobra, die immer noch mit ihren Fängen daran zerrte. Die Tasche stürzte mit der sich windenden und peitschenden Schlange in den Abgrund. Das Zischen klang immer ferner, als die Kobra vor der Felswand hinab in die Tiefe fiel. Ihr Sturz schien nicht enden zu wollen, und als sie endlich auf dem Felsen tief unten aufschlug, schien sie von dem Aufprall nicht einmal benommen. Sie ringelte sich zusammen und rollte über das Geröllfeld wie ein riesiger schwarzer Ball, bis Nefer sie zwischen den grauen Felsblöcken aus den Augen verlor.

Irgendwann drang durch das Grauen, das seinen Geist umnebelte, Taitas Stimme, heiser vor Erschöpfung und Sorge. «Sag etwas, Junge! Kannst du mich hören?»

«Ich bin hier, Taita», antwortete Nefer, mit zitternder Stimme.

«Ich ziehe dich rauf!»

Taita hievte Nefer langsam, mit einem Ruck nach dem anderen, auf den Gipfel zu. Selbst in seiner Verzweiflung staunte Nefer noch über die Kraft des alten Mannes. Als die Felswand in Reichweite kam, konnte er das Seil etwas von seinem Gewicht entlasten, und es ging schneller voran. Und dann, endlich, tastete er sich um den Überhang herum und sah mit unendlicher Erleichterung Taitas Gesicht, scheinbar so alt wie die Sphinx, verzerrt vor Anstrengung.

Nach einem letzten Ruck rollte Nefer über den Rand des Gipfelplateaus und fiel dem alten Mann in die Arme. Dort lag er keuchend und schluchzend, unfähig, ein Wort zu sagen. Taita drückte ihn an seine Brust. Auch er zitterte vor Rührung und Erschöpfung, doch langsam beruhigten sich beide. Taita hielt Nefer den Wasserbeutel an die Lippen, und der Junge schluckte, hustete und schluckte noch einmal. Dann schaute er den alten Mann mit einem Blick so voller Verzweiflung an, dass der Alte ihn noch fester an sich drückte.

«Es war schrecklich.» Nefers Worte waren kaum zu hören. «Ich war an ihrem Nest. Die Falken waren tot, alle. Sie hat sie umgebracht. Ach Taita, es war schrecklich.»

«Was war es, Nefer?», fragte Taita sanft.

«Sie hat meinen Gottvogel umgebracht, und den Terzel.»

«Langsam, mein Junge. Trink noch etwas.»

Er hielt ihm wieder den Wasserbeutel hin, und Nefer verschluckte sich und schüttelte sich in einem Hustenanfall. Als er wieder sprechen konnte, keuchte er: «Sie wollte auch mich umbringen. Sie war so groß und so schwarz.»

«Was war es, Junge? Sag es mir.»

«Eine Kobra, eine riesige schwarze Kobra. Sie wartete im Nest auf mich. Den Terzel und die Jungfalken hatte sie schon tot gebissen.

Sobald sie mich sah, stürzte sie sich auf mich. Ich hätte nie gedacht, dass eine Kobra so groß sein kann.»

«Hat sie dich gebissen?» Taita war besorgt. Er zog Nefer auf die Füße und wollte ihn untersuchen.

«Nein, Taita. Ich habe die Tasche als Schild vor mich gehalten. Ihre Giftzähne haben mich nie berührt», beteuerte Nefer, doch Taita nahm ihm den Rock ab und tastete seinen ganzen Körper nach Schlangenbissen ab. Eines seiner Handgelenke und beide Knie waren aufgeschürft, doch sonst zeigte der starke junge Körper keine Spur einer Verletzung.

«Dank sei dem großen Gott, der dich beschützt hat», murmelte Taita. «Mit der Erscheinung dieser Kobra hat Horus dir ein Vorzeichen der furchtbaren Ereignisse und Gefahren gegeben, die vor dir liegen.» Taitas Miene war ernst und tief besorgt. «Das war keine gewöhnliche Schlange.»

«Doch, Taita. Ich habe sie aus der Nähe gesehen. Sie war riesig, aber es war eine wirkliche Schlange.»

«Und wie soll diese Schlange in den Falkenhorst gelangt sein? Kobras können nicht fliegen, und das wäre der einzige Weg.»

Nefers Blick war voller Entsetzen. «Sie hat meinen Gottvogel getötet.»

«Und den königlichen Terzel, die andere Inkarnation des Pharaos», erinnerte Taita ihn. «Horus hat uns hier Geheimnisse enthüllt, von denen ich in meiner Vision nur Schatten gesehen habe, doch heute hat er sie bestätigt. Es ist jenseits der natürlichen Ordnung.»

«Das musst du mir erklären», forderte Nefer.

Taita gab ihm seinen Rock zurück. «Als Erstes müssen wir von diesem Berg herunterkommen und den Gefahren entkommen, vor denen Horus uns warnt, bevor ich über die Omen nachdenken kann.»

Er hielt inne und schaute zum Himmel auf, als wäre er tief in Gedanken. Dann sah er Nefer ins Gesicht. «Komm, zieh dich an.» Mehr sagte er nicht.

Sobald Nefer bereit war, führte Taita ihn auf die Rückseite des Gipfels zurück, und sie begannen den Abstieg. Es ging schnell, da sie die Route nun kannten, und die Eile, die Taita mit jeder Bewegung zeigte, war ansteckend. Die Pferde waren noch dort, wo sie sie zurückgelassen hatten, und bevor sie aufstiegen, sagte Nefer: «Nicht weit von hier ist die Kobra aufgeprallt.» Er zeigte zu dem Geröllfeld vor der Steilwand, in welcher der Falkenhorst lag. «Lass uns nach dem Kadaver suchen. Wenn wir die Überreste finden, kannst du vielleicht einen Zauber aussprechen, der dem Ungeheuer seine Macht nimmt.»

«Damit würden wir kostbare Zeit verschwenden. Es gibt keinen Kadaver.» Taita schwang sich auf den Rücken seiner Stute. «Steig auf, Nefer. Die Kobra ist an den finsteren Ort zurückgekehrt, von dem sie hergekommen ist.»

Nefer schauderte bei dem Gedanken. Er schüttelte sich kurz und sprang auf seinen Hengst.

Sie schwiegen beide, bis sie die oberen Hänge hinter sich ließen und im östlichen Vorgebirge waren. Nefer wusste genau, dass Taita nicht in der Stimmung war zu reden. Dennoch ritt er an die Seite des alten Mannes und erinnerte ihn respektvoll: «Taita, das ist nicht der Weg nach Gebel Nagara.»

«Wir werden nicht dorthin zurückkehren.»

«Warum nicht?»

«Die Beduinen wissen, dass wir an der Quelle gelagert haben. Sie werden es denen erzählen, die nach uns suchen», erklärte Taita.

«Wer soll denn nach uns suchen?», fragte Nefer verwundert.

Taita sah ihn an. In seinem Blick lag ein solcher Schmerz, dass Nefer verstummte. «Das werde ich dir sagen, wenn wir von diesem verfluchten Berg herunter und in Sicherheit sind.»

Taita vermied die Hügelkämme, da sie sich dort vor dem Himmel abzeichnen würden, und führte sie durch Schluchten und Täler, immer nach Osten, weg von Ägypten und dem Nil auf das Meer zu.

Die Sonne ging schon unter, als er das erste Mal wieder sein Pferd anhielt und sprach. «Die Karawanenstraße liegt direkt hinter der nächsten Hügelkette. Wir müssen sie überqueren, obwohl uns dort der Feind entdecken könnte.»

Sie machten die Pferde in einem versteckten Wadi fest, banden ihnen Futterbeutel mit ein wenig Durra unter die Mäuler und stiegen vorsichtig den Hügelkamm hinauf, wo sie, von einer Schieferbank verdeckt, unbemerkt auf die Karawanenstraße hinunterschauen konnten.

«Wir bleiben hier liegen, bis es dunkel ist», sagte Taita, «und dann werden wir die Straße überqueren.»

«Ich verstehe das alles nicht, Taita. Warum reiten wir nach Osten? Warum kehren wir nicht nach Theben zurück, wo wir unter dem Schutz meines Vaters, des Pharaos, wären?»

Taita seufzte und schloss die Augen. Wie soll ich es ihm sagen, fragte er sich. Ich kann es nicht viel länger vor ihm verbergen. Dabei ist er noch ein Kind …

Es war fast, als hätte Nefer seine Gedanken gelesen, denn er legte seine Hand auf Taitas Arm und sagte ruhig: «Auf dem Berg heute habe ich bewiesen, dass ich ein Mann bin. Nun behandle mich auch wie einen Mann.»

Taita nickte. «Allerdings, das hast du bewiesen.» Bevor er weiterredete, blickte er noch einmal zu der Straße am Fuß des Hügels hinunter und zog sofort seinen Kopf ein. «Da kommt jemand», warnte er Nefer.

Nefer legte sich flach hinter der Schieferbank auf den Boden und beobachtete die Staubwolke, die sich schnell von Westen näherte. Das Tal lag inzwischen tief im Schatten, und der Himmel zeigte all die prächtigen Farben des Sonnenuntergangs.

«Sie sind sehr schnell. Das sind keine Kaufleute, das sind Kampfwagen», bemerkte Nefer. «Ja, jetzt kann ich sie sehen.» Seine scharfen jungen Augen hatten den Führungswagen ausgemacht. «Es sind keine Hyksos», sagte er, als er die Umrisse besser erkennen konnte. «Sie sind von uns, ein Trupp von zehn Streitwagen. Ja – schau dir das Banner am ersten Wagen an!» Die Fahne flatterte an einer langen Bambusstange hoch über der Staubwolke. «Eine Kohorte der Phat-Garde! Wir sind in Sicherheit, Taita!»

Nefer sprang auf und winkte mit beiden Armen. «Hierher! Hierher, ihr blauen Truppen. Ich bin hier. Ich bin Prinz Nefer!»

Taita streckte eine knochige Hand aus und zog ihn mit einem festen Ruck zu Boden. «Runter, du kleiner Narr. Das sind die Häscher der Kobra!»

Ein weiterer Blick auf die Karawanenstraße bestätigte, dass der Fahrer des ersten Wagens Nefer gesehen haben musste, denn er trieb sein Gespann an und fuhr von der Straße ab auf ihr Versteck zu.

«Komm», rief Taita, «beeile dich! Sie dürfen uns nicht fangen!»

Er zog den Knaben von dem Hügelkamm weg und lief den Hang

hinunter. Zuerst zögerte Nefer, doch dann überzeugte ihn Taitas Hast, und er begann wirklich zu laufen. Er lief, so schnell er konnte, und sprang von Stein zu Stein, und dennoch konnte er den alten Mann nicht einholen. Taitas lange, dünne Beine schienen Flügel zu haben, und seine silberne Mähne wehte hinter ihm her. Er kam zuerst bei den Pferden an und war mit einem einzigen Sprung auf dem Rücken seiner Stute.

«Ich verstehe nicht, weshalb wir vor unseren eigenen Leuten weglaufen», keuchte Nefer. «Was ist los, Taita?»

«Steig auf! Wir haben jetzt keine Zeit zu reden! Wir müssen sie abhängen!»

Sie galoppierten aus der Mündung des Wadis auf offenes Gelände, und Nefer schaute sich sehnsüchtig um. Der erste Kampfwagen kam über den Hügelkamm geprescht, und der Fahrer rief etwas, doch er war zu weit weg, und die Wagen machten zu viel Lärm.

Taita hatte sie zuvor durch ein Gebiet voller geborstener Vulkanfelsen geführt, durch das kein Wagen einen Weg finden würde. Darauf eilten ihre Pferde nun zu, Schulter an Schulter, Schritt um Schritt.

«Wenn wir es in das Basaltfeld schaffen, können wir sie über Nacht abhängen. Es wird bald vollkommen dunkel sein.» Taita schaute zum letzten Glutlicht der Sonne auf, die schon hinter den Bergen im Westen untergegangen war.

«Ein einzelner Reiter ist immer schneller als ein Streitwagen», sagte Nefer bestimmt, obwohl er in Wirklichkeit nicht so sicher war. Doch als er nun über seine Schulter schaute, sah er, dass er Recht hatte. Die Entfernung zwischen ihnen und den über Stock und Stein rumpelnden und springenden Wagen wurde immer größer.

Bald waren sie so weit zurückgefallen, dass sie in ihrer Staubwolke und der immer dunkleren Abenddämmerung kaum noch zu sehen waren. Doch sobald Nefer und Taita den Rand des Basaltfelds erreichten, mussten sie die Pferde zu einem vorsichtigen Trab zügeln, und nach kurzer Zeit war es so schwer für die Pferde, Tritt zu finden, und das Licht wurde so schlecht, dass sie nur noch im Schritttempo vorankamen. Im letzten Dämmerlicht schaute Taita sich noch einmal um und sah, wie der Führungswagen der Schwadron am Rand des unwegsamen Geländes anhielt, und er erkannte auch die Stimme des Fahrers, der nun hinter ihnen herrief, obwohl die Entfernung immer noch beträchtlich war.

«Prinz Nefer, warum flieht Ihr? Ihr braucht uns nicht zu fürchten. Wir sind von der Phat-Garde. Wir werden euch nach Theben eskortieren!»

Nefer hätte fast sein Pferd herumgerissen. «Das ist Hilto. Ich kenne seine Stimme genau. Er ist ein guter Mann. Er ruft meinen Namen.»

Hilto war ein berühmter Krieger, der das Ruhmesgold trug, doch Taita befahl Nefer weiterzureiten.

«Lass dich nicht täuschen. Trau niemandem.»

Nefer ritt gehorsam weiter in das unwirtliche Basaltfeld hinein. Die Rufe hinter ihnen wurden immer schwächer, bis die ewige Stille der Wüste sie schließlich ganz verschlang. Bald zwang sie die Dunkelheit, abzusteigen und die schwierigen Stellen zu Fuß zu passieren. Der gewundene Pfad wurde noch enger, und die scharfkantigen Säulen aus schwarzem Fels konnten leicht ein Pferd verstümmeln und hätten gewiss die Räder eines Wagens zertrümmert, der ihnen hierher zu folgen versuchte. Schließlich mussten sie anhalten, um den Pferden eine Rast zu erlauben und sie zu tränken. Sie setzten sich dicht nebeneinander, und Taita schnitt mit seinem Dolch einen Laib Durrabrot in Scheiben, auf denen sie kauten, während sie sich leise unterhielten.

«Erzähl mir von deiner Vision, Taita. Was hast du wirklich gesehen in den Labyrinthen des Ammon Ra?»

«Ich habe es dir erzählt. Die Bilder waren verschwommen.»

«Ich weiß, dass das nicht wahr ist», schüttelte Nefer den Kopf. «Das hast du nur gesagt, um mich zu schonen.» Er zitterte in der Nachtkälte und vor dem Grauen, das ihn seit der Begegnung mit dem Bösen dort oben im Falkenhorst begleitete. «Du hast etwas Furchtbares gesehen, das weiß ich. Deshalb sind wir jetzt auf der Flucht. Du musst mir alles erzählen. Ich muss verstehen, was mit uns geschieht.»

«Ja, du hast Recht», gab Taita schließlich zu. «Es wird Zeit, dass du alles erfährst.» Er streckte einen seiner dünnen Arme aus und zog Nefer näher heran, unter seinen Schal. Wie warm der magere alte Mann ist, dachte der Junge verblüfft. Taita schien seine Gedanken zu sammeln und dann, endlich, sprach er.

«In meiner Vision sah ich einen mächtigen Baum, der am Ufer der Mutter Nil wuchs. Seine Blüten waren blau wie Hyazinthen, und über ihm schwebte die Doppelkrone des Oberen und des Unteren Königreiches. In seinem Schatten standen die Menschen von ganz Ägypten, Männer und Frauen, Kinder und Graubärte, Kaufleute, Bauern und Schreiber, Priester und Krieger. Der Baum gewährte ihnen allen Schutz, und sie lebten in großem Wohlstand und waren glücklich und zufrieden.»

«Das war eine gute Vision.» Taita interpretierte eifrig, wie Taita es ihn gelehrt hatte. «Der Baum muss den Pharao darstellen. Blau ist die Farbe des Hauses Tamose, und mein Vater trägt die Doppelkrone.»

«So habe auch ich diese Vision gedeutet.»

«Und was hast du dann gesehen, Taita?»

«Ich sah eine Schlange im lehmigen Wasser des Flusses. Sie schwamm auf den Baum zu. Es war eine mächtige Schlange.»

«Eine Kobra?», riet Nefer mit zitternder Stimme.

«Ja», bestätigte Taita, «eine große Kobra. Sie kam aus dem Nil gekrochen und schlängelte sich den Baum empor. Sie spulte sich um den Stamm und die Äste, bis sie zu diesem Baum zu gehören und ihn zu stützen und zu stärken schien.»

«Das verstehe ich nicht», flüsterte Nefer.

«Dann erhob sich die Kobra über den Wipfel des Baumes, schnellte herunter und schlug ihre Giftzähne in den Stamm.»

«Allmächtiger Horus.» Nefer schüttelte sich. «War das vielleicht dieselbe Schlange, die auch mich beißen wollte?» Er wartete nicht auf eine Antwort, sondern drängte gleich wieder: «Und was hast du dann gesehen, Taita?»

«Ich sah, wie der Baum welkte, umstürzte und zerbrach. Die Kobra reckte immer noch triumphal ihren Kopf in die Höhe, und nun war sie es, die die Doppelkrone auf ihrem bösen Haupt trug. Aus dem toten Baum wuchsen grüne Triebe, doch sobald einer erschien, stürzte sich die Schlange darauf und vergiftete auch sie.»

Nefer sagte kein Wort. Obwohl die Bedeutung offensichtlich erschien, war er unfähig, seine Interpretation in Worte zu fassen.

«Sind alle grünen Triebe gestorben?», fragte er schließlich.

«Nein. Einer wuchs heimlich weiter, unter der Erdoberfläche, und als er stark genug war, brach er aus dem Boden wie eine mächtige Schlingpflanze und kämpfte mit der Kobra. Die Kobra setzte all ihre Kraft und Giftigkeit ein, doch der Trieb überlebte.»

«Wie endete der Kampf mit der Kobra, Taita? Wer trug am Ende den Sieg davon? Wer trug schließlich die Doppelkrone?»

«Das Ende des Kampfes habe ich nicht gesehen. Der Rauch und der Staub eines Krieges verstellten mir die Sicht.»

Nefer schwieg wieder, und diesmal für so lange Zeit, dass Taita schon dachte, er wäre eingeschlafen, doch dann schüttelte sich der Junge, und Taita bemerkte, dass er weinte. Schließlich sagte Nefer im Ton vollkommener, grausamer Gewissheit: «Der Pharao ist tot. Mein Vater ist tot. Das ist es, was deine Vision bedeutet. Der vergiftete Baum war der Pharao. Dieselbe Botschaft habe ich auch in dem Falkenhorst empfangen. Der tote Terzel war der Pharao. Mein Vater ist tot. Die Kobra hat ihn getötet.»

Taita konnte darauf nichts sagen. Er konnte den Knaben nur fester an sich drücken und versuchen, ihm Kraft und Trost zu spenden.

«Und ich bin der grüne Trieb», fuhr Nefer fort. «Du hast es gesehen. Du weißt, dass die Kobra darauf wartet, auch mich zu vernichten, so wie sie meinen Vater vernichtet hat. Deshalb willst du verhindern, dass die Soldaten mich nach Theben bringen. Du weißt, dass dort die Kobra auf mich wartet.»

«Du hast Recht, Nefer. Wir können erst nach Theben zurück, wenn du stark genug bist, dich selbst zu verteidigen. Wir müssen fliehen, wir müssen Ägypten hinter uns lassen. Im Osten gibt es andere Länder und mächtige Könige. Zu denen will ich gehen und sie als Verbündete werben, sie sollen uns helfen, die Kobra zu vernichten.»

«Aber wer ist die Kobra? Hast du in deiner Vision ihr Gesicht gesehen?»

«Wir wissen, dass sie dem Thron deines Vaters nahe steht, weil sie sich in der Vision mit dem Baum vereint und ihn gestützt hat.» Er stockte, als wäre er nicht ganz sicher, doch dann sagte er bestimmt: «Die Kobra ist Naja!»

«Naja?» Plötzlich fiel es Nefer wie Schuppen von den Augen. «Naja? Jetzt verstehe ich, weswegen wir nicht nach Theben zurück können!» Nach einer Pause fuhr er fort: «Wenn wir in ein anderes Land fliehen, machen wir uns zu Ausgestoßenen, zu Bettlern.»

«Die Vision hat gezeigt, dass du eines Tages stark sein wirst. Wir müssen dem Orakel des Ammon Ra vertrauen.»

Trotz der Trauer um seinen Vater schlief Nefer schließlich ein, doch vor Morgengrauen weckte Taita ihn schon wieder. Sie ritten nach Osten, bis das schlechte Gelände aufhörte und Nefer im Morgenwind das Salz des Meeres zu riechen meinte.

«Im Hafen von Seged können wir ein Schiff finden, das uns ins Land der Hurriter bringen wird. König Sargon von Babylon und Assyrien, der Herrscher über die mächtigen Königreiche zwischen Euphrat und Tigris, ist ein Vasall deines Vaters. Er ist durch Vertrag verpflichtet, deinem Vater gegen die Hyksos und alle anderen gemeinsamen Feinde beizustehen. Ich glaube, Sargon wird diesen Vertrag einhalten, denn er ist ein ehrenhafter Mann. Er wird uns aufnehmen und deinen Anspruch auf den Thron des vereinigten Ägypten unterstützen», erklärte Taita.

Die Sonne stieg auf wie ein gigantischer Schmelzofen, und als sie die nächste Höhe erklommen hatten, funkelte das Meer vor ihnen wie ein frisch geschmiedeter Bronzeschild. Taita schätzte die Entfernung ab. «Wir werden an der Küste sein, bevor die Sonne untergeht.» Dann kniff er die Augen zusammen und blickte über den Rumpf seines Pferdes hinweg zurück. Zu seiner Überraschung sah er nicht eine, sondern vier gleich große gelbe Staubwolken in der Ebene hinter ihnen.

«Hilto ist uns wieder auf den Fersen», rief er. «Ich hätte es besser wissen sollen. Wie konnte ich nur annehmen, der alte Halunke hätte die Jagd so schnell aufgegeben.» Er stellte sich aufrecht auf den Rücken seines Pferdes, um besser sehen zu können, ein alter Kavallerietrick. «Er muss das Basaltfeld über Nacht umgangen haben, und jetzt kommen sie in breiter Front und suchen einen ganzen Streifen nach unseren Spuren ab. Dass wir nach Osten auf die Küste zu reiten würden, konnte er sich sowieso ausrechnen.»

Er schaute sich eilig nach Deckung um. Obwohl das offene Geröllfeld, auf dem sie sich befanden, vollkommen eben zu sein schien, fand er eine unscheinbare Senke, in der sie sich vielleicht verbergen konnten, wenn sie schnell genug wären.

«Steig ab!», befahl er Nefer. «Wir sollten uns nicht von der Landschaft abheben und dürfen keinen Staub aufwirbeln.» Im Stillen haderte er mit sich selbst, weil er in der Nacht nicht mehr darauf geachtet hatte, ihre Spuren zu verwischen. Als sie nun auf die Senke im Gelände zu ritten, die ihnen als Deckung dienen sollte, umging er die Flecken weichen Bodens und hielt sich auf hartem Fels, wo sie keine Spuren hinterlassen würden. Als sie die Senke schließlich erreichten, erwies sie sich als zu flach, um ein aufrecht stehendes Pferd zu verbergen.

Nefer schaute sich besorgt um. Die erste der vier Staubsäulen war keine halbe Wegstunde entfernt und näherte sich rasch. Die anderen waren in einem weiten Halbkreis verteilt.

«Wir können uns hier nirgendwo verstecken, und es ist zu spät zu fliehen. Sie haben uns schon eingekreist.» Taita glitt von seiner Stute, sprach sanft zu ihr und bückte sich, um ihre Vorderbeine zu streicheln. Das Pferd stampfte und schnaubte, doch als er darauf bestand, ließ es sich widerwillig nieder und legte sich flach auf die Seite, immer noch schwachen Protest schnaubend. Taita zog seinen Rock aus und verband der Stute damit die Augen. So würde sie nicht versuchen aufzustehen.

Mit Nefers Hengst vollführte er denselben Trick, und als beide Pferde flach lagen, befahl er Nefer scharf: «Leg dich neben Sterntänzers Kopf, und halte ihn nieder, falls er versucht sich aufzurichten.»

Zum ersten Mal, seitdem er vom Tod seines Vaters gehört hatte, konnte Nefer wieder lachen. Die Art, wie Taita mit Tieren umging, hatte ihn schon immer erheitert. «Wie hast du sie dazu gebracht, Taita?»

«Wenn man zu ihnen auf eine Weise spricht, dass sie verstehen, tun sie, was man ihnen sagt. Und jetzt lege dich neben deinen Hengst und sorge dafür, dass er ruhig bleibt.»

So lagen sie hinter ihren Pferden und schauten zu, wie die Staubwolken einen immer engeren Kreis um sie zogen. «Auf dem Fels werden sie doch keine Spuren finden, oder, Taita?», fragte Nefer unsicher.

Taita antwortete nicht, sondern brummte nur unverständliche Worte, während er den Wagen beobachtete, der nun am nächsten war. In der flirrenden Hitze über der Wüste wirkte er unwirklich, fast wie eine Fata Morgana. Er fuhr sehr langsam, offenbar suchte der Fahrer nach ihrer Spur. Doch dann nahm das Gefährt plötzlich Tempo auf und kam geradewegs auf sie zu.

Bald konnten sie die Fahrer deutlicher erkennen. Sie lehnten sich aus dem Wagen und schauten auf den Boden unter sich. Plötzlich murmelte Taita besorgt: «Beim stinkenden Atem des Seth, sie haben einen nubischen Fährtensucher bei sich.»

Durch die Reiherfedern auf seinem Kopf wirkte der ohnehin hoch gewachsene Schwarze noch größer. Fünfhundert Ellen von ihrem Versteck entfernt, sprang der Nubier vom fahrenden Wagen und lief vor den Pferden her.

«Sie sind an der Stelle, wo wir abgebogen sind», flüsterte Taita. «Möge Horus unsere Spur vor diesem Wilden verbergen.» Man sagte, die nubischen Fährtensucher könnten die Spuren sehen, die eine fliegende Schwalbe auf dem Boden zurücklässt.

Mit einer gebieterischen Handbewegung brachte der Nubier den Streitwagen zum Stehen. Er hatte die Spur dort verloren, wo sie auf felsiges Gelände überging. Mit der Nase fast auf dem Boden suchte er die nackte Erde ab. Aus der Entfernung sah er aus wie ein Greifvogel auf der Jagd nach Schlangen und Wüstenmäusen.

«Kannst du keinen Zauber aussprechen, der uns vor ihm verbirgt, Taita?», flüsterte Nefer ängstlich. Taita hatte oft einen solchen Zauberspruch benutzt, wenn sie auf offenem Terrain Gazellen jagten, und meistens hatte es die grazilen Tiere tief in die Reichweite ihrer Bögen gelockt, ohne dass sie die Jäger bemerkt hätten. Taita antwortete nicht, doch als Nefer zu ihm hinüberschaute, sah er, dass der Alte seinen mächtigsten Talisman schon in der Hand hatte, einen wunderbar gearbeiteten fünfzackigen Goldstern, das Amulett der Lostris. Nefer wusste, dass Taita darin eine Locke vom Haar der Königin aufbewahrte, die er ihr vor ihrer Gottwerdung, als sie auf dem Tisch des Einbalsamierers lag, abgeschnitten hatte. Taita berührte den Stern mit seinen Lippen und sprach leise die Zauberformel, die sie vor allen Feinden verbergen sollte.

Der Nubier richtete sich auf und blickte entschlossen genau in ihre Richtung.

«Er hat unsere Spur wieder gefunden», sagte Nefer, als der Streitwagen hinter dem Späher her auf sie zu kam.

«Ich kenne diesen Teufel sehr gut», flüsterte Taita. «Sein Name ist Bay. Er ist ein Schamane des Usbak-Stammes.»

Nefer beobachtete voller Unruhe, wie der Wagen und der Späher immer näher kamen. Der Fahrer stand hoch auf dem Fußbrett. Bestimmt konnte er sie von dort aus sehen, doch schien er sie nicht zu bemerken.

Bald waren sie nah genug, dass Nefer Hilto an den Zügeln des Gespanns erkannte. Er sah sogar die kleine weiße Narbe auf dessen

Wange. Für einen Moment schien er seine Adleraugen genau auf Nefer zu richten, doch dann schaute er wieder weg.

«Bewege dich nicht.» Taitas Stimme war so sacht wie die Brise, die über die glühende Steinwüste wehte.

Der Nubier war nun so nah, dass Nefer jedes einzelne Amulett an Bays Halskette erkennen konnte, die ihm vor der breiten, nackten Brust hing. Plötzlich blieb er stehen und verzog sein narbiges Gesicht, während er langsam den Kopf drehte wie ein Jagdhund, der die Witterung seiner Beute aufzunehmen versucht.

«Kein Laut», hauchte Taita, «er spürt uns.»

Bay ging langsam einige Schritte weiter. Dann blieb er wieder stehen und hob eine Hand. Der Streitwagen schloss zu ihm auf. Die Pferde tänzelten unruhig in ihren Geschirren.

Bay schaute Nefer nun direkt ins Gesicht. Nefer versuchte dem unnachgiebigen Starren standzuhalten, doch bald trieb ihm die Anstrengung die Tränen in die Augen. Bay umklammerte mit einer Hand eines der Amulette an seiner Kette. Nefer erkannte es: Es war das Brustbein eines menschenfressenden Löwen, ein Talisman, den auch Taita in seinem magischen Arsenal hatte.

Bay begann einen leisen Gesang in seinem tiefen, melodischen afrikanischen Bass. Dann stampfte er mit einem Fuß auf den harten Boden und spuckte in Nefers Richtung.

«Er schaut durch meinen Vorhang», sagte Taita enttäuscht. Im nächsten Augenblick hob Bay grinsend die Hand, in der er das Löwenamulett hielt, und zeigte direkt auf Nefer und Taita. Hilto stieß einen verblüfften Schrei aus und glotzte auf die Stelle in nur hundert Ellen Entfernung, wo die beiden mit ihren Pferden in der offenen Landschaft lagen.

«Prinz Nefer! Wir haben dreißig Tage nach Euch gesucht. Dank Horus und Osiris haben wir Euch endlich gefunden.»

Nefer seufzte und richtete sich mühsam auf. Hilto kam zu ihm gefahren, sprang von seinem Wagen und kniete vor ihm nieder. Er nahm seinen Bronzehelm ab und rief mit der Stimme eines Mannes, der jedes Gefecht übertönen kann: «Pharao Tamose ist tot! Heil Pharao Nefer Seti! Möget Ihr ewig leben!»

Seti war der Gottname des Prinzen, einer der fünf Namen der Macht, die ihm bei seiner Geburt gegeben worden waren, lange bevor sicher war, ob er je den Thron besteigen würde. Niemand durfte den Gottnamen benutzen, bevor er das erste Mal als Pharao gegrüßt worden war.

«Pharao! Mächtiger Stier! Wir sind gekommen, Euch in die heilige Stadt Theben zu bringen, damit Ihr dort als goldener Horus gekrönt werden könnt.»

«Und was ist, wenn ich nicht mitkomme, Oberst Hilto?», fragte Nefer unverblümt.

Hilto schien diese Frage befürchtet zu haben. «Bei aller Liebe und Treue, Pharao, es ist der strikte Befehl des Regenten von Ägypten, dass wir Euch nach Theben bringen. Diesem Befehl muss ich folgen, selbst wenn ich damit Euren Unwillen errege.»

Nefer schaute Taita von der Seite an und fragte leise: «Was soll ich tun?»

«Wir müssen mit ihm gehen», antwortete Taita ruhig.

So traten sie ihre Rückkehr nach Theben an, begleitet von fünfzig Streitwagen unter Hiltos Führung. Die Schwadron hatte den strikten Befehl, zuerst zu der Oase von Boss zu ziehen. Schnelle Reiter waren nach Theben vorausgeschickt worden, und Fürst Naja, der Regent von Ägypten, hatte sich zu der Oase begeben, um dort den jungen Pharao Nefer Seti zu begrüßen. Ein ganzes Regiment der Phat-Garde stellte sich in Paradeformation auf, um sie willkommen zu heißen. Die Krieger ließen ihre Schwerter in den Scheiden und schwenkten stattdessen Palmwedel im Rhythmus der königlichen Hymne.

Seti, mächtiger Stier,
Geliebter der Göttinnen
Nekhbet und Wadjet,
feurige Schlange,
goldener Horus,
Herz unseres Lebens,
Blume und Biene,
unsterblicher Seti,
Sohn des Ra…

Nefer stand zwischen Hilto und Taita auf dem Fußbrett des ersten Kampfwagens, zerlumpt und staubbedeckt von Kopf bis Fuß, sonnengebräunt wie reife Mandeln. Hilto fuhr den Wagen durch das lange Spalier, und Nefer lächelte schüchtern den einfachen Soldaten zu, die ihm spontan zujubelten, und er begriff: Sie hatten seinen Vater geliebt, und nun liebten sie ihn.

In der Mitte der Oase, neben der Quelle, war eine Gruppe bunter Zelte aufgeschlagen worden. Vor dem königlichen Zelt stand Fürst Naja, umgeben von Höflingen, Fürsten und Priestern, bereit, den König zu empfangen. Naja strahlte Macht und Würde aus, funkelnd und schön in Gold und Edelsteinen, duftend von süßen Salben und Lotionen.

Links und rechts von ihm standen Heseret und Merikara, die Prinzessinnen des Hauses Tamose. Ihre Gesichter waren perlweiß geschminkt, bis auf die mit schwarzer Umrandung betonten Augen. Selbst ihre Brustwarzen waren geschminkt: rot wie vollreife Kirschen. Die Pferdehaarperücken waren zu groß für ihre hübschen Köpfe, und ihre Röcke waren so schwer von Perlen und Goldgeflecht, dass sie gezwungen waren dazustehen wie zwei Holzpuppen.

Sobald Hilto den Wagen vor ihm zum Stehen gebracht hatte, trat Naja vor und hob den schmutzigen Jungen heraus. Nefer hatte kein Bad mehr genossen, seit sie Gebel Nagara verlassen hatten, und er stank wie ein Ziegenbock.

«Ich grüße Euch als Euer Regent, mein Pharao, als Euer Diener und treuer Freund. Möget Ihr tausend Jahre leben», deklamierte Naja laut, so dass alle um ihn herum jedes Wort verstanden. Dann nahm er Nefer bei der Hand und führte ihn zur Ratstribüne, die aus kostbaren schwarzen Hölzern mit Einlegearbeiten aus Elfenbein und Perlmutt geschnitzt war. Er setzte Nefer auf den Rand der Tribüne, kniete nieder und küsste dem Jungen die zerschürften und schmutzigen Füße. Die Zehennägel waren eingerissen und mit schwarzem Dreck verkrustet, doch Naja zeigte nicht den geringsten Ekel.

Der Regent stand auf und half Nefer auf die Beine. Dann nahm er ihm den zerrissenen Rock ab, und die pharaonische Kartusche, die Taita ihm einst eintätowiert hatte, wurde auf dem prinzlichen Oberschenkel sichtbar. Er drehte den Knaben langsam herum, damit alle Anwesenden sie deutlich sehen konnte.

«Heil Pharao Seti, Gott und Sohn der Götter. Schaut auf dieses Zeichen, Völker der Erde, und zittert vor der Macht des Königs. Verbeugt euch vor der Macht des Pharaos.»

Die Soldaten erhoben ein großes Huldigungsgeschrei, und die Höflinge drängten sich um das Podest. «Heil Pharao! Möge er ewig leben in seiner Macht und Größe!»

Naja führte die Prinzessinnen nach vorn, und sie knieten vor ihrem Bruder, um ihren Treueid zu leisten. Ihre Stimmen wurden erst vernehmbar, als Merikara unter dem Geklingel der Perlen und Goldketten an ihren Röcken auf das Podest sprang, zu ihrem Bruder eilte und rief: «Ich habe dich so vermisst! Ich dachte, du wärst tot!» Nefer erwiderte ihre Umarmung schüchtern, bis sie flüsterte: «Du riechst furchtbar», und sich kichernd von ihm löste.

Naja gab einer der königlichen Zofen ein Zeichen, das Kind vom Podest zu holen, und dann traten die mächtigen Fürsten von Ägypten, angeführt von den Mitgliedern des Rats, einer nach dem anderen vor, um den Treueid abzulegen. Es gab einen peinlichen Augenblick, als der Pharao in die Runde schaute und mit klarer, lauter Stimme fragte: «Wo ist mein lieber Onkel Kratas? Er wäre der Erste, den ich hier erwartet hätte.»

Talla nuschelte nervös: «Fürst Kratas konnte leider nicht kommen. Ich werde es Euch später erklären, Hoheit.» Der alte, schwache Talla war jetzt der Präsident des Staatsrats – Najas willenloses Werkzeug.

Fürst Naja klatschte in die Hände, und die Zeremonie fand ihr Ende. «Der Pharao hat eine lange Reise hinter sich. Er muss jetzt ruhen, bevor er die Prozession in die Stadt anführen kann.»

Er nahm Nefer bei der Hand und führte ihn in das königliche Zelt, das einem ganzen Garderegiment Platz geboten hätte. Dort standen der Garderobenmeister, die Parfümeure und Coiffeure, der Hüter der königlichen Juwelen, die Kammerdiener, die Maniküren, Masseure und Badejungfern bereit, ihren Pharao zu empfangen.

Taita war fest entschlossen, an der Seite des Jungen zu bleiben, um ihn zu beschützen. Er versuchte, sich unauffällig unter dessen Entourage zu mischen, doch seine hoch gewachsene Gestalt und seine silberne Mähne machten das unmöglich. So trat ihm fast sofort ein Wachsergeant entgegen. «Seid gegrüßt, Fürst Taita. Mögen die Götter Euch immer wohlgesinnt sein.» Obwohl Pharao Tamose ihn am Tage seiner offiziellen Entlassung aus dem Sklaventum in den Adelsstand erhoben hatte, fühlte sich Taita immer noch nicht wohl dabei, wenn man ihn mit seinem Titel anredete.

«Der Regent von Ägypten hat nach Euch geschickt.» Er schaute auf Taitas schmutzige Kleider und die staubigen alten Sandalen. «Ich würde Euch nicht raten, ihm in diesem Aufzug unter die Augen zu treten. Fürst Naja hasst üble Gerüche und schmutzige Kleider.»

Fürst Najas Zelt war noch größer und luxuriöser als das des Pharaos. Er saß auf einem Thron aus geschnitztem Elfenbein und Ebenholz. Die Verzierungen aus Gold und dem noch selteneren und kostbaren Silber stellten alle Götter Ägyptens dar. Der Sandboden war mit hurritischen Wollteppichen in wundervollen Farben bedeckt, darunter das leuchtende Grün, das die fruchtbaren Streifen zu beiden Seiten des Nils versinnbildlichte. Nach seiner Ernennung zum Regenten hatte Naja dieses Grün zur Farbe seines Hauses erkoren.

Nach seinem Glauben zogen angenehme Gerüche die Götter an, weshalb in silbernen Schalen, die an Ketten von der Firststange des Zelts hingen, Räucherstäbchen qualmten. Auf dem niedrigen Tisch vor dem Thron standen offene Glasschalen voll Parfüm. Der Regent trug keine Perücke. Sein Sklave hielt über seinen kahl geschorenen Schädel einen Kegel aus parfümiertem Bienenwachs. Als das Wachs schmolz, rann es ihm über Hals und Wangen und salbte ihn.

Das ganze Zelt duftete wie ein Garten. Selbst die Höflinge, Diplomaten und Bittsteller wurden veranlasst, sich baden und parfümieren zu lassen, bevor sie dem Regenten unter die Augen traten. So war auch Taita dem Rat des Wachsergeanten gefolgt. Sein Haar war frisch gewaschen und gekämmt und floss auf seine Schultern wie ein silberner Wasserfall, und sein Leinengewand war von reinstem Weiß. Als Zeichen seiner Unterwerfung kniete er am Zelteingang nieder. Als er sich erhob, hörte man das Summen von Kommentaren und Spekulationen. Die ausländischen Botschafter schauten ihn neugierig an, und überall flüsterte man seinen Namen. Selbst die Krieger und Priester nickten sich ehrfürchtig zu: «Der Magus.»

«Der heilige Magus, der Adept des Ammon Ra.»

«Taita, das Verwundete Auge des Horus.»

Am anderen Ende des Zelts schaute Fürst Naja von dem Papyrusdokument auf, das er gerade durchlas, und lächelte. Mit seinen klassischen Zügen und sinnlichen Lippen war er unbestreitbar ein Mann von außerordentlicher Schönheit. Seine Nase war schmal und gerade, seine Augen wie gelber Achat, lebhaft und intelligent. Seine

Brust zeigte kein Gramm Fett, und auch seine schlanken Arme waren nichts als Knochen, Sehnen und harte Muskeln.

Taita musterte rasch die Reihen der Männer, die dem Thron am nächsten saßen. In der kurzen Zeit seit dem Tod des Pharao Tamose waren Macht und Gunst unter den Höflingen und Fürsten gründlich umverteilt worden. Viele vertraute Gesichter waren nicht mehr da, und viele andere, die vorher niemand gekannt hatte, sonnten sich nun im Wohlwollen des Regenten. Eines dieser neuen Gesichter war Asmor, der ehemalige Oberst der Phat-Garde.

«Tretet näher, Fürst Taita», sagte Naja mit freundlicher, sanfter Stimme. Die Reihen der Höflinge öffneten sich vor Taita, und er ging auf den Thron zu. Der Regent lächelte zu ihm herab. «Ihr sollt wissen, dass Ihr hoch in unserer Gunst steht. Ihr habt die Pflichten, die Euch Tamose auferlegt hatte, bestens erfüllt. Ihr habt dem Prinzen Nefer Memnon unschätzbare Weisheit und Fähigkeiten vermittelt.» Taita war verblüfft von dem warmen Empfang, doch er ließ sich nichts anmerken. «Nun, da aus dem Prinzen der Pharao Seti geworden ist, wird er noch mehr Eures Rates bedürfen.»

«Möge er ewig leben», erwiderte Taita, und die versammelten Würdenträger wiederholten im Chor: «Möge er ewig leben.»

Fürst Naja machte eine Geste. «Nehmt Platz, hier im Schatten meines Thrones. Selbst ich bin auf Eure Erfahrung und Weisheit angewiesen, wenn ich die Angelegenheiten des Pharaos regeln will.»

«Der königliche Regent erweist mir mehr Ehre, als ich verdiene», sagte Taita untertänig. Es ist nie klug, einem geheimen Feind seine Gefühle zu zeigen. Er setzte sich auf den Platz, der ihm angeboten wurde, lehnte jedoch das Seidenkissen ab und saß aufrecht auf dem groben Wollteppich.

Dann wurde mit den Geschäften der Regentschaft fortgefahren. Sie waren dabei, das Vermögen des großen Kratas aufzuteilen. Als erklärter Verräter fiel alles, was Kratas besessen hatte, der Krone zu. «Vom Verräter Kratas an den Tempel des Hapi», las Naja von einer Papyrusrolle, «alle seine Ländereien und die Gebäude am Ostufer des Flusses zwischen Dendera und Abnub.»

Taita dachte an seinen ältesten Freund, doch nicht ein Schatten von Trauer zeigte sich auf seinem Gesicht. Auf der langen Reise durch die Wüste hatte Hilto ihm erzählt, wie Kratas gestorben war. «Selbst die Edelsten und Besten Ägyptens sind seitdem äußerst vorsichtig, wenn der neue Regent in der Nähe ist. Auch Menset, der frühere Präsident des Rates, ist gestorben, anscheinend im Schlaf, obwohl es Leute gibt, die sagen, jemand hätte ein bisschen nachgeholfen. Zinka wurde als Verräter hingerichtet. Dabei hatte er nicht einmal mehr den Verstand, seine betagte Gattin zu betrügen. Sein Vermögen ist ebenfalls dem Regenten zugefallen. So haben den guten Kratas fünfzig andere in die Unterwelt begleitet. Der Rat besteht heute nur noch aus Najas Bluthunden.»

Kratas war Taitas letzte Verbindung zu den goldenen Tagen gewesen, als Tanus, Lostris und er selbst noch jung waren. Taita hatte ihn sehr geliebt.

«Vom Verräter Kratas an den Regenten von Ägypten: Alles Korn, das in seinem Namen in den Silos von Athribis liegt», las Fürst Naja weiter.

Das waren fünfzig Barkenladungen, rechnete sich Taita aus, denn Kratas hatte seine Schlauheit auch an den Kornbörsen gezeigt. Fürst Naja hatte sich großzügig belohnt für seine Mordtat.

«Das Korn soll dem Gemeinwohl zugute kommen.» Das sollte die Schandtat wohl mildern, dachte Taita, wobei er sich fragte, wer wohl bestimmen würde, was das Gemeinwohl war.

Die Priester und Schreiber notierten die Verteilung eifrig auf ihren Tontafeln. Diese würden dann in den Archiven des Tempels aufbewahrt werden. Taita beobachtete und lauschte und verschloss seinen Zorn und seine Trauer in seinem Herzen.

«Gehen wir zu einer anderen wichtigen Staatsangelegenheit über», fuhr Fürst Naja fort, nachdem Kratas' Nachkommen ihre gesamte Erbschaft verloren hatten und er um dreihunderttausend Goldstücke reicher geworden war. «Ich rede vom Wohlergehen und dem Status der königlichen Prinzessinnen, Heseret und Merikara. Ich habe mich lange mit den Mitgliedern des Staatsrats beraten. Alle stimmen überein, dass es für sie das Beste ist, wenn ich sie beide eheliche. Als meine Gattinnen werden sie meinen vollen Schutz genießen. Die Göttin Isis ist die Patronin der beiden königlichen Jungfrauen. Deshalb habe ich den Priesterinnen der Isis befohlen, die Orakel zu befragen, und sie haben befunden, dass diese Heirat der Göttin gefallen würde. Die Zeremonie wird also im Tempel der Isis in Luxor stattfinden, am Tag des nächsten vollen Mondes nach dem Begräbnis des Tamose und der Krönung seines Erben, Prinz Nefer Seti.»

Taita rührte sich immer noch nicht. Sein Gesicht war ausdruckslos. Doch um ihn herum löste die Ankündigung einiges Fußscharren und Gemurmel aus. Die politischen Konsequenzen einer solchen Doppelhochzeit waren enorm. Allen Anwesenden war klar, dass Fürst Naja damit plante, in das Haus Tamose einzuheiraten und sich damit an die Spitze der Thronfolge zu stellen.

Taita fühlte sich, als hätte man soeben das Todesurteil über Pharao Nefer Seti vom Weißen Turm in der Mitte von Theben ausgerufen. Von den obligaten siebzig Tagen für die Einbalsamierung des toten Pharaos waren nur noch sieben übrig. Unmittelbar nach Tamoses Beisetzung in seiner Grabkammer im Tal der Könige am Westufer des Nils würde die Krönung seines Nachfolgers und die Hochzeit seiner überlebenden Töchter stattfinden.

Die Kobra würde wieder zubeißen. Taita wusste, dass es unausweichlich war. Die allgemeine Unruhe im Zelt riss ihn aus seinen Gedanken über die Gefahren, die den Prinzen bedrohten, und er wusste, ohne die Verkündigung gehört zu haben, dass die Sitzung geschlossen war. Der Regent erhob sich und zog sich durch einen Schlitz im Zelttuch hinter dem Thron zurück. Taita wollte mit den anderen das Zelt verlassen.

Doch Oberst Asmor trat ihm mit einem Lächeln und einer Verbeugung in den Weg. «Fürst Naja, der Regent von Ägypten lädt Euch zu einer Privataudienz.»

Asmor hatte nun den Rang eines Obersten der Leibgarde des Regenten und trug den Ehrentitel «Bester von Zehntausend». In kurzer Zeit war aus ihm ein Mann von Macht und Einfluss geworden. Es war weder sinnvoll noch möglich, die Einladung abzulehnen, und Taita nickte. «Ich bin der Diener des Pharaos und seines Regenten. Mögen sie beide tausend Jahre leben.»

Asmor ging mit ihm zum hinteren Ende des Zelts und hielt ihm eine Klappe auf, durch die sie in den Palmenhain hinaustraten. Von dort führte Asmor Taita zu einem kleineren Zeltpavillon mit nur einem Raum, der etwas abseits zwischen den Bäumen stand. In einem weiten Kreis um den Pavillon waren zwölf Wachen aufgestellt, die ihn nach allen Seiten sicherten, denn dies war der Ort, wo Naja geheimen Rat hielt. Nur wen er ausdrücklich herbeibefohlen hatte, durfte sich nähern. Auf Asmors Kommando traten die Wachen zur Seite, und Oberst Taita ließ Taita in das dunkle Zeltinnere treten.

Naja schaute von der Bronzeschüssel auf, in der er sich seine Hände wusch. «Willkommen, Magus.» Er lächelte warm und machte eine Geste zu den Kissen in der Mitte des mit Teppichen ausgelegten Zeltbodens. Während Taita sich niederließ, nickte Naja Asmor zu, der mit gezogenem Sichelschwert am Zelteingang Position bezog. Nur diese drei Männer würden hören, was in den nächsten Minuten hier gesagt wurde.

Naja hatte seine Juwelen und die Insignien seines Amtes abgelegt und gab sich leutselig und freundlich, als er sich ebenfalls auf einem der Kissen niederließ. Er zeigte auf die Schalen mit Trockenobst und Sorbett, einem halbgefrorenen, markigen Fruchtsaft, auf dem Tablett zwischen ihnen: «Bitte, erfrischt Euch doch», bat er Taita.

Taita wollte instinktiv ablehnen, doch er konnte die Gastfreundschaft des Regenten nicht zurückweisen, ohne Naja misstrauisch zu machen. Bis jetzt hatte Fürst Naja noch keinen Grund anzunehmen, dass Taita seine Absichten hinsichtlich des neuen Pharaos kannte oder dass er von seinen Verbrechen wusste. So neigte Taita dankend den Kopf und wählte die goldene Schale, die weiter von ihm entfernt stand. Naja nahm die andere Schale, hob sie an seine Lippen, trank und schluckte, ohne zu zögern.

Dann hob auch Taita seine Schale an den Mund, nippte daran und hielt die Flüssigkeit auf seiner Zunge. Es gab Leute, die sich rühmten, sie besäßen vollkommen geschmacklose, unentdeckbare Gifte, doch Taita hatte alle gefährlichen Elemente studiert. Selbst die herbste Frucht hätte die Aromen nicht vor ihm verborgen. Das Getränk war nicht vergiftet, und er trank es mit Genuss.

«Danke für Euer Vertrauen», sagte Naja ernst, und Taita wusste, dass er nicht nur davon sprach, dass er die Erfrischung akzeptiert hatte.

«Ich bin der Diener des Königs und daher auch seines Regenten.»

«Ihr seid für die Krone von unschätzbarem Wert», erwiderte Naja. «Ihr habt drei Pharaonen treu gedient, und alle drei konnten sich vollkommen auf Euch verlassen.»

«Ihr überschätzt mich, mein Regent. Ich bin ein alter, schwacher Mann.»

Naja lächelte. «Alt? Ja, Ihr seid alt. Manche behaupten, Ihr wäret über zweihundert Jahre alt.» Taita neigte den Kopf. Er wollte diese Schätzung weder bestätigen noch bestreiten. «Aber schwach?», fuhr

Naja fort. «Ihr seid so alt und stark wie ein Berg. Jedermann weiß, dass Eure Weisheit grenzenlos ist. Ihr kennt sogar das Geheimnis des ewigen Lebens.»

Naja schmeichelte ihm schamlos, und Taita versuchte zu erkennen, was dahinter steckte und was Naja eigentlich wollte. Der Regent schwieg und schaute ihn erwartungsvoll an. Was wollte er von ihm hören? Taita schaute ihm in die Augen und versuchte seine Gedanken aufzunehmen. Diese waren jedoch so ungreifbar und flüchtig wie Fledermäuse, die vor dem Abendhimmel vorbeihuschen.

Dann konnte er endlich einen Gedanken ganz auffangen und verstand sofort, was Naja von ihm wollte. Dieses Wissen gab ihm Macht, und plötzlich eröffneten sich Möglichkeiten vor ihm wie die Tore einer eroberten Stadt.

«Seit tausend Jahren sucht jeder König und jeder Gelehrte nach dem Geheimnis des ewigen Lebens», sagte Taita milde.

Naja lehnte sich vor und stützte die Ellbogen auf seine Knie. «Vielleicht seid Ihr der Einzige, der es je gefunden hat.»

«Mein Fürst, Eure Fragen sind zu profund für einen alten Mann wie mich. Zweihundert Jahre sind noch kein ewiges Leben.» Taita breitete hilflos seine Arme aus, doch er schaute zu Boden, so dass Naja in diese Antwort immer noch hineinlesen konnte, was er wollte. Die zwei Kronen von Ägypten und das ewige Leben, dachte Taita innerlich lächelnd: *Das* war es, was der Regent wollte. Seine Wünsche waren direkt und einfach.

Naja richtete sich auf. «Wir werden ein andermal darüber reden.» Seine gelben Augen blitzten triumphierend. «Im Augenblick möchte ich Euch um etwas anderes bitten. Es würde Euch die Gelegenheit geben zu beweisen, dass meine hohe Meinung von Euch voll und ganz gerechtfertigt ist. Meine Dankbarkeit wäre grenzenlos.»

Er windet sich wie ein Aal, dachte Taita. Und ich habe ihn einmal für einen hirnlosen Muskelprotz gehalten. Dabei hat er seine wahren Talente die ganze Zeit vor uns allen verborgen.

«Für den Regenten des Pharaos würde ich alles tun, was in meiner Macht steht.»

«Ihr seid ein Adept des Ammon Ra. Ihr seid sein Orakel», stellte Naja mit einer Bestimmtheit fest, die keinen Widerspruch zuließ.

Nicht nur die Kronen und das ewige Leben, dachte Taita empört, er will auch noch, dass ich ihm die Zukunft offenbare! Er nickte bescheiden und antwortete: «Mein Fürst, mein ganzes Leben habe ich damit verbracht, die Mysterien zu studieren, und vielleicht habe ich ein bisschen dabei gelernt.»

«Euer ganzes *langes* Leben», betonte Naja, «und Ihr habt gewiss *sehr viel* gelernt.»

Taita schaute wieder zu Boden und schwieg. Wie konnte ich jemals fürchten, dass er mich umbringen würde, fragte er sich. Er würde mich mit seinem Leben verteidigen, denn das ist es, was ich seiner Auffassung nach in Händen halte: den Schlüssel zu seiner Unsterblichkeit.

«Taita, Günstling der Könige und Götter, ich möchte, dass Ihr für mich das Orakel des Ammon Ra befragt.»

«Mein Fürst, noch nie habe ich mich für jemanden in die Labyrinthe begeben, der nicht Königin oder Pharao war, oder jemanden, dessen Bestimmung es nicht war, auf dem Thron Ägyptens zu sitzen.»

«Dies könnte durchaus die Bestimmung dessen sein, der Euch heute um diesen Dienst ersucht», erwiderte Naja bedeutungsvoll.

Der große Horus hat ihn mir ausgeliefert, dachte Taita, ich habe ihn in der Hand, während er sagte: «Ich beuge mich den Wünschen des königlichen Regenten.»

«Werdet Ihr noch heute das Orakel für mich befragen? Es ist sehr wichtig für mich, die Wünsche der Götter zu kennen.» Najas hübsche Züge verzerrten sich vor Gier.

«Niemand begibt sich leichten Herzens in die Labyrinthe des göttlichen Bewusstseins», wehrte Taita ab. «Es ist mit großen Gefahren verbunden, nicht nur für mich, sondern auch für den, der sich an das Orakel wendet. Die Vorbereitungen für die Reise in die Zukunft nehmen einige Zeit in Anspruch.»

«Wie lange?», fragte Naja. Er konnte seine Enttäuschung kaum verbergen.

Taita hielt sich die Stirn, als würde er angestrengt nachdenken. Soll er für eine Weile an meinem Köder schnuppern, dachte er. So wird er den Haken am Ende noch gieriger verschlingen. Endlich schaute er auf. «Am ersten Tag des Festes des Apisstiers.»

Am nächsten Morgen, als er aus dem großen Zelt in den Palmenhain trat, schien Pharao Seti ein anderer Mensch zu sein. War dies wirklich der schmutzige, übel riechende Straßenjunge, der am Tag zuvor die Oase von Boss betreten hatte?

Mit all seinem königlichen Feuer hatte er sich dagegen gewehrt, dass die Barbiere seinen Kopf rasierten. So waren seine dunklen Locken nur gewaschen und gekämmt worden, bis sie in der frühen Morgensonne rotbraun funkelten. Auf diesem prächtigen Haupt trug er das Uräusdiadem, den Stirnreif mit der Kobraschlange. Sein Kinn zierte der künstliche Bart, das Symbol der Könige. Allgemein hatte man ihn so geschminkt, dass seine natürliche Schönheit noch betont wurde. Die zahlreichen Menschen, die vor dem Zelt auf ihn gewartet hatten, stöhnten voller Bewunderung und Ehrfurcht, als sie sich anbetend zu Boden warfen. Seine falschen Fingernägel waren aus getriebenem Gold, und auch die Sandalen an seinen Füßen waren aus Gold. Auf seiner Brust trug er eine der kostbarsten Kronjuwelen Ägyptens: den Brustschild des Tamose, eine edelsteinbesetzte Abbildung des Gottfalken Horus. Trotz seiner Jugend schritt Nefer in königlicher Manier, Zepter und Geißel vor seiner Brust gekreuzt. Er blickte würdevoll geradeaus, bis er aus einem Augenwinkel Taita sah, der ganz vorn in der Menschenmenge stand. Da rollte er mit den Augen, und seine Mundwinkel verzogen sich resigniert.

Einen Schritt hinter ihm folgte Fürst Naja, in eine schwere Parfümwolke gehüllt und mit funkelnden Juwelen behangen, das blaue Schwert an der Hüfte und das blaue Siegel am Arm, Macht und Autorität ausstrahlend.

Als Nächste kamen die Prinzessinnen mit den goldenen Federn der Göttin Isis im Haar und goldenen Ringen an Fingern und Zehen. Sie trugen nicht mehr die schweren, bestickten Gewänder wie am Vortag, sondern waren vom Hals bis zu den Knöcheln in feines, durchsichtiges Leinen gehüllt, so dünn, dass die Sonne hindurchschien wie durch morgendlichen Nebel über dem Fluss. Merikaras Glieder waren schlank wie Gazellenbeine, ihre Brust knabenhaft flach. Heserets Körper hingegen zeigte üppige Kurven, die rosigen Brustknospen schimmerten durch den dünnen Stoff, und unterhalb des Bauches wurde das kleine dunkle Dreieck ihrer Weiblichkeit sichtbar.

Der Pharao bestieg den Festwagen und nahm seinen Platz auf dem erhöhten Thron ein. Fürst Naja stand zu seiner Rechten, und die Prinzessinnen saßen ihm zu Füßen.

Dann strömten die Priesterschaften sämtlicher fünfzig Tempel von Theben vor den Wagen und zupften auf ihren Leiern, schlugen ihre Trommeln, rasselten mit ihren Sistren, bliesen ihre Hörner, sangen und deklamierten ihre Lobpreisungen und Gebete an die Götter.

Asmors Leibgarde nahm ihre Position in der Prozession ein, dann Hiltos Schwadron der Streitwagen, alle frisch poliert und mit Fahnen und Blumen verziert. Die Pferde trugen Bänder in ihren Mähnen und waren gebürstet worden, bis ihre Felle wie Gold und Silber glänzten. Die Ochsen hinter dem königlichen Wagen waren makellos weiß und trugen Sträuße von Lilien und Wasserhyazinthen auf ihren mächtigen Nacken. Die langen, ausladenden Hörner und selbst ihre Hufe waren mit Blattgold bedeckt.

Die Ochsentreiber waren nackte nubische Sklaven, vollkommen glatt rasiert an Kopf und Körper, was die Größe ihrer Genitalien noch hervorhob. Von Kopf bis Fuß waren sie mit Ölen eingerieben, so dass sie in der Sonne glänzten wie das schwarze Auge des Seth, ein dramatischer Kontrast zu den schneeweißen Ochsen. Sie riefen aufmunternde Worte, und die Tiere trotteten gehorsam auf die staubige Straße. Das Ende der Prozession bildeten tausend Krieger der Phat-Garde, die wie mit einer Stimme eine Hymne zum Preise des Pharaos sangen. Das Volk von Theben hatte die Stadttore geöffnet und säumte die Stadtmauer. Die letzte Meile der Straße hatten sie mit Palmwedeln, Stroh und Blumen bedeckt.

Die Mauern, Türme und Häuser von Theben bestanden alle aus in der Sonne getrockneten Lehmziegeln. Steinblöcke wurden nur für Tempel und Gräber verwendet. Im Niltal gab es kaum je Regen, so dass die Lehmbauwerke durchaus dauerhaft waren. Alle Gebäude waren frisch getüncht, strahlend weiß und mit den blauen Flaggen des Hauses Tamose geschmückt. Als die Prozession schließlich die Stadttore passierte, tanzten, sangen und weinten die Menschen vor Freude und verstopften die engen Straßen so sehr, dass der Königswagen wie eine Riesenschildkröte einherkroch. Vor jedem Tempel auf dem Weg kam der Wagen schwerfällig zum Stehen, und der Pharao stieg mit feierlicher Würde ab, um dem Gott zu opfern, dem in dem betreffenden Tempel gehuldigt wurde.

Es war schon später Nachmittag, als sie den Hafen am Flussufer erreichten, wo die königliche Barke auf den Pharao und seinen Anhang wartete, um sie zum Palast des Memnon am Westufer überzusetzen. Sobald alle an Bord waren, machten sich zweihundert Ruderer auf ihren engen Bänken an die Arbeit und hoben und senkten ihre Ruder zum Schlag einer Trommel, nass glänzend wie die Flügel eines riesigen Reihers.

Inmitten einer Flotte von Galeeren, Feluken und anderen kleinen Booten überquerte die Prozession den Fluss in den letzten Sonnenstrahlen des Tages, doch selbst mit ihrer Ankunft am Westufer waren die Pflichten des Königs an seinem ersten Tag noch nicht vollendet. Ein zweiter Königswagen brachte ihn durch die Menschenmengen zum Begräbnistempel seines Vaters, Pharao Tamose.

Es war schon dunkel, als sie den Dammweg hinauffuhren, beleuchtet von Feuern links und rechts. Dort hatte sich das Volk den ganzen Tag an Bier und Wein gelabt, das auf Kosten des königlichen Schatzmeisters ausgeschenkt wurde, und als der Pharao schließlich vor Tamoses Tempel von seinem Wagen stieg, war der Lärm ohrenbetäubend. Nefer Seti schritt die von Granitstatuen seines Vaters und seines Schutzgottes Horus in all seinen hundert Gestalten gesäumte Treppe empor.

Fürst Naja und die Priester führten den jungen Pharao durch das hohe Holztor in den Saal der Traurigkeit, den heiligen Ort, wo Tamoses Mumie auf ihrer Balsamierungsplatte aus schwarzem Diorit lag. In einem Schrein in einer der Wände, bewacht von einer Statue des schwarzen Anubis, des Gottes der Gräber, standen die schimmernden Alabasterurnen, welche das Herz, die Lungen und die Eingeweide des Königs enthielten.

In einem zweiten Schrein in der gegenüberliegenden Wand stand der vergoldete Sarkophag bereit, den königlichen Leichnam aufzunehmen. Den Deckel des Sarges zierte ein goldenes Porträt des Pharaos, das ihn so lebensecht erfasst hatte, dass Nefer einen Stich in seinem Herzen spürte und seine Augen sich mit Tränen füllten. Er nahm sich jedoch zusammen und folgte den Priestern zur Mitte des Saales, wo sein Vater aufgebahrt war.

Fürst Naja stellte sich auf die andere Seite der Dioritplatte, Angesicht zu Angesicht mit Nefer, und der Hohepriester stand hinter dem Kopf des toten Königs. Sobald alles bereit war für die Zeremonie des Öffnens des königlichen Mundes, schlugen zwei Priester das Leinentuch zur Seite. Nefer trat unwillkürlich einen Schritt zurück, als er seinen Vater vor sich liegen sah.

Während all der Wochen nach dessen Tod, während Nefer sich mit Taita in der Wüste aufhielt, waren die Einbalsamierer mit dem Leichnam des Königs beschäftigt gewesen. Als Erstes hatten sie einen langstieligen Löffel in ein Nasenloch eingeführt und damit, ohne am Kopf eine Spur zu hinterlassen, den grauen Hirnbrei herausgeholt. Dann hatten sie die Augäpfel entfernt und die Augenhöhlen mit Natronsalzen und aromatischen Kräutern gefüllt. Der ganze Leichnam, bis auf den Kopf, war dann in ein Bad hoch konzentrierter Salze gelegt und dreißig Tage lang darin liegen gelassen worden, wobei die Flüssigkeit in dem Bad täglich gewechselt wurde. So waren der Leiche die Fette entzogen worden, und alle Haut hatte sich aufgelöst. Nur die Kopfhaut und die Haare blieben unberührt.

Schließlich war der Leichnam aus dem Salzbad genommen, auf die schwarze Dioritplatte gelegt und mit Ölen und Kräutertinkturen abgerieben worden. Die leere Bauchhöhle hatten die Einbalsamierer mit in Harzen und Wachsen getränkten Leinenballen gefüllt. Die Pfeilwunde in der Brust des Pharaos hatten sie zugenäht und mit Amuletten aus Gold und Edelsteinen bedeckt. Die Reste des Pfeils waren zuvor entfernt worden. Nachdem der Staatsrat es begutachtet hatte, war das Geschoss in eine goldene Schatulle gelegt worden, die dann als Grabbeigabe versiegelt wurde – ein mächtiger Talisman, der den Pharao auf seiner Reise durch die Unterwelt vor weiterem Unheil bewahren würde.

Während der übrigen vierzig Tage der Balsamierungszeit war der Leichnam durch die heißen Wüstenwinde, die durch die offenen Türen wehten, gründlich getrocknet worden, bevor er schließlich eingewickelt wurde. Die Leinenbandagen wurden in einem genau festgelegten Muster angelegt, während Priesterchöre mit Gesängen die Götter beschworen. Zwischen die Schichten wurden weitere kostbare Talismane und Amulette gebunden, und jede Schicht wurde mit Harzen eingeschmiert, die nach dem Trocknen hart und glänzend wie Metall sein würden. Nur der Kopf wurde unbedeckt gelassen, und in der letzten Woche vor dem Öffnen des Mundes hatten vier der künstlerischsten Balsamierer mit Hilfe von Wachsen und kosmetischen Salben das Gesicht des Königs in seiner ganzen, lebensechten Schönheit wiederhergestellt.

Die Augen waren durch perfekte Nachbildungen aus Bergkristall und Vulkanglas ersetzt worden. Das Weiß war milchig-transparent, und Iris und Pupillen entsprachen genau der Augenfarbe des Königs. Die Glasaugen wirkten so lebendig und intelligent, dass Nefer jeden Augenblick damit rechnete, sein Vater würde ihn anschauen. Die Lippen hätten sich jeden Moment zu einem Lächeln verziehen können, und die geschminkte Haut wirkte warm und seidig, als ob immer noch Blut in den Adern darunter floss.

Fürst Naja, der Hohepriester und der Chor stimmten zum zweiten Mal die Gesänge gegen den Tod an, und Nefer konnte seinen Blick immer noch nicht vom Gesicht seines Vaters wenden.

Er ist das Spiegelbild, nicht der Spiegel.
Er ist die Musik, nicht die Leier.
Er ist der Stein, nicht der Meißel.
Er wird ewig leben.

Der Hohepriester stellte sich neben Nefer und legte ihm den goldenen Löffel in die Hand. Nefer war auf dieses Ritual vorbereitet worden, doch seine Hand zitterte dennoch, als er seinem Vater den Löffel auf die Lippen legte und sprach: «Ich öffne Eure Lippen, auf dass Ihr noch einmal sprechen könnt.» Dann berührte er mit dem Löffel die Nase seines Vaters. «Ich öffne Eure Nasenlöcher, auf dass Ihr noch einmal atmen könnt.» Er berührte beide Augen, eines nach dem anderen. «Ich öffne Eure Augen, auf dass Ihr noch einmal die Pracht dieser Welt sehen möget und die Pracht der Welt, die da kommen wird.»

Sobald dieses Ritual abgeschlossen war, sahen der junge Pharao und seine Begleiter zu, wie die Einbalsamierer den Kopf einwickelten und die Bandage mit duftenden Harzen tränkten. Dann legten sie Tamose schließlich seine goldene Totenmaske an. Entgegen der Tradition hatte Tamose nur eine einzige Totenmaske und nur einen goldenen Sarg. Sein Vater war in sieben Masken und sieben Sarkophagen begraben worden.

Den Rest der Nacht verbrachte Nefer neben dem goldenen Sarkophag. Er betete, verbrannte Weihrauchharze und flehte die Götter an, seinen Vater in ihrer Mitte aufzunehmen. In der Morgendämmerung ging er mit den Priestern auf die Terrasse des Tempels, wo der Oberfalkner seines Vaters mit einem Königsfalken auf seiner behandschuhten Faust auf ihn wartete.

«Nefertem», flüsterte Nefer den Namen des Falken. Er nahm dem Falkner den mächtigen Vogel ab und setzte ihn auf seine Faust, die er dann hoch in die Luft hielt, sodass das Volk, das sich unter der Terrasse versammelt hatte, ihn deutlich sehen konnte. Um das rechte Bein trug der Falke ein winziges goldenes Schild an einer Goldkette. In das Schildchen war die königliche Kartusche seines Vaters eingraviert. «Dies ist der Gottvogel des Pharao Tamose Mamose, der Geist meines Vaters.» Er rang um Fassung. Nefer war den Tränen nahe. «Ich werde den Gottvogel meines Vaters nun freilassen.» Er streifte dem Falken die lederne Haube vom Kopf, und der Vogel plusterte sein Gefieder auf. Dann knotete er den Beinriemen ab, und der Vogel breitete seine Flügel aus. «Flieg, göttlicher Geist!», rief Nefer. «Steig auf, für mich und meinen Vater!»

Er warf den Vogel in die Luft, wo ihn die Morgenbrise erfasste und in die Höhe trug. Dort zog er noch zwei Kreise über der Versammlung und verschwand mit einem wilden, gespenstischen Schrei über dem Nil.

«Der Gottvogel fliegt nach Westen!», rief der Hohepriester aus, und alle, die vor dem Tempel versammelt waren, wussten, dass dies ein schlechtes Omen war.

Nefer war emotional und körperlich so erschöpft, dass er fast gestürzt wäre, als er dem Vogel nachschaute. Taita fing ihn auf und führte ihn weg.

Sobald sie in Nefers Schlafgemach im Palast des Memnon ankamen, legte der junge Pharao sich auf sein Bett, und Taita mischte ihm einen Trank. Nefer nahm einen langen Schluck, bevor er die Schale absetzte und Taita fragte: «Warum hat mein Vater nur einen Sarg? Mein Großvater hatte, wie du mir erzählt hast, sieben schwere Goldsärge, so schwer, dass zwanzig starke Ochsen seinen Begräbniswagen ziehen mussten.»

«Dein Großvater hatte das prunkvollste Begräbnis in der Geschichte unseres Landes. Er nahm auch zahlreiche Grabbeigaben mit in die Unterwelt», erklärte Taita. «Doch diese sieben Särge verschlangen so viel Gold, dass das Land an den Rand des Ruins geriet.»

Nefer schaute nachdenklich in die Schale und trank die letzten Tropfen der stärkenden Flüssigkeit. «Mein Vater hätte ein ebenso teures Begräbnis verdient. Er war ein mächtiger Mann.»

«Dein Großvater dachte viel über sein Leben nach dem Tode

nach», erklärte Taita geduldig weiter. «Dein Vater dachte dagegen viel über sein Volk und das Wohlergehen von Ägypten nach.»

Nefer überlegte eine Weile, dann ließ er sich seufzend auf die Schaffelle sinken und schloss die Augen. Dann, plötzlich, öffnete er sie wieder. «Ich bin stolz auf meinen Vater.»

Taita legte seine segnende Hand auf die Stirn des Jungen und flüsterte: «Und ich bin sicher, dass dein Vater eines Tages allen Grund haben wird, auf dich stolz zu sein.»

Auch ohne das schlechte Omen des Falken Nefertem hätte Taita gewusst, dass Ägypten eine der traurigsten und schicksalhaftesten Phasen seiner langen Geschichte durchmachte. Als er Nefers Schlafzimmer verließ und sich auf den Weg in die Wüste machte, war es, als wären die Sterne auf ihren Bahnen gefroren, als hätten die Götter Ägypten in seiner gefährlichsten Stunde im Stich gelassen.

«Großer Horus, leite uns in dieser schweren Zeit. Du hältst dieses *ta-meri*, dieses kostbare Land in deinen Händen. Lass es dir nicht entgleiten und am Boden zerschellen. Wende dich nicht von uns ab in der Stunde unseres größten Schmerzes. Hilf mir, mächtiger Falke. Leite mich. Weihe mich in deine Pläne ein, damit ich deinen Willen geschehen lassen kann.»

So betete er, während er die Hügel am Rand der großen Wüste erklomm. Das Klicken seines langen Stabs auf dem Fels scheuchte einen gelben Schakal auf, der den mondbeschienenen Hang hinauf verschwand. Sobald Taita sicher war, dass er nicht beobachtet wurde, schlug er einen Weg parallel zum Fluss ein und beschleunigte seine Schritte. «Du weißt, großer Horus, dass unser Schicksal auf Messers Schneide steht. Wir stehen vor Krieg und Niederlage. Pharao Tamose ist ermordet worden, und wir haben niemanden mehr, der uns in einem Krieg führen könnte. Apepi und seine Hyksos im Reich des Nordens sind praktisch unbesiegbar. Sie ziehen sich gegen uns zusammen, und wir haben ihnen nichts entgegenzusetzen. Der Wurm des Verrats nistet in den beiden Reichen. Wie sollen sie überleben gegen die neue Tyrannei? Öffne mir die Augen, mächtiger Gott, und zeige mir den Weg, auf dem wir triumphieren können gegen die hyksischen Horden im Norden und gegen das tödliche Gift in unserem Blute.»

Den Rest des Tages wanderte Taita durch Hügel und stille Orte, betete und dachte über die Zukunft nach. Am späten Abend ging er zurück Richtung Fluss und kam schließlich an, wo er letztlich hin wollte. Er hätte auf direktem Wege auf dem Fluss, in einer Feluke, dorthin kommen können, doch dann wäre er mit Sicherheit gesehen worden. Außerdem brauchte er die Zeit allein in der Wüste.

So näherte er sich dem Tempel des Bes am Ufer des Nils in tiefer Finsternis, als die meisten Menschen schliefen. In einer Nische über der Tür flackerte eine Fackel in ihren letzten Zügen. Sie beleuchtete eine Skulptur des Gottes Bes, die den Eingang bewachte. Bes war ein verwachsener Zwerg, der Gott der Trunkenheit und der Fröhlichkeit, mit heraushängender Zunge zwischen lüsternen Lippen. Im ersterbenden Licht der Fackel begrüßte er Taita mit einem besoffenen Grinsen.

Einer der Priester des Tempels wartete auf den Magus und hieß ihn willkommen. Er führte ihn in eine Zelle in den Tiefen des Tempels, wo er auf einem Tisch einen Krug Ziegenmilch, einige Scheiben Durrabrot und eine Honigwabe vorfand. Die Priester wussten, dass der Magus eine Schwäche für Honig aus den Pollen der Mimosenblüte hatte.

«Die drei anderen sind schon hier, mein Fürst», erklärte der junge Priester. «Sie erwarten Euch.»

«Als Erstes möchte ich Bastet sprechen. Bring ihn her», befahl Taita.

Bastet war der Oberschreiber des Nomarchen von Memphis. Er war eine von Taitas wertvollsten Informationsquellen. Er war nicht reich, hatte jedoch zwei recht teure Frauen und eine Menge Kinder zu unterhalten. Taita hatte seine Kinder gerettet, als die gelbe Pest im Land wütete. Er hatte keinen direkten Einfluss, doch er befand sich in der Umgebung der Mächtigen und hörte einiges – und er hatte ein phänomenales Gedächtnis. Er hatte Taita viel zu erzählen, was sich in seiner Provinz seit dem Amtsantritt des Regenten zugetragen hatte, und zeigte echte Dankbarkeit für seine Bezahlung. «Euer Segen wäre mir Bezahlung genug, mächtiger Magus.»

«Von meinem Segen werden deine Kinder nicht satt», entließ Taita ihn.

Nach Bastet kam Obos, der Hohe Priester des Horus-Tempels in Theben. Taita war bei Pharao Tamose für ihn eingetreten und hatte für seine Ernennung gesorgt. Die meisten Fürsten und Ratsherren beteten und opferten im Tempel des Horus und vertrauten sich dem

Hohen Priester an. Der Dritte, der Taita mit Informationen versorgte, war Nolro, der Sekretär der Nordarmee. Nolro war ein Eunuch wie Taita, und zwischen Männern, die diese Verstümmelung erlitten hatten, existierte eine natürliche Bindung.

Taita wusste seit seiner Jugend, seit er im Schatten des Thrones gesessen und von dort die Geschicke des Staates gelenkt hatte, dass verlässliche Informanten, auf deren Auskünfte der Staatsmann sein Handeln gründen kann, absolut unentbehrlich sind. So verbrachte er den Rest der Nacht und den größten Teil des folgenden Tages damit, diesen Männern zuzuhören und sie zu befragen. Danach war er über alle wichtigen Entwicklungen und politischen Strömungen, ob offen oder verborgen, die sich während seines Aufenthalts in der Wildnis ergeben hatten, bestens informiert.

Am Abend machte er sich dann auf den Rückweg zum Palast des Memnon, diesmal den Fluss entlang. Die Bauern, die von ihren Feldern heimkehrten, erkannten ihn und wünschten ihm Glück und ein langes Leben. «Bete für uns zu Horus, großer Magus», riefen sie ihm zu, denn jeder wusste, dass er ein Adept des Gottfalken war. Viele ließen es sich nicht nehmen, ihm kleine Geschenke zu geben, und einer teilte mit ihm sein Abendessen: Hirsekuchen, knusprig geröstete Heuschrecken und euterwarme Ziegenmilch.

Bei Einbruch der Dunkelheit dankte Taita dem freundlichen Bauern, verabschiedete sich und ließ ihn an seinem Feuer zurück. Dann eilte er durch die Nacht, um das Erwachen des jungen Pharaos nicht zu versäumen. Als er den Palast erreichte, dämmerte schon der Morgen, und er hatte gerade noch Zeit, zu baden und seine Kleider zu wechseln, bevor er sich zum königlichen Schlafgemach begab. Doch dort versperrten ihm zwei Wachen den Weg, indem sie ihre Lanzen vor der Tür kreuzten.

Taita war verblüfft. Damit hatte er nicht gerechnet. Er war der königliche Lehrer, seit dreizehn Jahren, ernannt von Pharao Tamose. Er funkelte den Wachsergeanten an, der daraufhin seinen Blick senkte, ohne jedoch den Weg freizugeben. «Ich hoffe, Ihr verzeiht mir, mächtiger Magus. Ich handle auf ausdrücklichen Befehl des Kommandeurs der Leibgarde, Oberst Asmor, und des Kammerherrn des Palasts. Niemand, der nicht die Genehmigung des Regenten hat, darf den Pharao sehen.»

Der Sergeant gab nicht nach, und Taita ging auf die Terrasse, wo Naja in einem kleinen Kreis besonderer Günstlinge und Schmeichler sein Frühstück einnahm. «Mein Fürst, Ihr wisst, dass Tamose mich als Erzieher und Lehrer des Pharaos eingesetzt hat. Ich habe das Recht auf ungehinderten Zugang, zu jeder Tages- und Nachtzeit.»

«Das war vor vielen Jahren, mein guter Magus», erwiderte Naja sanft, während er von einem Sklaven, der hinter ihm stand, eine geschälte Traube annahm und in den Mund steckte. «Damals mag das gut und richtig gewesen sein, doch Pharao Seti ist nun kein Knabe mehr. Er braucht keine Amme.» Die Beiläufigkeit, mit der er diese Beleidigung aussprach, machte sie nicht weniger kränkend. «Ich bin sein Regent. In Zukunft wird er sich an mich wenden, wenn er Rat oder Anleitung braucht.»

«Ich erkenne Eure Rechte und Pflichten gegenüber dem König an, doch mich von ihm fern zu halten, ist unnötig und grausam», beschwerte sich Taita, doch Naja brachte ihn mit einer Handbewegung zum Schweigen.

«Es geht um die Sicherheit des Königs. Alles andere ist zweitrangig.» Mit diesen Worten erhob er sich von seinem Stuhl und gab damit das Zeichen, dass das Frühstück und die Audienz beendet waren.

Die Leibwachen schlossen ihre Reihen um den Regenten, und Taita wurde abgedrängt. Er konnte nur zusehen, wie Naja mit seinem Gefolge im Ratssaal verschwand. Er folgte ihnen nicht, sondern setzte sich an den Rand eines Fischteiches, um über die neue Situation nachzudenken.

Naja hatte offenbar die Absicht, Nefer zu isolieren und ihn zum Gefangenen in seinem eigenen Palast zu machen. Wenn die Zeit käme, wäre er allein inmitten von Feinden. Taita suchte nach einer Möglichkeit, ihn zu beschützen, und wieder dachte er daran, aus Ägypten zu fliehen und Nefer unter den Schutz einer ausländischen Macht zu stellen, bis er alt und stark genug wäre, zurückzukehren und sein Erbe zu beanspruchen. Zugleich war er jedoch sicher, dass Naja nicht nur den Zugang zu den königlichen Gemächern geschlossen hatte, sondern wahrscheinlich auch jeden Fluchtweg aus Theben und Ägypten.

Es schien keine einfache Lösung zu geben, und nach einer Stunde des Nachdenkens erhob sich Taita und ging den überdachten Weg zum Ratssaal hinüber. Die Wachen an der Tür traten zur Seite, und

Taita betrat den Saal und ging zu seinem gewohnten Platz in der ersten Reihe.

Nefer saß auf dem Podest neben dem Regenten. Er trug die leichtere Hedjet-Krone von Oberägypten und wirkte blass und kränklich. Taita machte sich sofort Sorgen, dass der junge Pharao schon unter den Symptomen eines langsam wirkenden Giftes litt. Dagegen sprach jedoch, dass er keine tödliche Aura um den Jungen feststellen konnte. Er konzentrierte sich darauf, ihm einen Strom von Kraft und Mut zu übermitteln, doch Nefer bedachte ihn nur mit einem kalten, anklagenden Blick, offenbar als Strafe dafür, dass er die Mundöffnungszeremonie des Königs versäumt hatte.

Taita wandte sich nun den Angelegenheiten des Rates zu. Man beriet die neuesten Berichte von der Nordfront, wo König Apepi nach einer Belagerung von drei Jahren Abnub wiedererobert hatte. Seit der ersten Invasion der Hyksos in der Herrschaftszeit des Pharao Mamose, Tamoses Vater, hatte diese unglückliche Stadt damit achtmal den Besitzer gewechselt.

Wäre Pharao Tamose nicht von dem hyksischen Pfeil getötet worden, hätte seine tollkühne Strategie diese tragische Wende vielleicht verhindert. Nun waren sie gezwungen, sich auf den nächsten Angriff der Hyksos vorzubereiten, der sich diesmal gegen Theben richten würde, anstatt, wie Tamose es geplant hatte, mit den Armeen Ägyptens gegen die feindliche Hauptstadt Avaris zu ziehen.

Wie Taita feststellen musste, war der Rat über jeden Aspekt der Krise bitter gespalten. Sie suchten einen Schuldigen für diese letzte Niederlage, obwohl jeder Narr sehen konnte, dass die eigentliche Ursache der plötzliche Tod des Pharaos gewesen war. Ohne ihn hatte seine Armee weder Haupt noch Herz, und Apepi hatte sofort die Gelegenheit ergriffen, aus seinem Tod Nutzen zu ziehen.

Als Taita das Gezanke der Ratsherren hörte, begriff er klarer als je zuvor, dass dieser Krieg wie ein offenes Geschwür für sein Ägypten war, und er stand leise auf. Er konnte hier nichts mehr tun, denn die hohen Herren stritten immer noch über die Frage, wer den toten Pharao als Kommandeur der Nordarmee ersetzen sollte. «Jetzt, wo Tamose tot ist, haben wir keinen Feldherrn mehr, der sich mit Apepi messen könnte, schon gar nicht Asmor oder Naja selbst», murmelte Taita vor sich hin, während er auf den Ausgang zu ging. «Nach sechzig Jahren Krieg sind das Land und unsere Armeen ausgeblutet. Wir brauchen Zeit, um neue Kräfte zu sammeln, und müssen warten, bis wir einen neuen Führer haben.» Er dachte an Nefer, doch es würde noch Jahre dauern, bis der Knabe die Rolle übernehmen konnte, die, wie das Orakel des Ammon Ra ihm gezeigt hatte, seine Bestimmung war.

Ich muss Zeit für ihn gewinnen. Ich muss ihn in Sicherheit bringen, bis er bereit ist.

Als Nächstes begab er sich zum Frauenquartier des Palasts. Als Eunuch durfte er die Tore passieren, die anderen Männern verschlossen waren. Es war nun schon drei Tage her, dass die Prinzessinnen von ihrer bevorstehenden Hochzeit erfahren hatten, und Taita fühlte sich schuldig, dass er sie nicht früher besucht hatte. Sie mussten verwirrt und ängstlich sein und würden seinen Trost und Rat dringend brauchen.

Merikara saß mit einer Isis-Priesterin zusammen, die sie im Gebrauch von Schreibtafel und Griffel unterrichtete. Sie sah Taita sofort, als er den Hof betrat, flog in seine Arme und presste sich an ihn, so fest sie konnte. «O Taita, wo warst du nur? Die ganzen Tage habe ich nach dir gesucht.»

Sie schaute zu ihm auf, und er sah, dass sie geweint hatte, denn ihre Augen waren rot umrandet, mit tiefen Ringen darunter. Nun begann sie wieder zu weinen, und jeder Schluchzer schüttelte sie. Taita hob sie hoch und hielt sie in seinen Armen, bis sie sich ein wenig beruhigt hatte. «Was ist denn, mein kleines Äffchen? Was macht dich so unglücklich?»

«Fürst Naja wird mich zu einem geheimen Ort bringen und mir dort schreckliche Dinge antun. Er wird etwas Großes, Spitzes in mich hineinstecken, und das wird sehr wehtun, und ich werde bluten.»

«Wer hat dir das erzählt?» Taita konnte kaum seinen Zorn bändigen.

«Magara und Saak», schluchzte Merikara. «Ach, Taita, kannst du ihn nicht davon abhalten, mir das anzutun? Bitte, bitte, Taita.»

Taita hätte wissen können, dass die beiden nubischen Sklavenmädchen für ihren Schrecken verantwortlich waren. Gewöhnlich handelten ihre Geschichten von afrikanischen Kobolden und Geistern, doch nun hatten sie etwas anderes gefunden, mit dem sie ihre Herrin in Angst und Schrecken versetzen konnten. Taita schwor sich, die beiden Mädchen zu bestrafen, und machte sich daran, Merikara ihre Ängste zu nehmen. Dazu waren größter Takt und Feingefühl vonnöten, denn Merikara war zutiefst verschreckt.

Er führte sie zu einer Laube in einer stillen Ecke des Gartens, setzte sich hin, und Merikara kletterte ihm auf den Schoß und legte ihre Wange an seine Brust.

Natürlich waren ihre Ängste unbegründet. Selbst nach einer Heirat wäre es gegen die Natur und gegen Gesetz und Sitten gewesen, wenn Naja sie ins eheliche Bett gezwungen hätte, bevor sie ihren ersten roten Mond gesehen hätte, und dieses Ereignis war noch Jahre entfernt. Schließlich gelang es Taita, das Mädchen zu beruhigen, und er nahm sie zu den königlichen Ställen mit, um das Hengstfohlen zu bewundern und zu streicheln, das an diesem Morgen geboren worden war.

Als er sie wieder lachen und schwatzen sah, brachte Taita sie in den Harem zurück und führte ihr ein paar kleine Zauberkunststücke vor, die sie noch mehr aufheiterten. Er verwandelte einen Krug Nilwasser in köstliches Sorbett, indem er seinen Finger hineinsteckte, und sie tranken es zusammen. Dann warf er einen Kiesel in die Luft, der sich in einen lebendigen Kanarienvogel verwandelte und auf den höchsten Ast eines Feigenbaums flog, wo er hüpfte und trillerte, während das Kind tanzte und vor Freude kreischte.

So ließ er sie zurück und begab sich zu den beiden Sklavenmädchen, Magara und Saak, die er mit solchen Beschimpfungen und Drohungen bedachte, dass sie sich bald aneinander klammerten und jämmerlich heulten. Er wusste, dass Magara immer die Anstifterin war, wenn es um böse Streiche ging, deshalb zog er ihr einen lebendigen Skorpion aus dem Ohr und hielt ihn ihr vors Gesicht. Das versetzte sie in solchen Schrecken, dass sie nicht anders konnte, als sofort ihre Blase zu leeren, so dass der Inhalt in kleinen Bächen an ihren Beinen herunterlief.

Damit gab sich Taita schließlich zufrieden und machte sich auf die Suche nach Heseret. Wie er erwartet hatte, fand er sie mit ihrer Leier unten am Flussufer. Sie schaute zu ihm auf, schenkte ihm ein trauriges kleines Lächeln und zupfte weiter an den Saiten des Instruments. Er setzte sich neben sie aufs Gras unter dem ausladenden Geäst einer Weide. Das Lied, das sie spielte, war das Lieblingsstück ihrer Großmutter gewesen. Taita hatte es ihr beigebracht, und nun begann sie die Verse zu singen.

Mein Herz flattert auf
wie ein scheuer Fasan,
wenn ich dir, mein Geliebter,
ins Antlitz schau.
Meine Wangen erglühen
wie Abendrot
im Sonnenglanz deines Lächelns …

Ihre Stimme war süß und rein, und Taita spürte, wie ihm die Tränen in die Augen stiegen. Ihm war, als hörte er wieder Lostris singen, und er stimmte in den Gesang ein. Seine Stimme war klar und kräftig, ohne das Zittern, das sich im Alter gewöhnlich einstellt. Draußen auf dem Fluss lehnten sich die Ruderer einer Galeere auf ihre Ruder und lauschten verzückt, während die Strömung das Schiff an ihnen vorbeitrieb.

Als das Lied zu Ende war, legte Heseret ihre Leier beiseite und wandte sich dem alten Mann zu. «Mein liebster Taita, ich bin so froh, dass du endlich kommst.»

«Es tut mir Leid, dass du so lange warten musstest, o Mond meiner Nächte.» Sie lächelte, als sie ihren alten Spitznamen hörte. Sie hatte schon immer eine romantische Ader gehabt. «Wie kann ich dir zu Diensten sein?»

«Du musst zu Fürst Naja gehen und ihm meine unterwürfigste Entschuldigung übermitteln, aber ich kann ihn nicht heiraten.»

Sie war so wie ihre Großmutter in diesem Alter. Auch Lostris hatte ihm einen unmöglichen Auftrag erteilt mit der gleichen Bestimmtheit und dem gleichen Vertrauen, dass er ihn ausführen konnte. Nun schaute ihn Heseret an mit ihren großen grünen Augen. «Ich habe nämlich Meren schon versprochen, dass ich seine Frau sein werde.» Meren war ein Enkel des Kratas, im gleichen Alter wie Nefer und sein liebster Kumpan.

Taita war aufgefallen, wie der Junge die schöne Heseret mit Kalbsaugen angeschaut hatte, war jedoch überrascht, dass die Prinzessin dessen Gefühle zu erwidern schien. Er fragte sich für einen Augenblick, wie weit die beiden in der Befriedigung ihrer Leidenschaft wohl gegangen waren, doch dann schob er diesen Gedanken beiseite. «Heseret, ich habe dir schon oft erklärt, dass du nicht wie andere Mädchen bist. Du bist eine königliche Prinzessin. Deine Ehe ist keine Frage jugendlicher Launen. Sie ist von enormer politischer Bedeutung.»

«Du verstehst nicht, Taita», sagte Heseret sanft, aber mit dem süßen Starrsinn, der den Magus so hilflos machte. «Ich liebe Meren. Ich liebe ihn, seit ich ein kleines Mädchen war. Ihn will ich heiraten, nicht Fürst Naja.»

«Gegen die Verfügung des Regenten von Ägypten kann ich nichts ausrichten», versuchte er zu erklären, doch sie schüttelte nur lächelnd den Kopf.

«Du bist so weise, Taita. Dir wird schon etwas einfallen. Dir fällt immer etwas ein», sagte sie, und Taita brach fast das Herz.

«Fürst Taita, ich weigere mich, Euren Zugang zum Pharao oder meine bevorstehende Heirat mit den königlichen Prinzessinnen zu diskutieren. In beiden Angelegenheiten steht mein Entschluss fest.» Um zu bekräftigen, dass das Thema für ihn abgeschlossen war, wandte Naja seine volle Aufmerksamkeit wieder der Schriftrolle zu, die auf dem Schreibtisch vor ihm ausgebreitet lag. Es verging genug Zeit, dass ein Schwarm Wildgänse aus dem Sumpfland am Ostufer aufsteigen, die weiten, grauen Wasser des Nils überqueren und die Palastgärten überfliegen konnte. Schließlich wandte Taita seinen Blick vom Himmel ab und stand auf, um zu gehen. Als er sich vor dem Regenten verbeugte und sich zurückziehen wollte, schaute Naja ihn an. «Ich habe Euch noch nicht entlassen.»

«Ich dachte, Ihr bräuchtet mich nicht mehr, mein Fürst.»

«Ganz im Gegenteil, ich brauche Euch sehr dringend.» Er funkelte Taita an und befahl ihm mit einer Geste, sich wieder hinzusetzen. «Ihr stellt meine Gutmütigkeit und Gunst auf die Probe. Ich weiß, dass Ihr für Pharao Tamose das Orakel befragt habt, wann immer er es wünschte. Warum zögert Ihr nun, da ich Euch darum ersuche? Als Regent dieses Landes werde ich keine weitere Verzögerung dulden. Es geht dabei nicht nur um mich, sondern um das Überleben unserer Nation im Krieg mit dem Norden. Ich brauche den Rat der Götter, und Ihr seid der Einzige, der dazu Zugang hat.»

Naja stand so schnell auf, dass der Tisch vor ihm umstürzte und Papyrusrollen, Pinsel und Tinte sich über die Terrakottafliesen ergossen. Naja achtete nicht darauf und schrie: «Ich befehle Euch mit der Autorität des Falkensiegels ...» Er berührte das Amulett an seinem rechten Arm. «Ich befehle Euch, das Orakel des Ammon Ra für mich zu befragen!»

Taita verbeugte sich in gespielter Ergebenheit. Mit diesem Ultimatum hatte er seit Wochen gerechnet. Er hatte Naja nur so lange hingehalten, um die Schonzeit, in der Nefer relativ sicher vor den Plänen des Regenten war, möglichst lange auszudehnen. Er war immer noch überzeugt, dass Fürst Naja dem jungen Pharao kein Haar krümmen würde, bevor er die Zustimmung der Götter eingeholt hatte.

«Die Nächte um den vollen Mond sind die günstigste Zeit für das Orakel», klärte ihn Taita auf. «Ich habe schon alles vorbereitet.»

Naja sank auf seinen Stuhl zurück und sagte: «Du wirst es hier tun, hier in meinen Gemächern.»

«Nein, mein Regent, das wäre nicht ideal.» Taita durfte Naja nicht die Initiative überlassen, wenn er seinen Vorteil bewahren wollte. «Je näher wir bei den Göttern sind, desto genauer werden die Vorhersagen sein. Ich habe mich mit den Priestern des Osiris-Tempels in Busiris in Verbindung gesetzt. Dort werde ich mich in die Labyrinthe begeben, um Mitternacht unter dem vollen Mond. Ich werde das Mysterium im inneren Heiligtum des Tempels durchführen, wo das Rückgrat des Osiris, das ihm sein Bruder Seth herausgerissen hat, als Djedpfeiler erhalten ist. Diese heilige Reliquie wird unseren Beschwörungen noch mehr Kraft verleihen», erklärte Taita in verschwörerischem Ton. «Nur Ihr und ich werden in dem Heiligtum sein, und eines von Asmors Regimentern wird die Zufahrtswege sichern.»

Naja war ein Osiris-Verehrer, und sein Gesichtsausdruck verriet, dass ihm gefiel, was er gehört hatte. Taita hatte gewusst, dass der Ort und die Zeit, die er gewählt hatte, ihn beeindrucken würden.

«So soll es geschehen», sagte Naja schließlich.

Für die Fahrt nach Busiris benötigte die königliche Barke volle zwei Tage. Asmors Regiment folgte in vier Kriegsgaleeren. Sie landeten auf dem sandigen Ufer vor den Tempelmauern, wo die Priester den Regenten mit Psalmen und Geschenken von Ölen, Balsamen und Myrrhe willkommen hießen. Die Vorliebe des Regenten für duftende Substanzen war bereits im ganzen Land bekannt.

Dann führte man sie in die Gemächer, die man für sie vorbereitet hatte. Während Naja sich badete und parfümierte und sich mit Obst und Fruchtsäften erfrischte, besuchte Taita in Begleitung des Hohen Priesters das Heiligtum und brachte dem großen Gott Osiris ein Opfer dar. Danach zog sich der Hohe Priester auf Taitas sanften Anstoß hin zurück und ließ ihn allein mit seinen Vorbereitungen für den Abend. Fürst Naja war noch nie dabei gewesen, wenn Taita sich in die Labyrinthe des Ammon Ra begeben hatte – nur wenige Menschen, die noch lebten, hatten es je gesehen –, und Taita hatte für ihn eine eindrucksvolle Darbietung im Sinn, ohne jedoch die geringste Absicht zu haben, sich tatsächlich dem erschöpfenden und gefährlichen Ritual des Orakels zu unterziehen.

Nach Sonnenuntergang lud der Hohe Priester den Regenten zu einem Bankett. Zu seinen Ehren servierte er den berühmten Wein aus den Gärten der Tempelanlage. Hier in Busiris hatte der große Osiris die erste Weinrebe Ägyptens gepflanzt. Als der köstliche Trank den Regenten und seinen Anhang in Stimmung gebracht hatte, boten die Priester eine Reihe theatralischer Szenen aus dem Leben des großen Gottes dar. In jeder dieser Szenen wurde Osiris in einer anderen Hautfarbe dargestellt: weiß wie die Binden einer Mumie, schwarz für das Reich der Toten, rot für den Gott der Vergeltung. Er trug jedoch immer den Krummstab und die Geißel bei sich, die Insignien der Herrschaft, und seine Füße waren zusammengebunden wie die eines Leichnams. Im letzten Akt war sein Gesicht grün geschminkt, um seine pflanzliche Seite hervorzuheben. Wie die Durra-Hirse, die Leben und Nahrung symbolisierte, wurde Osiris in der Erde begraben, als Symbol des Todes. In der Finsternis der Unterwelt keimte er dann wie ein Hirsekorn und trat in den wunderbaren Kreislauf des ewigen Lebens ein.

Während die Priester dieses Tableau darboten, rezitierte der Hohe Priester die Namen des Gottes: das Auge der Nacht, das Ewig Gute, Sohn des Geb und Erhabener Wennefer.

Im Rauch der Weihrauchtöpfe und zum Schlag von Trommel und Gong sangen die Priester das epische Gedicht über den Kampf zwischen Gut und Böse. Die Legende erzählt, wie Seth neidisch wurde auf seinen tugendhaften Bruder Osiris und ihn in eine Truhe sperrte, die er dann in den Nil warf. Als der Leichnam ans Ufer gespült wurde, hackte Seth ihn in Stücke, die er an verschiedenen Orten versteckte. Hier in Busiris verbarg er das Rückgrat des Osiris, den Djedpfeiler. Isis, die Schwester der beiden, suchte und fand alle Leichenteile, setzte sie wieder zusammen und kopulierte mit dem toten Osiris. Bei dieser Vereinigung schlug sie mit ihren Flügeln und hauchte ihm so neues Leben ein.

Lange vor Mitternacht hatte der Regent einen ganzen Krug des schweren Weins geleert und war in einem sprunghaften, leicht beeinflussbaren Zustand. Die Priester hatten mit ihrer Darbietung seinen religiösen Aberglauben angesprochen. Als dann der silberne Strahl des Mondlichts durch die genau darauf ausgerichtete Öffnung im Tempeldach fiel und langsam über den Steinboden des Saals auf die Tür zum inneren Heiligtum zu glitt, gab der Hohe Priester ein Zeichen, und alle anderen Priester erhoben sich und entfernten sich in einer Prozession. Naja und Taita blieben allein zurück.

Sobald der Gesang der Priester in der Nacht verhallt war und eine schwere Stille herrschte, nahm Taita den Regenten bei der Hand und führte ihn zur Tür des Heiligtums. Als sie nur noch wenige Schritte entfernt waren, schwang die bronzebeschlagene Tür plötzlich auf, wie von Geisterhand. Naja zuckte zusammen und wollte zurückweichen, doch der Magus hielt seine zitternde Hand fest und führte ihn weiter.

Das Heiligtum wurde von vier Kohlebecken beleuchtet, eines in jeder Ecke der kleinen Kammer. In der Mitte stand ein niedriger Hocker auf dem gefliesten Boden. Dort führte Taita den Regenten hin und machte ihm ein Zeichen, sich hinzusetzen. Dann schloss sich die Tür hinter ihnen, und Naja schaute sich erschrocken um. Er wäre aufgesprungen, doch Taita legte ihm eine Hand auf die Schulter und hielt ihn zurück. «Ganz gleich, was Ihr seht oder hört, rührt Euch nicht. Sprecht nicht. Wenn Euch Euer Leben lieb ist, tut nichts und sagt nichts.»

Taita ging gemessenen Schrittes auf die Statue des Osiris zu und hob beide Arme. Plötzlich hatte er einen goldenen Kelch in der Hand und bat Osiris, dessen Inhalt zu segnen. Als das geschehen war, hielt er den Kelch Fürst Naja hin und forderte ihn auf, daraus zu trinken. Die Flüssigkeit war zäh wie Honig und schmeckte nach Mandelsplittern, Rosenblüten und Pilzen. Dann klatschte Taita in die Hände, und der Kelch war wieder verschwunden.

Als Nächstes hielt der Magus seine Hände vor sich hoch und vollführte eine Art mystischen Tanz, der zu bewirken schien, dass er im nächsten Augenblick die zehn Orakelsteine des Ammon Ra in Händen hielt. Naja kannte die Elfenbeinsteine aus den vielen Geschichten, die er über das Ritual gehört hatte. Taita bat ihn, die Steine mit seinen Händen zu bedecken, während er eine Beschwörungsformel an Ammon Ra deklamierte: «Großer Ra in Licht und Feuer, Gott des Zorns, komm und erhöre unser Flehen.»

Naja schwankte auf seinem Schemel. Die Elfenbeinsteine unter seinen Händen wurden immer heißer, und er war erleichtert, als Taita sie ihm wieder abnahm. Schwitzend sah er zu, wie der alte Mann sie durch das Sanktuarium trug und der riesigen Statue des Osiris zu Füßen legte. Der Magus kniete nieder und beugte sich über die Orakelsteine. Für eine Weile gab es in der Kammer keinen Laut bis auf das Zischen der Flammen. Keine Bewegung bis auf das Zittern der Schatten, die vor dem flackernden Glutlicht der Kohlebecken an den Wänden tanzten.

Dann plötzlich hallte ein markerschütternder Schrei durch die Kammer, als würden dem Gott noch einmal von seinem bösen Bruder die Eingeweide herausgerissen. Naja stöhnte und verkroch sich unter seinem breiten Fransenschal.

Es war wieder vollkommen still, bis die Kohleflammen plötzlich bis an die Decke schossen, nicht mehr gelb, sondern giftig grün, dann violett, rot und blau. Zugleich füllten dichte Rauchwolken die Kammer. Naja würgte und hustete. Er dachte, er würde ersticken, und geriet in Panik, als er den eigenen Atem in seinem Kopf widerhallen hörte.

Taita drehte sich langsam um und schaute ihn an, und nun zitterte Naja vor Angst, so hatte sich der Magus verändert. Sein Gesicht strahlte in grüner Glut wie der Kopf des wiederauferstandenen Gottes. Grüner Schaum quoll ihm aus dem weit aufgerissenen Mund und lief ihm über die Brust, und seine Augen waren blinde Höhlen, aus denen silberne Blitze schossen. Ohne die Füße zu bewegen, glitt er auf Naja zu, und aus seinem schäumenden Maul schallten die Stimmen einer Horde von Dämonen und Dschinns, ein grässlicher Chor von Schreien, Zischen, Grunzen, Würgen und wahnsinnigem Gelächter.

Naja wollte aufstehen und wegrennen, doch die Schreie und der Rauch schienen seinen Schädel zu füllen, und es wurde ihm schwarz vor Augen. Seine Beine gaben unter ihm nach, und er rollte von seinem Schemel auf den kalten Steinboden in tiefer Ohnmacht.

Als der Regent von Ägypten wieder zu sich kam, war es helllichter Mittag. Die königliche Barke trieb auf dem funkelnden Nil. Der Regent lag auf seiner Seidenmatte unter einer gelben Markise.

Er schaute benommen um sich. Die Segel der Begleitgaleeren hoben sich wie weiße Reiherflügel vor den sattgrünen Ufern ab. Das Licht war zu viel für ihn, und er schloss wieder die Augen. Sein Durst war unerträglich. Seine Kehle fühlte sich an, als hätte er eine Hand voll Kiesel verschluckt, und in seinem Kopf pochte es, als hämmerten die Dämonen seiner nächtlichen Vision gegen die Schädeldecke. Er stöhnte auf, schüttelte sich und erbrach sich ausgiebig in den Eimer, den ein Sklave ihm hinhielt.

Taita trat an seine Seite, fasste ihn am Kinn und flößte ihm einen kühlen Zaubertrank ein, durch den das Pochen in seinem Kopf bald aufhörte. Er löste auch die Gase, die sich in seinem geschwollenen Bauch gebildet hatten, und ließ sie in feuchten, stinkenden Explosionen entweichen. Als er sich so weit erholt hatte, dass er sprechen konnte, keuchte er mit matter Stimme: «Erzählt mir alles, Taita. Ich kann mich an nichts erinnern. Was hat das Orakel Euch offenbart?»

Bevor er antworten wollte, bestand Taita darauf, dass sich alle Matrosen und Sklaven außer Hörweite begaben. Erst dann kniete er sich neben die Matte. Naja legte ihm eine zitternde Hand auf den Arm und jammerte kläglich: «Ich erinnere mich an nichts, nachdem ...» Er stockte und schüttelte sich, denn langsam kehrte das Grauen der vergangenen Nacht in sein Gedächtnis zurück.

«Was ist geschehen, Taita?» Er schüttelte Taitas Arm. «Was hat das Orakel offenbart?»

«Große Wunder, Majestät.» Taitas Stimme zitterte in gespielter Rührung.

«Wunder?» Naja setzte sich mühsam auf. «Warum nennt Ihr mich ‹Majestät›? Ich bin schließlich nicht der Pharao.»

«Das ist eines der Geheimnisse, die uns offenbart wurden.»

«Erzähle! Ich will alles wissen!»

«Erinnert Ihr Euch nicht, wie sich das Dach des Tempels öffnete wie die Blätter der Lotosblüte und wie sich der große Hohe Weg vom Nachthimmel herniedersenkte?»

Naja schüttelte zunächst den Kopf, doch dann nickte er unsicher: «Ja, ich glaube, ja. War es nicht wie eine goldene Leiter?»

«Ihr erinnert Euch also», bestätigte Taita.

«Wir sind die goldene Treppe emporgestiegen?» Naja schaute den alten Mann fragend an.

«Wir sind auf zwei geflügelten Löwen emporgeflogen», nickte Taita.

«Ja, jetzt erinnere ich mich, zwei Löwen. Danach ist aber alles sehr dunkel und verschwommen.»

«Die Geheimnisse des Orakels lähmen den Geist und blenden die Augen dessen, der sie zum ersten Mal sieht. Selbst ich, ein Adept des siebten und höchsten Grades, war verblüfft, was wir zu erleiden hatten», beruhigte Taita den Regenten. «Verzweifelt jedoch nicht, denn die Götter haben mir befohlen, Euch alles zu erklären.»

«Sprecht, guter Magus, und lasst keine Einzelheit aus.»

«Auf dem Rücken der geflügelten Löwen flogen wir hoch über dem dunklen Ozean und über den Gipfeln der weißen Berge. Alle Königreiche der Erde lagen unter uns ausgebreitet.»

Naja nickte begeistert. «Erzählt weiter!»

«Schließlich kamen wir zu der Zitadelle der Götter, deren Fundamente bis in die Unterwelt reichen und deren Säulen den Himmel mit all seinen Sternen tragen. Über uns ritt Ammon Ra in feurigem Glanz, und die anderen Götter des Pantheon saßen auf Thronen aus Silber und Gold, aus Feuer, Kristall und Saphiren.»

Naja blinzelte ihn an. Sein Blick war immer noch verschwommen. «Ja, jetzt wo Ihr es sagt, erinnere ich mich wieder: Throne aus Saphiren und Diamanten.» Der verzweifelte Wunsch, es zu glauben, brannte wie Feuer in ihm. «Und dann sprach der Gott. Er hat zu mir gesprochen, nicht wahr?»

«Ja. Mit einer Stimme von der Gewalt einer Felsenlawine sprach der große Gott Osiris: ‹Geliebter Naja, du hast mich immer treu verehrt. Dafür sollst du jetzt belohnt werden.›»

«Was meinte er damit? Hat er es erklärt, Taita?»

Taita nickte ernst. «Ja, Majestät.»

«Jetzt nennt Ihr mich wieder ‹Majestät›. Warum? Sagt mir, warum?»

«Wie Ihr befehlt, Majestät. Der große Osiris erhob sich in all seiner schaurigen Pracht, hob Euch vom Rücken des geflügelten Löwen und setzte Euch neben sich auf seinen Thron aus Feuer und Gold. Er berührte Euren Mund und Euer Herz und grüßte Euch mit der Anrede ‹Bruder und Gott›.»

«Das hat er mich genannt? Was meinte er damit?»

Taita wurde ein wenig ungeduldig. Naja war gewöhnlich ein aufgeweckter Mann und nicht ohne Scharfsinn. Man musste ihm normalerweise nicht alles bis ins Einzelne erklären. Die Wirkung der magischen Pilze in dem Gebräu, das Taita ihm in der Nacht zuvor verabreicht hatte, und des berauschenden Rauches der Kohlefeuer war offenbar noch nicht ganz abgeklungen. Es konnte Tage dauern, bevor er wieder klar denken können würde. Also beschloss Taita, noch etwas dicker aufzutragen, als er es vorgehabt hatte, und fuhr fort: «Auch mir war nicht gleich klar, was seine Worte bedeuteten, doch dann sprach der große Gott: ‹Willkommen im himmlischen Pantheon, Bruder und Gott.›»

Endlich schien Naja zu verstehen und fragte in stolzem Triumph: «Das heißt doch, er hat mich zum Gott erhoben, nicht wahr, Taita? Etwas anderes kann er doch nicht gemeint haben, oder?»

«Wenn es noch irgendwelche Zweifel gab, dann beseitigte Osiris diese, indem er Euch die Doppelkrone von Ober- und Unterägypten aufs Haupt setzte und mit Donnerstimme rief: ‹Heil, Bruder und Gott! Heil, zukünftiger Pharao!›» Naja sagte kein Wort, doch seine Augen funkelten in freudiger Erregung. Nach einer langen Pause fuhr Taita fort: «Mit der Krone auf Eurem Haupt war Eure Göttlichkeit offenbar. Ich kniete vor Euch nieder und huldigte Euch wie den anderen Göttern.»

Naja gab sich keine Mühe, seine Gefühle zu verbergen. Er war vollkommen verzückt, und Taita ergriff die Gelegenheit, die Geschichte in seinem Sinne fortzusetzen: «Die nächsten Worte des Osiris waren: ‹Dein Führer in diesen wunderbaren Dingen soll der Magus Taita sein, denn er ist ein Adept aller Mysterien und ein Meister des Orakels. Folge seinen Anweisungen aufs Wort, und der Lohn, den ich dir versprochen habe, wird dein sein!›»

Er beobachtete Najas Reaktion. War er zu direkt gewesen? Taita war nicht sicher, doch dann schien der Regent die Bedingung widerstandslos zu akzeptieren.

«Was noch, Taita? Was hatte der große Gott noch zu sagen?»

«Das war alles, mein Fürst, doch dann sprach er direkt zu mir. Was er sagte, traf mich in der Tiefe meiner Seele, denn es bedeutete eine große Bürde für mich. Dies waren seine Worte, von denen sich jedes in mein Herz gebrannt hat: ‹Taita, Meister des Orakels, von nun an wirst du keine andere Liebe, Treue oder Pflicht kennen, als der Diener meines königlichen Bruders und Gottes zu sein. Nichts anderes soll dich noch kümmern, als ihm in der Erfüllung seines vorbestimmten Schicksals beizustehen. Nicht eher sollst du ruhen, als du die Doppelkrone von Ägypten auf seinem Haupte siehst.›»

«Keine andere Treue oder Liebe», wiederholte Naja leise. Die Nachwirkungen der Nacht schienen zum großen Teil von ihm abzufallen. Die alte Kraft strömte durch seine Adern, und in seinen gelben Augen funkelte wieder die Gerissenheit, für die er bekannt war. «Und Ihr nehmt die Bürde an, die Osiris Euch auferlegt hat, Magus? Sagt offen und ehrlich, seid Ihr nun mein Diener oder verweigert Ihr den Befehl des großen Vaters?»

«Wie könnte ich dem großen Gott einen Wunsch abschlagen?», fragte Taita unschuldig. Er beugte sich nieder und drückte seine Stirn auf die Schiffsplanken. Dann ergriff er mit beiden Händen Najas rechten Fuß und setzte ihn sich auf den Kopf. «Ich akzeptiere die Bürde, die der große Osiris mir auferlegt hat. Ich bin Euer Diener, göttliche Hoheit. Ich gehöre Euch mit Leib und Seele.»

«Und was ist mit Euren anderen Pflichten? Was ist mit dem Treueid, den Ihr Pharao Nefer Seti bei seiner Geburt geschworen und kürzlich, bei seiner Krönung, bekräftigt habt?»

«Der große Osiris hat mich aller Verpflichtungen enthoben, die ich zuvor eingegangen bin, Majestät. Kein anderer Eid soll in Zukunft für mich zählen als der, den ich vor Euch geleistet habe.»

Naja zog den alten Mann hoch und schaute ihm in die Augen, auf der Suche nach Spuren von Verrat oder Tücke. Taita erwiderte seinen Blick ernst und gelassen. Er spürte, wie sich im Regenten Zweifel, Hoffnung und Misstrauen regten wie die Ratten im Korb, kurz bevor sie an die königlichen Falken verfüttert werden. Der Wunsch ist der Vater des Gedankens, dachte Taita. Naja wird das alles glauben, weil er sich so sehr wünscht, dass es wahr ist.

So wartete er, bis die Zweifel aus den gelben Augen des Regenten verschwunden waren und er ihn umarmte. «Ich glaube Euch. Sobald mir die Doppelkrone gehört, werdet Ihr belohnt werden, wie Ihr es Euch nicht erträumen könnt.»

In den nächsten Tagen hatte Naja Taita stets an seiner Seite, was dem alten Mann die Gelegenheit gab, einige der unerklärten Absichten des Regenten zu ändern. Auf Najas Drängen studierte er weitere Vorzeichen. Er schlachtete ein Schaf und schaute sich dessen Eingeweide an. Er ließ einen Falken aus der königlichen Voliere frei und studierte dessen Flug. Danach konnte er Naja versichern, dass Osiris noch nicht wünschte, dass Naja die Prinzessinnen heiratete, jedenfalls nicht vor Beginn der nächsten Überschwemmung, sonst würde diese Überschwemmung nie eintreten. Das wäre eine Katastrophe, die nicht einmal Naja riskieren konnte. Die regelmäßige Überflutung der Ufergebiete des Nils war für Ägypten eine Frage von Leben und Tod. So verschaffte Taita mit seiner Prophezeiung Nefer eine weitere Schonfrist und bewahrte die Prinzessinnen, zumindest für eine Weile, vor weiterem Schmerz.

Naja protestierte und sträubte sich, doch seit jener schrecklichen Nacht in Busiris fand er es fast unmöglich, gegen Taitas Prophezeiungen zu handeln. Und dann kamen Taita die unheilvollen Nachrichten von der Nordfront zu Hilfe. Auf Najas Befehl und gegen Taitas Rat hatten die Ägypter einen verzweifelten Gegenangriff gewagt in der Hoffnung, sie könnten Abnub wiedererobern. Dieser Angriff war fehlgeschlagen. In den erbitterten Kämpfen um die Stadt hatten sie dreihundert Kampfwagen und fast ein ganzes Regiment Fußtruppen verloren. Nun schien Apepi im Begriff zu sein, den demoralisierten und geschwächten Regimentern des Südreiches den vernichtenden Schlag zu versetzen, indem er auf Theben zu marschierte. Es war nicht der richtige Zeitpunkt für eine Hochzeit, das musste Naja schließlich zugeben, und Nefers Sicherheit blieb weiterhin garantiert.

Schon jetzt verließ ein ununterbrochener Flüchtlingsstrom Theben, zu Wasser und zu Land in Richtung Süden. Der Umfang des Handels mit dem Osten hatte erheblich abgenommen, da die Kaufleute den Ausgang der bevorstehenden Hyksos-Offensive abwarteten. Waren und Vorräte wurden immer weniger, und die Preise schossen in die Höhe.

«Wir müssen einen Waffenstillstand aushandeln, sonst wird uns Apepi eine vernichtende Niederlage zufügen», warnte Taita den Regenten.

Diesen Rat wollte er Naja schmackhaft machen, indem er betonte, ein Waffenstillstand wäre unter keinen Umständen eine Kapitulation, sondern eine Atempause, in der sie ihre militärische Position stärken könnten, doch Naja fiel ihm sofort ins Wort. «Das ist genau meine Meinung, Magus. Wie oft habe ich versucht, meinen geliebten Freund, Pharao Tamose, von der Weisheit dieses Plans zu überzeugen, doch er wollte nicht auf mich hören.»

«Wir müssen Zeit gewinnen», wollte Taita erklären, doch Naja winkte gleich ab: «Natürlich, Ihr habt Recht.» Naja war höchst erfreut über die unerwartete Unterstützung seiner Pläne. Bisher hatte er erfolglos versucht, die Mitglieder des Rats zu überzeugen, für einen Frieden mit den Hyksos zu stimmen, doch niemand, nicht einmal Zinka, hatte sich dafür erwärmen lassen. Selbst der getreue Asmor hatte Najas Zorn riskiert, indem er erwiderte, er würde sich lieber in sein eigenes Schwert stürzen, als sich Apepi zu ergeben. Es war eine ernüchternde Erfahrung gewesen, solch ehrenhaften Widerspruch von so unerwarteter Seite zu hören. Selbst als Regent konnte Naja dem Rat offenbar nicht jede Entscheidung aufzwingen. Seine Macht hatte immer noch Grenzen.

Ein Friede mit den Hyksos war der Grundstein der Vision, die Naja vorschwebte, eine Vision von einem vereinten Ägypten unter einem einzigen Pharao. Nur ein Herrscher, der sowohl ägyptisches als auch hyksisches Blut repräsentierte, würde das erreichen können, und dies war es, so wusste er ganz sicher, was die Götter ihm durch das Orakel versprochen hatten.

«Ich hätte wissen sollen, dass Ihr, Taita, der Einzige sein würdet, der sich nicht durch Vorurteile blenden lässt», sagte er ernst. «Die anderen rufen alle: ‹Keine Kapitulation, niemals!› und ‹Lieber Tod als Schmach!›» Er schüttelte den Kopf. «Wir beide wissen jedoch, dass wir, was mit Waffengewalt nicht gewonnen wurde, vielleicht mit friedlichen Mitteln erreichen können. Nach sechzig Jahren im Niltal sind die Hyksos heute mehr Ägypter als Asiaten. Unsere Götter, Philosophen und Frauen haben sie zur ägyptischen Lebensweise verführt. Ihr wildes Blut ist inzwischen durch unser sanfteres und friedvolleres Erbe versüßt. Ihre Sitten sind heute mäßiger, nach unserem Vorbild.»

Die Reaktion des Regenten auf seine Anregung eines Waffenstillstands war so überwältigend, dass Taita innehielt. Naja hatte offenbar noch größere Pläne, als er angenommen hatte. Um Zeit zum Überlegen zu gewinnen und mehr über Najas wahre Absichten zu erfahren, sagte er leise: «Das sind sehr weise Worte. Doch wie könnten wir diesen Frieden herbeiführen, mein Regent?»

Naja war nur zu gern bereit, ihm alles zu erklären. «Ich weiß, dass unter den Hyksos viele sind, die genauso denken. Es bedarf keiner großen Überredung, sie auf unsere Seite zu bringen, und dann können die beiden Königreiche endlich in Frieden und Einheit existieren.»

Der Schleier begann sich zu lüften. Plötzlich erinnerte sich Taita an einen Verdacht, den einmal jemand ausgesprochen und den er seinerzeit zurückgewiesen hatte.

«Und wer sind diese hyksischen Freunde?», fragte er offen. «Sind sie hochrangig? Sind sie aus Apepis Umgebung?»

«Allerdings. Einer von ihnen sitzt in Apepis Kriegsrat ...»

Naja bremste sich schließlich, doch Taita hatte schon genug gehört. Die Gerüchte über Najas hyksische Verbindungen waren anscheinend berechtigt. Wenn das wirklich so war, passte auf einmal alles zusammen. Wieder war er verblüfft, wie weit reichend und ehrgeizig Najas Pläne waren.

«Wäre es möglich, sich mit diesen edlen Männern zu treffen und mit ihnen zu reden?», fragte Taita vorsichtig.

«Ja, in wenigen Tagen.»

Diese einfache Antwort war für Taita von enormer Bedeutung. Der Regent von Ägypten hatte also geheime Verbündete in den Reihen des Erbfeindes. Was hatte er wohl sonst noch zu verbergen? In welchen Dingen hatte er seine gierigen Finger noch im Spiel? Der alte Mann schauderte, dass ihm die silbernen Nackenhaare zu Berge standen.

Das war also der liebende Freund an der Seite des Pharaos, als dieser getötet wurde. Das war also der Mann, der als Einziger bezeugen konnte, wie der Pharao gestorben war: ein Mann von grenzenlosem Ehrgeiz und rücksichtslosem Willen, der sich nun als enger Vertrauter hyksischer Fürsten entpuppte. Und war es nicht ein hyksischer Pfeil gewesen, der den Pharao getötet hatte? –Wie weit war Naja schon gegangen?

Taita zeigte nichts von diesen Gedanken. Er nickte nur nachdenklich und ließ Naja fortfahren: «Ich bin sicher, wir können mit den Hyksos zu einer Einigung kommen. Ich denke an eine gemeinsame Regentschaft durch Apepi und mich und an einen gemeinsamen Staatsrat. Ihr müsstet jedoch Euren Einfluss einsetzen, um unseren Rat von diesem Plan zu überzeugen. Vielleicht könntet Ihr noch einmal das Orakel befragen und die Ratsherren den Willen der Götter wissen lassen.»

Nun schlug Naja also vor, er solle eine falsche Prophezeiung abgeben. Vermutete er vielleicht schon, so könnte es auch in Busiris gewesen sein? Obwohl Taita das nicht glaubte, musste er den Gedanken im Keim ersticken. Er runzelte die Stirn und sagte düster: «Wer das Orakel des Ammon Ra leichtfertig befragt oder es gar verfälscht, wird furchtbare Strafen auf sich ziehen.»

Das reichte, um Naja zu einem Rückzieher zu bewegen. «Solche Gottlosigkeit würde ich niemals wagen, aber haben die Götter nicht schon durch das Orakel bekräftigt, dass mein Wort gilt?»

«Das mag schon sein», brummte Taita, «doch zuerst müssen wir feststellen, ob ein solcher Friedensvertrag überhaupt möglich ist. Vielleicht denkt Apepi, der Sieg sei ihm ohnehin gewiss, und weigert sich zu verhandeln. Vielleicht will er diesen Krieg bis zum bitteren Ende kämpfen.»

«Das glaube ich nicht. Ich gebe Euch die Namen unserer Verbündeten auf der anderen Seite. Ihr müsst Euch mit ihnen treffen, Taita. Sogar unter den Hyksos seid Ihr bekannt und angesehen. Außerdem werde ich Euch ein Amulett mitgeben, das Euch als meinen Abgesandten ausweist. Ihr seid der ideale Unterhändler in dieser Sache. Euch werden sie anhören.»

Taita dachte darüber nach, wie er aus dieser Situation weitere Vorteile für Nefer und die Prinzessinnen ziehen konnte, doch im Augenblick sah er keine Möglichkeit. Was immer geschehen würde, Nefer war immer noch in Lebensgefahr.

Taita stand nur noch ein einziger Weg offen, wenn er Nefers Überleben sichern wollte: Der Junge musste aus Ägypten verschwinden. War das im Augenblick möglich? Naja bot ihm praktisch freies Geleit zur Grenze. Konnte er sich das zunutze machen und Nefer mitnehmen? Nach wenigen Sekunden erkannte er, dass das nicht möglich war. Naja hielt seinen Zugang zu dem jungen Pharao immer noch in engen Grenzen. Er wurde keinen Augenblick mit ihm allein gelassen. Er durfte nicht einmal im Ratssaal in seiner Nähe sitzen oder die unschuldigsten Botschaften mit ihm austauschen. Taita war in den vergangenen Wochen nur einmal in Nefers Nähe gelassen worden, als der Junge unter schlimmen Halsschmerzen litt. Taita durfte ihn im königlichen Schlafgemach behandeln, doch nur in

Gegenwart von Naja und Asmor, die jede Bewegung beobachteten und jedes Wort hören wollten, das gesprochen wurde. Wegen seiner Krankheit konnte Nefer nur flüstern, doch seine Augen wichen nicht von Taitas Gesicht, und als der alte Mann gehen musste, hielt Nefer seine Hand fest. Das war vor nicht ganz zehn Tagen gewesen.

Taita hatte erfahren, dass Naja einen Lehrer für den Pharao ausgewählt hatte, und Asmor hatte Ausbilder von der Blauen Garde bereitgestellt, unter denen Nefer seine Schulung als Reiter, Streitwagenlenker, Fechter und Bogenschütze fortsetzte. Keiner seiner alten Freunde durfte ihn besuchen. Selbst sein bester Freund, Meren, war aus dem Quartier des Pharaos verbannt worden.

Wenn er Nefer aus dem Land zu bringen versuchte und damit scheiterte, hätte er damit nicht nur Najas Vertrauen verspielt, er hätte auch Nefers Leben in größte Gefahr gebracht. Nein, das war also ausgeschlossen. Die Expedition hinter die feindlichen Linien käme jedoch in jedem Fall seinen Vorbereitungen für eine Flucht mit dem jungen Pharao zugute, wann immer diese stattfinden würde.

«Es ist meine Pflicht, eine Pflicht, die mir die Götter auferlegt haben, Euch in jeder Hinsicht zu helfen. Ich werde diese Mission also durchführen», sagte Taita. «Doch was ist der sicherste Weg durch die hyksischen Linien? Nach dem, was Ihr gesagt habt, würden die Hyksos mich wahrscheinlich erkennen.»

Auf diese Frage war Naja offenbar vorbereitet. «Ihr nehmt die alte Heerstraße durch die Dünen und das Wadi Gebel Wadun. Meine Freunde auf der anderen Seite behalten diese Route ständig im Auge.»

Taita nickte. «Das ist die Gegend, wo Pharao Tamose den Tod fand. Ich bin noch nie über Gallala hinausgekommen. Von dort aus werde ich einen Führer brauchen.»

«Ihr werdet meinen Lanzenträger und eine Schwadron der Blauen Garde zur Verfügung haben», versprach Naja. «Die Straße ist lang und schwierig. Ihr müsst sofort aufbrechen. Jeder Tag, jede Stunde zählt.»

Seit Gallala hatte Taita nur drei Mal angehalten. Sie waren einen halben Tag schneller, als Naja und Tamose für denselben Weg gebraucht hatten, und dennoch hatten sie die Pferde weniger beansprucht.

Die Soldaten in den neun Fahrzeugen, die Taitas Wagenspuren folgten, empfanden tiefe Ehrfurcht für den Magus. Sie kannten ihn als den Vater des Kavalleriekorps und als den ersten Ägypter, der je einen Streitwagen gebaut und Pferde davor gespannt hatte. Seine Fahrt von Theben nach Elephantine, mit der er die Nachricht vom Sieg des Pharao Tamose über die Hyksos in die Hauptstadt gebracht hatte, war längst legendär. Als sie nun seinem Wagen durch die Dünen folgten, erkannten sie, dass sein Ruf vollkommen gerechtfertigt war. Die Ausdauer des alten Mannes war erstaunlich. Seine Konzentration ließ niemals nach. Die zarte, aber feste Hand, mit der er die Zügel führte, wurde nicht müde, während er die Pferde Stunde um Stunde dazu brachte ihr Bestes zu geben. Die Soldaten der Schwadron waren von ihm beeindruckt, nicht zuletzt der, der neben ihm auf dem Fußbrett stand.

Gil, Najas Lanzenträger, hatte ein sonnengegerbtes Gesicht und den leichtknochigen, drahtig starken Körper des idealen Streitwagenkriegers. Er musste einer der Besten sein, sonst wäre er nicht für den Wagen des Heerführers ausgewählt worden.

Es war die heißeste Jahreszeit, und der Mond war im Zunehmen. Also hatten sie die Kühle der Nacht genutzt, um schnell weiterzukommen. Nun brach die Morgendämmerung an, und es war Zeit für die nächste Rast. Nachdem er die Pferde getränkt hatte, stieg Gil den kleinen Felsen hinauf, wo Taita saß und in das Wadi Gebel Wadun hinabschaute. Er reichte ihm einen Krug Wasser. Taita setzte den Krug an den Mund und nahm einen langen Schluck, ohne vor dem bitteren Wasser, das sie von Gallala mitgenommen hatten, den geringsten Ekel zu zeigen. Seit ihrer letzten Rast um Mitternacht war dies das erste Mal, dass er etwas trank.

Der alte Halunke ist zäh wie ein Beduinenräuber, dachte Gil bewundernd und setzte sich in respektvoller Entfernung, bereit, jeden Befehl auszuführen, den Taita für ihn haben würde.

«Wo genau ist der Pharao gefallen?», fragte Taita schließlich.

Gil hielt sich eine Hand über die Augen, um sie vor dem grellen Schein der aufgehenden Sonne zu schützen, und zeigte das Wadi entlang, wo es sich in die Wüste öffnete. «Dort drüben, mein Fürst, in den Hügeln dort.»

Taita hatte Gil diese Frage schon vor dem Staatsrat gestellt, als der Lanzenträger über den Tod des Pharaos verhört worden war. Der Rat hatte jeden vorgeladen, der etwas gesehen oder sonst wie zu der Untersuchung hätte beitragen können. Taita erinnerte sich, dass Gils Aussage sinnvoll und glaubwürdig gewesen war. Der Pomp des Staatsrats und die berühmten Männer dort hatten ihn nicht eingeschüchtert, und er hatte gesprochen wie der ehrliche, schlichte Soldat, der er war. Er hatte den tödlichen hyksischen Pfeil erkannt, als man ihn ihm zeigte, und ausgesagt, Fürst Naja hätte den Schaft abgebrochen, um den Schmerz des Pharaos zu lindern.

Taita hatte ein oder zwei Mal ein Wort mit ihm gewechselt, seit sie Theben verlassen hatten, doch nun war die erste Gelegenheit zu einem längeren Gespräch.

«Waren an jenem Tag noch andere Männer deiner Schwadron dabei?», fragte Taita weiter.

«Nur Samos, doch der war bei den Wagen im Wadi, als wir angegriffen wurden», antwortete Gil.

«Ich möchte, dass du mir genau die Stelle zeigst und mich über das Schlachtfeld führst», befahl Taita ihm.

Gil zuckte die Schultern. «Es war keine Schlacht, höchstens ein Scharmützel. Es wird nicht viel zu sehen geben. Doch egal, ich werde tun, was der mächtige Magus befiehlt.»

Die Soldaten stiegen auf ihre Wagen und fuhren hintereinander die steile Böschung des Wadis hinunter. Es hatte dort seit hundert Jahren nicht mehr geregnet, und auch der Wüstenwind hatte die Spuren des königlichen Wagens nicht verweht, die immer noch deutlich zu sehen waren. Auch auf dem Grund des Wadis waren sie noch tief eingeschnitten, und Taita folgte ihnen, die Räder seines Wagens in den alten Rillen.

Sie rechneten mit einem Angriff der Hyksos und behielten beide Seiten des Wadis im Auge, wo die Felsen in der Hitze flirrten, doch vom Feind war nichts zu sehen.

«Da ist der Wachturm.» Gil zeigte nach vorn, und Taita sah die Silhouette, die sich schräg vor dem blauen Himmel abzeichnete.

Sie fuhren um die nächste Kurve des Flussbetts, und schon aus zweihundert Schritt Entfernung erkannte Taita die Stelle, wo die Wagenspuren kreuz und quer gingen und endeten. Dort hatte die Schwadron des Pharaos angehalten und gewendet, und viele Männer waren abgestiegen und wieder aufgestiegen und hatten dabei in dem weichen Sand ihre Spuren hinterlassen. Taita gab seinem kleinen

Trupp ein Zeichen, langsamer zu fahren, und es ging im Schritttempo weiter.

«Hier ist der Pharao abgestiegen, und wir sind mit Fürst Naja vorgegangen, um Apepis Lager auszukundschaften.» Gil zeigte über die Seite des Wagens den Hang hinauf.

Taita brachte den Wagen zum Stehen und signalisierte den anderen, dasselbe zu tun. «Wartet hier auf mich», befahl er dem Sergeanten des zweiten Wagens, bevor er zu Gil sagte: «Du kommst mit mir. Zeige mir die Stelle, wo der Angriff stattgefunden hat.»

Gil ging voran, den steilen Pfad hinauf. Zuerst ging er langsam, mit Rücksicht auf den alten Mann, doch bald erkannte er, dass Taita immer schneller hinter ihm aufschloss. Der Pfad wurde immer steiler und unebener. Selbst Gil keuchte heftig, als sie zu dem Haufen von Felsblöcken kamen, der den Pfad fast blockierte.

«Weiter bin ich nicht gegangen», erklärte Gil.

«Und wo ist Pharao Tamose gefallen?» Taita schaute an ihm vorbei auf den steilen, offenen Hang, der vor ihnen lag. «Wo hatten sich die hyksischen Truppen versteckt? Von wo ist der tödliche Pfeil gekommen?»

«Das kann ich nicht sagen», schüttelte Gil den Kopf. «Ich und die anderen Männer hatten den Befehl, hier zu warten, und Fürst Naja ging an den Felsblöcken vorbei.»

«Und wo war der Pharao? Ist er mit Naja gegangen?»

«Nein, nicht sofort. Der König wartete mit uns. Dann hörte Fürst Naja etwas weiter oben am Hang und kletterte in die Richtung, bis wir ihn aus den Augen verloren.»

«Das verstehe ich nicht. Und wann seid ihr angegriffen worden?»

«Wir haben hier gewartet. Der Pharao wurde bald ungeduldig, und nach einer Weile pfiff Fürst Naja hinter den Felsen. Der Pharao sagte: ‹Kommt mit!› und ging voran.

«Warst du dicht hinter ihm?»

«Nein, ich war fast der Letzte in der Kolonne.»

«Hast du gesehen, was dann geschah?»

«Der Pharao verschwand hinter den Felsblöcken. Dann hörten wir Schreie und Kampfgeräusche. Ich hörte jemanden in der Sprache der Hyksos rufen und wie Pfeile und Speere die Felsen trafen. Ich wollte zu Hilfe eilen, aber der Pfad war mit unseren Leuten verstopft, die von den Felsbrocken aufgehalten wurden.»

Gil lief vor und zeigte Taita, wie eng der Pfad wurde und wie schwer es war, um die Felsen herumzukommen. «Weiter bin ich nicht gekommen. Und dann rief Fürst Naja schon, dass der Pharao getroffen worden war. Die Männer vor mir schafften es schließlich um die Felsen herum, und plötzlich zogen sie den Pharao hier vor meine Füße. Ich glaube, er war schon tot.»

«Wie nah waren die Hyksos? Wie viele waren es? Waren es Kavallerie- oder Infanterietruppen? Konntest du erkennen, von welchem Regiment sie waren?», wollte Taita wissen. Die Hyksos trugen Abzeichen, welche die Ägypter gut kannten und an denen sie gewöhnlich ablesen konnten, zu welchem Truppenteil ein hyksischer Soldat gehörte.

«Sie waren sehr nah», antwortete Gil, «und es waren viele, mindestens eine Schwadron.»

«Welches Regiment?», bohrte Taita weiter. «Konntest du ihre Helmbüsche erkennen?»

Zum ersten Mal wirkte Gil unsicher und ein wenig beschämt. «Mein Fürst, genau genommen habe ich den Feind nicht gesehen. Sie waren hinter den Felsen da oben.»

«Woher willst du dann wissen, wie viele es waren?», runzelte Taita die Stirn.

«Fürst Naja – er rief ...» Gil stockte und blickte zu Boden.

«Hat irgendjemand anderes außer Naja den Feind gesehen?»

«Das weiß ich nicht, ehrenwerter Magus. Fürst Naja befahl uns, sofort zu den Wagen zurückzugehen. Der König war offenbar tödlich verwundet. Wahrscheinlich war er schon tot. Wir waren alle sehr verstört.»

«Aber du musst doch später mit deinen Kameraden darüber gesprochen haben. Hat niemand von ihnen gesagt, er wäre in den Kampf verwickelt gewesen? Hat niemand erzählt, er hätte mit seinem Pfeil oder seiner Lanze einen Hyksos getroffen?»

Gil schüttelte zweifelnd den Kopf. «Daran kann ich mich nicht erinnern – nein, ich glaube nicht.»

«Ist außer dem Pharao sonst noch jemand verwundet worden?»

«Nein, niemand.»

«Warum hast du all das nicht vor dem Staatsrat erzählt? Warum hast du nicht erwähnt, dass du an jenem Tag gar keinen Feind gesehen hast?», fragte Taita immer wütender.

«Fürst Naja hat uns gesagt, wir sollten die Fragen knapp beantworten und nicht die Zeit der Ratsherren mit Prahlerei und langen Geschichten verschwenden.» Gil sank vor Scham in sich zusammen. «Ich nehme an, niemand von uns wollte zugeben, dass wir überhaupt nicht gekämpft haben, sondern einfach davongerannt sind.»

«Schäme dich nicht, Gil. Du hast nur deine Befehle ausgeführt», tröstete Taita ihn. «Und jetzt steige auf die Felsen dort und halte die Augen offen. Wir sind tief auf hyksischem Gebiet. Ich werde bald zurück sein.»

Taita ging vorsichtig um die Felsen herum und musterte das Gelände dahinter. Direkt hinter den Felsen stehend, konnte er gerade die Zinne der Turmruine sehen. Der Pfad machte mehrere scharfe Kurven und verschwand dann hinter einer ziemlich offen daliegenden Hügelkuppe. Es gab hier nicht viel Deckung, nur ein paar Felsbrocken und einzelne dürre Dornbäume, hinter denen sich ein Hyksos-Kommando kaum verbergen könnte, doch dann erinnerte er sich, dass es nachts geschehen war.

Irgendetwas störte ihn hier. Ihm war, als würde er von etwas Bösem beobachtet. Er spürte eine mächtige Anwesenheit. Dieses Gefühl war bald so stark, dass er im brennenden Sonnenschein stehen blieb und die Augen schloss. Er öffnete seinen Geist und seine Seele. Er machte sich zu einem trockenen Schwamm, der alle Einflüsse aufsog, die in der Luft lagen. Fast sofort wurde das Gefühl noch stärker. Er war von schrecklichen Dingen umgeben. Der Brennpunkt des Bösen lag jedoch noch etwas weiter vor ihm. Er öffnete die Augen und ging langsam darauf zu. Es war nichts zu sehen, nur lichtumfluteter Fels und Dornenbäume, doch nun konnte er das Böse riechen, ein schwacher Verwesungsgeruch, wie der Atem eines Aasfressers.

Er blieb stehen und sog die Luft ein wie ein Jagdhund, und sofort roch es staubig und trocken, aber sauber. Das bewies für ihn, dass der Gestank nichts Natürliches war. Er spürte das schwache Echo eines Übels, das an diesem Ort geschehen war, doch als er versuchte, es festzuhalten, verschwand es wieder. Er ging einen Schritt weiter, dann noch einen, und wieder umwehte ihn dieser furchtbare Pestgeruch. Noch ein Schritt, und zu dem Gestank kam eine furchtbare Traurigkeit, als hätte er etwas unendlich Kostbares verloren, etwas Unersetzliches.

Zu dem nächsten Schritt auf dem Felsenpfad musste er sich zwingen, und dann traf ihn etwas mit solcher Gewalt, dass es ihm die Luft aus den Lungen presste. Er schrie auf vor Schmerz und fiel auf die Knie, griff sich an die Brust, unfähig zu atmen. Es war der Schmerz des Todes, und er rang damit wie mit einer Schlange, die ihn umschlungen hielt. Er schaffte es, den Weg hinunter zu kriechen, und der Schmerz verschwand.

Gil hatte seinen Schrei gehört und kam den Pfad heraufgerannt. Er packte Taita und half ihm auf die Beine. «Was ist passiert? Seid Ihr verletzt, Herr?»

Taita stieß ihn weg. «Geh! Lass mich allein! Es ist hier zu gefährlich für dich. Wir haben es hier nicht mit Menschen zu tun, sondern mit Göttern und Dämonen. Geh! Warte auf mich am Fuß des Hügels!»

Gil zögerte zunächst, doch dann sah er den Ausdruck in Taitas flammenden Augen und schreckte zurück wie vor einem Geist.

«Geh!», wiederholte Taita, und diesmal klang seine Stimme so unheimlich, dass Gil sich sofort umdrehte und fortlief.

Lange Zeit, nachdem Gil verschwunden war, hatte Taita Mühe, seinen Körper und Geist genug unter Kontrolle zu bekommen, um sich den Kräften, die sich gegen ihn versammelt hatten, stellen zu können. Er griff in einen Beutel an seinem Gürtel und zog das Amulett der Lostris hervor. Er hielt es in seiner rechten Hand und ging wieder vorwärts.

An genau derselben Stelle wie zuvor spürte er wieder den Schmerz, und diesmal noch stärker, wie eine steinerne Pfeilspitze, die ihm die Brust durchbohrte. Fast hätte er wieder geschrien, als er sich nach hinten warf, um dem Schmerz zu entkommen.

Er starrte keuchend auf den steinigen Felsboden. Zuerst schien nichts Auffälliges an dieser Stelle zu sein, doch dann erschien dort ein kleiner, gespenstischer Schatten, der sich vor seinen Augen in eine schimmernde, dunkelrote Pfütze verwandelte. Er sank langsam auf seine Knie. «Das Herzblut des Gottkönigs», flüsterte er. «Hier, genau an dieser Stelle starb Pharao Tamose.»

Er riss sich zusammen und sprach mit ruhiger, fester Stimme eine Beschwörungsformel an Horus, eine Formel, die so machtvoll war, dass nur ein Adept siebten Grades sie auszusprechen wagte. Nachdem er sie siebenmal wiederholt hatte, hörte er unsichtbare Flügel rauschen und spürte, wie die Wüstenluft um ihn in Bewegung geriet. «Horus!» Er begann ein Gebet zu flüstern. Er betete für seinen Pharao, seinen Freund. Er betete zu Horus, er möge Tamoses Schmerzen lindern und seinen Qualen ein Ende bereiten.

«Erlöse ihn von diesem schrecklichen Ort», flehte er seinen Gott an. «Erlöse ihn vom Schauplatz des Mordes, wo seine Seele nun gefangen ist.»

So betete er und formte mit seinen Händen die Zeichen des Exorzisten. Die Blutlache vor ihm wurde allmählich kleiner und schien in dem trockenen Boden zu versickern. Während der letzte Tropfen verschwand, hörte Taita ein leises, fernes Geräusch, wie das Weinen eines müden Kindes, und das Gefühl des Verlusts und die Trauer, die ihn niedergedrückt hatten, fielen endlich von ihm ab. Er stand auf und ging zu der Stelle, wo die Blutlache gewesen war, doch selbst wenn er direkt auf sie trat, fühlte er nun keinen Schmerz mehr, sondern nur noch Ruhe und Zufriedenheit.

«Gehe in Frieden, mein Freund und König, und mögest du ewig leben», sagte er laut, indem er das Zeichen für Glück und ein langes Leben machte.

Er drehte sich um und wollte sich auf den Weg den Hügel hinunter zu den Kampfwagen machen, doch etwas hielt ihn zurück. Er hob den Kopf und schnupperte noch einmal die Luft: Der Pestgeruch des Bösen war immer noch nicht ganz verschwunden. Er ging vorsichtig weiter den Pfad hinauf, vorbei an der Stelle, wo der Pharao gestorben war. Mit jedem Schritt wurde der Gestank stärker, bis er ihm die Kehle zuschnürte und ihm die Galle hochkam. Und wieder spürte er, dass dies nichts Natürliches war. Er ging weiter, und nach zwanzig gemessenen Schritten begann der Gestank nachzulassen. Er drehte sich um und verfolgte seine Schritte zurück, und sofort wurde der Geruch wieder stärker. So ging er vor und zurück, bis er die Stelle gefunden hatte, wo es am stärksten roch. Als er dort vom Weg abbog, stank es noch schlimmer, so dass er kaum noch atmen konnte.

Er stand unter den knorrigen Ästen eines Dornbaums, der neben dem Pfad wuchs. Dort schaute er auf und entdeckte, dass die Äste ein eigenartiges Muster zeigten, wie von Menschenhand gebildet: ein Kreuz, das sich deutlich vor dem blauen Himmel abzeichnete. Er schaute zu Boden und wurde auf einen Felsbrocken von der Größe und Form eines Pferdekopfes aufmerksam – ein Stein, der offenbar vor kurzem bewegt worden war. Taita schob ihn zur Seite und entdeckte, dass sich eine aus den Wurzeln des Dornbaums gebildete Nische darunter verbarg. Er meinte, etwas darin liegen zu sehen, und tastete danach mit größter Vorsicht, denn in solchen Höhlen verkrochen sich gern Schlangen oder Skorpione.

Als er seinen Arm wieder hervorzog, hatte er ein prächtig geschnitztes, längliches Objekt in der Hand. Er starrte es einen Augenblick an, bis er begriff, dass es sich um einen Pfeilköcher handelte. Die Herkunft dieses Kunstwerks stand außer Zweifel, denn die Schnitzereien stellten hyksische Wappensymbole dar, und auf den ledernen Deckel war ein Bildnis des Sebek eingeritzt, des Krokodilgottes, den die Hyksos-Krieger verehrten.

Taita öffnete den Köcher und fand fünf Pfeile darin, alle mit grünen und roten Federn. Einen davon zog er heraus, und das Herz schlug ihm bis zum Hals, als er erkannte, was er vor sich hatte. Jeder Irrtum war ausgeschlossen. Er hatte sich den zerbrochenen, blutbeschmierten Pfeil, den Naja dem Rat ausgehändigt hatte, sehr gut angesehen, und dieser Pfeil, den er nun in der Hand hatte, war genau gleich.

Er hielt ihn ins Licht und betrachtete die Markierung, die in den bemalten Schaft geritzt war. Es war ein stilisierter Leopardenkopf mit dem hieratischen Buchstaben T im Maul. Genau dieses Wappen hatte er auch auf dem Pfeil gesehen, der den Pharao getötet hatte. Taita drehte den Schaft zwischen seinen Fingern und hob ihn ans Auge, als wollte er dem Pfeil das letzte Körnchen Geheimnis abgewinnen. Er hielt ihn an die Nase und schnupperte daran. Er roch nur noch Holz, Lack und Federn. Der Verwesungsgeruch, der ihn zu dem Versteck geführt hatte, war verschwunden.

Warum sollte der Mörder des Pharaos seinen Köcher verstecken? Nach dem Kampf war den Hyksos das Kampffeld überlassen worden. Sie hätten reichlich Zeit gehabt, ihre Waffen aufzusammeln. Dieser Köcher ist ein schönes, wertvolles Kunstwerk, überlegte Taita. Kein Krieger würde es so zurücklassen, es sei denn, er hätte keine andere Wahl.

Er suchte noch eine Stunde lang den Hügel ab, fand jedoch nichts Interessantes mehr, auch keine übernatürlichen Gerüche von Verwesung und Tod. So verbarg er den Köcher unter seinem Rock und ging zurück zu den Wagen, die im Wadi auf ihn warteten.

Bis nach Einbruch der Dunkelheit hielten sie sich im Wadi verborgen. Sie schmierten die Radnaben mit Hammelfett, steckten die Hufe der Pferde in Lederstiefel und wickelten alle losen Waffen und Geräte sorgfältig in Tücher ein, um jedes Geräusch zu vermeiden. Dann ließen sie sich von Gil tief ins Gebiet der Hyksos führen.

Der Lanzenträger kannte die Gegend gut, und obwohl Taita nichts sagte, fragte er sich, wie oft der Mann mit seinem Herrn durch diese Landschaft gezogen sein mochte und welche anderen Treffen mit dem Feind er schon miterlebt hatte.

Inzwischen befanden sie sich in der Flutebene des Nils. Zweimal mussten sie die Straße verlassen und sich verstecken, um bewaffnete Banden, gesichtslos in der Dunkelheit, vorbeiziehen zu lassen. Nach Mitternacht kamen sie zu einer Höhle in einem Lehmhügel mit dem verlassenen Tempel eines vergessenen Gottes darin. Die Tempelhöhle war groß genug, der gesamten Schwadron Schutz zu bieten, mit Wagen, Pferden und Männern. Offenbar war die Höhle schon öfter zu diesem Zweck benutzt worden, denn hinter dem zerbrochenen Opfertisch fanden sie Lampen und eine Ölamphore, und im Sanktuarium war ballenweise Pferdefutter aufgestapelt.

Sobald sie die Pferde ausgespannt und gefüttert hatten, aßen die Soldaten ihre Mahlzeit, legten sich auf Strohmatten zur Ruhe und schnarchten bald friedlich. Gil hatte inzwischen seine Kavallerieuniform abgelegt und sich als Bauer verkleidet. «Ich kann kein Pferd nehmen. Das würde zu viel Aufsehen erregen», erklärte er Taita, «und zu Fuß brauche ich einen halben Tag zum Lager in Bubasti. Vor morgen früh werde ich also nicht zurück sein.» Er schlich sich aus der Höhle und verschwand in der Nacht.

Der gute Gil ist vielleicht doch nicht der einfache Mann, der er zu sein scheint, dachte Taita. Dann machte er es sich bequem und wartete auf die Antwort, die Fürst Najas Verbündete auf die Nachricht haben würden, die Gil ihnen brachte.

Sobald es hell wurde, postierte Taita eine Wache auf dem Gipfel des Hügels, wo der Luftschacht aus dem unterirdischen Tempel herauskam, und kurz vor Mittag warnte sie ein leiser Pfiff durch den Schacht, dass Gefahr im Verzug war. Taita lief sofort zum Gipfel hinauf, von wo er eine Karawane schwer beladener Esel direkt auf die Höhle zukommen sah. Das mussten die Kaufleute sein, die den Tempel gewöhnlich als provisorische Karawanserei benutzten, dachte

Taita. Höchstwahrscheinlich waren sie es, die das Futterlager im Sanktuarium angelegt hatten. Er lief den Hang hinunter, außer Sichtweite der sich nähernden Karawane, und legte in der Mitte der Straße ein Muster aus weißen Quarzsteinen aus. Dabei murmelte er drei Verse aus dem «Assyrischen Buch des Bösen Berges». Dann zog er sich zurück, um die Ankunft der Karawane abzuwarten.

Der Esel an der Spitze des Zuges lief den anderen etwa fünfzig Ellen voraus. Offenbar kannte das Tier den Tempel und die Leckereien, die darin zu finden waren, denn es fiel in Trab, ohne dass der Treiber etwas dazu tun musste. Als es jedoch die weißen Quarzsteine auf der Straße sah, scheute das Tier so heftig, dass seine Ladung ins Rutschen geriet und unter seinem Bauch hing. Der Esel schlug aus und galoppierte mit fliegenden Hufen davon, so schnell er konnte, weg von dem Tempel, hinaus in die Wüste. Das heisere Schnauben und Iahen des Leittiers blieb nicht ohne Einfluss auf die anderen Esel, die bald an ihren Zügeln zerrten, ihre Köpfe herumwarfen, nach ihren Treibern traten und im Kreis herum liefen, als hätte ein Bienenschwarm sie angegriffen.

Die Eseltreiber brauchten die Hälfte des Nachmittags, um die Ausreißer einzufangen und zu beruhigen und sie wieder auf den Weg zum Tempel in Bewegung zu setzen. Diesmal ging der dicke, reich gewandete Obertreiber voraus. Den störrischen Leitesel zog er an einem langen Strick hinter sich her. Sobald er die weißen Steine sah, blieb er stehen. Die Karawane schloss hinter ihm auf, und die anderen Treiber gesellten sich zu ihrem Anführer. So standen sie mit wedelnden Armen mitten auf der Straße und hielten ihre Beratung ab. Ihr Geschrei war noch zwischen den Olivenbäumen auf dem Hügel zu hören, wo Taita sich versteckt hielt.

Schließlich ließ der Obertreiber die anderen stehen und ging allein weiter auf das Steinmuster zu. Zuerst waren seine Schritte sicher und entschlossen, doch bald wurden sie immer langsamer und zaghafter, bis er ganz stehen blieb und die Quarzsteine betrachtete, immer noch aus sicherer Entfernung. Dann spuckte er auf die Steine und sprang zurück, als ob er damit rechnete, dass sie zurückspucken würden. Schließlich machte er das Zeichen gegen den bösen Blick, drehte sich um und gesellte sich eilig wieder zu seinen Kollegen, schreiend und mit den Armen wedelnd, um sie zurückzutreiben. Das ließen sich die Eseltreiber nicht zweimal sagen, und bald befand sich die ganze Karawane in vollem Rückzug auf der Straße, die sie gekommen war. Taita schlenderte den Hügel hinunter und schob mit einem Fuß die Steine auseinander. Der Einfluss, den sie ausströmten, verflog, und der Weg war frei für die anderen Besucher, die er erwartete.

Sie kamen in der kurzen Sommerdämmerung, zwanzig bewaffnete Männer in scharfem Ritt, mit Gil an der Spitze auf einem geliehenen Pferd. Sie sprengten an den verstreuten Quarzsteinen vorbei zum Eingang des Tempels hinauf, wo sie unter Waffengeklirr von ihren Pferden sprangen. Der Anführer war ein hoch gewachsener Mann mit breiten Schultern, schwerer, gewölbter Stirn und einer fleischigen Hakennase. Die Spitzen seines dichten schwarzen Schnauzes hingen ihm auf der Brust, und in seinen Bart waren bunte Bänder eingeflochten.

«Ihr seid der Magus, ja?», fragte er mit starkem Akzent.

Taita hielt es nicht für angebracht, die Fremden wissen zu lassen, dass er Hyksos sprach wie einer von ihnen, und antwortete bescheiden auf Ägyptisch, ohne seine magischen Kräfte zuzugeben oder abzustreiten: «Mein Name ist Taita. Ich bin ein Diener des großen Horus, dessen Segen ich Euch bringe. Wie ich sehe, seid Ihr ein Mann von Rang, doch was ist Euer Name?»

«Ich bin Trok, das Oberhaupt des Leopardenklans, Kommandeur des Nordens in der Armee des Königs Apepi. Ihr habt Euer Zeichen bei Euch, Magus?»

Taita öffnete die rechte Hand und zeigte ihm ein blau glasiertes Porzellanstück, die obere Hälfte einer winzigen Statue des Gottes Sebek. Trok schaute sie sich kurz an, holte ein anderes Porzellanstück aus einer Tasche an seinem Schwertgürtel und setzte die beiden Teile zusammen. Die Bruchkanten passten genau zusammen, und er grunzte zufrieden. «Kommt mit, Magus.»

Trok trat in die zunehmende Dunkelheit hinaus, gefolgt von Taita. Sie stiegen schweigend den Hügel hinauf und setzten sich unter dem Sternenzelt Angesicht zu Angesicht. Trok hatte seine Schwertscheide zwischen den Knien und eine Hand auf dem Knauf des schweren Sichelschwerts, mehr aus Gewohnheit als aus Misstrauen, vermutete Taita, doch wie auch immer: Dieser Kriegshäuptling war ein ernst zu nehmender Gegner.

«Du hast Neuigkeiten aus dem Süden.» Das war eine Feststellung, keine Frage, wie Taita bemerkte.

«Edler Herr, habt Ihr vom Tod des Pharao Tamose gehört?»

«Wir wissen vom Tod des thebanischen Prätendenten. Kriegsgefangene haben uns davon erzählt.» Trok hätte sich niemals erlaubt, auch nur mit einem Wort die Autorität des ägyptischen Pharaos anzuerkennen. Für die Hyksos war Apepi der einzige Herrscher über beide Ägypten. «Wir haben auch gehört, dass jetzt ein Kind Anspruch auf den Thron von Oberägypten erhebt.»

«Das stimmt. Pharao Nefer Seti ist erst vierzehn Jahre alt», bestätigte Taita, ebenso darauf bedacht, den Titel Pharao zu benutzen, wenn er von Nefer sprach. «Es wird noch einige Jahre dauern, bis er volljährig wird. Bis dahin fungiert Fürst Naja als sein Regent.»

Trok lehnte sich abrupt vor. Die letzte Information schien ihn zu überraschen. Taita musste innerlich lächeln. Der hyksische Nachrichtendienst schien wirklich in Schwierigkeiten zu sein, wenn Trok nicht einmal davon etwas gehört hatte. Er erinnerte sich an die Kampagne gegen die hyksischen Spione, die er kurz vor dem Tod des Königs mit Tamose zusammen geführt hatte. Sie hatten über fünfzig Verräter aufgestöbert und verhaften lassen, und nach Verhören und Folter waren alle hingerichtet worden. Taita empfand eine gewisse Befriedigung, dass ihm der mächtige Krieger vor ihm gerade bestätigt hatte, dass der Nachrichtenfluss zum Feind tatsächlich abgerissen war.

«Ihr kommt also im Auftrag des Regenten des Südens.» Taita fiel auf, dass in Troks Stimme ein gewisser Stolz mitschwang. «Nun sagt: Welche Neuigkeiten bringt Ihr von Naja?»

«Fürst Naja möchte, dass ich seine Vorschläge Apepi persönlich unterbreite», wich Taita aus. Trok sollte nicht mehr von ihm erfahren als unbedingt nötig.

Der Hyksos nahm sofort Anstoß daran. «Naja ist mein Vetter», sagte er kalt. «Er würde nichts anderes wünschen, als dass ich jedes Wort höre, das er gesandt hat.» Taita hatte sich genügend unter Kontrolle, dass er keine Überraschung zeigte, obwohl Trok damit schon mehr verraten hatte, als klug war. Sein Verdacht über die Abkunft des Regenten war damit bestätigt, doch seine Stimme war vollkommen ruhig, als er erwiderte: «Ja, Herr, das weiß ich. Meine Botschaft an Apepi ist jedoch von so großer Bedeutung …»

«Ihr unterschätzt mich, Magus. Ich habe das vollkommene Vertrauen Eures Regenten.» Troks Stimme war heiser vor Zorn. «Ich weiß sehr wohl, dass Ihr gekommen seid, Apepi einen Waffenstillstand anzubieten und einen dauerhaften Frieden mit ihm auszuhandeln.»

«Ich kann Euch nicht mehr sagen, Herr.» Dieser Trok mag vielleicht ein mächtiger Krieger sein, doch als Verschwörer scheint er nicht viel zu taugen, dachte Taita, ohne jedoch seine Stimme oder seine Haltung zu ändern. «Meine Botschaft ist für Apepi persönlich. Könnt Ihr mich zu eurem Nomadenhäuptling bringen oder nicht?» So nannte man den hyksischen Herrscher in Oberägypten.

«Wie Ihr wünscht, Magus, doch Ihr könnt so verschwiegen sein, wie Ihr wollt. Es wird Euch nichts nützen.» Trok erhob sich abrupt. «König Apepi hält sich in Bubasti auf. Wir werden sofort zu ihm reiten.»

In unbehaglichem Schweigen kehrten sie in den unterirdischen Tempel zurück, wo Taita Gil und den Gardesergeanten zu sich rief. «Ihr habt gute Arbeit geleistet», lobte er sie, «doch jetzt müsst ihr nach Theben zurückkehren, und zwar so unauffällig, wie wir gekommen sind.»

«Kommt Ihr nicht mit?», fragte Gil besorgt. Offenbar fühlte er sich verantwortlich für den alten Mann.

«Nein», schüttelte Taita den Kopf, «ich bleibe hier. Wenn ihr zurück seid, meldet dem Regenten, ich sei auf dem Weg zu Apepi.»

Im schwachen Licht der Öllampen spannten sie die Pferde vor ihre Streitwagen, und nach kurzer Zeit waren sie zum Aufbruch bereit. Gil brachte Taita seine Satteltasche vom Wagen und salutierte respektvoll. «Es war mir eine große Ehre, mit Euch zu reiten, mein Fürst. Als ich ein Knabe war, hat mein Vater mir viele Geschichten über Eure Abenteuer erzählt. Er war in Eurem Regiment in Asyut als Hauptmann des linken Flügels.»

«Wie war sein Name?», fragte Taita.

«Lasro, mein Fürst.»

«Ja», nickte Taita, «ich erinnere mich gut an ihn. Er hat in der Schlacht sein linkes Auge verloren.»

Gil verschlug es vor Verwunderung und Ehrfurcht fast die Sprache. «Aber das war vor vierzig Jahren! Und Ihr erinnert Euch noch?»

«Vor siebenunddreißig», korrigierte ihn Taita. «Und nun geh in Frieden, junger Gil. Ich habe letzte Nacht dein Horoskop gelegt. Du wirst ein langes Leben haben und dir viele Auszeichnungen verdienen.»

Der Lanzenträger nahm die Zügel und fuhr in die Nacht hinaus, sprachlos vor Stolz und Glück.

Auch Troks Truppen waren inzwischen aufgesessen und zum Aufbruch bereit. Taita gaben sie das Pferd, auf dem Gil zum Tempel zurückgekehrt war. Der alte Mann warf ihm seine Satteltaschen über die Kruppe und schwang sich dahinter. Die Hyksos hatten nicht dieselben Skrupel wie die Ägypter, wenn es ums Reiten ging. Nacheinander ritten sie aus der Höhle und wandten sich nach Westen, der entgegengesetzten Richtung, in welche die Streitwagen verschwunden waren.

Taita ritt in der Mitte der schwer bewaffneten Hyksos. Trok war an der Spitze und hatte Taita nicht eingeladen, neben ihm zu reiten. Seit Taita sich geweigert hatte, ihm Najas Botschaft zu übergeben, hatte er sich distanziert und abweisend gezeigt. Taita konnte das nur lieb sein, denn es gab vieles, worüber er nachdenken musste. Vor allem die Enthüllung über Najas gemischte Abstammung eröffnete faszinierende Möglichkeiten.

So ritten sie auf den Fluss und das feindliche Lager vor Bubasti zu. Obwohl die Nacht noch nicht vorbei war, nahm der Verkehr auf der Straße immer mehr zu. Sie kamen an langen Reihen von Wagen und Karren vorbei, alle schwer beladen mit Militärausrüstung und alle auf dem Weg nach Bubasti. Aus der entgegengesetzten Richtung, auf Avaris und Memphis zu, kamen ihnen ebenso viele leere, entladene Wagen entgegen.

Als sie sich dem Fluss näherten, sah Taita die Lagerfeuer der hyksischen Truppen um Bubasti, ein viele Meilen langes, flackerndes Lichterfeld entlang des Flussufers, eine riesige Ansammlung von in der Dunkelheit noch unsichtbaren Menschen und Tieren.

Nichts auf der Welt roch wie ein Heerlager. Der Gestank wurde immer stärker, je näher sie kamen, bis er fast überwältigend war. Es war eine Mischung aus vielen Gerüchen, darunter Pferdemist, frisch oder in den Feuern brennend, Leder und schimmelndes Korn, ungewaschene Männer mit eiternden Wunden, Essensgerüche und fermentierendes Bier, herumliegender Abfall, der beißende Ammoniakgestank der Latrinengruben und Misthaufen und der noch schlimmere Geruch unbegrabener Leichname.

In diesem betäubenden Gestank machte Taita noch einen anderen Ekel erregenden Duft aus. Er kam ihm gleich bekannt vor, doch erst als er fast einen Mann umgeritten hätte, der vor sein Pferd torkelte, und er die rosigen Flecken auf dem leichenblassen Gesicht sah, konnte er sicher sein. Jetzt wusste er, weshalb Apepi nach seinem Sieg in Abnub dem Gegner nicht nachgesetzt hatte, warum er seine Kampfwagen noch nicht Richtung Theben gejagt hatte, wo die ägyptische Armee ihre Wunden leckte und ihm hilflos ausgeliefert wäre. Taita schloss zu Trok auf und fragte ihn leise: «Seit wann wütet die Seuche schon unter euren Truppen?»

Trok riss so plötzlich am Zügel, dass das Pferd unter ihm tänzelte und sich im Kreis drehte. «Woher wisst Ihr das, Magus? Ist diese verdammte Krankheit einer Eurer Flüche? Seid Ihr es, der uns diese Pest gebracht hat?» Er sprengte wütend davon, ohne Taitas Antwort abzuwarten. Taita folgte ihm in angemessener Entfernung, während er in sich aufnahm, was um ihn herum vorging.

Es wurde allmählich hell. Das schwache Sonnenlicht drang kaum durch den schweren Dunst und Rauch, der über dem Lager lag und den Himmel unsichtbar machte. Alles erschien dadurch unheimlich und unwirklich wie eine Vision der Unterwelt. Menschen und Tiere verwandelten sich in dunkle, dämonische Gestalten, und der Schlamm der letzten Flut klebte an den Hufen der Pferde wie schwarzer, stinkender Teer.

Als sie am ersten der Leichenkarren vorbeikamen, hielten sich die Männer um Taita ihre Umhänge vor Mund und Nase, um sich vor dem Gestank und den üblen Dämpfen zu schützen, die über dem Haufen nackter, aufgedunsener Leichen auf dem Karren lagen. Trok spornte sein Pferd an und ritt schnell an dem Wagen vorbei, doch vor ihnen gab es noch viele Karren mit der gleichen Ladung, die ihren Weg fast vollständig blockierten.

Etwas weiter kamen sie an den Verbrennungsfeldern vorbei, wo von weiteren Karren ihre grässliche Last abgeladen wurde. Feuerholz war rar in diesem Land, und die Flammen waren zu schwach, die Leichenberge ganz zu verschlingen. Hier und da zischte und flackerte es, wo das Fett aus einer halb verwesten Leiche tropfte, und öliger, schwarzer Rauch legte sich auf die Münder und Kehlen der Lebenden, die hier atmen mussten.

Wie viele der Toten waren wohl der Seuche zum Opfer gefallen, fragte sich Taita, und wie viele sind in den Kämpfen mit unserer Armee gefallen?

Die Seuche war wie ein grimmiges Gespenst, das mit jeder Armee marschierte. Seit vielen Jahren wimmelte es in Apepis Lagern vor Bubasti von Ratten, Geiern und aasfressenden Marabus. Seine Männer lagen hier in ihrem eigenen Dreck und wurden langsam von Flöhen und Läusen aufgefressen. Sie aßen verdorbene Nahrung und tranken Wasser aus Kanälen, in denen sich die Ausflüsse von Gräbern und Misthaufen sammelten. Dies war die Welt, in der die Seuche zu Hause war.

Näher an Bubasti wurden die Lager noch zahlreicher. Zelte und Hütten drängten sich an die Mauern und Gräben, von denen die Garnisonsstadt umgeben war. Die Glücklicheren unter den Seuchenopfern lagen unter löchrigen Palmdächern, die ihnen ein wenig Schutz vor der heißen Morgensonne boten. Andere lagen im zertrampelten Schlamm der Felder, dem Durst und den Elementen ausgeliefert, Tote und Lebende Seite an Seite, Verwundete neben jenen in den Klauen der Ruhr.

Obwohl es ihn instinktiv zum Heilen drängte, würde Taita nichts für sie tun. Was hätte ein einzelner Mensch schon tun können gegen dieses massenhafte Leiden? Außerdem waren dies schließlich die Feinde Ägyptens und diese Pest, so war er überzeugt, war eine Strafe der Götter. Jeder Hyksos, den er rettete, wäre einer mehr, der gegen Theben marschieren und seine geliebte Heimatstadt verwüsten und plündern würde.

In der Festung war die Situation nicht viel besser als außerhalb der Mauern. Seuchenopfer lagen dort, wo die Krankheit sie niedergestreckt hatte. Ratten und streunende Hunde nagten an den Leichen und gar an Lebenden, die schon zu schwach waren, sich zu wehren.

Apepis Hauptquartier war das größte Gebäude in Bubasti, ein massiver, ausgedehnter Lehm- und Schilfpalast in der Stadtmitte. Knechte am Tor nahmen ihnen die Pferde ab, und einer trug Taitas Satteltasche. Trok führte Taita über Höfe und durch abgedunkelte Hallen, wo Weihrauch und Sandelholz aus bronzenen Becken vergeblich gegen den Pestgestank ankämpften. Selbst in diesem Machtzentrum hallte das Stöhnen der Seuchenopfer durch alle Räume, und in jeder Ecke krümmten sich dunkle Figuren.

Vor der verschlossenen Bronzetür tief im Inneren des Gebäudes standen Wachen, doch sobald sie Troks riesenhaften Umriss erkannten, traten sie beiseite und ließen sie durch.

Dies waren Apepis Privatgemächer. Die Wände waren mit prächtigen Teppichen behangen und die Möbel aus kostbaren Hölzern, Elfenbein und Perlmutt. Viele Stücke stammten aus den geplünderten Palästen und Tempeln der Ägypter.

Trok schob Taita in ein kleines, aber üppig ausgestattetes Vorzimmer und ließ ihn dort warten. Sklavinnen brachten ihm einen Krug Sorbett und einen Teller mit reifen Datteln und Granatäpfeln, und Taita aß und trank ein wenig davon.

So wartete er Stunde um Stunde. Ein Sonnenstrahl, der durch das einzelne hohe Fenster fiel und langsam an der gegenüberliegenden Wand entlang zog, diente ihm als Zeitmaß. Er legte sich auf einen der Teppiche und ruhte den Kopf auf der Satteltasche. Er fiel jedoch nie in tiefen Schlaf, sondern nur in Halbschlaf, aus dem ihn jedes Geräusch wecken würde. Von Zeit zu Zeit hörte er Frauen weinen, leise und fern, und gellende Klageschreie draußen vor der Stadtmauer, wenn eine ihren Liebsten oder ihr Kind verloren hatte.

Endlich hörte er schwere Schritte auf dem Gang, und die Vorhänge vor der Tür wurden aufgerissen. Eine massige Gestalt baute sich vor ihm auf, in einen scharlachroten Leinenrock gekleidet und mit einer goldenen Kette vor dem großen Bauch. Seine Brust war mit drahtigen grauen Locken bedeckt, rau wie ein Bärenfell. Seine Beine wurden von schweren Sandalen und Schienbeinpanzern aus hartem, poliertem Leder geschützt, doch er trug kein Schwert oder andere Waffen. Seine Arme und Beine wirkten so stark wie die Säulen eines Tempels und waren mit Narben bedeckt, manche seidig weiß und lange verheilt, andere frischer, feuerrot. Auch sein Bart und sein dichtes Haar waren grau, jedoch ohne die üblichen Bänder und Zöpfe. Seine dunklen Augen flackerten wild und unruhig, und er verzog seine dicken Lippen wie in Schmerz.

«Du bist Taita, der Arzt», stellte er fest. Seine Stimme war tief und kräftig, doch ohne Akzent, denn er war in Avaris geboren und hatte viel von der ägyptischen Kultur und Lebensart übernommen.

Taita kannte ihn gut. Für Taita war Apepi der Eindringling, der blutrünstige Barbar, der Todfeind seines Landes und seines Pharaos. Er musste sich sehr beherrschen, um seinen Gesichtsausdruck neutral und seine Stimme ruhig zu halten, als er antwortete: «Ja, ich bin Taita.»

«Ich habe von deinem Können gehört», fuhr Apepi fort. «Es wird Zeit, dass ich es in Anspruch nehme. Komm mit.»

Taita warf sich die Satteltaschen über die Schulter und ging hinter dem Hyksos-König her in den Innenhof hinaus, wo Trok mit einer bewaffneten Eskorte wartete, die dann Apepi und Taita weiter ins Innere der Palastanlage folgte. Das Schluchzen und Weinen vor ihnen wurde immer lauter, bis Apepi den schweren Vorhang vor einem Durchgang aufriss, Taita am Arm packte und ihn in das Gemach stieß.

In dem Gewirr des überfüllten Raumes fiel ihm als Erstes eine Gruppe von Priestern des Isis-Tempels in Avaris auf. Er erkannte sie sofort an ihrem Kopfschmuck mit den Reiherfedern. Sie standen in einer Ecke des Raumes und schüttelten ihre Rasseln über einem Kohlebecken, in dem rot glühende Brennzangen lagen. Taita rümpfte die Nase. Das waren die Quacksalber, mit denen er seit zwei Generationen im Streit lag.

Außer diesen Priestern waren noch zwanzig andere Leute um das Krankenlager in der Mitte des Raums versammelt, Höflinge und Offiziere, Schreiber und andere Beamte, alle ernst wie auf einem Begräbnis. Die meisten Frauen knieten heulend und klagend auf dem Boden. Nur eine machte den Versuch, dem Knaben, der auf dem Bett lag, zu helfen. Sie schien nicht viel älter zu sein als er, vielleicht dreizehn oder vierzehn Jahre alt. Sie tupfte ihn mit einem Schwamm ab, den sie regelmäßig in eine Kupferschüssel voll warmen, parfümierten Wassers tauchte.

Taita sah mit einem Blick, dass sie ein außergewöhnlich schönes Mädchen war, mit einem entschlossenen, intelligenten Gesicht. Ihre Sorge um den Jungen war offensichtlich, ihr Blick voller Liebe und ihre Hände schnell und geschickt.

Auch der nackte Knabe hatte einen wohlgeformten Körper, wenn auch von Krankheit geschwächt. Seine Haut zeigte die charakteristischen Zeichen der Seuche und war schweißglänzend. Seine Brust trug frische, schwärende Wunden, wo die Priester der Isis ihn zur Ader gelassen und gebrannt hatten. Taita sah, dass er die letzten Phasen der Krankheit durchlitt. Sein schwarzes, schweißtriefendes Haar hing ihm über die tiefen Augenhöhlen. Seine Augen waren offen und klar, doch blind vor Fieber.

«Das ist Khyan, mein jüngster Sohn.» Apepi trat an das Bett und schaute hilflos auf das Kind hinab. «Die Seuche wird ihn mir nehmen, es sei denn, du kannst ihn retten, Magus.»

Khyan stöhnte vor Schmerzen, rollte sich auf die Seite und zog die Knie an die zerschundene Brust. In einer nassen, prasselnden Explosion spritzte eine Mischung aus flüssigem Stuhl und Blut zwischen seinen abgemagerten Hinterbacken hervor auf das schmutzige Betttuch. Das Mädchen, das ihn pflegte, hatte sofort ein Tuch zur Hand und wischte ihn ab, bevor sie die Lache auf dem Leintuch wegwusch, wobei sie keinerlei Ekel zeigte. Die Priester nahmen in ihrer Ecke wieder ihre Gesänge auf, und der Hohe Priester nahm eine der heißen Zangen von der Holzkohlenglut und ging auf das Bett zu.

Taita trat vor und hielt dem Mann seinen langen Stab vor die Brust. «Hinaus», sagte er leise. «Du und deine Schlächter haben hier schon genug Unheil angerichtet.»

«Aber ich muss ihm das Fieber ausbrennen», protestierte der Priester.

«Hinaus!», wiederholte Taita zornig, und dann zu den anderen, die sich in der Kammer drängten: «Hinaus, alle! Hinaus!»

«Ich kenne dich, Taita. Du bist ein Ketzer, der Vertraute der Dämonen und bösen Geister.» Der Priester rührte sich nicht von der Stelle und fuchtelte drohend mit dem heißen Bronzewerkzeug. «Ich fürchte deinen Zauber nicht. Du hast hier nichts zu sagen. Der Prinz ist in meiner Obhut.»

Taita trat einen Schritt zurück und warf dem Priester seinen Stab vor die Füße. Der Priester schrie auf und sprang zurück, da der Stab plötzlich zuckte und zischte und sich auf ihn zu schlängelte. Dann hob die Schlange ihren Kopf, ließ die gespaltene Zunge aus ihrem grinsenden Maul hervorschießen und funkelte mit ihren schwarzen Perlenaugen.

Die anderen rannten sofort schreiend dem Ausgang zu. Höflinge und Priester, Soldaten und Diener, alle drängten sich in Panik vor der Tür. Jeder wollte als Erster draußen sein. In seiner Hast stieß der Hohe Priester an das Kohlebecken und tanzte barfuß auf den glühenden Kohlen, die sich über den Steinboden ergossen hatten.

Innerhalb von Sekunden war der Raum leer bis auf Taita, Apepi, der sich nicht gerührt hatte, und das Mädchen am Krankenbett. Taita bückte sich und nahm die sich ringelnde Schlange beim Schwanz, worauf sie sich sofort wieder in seinen steifen, geraden Holzstab verwandelte, mit dem er nun auf das Mädchen zeigte. «Wer bist du?», wollte er wissen.

«Ich bin Mintaka. Das hier ist mein Bruder.» Sie legte ihre Hand schützend auf die schweißnassen Locken des Knaben und hob trotzig ihr Kinn. «Tu, was du willst, Magus, ich werde ihn nicht verlassen.» Ihre Lippen zitterten, und ihre Augen waren weit aufgerissen. Offenbar jagten ihr der Ruf, der ihm vorauseilte, und der Schlangenstab, den er ihr vor die Brust hielt, gehörige Angst ein, doch sie sagte: «Ich fürchte mich nicht vor dir.» Dann ging sie um das Bett herum, bis es zwischen ihr und Taita stand.

«Gut», sagte Taita munter. «Dann wirst du mir eine noch größere Hilfe sein. Wann hat der Junge das letzte Mal etwas getrunken?»

Sie brauchte einen Augenblick, um sich zu sammeln. «Das war heute Morgen.»

«Sehen diese Quacksalber nicht, dass er vor Durst sterben wird, wenn ihn die Krankheit nicht vorher dahinrafft? Sein Körper muss das meiste von seinem Wasser ausgeschwitzt haben.» Taita hielt sich den Kupferkrug unter die Nase und schnupperte.

«Dieses Wasser ist verdorben mit priesterlichem Gift und Pestdünsten.» Er schleuderte den Krug an die Wand. «Geh in die Küche und hole einen anderen Krug. Und sieh zu, dass er sauber ist. Fülle ihn im Brunnen und nicht mit Flusswasser. Spute dich, Mädchen!» Sie eilte hinaus, und der Magus öffnete seine Tasche.

Mintaka kam fast sofort mit einem randvollen Krug sauberen Wassers zurück, mit dem Taita einen Kräutertrank zubereitete, den er auf dem Kohlebecken erhitzte.

«Hilf mir, ihm das einzuflößen», befahl er dem Mädchen, sobald der Sud abgekocht war. Er zeigte ihr, wie sie dem Jungen den Kopf hochhalten und seine Kehle streicheln sollte, während er die Flüssigkeit in seinen Mund tröpfeln ließ, und bald wurden Khyans Schlucke kräftiger.

«Kann ich irgendwie helfen?», fragte der König.

«Nein, Herr, Ihr könnt hier nichts tun. Ihr seid besser im Zerstören als im Heilen.» So entließ Taita ihn, ohne aufzuschauen. Nach einer langen Stille hörte er die Bronzenägel an Apepis Sandalen auf die Bodenfliesen schlagen, als der König den Raum verließ.

Mintaka verlor bald ihre Angst vor dem Magus und war eine geschickte und willige Helferin. Jeden von Taitas Wünschen schien sie vorherzusehen. Sie zwang ihren Bruder zu trinken, während Taita eine andere Medizin aus seiner Tasche nahm und auf dem Kohlebecken zusammenbraute. Gemeinsam gelang es ihnen, dem Jungen auch diesen Trunk einzuflößen, ohne einen Tropfen zu verschütten. Dann half sie ihm, eine lindernde Salbe auf die Verbrennungen zu schmieren, die seine Brust bedeckten, und schließlich wickelten sie Khyan in mit Brunnenwasser getränkte Leinentücher ein, um seinen brennenden Körper zu kühlen.

Als sie sich zu ihm setzte, um für einen Augenblick auszuruhen, nahm Taita ihre Hand und drehte ihre Handfläche nach oben. Er untersuchte die roten Bläschen auf ihrem Handgelenk, doch Mintaka versuchte, ihre Hand zurückzuziehen. «Das sind keine Seucheflecken», sagte sie errötend, «das sind nur Flohbisse. Der Palast wimmelt von Flöhen.»

«Wo die Flöhe beißen, ist die Seuche nicht fern», warnte Taita sie, bevor er sie aufforderte: «Zieh dein Hemd aus.»

Sie stand auf und ließ, ohne zu zögern, das lange Hemd auf ihre Fußgelenke fallen. Ihr nackter Körper war schlank und weiblich, doch zugleich auch athletisch und stark. Ihre Brüste waren noch im Knospen begriffen, und die roten Warzen stachen hervor wie reifende Maulbeeren. Das schwarze Dreieck zwischen ihren wohlgeformten Schenkeln war noch weich wie Flaum.

Ein Floh sprang von ihrem weißen Bauch, und Taita fing ihn aus der Luft und knackte ihn zwischen seinen Fingernägeln. Das Insekt hatte einen Ring aus rosa Punkten um ihren Bauchnabel hinterlassen.

«Dreh dich um», befahl er, und sie gehorchte. Noch eines dieser widerlichen Tiere lief ihren Rücken hinunter auf den tiefen Ritz zwischen ihren harten, runden Hinterbacken zu. Taita nahm den Floh zwischen seine Finger, zerquetschte den glänzenden schwarzen Chitinpanzer und hatte einen winzigen Tropfen Prinzessinnenblut auf dem Finger. «Du wirst die nächste Patientin sein, wenn wir deine kleinen Haustiere nicht loswerden.» Er schickte sie wieder hinaus, um eine frische Schüssel Wasser aus der Küche zu holen. Darin kochte er getrocknete, violette Chrysanthemenblüten, und mit dem Sud wusch er sie ab, von Kopf bis Fuß. Dabei fing er noch vier oder fünf Flöhe, die diesem übel riechenden Bad mit einem verzweifelten Sprung zu entkommen versuchten.

Danach setzte sich Mintaka, nackt ihren Körper trocknen lassend, neben ihn und plauderte unbefangen, während sie gemeinsam ihre

Kleider nach Flöhen durchsuchten und die Insekten und ihre Eier aus allen Falten und Säumen entfernten. So wurden sie rasch zu guten Freunden.

Bevor es dunkel wurde, entleerte sich Khyans Darm noch einmal, doch diesmal weniger explosionsartig und ohne Blut. Taita schnupperte an dem Stuhl und stellte fest, dass der Gestank der Seuchendünste schwächer geworden war. Er verabreichte ihm eine stärkere Dosis der Kräutermedizin und flößte ihm mit Mintakas Hilfe noch einen Krug Brunnenwasser ein. Am nächsten Morgen hatte der Junge das Fieber überwunden und schlief ruhiger. Schließlich urinierte er auch, was für Taita ein gutes Zeichen war, obwohl der Urin dunkelgelb war und einen beißenden Geruch von sich gab. Eine Stunde später ließ er noch einmal Wasser, das dann schon heller war und nicht mehr so stank.

«Sieh nur, Magus!», rief Mintaka. Sie streichelte ihrem Bruder die Wangen. «Die roten Flecken werden allmählich blasser, und seine Haut fühlt sich nicht mehr so heiß an.»

«Du hast die heilende Hand einer Nymphe», lobte Taita, «aber vergiss nicht, er muss viel trinken. Der Krug ist leer.»

Sie rannte wieder in die Küche und kam nach Sekunden mit einem vollen Krug zurück. Während sie ihrem Bruder das Wasser zu trinken gab, sang sie ein hyksisches Wiegenlied, und Taita war entzückt von der Süße und Klarheit ihrer Stimme.

Horch nur dem Wind dort im Gras, kleiner Schatz,
schlaf, schlaf, schlaf.
Lausch nur dem Plätschern am Fluss, kleiner Mann,
träum, träum, träum.

Taita betrachtete ihr Gesicht, während sie sang. Es war ein wenig zu breit und die Wangenknochen ein bisschen zu ausgeprägt, wie das meistens bei Hyksos der Fall war. Ihr Mund war groß, die Lippen voll, die Nase stark. Keiner dieser Züge war für sich genommen perfekt, doch der Gesamteindruck von vollkommener Ausgewogenheit. Ihr Hals war lang und anmutig, und die großen Mandelaugen unter den schwarzen Brauenbögen glänzten unwiderstehlich. Ihre Miene war fröhlich und aufgeweckt. Ihre Schönheit ist anders, dachte er, doch eine Schönheit ist sie gewiss.

«Sieh doch!» Sie stockte in ihrem Lied und jubelte: «Er ist aufgewacht!»

Khyan hatte die Augen geöffnet und schaute zu ihr auf.

«Du bist wieder bei uns, du ungezogenes kleines Scheusal!» Als sie lachte, sah Taita ihre rechteckigen weißen Zähne im Schein der Lampe. «Wir haben uns solche Sorgen gemacht. So etwas darfst du nie, nie wieder tun.» Sie drückte ihn an sich, um die Tränen der Freude und Erleichterung zu verbergen, die plötzlich in ihren Augen glänzten.

Taita schaute über die beiden jungen Menschen auf dem Bett hinweg und sah die massige Gestalt Apepis im Eingang. Taita wusste nicht, wie lange der König dort gestanden hatte, doch nun nickte er Taita zu, drehte sich um und verschwand.

Am Abend war Khyan mit ein wenig Hilfe von seiner Schwester in der Lage, sich aufzusetzen und aus der Suppenschale zu trinken, die sie ihm an die Lippen hielt. Zwei Tage später war sein Ausschlag ganz verschwunden.

Apepi besuchte das Krankengemach drei oder vier Mal täglich. Khyan war immer noch zu schwach aufzustehen, doch wenn sein Vater erschien, erwies er ihm seinen Respekt, indem sich eine Hand zunächst auf die Brust und dann auf die Lippen legte.

Am fünften Tag taumelte er vom Bett und versuchte, sich seinem Vater zu Füßen zu werfen, doch Apepi fing ihn auf und hob ihn wieder auf sein Lager. Obwohl seine Gefühle für den Jungen unverkennbar waren, sagte Apepi wenig und ging nach kurzer Zeit wieder weg, doch diesmal schaute er von der Tür aus zu Taita zurück und gab ihm mit einem Kopfnicken zu verstehen, er möge ihm folgen.

Sie standen allein auf der Plattform des höchsten Turms des Palastes. Um dorthin zu kommen, waren sie zweihundert Stufen gestiegen, und nun sahen sie flussaufwärts in zehn Meilen Entfernung die eroberte Zitadelle von Abnub. Und von dort aus waren es nicht einmal hundert Meilen nach Theben.

Apepi hatte den Wachen befohlen, sie allein zu lassen. Niemand sollte hören, was sie dort in luftiger Höhe besprachen. Der König blickte den Fluss entlang Richtung Süden. Er war in voller Kriegsrüstung mit Schienbein- und Brustpanzer, goldbesetztem Schwertgurt und karminroten Bändern im Bart, passend zu seinem zeremoniellen Rock. Dazu trug er die Geier- und Kobrakrone auf seinem dichten, silbergrauen Haar. Es machte Taita wütend, dass dieser Eindringling und Plünderer sich für den Pharao von ganz Ägypten hielt und dessen heilige Insignien trug, doch davon ließ er sich nichts anmerken. Er konzentrierte sich dagegen auf Apepis Gedanken. Die waren so verschlungen, so tief und verschlagen, dass selbst Taita sie nicht klar erkennen konnte. Er spürte jedoch die Kraft, die ihn zu einem so schrecklichen Feind machte.

«Wenigstens etwas stimmt, was man von dir sagt, Magus», brach Apepi das lange Schweigen. «Du bist ein großer Arzt.» Taita blieb stumm.

«Kannst du mit deinem Zauber auch meine Armee von der Seuche heilen, wie du meinen Sohn geheilt hast?», fragte Apepi nun. «Dein Lohn wären hunderttausend Goldstücke, so viel Gold, wie zehn starke Pferde tragen können.»

Taita lächelte traurig. «Wenn ich das könnte, dann könnte ich mir hundert mal hunderttausend Goldstücke herbeizaubern, ohne mir die Mühe machen zu müssen, Eure Schläger zu verarzten.»

Apepi schaute ihn an und lächelte ebenfalls, jedoch ohne jede Freude und ohne Wohlwollen. «Wie alt bist du, Magus? Trok sagt, du wärst über zweihundert Jahre alt. Stimmt das?»

Taita ließ ihn im Unklaren, ob er ihn gehört hatte oder nicht, und Apepi fuhr fort: «Was ist dein Preis, Magus? Wenn nicht Gold, was kann ich dir dann anbieten?» Es war eine rhetorische Frage, und er wartete keine Antwort ab, sondern stampfte zur nördlichen Brüstung, wo er die Hände in die Hüften stemmte und auf sein Heerlager und die Verbrennungsfelder dahinter schaute. Die Feuer brannten unaufhörlich, und der Rauch trieb in flachen Wolken über den Fluss und hinaus in die Wüste.

«Ihr habt einen Sieg errungen, Herr», sagte Taita leise, «doch Ihr tut gut daran, Eure Leichenfeuer zu betrachten. Der Pharao wird seine Truppen verstärkt und neu gruppiert haben, bevor die Seuche endet und Eure Männer wieder kampfbereit sind.»

Apepi schüttelte sich vor Unbehagen wie ein Löwe, der Fliegen abwehrt. «Dein Gerede ärgert mich, Magus.»

«Nein, Herr, nicht ich bin es, der Euch ärgert, sondern die Wahrheit und Logik in meinen Worten.»

«Nefer Seti ist noch ein Kind. Ich habe ihn ein Mal geschlagen, und ich werde ihn wieder schlagen.»

«Aber er hat keine Seuche in seiner Armee. Das ist Euer Problem. Eure Spione werden Euch berichtet haben, dass der Pharao fünf weitere Legionen in Assuan und noch zwei in Asyut stehen hat. Sie sind schon auf dem Fluss in Richtung Norden. Sie werden hier sein, bevor der neue Mond anbricht.»

Apepi brummte leise, sagte jedoch nichts, und Taita stieß nach. «Sechzig Jahre Krieg haben beide Reiche ausgeblutet. Wollt Ihr das Erbe Eures Vaters Saletis so weitergeben, wie Ihr es empfangen habt: Sechzig Jahre Blutvergießen? Ist es das, was Eure Söhne von Euch erben sollen?»

«Treibe es nicht zu weit, alter Mann», wandte sich Apepi gegen Taita. «Wage es nicht, meinen Vater zu beleidigen, den göttlichen Saletis.» Nach einer Pause, die seine Warnung bekräftigen sollte, fragte er ruhiger: «Wie lange würdest du brauchen, ein Treffen mit diesem so genannten Regenten des Oberen Königreichs, diesem Naja, in die Wege zu leiten?»

«Wenn Ihr mir freies Geleit durch Eure Linien gewährt und eine schnelle Galeere zur Verfügung stellt, kann ich in drei Tagen in Theben sein, und die Reise zurück hierher mit der Strömung wird noch schneller gehen.»

«Ich werde dir Trok mitgeben, um dich sicher durch unser Gebiet zu bringen. Richte Naja aus, ich werde ihn im Tempel der Hathor am Westufer des Nils bei Perra erwarten. Weißt du, wo das ist?»

«Ich kenne die Gegend um Abnub sehr gut, auch Perra und den Tempel», antwortete Taita.

«Dort können wir reden», fuhr Apepi fort, «doch richte Naja aus, er solle nicht zu viele Zugeständnisse von mir erwarten. Ich bin der Sieger und er der Geschlagene. Du kannst jetzt gehen.»

Taita rührte sich nicht von der Stelle.

«Du kannst gehen, Magus», versuchte Apepi ein zweites Mal, ihn wegzuschicken.

«Pharao Nefer Seti ist fast genauso alt wie Eure Tochter Mintaka», sagte Taita ruhig. «Vielleicht möchtet Ihr sie nach Perra mitbringen.»

«Wozu?» Apepi schaute dem Alten misstrauisch in die Augen.

«Eine Verbindung zwischen Eurer Dynastie und dem Hause Tamose könnte dauerhaften Frieden bedeuten.»

Apepi spielte mit den Bändern in seinem Bart, um sein Lächeln zu verbergen. «Bei Sebek, du scheinst im Intrigieren fast so geschickt zu sein wie mit deinen Zaubertränken, Magus. Und jetzt mach, dass du wegkommst, bevor ich die Geduld verliere.»

Der Tempel der Hathor war Jahrhunderte zuvor in der Herrschaftszeit des Pharao Sehertawi aus dem Fels über dem Flusstal gemeißelt worden, doch seitdem hatte jeder Pharao etwas hinzugefügt. Die Priesterinnen bildeten eine reiche, einflussreiche Gemeinschaft, der es irgendwie gelungen war, die langen Bürgerkriege zwischen den Königreichen zu überleben und selbst in schwierigen Zeiten zu gedeihen.

Sie hatten sich im Tempelhof versammelt, zwischen zwei Statuen der Göttin Hathor, eine in ihrer Verkörperung als gescheckte Kuh mit goldenen Hörnern, die andere in ihrer menschlichen Inkarnation als hoch gewachsene, schöne Frau mit Hörnern und der goldenen Sonnenscheibe auf dem Haupt.

Die Priesterinnen in ihren gelben Gewändern sangen und rasselten mit ihren Sistren. Das Gefolge des Pharao Nefer Seti strömte vom Ostflügel her auf den Platz, und die Höflinge des Apepi näherten sich durch den westlichen Säulengang. Die Reihenfolge der Ankunft war ein solches Problem gewesen, dass die Verhandlungen fast gescheitert wären, bevor sie angefangen hatten. Wer zuerst ankam, würde als der wahre König und Machthaber erscheinen, während der Zweite wie der Bittsteller aussähe, der um Frieden bettelt. Folglich wollte keiner der beiden Könige dem anderen den Vortritt lassen.

Schließlich hatte Taita auf die Möglichkeit hingewiesen, dass beide Seiten gleichzeitig auf den Verhandlungsplatz treten konnten. Mit ähnlichem Takt hatte er auch die leidige Frage gelöst, welche Insignien die beiden Könige jeweils zeigen durften. Die Lösung war, dass keiner von beiden die Doppelkrone trug. Apepi würde sich mit der roten Deschret-Krone von Unterägypten begnügen und Nefer Seti mit der weißen Hedjet-Krone des oberägyptischen Reiches.

Die Gefolge der beiden Herrscher füllten den großen Hof. Nur wenige Schritte trennten die beiden Seiten, doch nach sechzig Jahren Krieg standen Bitterkeit und Hass wie eine mächtige Mauer zwischen ihnen.

Die Fanfaren der Hornbläser und der Donner der großen Bronzegongs brachen schließlich das feindselige Schweigen. Es war das

Signal für die beiden Könige und ihre Begleiter, aus den einander gegenüberliegenden Flügeln des Tempels auf den Platz zu treten.

Fürst Naja und Pharao Nefer Seti schritten feierlich zu ihren hochlehnigen Thronen und nahmen darauf Platz. Die beiden Prinzessinnen, Heseret und Merikara, folgten ihnen demütig und setzten sich Naja zu Füßen. Beide Mädchen waren so stark geschminkt, dass ihre Gesichter ausdruckslos aussahen wie das der Statue der Hathor, in deren Schatten sie saßen.

Gleichzeitig erschien die königliche Familie der Hyksos aus ihrem Flügel des Tempels. Apepi schritt voran, eine eindrucksvolle, kriegerische Gestalt in voller Kampfrüstung. Über den Hof hinweg funkelte er den jungen Pharao an. Ihm folgten acht seiner Söhne. Khyan, der Jüngste, hatte sich für die Reise den Fluss hinauf noch nicht genügend von seiner Krankheit erholt. Wie ihr Vater waren sie voll bewaffnet und gepanzert und sie legten die gleiche herausfordernde Haltung an den Tag.

Was für eine Bande blutrünstiger Raufbolde, dachte Taita, während er sie von seinem Platz nahe Nefers Thron musterte.

Von den zahlreichen Töchtern des Apepi war nur eine anwesend. Neben ihren Brüdern wirkte Mintaka wie eine Rose in einem Kakteendickicht, und ihre Schönheit funkelte wie ein Diamant in einem Felsenmeer. Als sie Taitas drahtige Gestalt und seinen silbernen Haarschopf in der Menge gegenüber ausmachte, war ihr Lächeln so strahlend, als wäre für einen Augenblick die Sonne durch die Zeltdächer gebrochen, die über dem Hof aufgespannt waren. Keiner der Ägypter außer Taita hatte sie je gesehen, und in ihren Reihen erhob sich ein gedämpftes Raunen. Niemand hatte sie auf die Prinzessin vorbereitet. Bisher hatten sie nur den Mythos gekannt, nach dem die hyksischen Weiber ebenso schwer gebaut wie ihr Männervolk und doppelt so hässlich waren.

Pharao Nefer Seti lehnte sich leicht vor und zupfte an seinem Ohrläppchen unter der weißen Krone, eine Angewohnheit, die Taita ihm auszutreiben versucht hatte und in die Nefer nur verfiel, wenn ihn etwas außerordentlich faszinierte. Taita hatte Nefer seit über zwei Monaten nicht gesehen – Naja hatte ihn vollkommen isoliert, seitdem Taita von Apepis Hauptquartier in Bubasti zurückgekehrt war –, doch er kannte den Jungen so gut und war so auf seinen Geist eingestimmt, dass er seine Gedanken immer noch lesen konnte. Er spürte, dass Nefer sich in einem Wirbel der Freude und Erregung befand, als wäre soeben eine Gazelle in die Reichweite seines Bogens gelaufen oder als wäre er im Begriff, einen jungen Hengst einzureiten, oder wie auf der Jagd, wenn sein Falke sich aus luftiger Höhe auf sein Opfer stürzte.

Auf eine Angehörige des anderen Geschlechts hatte Nefer, soweit sich Taita erinnerte, jedoch noch nie so reagiert. Er hatte die weiblichen Exemplare der Spezies, einschließlich seiner Schwestern, vielmehr stets mit einer gewissen würdevollen Geringschätzung betrachtet. Andererseits befand er sich nun seit fast einem Jahr in der Pubertät, und den größten Teil dieser Zeit hatte er mit Taita in der Wildnis um Gebel Nagara verbracht, wo nichts Nefers Aufmerksamkeit so erregen konnte, wie Mintaka es nun tat.

Taita war stolz auf seine Idee, diese Begegnung zwischen den beiden jungen Menschen zu arrangieren. Wenn Nefer das hyksische Mädchen nicht ausstehen konnte, musste er seine Pläne vielleicht ändern, und sie würden in noch größerer Gefahr schweben, doch wenn die beiden aneinander Gefallen fänden und heirateten, stände Nefer als Apepis Schwiegersohn unter dem Schutz des hyksischen Monarchen. Selbst Naja würde nicht wagen, einen so mächtigen und gefährlichen Mann herauszufordern. Ohne es zu ahnen, würde Mintaka den jungen Nefer vor den Machenschaften und Plänen des Regenten retten. Das hatte Taita jedenfalls im Sinn gehabt, als er die Begegnung plante.

In den wenigen Tagen, in denen sie gemeinsam ihren Bruder gepflegt hatten, waren Taita und Mintaka zu Freunden geworden, und nun nickte Taita fast unmerklich und erwiderte ihr Lächeln. Dann ging ihr Blick an Taita vorbei, und sie betrachtete mit Interesse die ägyptischen Prinzessinnen ihr gegenüber. Sie hatte viel von ihnen gehört, doch sie hatte sie noch nie gesehen. Ihr Blick fiel bald auf Heseret, in der sie mit sicherem Instinkt eine höchst attraktive Frau erkannte, vielleicht ebenso attraktiv wie sie selbst und eine mögliche zukünftige Rivalin. Heseret reagierte auf genau dieselbe Weise, und die beiden tauschten ein paar hochmütige und feindselige Blicke. Doch dann fiel ihr die eindrucksvolle Gestalt des Fürsten Naja ins Auge, und sie konnte nicht umhin, ihn anzustarren.

Naja war eine prachtvolle Erscheinung, so anders als ihr Vater und ihre Brüder. Er funkelte von Gold und Edelsteinen, und das Leinen seiner Kleidung war weiß wie Schnee. Selbst aus der Entfernung konnte sie seine verschiedenen Düfte riechen und auseinander halten, wie in einem Feld wilder Blumen. Sein Gesicht war wie eine phosphoreszierende Maske, die unheimlichen Augen dick mit Kajal umrandet. Und dennoch: Er war schön – wie eine Schlange, dachte sie, oder wie ein giftiges Insekt. Sie schauderte und wandte ihren Blick der Gestalt auf dem Thron neben dem Regenten zu.

Pharao Nefer Setis Blick war so durchdringend, dass sie unwillkürlich die Luft anhielt. Wie grün seine Augen waren – das fiel Mintaka als Erstes auf, und sie wollte wegschauen, doch sie konnte nicht. Stattdessen stieg ihr die Hitze ins Gesicht, und sie errötete.

Nefers würdige, gottgleiche Pose, die weiße Krone und der künstliche Ziegenbart machten dem Mädchen zunächst etwas Angst, doch dann schenkte der Pharao ihr ein warmes, verschwörerisches Lächeln. Seine Miene war plötzlich jungenhaft offen, und sie atmete noch heftiger und errötete noch tiefer. Mit größter Mühe riss sie ihren Blick von ihm los und studierte die Statue der Göttin Hathor – in ihrer Inkarnation als Kuh – in allen Einzelheiten.

Es dauerte eine Weile, bis sie sich wieder gefasst hatte, und inzwischen hatte Fürst Naja, der Regent von Oberägypten, das Wort ergriffen. In gemessenen Phrasen begrüßte er Apepi als König der Hyksos – die diplomatische Formel, auf die man sich geeinigt hatte –, ohne dessen Anspruch auf ganz Ägypten zu erwähnen. Mintaka starrte auf seine Lippen, verzweifelt bemüht, Nefers Blick nicht zu erwidern, der, wie sie spürte, immer noch auf ihr ruhte.

Fürst Najas Stimme war wohlklingend, aber eintönig, und bald konnte sie es nicht mehr aushalten. Sie warf einen kurzen Seitenblick auf Nefer. Sie wollte gleich wieder wegschauen, doch sein Blick fixierte sie immer noch. Seine Augen funkelten, lächelten sie an, und wieder konnte sie ihren Blick nicht abwenden. Sie war bestimmt nicht schüchtern, doch diesmal war ihr Lächeln scheu und zögernd, und sie spürte, dass sie wieder rot wurde. Sie schlug den Blick nieder und schaute auf ihre Hände. Sie spielte unentwegt mit ihren Fingern und musste sich zwingen, damit aufzuhören. Allmählich wurde sie wütend auf Nefer. Wie konnte er es wagen, sie so aus der Ruhe zu bringen? Er ist schließlich nur ein eingebildeter ägyptischer Geck. Jeder einzelne meiner Brüder ist mehr Mann und doppelt so hübsch. Er will mich nur als Närrin hinstellen, indem er mich die ganze Zeit so unverschämt anschaut. Ich werde ihn nicht mehr ansehen. Ich werde ihn vollkommen ignorieren, nahm sie sich vor. Diesen Vorsatz hielt sie ein, bis Fürst Naja aufhörte zu reden und ihr Vater sich erhob, um ihm zu antworten.

Unter ihren dichten dunklen Wimpern hindurch warf sie Nefer noch einen flinken Blick zu. Er schaute ihren Vater an, doch in dem Moment, als ihr Blick auf ihn fiel, wandten sich seine Augen ihr zu. Sie versuchte ernst und unnahbar auszusehen, doch sobald er lächelte, zuckten auch ihre Lippen, ohne dass sie etwas dafür konnte. Vielleicht ist er doch so hübsch wie einige meiner Brüder, gab sie im Stillen zu und sah ihn noch einmal schnell an. Oder vielleicht ist er so hübsch wie jeder meiner Brüder. Sie schaute wieder in ihren Schoß und dachte darüber nach. Dann warf sie ihm noch einen verstohlenen Blick zu, nur um sich zu vergewissern. Vielleicht ist er hübscher als alle meine Brüder, sogar hübscher als Ruga, dachte sie, bevor sie ihr Urteil schuldbewusst einschränkte: Aber natürlich auf ganz andere Weise.

Sie warf einen Seitenblick auf Ruga. Mit seinem mit Bändern geschmückten Bart und dem grimmigen Gesicht war er von Kopf bis Fuß Krieger. Ruga ist ein sehr schöner Mann, zollte sie den Familienbanden schließlich ihren Preis.

Taita beobachtete sie nicht offen, doch ihm entging keine Nuance des heimlichen Geplänkels zwischen Nefer und Mintaka. Und er sah mehr als das. Trok, Najas Vetter, stand dicht hinter Apepis Thron. Er hätte Mintaka fast berühren können. Er hatte die Arme vor seiner Brust verschränkt, und Taita sah die kostbaren Goldbänder um seine Handgelenke, den schweren Bogen über der einen Schulter und den golden verzierten Pfeilköcher über der anderen. Um seinen Hals hingen die goldenen Ketten der Tapferkeit und des Ruhms. Die Hyksos hatten nicht nur die Religion und die Bräuche, sondern auch die militärischen Orden und Ehrenzeichen der Ägypter übernommen.

Auch Trok waren die Blicke zwischen Nefer und Mintaka nicht entgangen, und er verfolgte sie mit finsteren, brütenden Gedanken. Taita spürte seinen Zorn und seine Eifersucht. Es war, als wenn sich der heiße, drückende Kamsin am Horizont aufbaute, der grausame Sandsturm der großen Wüste. Das habe ich nicht vorhergesehen, dachte Taita. Ist Troks Interesse politischer oder erotischer Natur?, fragte er sich. Giert er nach ihrem Körper, oder sieht er sie nur als ein Sprungbrett zur Macht? Wie auch immer, beides wäre gefährlich und darf in Zukunft nicht aus den Augen verloren werden.

Die Begrüßungsreden fanden schließlich ihr Ende, ohne dass etwas Wichtiges gesagt worden wäre. Die wirklichen Friedensverhandlungen würden am nächsten Tag beginnen, in geheimer Sitzung. Die Herrscher auf beiden Seiten erhoben sich von ihren Thronen und zogen sich unter Fanfarenklängen und Gongschlägen wieder in ihre Quartiere zurück.

Taita betrachtete noch einmal die Ränge der Hyksos. Apepi und seine Söhne verschwanden in einem Durchgang zwischen zwei hohen Granitsäulen, gekrönt vom doppelten Kuhkopf der Tempelgöttin. Mintaka warf einen letzten Blick zurück und folgte ihrem Vater und ihren Brüdern. Trok war unmittelbar hinter ihr, und auch er blickte über seine Schulter zu Nefer Seti zurück, bevor er zwischen den beiden Säulen verschwand. Die Pfeile in seinem Köcher klapperten leise, und Taita fielen die bunten Federn an den Pfeilenden auf. Im Gegensatz zu dem normalen ledernen Kriegsköcher, in dem ein Stöpsel dafür sorgte, dass die Pfeile nicht herausfielen, war dieses zeremonielle Exemplar rundum vergoldet und offen, so dass die Federn über die Schulter seines Trägers herausragten. Die Federn waren rot und grün, was Taita an das Böse erinnerte, dem er vor kurzem begegnet war. So schaute Taita hinter Trok her, als der im Tempel verschwand.

Taita kehrte in die Zelle in einem Anbau des Tempels zurück, die ihm für die Dauer der Friedensverhandlungen zugewiesen worden war. Er erfrischte sich mit einem Schluck Sorbett, denn auf dem Hof war es sehr heiß gewesen, und ging zu dem Fenster in der dicken Steinmauer. Bunte Webervögel und Meisen hüpften und zwitscherten auf dem Sims und auf der Steinterrasse unter dem Fenster. Sie setzten sich ihm auf die Schulter und pickten ihm zerdrückte Hirsekörner aus der Hand, während er über die Ereignisse des Morgens nachdachte und die Einsichten und Beobachtungen zu ordnen begann, die er während der Eröffnungszeremonie gesammelt hatte.

Seine Freude und sein Vergnügen an dem, was sich zwischen Mintaka und Nefer abgespielt hatte, waren vergessen, als er wieder an Trok dachte. Er machte sich Sorgen über die Beziehung, die zwischen diesem Mann und der Prinzessin zu bestehen schien, und über die Folgen, die das für seine Pläne mit dem jungen Paar hatte.

Dann bemerkte er einen Schatten, der sich verstohlen am Rand der Terrasse entlang drückte. Es war eine der Tempelkatzen, ein magerer, narbenbedeckter, räudiger alter Kater, der den Vögeln nachschlich und die verstreuten Körner aufleckte.

Taitas helle Augen verengten sich zu Schlitzen, als er sich auf die Katze konzentrierte. Der Kater blieb stehen und schaute sich misstrauisch um. Plötzlich machte er einen Buckel, und jedes seiner verblieben Haare stand ihm zu Berge, während er auf einen leeren Flecken auf den Steinplatten vor sich starrte. Nach einer Sekunde kreischte er auf, wirbelte herum und rannte von der Terrasse weg zu einer Palme. Er kletterte den schlanken Stamm hinauf bis zum Wipfel, wo er verschreckt auf dem höchsten Zweig hocken blieb. Taita warf den Vögeln währenddessen noch eine Hand voll Futter zu und kehrte zu seinen Überlegungen zurück.

Selbst während des langen Ritts nach Bubasti hatte Trok stets seinen Köcher verschlossen gehalten, und Taita war nicht auf den Gedanken gekommen, einen der Pfeile darin mit denen zu vergleichen, die er an der Stelle gefunden hatte, wo Pharao Tamose ermordet worden war. Er konnte nur raten, wie viele andere hyksische Offiziere rote und grüne Federn an ihren Pfeilen hatten. Wahrscheinlich waren es nicht wenige. Doch jeder würde sein besonderes Markenzeichen auf den Schaft geprägt haben. Es gab nur einen Weg, wie er Trok und damit dessen Vetter Naja mit dem Tod des Pharaos in Verbindung bringen konnte: sich einen seiner Pfeile genau anzusehen. Doch wie konnte er das tun, ohne Verdacht zu erregen?

Wieder wurde er aus seinen Gedanken gerissen, und diesmal waren es Stimmen draußen auf dem Gang vor seiner Zelle. Die eine war jung und klar, und er erkannte sie sofort. Die anderen waren rau, unterwürfig und zugleich aufsässig.

«Wir haben von Asmor den ausdrücklichen Befehl …»

«Ach was! Bin ich der Pharao oder nicht? Schuldet ihr mir keinen Gehorsam? Ich wünsche den Magus zu sehen, und versucht ja nicht, mich daran zu hindern. Aus dem Weg! Beide!» Nefers Stimme war stark und befehlend, ohne Bruch. Er sprach mit der Stimme eines Mannes.

Der junge Falke spreizt seine Flügel und zeigt seine Fänge, dachte

Taita. Dann verließ er das Fenster und wischte sich die Hirse von den Händen, um seinen König zu begrüßen.

Nefer riss den Vorhang vor Taitas Zelle zur Seite und trat ein. Zwei bewaffnete Leibwachen folgten ihm hilflos und drängten sich hinter ihm im Eingang. Nefer ignorierte sie und baute sich, die Hände in die Hüften gestemmt, vor Taita auf.

«Taita, Ihr habt mein tiefes Missfallen erregt», begann Nefer.

«Das bedrückt mich sehr.» Taita verbeugte sich tief. «Doch wie habe ich mich an Euch schuldig gemacht?»

«Ihr seid mir aus dem Weg gegangen. Wann immer ich nach Euch geschickt habe, sagte man mir, Ihr wärt auf einer geheimen Mission zu den Hyksos oder Ihr wärt wieder in die Wüste gegangen, oder man kam mit irgendeiner anderen fadenscheinigen Ausflucht.» Nefer hatte große Schwierigkeiten, seine Freude darüber zu verbergen, den alten Mann endlich wieder zu sehen. «Und dann taucht Ihr plötzlich wieder auf, wie aus dem Nichts, als wärt Ihr nie fort gewesen. Und dennoch ignoriert Ihr mich. Während der Zeremonie habt Ihr nicht ein einziges Mal in meine Richtung geschaut. Wo seid Ihr gewesen?»

«Majestät, jemand in unserer Nähe macht lange Ohren.» Taita schaute die Wachen an, die sich immer noch im Zelleneingang herumdrückten.

Nefer drehte sich um und brüllte: «Wie oft muss ich euch noch befehlen, ihr sollt endlich verschwinden? Wenn ihr nicht sofort geht, muss ich euch beide erwürgen lassen!»

Sie zogen sich zurück, aber nicht sehr weit. Taita hörte ihr Gemurmel und Waffengeklapper draußen auf dem Gang, nicht weit hinter dem Vorhang. Taita machte eine Kopfbewegung zum Fenster und flüsterte: «Ich habe ein Boot unten an der Mole. Wie wär's mit einer Angelpartie, Majestät?» Ohne auf eine Antwort zu warten, raffte Taita seinen Rock zusammen und sprang auf das Fenstersims. Er blickte über die Schulter, und Nefer kam lächelnd hinter ihm her. Sie sprangen nacheinander auf die Terrasse und schlichen wie zwei Unterrichtsschwänzer durch den Palmenhain zum Fluss hinunter.

Die Mole war bewacht, doch die Soldaten hatten keinen Auftrag, ihren jungen Pharao aufzuhalten. Sie grüßten und traten respektvoll beiseite, und Taita und Nefer stiegen in das kleine Fischerboot, nahmen ihre Paddel und stießen ab. Taita steuerte auf einen der engen

Kanäle zwischen den wogenden Papyrusstauden zu, und wenige Minuten später waren sie allein in dem Netz geheimer Wasserwege durch das Sumpfland.

«Wo warst du, Taita?», fragte Nefer, nun nicht mehr im Ton eines Königs, sondern als Freund. «Ich habe dich so vermisst.»

«Ich werde Euch alles erzählen», versicherte ihm Taita, «doch zuerst müsst Ihr mir berichten, wie es Euch ergangen ist.»

Sie fanden einen stillen Platz in einer kleinen, zwischen Papyrusstauden versteckten Lagune, und Nefer erzählte seinem Lehrer alles, was ihm widerfahren war, seit sie das letzte Mal allein gewesen waren. Auf Najas Befehl wurde er in einem goldenen Käfig gehalten, isoliert von all seinen alten Freunden. Nicht einmal Meren oder seine Schwestern durften ihn besuchen. Seine einzige Beschäftigung waren die Papyri aus der Palastbibliothek, Streitwagenübungen und die Waffenausbildung unter dem alten Krieger Hilto.

«Naja lässt mich nicht einmal mit meinen Falken jagen oder fischen gehen, ohne mir Asmor mitzugeben», beklagte er sich bitterlich.

Er hatte nicht gewusst, dass Taita bei der Eröffnungszeremonie anwesend sein würde. Bis er ihn im Tempelhof sah, hatte er angenommen, er wäre noch in Gebel Nagara. Nun hatte er bei der ersten Gelegenheit, als Naja und Asmor in den Verhandlungen mit Apepi, Trok und den anderen hyksischen Feldherren saßen, seine Leibwächter überrumpelt und seinen Weg zu Taita gefunden.

«Das Leben ist so öde ohne dich, Taita. Ich glaube, ich sterbe noch vor Langeweile. Naja muss uns wieder zusammen sein lassen. Du solltest ihn mit einem Zauber belegen.»

«Darüber sollten wir vielleicht nachdenken», beendete Taita das Thema, «aber jetzt haben wir keine Zeit dafür. Naja wird seine ganze Armee hinter uns herschicken, sobald er herausfindet, dass wir den Tempel verlassen haben. Ich erzähle also besser sofort, was ich für Neuigkeiten habe.» So berichtete er Nefer in knappen Worten, was er seit ihrem letzten Treffen erlebt hatte. Er informierte ihn über die Verwandtschaft zwischen Naja und Trok und beschrieb ihm, wie es ihm auf dem Hügel, wo Pharao Tamose gestorben war, ergangen war und was er dort entdeckt hatte.

Nefer hörte zu, ohne ihn zu unterbrechen, doch als Taita vom Tod seines Vaters sprach, schnürte sich ihm die Kehle zu. Er schaute weg, räusperte sich und wischte sich mit dem Handrücken die Tränen aus den Augen.

«Ihr versteht also, in welcher Gefahr Ihr schwebt», warnte ihn Taita. «Ich bin sicher, Naja ist in den Mord verwickelt, und je näher wir daran sind, das zu beweisen, desto größer wird diese Gefahr.»

«Eines Tages werde ich meinen Vater rächen», schwor Nefer mit kalter, harter Stimme.

«Und dabei werde ich Euch helfen», versprach Taita, «doch zunächst müssen wir Euch vor Najas Bosheit beschützen.»

«Und wie willst du das anstellen, Taita? Meinst du, wir können aus Ägypten fliehen, wie wir es geplant hatten?»

«Nein», schüttelte Taita den Kopf. «Das habe ich natürlich in Erwägung gezogen, aber Naja hat uns hier zu sicher in seiner Gewalt. Wenn wir noch einmal versuchten, zur Grenze durchzukommen, hätten wir tausend Streitwagen auf den Fersen.»

«Aber was können wir sonst tun? Auch du bist schließlich in Gefahr.»

«Nein. Ich konnte Naja davon überzeugen, dass er seine Pläne ohne meine Hilfe nicht durchführen kann.» Er beschrieb ihm das falsche Beschwörungsritual, das er Naja im Tempel des Bes vorgegaukelt hatte, und weihte ihn in Najas Hoffnung ein, sich mit seiner Hilfe ein ewiges Leben zu sichern.

Nefer lächelte über die Spiele, die der Magus mit dem Regenten trieb, und fragte schließlich: «Also, was ist dein Plan?»

«Wir müssen den richtigen Zeitpunkt abwarten, entweder um zu entkommen oder um die Welt von Naja zu befreien. Inzwischen beschütze ich Euch, so gut ich kann.»

«Und wie willst du das machen?»

«Naja hat mich zu Apepi gesandt, um diese Friedensverhandlungen zu arrangieren. Nachdem Apepi sich bereit erklärt hatte, sich mit Naja zu treffen, konnte ich ihn auch von der Idee überzeugen, den Vertrag mit einer Hochzeit zwischen Euch und seiner Tochter zu besiegeln. Danach ständet Ihr unter Apepis Schutz, und Najas Messer wäre stumpf geworden. Er würde nicht riskieren, den Vertrag zu brechen und das Land damit wieder in den Bürgerkrieg zu stürzen.»

«Apepi will mir seine Tochter zur Frau geben?», staunte Nefer. «Das Mädchen in dem roten Gewand, das heute Morgen bei der Zeremonie dabei war?»

«Ja», bestätigte Taita. «Sie heißt Mintaka.»

«Ich kenne ihren Namen», versicherte ihm Nefer nachdrücklich. «Sie ist nach dem winzigen Stern im Gürtel des Sternbilds des Jägers benannt.»

«Ja, das ist sie», nickte Taita, «Mintaka, die Hässliche mit der großen Nase und dem komischen Mund.»

«Sie ist nicht hässlich!», funkelte Nefer ihn an. Dabei sprang er so heftig auf, dass das kleine Boot kenterte und sie beide im Schlamm landeten. «Sie ist die schönste …» Er hielt inne, sobald er Taitas Gesichtausdruck bemerkte. «Ich meine, sie ist ganz hübsch anzuschauen.» Er grinste verlegen. «Du erwischst mich immer an meinem schwachen Punkt. Aber du musst doch zugeben, dass sie schön ist, Taita.»

«Wenn Ihr eine Schwäche für große Nasen und komische Münder habt.»

Nefer packte einen toten Fisch, der auf der Sumpfbrühe trieb, und wollte ihn seinem Lehrer an den Kopf werfen, doch Taita duckte sich rechtzeitig. «Wann kann ich sie sprechen?», fragte er nun, wobei er sich sehr bemühte, gleichgültig zu klingen. «Sie spricht doch Ägyptisch, oder?»

«So gut wie Ihr und ich», versicherte Taita.

«Wann kann ich mich also mit ihr treffen? Kannst du das für mich einrichten?»

Taita hatte diese Frage vorhergesehen. «Ihr könntet die Prinzessin und ihr Gefolge zur Jagd hier in den Sümpfen einladen, vielleicht mit einem Frühstück danach.»

«Ich werde Asmor mit einer Einladung schicken, noch heute Nachmittag», beschloss Nefer, doch Taita schüttelte den Kopf.

«Asmor würde bestimmt den Regenten davon unterrichten, und der würde sofort erkennen, wie gefährlich das für ihn sein könnte. Er würde es nie erlauben, und wenn er erst darauf aufmerksam wird, versucht er bestimmt mit allen Mitteln zu verhindern, dass ihr euch je wieder trefft.»

«Was sollen wir nur tun, Taita?», fragte Nefer aufgeregt.

«Ich werde selbst zu ihr gehen», versprach Taita. Im selben Augenblick hörten sie Rufe und Ruderschläge aus verschiedenen Richtungen in den Papyrussümpfen. «Asmor hat entdeckt, dass Ihr verschwunden seid, und hat Euch seine Jagdhunde hinterhergeschickt. Ihr seht, wie schwer es sein wird, ihm zu entwischen. Und nun hört mir genau zu. Wir haben nicht mehr viel Zeit, bevor wir wieder getrennt werden.»

Sie verabredeten in aller Eile, sich gegenseitig zu benachrichtigen, falls sie ihre Pläne aus irgendeinem Grund ändern mussten, doch die Rufe und die Ruderschläge kamen immer näher. Wenige Minuten später brach eine von zwanzig Ruderern angetriebene Galeere durch die Papyrusstauden in die Lagune, und vom Kommandodeck kam der Ruf: «Da ist der Pharao! Steuert auf das Boot zu!»

Die Hyksos hatten in der Flutebene neben den Papyrussümpfen ein Manöverfeld abgesteckt. Als Taita dort ankam, waren zwei Bataillone von Apepis Leibgarde unter dem wolkenlosen Morgenhimmel mit ihren Übungen beschäftigt. Zweihundert Männer liefen in Staffeln durch den Sumpf, voll bewaffnet und bis zum Bauch im Schlamm watend, während draußen auf der Ebene die Streitwagenschwadronen komplizierte Formationen einübten. Die Lanzenspitzen blitzten in der Sonne, und bunte Banner flatterten im Wind.

Taita blieb an einem Schießstand stehen, wo eine Linie von fünfzig Bogenschützen ihre Pfeile auf fünfzig Ellen entfernte Holzköpfe auf Stangen schossen. Jeder Schütze verschoss fünf Pfeile in schneller Folge. Dann rannten sie zu ihren Zielfiguren, zogen die Pfeile heraus und schossen damit auf die nächste Linie von Zielen, hundert Ellen weiter. Die Peitsche des Ausbilders ging schwer auf die Rücken derjenigen nieder, die in dem Rennen zurückfielen oder ihr Ziel verfehlten. Die Bronzenägel an den ledernen Peitschensträngen hinterließen blutige, hellrote Flecken auf den weißen Leinentuniken der Soldaten.

Niemand versuchte Taita aufzuhalten. Lanzenkämpfer übten in Paaren ihre Standardstöße und Verteidigungstaktiken, doch wenn Taita vorbeiging, hielten sie inne, ließen ihre Kampfschreie verstummen und schauten ihm ehrfürchtig nach, so groß war der Respekt, den der alte Mann unter den Kriegern genoss.

Am anderen Ende des Feldes, auf dem kurzen Gras neben den Sümpfen, sprengte ein einzelner Streitwagen eine durch Stangen abgesteckte Bahn neben einer Reihe von Zielen entlang. Es war einer der Aufklärungswagen der Hyksos, eine Bambuskonstruktion mit Speichenrädern, sehr schnell und so leicht, dass zwei Männer ihn notfalls über Hindernisse tragen konnten.

Das Gespann bestand aus zwei prächtigen braunen Stuten aus König Apepis Privatställen. In einem Wirbel von Grasbrocken stürmten sie um die Zielstange am Ende der Bahn und kamen in vollem Galopp, der den leichten Wagen springen und schleudern ließ, zurück und auf Taita zu.

Trok stand nach vorne gebeugt auf dem Wagen, die Zügel um seine Handgelenke gewickelt. Sein Bart flatterte im Wind, die Schnurrbartenden und die bunten Bänder wehten, während er die Pferde mit wilden Schreien antrieb. Taita konnte nicht umhin, seine Fahrkunst zu bewundern. Trotz der hohen Geschwindigkeit hatte er das Gespann vollkommen unter Kontrolle und hielt sich eng an die die Bahn begrenzenden Stangen, um seinem Bogenschützen einen guten Schuss auf die Ziele zu ermöglichen, an denen sie vorbeirasten.

Taita lehnte sich auf seinen Stab und schaute zu dem Wagen, der sich in vollem Galopp näherte. Die schlanke, aufrechte Gestalt war unverkennbar in ihrer königlichen Haltung. Mintaka trug einen karminroten Faltenrock, der ihre Knie frei ließ. Die gekreuzten Bänder ihrer Sandalen waren hoch um ihre wohlgeformten Waden gebunden. An ihrem linken Handgelenk trug sie eine lederne Schutzmanschette und vor der Brust einen ledernen Panzer, der ihre kleinen runden Brüste nachzeichnete. Das Leder diente dazu, ihre zarten Brustwarzen vor der schnappenden Sehne zu schützen, wenn sie ihre Pfeile im Vorbeifahren auf die Ziele abschoss.

Mintaka erkannte Taita, rief ihm einen Gruß zu und winkte mit ihrem Bogen. Ihr Haar wurde von einem feinen Netz zusammengehalten und federte auf ihren Schultern, wann immer der Wagen einen Satz machte. Sie war nicht geschminkt, doch der Wind und die Anstrengung röteten ihre Wangen und brachten ihre Augen zum Funkeln. Taita konnte sich nicht vorstellen, dass Heseret je in eine Schlacht ziehen würde, doch die Hyksos hatten eine andere Einstellung zu ihren Frauen.

«Möge Hathor Euch zulächeln, Magus!», lachte sie, als Trok den Wagen schleudernd vor Taita zum Stehen brachte. Der alte Mann wusste, dass Mintaka diese sanfte Göttin verehrte und nicht eine der monströsen hyksischen Gottheiten.

«Möge Horus Euch ewig lieben, Prinzessin Mintaka», erwiderte Taita ihren Gruß. Es war ein Zeichen seiner Zuneigung zu ihr, dass er sie mit diesem Titel anredete, obwohl er ihren Vater nicht als König anerkannte.

Sie sprang in der Staubwolke, die das bremsende Gespann aufgewirbelt hatte, vom Wagen und warf ihm ihre Arme um den Hals, so dass ihm die harten Kanten ihres Brustpanzers in die Rippen schnitten. Er stöhnte auf, und sie löste sich von ihm. «Ich habe gerade fünf Mal ins Schwarze getroffen», prahlte sie stolz.

«Eure Fähigkeiten als Kriegerin werden nur von Eurer Schönheit übertroffen», lächelte er.

«Ihr glaubt mir nicht», unterstellte sie ihm sofort. «Ihr meint, nur weil ich ein Mädchen bin, könnte ich keinen Bogen spannen.» Sie wartete nicht auf seine Entschuldigung, sondern lief zu dem Wagen zurück und sprang auf das Fußbrett. «Fahrt los, Trok», befahl sie, «noch eine Runde, so schnell Ihr könnt.»

Trok lockerte die Zügel und wendete den Wagen auf der Stelle, bevor er die Pferde mit lautem Lachen die Rennbahn hinunterjagte.

Die Ziele auf Stangen in Augenhöhe der Bogenschützen waren geschnitzte Holzköpfe, Spottbilder ägyptischer Krieger, komplett mit Helmen und Regimentsabzeichen, mit hässlichen Fratzen als Gesichtern.

Der Künstler wollte offenbar keinen Zweifel daran lassen, was er von uns hält, dachte Taita säuerlich.

Mintaka zog einen Pfeil aus einem der Köcher hinter dem Schildbrett des Wagens, legte an und spannte den Bogen. Sie hielt das Ziel im Visier, und die gelben Federn des Pfeils berührten ihre geschürzten Lippen wie in einem Kuss. Trok fuhr den Wagen vor das erste Ziel und versuchte sie in eine günstige Schussposition zu bringen, doch der Boden war sehr uneben. Obwohl sie jeden Sprung mit den Knien abzufedern versuchte, schwankte sie auf dem Wagen hin und her.

Als Mintaka den Pfeil von der Sehne schnellen ließ, erwischte Taita sich dabei, dass er den Atem anhielt. Er hätte sich jedoch keine Sorgen zu machen brauchen, so geschickt war sie mit dem leichten Bogen. Der Pfeil bohrte sich in das rechte Auge des Holzkopfs und blieb zitternd stecken.

«Bak-her!», applaudierte er, und sie lachte vor Freude. Der Wagen raste weiter, und sie schoss noch auf zwei weitere Ziele. In einem Fall landete der Pfeil tief in der Stirn, im anderen blieb er im Mund des

Zielkopfs stecken. Das wäre sogar für einen erfahrenen Bogenschützen ausgezeichnet gewesen und erst recht für ein zartes junges Mädchen.

Trok wendete den Wagen um die Zielstange, und die Pferde rasten wieder auf Taita zu, mit angelegten Ohren und fliegenden Mähnen. Mintaka schoss noch einen Pfeil ab und traf die Karikatur eines ägyptischen Kriegers mitten auf der knolligen Nasenspitze.

«Bei Horus», rief Taita überrascht, «sie schießt wie ein Dämon!»

Bald näherten sie sich dem letzten Ziel, und Mintaka balancierte anmutig auf dem Wagen, mit noch geröteteren Wangen und blitzend weißen Zähnen. In ihrer Konzentration auf den Schuss biss sie sich in die Lippen. Der Pfeil sauste von der Sehne, jedoch etwas zu hoch und verfehlte den Holzkopf um eine Handbreit.

«Trok, du ungeschickter Tölpel! Du bist direkt in das Loch gefahren, genau als wir vor dem Ziel waren!», schrie sie ihn an.

Sie sprang vom Wagen, bevor er hielt, und schrie weiter: «Das hast du absichtlich getan, um mich vor dem Magus zu blamieren!»

«Hoheit, ich bin bestürzt über meine Unzulänglichkeit.» Der mächtige Trok wand sich unter ihrem Zorn wie ein kleiner Junge. Taita war nun sicher, dass Troks Gefühle für die Prinzessin so leidenschaftlich waren, wie er vermutet hatte.

«Ich werde dir nicht vergeben. Du wirst nie mehr das Privileg haben, meinen Wagen zu steuern. Nie mehr.»

Taita hatte sie noch nie so wütend gesehen. Das und ihre Geschicklichkeit mit dem Bogen sorgten dafür, dass er eine noch höhere Meinung von ihr hatte als zuvor. Sie wäre für jeden Mann eine würdige Gemahlin, selbst für einen Pharao der Tamose-Dynastie, dachte er im Stillen, und diesmal nahm er sich in Acht, nicht noch einmal mit einer leichtfertigen Bemerkung ihren Zorn zu erregen. Doch auch hier machte sich Taita unnötig Sorgen, denn sobald sie ihn ansah, lächelte sie wieder strahlend.

«Vier von fünf möglichen Treffern ist gut genug für einen Krieger der Roten Straße», versicherte ihr Taita, «und das Loch, in das ihr gefahren seid, war wirklich sehr tückisch.»

«Ihr seid bestimmt durstig, Taita. Ich bin es jedenfalls.» Sie nahm ihn unbefangen bei der Hand und führte ihn zu der Stelle am Flussufer, wo ihre Zofen einen wollenen Webteppich ausgebreitet und Teller mit Süßigkeiten und Krüge voll Sorbett vorbereitet hatten.

«Ich habe so viele Fragen an Euch, Taita.» Sie ließen sich zusammen auf dem Teppich nieder.

«Wie geht es Eurem Bruder Khyan?», wollte Taita als Erstes wissen.

«Oh, der ist wieder ganz der Alte», lachte sie, «wenn nicht gar noch frecher als zuvor. Mein Vater hat befohlen, dass er sich uns hier anschließt, sobald er vollkommen wiederhergestellt ist. Mein Vater möchte die ganze Familie um sich haben, wenn der Vertrag unterzeichnet wird.» Sie schwatzten noch eine Weile über Nichtigkeiten, doch Mintaka hatte offensichtlich etwas Ernsteres auf dem Herzen, und Taita wartete darauf, dass sie endlich damit begann. Doch nun überraschte sie ihn damit, dass sie sich plötzlich zu Trok umdrehte, der in der Nähe stand wie ein gescholtener Hund.

«Du darfst uns jetzt allein lassen, Trok», unterrichtete sie ihn kalt.

«Werdet Ihr morgen früh wieder mit mir fahren?», fragte er fast flehend.

«Morgen werde ich wahrscheinlich anderweitig beschäftigt sein.»

«Und was ist mit übermorgen?» Sogar sein Schnurrbart schien traurig herunterzuhängen.

«Holt mir Bogen und Köcher, bevor Ihr geht», befahl sie, ohne seine Frage zu beachten. Er brachte ihre Waffen wie ein Lakai und legte sie dicht neben ihre Hand.

«Leb wohl, Trok.» Sie wandte sich wieder Taita zu, und Trok blieb noch eine Weile neben ihnen stehen, bevor er zu seinem Wagen stapfte.

Als er weg war, fragte Taita leise: «Wie lange ist Trok schon in Euch verliebt?»

Sie schaute ihn verblüfft, an und dann lachte sie fröhlich. «Trok in mich verliebt? Ach was, das ist doch lächerlich! Trok ist so alt wie die Pyramiden von Giseh. Er ist bestimmt fast dreißig! Außerdem hat er drei Ehefrauen und wer weiß wie viele Geliebte!»

Taita zog einen ihrer Pfeile aus dem prächtig verzierten Köcher und betrachtete ihn beiläufig. Die Federn waren gelb und blau. Er tastete das in den Schaft geritzte Zeichen ab.

«Die drei Sterne des Jägergürtels», bemerkte er, «von denen Mintaka der hellste ist.»

«Blau und gelb sind meine Lieblingsfarben», nickte sie. «Meine Pfeile kommen alle aus Grippas Werkstatt. Er ist der berühmteste

Pfeilmacher von Avaris. Jeder Pfeil ist vollkommen gerade und perfekt ausbalanciert. Die Verzierungen und Markierungen sind kleine Kunstwerke. Schau, wie er meine Sterne eingeschnitzt und bemalt hat.» Taita drehte den Pfeil zwischen seinen Fingern und bewunderte ihn ausgiebig, bevor er ihn in den Köcher zurücksteckte.

«Was ist wohl Troks Pfeilmarke?», fragte er unschuldig.

Sie machte eine verärgerte Geste. «Ich weiß nicht – wahrscheinlich ein Wildschwein oder ein Ochse. Ich habe genug von Trok, für heute und für viele Tage.» Sie schenkte Taita etwas von dem Sorbett ein. «Ich weiß, wie gern Ihr Honig mögt.» Damit war dieses Thema für sie abgeschlossen, und Taita wartete darauf, dass sie das nächste anschnitt.

«Also: Ich habe bestimmte sehr delikate Dinge mit Euch zu besprechen», gestand sie scheu. Sie zupfte eine wilde Blume aus der Wiese, der Anfang einer Girlande, die sie zu flechten begann. Sie schaute ihn nicht an, doch ihre Wangen waren wieder so rot wie während ihrer Schießübungen, aber diesmal aus einem anderen Grund.

«Pharao Nefer Seti ist vierzehn Jahre und fünf Monate alt, fast ein Jahr älter als Ihr. Er ist unter dem Zeichen des Steinbocks geboren. Er sollte also gut zu Euch passen. Ihr seid eine Katze, nicht wahr?»

Taita hatte vorweggenommen, worüber sie sprechen wollte, und sie schaute verblüfft zu ihm auf. «Woher wisst Ihr, was ich Euch fragen wollte?» Und dann klatschte sie in die Hände. «Natürlich habt Ihr es gewusst. Ihr seid schließlich der Magus.»

«Wo wir schon vom Pharao sprechen: Ich komme mit einer Botschaft von Seiner Majestät», eröffnete Taita ihr.

Sofort hatte er ihre volle Aufmerksamkeit. «Eine Botschaft? Weiß er denn, dass ich existiere?»

«Dessen ist er sich sehr wohl bewusst.» Taita nippte an seinem Sorbett. «Da gehört ein bisschen mehr Honig hinein.» Er goss ein wenig Honig in die Schale und rührte um.

«Führt mich nicht an der Nase herum, Magus», rief sie. «Sagt mir sofort, was die Botschaft ist.»

«Der Pharao lädt Euch mit Eurem Gefolge zur Entenjagd in den Sümpfen ein, morgen bei Sonnenaufgang, und danach gibt es ein Frühstück im Freien auf der Insel der Kleinen Taube.»

Der Himmel glühte wie eine Schwertklinge frisch aus der Schmiede, die Spitzen der Papyrusstauden bildeten davor einen schwarzen Fries. Die Stauden standen kerzengerade, denn um diese Zeit, vor dem Sonnenaufgang, wehte kein Lüftchen. Und kein Laut durchbrach die Stille.

Die beiden Jagdboote waren an den gegenüberliegenden Ufern einer kleinen Lagune festgemacht, dicht vor der Wand aus Ried, welche das offene Wasser umgab. Die königlichen Jagdknechte hatten die hohen Papyrusstängel umgebogen, als Sonnendach für die Jäger.

Das Wasser war vollkommen glatt und reflektierte den Himmel wie ein polierter Bronzespiegel. Es war gerade hell genug, dass Nefer die anmutige Gestalt Mintakas im anderen Boot erkennen konnte. Sie hatte ihren Bogen auf dem Schoß und saß regungslos wie eine Statue der Göttin Hathor. Jedes andere Mädchen, an das er denken konnte, besonders seine Schwestern Heseret und Merikara, wären herumgehüpft wie Kanarienvögel auf ihrer Stange und hätten doppelt so laut gezwitschert.

In Gedanken ging er noch einmal sehnsüchtig ihr kurzes Zusammentreffen an diesem Morgen durch. Es war noch dunkel gewesen. Kein Dämmerlicht ließ die Pracht des Sternenzelts verblassen, jeder Stern so stark und hell, dass man meinen konnte, man könnte ihn vom Himmel pflücken wie eine reife Feige vom Baum. Mintaka war mit ihren Zofen den von Fackelträgern beleuchteten Weg vom Tempel heruntergekommen. Sie trug eine wollene Haube gegen die Kühle des Flusses, und wie angestrengt er auch hinstarrte, ihr Gesicht blieb im Dunkeln.

«Möge der Pharao tausend Jahre leben.»

Dies waren die ersten Worte gewesen, die er sie hatte sprechen hören. Ihre Stimme war süßer als Lautenklang. Es war, als würden Geisterfinger seinen Nacken streicheln. Er brauchte ein paar Augenblicke, seine eigene Stimme zu finden. «Möge Hathor Euch lieben, in alle Ewigkeit.»

Er hatte Taita um Rat gebeten, wie er die Prinzessin begrüßen sollte, und er hatte die Formel eingeübt, bis er sie im Traum aufsagen konnte. Er meinte ihre Zähne blitzen zu sehen, als sie unter ihrer Haube lächelte, und fühlte sich ermutigt, etwas hinzuzufügen, das Taita nicht vorgeschlagen hatte. Es war ein Geistesblitz.

Er zeigte zum sternenhellen Himmel und sagte: «Schaut, dort, Euer Stern!»

Sie hob den Kopf und suchte nach dem Sternbild des Jägers. So, im Sternenlicht, sah er zum ersten Mal, seit sie den Tempel verlassen hatte, ihr Gesicht wieder. Ihre Miene war ernst, und doch war sie bezaubernder als alles, was er je gesehen hatte.

«Die Götter haben ihn eigens für Euch dorthin gesetzt.» Das Kompliment war ihm einfach in den Kopf gekommen.

Ihre Miene erhellte sich sofort, und sie war noch schöner. «Der Pharao ist ebenso höflich wie anmutig.» Sie deutete eine vielleicht etwas spöttische Verbeugung an. Dann stieg sie in das wartende Boot. Sie schaute sich nicht um, als die königlichen Jäger sie in die Sümpfe hinausruderten.

Nun flüsterte er ihre Worte für sich, als wären sie ein Gebet: «Der Pharao ist ebenso höflich wie anmutig.»

Draußen in den Sümpfen schrie ein Reiher. Als wäre dies das Signal gewesen, war die Luft plötzlich von Flügelschlägen erfüllt. Nefer hatte fast vergessen, weshalb er hier draußen auf dem Wasser war, so wogten die Gefühle in ihm, denn gewöhnlich war die Jagd seine größte Leidenschaft. Er riss sich los von der reizenden Gestalt in dem Boot am anderen Ufer und griff nach seinen Wurfknüppeln.

Er hatte sich für die Knüppel entschieden und nicht für den Bogen, weil er sicher war, dass das Mädchen nicht die Kraft oder das Geschick haben würde, die schwerere Waffe zu handhaben. Das würde ihm einen beträchtlichen Vorteil verschaffen. Wenn man ihn richtig warf, bot der herumwirbelnde Knüppel eine größere Streuung als der Pfeil. Sein Gewicht würde einen Vogel eher außer Gefecht setzen als ein Pfeil, der an dem dichten Gefieder der Wasservögel leicht abgleiten konnte. Nefer war fest entschlossen, Mintaka mit seinen Jagdkünsten zu beeindrucken.

Der erste Entenschwarm strich tief aus der Dämmerung heran. Die Gefieder glänzten schwarz und weiß, und auch die typischen Höcker auf den Schnäbeln waren deutlich zu erkennen. Der Leitvogel drehte ab und führte die anderen außer Reichweite. Im selben Augenblick ließen die Lockenten ihre verführerischen Schreie los. Die Lockenten waren gefangene, zahme Vögel, welche die Jäger draußen auf dem Wasser mit Leinen und Steinen im lehmigen Boden verankert hatten.

Die Wildenten kehrten in einem großen Bogen zurück und formierten sich zur Landung neben den Locktieren. Sie stellten ihre Flügel in den Gegenwind, verloren schnell an Höhe und flogen genau über Nefers Boot. Der Pharao wartete den richtigen Moment ab und stand auf, einen Knüppel wurfbereit in der Hand. Er wartete, bis der Leitvogel über ihm war, und warf den Stab wirbelnd in die Luft. Die Ente sah das Geschoss kommen und senkte einen Flügel, um ihm auszuweichen. Für einen Augenblick sah es so aus, als hätte sie damit Erfolg, doch dann gab es einen dumpfen Schlag, eine Wolke von Federn stob auf, und die Ente trudelte mit einem gebrochenen Flügel aufs Wasser. Sie platschte laut auf, erholte sich jedoch sofort und tauchte unter.

«Schnell! Hinterher!», rief Nefer den vier nackten Sklavenjungen zu, die sich mit tauben Fingern an den Bootsrand klammerten. Sie hielten nur die Köpfe über Wasser und klapperten mit den Zähnen.

Sie schwammen zu der Stelle, wo der verwundete Vogel untergetaucht war, doch Nefer wusste, dass es umsonst sein würde. Wenn die Ente nur einen Flügel gebrochen hatte, würde sie den Sklaven stets davonschwimmen.

Ein verlorener Vogel, dachte er enttäuscht, und bevor er den zweiten Knüppel werfen konnte, war der Schwarm schon zur anderen Seite der Lagune unterwegs, direkt auf Mintakas Boot zu. Die Wildenten flogen immer noch tief, ganz anders als Krickenten, die fast senkrecht nach oben geschossen wären. Sie waren dennoch sehr schnell, und ihre klingenförmigen Flügel pfiffen durch die Luft.

Nefer hatte die Jägerin im anderen Boot fast vergessen. In dieser Höhe und mit dieser Geschwindigkeit waren die Ziele nur für die besten Bogenschützen in Reichweite. Doch dann schossen zwei Pfeile dicht hintereinander zum Schwarm hinauf, und das unverkennbare Geräusch, wenn ein Pfeil auftrifft, hallte über die Lagune, zweimal kurz hintereinander, und zwei Enten ließen plötzlich mitten im Flug ihre Köpfe und Flügel hängen, plumpsten in die Lagune und trieben regungslos auf dem Wasser. Die Schwimmer bargen sie ohne Schwierigkeiten und schwammen zu Mintakas Boot zurück, die toten Vögel zwischen den Zähnen.

«Zufallstreffer», murmelte Nefer unsicher.

Der Himmel war nun fast schwarz vor Vögeln, die sich erhoben, sobald die ersten Sonnenstrahlen das Wasser trafen. Die Schwärme waren so dicht, dass die Schnäbel der Vögel aus der Ferne aussahen wie glühende Funken in schwarzen Rauchwolken.

Nefer hatte zwanzig leichte Galeeren und ebenso viele kleinere Boote beauftragt, alle offenen Gewässer in zwei Meilen Umkreis um den Tempel anzulaufen und die Wasservögel aufzuscheuchen, die sich dort aufhielten. So hatten die Jäger einen unerschöpflichen Vorrat an Zielen zur Auswahl, nicht nur Dutzende Arten von Enten und Gänsen, sondern auch Ibisse, Löffelreiher, Fischreiher, Silberreiher, Störche und andere, und das in jeder Höhe: von dunklen Kohorten hoch unter dem Himmel bis zu dicht über den Papyrusspitzen fliegenden schnellen V-Formationen. Sie quakten und röhrten, schrien und blökten.

Ab und zu hörte man durch die Kakophonie der Vogelstimmen süßes Gelächter und quietschende Mädchenstimmen, wenn Mintakas Sklavenmädchen ihre Herrin zu größerem Eifer anspornten.

Mintakas leichter Bogen war eine ausgezeichnete Waffe für diese Art von Jagd. Sie konnte ihn schnell anlegen und spannen, ohne zu viel Kraft aufwenden zu müssen. Sie schoss nicht die traditionellen stumpfen Pfeile ab, sondern solche mit scharfen Metallspitzen, die Grippa, der berühmte Pfeilmacher, eigens für sie angefertigt hatte. Die nadelscharfen Spitzen drangen durch das dichte Gefieder der Vögel und durchschlugen jeden Knochen. Ohne dass es je ausgesprochen war, hatte sie erkannt, dass Nefer die Jagd zu einem Wettbewerb machen wollte, und ihr Wille zum Sieg war ebenso stark wie seiner.

Sein erster Fehlschlag und Mintakas Qualitäten als Bogenschützin hatten Nefer aus dem Konzept gebracht. Statt sich auf seine eigene Jagd zu konzentrieren, hatte er nur noch Augen dafür, was in dem anderen Boot vor sich ging. Jedes Mal, wenn er in die Richtung schaute, schienen die toten Vögel nur so vom Himmel zu fallen, was ihn noch nervöser machte. Sein Geschick mit den Wurfknüppeln ließ ihn im Stich, und er schleuderte die Prügel jedes Mal entweder zu früh oder zu spät. Das versuchte er dadurch auszugleichen, dass er mehr Schwung in seine Armbewegung legte, statt den ganzen Körper einzusetzen. So war sein rechter Arm bald so müde, dass er schließlich aus dem Ellbogen und dem Handgelenk zu werfen versuchte, was zu vorhersehbaren Schmerzen führte.

Normalerweise bedeuteten zehn Würfe sechs Treffer für ihn,

doch nun waren es eher sechs Fehlschläge, und er wurde immer verzweifelter. Viele der Vögel, die er vom Himmel holte, waren nur betäubt oder verletzt und entkamen seinen Helfern, indem sie untertauchten und in die dichten Papyrusstauden schwammen, wo sie sich zwischen den Wurzeln und Stängeln verbergen konnten. Der Haufen der toten Vögel auf den Planken seines Bootes wuchs beängstigend langsam, während er von dem anderen Boot fast ununterbrochenen Jubel hörte.

In seiner Verzweiflung ließ Nefer die Wurfknüppel fallen und griff nach seinem schweren Kampfbogen, doch es war zu spät. Seine Bemühungen mit den Knüppeln hatten seinen rechten Arm schon zu sehr geschwächt. Er hatte Mühe, die Sehne zu spannen, und seine Schüsse kamen zu spät für die schnellen Vögel und zu früh für die langsamen.

Taita sah zu, wie er immer tiefer in die Falle geriet, die er sich selbst gestellt hatte. Eine kleine Demütigung wird ihm nicht schaden, sagte er sich. Dabei hätte er Nefers Fehler mit wenigen Worten verhindern können. Fast fünfzig Jahre zuvor hatte er nicht nur die Lehrtexte für Streitwagentechnik und -taktik verfasst, sondern auch das Standardwerk über die Kunst des Bogenschießens. Zum ersten Mal war er nicht mit ganzem Herzen auf Nefers Seite. Jedes Mal, wenn Nefer sein Ziel verfehlte und Mintaka noch zwei Vögel aus einem Schwarm schoss, musste er lächeln.

Sein junger König tat ihm erst ein wenig Leid, als einer von Mintakas Sklaven durch die Lagune geschwommen kam und sich an die Seite seines Bootes hängte. «Ihre königliche Hoheit Prinzessin Mintaka wünscht dem mächtigen Pharao Tage voller Jasminduft und Nächte voll des Gesangs der Nachtigall. Doch nun droht ihr Boot unter der Last der Beute in den Schlamm zu sinken, und sie sehnt sich nach dem Frühstück, das er ihr versprochen hat.»

Eine Unverschämtheit!, ärgerte sich Nefer, bevor er seine Wut an dem Sklaven ausließ.

«Du kannst deinem Affen- oder Hundegott danken, dass ich ein gnädiger Mann bin, Sklave, sonst würde ich dir eigenhändig deinen hässlichen Kopf abhacken und ihn deiner Herrin als Antwort auf diese Unverschämtheit schicken.»

Taita fand es nun an der Zeit, vorsichtig einzuschreiten. «Der Pharao entschuldigt sich für seine Gedankenlosigkeit, doch die Jagd macht ihm solche Freude, dass er nicht bemerkt hat, wie die Zeit vergangen ist. Richte deiner Herrin aus, dass wir uns alle sofort zum Frühstück begeben werden.»

Nefer funkelte ihn an, doch dann legte er seinen Bogen weg und ließ die Entscheidung gelten. Die beiden kleinen Boote wurden in enger Formation zu der Insel hinüber gerudert, so dass beide Parteien die Ausbeute der Jagd leicht vergleichen konnten. Die Mannschaften der Boote sagten kein Wort, doch jeder wusste, wer den Wettbewerb dieses Morgens gewonnen hatte.

«Majestät», rief Mintaka dem Pharao zu, «ich danke Euch für einen wirklich unterhaltsamen Morgen. Ich weiß nicht, wann ich mich das letzte Mal so vergnügt habe.» Ihre Stimme war melodisch, ihr Lächeln das eines Engels.

«Ihr seid zu liebenswürdig», erwiderte Nefer mit einer majestätischen Geste. «Ich denke, wir waren nicht sehr erfolgreich.»

Er wandte sich halb von ihr ab und blickte brütend zum Horizont aus Schilf und Wasser. Mintaka zeigte keinen Ärger über Nefers spitze Bemerkung, sondern sagte zu ihren Sklavenmädchen: «Kommt, lasst uns dem Pharao ein paar Strophen des Liedes über den Affen und den Esel vorsingen.» Eine der Sklavinnen reichte ihr die Laute, und sie schlug die ersten Akkorde an, bevor sie die erste Strophe des Kinderliedes anstimmte. Die Zofen stimmten in den Refrain ein, zu dem viel Lachen und lustige Tierstimmen gehörten.

Nefers Lippen zuckten vor Vergnügen, doch nun hatte er sich in eine frostige Würde verrannt, die er nicht so leicht wieder aufgeben konnte. Taita sah, dass er sich nur zu gern dem Gelächter angeschlossen hätte, doch wieder war es seine eigene Falle, aus der er nun nicht herauskam.

Ach ja, dachte Taita in mitleidiger Ironie, die erste Liebe ist nicht nur ungetrübte Freude, und zum Vergnügen der Mädchen in ihrem Boot improvisierte er eine neue Strophe über das, was der Affe zum Esel sagte, und seine Version war noch lustiger als die vorhergehende. Die Mädchen quietschten und klatschen in die Hände, solchen Spaß hatten sie, und Nefer fühlte sich noch mehr ausgeschlossen und schmollte für jeden sichtbar.

Die Mädchen und der alte Mann sangen immer noch, als sie schließlich die kleine Insel erreichten. Das Ufer fiel senkrecht ab, und der Schlamm davor war schwarz und klebrig. Die Ruderer sprangen in den knietiefen Morast und hielten das erste Boot fest, während die Prinzessin und ihre Zofen an der Hand von Sklaven auf festen Boden sprangen.

Sobald die Mädchen sicher an Land waren, war das königliche Boot an der Reihe, und die Sklaven machten sich bereit, Nefer bei der Hand zu nehmen und auf die Insel zu helfen. Der junge Pharao winkte gebieterisch ab. Er hatte genug Demütigung erfahren für einen Morgen, und er wollte nicht noch mehr an Würde einbüßen, indem er sich an zwei halb nackten, nassen Sklaven festhielt. Er balancierte leichtfüßig auf dem Sitzbrett des Bootes, und die ganze Jagdgesellschaft schaute respektvoll zu, solch ein prachtvoller Anblick war er. Mintaka versuchte ihre Gefühle nicht zu zeigen, doch für sie war er das schönste Geschöpf, das sie je gesehen hatte, schlank und geschmeidig mit seinem knabenhaften Körper, der erst gerade begonnen hatte, die härteren Konturen des Mannesalters anzunehmen. Selbst seine hochmütige, mürrische Miene fand sie bezaubernd.

Er ist aus dem Holz, aus dem Helden und große Pharaonen geschnitzt sind, dachte sie im Überschwang ihrer Gefühle. Ich wünschte, ich hätte ihn nicht so geärgert. Das war nicht nett, und bevor dieser Tag zu Ende geht, werde ich ihn wieder zum Lachen bringen, das schwöre ich, und Hathor ist meine Zeugin.

Nefer sprang über die Lücke zwischen dem Bootsrand und dem festen Ufer und landete, wie ein junger Leopard nach dem Sprung aus einem Akazienbaum, in fast greifbarer Nähe vor Mintaka. Dort blieb er stehen. Alle Augen waren auf ihn gerichtet.

Und dann brach das Ufer unter ihm zusammen. Ein Brocken des porösen, trockenen Lehms brach unter seinen Füßen weg. Für einen peinlichen Augenblick wirbelte er mit den Armen und versuchte Balance zu halten, doch dann fiel er rücklings in den Schlamm.

Alle sahen mit Schrecken, wie der Pharao und Gott der Ägypter plötzlich im schleimigen schwarzen Nilschlamm saß und verdattert dreinschaute.

Es vergingen einige Sekunden, und niemand bewegte sich oder sagte einen Ton. Dann begann Mintaka zu lachen. Sie wollte es nicht, doch es war einfach zu viel für ihre Selbstbeherrschung, und ihr Lachen war so entzückend und ansteckend, dass auch ihre Zofen nicht widerstehen konnten. Sie brachen in Gequietsche und

Gekicher aus, das die Jagdknechte und Ruderer ansteckte, und da konnte auch Taita nicht anders, als laut zu lachen.

Für einen Moment sah es so aus, als würde Nefer in Tränen ausbrechen, doch dann explodierte schließlich die Wut, die er so lange unterdrückt hatte. Er packte eine Hand voll von dem dicken schwarzen Schlamm und warf ihn in Richtung der lachenden Prinzessin. Seine Demütigung verlieh seinem Arm neue Kraft, während die Prinzessin sich so hilflos vor Lachen schüttelte, dass sie sich weder ducken noch ausweichen konnte. Der Schlammklumpen traf sie voll ins Gesicht. Ihr Lachen fand ein abruptes Ende, und aus der triefenden schwarzen Maske blitzten zwei große Augen hervor, die Nefer anstarrten.

Nun war es an dem jungen Pharao, in Lachen auszubrechen, und so im Schlamm sitzend, warf er seinen Kopf zurück und ließ all die Frustration und Demütigung heraus, die er an diesem Morgen erlitten hatte. Wenn der Pharao lachte, lachte natürlich jeder mit, und die ganze Gesellschaft jauchzte vor Vergnügen.

Mintaka erholte sich schnell von dem Schock und ging ohne Warnung zum Angriff über. Sie stürzte sich über den Uferrand und landete mit ihrem ganzen Gewicht auf Nefer. Der war so überrascht, dass er nicht einmal richtig Luft holen konnte, bevor sie sich auf seinen Kopf setzte und ihn unter Wasser drückte.

Er strampelte und wedelte mit den Armen und versuchte auf dem schlammigen Grund Halt zu finden, doch ihr Gewicht hielt ihn unten, und sie hatte beide Arme um seinen Hals geschlungen. Er versuchte sie abzuwerfen, doch durch den Schlamm war sie schlüpfrig wie ein Aal. Mit letzter Anstrengung hob er sie gerade lange genug an, dass sein Kopf auftauchte und er schnell Luft holen konnte, dann tauchte sie ihn wieder unter. Diesmal gelang es ihm, sie unterzutauchen, aber es war unglaublich schwer, sie festzuhalten. Sie wand sich und trat mit verblüffender Kraft um sich. Ihr Rock war ihr über die Hüften gerutscht, und ihre Beine waren nackt und glatt. Sie hakte ein Bein um seines und ließ nicht locker.

Ihre Gesichter waren ganz nahe, und durch den Schlamm spürte er ihre Körperwärme. Ihr Haar klebte auf ihrer Stirn und über ihren Augen, und zu seiner Überraschung bemerkte Nefer, dass sie ihn durch die Schlammschicht angrinste. Er grinste ebenfalls, und sie lachten beide, doch keiner von ihnen wollte sich geschlagen geben, und die Schlammschlacht ging weiter.

Ihr Rock war so nass und durchsichtig, dass sie ebenso gut hätte nackt sein können. Sie hatte immer noch ihre Beine um ihn geschlungen, und er griff nach unten, um sich aus ihrer Umklammerung zu befreien. Und dann fühlte er plötzlich eine harte, runde, sich windende Hinterbacke.

Nefer spürte, wie ein eigenartiges, angenehmes Gefühl seinen Körper durchströmte, und seine Anstrengungen, Mintaka zu besiegen, wurden immer schlaffer. Es hielt einfach das strampelnde Mädchen in seinen Armen und genoss dieses neue, wunderbare Gefühl.

Und dann hörte sie abrupt zu lachen auf, als ob auch sie eine Entdeckung gemacht hätte. Zwischen ihrem und seinem Unterleib war etwas gewachsen, eine Schwellung, die kurz vorher nicht da gewesen war. Sie war so groß und hart, dass sie ihr bestimmt aufgefallen wäre. Sie schob ihre Hüften vor, um dieses Ding näher zu fühlen, doch jedes Mal, wenn sie das tat, wurde es nur noch härter und größer. So etwas hatte sie noch nicht erlebt, und sie wiederholte die Bewegung immer wieder.

Ihr war kaum aufgefallen, dass er inzwischen gar nicht mehr versuchte, sich von ihr zu lösen, und dass er seinen linken Arm um ihren Oberkörper gelegt hatte. Seine rechte Hand lag immer noch auf ihrem Hintern, und als sie das nächste Mal mit den Hüften nach vorne stieß, um dieses harte Etwas besser zu fühlen, ahmte er ihre Bewegung nach und erwiderte den Stoß, wobei er sie mit seiner rechten Hand noch dichter an sich heranzog. Das Ding pulsierte an ihrem Bauch, als wäre es ein kleines Tier mit eigenem Leben.

Das Gefühl kam vollkommen überraschend. Plötzlich war ihr dieses geheimnisvolle Geschöpf, dieser Knüppelwurm, wichtiger als alles, was sie bis dahin gekannt hatte. Ihr ganzes Dasein erfüllte sich mit einer traumhaften, angenehmen Wärme, und ohne es zu wollen, griff sie mit einer Hand nach unten, um es in die Hand zu nehmen und zu streicheln wie ein Kätzchen oder ein Hündchen.

Und dann kam die Erinnerung wie ein Tritt in den Bauch, die Erinnerung an die Geschichten, die ihre Sklavinnen ihr über dieses Ding erzählt hatten und was Männer damit machten. Sie hatten es ihr in allen Einzelheiten beschrieben, mehr als einmal. Bisher hatte sie diese Geschichten immer als Märchen abgetan. Wie konnte der grässliche Knüppel, von dem sie sprachen, etwas mit dem kleinen

Anhängsel zu tun haben, das ihre jüngeren Brüder zwischen den Beinen mit sich herumtrugen?

Besonders erinnerte sie sich daran, wie Saak, das numidische Mädchen, sie einmal gewarnt hatte: «Ihr werdet keine Gebete mehr an Hathor verschwenden, wenn Ihr erst den einäugigen Gott in seinem Zorn gesehen habt.»

Mintaka stieß sich von Nefer ab, fiel rückwärts in den Schlamm und starrte ihn fassungslos an. Nefer setzte sich ebenfalls aufrecht hin und erwiderte ihren verwirrten Blick. Beide keuchten, als hätten sie einen langen Wettlauf hinter sich.

Das Gelächter und die Anfeuerungsrufe vom Ufer aus verstummten langsam, sobald die Zuschauer begriffen hatten, dass etwas Unerwartetes geschehen war, und die Stille wurde bald unangenehm. Taita musste wieder einschreiten: «Eure Majestät, wenn Ihr noch viel länger im Wasser bleibt, macht Ihr Euch zu einem schönen Frühstück für das nächste Krokodil, das vorbeikommt.»

Nefer sprang auf und watete zu Mintaka hinüber. Dann hob er sie auf, als wäre sie aus dem zerbrechlichsten hurritischen Glas gemacht.

Die Zofen führten die schlammbeschmierte, triefend nasse Prinzessin zu einem sauberen, gut abgeschirmten Teich, und als sie nach einiger Zeit wiederkamen, war sie gebadet und von allem Lehm und Schlamm befreit. Ihre Dienerinnen hatten ein Gewand zum Wechseln mitgebracht, so dass sie nun in einem sauberen, trockenen, mit Seide und Perlen bestickten Hemd erschien. Dazu trug sie goldene Armringe und eine Halskette aus Türkisen und bunten Glassteinen. Ihr Haar war noch nass und in feine Stränge geteilt.

Nefer eilte ihr entgegen und führte sie zu einem riesigen Elefantenbaum, in dessen Schatten ein festliches Frühstück vorbereitet worden war. Zuerst waren die beiden jungen Leute zurückhaltend und scheu, immer noch überwältigt von dem Erwachen, das sie zusammen erlebt hatten, doch bald siegte ihre natürliche Offenheit, und sie beteiligten sich an dem allgemeinen Scherzen und Plappern. Doch ihre Blicke trafen sich immer wieder, und fast jedes Wort, das sie sprachen, war für den anderen gedacht.

Mintaka liebte Rätsel und forderte Nefer zu einem Spiel heraus. Sie machte es noch etwas schwieriger für ihn, indem sie ihre Fragen auf Hyksisch stellte.

«Ich habe ein Auge und eine scharfe Nase. Ich durchbohre mein Opfer, ohne dass es blutet. Was bin ich?»

«Das ist einfach», lachte Nefer. «Ihr seid eine Nähnadel», worauf Mintaka hilflos die Hände hob.

«Verloren, verloren», riefen die Sklavenmädchen, «der Pharao hat Recht, Ihr habt verloren!»

«Ein Lied», schlug Nefer vor, «aber nicht das Affenlied. Davon haben wir für heute genug gehört.»

«Ich werde für Euch das Lied vom Nil singen», erklärte sich Mintaka bereit, und als sie geendet hatte, wollte Nefer noch ein Lied hören. «Na gut, aber nur, wenn Ihr mir helft, Majestät.»

Er hatte einen kräftigen Tenor, und wann immer er einen Ton nicht ganz traf, übertönte sie seinen Fehler.

Natürlich hatte Nefer auch sein Bao-Brett und die Figuren dazu mitgebracht. Taita hatte ihm das Spiel beigebracht, und er war ein echter Experte darin. Als er genug hatte von dem Gesang, überredete er Mintaka zu einer Partie.

«Ihr müsst Geduld mit mir haben», warnte sie ihn, während er die Steine aufstellte, «ich bin nur eine Anfängerin in diesem Spiel.» Bao war ein ägyptisches Spiel, und diesmal war er sicher, dass er sie schlagen würde.

«Keine Sorge», ermutigte Nefer sie, «ich werde Euch helfen.»

Taita lächelte, weil er mit Mintaka etliche Stunden über dem Bao-Brett zugebracht hatte, während sie ihren kleinen Bruder gesund pflegten. Nach achtzehn Zügen beherrschten ihre roten Steine dann auch den Westturm und bedrohten seine Mitte.

«Seid Ihr zufrieden mit meinem Spiel?», fragte sie engelhaft.

Nefer wurde von einem Ruf vom Ufer her gerettet, und als er aufschaute, sah er eine Galeere unter der Flagge des Regenten, die schnell den Kanal herunterkam. «Wie schade. Gerade, wenn es interessant wird.» Er packte eilig das Spiel weg.

«Können wir uns nicht vor denen verstecken?», fragte Mintaka hoffnungsvoll, doch Nefer schüttelte den Kopf.

«Nein, sie haben uns schon gesehen.» Er hatte diesen Besuch den ganzen Morgen erwartet. Früher oder später würde der Regent von seinem unerlaubten Ausflug hören und ihm Asmor hinterherschicken.

Die Galeere trieb mit dem Bug ans Ufer, und Asmor sprang an

Land und baute sich vor Nefer auf. «Der Regent ist äußerst ungehalten. Er bittet Euch unverzüglich zum Tempel zurückzukehren, wo wichtige Staatsangelegenheiten auf Euch warten.»

«Und ich bin höchst ungehalten über deine schlechten Manieren, Asmor.» Nefer versuchte, etwas von seiner verletzten Würde zu retten. «Ich bin kein Knecht oder Dienstbote, dass du so mit mir reden kannst, und wo ist dein Respekt für Prinzessin Mintaka?» Es ließ sich jedoch nicht verleugnen, dass er behandelt wurde wie ein Kind, das den Unterricht schwänzt.

Nefer versuchte das Beste daraus zu machen, indem er Mintaka einlud, in seinem Boot mit ihm zurückzufahren und die Zofen in dem anderen Boot folgen zu lassen. Taita setzte sich in taktvoller Entfernung zu den beiden in den Bug des Bootes, da dies die erste Gelegenheit für sie war, allein miteinander zu reden. Nefer wusste nicht recht, was er von ihr erwartete, doch dann verblüffte sie ihn erneut, indem sie sofort auf die Friedensverhandlungen und deren Erfolgschancen zu sprechen kam. Bald war er beeindruckt von ihrem Sinn für Politik und ihren überzeugenden Ansichten. «Wenn wir Frauen in dieser Welt herrschen dürften, dann hätte dieser dumme Krieg nie angefangen», fasste sie ihre Rede zusammen, doch das konnte Nefer natürlich nicht auf sich sitzen lassen. So verbrachten sie den ganzen Rückweg zum Tempel in lebhafter Diskussion. Nach der für Nefers Geschmack viel zu kurzen Fahrt nahm er ihre Hand und sagte: «Ich würde Euch gern wieder sehen.»

«Das würde ich auch sehr gern», entgegnete sie, ohne ihm ihre Hand zu entziehen.

«Bald», bekräftigte er.

«Sehr bald.» Sie lächelte und zog sanft ihre Hand zurück. Als er ihr nachschaute, während sie zum Tempel zurückging, spürte er eine eigenartige Leere.

«Mein Fürst, Ihr wart dabei, als ich das Orakel des Ammon Ra beschwor. Ihr wisst, welch schwere Bürde die Götter mir auferlegt haben. Ihr wisst, dass ich mich nicht gegen ihren ausdrücklichen Willen stellen kann und deshalb verpflichtet bin, stets in Eurem Interesse zu handeln. Ich hatte gute Gründe, weshalb ich dem Knaben hier behilflich war. Es war außerdem nur ein harmloser Ausflug.»

So leicht war Naja jedoch nicht zu beruhigen. Er war immer noch außer sich vor Zorn, dass Nefer Asmor entkommen war und er den Morgen mit der hyksischen Prinzessin verbringen konnte.

«Wie kann ich Euch noch vertrauen, nachdem Ihr für Nefer diese Torheit angezettelt habt?»

«Ihr müsst begreifen, wie entscheidend es für unser Vorhaben ist, dass der junge Pharao mir vollkommen vertraut, mein Regent. Wenn ich einmal Eure Befehle und Autorität zu verletzen scheine, dann nur, um den Jungen glauben zu machen, ich wäre immer noch auf seiner Seite. Das wird die schwere Aufgabe, die das Orakel mir auferlegt hat, sehr erleichtern.»

Als guter Diplomat ließ Taita jede Anschuldigung des Regenten an sich abgleiten, bis dessen Tiraden zu einem unsicheren Murren wurden. «Es darf nicht noch einmal geschehen, Magus. Natürlich zähle ich auf Eure Loyalität. Ihr wärt tatsächlich ein Narr, wenn Ihr Euch den ausdrücklichen Wünschen der Götter widersetzen würdet. Dennoch muss ich in Zukunft darauf bestehen, dass Nefer sein Quartier nur in Begleitung von Asmor und einer vollen Eskorte verlässt. Ich kann nicht riskieren, dass er verschwindet.»

«Wie gehen die Verhandlungen mit dem Nomadenhäuptling, mein Fürst? Gibt es irgendetwas, womit ich zu ihrem Erfolg beitragen könnte?» Taita setzte die Hunde auf eine andere Fährte, und Naja folgte ihnen prompt.

«Apepi fühlt sich nicht wohl. Heute Morgen hatte er einen solchen Husten, dass er Blut spuckte und den Saal verlassen musste. Nun kann er nicht mehr persönlich teilnehmen, will aber auch nicht, dass jemand ihn vertritt, nicht einmal Trok, der gewöhnlich sein Vertrauen genießt. Die Götter wissen, wie lange es dauern wird, bis der große Bär an den Verhandlungstisch zurückkehren kann. Vielleicht werden wir Tage oder gar Wochen verlieren.»

«Woran leidet Apepi?», fragte Taita.

«Ich weiß nicht...» Naja stockte, denn plötzlich kam ihm eine Idee. «Warum habe ich nicht früher daran gedacht? Mit Euren Fähigkeiten könnt Ihr ihn bestimmt heilen, was immer seine Krankheit ist. Begebt Euch sofort zu ihm, Magus, und tut Euer Bestes.»

Auf dem Weg zu seinen Gemächern hörte Taita Apepi schon vom Hof aus. Er klang wie ein Löwe in einer Falle, und das Brüllen wurde noch lauter, als Taita sein Gemach betrat. Auf der Schwelle wurde er fast von drei Priestern des Osiris umgerannt, die erschrocken das

Weite suchten, als ein schwerer Bronzekübel hinter ihnen auf den Steinboden krachte. Der hyksische König, der nackt auf einem Gewirr von Fellen und Leinentüchern in der Mitte seines Schlafgemachs saß, hatte das Kohlebecken quer durch den Raum geschleudert.

«Wo warst du, Magus?», donnerte er, als er Taita erblickte. «Die Sonne stand noch nicht am Himmel, als ich Trok losschickte, dich zu holen. Warum musste ich dann bis zum Nachmittag warten, bevor du mich vor diesen Höllenpriestern mit ihren stinkenden Giften und heißen Zangen erretten kommst?»

«Ich habe Trok nicht gesehen», erklärte Taita, «doch als Fürst Naja Euer Unwohlsein erwähnte, habe ich mich sofort auf den Weg gemacht.»

«Unwohlsein? Ich fühle mich nicht unwohl, Magus, ich liege im Sterben!»

«Dann wollen wir mal sehen, ob ich Euch retten kann.»

Apepi rollte sich auf seinen haarigen Bauch, und Taita sah die groteske purpurne Schwellung auf seinem Rücken. Sie war so groß wie beide Fäuste des Königs zusammen. Als er sie leicht mit einer Fingerspitze berührte, schrie Apepi vor Schmerzen und brach in Schweiß aus. «Vorsicht, Taita, du bist schlimmer als alle ägyptischen Priester zusammen.»

«Wie ist es dazu gekommen?», fragte Taita, während er von seinem Patienten zurücktrat.

«Es fing an mit einem stechenden Schmerz in der Brust, und dann begann dieser Husten, und der Schmerz wurde immer schlimmer. Es war, als würde sich etwas hier drinnen bewegen, und dann schien der Schmerz zu meinem Rücken zu wandern, wo jetzt dieser Klumpen ist.» Er langte über seine Schulter, berührte das Geschwür und stöhnte in seiner Qual.

Als Erstes verabreichte Taita dem König einen Extrakt der roten Schlafblume. Der Trank hätte einen Elefanten umgeworfen, doch Apepi verdrehte nur die Augen, und seine Zunge wurde schwer. Er verlor jedoch nicht das Bewusstsein. Taita betastete die Schwellung noch einmal, und der König stöhnte leise, ohne sich weiter zu beklagen.

«Es steckt ein Fremdkörper in Eurem Fleisch, Herr», stellte Taita schließlich fest.

«Das überrascht mich nicht, Magus. Seit meinen Säuglingstagen haben mir üble Burschen, die meisten davon Ägypter, Fremdkörper ins Fleisch gesteckt.»

«Normalerweise würde ich sagen, es ist eine Pfeilspitze oder eine abgebrochene Klinge, aber ich sehe keine Eintrittswunde», bemerkte Taita.

«Bist du blind? Ich bin bedeckt mit solchen Wunden.» Tatsächlich gab es kaum eine Stelle auf dem haarigen Rumpf des Königs, wo keine mehr oder weniger alte Narbe zu sehen war.

«Ich muss Euch aufschneiden, wenn ich es finden will», warnte Taita ihn.

«Dann hör endlich auf zu reden und fang an», knurrte Apepi.

Während Taita ein Bronzeskalpell aussuchte, hob Apepi seinen dicken Ledergurt auf, legte ihn doppelt zwischen seine Zähne und wartete auf das Messer.

«Kommt her!», rief Taita den Wachen am Eingang zu. «Haltet Euren König fest.»

«Hinaus, ihr Idioten!», wischte Apepi Taitas Befehl beiseite. «Ich brauche niemanden, um mich stillzuhalten.»

Taita berechnete den Winkel und die Tiefe, die erforderlich waren, und machte einen schnellen, tiefen Einschnitt. Apepi stieß zwischen zusammengebissenen Zähnen einen gedämpften Schrei aus, bewegte sich jedoch nicht. Taita trat zurück. Eine Fontäne dunklen Blutes und gelben Eiters schoss aus der Wunde, und der Raum füllte sich mit einem furchtbaren Gestank. Taita legte das Skalpell beiseite und steckte seinen Zeigefinger in die Wunde. Das Blut sprudelte ihm entgegen, doch bald stieß er auf etwas Scharfes, Hartes auf dem Grund des Einschnitts. Nun nahm er die Elfenbeinzange, die er sich bereitgelegt hatte, und tastete damit in der Wunde, bis er spürte, wie deren Enden etwas Hartes berührten.

Apepi hatte aufgehört zu schreien und lag regungslos auf dem Boden. Nur seine Rückenmuskeln zitterten unwillkürlich. Er atmete laut schnarchend durch seine Nase. Im dritten Versuch bekam Taita endlich das Objekt zu fassen und zerrte mit seiner Zange daran, bis es nachgab und langsam an die Oberfläche rutschte. Das letzte Stück kam mit einer Welle von Eiter heraus, und Taita hielt das Objekt ins Licht, das durch das Fenster kam.

«Eine Pfeilspitze», verkündete er laut. «Sie muss schon lange in

Eurem Fleisch gesteckt haben. Erstaunlich, dass sie nicht schon vor Jahren bösartig geworden ist.»

Apepi spuckte den Gurt aus und setzte sich zitternd auf. «Beim haarigen Sack des Sebek, das kleine Schmuckstück erkenne ich sogar wieder! Einer Eurer Raufbolde hat mir es vor zehn Jahren in Abnub verpasst. Meine Chirurgen haben damals gesagt, die Spitze wäre so dicht beim Herzen, dass sie sie nicht erreichen könnten. Deshalb haben sie sie dringelassen, und ich habe sie seitdem mit mir herumgeschleppt.»

Er nahm Taita das kleine Feuersteindreieck aus den blutigen Händen und schaute es sich genauer an, offenbar mit großem Besitzerstolz. «Ich fühle mich wie eine Mutter mit ihrem Erstgeborenen. Ich werde es zu einem Talisman machen lassen und an einer Goldkette um den Hals tragen. Vielleicht kannst du die Pfeilspitze mit einem Zauber belegen, der alle anderen Geschosse von mir ablenkt. Was hältst du davon, Magus?»

«Ich bin sicher, das wird ein höchst wirksamer Talisman sein, Herr.» Taita füllte seinen Mund mit heißem Wein und Honig aus der Schale, die er vorbereitet hatte, und spülte mit Hilfe eines Messingrohrs den Eiter und das Blut aus der Wunde.

«Welch eine Verschwendung von gutem Wein», meinte Apepi, bevor er die Schale an den Mund setzte und den Rest austrank bis auf den letzten Schluck. Dann warf er das Gefäß gegen die nächste Wand und rülpste laut. «Als Belohnung für deine Dienste kann ich dir eine kleine Geschichte erzählen, die mit unserem letzten Gespräch auf dem Turm von Bubasti zu tun hat.»

«Ich lausche jedem Eurer Worte mit größter Aufmerksamkeit.»

Taita beugte sich über ihn und bandagierte die offene Wunde mit Leinenstreifen, wobei er die Formel murmelte, mit der er diese Phase der Behandlung zu segnen pflegte:

Ich schließe dich, Höhle des Seth,
dein rotes Maul, Auswuchs des Bösen.

Apepi sprach, ohne von der Beschwörung Notiz zu nehmen. «Trok hat mir einen Brautpreis von hunderttausend Goldstücken angeboten.»

Taita erstarrte in der Bewegung, die Bandage halb um Apepis Brust gewickelt. «Und was habt Ihr geantwortet, Majestät?»

Er war so besorgt, dass ihm die königliche Anrede herausschlüpfte, bevor er denken konnte. Apepis Worte bedeuteten eine gefährliche neue Entwicklung, die er nicht vorhergesehen hatte. «Meine Antwort war, dass der Brautpreis für Mintaka fünfhunderttausend Goldstücke beträgt», grinste der König. «Der Hund ist so heiß auf meine kleine Stute, dass seine dicke Gurke ihm bis vor die Augen steht, doch fünfhunderttausend sind ihm bestimmt zu viel, trotz der vielen Beute, die er mir im Laufe der Jahre unterschlagen hat.» Er rülpste noch einmal. «Keine Sorge, Magus, Mintaka ist zu kostbar, um sie an jemanden wie Trok zu verschwenden, vor allem, wenn ich sie benutzen kann, um deinen kleinen Pharao an mein Reich zu ketten.»

Er stand auf und hob einen muskelbepackten Arm, um unter ihm hindurch seinen verbundenen Rücken zu betrachten wie ein alter Hahn, der seinen Kopf unter die Flügel steckt. «Du hast mich vorzeitig zur Mumie gemacht», lachte er, «aber dennoch: saubere Arbeit. Geh und sage deinem Regenten, ich bin bereit, mich noch einmal in seine Parfümwolke zu wagen – in einer Stunde im Verhandlungssaal.»

Taitas Erfolg und die Botschaft von Apepi besänftigten Naja. Jeder Hauch eines Zweifels an Taitas Zuverlässigkeit war damit beseitigt. «Ich habe den alten Gauner im Schwitzkasten», brüstete sich Naja. «Er ist im Begriff, mehr Zugeständnisse zu machen, als er glaubte. Deshalb war ich so wütend, als er die Gespräche unterbrach und sich ins Bett legte.» Er war so zufrieden mit sich, dass er nicht still sitzen konnte. Er sprang hoch und lief auf dem Fliesenboden auf und ab. «Wie geht es ihm, Magus? Habt Ihr ihm irgendeinen Trank verabreicht, der seinen Verstand benebeln könnte?»

«Ich habe ihm eine Menge eingeflößt, die einen Büffel betäubt hätte», versicherte ihm Taita. Naja ging zu seinem Kosmetikschrank, sprühte sich Parfüm aus einem grünen Glasfläschchen in die hohle Hand und rieb sich damit den Nacken ein. «Daraus werde ich meinen Vorteil ziehen.» Er ging zur Tür, doch dann schaute er sich noch einmal um. «Kommt mit», befahl er, «Eure Kräfte könnten mir von Nutzen sein, bevor ich mit Apepi fertig bin.»

Apepi zu einem Vertrag zu überreden, war bei weitem nicht so leicht, wie Naja gemeint hatte. Weder die Wunde noch das Betäubungsmittel schienen ihn zu beeinträchtigen. Noch lange, nachdem der Wachmann auf der Tempelmauer Mitternacht ausgerufen hatte, fluchte und schrie er und schlug mit der Faust auf den Tisch wie eh und je. Kein Kompromiss, den Naja anbot, war ihm gut genug, und schließlich hatte auch Taita genug von seinem Starrsinn. Naja vertagte die Verhandlungen und wankte zu Bett, als die Hähne im Hof zu krähen begannen.

Auch am nächsten Tag, als sie sich um die Mittagsstunde wieder trafen, wollte Apepi keine Vernunft annehmen. Die Verhandlungen wurden eher noch stürmischer. Taita tat sein Bestes, ihn ruhiger zu stimmen, doch Apepi ließ sich nur sehr langsam zu einem Kompromiss bewegen. So konnten die Schreiber erst am fünften Tag beginnen, den Vertrag auf ihren Tontafeln aufzusetzen, sowohl in hieratischer Schrift als auch in Hieroglyphen und in Hyksos. Damit waren sie bis in die Nacht beschäftigt.

Bis dahin hatte Naja den Pharao Nefer Seti von den Verhandlungen ausgeschlossen. Er hatte ihn mit banalen Aufgaben beschäftigt, mit Schulstunden, Waffentraining und Audienzen für Botschafter, Handelsdelegationen und Priester, die alle auf Gunstbeweise oder Spenden aus waren. Am Ende hatte Nefer rebelliert, und Naja hatte ihn mit seinen Falken und Apepis jüngeren Söhnen auf die Jagd geschickt. Die Ausflüge verliefen nicht gerade friedlich. Der erste Tag endete mit einem lauten Streit über die Beute und hätte fast zu einer Prügelei geführt.

Am zweiten Tag schloss sich auf Taitas Anregung Mintaka der Jagdgesellschaft an, um als Schlichterin zwischen den beiden Parteien zu wirken. Selbst ihre älteren Brüder hatten gehörigen Respekt vor ihr, und wenn sie nicht da gewesen wäre, hätten sie wahrscheinlich ihre Waffen gezogen und wären über die ägyptischen Teilnehmer hergefallen. Auch Nefers kriegerische Instinkte mäßigten sich, wenn Mintaka in seinem Jagdwagen mitfuhr. Er nahm wenig Notiz von dem drohenden, prahlerischen Benehmen ihrer rüpelhaften Geschwister und genoss die Unterhaltung mit ihr, ganz zu schweigen von ihrer körperlichen Gegenwart. In dem engen Führerstand des Wagens stießen sie oft aneinander, wenn sie bei der Verfolgung der fliehenden Gazellenherden auf raues Gelände gerieten. Mintaka hielt sich auch dann noch an ihm fest, wenn die Unebenheiten längst überwunden waren.

Als Nefer nach dem ersten Ausflug zum Tempel zurückkam, wollte er Taita sehen, angeblich um ihm von der Jagd zu berichten, doch er wirkte verträumt und geistesabwesend. Selbst als Taita ihn fragte, wie sich sein Lieblingsfalke geschlagen hatte, zeigte Nefer kaum Interesse. Schließlich fragte der Junge verträumt: «Ist es nicht erstaunlich, Taita, dass Mädchen so weich und warm sind?»

Am Morgen des sechsten Tages waren die Schreiber mit ihrer Arbeit fertig und die fünfzig Tafeln des Vertrags zur Unterschrift bereit. Erst jetzt ließ Naja den Pharao kommen, um an der Zeremonie teilzunehmen. Ebenso war Apepis gesamte Familie anwesend, auch Mintaka.

Noch einmal füllte sich der Tempelhof mit einer prachtvollen Versammlung von Prinzen und Fürsten. Ein Herold verlas den Vertragstext. Nefer lauschte gebannt jedem einzelnen Artikel. In ihren gemeinsamen Tagen hatten er und Mintaka ausgiebig über das Abkommen gesprochen, und nun tauschten sie bedeutungsvolle Blicke aus, wann immer sie einen Schwachpunkt oder einen Fehler festzustellen meinten. Doch deren gab es nicht viele, und Nefer spürte in vielen Passagen des langen Dokuments Taitas Wirken.

Schließlich war es an der Zeit, die Siegel anzubringen. Zu einer Reihe von Stößen der Widderhörner drückte Nefer seine Kartusche in den feuchten Ton, und Apepi tat dasselbe. Es gefiel Nefer nicht, dass der hyksische König das pharaonische Vorrecht für sich in Anspruch nahm, die heiligen Kartuschen zu benutzen.

Naja, stark geschminkt, sah mit undurchdringlicher Miene zu, wie die nun gemeinsamen Herrscher der beiden Königreiche einander umarmten. Apepi drückte Nefers schlanke Gestalt an seine Bärenbrust, und die Versammlung brach in laute Rufe aus: *«Bak-her! Bak-her!»* Männer schlugen ihre Waffen gegen die Schilde oder hämmerten mit den Enden ihrer Lanzen oder Speere auf das Steinpflaster.

Nefer fand Apepis Körpergeruch fast unerträglich, denn wenigstens eine ägyptische Sitte hatten die Hyksos nicht übernommen: Reinlichkeit. Nefer tröstete sich mit dem Gedanken, dass dem Regenten ein Schock bevorstand, wenn die Reihe der Umarmungen an ihn kam. Er löste sich höflich aus den Armen seines Mitpharaos, und Apepi strahlte ihn an. Dann legte der König ihm väterlich seine Pranke auf die Schulter und wandte sich an die Menge: «Bürger dieses mächtigen Landes, das nun wieder vereinigt ist, ich versichere euch meines Pflichtgefühls und meiner patriotischen Liebe. Als Zeichen dieser Liebe lege ich die Hand meiner Tochter, Prinzessin Mintaka, zur Ehe in die meines Mitherrschers, Pharao Nefer Seti von Ägypten, Nefer Seti, der mit mir die Doppelkrone der Oberen und Unteren Königreiche teilt und der mein Sohn sein wird und dessen Söhne meine Enkel sein werden!»

Für einen langen Augenblick herrschte vollkommene Stille auf dem Hof, bis die Anwesenden diese verblüffende Ankündigung verdaut hatten. Dann brach die Menge in noch größeren Jubel aus, und das Waffengeklirr und Fußtrampeln war ohrenbetäubend.

Pharao Nefer Seti zeigte einen Gesichtsausdruck, den man bei jedem Geringeren als idiotisches Grinsen bezeichnet hätte. Mintaka stand wie angefroren am anderen Ende des Hofes und hielt sich eine Hand vor den Mund, als wollte sie einen Schrei unterdrücken. Mit weit aufgerissenen Augen starrte sie zuerst ihren Vater an, und dann traf sich ihr Blick mit dem Nefers, und die beiden schauten sich an, als wären sie allein in dem Gedränge auf dem Tempelhof.

Taita saß Nefer zu Füßen und beobachtete die Szene. Er musste anerkennen, dass Apepi für seine Bekanntmachung den bestmöglichen Zeitpunkt gewählt hatte. Nun konnte sich niemand mehr – nicht Naja, nicht Trok und niemand sonst – der Hochzeit in den Weg stellen.

Man konnte Naja trotz Schminke ansehen, dass er offenbar zutiefst bestürzt war über die Lage, in der er sich plötzlich befand. Als Gemahl der Prinzessin wäre Nefer unantastbar, und die Doppelkrone würde für ihn in unerreichbare Ferne rücken. Der Regent schien zu spüren, dass Taita ihn anschaute, und sah zu ihm hinunter. Für einen Augenblick konnte Taita in seine Seele blicken, und es war, als ob er in einen ausgetrockneten Brunnen voller Kobras schaute. Dann senkte Naja seine gelben Augen, lächelte kalt und nickte Zustimmung, aber Taita wusste, dass er fieberhaft nachdachte. Seine Gedanken waren jedoch so flüchtig und verschlungen, dass selbst der Magus ihnen nicht folgen konnte.

Als Nächstes suchte Taita Trok in den Reihen der Hyksos. Im Gegensatz zum ägyptischen Regenten versuchte dieser nicht, seine Gefühle zu verbergen. Er war außer sich vor Wut. Seine Barthaare schienen zu Berge zu stehen, und sein Gesicht war dunkelrot angelaufen. Er öffnete den Mund, als wollte er seinen Protest oder Flüche hinausbrüllen, doch dann legte er nur stumm eine Hand auf den Schwertknauf. Sein Griff war so fest, dass die Knöchel weiß durch die Haut schimmerten, und für einen Augenblick dachte Taita, der riesenhafte Krieger würde sein Schwert ziehen und sich quer über den Hof auf den schmächtigen Nefer stürzen. Mit größter Anstrengung gewann er jedoch die Kontrolle über sich selbst zurück, bändigte seinen Bart, drehte sich abrupt um und stürmte davon. Alle waren jedoch so aufgeregt, dass es fast niemand bemerkte. Nur Taita schaute ihm nach, zynisch lächelnd.

Während Trok zwischen den Hathor-Säulen hindurch aus dem Hof stürzte, ließ Apepi Nefers Schulter los und ging zu Najas Thron hinüber. Ohne Anstrengung hob er den Regenten von seinem Sessel und bedachte ihn mit einer noch kräftigeren Umarmung als den Pharao. Dabei presste er seine Lippen an Najas Ohr und flüsterte: «Und nun keine ägyptischen Tricks mehr, mein duftender Freund, sonst werde ich sie dir persönlich in den Arsch rammen.»

Er ließ Naja wieder auf seinen Sessel fallen und nahm auf dem Thron Platz, der neben dem Najas für ihn bereitgestellt worden war. Naja war leichenblass und hielt sich ein parfümgetränktes Leinentuch unter die Nase, während er seine Gedanken sammelte. Die Menge spendete immer noch rauschenden Beifall. Als er abflaute, hämmerte Apepi seine mächtigen Pranken auf die Armlehnen seines Throns, um die Anwesenden zu weiterem Applaus zu bewegen.

Mit der Deschret-Krone auf dem Haupt war er zweifellos die beherrschende Figur auf der Bühne. Nefer wirkte neben ihm wie ein Knirps, selbst mit der hohen Hedjet-Krone. Schließlich, nach einer letzten Beifallswelle, stand Naja auf und hob beide Arme, was die Menge verstummen ließ.

«Die heilige Jungfrau soll vortreten!» Hinter der Kanzel erschien die Hohe Priesterin des Tempels in Begleitung ihrer Priesterinnen, und die Prozession schritt auf den Doppelthron zu. Zwei Priesterinnen trugen die Pschent-Kronen des Doppelkönigreichs. Während der Tempelchor die Göttin lobpreiste, nahm die ehrwürdige alte Oberpriesterin den beiden Pharaonen ihre Kronen vom Haupt und ersetzte sie durch die Doppelkronen, das Symbol des vereinten Ägypten. Dann segnete sie die beiden Herrscher und den neuen Staat mit zitternder Stimme und zog sich wieder in die Tiefen des Tempels zurück. Es gab eine kurze Unterbrechung, als niemand recht wusste, wie es weitergehen sollte, denn dies war die erste Vereinigungszeremonie in der langen Geschichte Ägyptens, und es gab kein erprobtes Protokoll.

Und das war Najas Gelegenheit. Er erhob sich wieder von seinem Thron und trat vor Apepi. «An diesem Tag des Glücks und der Freude feiern wir nicht nur die Vereinigung der beiden Königreiche, sondern auch die Verlobung des Pharao Nefer Seti und der schönen Prinzessin Mintaka. Es soll deshalb im ganzen Reich bekannt gegeben werden, dass die Hochzeit in diesem Tempel abgehalten werden wird, und zwar an dem Tag, an dem Pharao Nefer Seti seine Volljährigkeit feiert oder eine der Bedingungen erfüllt, die seinen Anspruch auf die Krone besiegeln und ihn zum selbstständigen Herrscher machen, ohne einen Regenten zu seinem Schutz und Rat.»

Apepi runzelte die Stirn, und Nefer erschrak, doch es war zu spät. Es war vor dem versammelten Adel beider Königreiche verkündet worden, was bedeutete, dass Naja als Regent im Namen beider gekrönter Häupter sprach. Wenn Nefer nicht vor seiner Volljährigkeit seinen Gottvogel fing oder die Rote Straße absolvierte und damit seinen Herrschaftsanspruch besiegelte, hatte Naja die Hochzeit für einige Jahre aufgeschoben.

Fantastisch, dachte Taita bitter, obwohl er Najas politischem Scharfsinn Respekt zollen musste. Durch seine Geistesgegenwart und rechtzeitiges Einschreiten hatte der Regent die Katastrophe abgewendet, die ihm drohte. Und nun, da er seine Gegner so aus dem Gleichgewicht gebracht hatte, ging er sogar noch weiter. «Lasst mich diesen glücklichen Tag auch wahrnehmen, Pharao Apepi und Pharao Nefer Seti zu meiner eigenen Hochzeit mit den Prinzessinnen Heseret und Merikara einzuladen. Die Zeremonie soll in zehn Tagen stattfinden, am ersten Tag des Festes der Isis, im Tempel der Isis in der Stadt Theben.»

In zehn Tagen würde sich Naja damit zu einem Mitglied des Königshauses Tamose machen und zur Nummer Eins in der Thronfolge nach Nefer Seti. Nun wissen wir jedenfalls, dachte Taita, wer die Kobra im Nest des Königsfalken auf dem Bir Umm Masara war.

Nach dem Hathor-Vertrag verblieb Apepis Residenz in Avaris, und Nefer Setis Sitz war weiterhin Theben. Jeder würde sein früheres Königreich regieren, wenn auch im Namen des Biumvirats. Zweimal im Jahr, zu Beginn und am Ende der Nilflut, würden die beiden Könige einen gemeinsamen Rat in Memphis abhalten, wo man alle Angelegenheiten, die beide Reiche betrafen, besprechen, neue Gesetze erlassen und über Anträge an das höchste Gericht entscheiden würde.

Bevor die beiden Pharaonen auseinander gingen, um in ihrer jeweiligen Hauptstadt Residenz zu nehmen, würden Apepi und sein Gefolge jedoch zusammen mit Nefer Setis Flotte flussaufwärts nach Theben fahren, um Fürst Najas Doppelhochzeit beizuwohnen.

Die gleichzeitige Einschiffung beider Gesellschaften im Hafen vor dem Tempel verlief recht chaotisch und dauerte fast den ganzen Vormittag. Taita mischte sich unter die Masse der Matrosen und Hafenarbeiter, Sklaven und wichtigen Passagiere. Selbst er war überrascht, welche Berge von Gepäck und Ausrüstung sich am Ufer türmten und auf die Verladung auf Leichter, Feluken und Galeeren warteten. Anstatt die lange und raue Straße über Land zu nehmen, hatten sowohl die Regimenter von Theben als auch Avaris ihre Kampfwagen zerlegt und waren dabei, sie und die Pferde auf Leichter zu laden, was das Durcheinander im Hafen noch verschlimmerte.

Niemand schenkte Taita besondere Beachtung. Jeder war vollauf beschäftigt. Gelegentlich schaute ein Mann von seiner Arbeit auf, erkannte ihn und bat um seinen Segen. Oder eine Frau bat um Rat für ein krankes Kind. Sonst wurde er jedoch in Ruhe gelassen und konnte langsam das Ufer entlang schlendern, um nach den Wagen und der Ausrüstung des Regiments von Trok Ausschau zu halten. Er erkannte es an seinen grün-roten Fahnen, und bald sah er die unverwechselbare Gestalt Troks inmitten seiner Männer. Taita ging näher heran und fand ihn vor einem Haufen Ausrüstung und Waffen stehend, seinen Lanzenträger beschimpfend: «Du hirnloser Pavian, was hast du mit meinen Sachen gemacht? Das da ist mein Lieblingsbogen, und du lässt ihn offen herumliegen, damit irgendein Trottel mit seinen Pferden darauf herumtrampeln kann!» Seine Laune war seit dem Vortag offenbar nicht besser geworden. Er stampfte die Werft hinunter und ließ jeden Unglücklichen, der ihm in die Quere kam, seine Peitsche spüren. Dann blieb er stehen, um mit einem seiner

Sergeanten zu sprechen, und schlug schließlich den Weg ein, der zum Tempel hinaufführte.

Sobald Trok verschwunden war, näherte sich Taita dem Lanzenträger. Als der Soldat eine von Troks Truhen aufhob und damit zu dem wartenden Leichter wankte, sah Taita die typischen Male der Ringwurmekzeme auf seinem nackten Rücken. Der Lanzenträger hievte die Kiste mit Hilfe eines Matrosen auf das Schiff und kam zurück. Erst jetzt bemerkte er Taita und grüßte ihn respektvoll, indem er eine geballte Faust an seine Brust legte. «Komm her, Soldat», rief Taita ihm zu. «Seit wann hast du schon dieses Jucken auf dem Rücken?»

Der Krieger kratzte sich zwischen seinen Schulterblättern, bis es blutete. «Dieser verdammte Ausschlag macht mich schon verrückt, seit wir Abnub erobert haben. Wahrscheinlich habe ich ihn mir bei einer dieser schmutzigen ägyptischen Huren geholt…» Er stockte. Ihm wurde bewusst, dass er von einer Frau sprach, die er während der Eroberung von Abnub vergewaltigt hatte. «Vergebt mir, Magus. Ich hatte vergessen, dass wir jetzt Verbündete und Landsleute sind.»

«Deshalb werde ich dich auch von deinem Leiden befreien, Soldat. Geh zum Tempel hinauf und bitte in der Küche um einen Topf Schmalz. Bring ihn her, dann kann ich dir damit eine Salbe mischen.» Taita setzte sich auf Troks Gepäck und Ausrüstung, und der Lanzenträger verschwand auf dem Weg zum Tempel. Unter der Ausrüstung waren drei Bogen. Trok hatte seinen Lanzenträger zu Unrecht getadelt, denn jeder der Bogen war abgespannt und steckte in einer Lederhülle.

Taita saß auf einem Stapel Holztruhen. Das war kein Zufall, denn auf der obersten Truhe hatte er das Siegel des Grippa entdeckt, des Pfeilmachers in Avaris, der alle hochrangigen hyksischen Offiziere belieferte. Taita erinnerte sich, dass Mintaka den Meister erwähnt hatte. Er zog einen kleinen Dolch aus der Scheide unter seinem Schurz, schnitt die Kordel durch, die den Deckel zuhielt, und klappte die Truhe auf. Unter einer Lage Stroh lagen die Pfeile, Feder an Spitze und Spitze an rot-grüner Feder, neben- und übereinander. Taita holte einen Pfeil heraus und drehte ihn zwischen den Fingern.

Das eingeritzte Zeichen sprang ihn geradezu an: ein stilisierter Leopardenkopf mit dem hieratischen Buchstaben T im brüllenden Maul. Der Pfeil war identisch mit denen, die er am Schauplatz des

Königsmordes gefunden hatte. Das war der letzte Stein im Mosaik. Naja und Trok mussten mit der blutigen Verschwörung zu tun haben, deren ganzes Ausmaß er nur erahnen konnte.

Taita steckte das Beweisstück unter seinen Rock und schloss die Truhe wieder. Dann knotete er die Kordel rasch zusammen und wartete auf die Rückkehr des Lanzenträgers.

Der alte Soldat sprudelte über vor Dankbarkeit für Taitas Salbe, und dann bat er um noch einen Gefallen: «Ein Freund von mir hat die ägyptische Krankheit. Was kann er dagegen tun, Magus?» Taita fand es amüsant, dass die Hyksos von der ägyptischen Krankheit sprachen und die Ägypter vom Fluch der Hyksos. Und wann immer jemand damit kam, schien sich «ein Freund» die Krankheit zugezogen zu haben und niemals er selbst.

Die Hochzeitszeremonie und die anschließenden Festlichkeiten für Fürst Naja und die beiden tamosischen Prinzessinnen waren die prächtigsten, von denen man je gehört hatte. Glanzvoller gar als die Hochzeit des Pharao Tamose oder dessen Vaters Mamose, dachte Taita, beides Götter, Söhne des Ra, mögen sie ewig leben.

Unter den Bürgern von Theben ließ Naja fünfhundert Ochsen, zwei Leichterladungen Hirse aus der königlichen Kornkammer und fünftausend große Tontöpfe des besten Biers verteilen. Das Fest währte eine Woche, doch selbst die hungrigen Mäuler von Theben konnten in so kurzer Zeit nicht so viel essen. Das übrige Korn und Fleisch, das zunächst geräuchert wurde, damit es nicht verdarb, ernährte die Stadt noch Monate danach. Das Bier hingegen tranken die guten Bürger von Theben in einer Woche aus.

Die Hochzeit wurde vor beiden Pharaonen, sechshundert Priestern und viertausend geladenen Gästen im Tempel der Isis abgehalten. Jeder Gast bekam beim Betreten des Tempels ein Schmuckstück als Erinnerung, geschnitzt aus Elfenbein, Amethyst, Koralle oder einem anderen wertvollen Stein, der Name des jeweiligen Gastes war zwischen denen des Regenten und seiner Bräute eingeschnitten.

Die beiden Bräute trafen ihren Bräutigam auf einem der von geheiligten weißen Buckelrindern gezogenen und von nackten nubischen Sklaven gelenkten Prachtwagen. Die Straße war mit Palmwedeln und Blumen bedeckt, und von einem Streitwagen aus, der dem Hochzeitswagen vorausfuhr, wurden Silber- und Bronzeringe in die verzückte Menge geworfen, deren Begeisterung zu einem guten Teil Najas Bier zu verdanken war.

Die Mädchen waren in spinnwebfeines, wolkenweißes Leinen gekleidet. Die kleine Merikara brach fast zusammen unter der Last des Goldes und der Juwelen, mit denen ihr schmächtiger Körper behängt war. Ihre Tränen hatten deutliche Spuren in der Kajal- und Antimonschminke hinterlassen. Heseret drückte ihre Hand und versuchte sie zu trösten.

Am Tempel stiegen sie von dem Prachtgefährt und wurden von den beiden Pharaonen empfangen. Während er sie in den Tempelsaal führte, flüsterte Nefer Merikara zu: «Weine nicht, mein Kätzchen. Niemand wird dir wehtun. Du wirst zur Schlafenszeit wieder in deinem Gemach sein.»

Zum Zeichen des Protests gegen die Hochzeit seiner Schwestern wollte Nefer sich zunächst weigern, Merikara in das Sanktuarium zu führen, doch Taita hatte ihn schließlich eines Besseren belehrt. «Wir können die Hochzeit nicht verhindern. Du weißt, wir haben es versucht. Naja wird sich durch nichts davon abhalten lassen. Es wäre grausam von dir, wenn du in dieser furchtbarsten Stunde ihres kurzen Lebens nicht für sie da wärst.» Danach hatte sich Nefer widerwillig bereit erklärt, seine Pflicht zu erfüllen.

Dicht hinter Nefer und Merikara führte Apepi Heseret herein. In ihrem schneeweißen Gewand und ihren glitzernden Juwelen war sie lieblich wie eine Nymphe im Paradies. Sie hatte sich schon vor Monaten mit dem Schicksal abgefunden, das die Götter ihr zugedacht hatten, und das anfängliche Grauen war allmählich der Neugier und einer gewissen Vorfreude gewichen. Fürst Naja war ein sehr gut aussehender Mann, und ihre Ammen, Zofen und Spielkameradinnen hatten in endlosem Geschnatter seine offensichtlichen Vorzüge gewürdigt und unter nervösem Gekicher darüber spekuliert, wie es wohl um seine versteckten Attribute bestellt sein mochte.

Vielleicht als Folge dieser Gespräche hatte Heseret in letzter Zeit eigenartige Träume gehabt. In einem Traum rannte sie nackt durch die üppigen Gärten am Nilufer und wurde vom Regenten verfolgt. Als sie sich nach ihm umschaute, sah sie, dass nur sein Oberkörper menschlich war. Von der Hüfte abwärts war er ein Pferd, ganz wie Nefers Lieblingshengst und im gleichen verblüffenden Zustand wie der Hengst, wenn er mit seinen Stuten spielte – ein Anblick, der sie schon seit einiger Zeit fasziniert hatte. Immer wenn der Regent sie einholte und eine juwelenberingte Hand nach ihr ausstreckte, wachte sie jedoch auf und fand sich aufrecht sitzend auf ihrer Matte. Sie griff unwillkürlich nach unten und betastete sich, und als sie ihre Hand wieder hervorzog, war sie ganz feucht. Das verstörte sie so, dass sie nicht wieder einschlafen und den Traum dort wieder aufnehmen konnte, wo sie aufgewacht war, sosehr sie es auch versuchte. Sie wollte unbedingt wissen, wie diese Erfahrung enden würde, und am nächsten Morgen fühlte sie sich ruhelos und missmutig und ließ ihre schlechte Laune an allen aus, die sich ihr näherten. Ungefähr von jener Zeit an begann auch ihr kindliches Interesse an Meren zu verblassen. Sie sah ihn ohnehin kaum noch. Sein Großvater war tot, sein Vermögen beschlagnahmt und die Familie in Ungnade gefallen. Nach und nach wurde ihr klar, dass Meren nur ein mittelloser Knabe war, ein gemeiner Soldat ohne Protektion oder Aussichten auf Beförderung. Fürst Naja dagegen war fast von gleichem Rang wie sie, und sein Vermögen übertraf noch das ihre.

Als Apepi sie nun durch die Säulenhalle in das innere Heiligtum führte, machte sie jedoch den Eindruck einer demütigen, tugendhaften jungen Frau. Fürst Naja wartete auf die Bräute und ihre Führer, und obwohl er von Höflingen und Offizieren in prächtigen Gewändern umgeben war, hatte Heseret Augen nur für ihn.

Naja trug einen Kopfschmuck aus Straußenfedern, um den Gott Osiris zu ehren, und überragte damit sogar Asmor und Trok, die neben ihm standen. Bald roch Heseret sein Parfüm, in dem sich Blumendüfte aus einem Land jenseits des Indus mischten und das auch kostbaren Amber enthielt, ein rares Geschenk der Meeresgötter. Der Duft erregte sie. Sie nahm ohne zu zögern die Hand, die Naja ihr bot, und schaute in seine faszinierenden gelben Augen.

Als Naja die andere Hand Merikara gab, brach sie in Tränen aus, sosehr Nefer sie auch zu trösten versuchte. Während der ganzen langen Zeremonie hörte man sie von Zeit zu Zeit leise schluchzen.

Als Fürst Naja endlich die Krüge voller Nilwasser zerbrach, der Höhepunkt der Zeremonie, hielten die Gäste vor Staunen die Luft an: Das Wasser des großen Stroms, an dessen Ufer der Tempel stand, war plötzlich leuchtend blau. Naja hatte hinter der nächsten Kurve flussaufwärts eine Kette von Barken von Ufer zu Ufer ankern lassen, und auf ein Signal vom Tempeldach hatten Männer von diesen Schiffen Farbstoff in den Fluss geschüttet. Die Wirkung war atemberaubend. Das Blau war die Farbe der Tamose-Dynastie, und Naja erklärte damit vor aller Welt, dass er ihr nun angehörte.

Taita beobachtete das Geschehen vom Dach des Westflügels aus. Als er sah, wie der Fluss die Farbe wechselte, schauderte er bei den Vorahnungen, die ihn plötzlich überfielen. Für einen Augenblick schien sich die Sonne über dem weiten Himmel Ägyptens zu verdunkeln, und der blaue Fluss wirkte blutrot. Als er jedoch aufschaute, sah er kein Wölkchen am Himmel und keinen Vogelschwarm, der seinen Schatten geworfen haben könnte, und das Wasser war wieder himmelblau.

Jetzt ist auch Naja von königlichem Blut und Nefer nicht mehr vor ihm sicher: «Ich bin nun sein einziger Schutz, und ich bin allein und alt. Werden meine Kräfte ausreichen, den jungen Falken vor der Kobra zu beschützen? Gib mir Kraft, großer Horus. Für so viele Jahre warst du mein Schild und meine Lanze. Verlass mich nicht, mächtiger Gott.»

Naja und seine beiden neuen Gemahlinnen fuhren in vollem Prunk die von Granitlöwen gesäumte heilige Straße zum Palasttor hinunter. Dort stiegen sie ab und gingen in feierlicher Prozession durch die Gärten in den Bankettsaal. Die meisten der Gäste waren vor ihnen angekommen und hatten schon den Wein aus den Rebgärten des Osiris-Tempels gekostet. Das Stimmengewirr war ohrenbetäubend, als die Hochzeitgesellschaft den Saal betrat. Naja führte an jeder Hand eine seiner beiden jungen Gemahlinnen. So schritt das Trio würdevoll durch die Menge und inspizierte kurz die prächtigen Geschenke, die in der Mitte des Saales aufgebaut waren. Apepi hatte einen vollkommen mit Blattgold bedeckten Streitwagen kommen lassen, so funkelnd, dass man ihn kaum anschauen konnte, ohne geblendet zu werden. König Sargon von Babylon hatte hundert Sklaven geschickt, jeden mit einer Sandelholztruhe voll Schmuck, Edelsteinen und Goldgefäßen. Sie knieten vor dem Regenten und boten ihm ihre Gaben dar, und Naja berührte jede einzelne Truhe als Zeichen, dass er sie annahm. Auf Najas Vorschlag hatte Pharao Nefer Seti seinem neuen Schwager fünf wertvolle Güter am Flussufer überschrieben. Nach Rechnung der Schreiber waren diese Schätze zusammen über dreihunderttausend Goldstücke wert. Der Regent war damit fast so reich wie sein Pharao.

Sobald das frisch getraute Dreiergestirn am Kopf der Hochzeitstafel Platz genommen hatte, fuhren die Palastköche ein Mahl von vierzig Gängen auf, serviert von tausend Sklaven. Es gab Elefantenrüssel, Büffelzungen und Filets von nubischen Bergziegen, Fleisch von Wildschweinen und Warzenschweinen, von Gazellen und nubischen Steinböcken, Stücke von Waranen und Pythons, von Krokodilen und Flusspferden, Ochsen- und Hammelfleisch. Jede Art von Fischen aus dem Nil wurde angeboten, vom bärtigen, von gelbem Fett triefenden Katzenfisch bis zum weißfleischigen Barsch und Karpfen. Vom nördlichen Meer hatten die Köche Thunfisch, Hai, Langusten und Krebse kommen lassen. An Vögeln gab es Schwäne, drei Arten von Gänsen, zahlreiche Entenarten, Lerche, Trappe, Rebhuhn und Wachtel, geröstet, gebacken oder gekocht, mariniert in Wein oder wildem Honig, gefüllt mit Kräutern und Gewürzen aus dem Fernen Osten. Der duftende Rauch der Feuer und die Kochdünste wehten von den Horden von Bettlern und Bürgern vor den Palasttoren zu den Einwohnern, die das Fest von Feluken auf dem Fluss aus verfolgten, und zu denen, die das andere Ufer säumten.

Zur Unterhaltung der Gäste wurden Musikanten und Jongleure, Akrobaten und Dompteure aufgeboten. Gereizt durch den Lärm, riss sich einer der großen Braunbären von seiner Kette los und entkam. Eine Gruppe hyksischer Edelmänner unter Troks Führung verfolgte ihn auf einer trunkenen Jagd durch den Park und erlegte das verängstigte Tier am Flussufer.

König Apepi fand die Geschicklichkeit und Kraft zweier assyrischer Akrobatinnen besonders reizvoll. So nahm er eine unter jeden Arm und trug die strampelnden und kreischenden Frauen in die Privatgemächer des Palastes. Als er zurückkam, vertraute er Taita an: «Eine von ihnen, die Hübsche mit den langen Locken, war ein Junge. Ich war so überrascht, als ich entdeckte, was er zwischen den Beinen hatte, dass er mir fast entkommen wäre.» Er brüllte vor Lachen. «Zum Glück ist es dazu nicht gekommen, denn er war bei weitem der Saftigere von den beiden.»

Als der Abend anbrach und Fürst Naja sich mit seinen Bräuten zurückzog, waren die meisten der Gäste so betrunken oder mit Essen voll gestopft, dass sie kaum noch stehen konnten. Als das Trio in den Privatgemächern ankam, rief Naja die Ammen herbei und ließ Merikara zu ihrem eigenen Gemach bringen. «Behandelt sie sanft», trug er ihnen auf. «Das arme Kind schläft fast im Stehen.»

Dann nahm er Heseret bei der Hand und führte sie in seine luxuriösen Gemächer mit Blick auf den Fluss, in dem sich schon die Sterne spiegelten.

Im Schlafgemach wurde Heseret von ihren Zofen hinter einen Bambusschirm geführt. Sie halfen ihr, das Hochzeitsgewand und den Schmuck abzulegen.

Auf dem Hochzeitslager lag ein schneeweiß gebleichtes Schaffell. Naja inspizierte es sorgfältig, und als er sich überzeugt hatte, dass es in perfektem Zustand war, ging er auf die Terrasse hinaus und atmete die kühle Flussluft ein. Ein Sklave brachte ihm eine Schale Gewürzwein, und er trank genießerisch. Es war der erste Wein, den er sich an diesem Abend erlaubte. Naja wusste, dass eines der wichtigsten Geheimnisse des Überlebens war, in Gegenwart seiner Feinde die Sinne beieinander zu halten. Seine Gäste hatten sich vor seinen Augen in einen erbärmlichen Zustand gesoffen. Selbst Trok, in den er so viel Vertrauen setzte, war dem Tier in sich erlegen. Das Letzte, was Naja von ihm gesehen hatte, war, dass er in einen Kübel kotzte, den ihm ein hübsches libysches Sklavenmädchen hinhielt. Als er damit fertig war, wischte er sich den Mund am Rock des Mädchens ab, warf es auf den Rasen vor dem Saal und bestieg es von hinten. Nichts hätte weniger nach Najas anspruchsvollem Geschmack sein können.

Als er ins Schlafgemach zurückging, brachten zwei Sklaven einen schweren Kessel mit heißem Wasser, in dem Lotosblüten schwammen. Naja stellte die Weinschale ab, ließ sich entkleiden und nahm ein Bad. Einer der Sklaven trocknete und flocht danach sein Haar, während der andere ihm ein sauberes weißes Gewand brachte. Als er die beiden entlassen hatte, legte er sich auf das Hochzeitslager, streckte seine langen, wohlgeformten Glieder aus und ließ sein Haupt auf der gold- und elfenbeinverzierten Kopfstütze ruhen.

Vom anderen Ende des Zimmers hörte er Stoffe rascheln und weibliches Flüstern. Einmal erkannte er Heserets Kichern, und der Klang erregte ihn. Er stützte sich auf einen Ellbogen und schaute zu dem Bambusschirm hinüber. Die Lücken darin waren gerade groß genug, dass er Stücke ihrer betörenden weißen Haut sehen konnte.

Macht und politischer Ehrgeiz waren zwar die Hauptgründe für diese Hochzeit, jedoch nicht die einzigen. Obwohl sein Beruf das

Kriegshandwerk und seine Neigung das Abenteuer waren, hatte er eine sinnliche und leidenschaftliche Natur. Seit Jahren hatte er Heseret heimlich beobachtet, und mit jedem ihrer Schritte auf dem Weg zur Fraulichkeit wuchs sein Interesse an ihr, vom kleinen Kind über das linkische Mädchen bis zu der quälenden Zeit, als ihre Brustknospen aufblühten, die kindliche Rundlichkeit verschwand und fraulicher Anmut Platz machte. Auch ihr Duft hatte sich geändert. Wann immer er ihr nun nahe kam, verzauberte ihn ihr süßer weiblicher Moschusgeruch.

Einmal war sie ihm unten am Fluss begegnet. Er war auf der Jagd, und sie sammelte mit zwei Freundinnen Lotosblüten, die sie zu Girlanden flechten wollten. Der nasse Rock hatte ihr an den Beinen geklebt, und ihre Haut schimmerte durch das feine Leinen. Während sie ihn anschaute, hatte sie sich das Haar aus dem Gesicht gestrichen, vollkommen unschuldig und zugleich höchst erotisch. Ihre Miene war ernst und züchtig gewesen, doch in ihren Augen hatte eine wissende Lüsternheit gefunkelt, die ihn seitdem nicht mehr losgelassen hatte. Ihr Blick hatte nur eine Sekunde auf ihm geruht, dann hatte sie ihre Freundinnen herbeigerufen und war mit ihnen ans Ufer und über die Wiese auf den Palast zu gelaufen, die runden Hinterbacken deutlich sichtbar unter dem dünnen Stoff des Rocks. Sein Atem war plötzlich schnell und heiß geworden.

Bei der Erinnerung daran regte es sich in seinen Lenden. Er sehnte sich danach, dass sie hinter dem Bambusschirm hervorkäme, doch zugleich wollte er den Augenblick möglichst herauszögern, um die Vorfreude vollkommen auszukosten. Und schließlich geschah es. Zwei ihrer Zofen führten sie bis zur Mitte des Raumes und verschwanden.

Ihr Nachtgewand reichte vom Hals bis zu den Knöcheln. Es war von seltener und kostbarer Seide aus den östlichen Landen, cremefarben und so fein, dass es sie zu umwehen schien wie ein Flussnebel. Auf einem Ständer in der Ecke hinter ihr brannte eine Öllampe, so dass warmes gelbes Licht durch die Seide schien und die Rundungen ihrer Hüften und Schultern matt glänzen ließ wie poliertes Elfenbein. Die nackten Füße und ihre Hände waren mit Henna gefärbt, doch aus ihrem Gesicht war alle Schminke entfernt worden, so dass ihr das junge Blut unter der makellosen Haut sanft die Wangen rötete. Ihre Lippen zitterten, als wäre sie den Tränen nahe. Sie hielt den Kopf gesenkt wie ein kleines Mädchen und schaute unter ihren langen Wimpern verschämt zu ihm auf. Doch wieder blitzte diese hintergründige Lüsternheit in ihren grünen Augen, die sein Blut so in Wallung gebracht hatte.

«Dreh dich um», sagte er sanft, doch seine Kehle war so trocken, als hätte er den Saft aus einer grünen Dattelpflaume gesogen. Sie gehorchte und drehte sich langsam wie in einem Traum, mit wiegenden Hüften, der Bauch matt durch die Seide schimmernd, das Hinterteil rund und voll wie zwei Straußeneier.

«Du bist sehr schön.» Seine Stimme versagte ihm fast. Der Anflug eines Lächelns hob ihre Mundwinkel, und sie leckte sich die Lippen mit der Zungenspitze, rosa wie die eines Kätzchens. «Ich bin froh, dass ich meinem Regenten gefalle.»

Er stand vom Bett auf, ging zu ihr und nahm ihre Hand, die warm und weich war, in die seine. Er führte sie zum Bett, und sie folgte ihm ohne zu zögern. Sie kniete auf dem weißen Schaffell und ließ den Kopf hängen, so dass ihr Haar ihr Gesicht verschleierte. Er stand über ihr und beugte sich vor, bis er es mit den Lippen berührte. Sie duftete wie eine gesunde junge Frau im ersten Stadium der Erregung. Er streichelte ihr Haar, und sie schaute ihn an durch den dunklen Schleier, den er nun mit einer Hand teilte, während er ihr mit der anderen unters Kinn fasste und sacht ihren Kopf hob.

«Du hast Augen wie Ikona», flüsterte sie. Ikona war sein zahmer Leopard, der sie in Angst versetzte und zugleich faszinierte, dieselben Gefühle, die sie nun ihm gegenüber empfand, denn er war ebenso geschmeidig, seine Augen ebenso gelb und unergründlich wie die des Leoparden. Sie sah die Grausamkeit und Unbarmherzigkeit in diesen Augen, was in ihr Empfindungen weckte, die sie früher noch nicht gekannt hatte. «Auch du bist sehr schön», hauchte sie, und wirklich: In diesem Augenblick war er für sie das schönste Geschöpf, das sie je gesehen hatte.

Sein Kuss schmeckte wie eine unbekannte reife Frucht. Unbefangen öffnete sie den Mund, um sie zu kosten. Seine Zunge war flink wie die einer Schlange, doch auch das fand sie überhaupt nicht abstoßend. Sie schloss die Augen und berührte seine Zungenspitze mit der ihren. Er legte eine Hand hinter ihren Kopf und drückte seinen Mund fester auf ihre Lippen. So versunken war sie in seinen Kuss, dass sie vollkommen überrascht war, als seine andere Hand eine ihrer

Brüste umfasste. Sie riss die Augen auf und keuchte. Sie versuchte, sich von ihm zu lösen, doch er hielt sie fest und streichelte sie nun mit solcher Sanftheit und solcher Kennerschaft, dass ihre Ängste im Nu verflogen. Er rieb ihre Brustwarze, und das Gefühl strömte durch ihre Arme hinunter bis in die Fingerspitzen und dann durch den ganzen Körper. Als er seine Hand wegnahm, empfand sie einen Stich der Enttäuschung, doch dann hob er sie hoch, so dass sie aufrecht vor ihm stand, die Füße auf dem weichen Schaffell, die Brüste vor seinem Gesicht.

Mit einer Handbewegung streifte er ihr das seidene Nachtgewand ab und ließ es zu Boden gleiten. Als er ihre prall durchblutete Brustwarze zu saugen begann und eine Hand zwischen ihre Schenkel fuhr und sich über ihr dunkles Flaumnest legte, schrie sie laut auf.

Sie spürte nicht die geringste Neigung, sich zu wehren, sondern gab sich allem hin, was immer er mit ihr tat. Nach dem, was die Sklavenmädchen ihr erzählt hatten, sollte sie Angst haben, er könnte ihr wehtun, doch seine Hände waren nicht nur flink und stark, sondern auch unendlich zart. Er schien ihren Körper besser zu kennen als sie selbst, und er spielte damit mit solcher Kunst, dass sie tiefer und tiefer, schneller und schneller im Ozean dieser neuen Empfindungen versank.

Nur einmal tauchte sie wieder auf, als sie die Augen öffnete und ihn plötzlich nackt vor sich stehen sah. Sie erinnerte sich an den Traum, in dem er da unten so aussah wie Nefers junger Hengst, und senkte beklommen den Kopf, um hinzusehen. Doch es war ganz anders als in ihrem Traum. Es war glatt und rosig und zugleich hart wie ein Knochen, sauber und von perfekter Form wie eine Tempelsäule. Ihre Ängste verflogen, und sie gab sich seinem Mund und seinen Händen hin. Nur einmal spürte sie einen plötzlichen, scharfen Schmerz, doch das war viel später, und der Schmerz verging und wich einem neuen und wundervollen Gefühl der Fülle. Noch später hörte sie ihn über sich aufschreien. Sein Schrei bewirkte etwas in ihrem Körper und verwandelte fast unerträgliche Wollust in einen ganz eigenen Schmerz. Sie umklammerte ihn mit aller Kraft mit Armen und Beinen und fiel in seine Schreie ein.

Noch zwei Mal in dieser viel zu kurzen, zauberhaften Nacht brachte er sie so zum Schreien, und dann, als die Morgendämmerung das Schlafgemach in rosa und silbernes Licht tauchte, lag sie friedlich in seinen Armen. Sie fühlte sich, als wäre alle Lebenskraft aus ihr gewichen, als wären ihre Knochen weich und knetbar wie Flussschlamm, und tief in ihrem Bauch war ein vager, süßer Schmerz.

Als er aus dem Bett schlüpfte, hatte sie gerade genug Kraft zu rufen: «Geh nicht, bitte geh nicht, mein Regent, mein schöner Regent!»

«Ich werde gleich zurück sein», flüsterte er und zog sanft das Schaffell unter ihr weg. Nun sah sie die Flecken auf dem schneeweißen Fell, Blutflecken, rosenrot, das Blut des kurzen Schmerzes, den sie vor Ewigkeiten empfunden hatte, als er etwas in ihr durchbohrt hatte.

Er trug das Fell auf die Terrasse und hängte es über die Brüstung. Von tief unten vor dem Palast hörte sie fernen Jubel, als die Ägypter, die dort gewartet hatten, den Beweis für ihre Entjungferung sahen und anerkannten. Doch sie kümmerte sich nicht darum, was diese Bauern anerkannten und was nicht. Sie sah nur den nackten Rücken ihres Gemahls und spürte, wie ihre Brüste und ihr wunder Leib wieder heiß anschwollen. Als er zurückkam, empfing sie ihn mit offenen Armen.

«Du bist großartig», flüsterte sie, bevor sie in seinen Armen einschlief. Als sie Stunden später langsam erwachte, war ihr Dasein mit einer Leichtigkeit und Freude erfüllt, wie sie sie noch nie gekannt hatte. Zuerst war sie nicht sicher, woher dieses Wohlbefinden kam, doch dann regte sich sein harter, warmer Körper. Er lächelte zärtlich und betrachtete sie aus seinen eigenartigen gelben Augen. «Welch glänzende Königin du abgeben würdest», sagte er leise, und er meinte es ernst. In der Hochzeitsnacht hatte er Qualitäten an ihr entdeckt, von denen er nichts geahnt hatte. Er spürte, dass er in ihr jemanden gefunden hatte, dessen Wünsche und Instinkte in vollkommener Harmonie mit den seinen waren.

«Und welch glänzenden Pharao du abgeben würdest.» Sie lächelte ebenfalls und streckte sich lüstern. Dann lachte sie leise und streichelte seine Wange. «Aber das ist wohl nicht möglich.» Sie würde plötzlich ernst. «Oder doch?»

«Nur eines steht uns noch im Weg», entgegnete er. Mehr brauchte er nicht zu sagen. Er sah schon die Machtgier in ihren Augen aufblitzen. Sie wusste genau, was er meinte.

«Du bist der Dolch, und ich will die Scheide sein. Ganz gleich, was du mir abverlangst, ich werde niemals nein sagen, mein schöner Regent.»

Er legte einen Finger auf ihre von seinen Küssen geschwollenen Lippen. «Wie ich sehe, brauchen wir nicht viele Worte. Unsere Herzen schlagen im selben Takt.»

König Apepi blieb mit seinem Gefolge noch fast einen Monat in Theben. Als Gäste des Pharao Nefer Seti und seines Regenten genossen sie eine wahrhaft königliche Gastfreundschaft. Taita hatte auf diesen Aufenthalt hingearbeitet, da er sicher war, dass Naja nichts gegen Nefer unternehmen würde, solange Apepi und seine Tochter in Theben weilten.

Die königlichen Gäste verbrachten ihre Tage mit der Jagd, Besuchen zahlreicher Tempel auf beiden Seiten des Nils, Huldigungen an alle Götter Ägyptens und mit Turnieren zwischen den Regimentern des nördlichen und des südlichen Reiches. Es gab Wagenrennen, Bogenschießen und Wettläufe. Es gab sogar Schwimmwettbewerbe, in denen ausgewählte Meisterschwimmer die volle Breite des Nils durchschwammen und der Schnellste mit einer goldenen Statue des Horus belohnt wurde.

Draußen in der Wüste machten sie von dahinrasenden Wagen Jagd auf Gazellen und Antilopen oder sie gingen mit schnellen Sakerfalken auf die Jagd nach der großen Trappe. Die Königsfalken des Pharao Tamose waren als eines der Begräbnisrituale freigelassen worden. Am Fluss jagten die Gäste Reiher und Enten, und im flachen Wasser warfen sie Speere nach den großen, bärtigen Katzenfischen. Mit einer Flotte von Kriegsgaleeren jagten sie auch das mächtige Flusspferd, wobei Nefer am Steuer seiner eigenen Galeere, der «Auge des Horus», stand. Prinzessin Mintaka lehnte neben ihm und kreischte vor Aufregung, wenn die großen Bestien an die Oberfläche kamen, die Rücken mit Speeren gespickt und das Wasser um sie herum blutrot.

Mintaka war in jenen Tagen oft an Nefers Seite. Sie fuhr auf der Jagd in seinem Wagen und reichte ihm die Lanze, wenn sie eine fliehende Antilope eingeholt hatten. Wenn sie das Schilf nach Reihern durchkämmten, trug sie ihren eigenen Falken auf dem Arm. Bei den Jagdessen in der Wüste saß sie neben ihm und bereitete kleine Naschereien für ihn zu. Sie suchte ihm die süßesten Trauben aus und steckte sie ihm in den Mund.

Jeden Abend fanden im Palast Festessen statt, und auch dort saß sie zu seiner Linken, dem traditionellen Platz der Frau, damit sie nie seinem Schwertarm im Weg war. Mit ihrem trockenen Witz brachte sie ihn zum Lachen. Sie war auch eine fabelhafte Imitatorin. Besonders gut war ihre Nachahmung von Heseret. Sie lächelte affektiert und verdrehte die Augen und sprach in dem pompösen Ton, den Heseret sich angewöhnt hatte, von «meinem Gemahl, dem Regenten von Ägypten».

Obwohl sie es versuchten, waren sie nie ganz für sich, dafür sorgten Naja und Apepi. Nefer bat Taita um Hilfe, doch nicht einmal der konnte ein geheimes Treffen für sie arrangieren. Nefer kam nie auf den Gedanken, dass Taita das vielleicht gar nicht wollte oder dass ihm vielleicht ebenso viel wie Apepi daran lag, ihnen die Unschuld zu erhalten. Wenn Nefer und Mintaka Bao spielten, waren immer die Sklavenmädchen um sie, und die Höflinge und der allgegenwärtige Asmor waren auch nicht fern. Nefer hatte seine Lektion gelernt und war weit davon entfernt, die Prinzessin in diesem Brettspiel zu unterschätzen. Er spielte gegen sie, wie er gegen Taita gespielt hätte.

Ihre Liebe zueinander war so offensichtlich, dass alle um sie herum daran teilhatten, und überall, wo sie zusammen auftauchten, waren sie von lächelnden Gesichtern umgeben. Wenn Nefer auf seinem Wagen mit Mintaka, deren dunkles Haar wie ein Banner im Wind flatterte, durch die Straßen von Theben raste, kamen die Hausfrauen aus ihren Küchen gelaufen, und die Männer schauten von ihrer Arbeit auf, um dem jungen Paar Grüße und Glückwünsche zuzurufen. Selbst Naja lächelte, und niemand hätte je geglaubt, dass er es in Wirklichkeit hasste, wie sie die Aufmerksamkeit der Bevölkerung von ihm und seinen jungen Bräuten ablenkten.

Der Einzige, der auf den Jagdausflügen in der Landschaft und bei den Festessen im Palast missmutig dreinschaute, war Trok.

Die Zeit, die die beiden jungen Menschen zusammen verbringen konnten, verging viel zu schnell.

«Es sind immer so viele Leute um uns herum», flüsterte Nefer über dem Bao-Brett. «Ich sehne mich danach, mit dir allein zu sein, selbst wenn es nur für wenige Minuten ist. Wir haben nur noch drei Tage, bevor du mit deinem Vater nach Avaris zurückkehrst. Es könnten Monate vergehen oder gar Jahre, bis wir uns wieder sehen, und es gibt so vieles, was ich dir sagen möchte, aber nicht, wenn alle Augen und Ohren auf uns gerichtet sind wie gespitzte Pfeile.»

Sie nickte, beugte sich vor und flüsterte: «Würdest du mir versprechen, meine Keuschheit zu respektieren, wenn wir allein wären?»

«Ich schwöre beim Verwundeten Auge des großen Horus, dass ich dich nie, niemals, solange ich lebe, in Schande stürzen würde», versprach er ernst.

Sie lächelte. «Meine Brüder wären sehr enttäuscht, wenn sie das gehört hätten. Sie warten nur auf eine Entschuldigung, dir die Kehle durchschneiden zu können.» Ihre Augen strahlten ihn an. «Und wenn es nicht die Kehle ist, dann würden sie sich bestimmt auch mit einem anderen Körperteil zufrieden geben.»

Am nächsten Tag hatten sie dann ihre Chance. Einer der königlichen Jäger, der aus den Bergen über dem Dorf Dabba zurückkam, berichtete, ein Löwe aus der östlichen Wildnis hätte in der Nacht Vieh gerissen. Er war über den Weidezaun gesprungen und hatte acht der verängstigten Kühe getötet. Am Morgen hatte eine Bauernhorde die Bestie dann mit Fackeln, Hörnern, Trommeln und wilden Schreien vertrieben.

«Wann war das?», fragte Naja.

«Vor drei Nächten, Euer Gnaden.» Der Mann hatte sich vor dem Thron zu Boden geworfen. «Ich bin den Fluss hinaufgekommen, so schnell ich konnte, doch die Strömung war stark und der Wind sehr böig.»

«Und was ist aus dem Löwen geworden?», schaltete sich König Apepi ein.

«Der hat sich in die Berge zurückgezogen. Ich habe ihm aber zwei meiner besten nubischen Fährtensucher hinterhergeschickt.»

«Hat irgendjemand die Bestie gesehen? Wie groß ist sie? Ist es ein Löwe oder eine Löwin?»

«Die Bauern sagen, es ist ein großes männliches Tier mit dichter, schwarzer Mähne.»

Bis vor etwa sechzig Jahren hatte es keine Löwen gegeben. Sie galten als Königsbeute und waren von einer Reihe von Pharaonen als die begehrtesten Trophäen der königlichen Jagd so rücksichtslos gejagt worden, dass keine mehr übrig blieben.

Während des langen, bitteren Konflikts mit den Hyksos waren die

Pharaonen jedoch mit anderen Dingen beschäftigt gewesen, und da die großen Katzen in den Gefallenen auf den Schlachtfeldern eine ergiebige Nahrungsquelle fanden, hatte sich in den vergangenen Jahrzehnten die Anzahl der Löwen in Ägypten wieder vermehrt, und entsprechend war ihre Dreistigkeit gestiegen.

«Ich lasse sofort meine Kampfwagen auf die Boote laden», entschied Apepi. «Bei der Strömung, die im Moment herrscht, können wir schon morgen früh in Dabba sein.» Er grinste und schlug die linke Faust in seine verhornte Schwerthand. «Bei Sebek, wie gern hätte ich die Chance, es mit der alten Schwarzmähne aufzunehmen. Seitdem ich keine Ägypter mehr töten darf, vermisse ich eine echte Jagd.»

Naja runzelte die Stirn über Apepis Sprüche. «Majestät, Ihr wolltet übermorgen früh nach Avaris zurückfahren.»

«Das stimmt, Regent. Unser Gepäck ist jedoch größtenteils schon verladen, und die Flotte ist abfahrtbereit. Dabba liegt am Weg. Ich kann mir erlauben, einen oder zwei Tage auf die Jagd zu gehen.»

Naja zögerte. Die Jagd war ihm nicht so wichtig, dass er dafür die zahlreichen Staatsgeschäfte vernachlässigen wollte, die ihrer Erledigung harrten. Und er wartete sehnsüchtig darauf, dass Apepi endlich verschwand. Die lautstarke, ungehobelte Art des Königs wurde in Theben schon lange nicht mehr als willkommen empfunden. Außerdem hatte Naja Pläne, die er nur angehen konnte, wenn Apepi weg war. Dennoch konnte er nicht zulassen, dass der hyksische Pharao allein im Oberen Königreich auf die Jagd ging. Das wäre nicht nur unhöflich, es wäre auch politisch von Nachteil, wenn der Eindruck entstand, Apepi könnte sich im südlichen Reich benehmen, als wäre er der alleinige Herrscher.

«Majestät», warf Nefer ein, bevor sich Naja eine passende Ausrede einfallen lassen konnte, «wir werden uns der Jagd mit größtem Vergnügen anschließen.» Für Nefer war es eine Gelegenheit zu einem großartigen Ausflug, seine erste Löwenjagd und die Chance, seinen Mut unter Beweis zu stellen. Noch hundertmal wichtiger war ihm jedoch, dass er auf diese Weise etwas länger mit Mintaka zusammen sein konnte. Vielleicht ergäbe sich sogar endlich die Gelegenheit, etwas Zeit mit ihr allein zu verbringen. Bevor Naja ihn daran hindern konnte, wandte sich Nefer an den Jäger, der immer noch mit der Stirn auf dem Boden vor ihnen lag. «Gut gemacht, Mann. Der Kammerherr wird dir für deine Mühen einen Goldring geben. Kehre sofort nach Dabba zurück auf der schnellsten Feluke unserer Flotte. Bereite alles für unsere Ankunft vor. Wir wollen eine großartige Jagd veranstalten.»

Nefer bedauerte nur, dass Taita auf seiner ersten Löwenjagd nicht dabei sein und ihm mit Rat und Tat zur Seite stehen würde. Der alte Mann war wieder auf einem seiner regelmäßigen geheimnisvollen Ausflüge in die Wildnis, und niemand wusste, wann er zurückkehren würde.

Am frühen Morgen des nächsten Tages ging die Jagdgesellschaft nicht weit vom Dorf Dabba an Land. Die Flotte von Leichtern und Galeeren hatte unter anderem zwanzig Wagen und die zugehörigen Pferde an Bord, die nun ausgeladen wurden. Indessen schärften die Lanzenträger ihre Speerspitzen, spannten die Jagdbogen neu und überprüften die Pfeile auf Balance und Geradheit. Während die Pferde getränkt wurden, nahmen die Jäger ein herzhaftes Frühstück zu sich, das die Dorfbewohner für sie zubereitet hatten.

Die Stimmung war ausgelassen, und Apepi schickte nach einem der Fährtensucher, der inzwischen aus den Bergen zurückgekehrt war. «Es ist ein sehr großer Löwe», berichtete er, «der größte, den ich östlich des Nils je gesehen habe.» Die Aufregung wurde immer größer.

«Hast du ihn wirklich gesehen oder hast du das nur den Spuren entnommen?», wollte Nefer wissen.

«Ich habe ihn gesehen, aber nur aus der Entfernung. Er ist so hoch wie ein Pferd und schreitet einher mit der Würde eines Monarchen. Seine Mähne weht im Wind wie eine Garbe Durrahalme.»

«Bei Seth, der Bursche hält sich für einen Poeten!», schnaubte Naja. «Halte dich an die Tatsachen und erspare uns die schönen Worte, Kerl!»

Der Fährtensucher legte als Zeichen seiner Unterwerfung die Faust auf die Brust und fuhr demütig mit seinem Bericht fort. «Gestern rastete er in einem bewaldeten Wadi anderthalb Wegstunden von hier, doch bei Einbruch der Nacht ging er wieder auf die Jagd. Er muss hungrig sein. Er hat seit vier Tagen nichts mehr gefressen. In der Nacht versuchte er eine Antilope zu reißen, aber die trat um sich und konnte flüchten.»

«Wo, meinst du, könnte er jetzt sein?», fragte Nefer weit freundlicher als Naja. «Wenn er auf der Jagd war, dann ist er jetzt nicht nur hungrig, sondern auch durstig. Wo könnte er trinken?»

Der Fährtensucher betrachtete Nefer mit großer Ehrfurcht, nicht nur weil er ein Pharao war, sondern auch wegen der Kenntnisse, die er mit seiner Frage zeigte. «Nach seinem missglückten Versuch, die Antilope zu reißen, zog er sich in felsiges Gelände zurück, wo ich seine Spuren nicht weiter verfolgen konnte.» Apepi machte eine verärgerte Geste, und der Nubier sprach schnell weiter. «Ich glaube aber, er hat heute Morgen an einer kleinen Oase getrunken, ein versteckter Ort, den sonst nur die Beduinen kennen.»

«Wie lange würden wir brauchen zu dieser Oase?», fragte Nefer weiter. Der Mann zog mit seinem Arm einen Kreisbogen entsprechend drei Stunden der Sonnenbahn.

«Dann dürfen wir keine Zeit verschwenden.» Nefer lächelte ihn an und wandte sich ab, um dem Hauptmann der Wagenfahrer zuzurufen: «Wie lange braucht ihr noch, Soldat?»

«Es ist alles bereit, Majestät.»

«Blast zum Aufsteigen», befahl Nefer. Die Widderhörner schmetterten ihr Signal, und die Jäger liefen zu ihren Wagen. Mintaka ging an Nefers Seite. Alle Etikette war vergessen, die beiden waren einfach ein Knabe und ein Mädchen auf einem aufregenden Ausflug. Doch Trok verdarb ihnen diesen Traum. Beim Sprung in seinen Wagen rief er König Apepi zu: «Majestät, es wäre bestimmt unklug, die Prinzessin mit einem unerfahrenen Knaben fahren zu lassen. Wir sind heute schließlich nicht hinter einer Gazelle her.»

Nefer blieb stehen und funkelte Trok an, voller Empörung und voller Zorn. Mintaka legte ihm eine Hand auf den Arm. «Fordere ihn nicht heraus. Er ist ein unerbittlicher Kämpfer und sehr jähzornig. Wenn du das tust, wird dich nicht einmal dein Rang beschützen.»

Nefer schüttelte sie wütend ab. «Meine Ehre erlaubt mir nicht, eine solche Beleidigung hinzunehmen.»

«Bitte, mein Herz, um meinetwillen, lass es sein.» Es war das erste Mal, dass sie ihn mit einer solchen Liebkosung ansprach. Sie tat es absichtlich. Sie wusste, welche Wirkung es auf ihn haben würde. Schon jetzt zeigte sie die Fähigkeit, mit dem Instinkt einer liebenden Frau seine Launen und Wutausbrüche zu zügeln. Nefer vergaß Trok und dessen Angriff auf seine Ehre augenblicklich. «Wie hast du mich genannt?», fragte er heiser.

«Du bist nicht taub, mein Herz.» Er schluckte. «Du hast ganz genau gehört, was ich gesagt habe.» Sie lächelte ihm ins Gesicht.

Darauf brüllte Apepi in die Stille: «Keine Sorge, Trok, ich gebe ihm meine Tochter mit, um auf ihn aufzupassen. Dann kann dem Pharao nichts passieren.» Er lachte laut und zog an den Zügeln. Sein Gespann rollte davon, und er rief: «Wir haben schon den halben Morgen verschwendet. Auf zur Jagd!»

Nefer schwenkte dicht vor Troks Gespann hinter Apepi ein. Im Vorbeifahren bedachte er Trok mit einem kalten Blick und rief: «Ihr seid unverschämt. Seid versichert, dass die Sache damit nicht erledigt ist.»

«Ich fürchte, du hast dir einen Feind gemacht, Nefer», sagte Mintaka. «Hüte dich vor seinem Zorn.»

Mit dem königlichen Jagdmeister an der Spitze, der auf dem nackten Rücken eines zottigen, aber zähen Ponys voranritt, erklomm der Wagenzug die steinigen Hügel. Sie fuhren im Trab und schonten die Pferde, indem sie sie nach jeder scharfen Steigung verschnaufen ließen. Nach einer Stunde trafen sie einen der nubischen Fährtensucher, der auf einem Hügel auf sie wartete und nun heruntergelaufen kam, um den Jägern zu berichten. Sie sprachen ernst miteinander, und dann kam der Oberjäger und erstattete der königlichen Jagdgesellschaft Bericht: «Die Nubier haben die Hügel durchkämmt, ohne jedoch die Spur wieder zu finden. Sie sind sicher, dass er an dem Wasserloch auftauchen wird. Sie wollten ihn aber nicht stören und haben deshalb auf uns gewartet.»

«Führe uns zu der Wasserstelle», befahl Apepi, und sie fuhren weiter.

Vor Mittag kamen sie in ein flaches Tal. Sie waren nicht weit vom Fluss entfernt, doch hier konnte man den Eindruck haben, man wäre mitten in der Wüste, so trocken und unwirtlich war es. Der Fährtensucher ritt neben Apepis Wagen und sagte: «Das Wasserloch ist am Ende dieses Tales. Die Bestie schläft wahrscheinlich irgendwo in der Nähe.»

Als alter Krieger übernahm Apepi wie selbstverständlich das Kommando, ein Recht, das ihm Nefer ohne weiteres überließ. «Wir teilen uns in drei Gruppen auf und umstellen die Oase. Wenn die Beute sich zeigt, haben wir sie umzingelt. Mein Regent, Ihr übernehmt den linken Flügel. Pharao Nefer Seti nimmt die Mitte, und ich werde den rechten Flügel führen.» Er hielt seinen schweren Kampfbogen hoch. «Wer ihn als Erster bluten lässt, gewinnt die Trophäe.»

Sie waren alle erfahrene Wagenlenker und bildeten schnell und ohne Umstände die neue Formation. Sie kreisten das Wasserloch ein. Nefer hatte seinen Bogen über der Schulter und die Zügel von seinen Handgelenken abgewickelt, so dass er sie jederzeit fallen lassen konnte, um beide Hände für den Schuss frei zu haben. Mintaka hielt die lange Lanze für ihn bereit. Diesen Waffenwechsel hatten sie in den letzten Wochen eingeübt, und er wusste, er konnte sich darauf verlassen, dass sie ihm die Lanze genau in dem Augenblick in die Hand legen würde, wenn er sie brauchte.

Sie näherten sich der Oase im Schritttempo. Die Pferde spürten die Anspannung der Fahrer. Vielleicht hatten sie auch die Witterung des Löwen aufgenommen. Jedenfalls warfen sie die Köpfe hoch, rollten mit den Augen und schnaubten und trippelten nervös.

Die Wagenkolonne gruppierte sich langsam um den Flecken dunklen Gestrüpps und dürren Grases, in dem sich das Wasserloch verbarg. Als die Oase ganz eingekreist war, hob Apepi seine Hand als Signal zum Anhalten. Der königliche Jagdmeister stieg ab und ging mit seinem Pony vorsichtig auf die spärliche, braune Vegetation zu.

«Wäre der Löwe hier, hätten wir ihn bestimmt inzwischen entdeckt, wenn es wirklich ein so großes Tier ist.» Mintakas Stimme zitterte ein wenig, und Nefer liebte sie umso mehr für dieses kleine Eingeständnis ihrer Furcht.

«Ein Löwe kann sich so flach hinlegen, dass er praktisch im Gelände versinkt. Wenn du so nah an ihn herankämst, dass du ihn berühren könntest, du würdest ihn dennoch nicht sehen», erklärte er ihr.

Der Jäger ging jeweils ein paar Schritte und blieb dann stehen, um zu lauschen und jeden Busch und Grasflecken auf dem Weg abzusuchen, bevor er weiterging. Am Rand des Gestrüpps ging er in die Knie und hob eine Hand voll kleiner Steine auf, die er dann systematisch in jedes mögliche Versteck warf.

«Was macht er da?», flüsterte Mintaka.

«Der Löwe wird brüllen, bevor er angreift. Er versucht ihn zu provozieren, damit er sich verrät.»

Es war still bis auf den gedämpften Aufprall der Steine und das nervöse Schnauben und Stampfen der Pferde. Jeder der Jäger hatte einen Pfeil am Bogen und war sofort schussbereit. Plötzlich hörten sie einen heiseren Schrei und Geraschel im Gras. Die Bogen wurden gespannt, und die Lanzenträger hielten ihre Waffen bereit. Doch dann blickten alle dumm in die Runde, als ein brauner Hammerkopfstorch sich schwerfällig in die Lüfte erhob und zum Fluss hinunter flatterte.

Der Jagdmeister brauchte eine Minute, um sich wieder zu fassen. Dann ging er langsam tiefer in das Gestrüpp hinein, bis er an der kleinen Quelle war. Das salzige Wasser drang mühsam an die Oberfläche und füllte ein flaches Becken im Felsenboden, kaum groß genug, um den Durst eines großen Raubtiers zu stillen. Der Jagdmeister ging in die Knie und suchte den Rand des Beckens nach Spuren ab. Dann schüttelte er den Kopf und stand auf. Er kam schnell aus dem Gestrüpp heraus, stieg auf sein Pony und trabte zu Apepis Wagen zurück. Die anderen Jäger kamen herangefahren, um seinen Bericht ebenfalls anzuhören. «Majestät, ich habe mich geirrt.» Der Jagdmeister war niedergeschmettert. «Der Löwe hat einen anderen Weg eingeschlagen.»

«Und was nun, Bursche?» Apepi machte kein Geheimnis aus seiner Enttäuschung und seinem Ärger.

«Das hier war der erste Ort, wo ich nach ihm suchen würde. Es gibt aber noch andere Stellen. Er könnte das Tal durchquert haben, oder er könnte sich irgendwo in der Nähe verstecken und die Dunkelheit abwarten, bevor er sich an die Wasserstelle wagt. Weiter unten im Tal gibt es genügend Deckung.» Er zeigte die felsigen Hänge hinunter.

«Und wo könnte er sonst noch sein?»

«Es gibt noch ein Wasserloch im nächsten Tal, doch dort haben die Beduinen ein Lager. Die könnten die Bestie verscheucht haben. Und dann gibt es noch eine Quelle am Fuß der Berge dort im Westen.» Er zeigte zu einer Linie blauer Bergsilhouetten am Horizont. «Der Löwe könnte an jedem dieser Plätze zu finden sein», gab der Mann zu. «Er könnte auch umgekehrt sein und sich wieder am Rand der Nilebene herumtreiben, wo es reichlich Wasser gibt. Vielleicht hat ihn auch die Witterung von Kühen und Ziegen dorthin gelockt.»

«Du hast nicht die geringste Ahnung, wo er sich versteckt, nicht wahr?», fasste Naja zusammen. «Wir sollten die Jagd abblasen und zu den Schiffen zurückkehren.»

«Nein», erwiderte Nefer, «die Jagd hat doch kaum begonnen. Wie können wir so schnell aufgeben?»

«Der Junge hat Recht», stimmte Apepi zu, «die Jagd muss weitergehen.» Er hielt für einen Augenblick inne und kam dann zu einer Entscheidung. «Wir müssen weiter in drei Gruppen vorgehen, das ganze Gebiet durchkämmen.» Er schaute zu Naja hinüber. «Ihr, mein Regent, fahrt mit Eurer Gruppe zu dem Beduinenlager. Wenn die Beduinen die Beute gesichtet haben, sollen sie euch hinführen. Ich selbst werde mit meiner Gruppe zu der Quelle am Fuß der Berge ziehen.» Er drehte sich zu Trok um. «Fahrt mit drei Wagen das Tal hinunter. Nehmt einen der Fährtensucher mit.» Zu Asmor sagte er: «Und Ihr fahrt mit drei Kampfwagen am Rand der Flussebene entlang nach Dabba zurück, falls er dorthin zurückgekehrt ist, wo er zuletzt Beute gefunden hat.» Und schließlich schaute er Nefer an. «Ihr, Pharao, zieht in die entgegengesetzte Richtung, nach Norden auf Achmim zu.»

Nefer war klar, dass Apepi ihm das am wenigsten Erfolg versprechende Revier zugewiesen hatte, doch in diesem Fall hatte er nichts dagegen. Der neue Plan bedeutete, dass er mit Mintaka zum ersten Mal der direkten Aufsicht seiner Vormünder und Aufpasser entkommen würde. Naja, Asmor und Trok wurden alle in verschiedene Richtungen geschickt. Er wartete darauf, dass sich jemand darüber beschwerte, doch alle dachten nur an die Jagd und sahen nicht, was dies bedeutete – alle bis auf Naja.

Die gelben Augen des Regenten waren auf Nefer gerichtet. Vielleicht überlegte er gerade, wie ratsam es wäre, Apepis Befehle anzufechten. Am Ende kam er jedoch zu dem Schluss, dass das nicht klug wäre und dass der junge Pharao in der Wüste ebenso gefangen sein würde wie unter Asmors Aufsicht. In der Wüste gab es keinen Ort, wohin Nefer fliehen konnte, und wenn er Mintaka in irgendein wildes Abenteuer verwickelte, hätte er sofort die Armeen beider Reiche auf den Fersen.

Schließlich gab Apepi einen Treffpunkt bekannt und traf die letzten Anordnungen. Dann bliesen die Widderhörner zur Abfahrt, und die fünf Kolonnen schlängelten sich aus dem Tal. Sobald sie auf ebenem Grund waren, schlugen die verschiedenen Gruppen die ihnen zugewiesene Richtung ein.

Als die letzte der anderen Gruppen zwischen den nackten Hügeln verschwand, lehnte sich Mintaka noch enger an Nefer und flüsterte: «Endlich ist Hathor uns einmal gnädig.»

«Ich glaube eher, es war Horus, der uns diesen Gefallen erwiesen hat», lächelte Nefer spitzbübisch, «doch eigentlich ist mir egal, von wem dieses Geschenk kommt.»

Zu Nefers Gruppe gehörten noch zwei andere Wagen unter dem Kommando von Hilto, dem alten Soldaten, der ihn und Taita auf ihrem Fluchtversuch aus Ägypten aufgestöbert hatte. Er hatte unter Nefers Vater gedient und war loyal bis in den Tod. Nefer wusste, dass er ihm rückhaltlos vertrauen konnte.

Nefer fuhr schnell voran. Er wollte die noch verbleibenden Tagesstunden nutzen. Nach einer Stunde öffnete sich die weite Nilebene vor ihnen. Er hielt an, um für einige Minuten die Aussicht zu genießen. Der Strom funkelte wie ein in sattgrüne Felder und Gärten eingefasster Smaragd.

«Wie schön es hier ist, Nefer», sagte Mintaka verträumt. «Auch wenn wir einmal verheiratet sind, dürfen wir nie vergessen, dass wir diesem Land gehören, nicht umgekehrt.»

Manchmal vergaß Nefer, dass sie in Avaris geboren war und das Land nicht nur seine, sondern auch ihre Heimat war. Es erfüllte ihn mit Stolz, dass sie ebenso empfand wie er.

«Das werde ich nie vergessen, wenn du an meiner Seite bist.» Sie schaute zu ihm auf. Ihre Lippen waren ein wenig geöffnet. Er roch ihren süßen Atem, und die Versuchung, diese Lippen mit seinem Mund zu berühren, war fast unwiderstehlich. Doch dann spürte er die Blicke Hiltos und der anderen Männer und sah aus dem Augenwinkel, wie einer wissend lächelte. So nahm er sich zusammen und schaute kühl zu Hilto hinüber, um ihm den Befehl zuzurufen, den er sich zurechtgelegt hatte, seit sie sich von der übrigen Jagdgesellschaft getrennt hatten. «Hilto, wenn der Löwe hier ist, verbirgt er sich wahrscheinlich irgendwo an dem Hang dort unten. Wir sollten in breiter Front vorgehen. Die linke Flanke soll sich am Rand der Ebene halten und die rechte hier oben auf dem Hügelgrat. So werden wir den Hang nach Norden abfahren.» Er verdeutlichte seinen Plan mit ausladenden Gesten, doch Hilto schien nicht ganz sicher zu sein und kratzte sich die Narbe auf seiner Wange.

«Das ist eine sehr lange Front, Majestät. Bis zur Flussebene hinunter ist es fast eine Wegstunde. An manchen Stellen werden wir einander nicht sehen können.»

Nefer erkannte, dass es allen militärischen Regeln widersprach, eine Front so zu strecken, und dies waren die Regeln, an die sich Hilto instinktiv halten wollte. So versuchte er ihn zu beruhigen: «Wenn wir getrennt werden sollten, treffen wir uns auf dem dritten Kamm vor dem kleinen Gipfel dort drüben. Das ist ein guter Orientierungspunkt.» Er zeigte auf einen unverkennbaren Felsen in drei Meilen Entfernung. «Falls jemand von uns später dort ankommt, sollen die anderen warten, bis die Sonne in dieser Höhe steht, bevor sie zurückfahren und sich auf die Suche machen.»

So hatte er sich einige Stunden Spielraum verschafft, bevor sie ihn und Mintaka suchen würden. Hilto war jedoch immer noch nicht überzeugt. «Ich bitte um Nachsicht, Majestät, aber Fürst Naja hat mir den strikten Befehl erteilt ...»

Nefer fiel ihm mit scharfer Stimme und kalter Miene ins Wort. «Wagt Ihr es, Eurem Pharao zu widersprechen?»

«Niemals, Majestät!» Hilto war schockiert über diese Anschuldigung.

«Dann tut Eure Pflicht, Mann!»

Hilto grüßte ehrfürchtig und rannte zu seinem Wagen zurück. Gleichzeitig rief er seinen Leuten die nötigen Befehle zu. Als die Gruppe sich über den Hang verteilte, stieß Mintaka Nefer an und lächelte. «Tut Eure Pflicht, Mann!» Sie ahmte seine herrische Stimme nach und lachte. «Bitte, bitte, Majestät, schaut mich niemals so an, und sprecht niemals in diesem Ton zu mir, sonst sterbe ich vor Angst!»

«Wir haben nicht viel Zeit», sagte er verlegen. «Wir suchen uns besser schnell einen Platz, wo wir allein sein können.»

Er steuerte den Wagen von der Bergkante weg, so dass man sie von den Wagen weiter unten am Hang und in der Ebene nicht mehr sehen konnte, und ließ die Pferde langsam vorwärts traben. Beide hielten angestrengt Ausschau.

«Schau, dort drüben.» Mintaka zeigte nach rechts zu einem Dornbaumwäldchen, das fast ganz in einer Mulde verborgen lag. Nefer fuhr darauf zu, und sie fanden eine enge Schlucht vor, die über die Jahrtausende von Wind und Wetter in den Hang gegraben worden war. Es musste dort auch eine Wasserader geben, denn die Dornbäume waren recht kräftig. Ihr dichtes Laub würde sie vor der heißen Mittagssonne und vor fremden Blicken schützen. Nefer fuhr in den Schatten und hielt an, und Mintaka sprang sofort vom Wagen.

«Lockere doch das Geschirr, und gewähre den Pferden etwas Ruhe», schlug sie vor.

Nefer zögerte und schüttelte schließlich den Kopf. Es widersprach seiner militärischen Ausbildung. Allein und auf sich gestellt wie hier, mussten sie dafür sorgen, dass der Wagen immer bereit war, damit sie sofort und jederzeit verschwinden konnten. Er stieg ab und tränkte die Pferde mit Wasser aus einem Wasserbeutel, das er in einen Eimer füllte. Mintaka kam ihm zu Hilfe, und sie arbeiteten schweigend Seite an Seite.

Nun, da der Augenblick endlich da war, nach dem sie sich so gesehnt hatten, waren sie schüchtern und wortkarg, bis sie plötzlich aufschauten und gleichzeitig zu sprechen begannen.

Nefer begann: «Ich wollte dir sagen ...» und Mintaka sagte: «Ich glaube, wir sollten ...»

Sie lachten verlegen und standen dicht beieinander im Schatten der Dornbäume. Mintaka errötete und schaute auf ihre Füße, während Nefer seinen Hengst streichelte.

«Was wolltest du sagen?»

«Ach nichts, nichts Wichtiges.» Sie schüttelte den Kopf, und er bemerkte, wie rot sie geworden war. Wie er es liebte, wenn ihre Wangen diese Farbe annahmen! Sie schaute ihn immer noch nicht an und sprach so leise, dass er sie kaum hörte, als sie ihn fragte: «Und was wolltest du sagen?»

«Wenn ich daran denke, dass du in wenigen Tagen nicht mehr bei mir sein wirst, fühle ich mich, als würde mir jemand den rechten Arm abhacken, und ich möchte sterben.»

«Ach Nefer.» Sie schaute ihn an. Ihre Augen waren groß und feucht vom Aufruhr und der Verzückung der ersten Liebe. «Ich liebe dich. Ich liebe dich wirklich.»

Im selben Augenblick fielen sie einander in die Arme. Ihre Zähne stießen zusammen, und seine Unterlippe geriet in den Weg, dass sie zu bluten begann und der Kuss salzig schmeckte. Sie wussten beide nicht, was sie taten. Ihre Umarmung war ungelenk und hektisch und rief wilde, unkontrollierbare Gefühle in ihnen hervor. Sie hielten sich umschlungen und stöhnten unter der Gewalt der neuen Empfindungen. Obwohl sie ihren Körper fest an ihn presste, versuchte er sie noch enger an sich zu ziehen, und sie umarmte ihn noch heißer, als wollte sie ihr Fleisch mit dem seinen verschmelzen. Sie krallte eine Hand in seine staubigen Locken. «O, Nefer! Oh! … Oh!»

«Ich will dich nicht verlieren.» Er hatte sich von ihren Lippen gelöst. «Ich will dich nie mehr verlieren.»

«Ich werde dich nicht verlassen», keuchte sie, «niemals.» Sie küssten sich wieder, noch heißer als zuvor, wenn das möglich gewesen wäre. Von da an waren sie in unerforschten Regionen ihrer Körper und Seelen. Sie rasten auf einem Wagen dahin, den sie nicht mehr unter Kontrolle hatten, getrieben von Liebe und Verlangen.

Immer noch im Kuss vereint, sanken sie auf den weichen weißen Sand, einander umklammernd wie im Todeskrampf, die Augen blind, der Atem rau und flach. Ihr Rock riss in seinen Händen, als wäre er aus Papyrus, und er griff nach ihrem Körper. Sie stöhnte wie in tödlichem Schmerz, doch ihre Schenkel fielen auseinander, schlaff und willenlos. Keiner der beiden hatte die geringste Ahnung, wo es enden würde. Alles, was Nefer wollte, war, ihre Weichheit an seiner nackten Haut zu fühlen. Es war ein tiefes Verlangen, von dessen Erfüllung sein ganzes Leben abzuhängen schien. Er riss sich seinen Schurz vom Leib, und sie pressten ihre Körper gegeneinander, verloren in der Ekstase ihres warmen jungen Fleisches. Ohne sich dessen bewusst zu sein, begann er rhythmisch zu stoßen, sie erwiderte die Bewegung wie bei einem Wagenritt auf rauem Grund.

Sie spürte, wie etwas Hartes ungeduldig und fordernd an die Pforte ihrer Weiblichkeit pochte, und sie hatte den fast unwiderstehlichen Drang, jeden Stoß mit einem Gegenstoß zu beantworten, um ihn willkommen zu heißen in ihrem weichen, feuchten Heiligtum.

Und dann begriff sie plötzlich, was geschah. Sie trat wild um sich, bäumte sich auf und wehrte sich wie eine Gazelle gegen einen reißenden Leoparden. Sie löste sich von seinen Lippen und schrie: «Nein! Nefer! Du hast es versprochen! Bei Horus' Verwundetem Auge, du hast es versprochen!»

Er sprang weg von ihr wie vor dem Hieb einer Pferdepeitsche, die Augen weit aufgerissen und voller Schrecken, die Stimme heiser.

«Mintaka, meine Liebste, mein Herz», keuchte er, «ich weiß nicht, was mit mir geschehen ist. Ich war wie wahnsinnig. Ich wollte es nicht.» Er machte eine verzweifelte Geste. «Ich würde eher sterben als meinen Schwur verletzen und dich in Schande stürzen.»

Sie rang noch nach Luft und konnte zuerst nicht sprechen. Sie wandte ihren Blick von seinem nackten Körper. «Bitte hasse mich nicht», winselte er. «Ich weiß nicht, wie mir geschah.»

«Ich hasse dich nicht, Nefer. Ich könnte dich niemals hassen.» Er tat ihr so Leid in seiner Verwirrung, dass sie sich wieder in seine Arme werfen und ihn trösten wollte, doch sie wusste, wie gefährlich das gewesen wäre. Sie griff nach einem Rad des Wagens und zog sich daran hoch. «Es war ebenso mein Fehler. Ich hätte es nie geschehen lassen dürfen.» Ihre Knie zitterten. Sie versuchte sich mit beiden Händen das Haar aus dem Gesicht zu streichen.

Er stand beschämt auf und ging einen Schritt auf sie zu, doch als sie zurückzuckte, blieb er sofort stehen. «Ich habe deinen Rock zerrissen. Das wollte ich nicht.»

Sie schaute an sich hinab und sah, wie entblößt sie war. Eilig raffte sie die Fetzen ihres Rocks zusammen und trat weiter von ihm zurück. «Du musst dich bedecken», flüsterte sie, und gegen ihren Willen schaute sie an ihm hinab. Er ist so schön, dachte sie, und schon spürte sie wieder ihr Verlangen nach ihm. Sie zwang sich wegzuschauen, und er bückte sich schnell, hob seinen Schurz auf und band ihn sich um die Hüfte.

Da standen sie nun in schuldbewusstem, qualvollem Schweigen. Mintaka suchte verzweifelt nach Worten, mit denen sie ihm und sich über diesen furchtbaren Augenblick hinweghelfen könnte. Schließlich kam ihr ihr Körper zu Hilfe. Sie bemerkte, dass ihre Blase zum Platzen voll war. «Ich muss verschwinden.»

«Nein!», flehte er. «Ich wollte es nicht! Vergib mir! Es wird nie wieder passieren. Bitte, bleib bei mir! Verlass mich nicht!»

Sie lächelte matt. «Nein, du verstehst mich falsch. Ich muss nur rasch verschwinden.» Sie machte eine unmissverständliche Geste und raffte ihren zerrissenen Rock zusammen. «Ich bin gleich zurück.»

Es war fast peinlich anzusehen, wie erleichtert er war. «Ah, jetzt verstehe ich. Ich mache inzwischen den Wagen fertig.» Er ging zu den Pferden, und sie verschwand zwischen den Dornbäumen.

Der Löwe sah sie zwischen den Bäumen auf sich zukommen. Er legte seine Ohren an und drückte sich noch dichter an den steinigen Boden.

Er war ein alter Recke, jenseits seiner besten Jahre. In seiner zottigen schwarzen Mähne fanden sich etliche graue Haare. Sein Rücken hatte früher einen bläulichen Schimmer gehabt, doch nun, im Alter, sah er aus wie mit Raureif bedeckt. Seine Zähne waren abgenutzt und fleckig, und einer der langen Reißzähne war dicht an der Wurzel abgebrochen. Er konnte immer noch einen ausgewachsenen Stier niederreißen und mit einem einzigen Hieb seiner riesigen Pranken wehrlos machen. Seine Krallen waren jedoch über die Jahre so abgestumpft, dass er schnellere Beute damit kaum noch festhalten konnte. Den Abend zuvor war ihm eine Antilope entwischt, und der Hunger war wie ein dumpfer, unablässiger Schmerz in seinen Eingeweiden.

Er beobachtete das Menschenkind mit seinen gelben Augen, und mit einem leisen Knurren hob sich seine Oberlippe. Als Jungtier hatte er von seiner Mutter gelernt, wie man von dem toten Fleisch lebte, das auf den Schlachtfeldern umherlag. Er hatte daher nicht die natürliche Abneigung gegen Menschenfleisch, die den meisten fleischfressenden Tieren zu Eigen ist. Er hatte Menschen getötet und aufgefressen, wann immer sich die Gelegenheit bot. Das Geschöpf, das nun durch das Gestrüpp auf ihn zukam, war für ihn eine natürliche Beute.

Mintaka blieb fünfzig Schritt von der Bestie entfernt stehen und schaute sich um. Seinem Instinkt nach vermeidet ein Löwe, der einem Opfer auflauert, ihm direkt in die Augen zu blicken. So hielt auch dieser Riese den Kopf dicht am Boden und verengte die Augen zu dünnen Schlitzen. Der Augenblick für den Angriff war noch nicht gekommen, und er hielt seinen Schweif ruhig und flach am Boden.

Mintaka hockte sich hinter einen Baum und leerte ihre Blase. Der Löwe verzog sein Maul, als ihm der scharfe Uringeruch in die Nüstern wehte. Er steigerte sein Interesse. Mintaka stand auf und machte sich auf den Weg zurück zu der Stelle, wo Nefer auf sie wartete.

Der Löwe peitschte seinen Schweif hin und her. Der Angriff stand kurz bevor. Er hob seinen Kopf, während die schwarze Schwanzquaste gegen seine Flanken schlug.

Mintaka hörte die rhythmischen Schläge, blieb stehen und schaute sich verwirrt um. Dann sah sie der Bestie direkt in die gelben Augen. Sie schrie, ein schriller Schrei, der Nefer mitten ins Herz traf. Er wirbelte herum und erfasste die Situation sofort.

«Bleib stehen! Beweg dich nicht!», rief er Mintaka zu. «Ich komme!» Er wusste, dass der Löwe instinktiv hinter ihr her kommen würde, wenn sie wegzurennen versuchte.

Mit einem Griff hatte er Bogen und Köcher vom Wagen geholt und rannte auf Mintaka zu, und noch im Laufen legte er einen Pfeil an die Sehne.

«Beweg dich nicht!», wiederholte er verzweifelt, doch im selben Augenblick stieß der Löwe ein Brüllen aus, das Mintaka bis ins Mark ging und den Boden unter ihren Füßen erzittern ließ. Von Panik überwältigt, wirbelte sie herum und rannte blindlings, bei jedem Schritt schluchzend, auf Nefer zu.

Sofort sträubte sich die Löwenmähne wie ein dunkler Kranz um den Kopf des Ungetüms, und es machte sich an die Verfolgung. Es schien nur zu traben, und doch hatte es sie bald eingeholt, als würde sie stillstehen.

Nefer blieb auf der Stelle stehen, ließ den Köcher fallen, um beide Hände frei zu haben, riss den Bogen hoch und zielte auf die breite, bebende Löwenbrust. Trotz der kurzen Entfernung war es ein schwieriger Schuss. Die Bestie kam in einem Winkel auf ihn zu gelaufen, und Mintaka stand direkt in der Schusslinie. Er wusste, dass eine bloße Wunde Mintaka nicht retten würde. Er musste die Pfeilspitze im Herzen des Untiers versenken und es mit einem Schuss niederstrecken, wenn sie eine Chance haben sollte zu entkommen. Er hatte jedoch keine Zeit für genaue Berechnungen, da der Löwe fast über ihr war.

Das Ungeheuer knurrte bei jedem Sprung und wirbelte mit seinen enormen Pranken Erdklumpen und Kiesel auf. Das Furchtbarste waren jedoch die gelben Augen. Nefer zielte eine Handbreit höher, um das Sinken des Pfeils auf seinem Flug auszugleichen, und rief, so laut er konnte: «Duck dich, Mintaka! Aus meiner Schusslinie!»

Im Laufe der Wochen gemeinsamer Jagd hatten sie ein tiefes Verständnis füreinander entwickelt, und sie hatte gelernt, ihm blind zu vertrauen. Selbst in ihrem Zustand lähmender Panik drang sein Kommando zu ihr durch, und sie warf sich flach auf den Boden, fast vor das Maul des riesigen Löwen.

Im selben Augenblick ließ Nefer den Pfeil los, der jedoch zu seinem Entsetzen mit der Trägheit eines beuteschweren Raubvogels auf sein Ziel zu zu treiben schien. Er überflog Mintaka, und die Pfeilspitze senkte sich nur langsam. Wie winzig und wirkungslos sein Pfeil gegen diesen Riesen wirkte!

Der Aufprall war lautlos, und Nefer rechnete fast damit, dass der lächerlich kleine Pfeil abprallen oder von dem Untier verächtlich abgeschüttelt würde. Doch gerade als der Löwe sein Maul aufriss und sein schmutziges Gebiss zeigte, versank die steinerne Pfeilspitze in der dichten schwarzen Mähne vor seiner Brust. Der schlanke, gerade Schaft drang ein, bis nur noch die bunten Federn zu sehen waren.

Nefer dachte, er hätte das Herz getroffen. Der Löwe wurde von einem mächtigen Krampf geschüttelt und bäumte sich auf. Aus dem Knurren wurde donnerndes, anhaltendes Gebrüll, das eine Wolke trockener Blätter aus den Dornbäumen schüttelte. Dann drehte sich das Tier im Kreis, schnappte nach seiner eigenen Brust und biss den herausragenden Pfeilschaft in zwei Splitter. Mintaka lag fast unter seinen wild um sich schlagenden Pranken.

«Weg von ihm!», schrie Nefer. «Lauf!»

Er langte nach unten und zog einen zweiten Pfeil aus dem Köcher zu seinen Füßen. Dann rannte er vor und legte im Lauf den Pfeil an. Mintaka sprang auf. Zum Glück hatte sie ihre Sinne genügend beisammen, dass sie nicht auf ihn zulief und ihm die Schusslinie versperrte, sondern sich hinter den Stamm des nächsten Dornbaums duckte.

Ihre Bewegung reichte, die Aufmerksamkeit des verwundeten Löwen wieder auf sie zu lenken. Er hieb mit seinen Pranken nach ihr, rasend nicht mehr vor Hunger, sondern vor Schmerz und Wut. Die Krallen schlugen Stücke feuchter Rinde aus dem Baum, hinter dem Mintaka Deckung suchte.

«Komm schon, komm her, hierher!», schrie Nefer wild mit den Armen fuchtelnd, um den Löwen von ihr abzulenken, und tatsächlich warf das Untier den Kopf herum. Nefer spannte den Bogen und schoss in einer einzigen verzweifelten Bewegung. Seine Arme zitterten, er konnte nicht genau zielen. Der Pfeil traf den Löwen tief und bohrte sich in den Bauch. Er hechelte vor Schmerz, ließ von Mintaka ab und stürmte auf Nefer zu.

Obwohl das Tier tödlich verwundet war und schon langsamer wurde, sah Nefer keine Chance, diesem Angriff zu entkommen. Er hatte seinen letzten Pfeil verschossen, und der Köcher lag auf dem Steinboden weit außer Reichweite.

Sein Dolch war im Grunde eine lächerliche Waffe gegen die wütende Bestie. Die Bronzeklinge war nicht einmal lang genug, um bis zum Herzen durchzudringen. Der königliche Jagdmeister hatte ihm jedoch erzählt, ein Dolch hätte in solchen Situationen schon öfter ein Jägerleben gerettet. Als der Löwe zum Sprung ansetzte, ließ sich Nefer nach hinten fallen. Er versuchte erst gar nicht, sich der Masse und dem Schwung der Bestie entgegenzustellen, und lag jetzt zwischen seinen Vorderpranken. Der Löwe öffnete sein Maul, so weit er konnte, um mit seinen Zähnen Nefers Schädel zu zertrümmern. Sein Atem stank so Ekel erregend nach verdorbenem Fleisch und offenen Gräbern, dass Nefer seinen eigenen Mageninhalt im Mund schmeckte. Doch dann nahm er noch einmal all seine Kraft zusammen und stieß seine rechte Hand mit dem Dolch in das offene Maul des Löwen, mit der Klinge nach oben, so dass die bronzene Spitze sich durch die Gaumenplatte bohrte, als der Löwe sein Maul zu schließen versuchte. Nefer zog seine Hand heraus, bevor die Bestie mit ihren Fängen sein Handgelenk zertrümmern konnte, doch der im Rachen steckende Dolch verhinderte das Zubeißen.

Er schlug jedoch mit beiden Vorderpranken nach Nefer, die Krallen voll ausgefahren. Nefer zappelte und wand sich unter dem schweren Tier und konnte einigen Hieben ausweichen, doch er spürte, wie die harten Krallen ihm das Fleisch zerrissen. Er wusste, dass er nicht viel länger durchhalten konnte, und schrie in seiner Verzweiflung: «Geh weg, du stinkendes Untier! Weg mit dir!»

Der Löwe brüllte immer noch unablässig und blies Nefer das Blut aus seinem durchbohrten Gaumen, gemischt mit seinem stinkenden Atem und heißem Speichel, ins Gesicht.

Nefers Schreie rissen Mintaka aus ihrer Panik, und als sie hinter ihrem Baumstamm hervorschaute, sah sie Nefer als blutiges, zappelndes Etwas unter dem riesigen Löwenkörper. Der Anblick ließ sie sofort ihre Angst vergessen.

Nefers Bogen war unter ihm eingeklemmt, und ohne den Köcher mit den Pfeilen wäre er ohnehin nutzlos gewesen. Also sprang sie hinter dem Dornbaum hervor und rannte auf den Wagen zu. Die

Schreie und das Brüllen hinter ihr trieben sie so an, dass ihr Herz zu zerspringen drohte.

Die aufgenommene Witterung und das Gebrüll der Bestie hatten die Pferde in Angst und Schrecken versetzt. Sie bäumten sich auf, warfen ihre Köpfe herum und versuchten sich aus ihren Geschirren zu befreien. Sie wären längst davongeprescht, wenn Nefer nicht das rechte Wagenrad blockiert hätte. So konnten sie nur rechts herum im Kreis laufen. Mintaka lief unter ihren keilenden Hufen hindurch und sprang auf den Wagen. Dann ergriff sie die Zügel und beruhigte die Tiere. «Ho, he, Sterntänzer! Hammer! Hü, ruhig!»

Bei ihren früheren Ausflügen hatte Nefer ihr oft die Zügel überlassen, weshalb seine Pferde ihre Stimme und ihre Art, sie zu führen, gut kannten. So brachte sie die beiden Hengste schnell unter Kontrolle, obwohl es ihr wie eine Ewigkeit erschien, da sie immer noch Nefers Schreie und das ohrenbetäubende Gebrüll des Löwen hörte. Als sie die Pferde beruhigt hatte, lehnte sie sich aus dem Wagen und schlug die Bremse weg. Dann wendete sie das Gespann auf der Stelle in einer scharfen Linkskurve und fuhr geradewegs auf den Löwen und sein Opfer zu.

Hammer scheute, doch Sterntänzer lief brav geradeaus. Mintaka griff nach der Peitsche, die Nefer nie für diese Pferde gebraucht hatte, und hieb Hammer so damit über die Lenden, dass sich sofort ein daumendicker Striemen zeigte. «He», schrie sie, «zieh, Hammer, zieh!»

Hammer sprang verblüfft nach vorn, und sie rasten auf den Löwen zu, der nur auf das schreiende, sich windende Opfer zwischen seinen Vorderpranken achtete und nicht ahnte, was auf ihn zu kam.

Mintaka ließ die Peitsche fallen und nahm die lange Lanze aus ihrem Halter. Sie hatte diese Waffe über Stunden getragen, wenn sie mit Nefer auf der Jagd war, und nun lag sie leicht und vertraut in ihrer Hand. Sie lehnte sich seitlich aus dem Wagen und hob die Lanze. Der Löwe hatte seinen Kopf gesenkt, und sie sah seinen Nacken vor sich. Der Punkt, wo das Rückgrat am Schädel ansetzt, lag unter der dichten schwarzen Mähne und war nicht genau auszumachen. Sie schätzte deshalb die Stelle ab und stieß der Bestie die Lanzenspitze mit all der Kraft, die ihr Angst und Liebe zu Nefer gaben, ins Genick.

Die Lanzenspitze hatte den Schwung des rasenden Streitwagens hinter sich, und zu Mintakas Überraschung glitt sie mühelos durch die zähe Haut und tief in das Genick des Tieres. Sie bemerkte nur einen leichten Widerstand, als sie auf die Wirbelsäule des Löwen stieß und sie glatt durchtrennte.

Der Wagen raste weiter, und der Lanzenstiel wurde ihr aus der Hand gerissen, doch der Löwe war sofort tot und fiel als schlaffer, regungsloser Kadaver auf Nefers blutigen Körper.

Sie brauchte zwanzig Schritt, um die vor Angst fast wahnsinnigen Pferde zum Stehen zu bringen, den Wagen zu wenden und ihn dorthin zurückzulenken, wo Nefer unter dem riesigen Löwenkadaver lag. Sie hatte sogar die Geistesgegenwart, das Rad wieder zu blockieren, bevor sie vom Wagen sprang.

Ihr war sofort klar, wie schwer Nefer verletzt war. Nach der Menge Blut, in der er lag, fürchtete sie, er könnte schon tot sein. Sie fiel neben ihm auf die Knie und rief: «Nefer! Sag etwas! Kannst du mich hören?»

Zu ihrer unendlichen Erleichterung drehte er seinen Kopf zu ihr, die Augen offen und klar. «Du bist zurückgekommen», keuchte er. «*Bak-her*, Mintaka, *bak-her!*»

«Ich werde dich von diesem Monstrum befreien.»

Sie sah, dass das Gewicht des toten Löwen ihm die Luft aus den Lungen presste, sprang auf und zerrte an der Mähne des toten Tieres.

«Am Schwanz», flüsterte Nefer durch eine Maske aus Blut, «roll ihn am Schwanz herum.»

Sie folgte seinem Rat, packte den langen Löwenschweif und zog ihn mit aller Kraft zur Seite. Das Hinterteil der Bestie wälzte sich langsam herum, und dann rollte der ganze Kadaver zur Seite. Nefer war frei.

Mintaka kniete neben ihm und half ihm, sich aufzusetzen. Er schwankte benommen und musste sich an ihr festhalten.

«Hathor stehe mir bei», flehte sie, «so viel Blut!»

«Es ist nicht alles von mir», keuchte er, doch aus seinem rechten Oberschenkel spritzte eine feine Fontäne, wo die Löwenkrallen eine Ader zerrissen hatten. Taita hatte ihn lange und gründlich in der Behandlung von Schlachtwunden unterrichtet. So presste er seinen Daumen tief in das zerfetzte Fleisch und drückte, bis die Blutung aufhörte.

«Hol mir den Wasserbeutel», sagte er. Mintaka lief zum Wagen und kam mit dem Lederbeutel zurück. Sie hielt ihm die Öffnung vor den Mund, und er trank gierig. Dann wusch sie zärtlich das Blut und den Schmutz aus seinem Gesicht und war erleichtert, dass es unberührt geblieben war. Als sie jedoch seine anderen Verletzungen sah, konnte sie kaum ihren Schock verbergen, so furchtbar waren sie.

«Meine Schlafrolle ist im Wagen.» Seine Stimme wurde immer schwächer. Als sie ihm die zusammengerollte Matte brachte, bat er sie, das Bündel aufzuknoten und sein Nähzeug, das er auf Anraten Taitas immer mit sich führte, herauszuholen. Sie wählte eine Nadel und ein Stück Seidenfaden, und er zeigte ihr, wie man ein offenes Blutgefäß abnäht. Diese Art Arbeit fiel ihr nicht schwer, und sie folgte seinen Anweisungen ohne zu zögern oder zurückzuschrecken. Ihre Hände waren bis zu den Handgelenken mit Blut bedeckt, als sie mit geschickten Fingern die Ader abband und die schlimmsten Fleischwunden zunähte. Dann verband sie die Wunden, immer noch nach seinen Anweisungen, mit Stoffstreifen, die sie von seinem zerfetzten Schurz abriss. Es war eine provisorische, primitive Behandlung, doch es reichte, um die schlimmsten Blutungen zu stillen.

«Mehr können wir im Augenblick nicht tun. Jetzt muss ich dir in den Wagen helfen und dich irgendwohin bringen, wo sich ein richtiger Arzt um dich kümmern kann. Ach, wäre Taita nur hier.»

Sie lief zu dem Gespann zurück und führte es an Sterntänzers Zügel zu Nefer zurück. Der junge Pharao stützte sich auf einen Ellbogen und schaute sehnsüchtig auf den Löwenkadaver, der neben ihm lag.

«Mein erster Löwe», flüsterte er traurig. «Wenn wir ihn nicht bald häuten, ist die Trophäe verloren. Die Haut wird verwesen und die Mähne ausfallen.»

In ihrer furchtbaren Sorge um ihn verlor Mintaka die Beherrschung und schimpfte: «So einen Unsinn kann nur ein Mann reden! Willst du dein Leben riskieren für ein stinkendes Stück Löwenfell? So etwas Dummes habe ich noch nie gehört!» Sie kam wütend herbeigestapft und wollte ihm hochhelfen, doch das erwies sich als schwieriger, als sie gedacht hatte. Er musste sich mit seinem ganzen Gewicht auf sie stützen, während er auf einem Bein zum Wagen humpelte, wo er matt auf das Fußbrett fiel.

Mintaka machte es ihm mit der Schlafmatte so bequem wie möglich. Dann stieg sie auf und stand über ihm, die Zügel in den Händen.

«Welche Richtung?», fragte sie.

«Die beiden anderen Wagen unserer Gruppe werden inzwischen viel weiter nördlich sein. Wahrscheinlich sind sie zu schnell, um sie noch einholen zukönnen. Und sie fahren in die falsche Richtung», erklärte ihr Nefer. «Die anderen Jäger sind über die ganze Wüste verstreut. Nach denen könnten wir den ganzen Tag suchen, ohne eine Spur von ihnen zu finden.»

«Wir müssen zu unserer Flotte bei Dabba zurückkehren. Dort gibt es einen Arzt.» Sie war zu der einzigen vernünftigen Antwort gekommen, und er nickte. Sie trieb die Pferde im Schritttempo aus den Dornbüschen heraus, und sie fuhren die Hügelkette entlang nach Süden zurück.

«Wir werden mindestens drei Stunden brauchen», sagte sie.

«Nicht, wenn wir den Flussbogen abschneiden», erwiderte er. «Das spart uns mindestens eine Wegstunde.»

Mintaka schaute skeptisch nach Osten in die trostlose Wüste, in die sie nach seiner Meinung fahren sollten. «Hoffentlich verirren wir uns nicht», sagte sie leise.

«Ich werde dich führen», versuchte er sie zu beruhigen. Er war sicher, dass er von Taita genug über die Wüste gelernt hatte, um diese Abkürzung wagen zu können. «Es ist unsere beste Chance.»

Sie schwenkte mit dem Gespann nach links und steuerte auf den blauen Schieferhügel zu, den Nefer ihr gezeigt hatte.

Als sie beide stark und gesund waren, hatten sie schnelle Fahrten über holpriges Gelände, wo sie jede Unebenheit mit ihren jungen Beinen abfedern konnten, sehr genossen. Doch nun erschütterte jeder Stein und jedes Loch Nefers zerschundenen Körper, obwohl sie die Pferde in Schritt oder Trab hielt. Er versuchte leise stöhnend und schweißgebadet seine Schmerzen vor ihr zu verbergen, doch nach Stunden in der Wüste verhärteten sich seine Wunden immer mehr, und der Schmerz wurde unerträglich. Nach einem besonders großen Schlagloch stöhnte er schließlich laut auf und wurde bewusstlos.

Mintaka brachte den Wagen sofort zum Stehen und versuchte, Nefer wieder zu Bewusstsein zu bringen. Sie tränkte ein Leinentuch mit Wasser und ließ ihm die Flüssigkeit in den Mund tropfen. Dann tupfte sie sein blasses, verschwitztes Gesicht ab. Doch als sie seine Wunden neu verbinden wollte, sah sie, dass der Riss in seinem Schenkel wieder zu bluten begonnen hatte. Sie versuchte, die Blutung zu stillen, doch es gelang ihr lediglich, sie zu einem dünnen Rinnsal zu reduzieren. «Du wirst wieder gesund werden, mein Herz», sagte sie mit einer Zuversicht, die sie selbst nicht fühlte. Sie umarmte ihn zärtlich, küsste sein staubiges, blutverkrustetes Haar und nahm wieder die Zügel in die Hand.

Eine Stunde später teilte sie das letzte Wasser unter Nefer und den Pferden auf. Sie reckte sich, so hoch sie konnte, und schaute um sich: Nichts als Geröll und Schieferhügel, tanzende und flimmernde Luftspiegelungen. Sie wusste, sie hatte sich verirrt. Bin ich zu weit nach Osten geraten?, fragte sie sich, während sie zur Sonne aufschaute und versuchte, ihren Winkel zu bestimmen. Nefer rührte sich und stöhnte, und sie schaute tapfer lächelnd zu ihm hinab. «Es ist nicht mehr weit, mein Herz. Bald werden wir den Fluss vor uns sehen.»

Sie rückte die Matte unter seinem Kopf zurecht, stand auf und ergriff die Zügel. Plötzlich merkte sie, wie erschöpft sie war. Jeder Muskel ihres Körpers schmerzte, und ihre Augen waren wund und rot von Sonnenglut und Staub. Dennoch zwang sie sich und die Pferde weiter voran.

Bald machten ihr auch die Pferde Sorgen. Sie hatten aufgehört zu schwitzen, und eine trockene Salzkruste zeigte sich auf ihrem Rücken. Sie versuchte sie zu einem Trab anzutreiben, doch sie reagierten nicht mehr. Sie stieg ab, nahm den Hengst am Kopf und führte die Tiere zu Fuß weiter. Sie taumelte, doch wenigstens fand sie nun Wagenspuren in einem sandigen Talgrund und fasste wieder Mut.

«Sie führen nach Westen», hauchte sie. Ihre Lippen begannen anzuschwellen und aufzubrechen. «Sie werden uns zum Fluss führen.» Sie folgte den Wagenrinnen für eine Weile, bis sie verwirrt stehen blieb. Vor sich sah sie ihre eigenen Fußabdrücke. Es dauerte eine Weile, bis sie begriff, dass sie im Kreis gelaufen sein musste und ihren eigenen Wagenspuren gefolgt war.

Schließlich überwältigte sie die Verzweiflung. Sie sank auf die Knie, hilflos und verloren, und sagte zu Nefer, der immer noch bewusstlos war: «Es tut mir Leid, mein Herz. Ich habe versagt. Ich habe dich im Stich gelassen.» Sie strich das klebrige Haar aus dem Gesicht. Dann schaute sie zufällig in Richtung eines flachen Hügels im Osten und kniff die Augen zusammen. Sie schüttelte den Kopf, schaute weg, um ihre brennenden Augen auszuruhen, und sah dann noch einmal hin. Sie fasste wieder neuen Mut, obwohl sie nicht sicher war, ob das, was sie sah, Wirklichkeit war oder Illusion.

Auf dem Hügelkamm dort im Osten zeichnete sich eine hagere Gestalt vor dem Horizont ab, auf einen langen Stab gestützt, das silberne Haar schimmernd wie eine Wolke. Die heiße Wüstenbrise schlug seinen Rock gegen die dünnen Storchenbeine. Und er schaute zu ihnen herunter.

«O Hathor und alle Göttinnen, wie ist das möglich?», wisperte sie.

Nefer öffnete die Augen. «Taita ist in der Nähe», murmelte er. «Ich spüre es, er ist nicht fern.»

«Ja, Taita ist hier.» Ihre Stimme war kaum noch hörbar. «Wie konnte er nur wissen, wo wir sind?»

«Er weiß ... Taita weiß», sagte Nefer. Dann schloss er die Augen und war wieder bewusstlos.

Der alte Mann kam inzwischen den felsigen Hang herunter auf sie zu. Mintaka stand mühsam auf und taumelte ihm entgegen, doch bald war ihre Erschöpfung verflogen, und sie winkte und begrüßte ihn, halb wahnsinnig vor Freude.

Taita fuhr den Steilhang über dem Fluss und dem Dorf Dabba hinunter. Die Pferde waren unter seiner Führung wie verzaubert und sorgten für eine so sanfte Fahrt, dass der Verletzte ruhig schlafen konnte. Taita schien instinktiv gewusst zu haben, welche Medizin und Umschläge Nefer brauchen würde, und hatte alles bei sich. Sobald die Wunden neu verbunden waren, hatte er die Pferde zu einem versteckten Wasserloch geführt, das in der Nähe lag, und sie getränkt. Dann hatte er sich neben Mintaka auf das Fußbrett gestellt und die Pferde sicher auf Dabba und den Fluss zu gelenkt.

Mintaka flehte ihn an, ihr zu verraten, woher er gewusst hatte, dass sie ihn brauchten und wo sie zu finden waren. Taita lächelte darauf nur sanft und sprach zu den Pferden. «Ruhig, Hammer, langsam, Sterntänzer!»

Nefer lag in tiefem Schlaf auf dem Wagenboden, seine Blutungen waren gestillt, die Wunden gereinigt und mit frischen Leinenbandagen versorgt.

Ein bedrohlich roter Sonnenuntergang erlosch über dem Nil wie ein sterbendes Buschfeuer. Die Schiffe der Flotte ankerten noch auf dem Strom und dümpelten in der Dämmerung wie Spielzeugboote.

Apepi und Naja kamen aus Dabba heraufgeritten. Fürst Naja war außer sich, und Apepi brüllte seine Tochter an, als sie in Hörweite waren: «Wo warst du, du törichtes Kind? Die halbe Armee ist auf der Suche nach dir!»

Najas Zorn war besänftigt, als er Nefer bandagiert und bewusstlos auf dem Wagenboden liegen sah, und nachdem Taita ihm das Ausmaß der Verwundungen dargelegt hatte, lebte er sichtlich auf.

Kaum bei Bewusstsein, wurde Nefer auf einer Trage zum Ufer gebracht und vorsichtig auf seine Galeere gehoben. «Ich möchte den Pharao so schnell wie möglich in Theben haben», sagte Taita zu Naja, «selbst wenn das eine Nachtfahrt bedeutet. Die Gefahr ist groß, dass die Wunden sich entzünden. Das passiert oft bei Menschen, die von einer Großkatze angefallen worden sind. Es ist fast, als enthielten die Zähne und Krallen ein scharfes Gift.»

«Die Bootsmänner sollen sich sofort zum Ablegen bereit machen», sagte Naja laut, bevor er Taita beiseite nahm und mit ihm ein Stück das Ufer hinaufging, wo niemand sie hören konnte. «Vergesst nicht, Magus, was die Götter Euch auferlegt haben. Ich sehe ihre Hand in diesen außerordentlichen Ereignissen. Wenn der Pharao an seinen Wunden stürbe, würde das niemand in beiden Königreichen als verdächtig ansehen.» Mehr sagte er nicht. Stattdessen schaute er Taita mit seinen bohrenden gelben Augen ins Gesicht.

«Der Wille der Götter muss sich durchsetzen», erwiderte Taita geheimnisvoll.

Naja las aus dieser Antwort, was er hören wollte. «Wir verstehen uns, Taita. Geht in Frieden. Ich werde Euch folgen, sobald wir mit Apepi fertig sind.» Die letzte Bemerkung fand Taita ungewöhnlich, doch er war zu beschäftigt, um weiter darüber nachzudenken.

Naja lächelte geheimnisvoll und fuhr fort: «Wer weiß, vielleicht haben wir wichtige Neuigkeiten füreinander, wenn wir uns das nächste Mal treffen.»

Als Taita auf die Galeere des Pharaos zurückkam und das Zelt an Deck betrat, in dem Nefer lag, fand er Mintaka weinend neben dessen Lager vor.

«Was ist denn, mein Herz?», fragte er zärtlich. «Du warst tapfer wie eine Löwin. Du hast gekämpft wie ein ausgewachsener Krieger. Wie kannst du jetzt so verzweifelt sein?»

«Mein Vater will mich morgen früh nach Avaris mitnehmen. Aber ich sollte bei Nefer sein. Ich bin ihm versprochen. Er braucht mich. Wir brauchen einander.» Sie schaute tränenüberströmt zu Taita auf, und erst jetzt sah er, wie körperlich und seelisch erschöpft sie war.

Sie ergriff seine Hand. «O Magus! Geht doch zu meinem Vater und bittet ihn, mich nach Theben zurückfahren zu lassen, damit ich Nefer pflegen kann! Auf Euch wird er bestimmt hören!»

Doch Apepi schnaubte vor Lachen, als Taita versuchte, ihn zu überreden. «Ich soll mein Lamm in Najas Löwengrube zurücklassen?» Er schüttelte ungläubig den Kopf. «Ich traue Naja keine Elle über den Weg. Eher würde ich einem Skorpion vertrauen. Wer weiß, welche Schliche er versuchen würde, wenn ich ihm diesen Trumpf in die Hand gäbe? Und was diesen jungen Hund Nefer angeht, der wäre schneller unter ihren Röcken, als ein Falke die Trappgans fängt – wenn das nicht schon geschehen ist.» Er lachte wieder. «Nein, ihre Jungfräulichkeit ist zu wertvoll, Magus. Bis zum Hochzeitstag bleibt Mintaka unter meiner Obhut in Avaris. Davon wird mich keine Magie abbringen, was immer Ihr versuchen möget.»

Schließlich musste Mintaka Abschied nehmen. Nefer war kaum bei Bewusstsein und immer noch geschwächt durch den Blutverlust und die viele Medizin, die er nehmen musste. Doch als sie ihn küsste, öffnete er die Augen. Sie schwor ihm leise ihre Liebe, und er schaute ihr dabei in die Augen. Bevor sie ihn verließ, nahm sie ein goldenes Medaillon ab, das sie um den Hals trug. «In diesem Amulett ist eine Locke von meinem Haar. Es ist meine Seele, und sie ist dein.» Sie legte die Kapsel in seine Hand und schloss seine Finger fest darum.

Mintaka blieb allein am Ufer zurück, als die schnelle Galeere mit Nefer und Taita an Bord sich gegen die Strömung stemmte. Mit zwanzig Ruderern auf jeder Seite und weißer Gischt unter ihrem Bug glitt sie flussaufwärts, Richtung Theben. Mintaka sah Taitas schlanke Silhouette auf dem Heck des Schiffs, doch sie winkte nicht, sondern sah ihm nur traurig nach.

Am nächsten Morgen fand an Bord der königlichen Barke der Hyksos ein letztes Treffen zwischen Apepi und dem Regenten statt. Alle neun Söhne Apepis waren anwesend, und Mintaka saß neben ihrem Vater. Apepi hatte sie an kurzer Leine gehalten, seit Pharao Nefer Setis Schiff ausgelaufen war. Aus langer Erfahrung kannte er seine starrsinnige Tochter gut genug, um weder ihrem Urteil noch ihrem töchterlichen Gehorsam zu trauen, wenn sie sich einmal etwas in den Kopf gesetzt hatte.

Die Abschiedszeremonie fand unter Beteuerungen des gegenseitigen Vertrauens und der unermüdlichen Bemühungen um den Frieden auf Apepis Schiff statt.

«Möge er tausend Jahre währen!», gelobte Naja, während er Apepi das Gold der Ewigkeit überreichte, einen Orden, den er eigens für diesen Anlass geschaffen hatte.

«Tausend Mal tausend Jahre», bekräftigte Apepi mit ebensolchem Ernst, während ihm die von Edelsteinen und Halbedelsteinen funkelnde Ordenskette umgelegt wurde. Der Regent und der König umarmten sich wie zwei Brüder, bevor Naja sich zu seiner eigenen Galeere zurückrudern ließ. Als die beiden Flotten in entgegengesetzte Richtungen aufbrachen, die eine nach Theben hinauf, die andere mit der Strömung nach Memphis und Avaris, jubelten sich die Besatzungen gegenseitig zu, bis sie außer Sicht waren, und der große Strom war bedeckt mit Girlanden und Palmkränzen, die von den Schiffen aus ins Wasser geworfen worden waren.

König Apepis Eile war so groß, dass er durch die Finsternis der mondlosen Nacht fahren wollte. So ankerte seine Flotte am Abend vor Balasfura, gegenüber dem Tempel des Hapi, des Gottes des Nils, der mal als halb Mann, halb Weib und mal als Nilpferd dargestellt wurde. Der König ging mit seiner Familie an Land und opferte einen schneeweißen Ochsen auf dem Altar im inneren Heiligtum des Tempels. Der Hohe Priester schnitt dem brüllenden Tier den Bauch auf und zog ihm bei lebendigem Leib die Gedärme heraus, um dem König daraus die Zukunft zu lesen. Zum Entsetzen des Priesters quollen jedoch unzählige stinkende weiße Würmer aus den Eingeweiden und ergossen sich als wimmelnde Masse auf den Tempelboden. Er versuchte das schreckliche Phänomen vor dem König zu verbergen, indem er seinen Mantel darüber breitete und irgendeine Geschichte zu stammeln begann, doch der König schob ihn beiseite und betrachtete das grauenhafte Schauspiel. Sichtlich erschüttert ging er gesenkten Hauptes zum Ufer zurück, wo Trok und die Offiziere unter seinem Kommando ein Fest für ihn vorbereitet hatten.

Die heiligen schwarzen Hähne des Tempels weigerten sich, an den stinkenden Därmen des Opfertiers zu picken. Die Priester warfen den grausigen Brei auf das Tempelfeuer, das seit undenklichen Zeiten gebrannt hatte und daraufhin erlosch. Die Vorzeichen hätten nicht bedrohlicher sein können. Der Hohe Priester befahl, die Gedärme zu vergraben und das Feuer wieder anzuzünden. «Noch nie habe ich ein so unheilvolles Omen gesehen», sagte er zu seinen Akolythen. «Ein solches Zeichen des Gottes Hapi kann nur bedeuten, dass ein furchtbares Unglück bevorsteht, Krieg oder der Tod des Pharaos. Lasst uns die ganze Nacht beten, dass Pharao Nefer Seti sich von seinen Wunden erholen möge.»

Zum Empfang der königlichen Familie hatte Trok am Ufer Zelte mit lebhaft roten, gelben und grünen Vorhängen aufbauen lassen. Über Gruben voll glühender Asche schmorten ganze Ochsen, und Amphoren der besten Weine kühlten im Fluss. Sklaven schleppten eine nach der anderen davon herauf, so viel wurde an diesem Abend getrunken, und Apepi schrie ständig nach mehr.

Der gute Wein half ihm dabei, die düsteren Gedanken, die im Tempel von ihm Besitz ergriffen hatten, nach und nach abzuschütteln. Mit jeder Schale Wein verbesserte sich seine Laune, und bald ermunterte er seine Söhne, mit ihm in die rauen Marschgesänge der Soldaten einzustimmen. Manche der Lieder waren so vulgär, dass Mintaka bald Müdigkeit und Kopfweh vorschützte, um sich mit den Sklavenmädchen auf die königliche Barke zurückziehen zu können, die auf dem Fluss ankerte. Sie versuchte auch, ihren jüngsten Bruder, Khyan, mitzunehmen, doch Apepi wollte ihn unbedingt dabehalten. Er presste den Jungen in trunkener Jovialität an sich und hielt ihm die Weinschale an die Lippen. «Komm, nimm einen Schluck. Dann wirst du noch besser singen, mein Prinzchen.»

Khyan betete seinen Vater an, und die Zuneigung, die der große Mann ihm so öffentlich zeigte, machte ihn stolz und glücklich. Endlich behandelte sein Vater ihn wie einen Mann und Krieger. Obwohl er würgen musste, leerte er die Schale bis auf den letzten Tropfen. Die Festgesellschaft, Trok allen voran, jubelte ihm zu, als hätte er seinen ersten Feind erschlagen.

Mintaka zögerte. Sie empfand fast mütterliche Gefühle für ihren kleinen Bruder, doch sie wusste auch, dass ihr Vater nicht mehr ansprechbar war. So führte sie ihre Zofen mit aller Würde, die unter diesen Umständen möglich war, zum Ufer und ging mit ihnen unter den anzüglichen Schreien und Pfiffen der Betrunkenen an Bord der Barke.

Dort legte sie sich auf ihre Matte und versuchte trotz des Lärms von den Festzelten Schlaf zu finden. Sie musste jedoch ständig an Nefer denken. Das Gefühl des Verlustes, das sie den ganzen Tag unterdrückt hatte, überwältigte sie nun mit doppelter Macht. Die Tränen begannen zu fließen, und sie erstickte ihr Schluchzen in den Kissen, bis sie endlich in einen dumpfen, traumlosen Schlaf sank.

Irgendwann wachte sie plötzlich auf. Seltsam: Sie hatte nur wenige Schlucke Wein zu sich genommen, und dennoch fühlte sie sich wie betäubt, und in ihrem Kopf spürte sie hämmernden Schmerz. Sie fragte sich, was sie aufgeweckt haben könnte, doch dann hörte sie raue Stimmen, und das Schiff schaukelte unter dem Gewicht der Männer, die mühsam an Bord stiegen. Sie hörte betrunkenes Gelächter, Stimmen und schwere Schritte auf dem Deck. Aus dem, was gesagt wurde, entnahm sie, dass ihr Vater und ihre Brüder an Bord getragen wurden. Es war unter den Männern in ihrer Familie nichts Ungewöhnliches, sich in einen solchen Zustand zu saufen. Sie machte sich jedoch Sorgen um Khyan.

Sie erhob sich von ihrem Lager und begann sich anzukleiden, doch sie fühlte sich eigenartig matt und verwirrt. Sie taumelte, als sie an Deck stieg.

Der Erste, den sie dort sah, war Trok. Er befehligte die Männer, die ihren Vater trugen. Ganze sechs waren dazu nötig, den bewusstlosen Riesen von der Stelle zu bewegen. Ihre älteren Brüder waren in keinem besseren Zustand. Sie empfand Wut und Scham.

Dann sah sie Khyan auf den Armen eines Matrosen. Sie lief zu ihm. Jetzt haben sie es also auch ihm angetan, dachte sie bitter. Sie werden nicht ruhen, bis sie auch ihn zu einem Säufer gemacht haben.

Sie befahl dem Matrosen, Khyan auf die Matte im Schlafraum ihres Vaters zu legen, wo sie ihn entkleidete und ihm einen Kräutertrank einflößte. Es war ein Allheilmittel, das Taita für sie gemischt hatte, und es schien zu wirken. Khyan murmelte etwas und öffnete die Augen, um sofort in einen tiefen, doch diesmal natürlichen Schlaf zu fallen. «Ich hoffe, er lernt daraus», sagte Mintaka sich. Mehr konnte sie jetzt nicht tun. Er muss es einfach ausschlafen, dachte sie. Außerdem fühlte sie sich selbst sehr schlapp und hatte unerträgliche Kopfschmerzen. So ging sie zu ihrer Schlafstätte zurück und ließ sich voll angekleidet auf die Matte fallen, wo sie fast sofort wieder einschlief.

Als sie das nächste Mal aufwachte, dachte sie, sie wäre in einem Albtraum. Sie hörte Schreie und erstickte fast an dem dicken, beißender Rauch, der ihr die Kehle verbrannte. Bevor sie ganz bei Bewusstsein war, spürte sie, wie jemand sie hochhob, in Felldecken wickelte und an Deck trug. Sie versuchte sich zu wehren, doch im kraftvollen Griff des Unbekannten war sie hilflos wie ein Säugling.

Draußen erleuchteten wilde Flammen die mondlose Nacht. Sie loderten aus der offenen Vorderluke der königlichen Barke, leckten in einem höllischen, orangeroten Feuersturm an Masten und Takelage. Sie hatte noch nie ein Holzschiff brennen sehen und war entsetzt über die Gewalt der Flammen.

Sie konnte nicht lange hinschauen, denn bald fand sie sich über Bord in eine wartende Feluke gehoben. Plötzlich war sie vollkommen wach und begann zu strampeln und zu schreien. «Mein Vater! Meine Brüder! Khyan! Wo sind sie?»

Als die Feluke abgestoßen und auf den Strom hinaus gerudert wurde, versuchte sie mit aller Kraft, sich zu befreien, doch die Arme, die sie umklammert hielten, waren einfach zu stark. Dann, endlich, schaffte sie es, den Kopf zu wenden, und sie sah das Gesicht des Mannes, der sie festhielt.

«Trok!» Sie war außer sich über seine Unverschämtheit, über die Art, wie er sie anfasste, und wie er ihre Schreie unbeachtet ließ. «Lasst mich los! Ich befehle es Euch!»

Er sagte keinen Ton. Er hatte sie fest im Griff und schaute mit ruhiger, unbeteiligter Miene zu der brennenden Galeere zurück.

«Zurück!», schrie sie ihn an. «Meine Familie! Fahrt zurück und holt sie raus!»

Statt einer Antwort gab er den Ruderern einen kurzen Befehl: «Haltet den Takt!» Sie ruderten weiter, und die Feluke schaukelte auf der Strömung. Die Mannschaft schaute fasziniert zu, wie die Barke vom Feuer verzehrt wurde. Von den unter Deck Eingeschlossenen waren grässliche Schreie zu hören.

Ein Teil des Achterdecks fiel in einer Säule aus Flammen und Funken in sich zusammen. Die Taue, mit denen die Barke am Ufer festgemacht war, brannten durch, und sie schwenkte langsam in die Strömung und trieb flussabwärts.

«Bitte!» Mintaka versuchte es mit einem anderen Ton. «Bitte, Trok, meine Familie! Ihr könnt sie doch nicht einfach verbrennen lassen.»

Die Schreie aus dem Inneren des brennenden Wracks erstarben, und es war nur noch das tiefe Grollen der Flammen zu hören. Tränen liefen Mintaka über die Wangen und tropften ihr vom Kinn. Sie war immer noch hilflos im Griff des riesigen Kriegers.

Plötzlich wurde die Hauptluke des brennenden Decks aufgestoßen, und die Mannschaft der Feluke sah mit Grauen, wie eine Gestalt daraus hervorstieg. Troks Arme schlossen sich jetzt so fest um Mintaka, dass sie dachte, er würde ihre Rippen zerquetschen. «Das kann nicht sein», knirschte Trok.

Durch den Rauch und die Flammen sah die Erscheinung aus wie ein Schatten der Unterwelt. Nackt, vollkommen mit Haar bedeckt, taumelte Apepi auf sie zu, seinen jüngsten Sohn auf den Armen, den Mund weit aufgerissen, nach Luft schnappend in der Flammenhölle.

«Das Ungeheuer ist nicht so leicht totzukriegen.» In Troks Zorn mischte sich Angst. Selbst in ihrer Verzweiflung erkannte Mintaka, was diese Worte bedeuteten.

«Du, Trok, du hast das getan», flüsterte sie, doch Trok beachtete sie immer noch nicht.

Das Haar auf Apepis Körper versengte und verpuffte in einer Rauchwolke, so dass er für einen Augenblick nackt und schwarz dastand wie eine Ebenholzstatue. Dann warf die Haut Blasen und fiel in Lappen von seinem Körper. Bart und Haupthaar brannten wie Pechfackeln. Er ging nicht mehr vorwärts, sondern stand breitbeinig an der Reling und hob Khyan hoch über seinen Kopf. Der Knabe war so verbrannt wie sein Vater. Das rohe Fleisch glänzte rot und feucht, wo die Haut weggebrannt war. Vielleicht wollte Apepi ihn über Bord in das kühle Nilwasser werfen, um ihn vor den Flammen zu retten, doch dann verließen ihn seine Kräfte, und er stand da wie ein Riese mit brennendem Haupt, hilflos, doch aufrecht.

Mintaka konnte sich nicht bewegen, das Grauen hatte ihr die Stimme geraubt. Für sie dauerte es eine Ewigkeit, bis plötzlich die Planken unter Apepi nachgaben und er mit seinem Sohn in einer Fontäne von Flammen, Funken und Rauch im glühenden Bauch der Barke versank.

«Es ist vorbei», sagte Trok kalt. Er ließ Mintaka so plötzlich los, dass sie in die salzige Brühe auf dem Boden der Feluke fiel. Trok starrte seine vor Grauen erstarrte Mannschaft an und befahl: «Rudert zu meiner Galeere.»

Mintaka lag zu seinen Füßen. «Du hast das meiner Familie angetan», wiederholte sie. «Dafür wirst du bezahlen, das schwöre ich, dafür werde ich sorgen. Du wirst dafür bezahlen.»

Ihr Körper war taub und geschunden wie nach hundert Hieben mit der siebenschwänzigen Peitsche. Ihr Vater war tot, dieser Riese in ihrem Leben, den sie ein wenig gehasst und doch sehr geliebt hatte. Ihre Brüder waren tot, alle, sogar der kleine Khyan, der ihr mehr ein Kind als ein Bruder gewesen war. Sie hatte ihn brennen sehen und wusste, dass sie diesen grauenhaften Anblick nie mehr vergessen würde, so lange sie lebte.

Die Feluke trieb längsseits an Troks Galeere, und sie protestierte diesmal nicht, als er sie wie eine Puppe aufhob und an Bord in die für sie vorbereitete Unterkunft hinuntertrug. Und dann legte er sie sanfter, als sie es je erwartet hätte, auf eine Matte. «Eure Sklavinnen sind in Sicherheit. Ich werde sie zu Euch schicken.» Er ging hinaus, und sie hörte den Riegelbalken vor der Holztür einrasten. Dann stieg er die Leiter hinauf, und sie hörte ihn oben übers Deck gehen.

«Heißt das, ich bin seine Gefangene?», flüsterte sie. Doch was bedeutete das schon nach dem, was sie soeben gesehen hatte? Sie weinte, bis ihre Tränen versiegten. Und dann, endlich, schlief sie ein.

Der brennende Rumpf der königlichen Barke des Apepi trieb schließlich gegenüber des Tempels des Hapi ans Ufer. Der Rauch stieg hoch in den stillen Morgenhimmel. Es stank nach verbranntem Fleisch. Der Gestank war auch in Mintakas Unterkunft gedrungen, und als sie erwachte, wurde ihr übel. Der Rauch schien auch ein Signal zu sein, denn kaum war die Sonne über den Hügeln im Osten aufgegangen, glitt auch schon Najas Flotte hinter der nächsten Flussbiegung hervor.

Die Sklavinnen sagten Mintaka Bescheid. «Fürst Naja ist hier, mit vollem Geleit», berichteten sie aufgeregt. «Gestern soll er nach Theben aufgebrochen sein. Ist es nicht seltsam, dass er so bald wieder zurück ist, wo er schon zwanzig Wegstunden flussaufwärts sein sollte?»

«Außerordentlich seltsam», antwortete Mintaka düster. «Ich muss mich anziehen. Wir sollten auf alles vorbereitet sein. Wer weiß, welche Verbrechen uns noch erwarten.»

Ihr ganzes Gepäck war mit der königlichen Barke in Flammen aufgegangen, doch ihre Zofen konnten Kleidung von Hofdamen auf anderen Schiffen borgen. Sie wuschen und flochten Mintakas Haar, streiften ihr ein einfaches Leinenhemd über und reichten ihr einen goldenen Gürtel und Sandalen.

Vor Mittag kam eine bewaffnete Eskorte an Bord und holte sie an Deck. Das Erste, was sie sah, war das verkohlte Wrack der königlichen Barke am anderen Ufer, niedergebrannt bis zur Wasserlinie. Niemand hatte versucht, die Leichen zu bergen. Es war für ihre Familie das Totenfeuer gewesen. Die hyksische Tradition verlangte die feierliche Verbrennung, nicht die Einbalsamierung der Toten nach ägyptischem Brauch.

Mintaka wusste, dass ihr Vater so gestorben war, wie er es sich gewünscht hätte, und das tröstete sie ein wenig. Dann dachte sie an Khyan und musste den Blick abwenden. Mit Mühe hielt sie ihre Tränen zurück, folgte den Männern in die wartende Feluke und ließ sich ans Ufer vor dem Tempel des Hapi bringen.

Fürst Naja erwartete sie mit seinem ganzen Gefolge. Sie blieb kühl und blass, als er sie umarmte. «Dies ist ein trauriger Tag für alle von uns», sagte er. «Euer Vater, König Apepi, war ein großer Krieger und Staatsmann. Nach der Vereinigung Ägyptens zu einem einzigen heiligen Ganzen hinterlässt er eine gefährliche Lücke. Zum Nutzen aller muss diese sofort geschlossen werden.»

Er nahm ihre Hand und führte sie zu dem Zelt, in dem am Abend zuvor das Fest stattgefunden hatte und wo sich nun der Adel und die Mächtigen beider Königreiche versammelt hatten.

Trok stand in der ersten Reihe, alle überragend und in vollem Prunk, das Schwert an einem goldbeschlagenen Gurt und den Kriegsbogen stramm über der Schulter. Hinter ihm drängte sich sein gesamtes Offizierskorps, ein düsterer Haufen trotz der bunten Bänder in ihren Bärten. Sie starrten sie an, und sie war sich schmerzlich bewusst, dass sie die Letzte der Apepi-Dynastie war, allein und schutzlos.

Sie fragte sich, an wen sie sich wenden könnte, auf wessen Loyalität sie noch bauen konnte. Sie suchte nach freundlichen, vertrauten Gesichtern in der Menge. Alle waren da, die Berater und Minister ihres Vaters, seine Generäle und Kameraden auf dem Schlachtfeld. Und dann sah sie, wie sich alle abwandten. Niemand lächelte oder erwiderte ihren Blick. Noch nie in ihrem Leben hatte sie sich so allein gefühlt.

Naja führte sie zu einem Sessel an einer Seite des Zeltes. Sobald sie sich gesetzt hatte, stellten sich Naja und sein Stab um sie auf, und sie konnte niemanden mehr sehen. Sie war sicher, das war kein Zufall.

Fürst Naja eröffnete die Sitzung mit einer Trauerrede über den tragischen Tod Apepis und seiner Söhne und einer Lobpreisung des toten Königs. Er erinnerte die Versammlung an seine zahlreichen militärischen Triumphe und staatsmännischen Großtaten, die in seiner Teilnahme an den Verhandlungen von Hathor gegipfelt hatten. Nach Jahrzehnten des Krieges und der Not war endlich Frieden zwischen den beiden Reichen vereinbart worden.

«Ohne König Apepi oder einen starken Pharao an der Spitze des nördlichen Reiches, der Ägypten zusammen mit Pharao Nefer Seti und seinem Regenten führen könnte, ist der Frieden von Hathor in Gefahr. Eine Rückkehr zu den Schrecken des Krieges der letzten sechzig Jahre ist undenkbar.»

Trok schlug seine Schwertscheide gegen seinen bronzenen Rundschild und rief: *«Bak-her! Bak-her!»*, und sofort fielen die Soldaten hinter ihm in den Beifall ein, der sich langsam durch die ganze Versammlung ausbreitete, bis er zum ohrenbetäubenden Donner wurde.

Naja ließ die Ovation noch etwas andauern, doch dann hob er beide Arme und fuhr fort, sobald es wieder ruhig war: «Apepi hat keinen männlichen Thronfolger hinterlassen. Deshalb habe ich die Ältesten und die Provinzstatthalter beider Königreiche zu einer dringenden Beratung einberufen, auf der sie sich einstimmig für einen neuen Pharao entschieden haben. So bitten sie Fürst Trok von Memphis, die Zügel der Macht zu übernehmen, sich die Doppelkrone aufs Haupt zu setzen und die Nation in der Tradition des großen Apepi in die Zukunft zu führen.»

Diese Bekanntgabe führte in der Versammlung zu tiefen und anhaltendem Schweigen. Alle waren vollkommen verblüfft und schauten ratlos in die Runde. Erst dann wurden sie gewahr, dass sich, während sie Fürst Najas Rede gelauscht hatten, zwei von Troks Regimentern um die Palmenhaine zusammengezogen und die Versammlung eingekreist hatten. Die Schwerter steckten noch in ihren Scheiden, doch die Schwerthände lagen kampfbereit auf den Knäufen. Bald breitete sich ein Gefühl der Bestürzung und des Schreckens aus, und dies war der Augenblick für Mintaka, aufzustehen und zu rufen: «Fürsten und Bürger Ägyptens ...»

Weiter kam sie nicht. Vier der größten hyksischen Recken stellten sich um sie herum und machten sie unsichtbar. Dann schlugen sie mit ihren Schwertern gegen die Schilde und riefen im Chor: «Lang lebe Pharao Trok Uruk!» Der Rest der Armee schloss sich diesem Ruf an, und in dem Aufruhr wurde Mintaka von starken Händen aus dem Zelt geführt. Gegenwehr war hoffnungslos, und ihre Stimme blieb ungehört im Jubel der Soldaten. Am Ufer konnte sie sich noch einmal umdrehen und sah über die Köpfe der Menge hinweg, wie Naja dem neuen Pharao die Doppelkrone aufsetzte.

Dann wurde sie zu der Feluke gezerrt und in ihre bewachte Unterkunft auf Troks Galeere zurückgebracht.

Mintaka saß mit ihren Sklavinnen zusammengedrängt in dem kleinen Raum und fragte sich, was ihr Schicksal sein würde, wenn der neue Pharao an Bord kam. Sie war nicht weniger verängstigt als ihre Zofen, die sie dennoch zu beruhigen versuchte. Sobald ihr das einigermaßen gelungen war, spielten sie für eine Weile ihre Lieblingsspiele, und als das zu langweilig wurde, bat Mintaka um eine Laute. Ihr eigenes Instrument war auf der königlichen Barke verbrannt, doch die Sklavenmädchen konnten ein Instrument von einem der Wächter borgen.

Mintaka veranstaltete einen Wettbewerb, in dem die Mädchen einander vortanzen mussten. Sie lachten und klatschten in die Hände. Und dann hörten sie, wie der Pharao an Bord kam. Die Sklavenmädchen verstummten, doch Mintaka forderte sie auf weiterzumachen, und bald waren sie wieder so fröhlich wie zuvor.

Die Prinzessin nahm nicht teil an dem Spiel. Sie dachte vielmehr an den kleinen Raum, der sich neben ihrer Unterkunft befand, kaum größer als ein Besenschrank: eine Latrine mit einem großen Toilettentopf mit Deckel und einem Krug Wasser zum Händewaschen. Die Wand zwischen den beiden Räumen war sehr dünn – die Schiffsbauer hatten offenbar Gewicht sparen müssen –, und da Mintaka auf dieser Galeere schon glücklichere Tage verbracht hatte, wenn sie mit ihrem Vater bei Trok zu Gast war, wusste sie, dass auf der anderen Seite der Latrine, ebenfalls hinter einer dünnen Trennwand, Troks Schlafkabine lag.

Mintaka schlich sich also in die Latrine und lauschte. Trotz des Geschnatters der Mädchen hörte sie durch die Trennwand Männerstimmen. Sie erkannte Najas klare, befehlende Stimme und Troks knurrige Antworten. Sie legte vorsichtig ihr Ohr an das dünne Holz, und sofort wurden die Stimmen klarer. Sie konnte jedes Wort verstehen.

Naja schickte gerade die Wachen weg, die sie an Bord begleitet hatten. Sie hörte sie davonstapfen und dann lange nichts, so lange, dass sie sich fragte, ob Naja jetzt wohl allein war. Dann hörte sie eine Flüssigkeit in eine Schale plätschern und Najas spöttische Stimme: «Majestät, hast du dich nicht schon genug erfrischt?» – Dann Troks unverwechselbares Lachen. Aus seiner schleppenden Stimme schloss Mintaka, dass er schon einige Schalen Wein getrunken haben musste.

«Ach komm, Vetter, sei doch nicht so streng», lallte der neu eingesetzte Pharao. «Trink doch mit mir. Lass uns auf unseren Erfolg trinken. Schließlich ist alles gut gegangen. Wir haben alles erreicht, was wir uns vorgenommen haben. Trink auf die Krone auf meinem Kopf. Und auf die, die bald dein Haupt krönen wird.»

Naja klang nun ein wenig milder. «Vor einem Jahr, als wir zum ersten Mal über diesen Plan nachdachten, schien alles so unmöglich, so weit entfernt. Wir wurden gedemütigt und übersehen. Wir waren so weit vom Thron entfernt wie der Mond von der Sonne, und jetzt sitzen wir hier, zwei Pharaonen, und haben ganz Ägypten in unserer Gewalt.»

«Und zwei Pharaonen mussten dafür ins Gras beißen», prahlte Trok, «zuerst Tamose durch deinen Pfeil mitten durchs Herz und nun Apepi, das große Wildschwein, gebraten in seinem eigenen Fett mit all seinen Ferkeln.» Er schrie vor Lachen.

«Vorsicht, Vetter, nicht so laut. Du solltest nicht davon sprechen, nicht einmal, wenn wir allein sind», wies ihn Naja zurecht. «Das Beste wäre, wenn wir überhaupt nie mehr davon sprächen. Sollen unsere kleinen Geheimnisse mit Tamose in seiner Gruft im Tal der Könige ruhen und mit Apepi auf dem Grund des Nils.»

«Na komm», drängte Trok wieder, «lass uns darauf trinken, auf alles, was wir erreicht haben.»

«Auf alles, was wir erreicht haben», stimmte Naja schließlich zu, «und auf alles, was noch kommen wird.»

«Heute Ägypten und morgen die Schätze Assyriens, Babylons und des Rests der Welt! Nichts kann uns aufhalten!»

Trok schlürfte geräuschvoll, und dann krachte etwas gegen die Trennwand direkt vor Mintakas Ohr. Sie zuckte zusammen und sprang zurück, und dann begriff sie, dass Trok seine leere Weinschale an die Wand geworfen hatte. Er rülpste und sprach weiter: «Es gibt jedoch noch ein Detail, um das wir uns kümmern müssen. Tamoses Welpe hat immer noch deine Krone auf seinem Kopf.»

Mintaka fand sich in einem Wirbel von Gefühlen. Sie war so hin und her gerissen von dem, was sie durch die dünne Wand gehört hatte, dass ihr fast schwindlig wurde. Die beiden Schurken hatten soeben die Morde an ihrem Vater, ihren Brüdern und Pharao Tamose gestanden, doch nichts hätte sie darauf vorbereiten können, was sie nun über Nefer sagten.

«Nicht mehr lange», sagte Naja. «Darum werden wir uns kümmern, sobald ich wieder in Theben bin. Es ist alles vorbereitet.»

Mintaka presste sich die Hände vor den Mund, um nicht laut aufzuschreien. Sie waren im Begriff, Nefer genauso kaltblütig zu ermorden wie all die anderen, die sie schon auf dem Gewissen hatten. Ihr Herz schien sich zusammenzukrampfen, und sie fühlte sich vollkommen ohnmächtig. Sie war gefangen und ohne Freunde. Sie überlegte fieberhaft, wie sie Nefer eine Warnung zukommen lassen könnte, denn erst jetzt erkannte sie, wie sehr sie ihn wirklich liebte: Sie würde alles tun, was in ihrer Macht stand, um ihn zu retten.

«Schade, dass der Löwe die Sache nicht für dich erledigt hat, anstatt ihn nur ein wenig anzukratzen», lallte Trok.

«Die Bestie hat genug für mich getan. Nefer braucht nur noch einen kleinen Stoß, bevor ich ihm ein noch prächtigeres Begräbnis als seinem Vater spendieren kann.»

«Du warst schon immer ein großzügiger Mensch», kicherte Trok besoffen.

«Wo wir gerade von Tamoses Balg reden», wechselte Naja süßlich das Thema, «was ist mit Apepis Brut? Hatten wir nicht vereinbart, dass die kleine Prinzessin mit den anderen verbrennen sollte?»

«Ich habe mich anders entschieden», erwiderte Trok etwas verlegen. Mintaka hörte, wie er eine weitere Schale mit Wein füllte.

«Es ist gefährlich, etwas von Apepis Erbschaft am Leben zu lassen», warnte Naja. «Mintaka könnte in den kommenden Jahren leicht die Unzufriedenen um sich sammeln und zu einer Leitfigur für Rebellion und Aufstand werden. Sieh zu, dass du sie loswirst, Vetter, und zwar bald.»

«Und warum hast du nicht dasselbe mit Tamoses Töchtern gemacht? Warum sind die noch am Leben?», hielt Trok ihm vor.

«Ich habe sie geheiratet», erinnerte ihn Naja, «und Heseret ist mir schon hörig. Sie würde alles tun, was ich von ihr verlange. Sie hat die gleichen Ziele wie ich. Sie möchte ihren Bruder genauso gern unter der Erde haben. Auf die Krone ist sie fast so scharf wie auf mein königliches Zepter.»

«Wenn Mintaka erst meine Honigbiene in ihrer kleinen rosa Lotosblüte gespürt hat, wird sie genauso denken», erklärte Trok.

Mintaka lief es kalt den Rücken herunter. Wieder fand sie sich in einem Strudel von Gefühlen. Sie empfand solchen Ekel bei der Vorstellung, die Troks Prahlerei in ihr heraufbeschwor, dass sie Najas nächste Bemerkung fast nicht mitbekommen hätte.

«Sie hat dich bei den Eiern, Vetter», sagte Naja ohne Scherz. «Sie ist zu verwegen und widerspenstig für meinen Geschmack. Dennoch, genieße es. Doch sei vorsichtig, Trok, sie könnte eine stärkere Hand brauchen, als du denkst.»

«Ich werde sie sofort heiraten und schwängern, bevor sie auf dumme Gedanken kommen kann», versicherte ihm Trok. «Mit einem Balg im Bauch wird sie fügsamer sein. Doch nur ihre süßen jungen Säfte können das Feuer löschen, das sie in so vielen Jahren in meinen Lenden entfacht hat.»

«Ich wünschte, du würdest weniger mit dem Schwanz und mehr mit dem Kopf denken, mein Vetter», seufzte Naja. «Lass uns hoffen, dass wir deine Schwäche für sie nicht irgendwann bedauern werden.» Mintaka hörte die Planken knarren, als Naja aufstand. «Also, mögen die Götter dich lieben und beschützen, Vetter», verabschiedete er sich. «Wir haben wichtige Aufgaben vor uns. Wir trennen uns morgen früh, aber am Ende der Überschwemmungszeit treffen wir uns in Memphis wieder wie geplant.»

Auf der Reise flussabwärts wurde Mintaka nicht erlaubt, Troks Galeere zu verlassen. Wenn sie unterwegs waren, durfte sie auf Deck, doch wenn sie ankerten oder festmachten, wurde sie in ihrer Unterkunft eingesperrt mit einer Wache vor der Tür.

Das geschah nicht selten, da Trok an jedem Tempel anhielt, um Opfer zu bringen und den örtlichen Göttern für seine Erhebung auf den Thron von Ägypten zu danken. Im Geheimen versprach er diesen Gottheiten auch, dass er bald als ihresgleichen bei ihnen im Pantheon weilen würde.

In seinem Werben um Mintakas Gunst wollte Trok anscheinend durch Hartnäckigkeit ausgleichen, was ihm an Charme fehlte. Jeden Tag bedachte er sie mit mindestens einem wunderschönen Geschenk. Einmal war es ein Paar weißer Hengste, die sie an den Kapitän der Galeere weiterverschenkte. Am nächsten Tag war es ein vergoldeter und juwelenbesetzter Streitwagen, den ihr Vater vom König von Libyen erbeutet hatte. Den gab sie an den Obersten der Palastgarde weiter, der Apepi ein treuer Diener gewesen war. Wieder ein anderes Mal war es eine Rolle traumhafter Seide aus dem Orient und dann eine Silberschatulle voller Edelsteine, die sie unter den Sklavenmädchen verteilte. In letztem Fall ließ sie die Sklavinnen mit ihrem Schmuck vor Trok aufmarschieren und höhnte: «Diese geschmacklosen Steine mögen Sklavinnen stehen, doch keiner Dame, die etwas auf sich hält.»

Der neue Pharao ließ sich jedoch nicht abschrecken. Als sie an Assyut vorbei ins untere Königreich segelten, zeigte er mit einer protzigen Geste auf ein fruchtbares Landgut, das sich am Ostufer über fast eine Wegstunde erstreckte, und sagte: «Das gehört von nun an Euch, Hoheit, ein Geschenk von mir. Hier ist der Grundbrief.»

Noch am selben Tag beauftragte sie die Schreiber, einen Vertrag aufzusetzen, mit dem sie allen Sklaven, die dem Gut gehörten, die Freiheit schenkte und alles andere den Priesterinnen des Tempels der Hathor in Memphis vermachte.

Selbst wenn Mintaka ihre Trauer und ihre Sorgen im Spiel mit ihren Mädchen vergessen wollte, wenn sie sich auf dem Deck die Zeit mit Tanzen und Singen, mit Bao und Rätseln vertrieben, versuchte Trok sich einzuschalten. Einmal tanzte er mit zwei Sklavinnen den Flug der drei Schwalben, und dann bettelte er Mintaka zu: «Gebt mir doch ein Rätsel auf, Prinzessin.»

«Was riecht wie ein Büffel, sieht aus wie ein Büffel und benimmt sich wie ein Büffel, der mit Gazellen tanzen will?», fragte sie zuckersüß. Die Mädchen kicherten, als sie sahen, wie Trok rot wurde und die Stirn runzelte, bevor er wieder zu seinen Offizieren zurückging: «Vergebt mir, Hoheit, aber das kann ich nicht beantworten.»

Am nächsten Tag hatte er die Beleidigung vergeben, aber nicht vergessen. Als sie vor dem Dorf Samalut ankerten, befahl er einen Trupp fahrender Geschichtenerzähler, Akrobaten und Musiker an Bord, um Mintaka zu unterhalten. Einer der Artisten, ein Zauberkünstler, war ein hübscher Bursche mit lustigen Sprüchen, wenngleich seine Zauberkunststücke auch recht alt waren und er sie nicht sehr gut beherrschte. Sobald Mintaka jedoch hörte, dass die Truppe auf dem Weg nach Theben war, wo sie hofften, am Hof des südlichen Pharaos auftreten zu können, war sie plötzlich ganz hingerissen von den Darbietungen, besonders denen des Zauberkünstlers Laso. Nach der Vorstellung lud sie alle zu Sorbett und Honigdatteln ein und winkte den Zauberer herbei, er möge sich auf die Kissen zu ihren Füßen setzen. Der überwand bald seine Furcht vor ihr und erfreute sie mit einigen Geschichten, über die sie herzlich lachte.

Unter dem Geplauder und Gekicher der Mädchen bat sie Laso dann, dem berühmten Magus Taita eine Botschaft zukommen zu lassen, sobald er in Theben ankäme. Zutiefst geschmeichelt durch ihr Vertrauen, erklärte Laso sich sofort bereit dazu. So erklärte sie ihm noch einmal, wie wichtig sein Auftrag war und wie verschwiegen er darüber sein musste, und dann schob sie ihm eine kleine Papyrusrolle zu, die er sogleich unter seinem Rock versteckte.

Wie erleichtert war sie, als die Künstler schließlich wieder an Land gingen! Sie hatte verzweifelt nach einer Möglichkeit gesucht, Taita und Nefer zu warnen, und nun hatte sie endlich eine gefunden. Das Pergament enthielt außer Liebeserklärungen an Nefer eine kurze Darstellung der Mordpläne Najas und die Information, dass Nefers Schwester Heseret nicht mehr zu trauen war, da sie auf der Seite ihrer Feinde stand. Sie beschrieb auch die wahren Todesumstände ihres Vaters und ihrer Brüder und Troks Plan, sie zur Frau zu nehmen, obwohl sie Nefer versprochen war. Sie flehte Nefer an, all seine Autorität geltend zu machen, um das zu verhindern.

Sie schätzte, die Truppe würde mindestens zehn Tage nach Theben brauchen, und warf sich auf die Schiffsplanken, um zu Hathor zu beten, dass sie nicht zu spät käme.

In der Nacht darauf schlief sie besser als je seit den schrecklichen

Ereignissen von Balasfura. Am nächsten Morgen war sie fast fröhlich, und ihre Sklavinnen bemerkten, wie gut sie aussah.

Trok bestand darauf, dass sie auf Deck mit ihm frühstückte. Seine Köche hatten eine üppige Tafel vorbereitet. Es waren noch zwanzig andere Gäste da, und Trok setzte sich neben Mintaka. Sie war entschlossen, sich nicht einmal dadurch ihre Laune verderben zu lassen. Sie schenkte Trok ostentativ keinerlei Beachtung und wandte sich mit all ihrem Charme den Offizieren zu, aus denen die Gesellschaft größtenteils bestand.

Als alle gegessen hatten, klatschte Trok in die Hände, und sofort waren alle still. «Ich habe ein Geschenk für Prinzessin Mintaka.»

«O nein», spottete Mintaka, «nicht schon wieder! Und was soll ich diesmal damit anfangen?»

«Ich glaube, dieses Geschenk wird mehr nach Eurem Geschmack sein als meine anderen kleinen Gaben.» Trok wirkte so selbstzufrieden, dass sie sich allmählich Sorgen machte.

«Ihr verschwendet Eure Großzügigkeit, Fürst.» Sie weigerte sich strikt, ihn mit einem seiner zahlreichen neuen Titel anzureden. «Tausende Eurer Untertanen sind Opfer von Krieg, Seuche und Hunger. Sie bedürfen Eurer Güte viel mehr als ich.»

«Nein. Heute habe ich etwas ganz Besonderes für Euch. Niemand anderes wird damit etwas anfangen können», versicherte er ihr.

Sie machte sich keine Mühe, ihren Sarkasmus zu mildern, hob theatralisch die Hände. «Ich bin Eure loyale Untertanin. Wie könnte ich Euer Geschenk zurückweisen, wenn Ihr so darauf besteht?»

Trok klatschte noch einmal in die Hände, und zwei seiner Leibwachen kamen vom Bug geklettert. Sie trugen einen großen Sack aus ungegerbtem Leder, dessen Geruch nichts Gutes versprach. Einige der Mädchen zogen Grimassen wegen des Gestanks, doch Mintaka verzog keine Miene, als die beiden Soldaten vor ihr stehen blieben.

Trok nickte ihnen zu, sie zogen die Leine auseinander, mit welcher der Sack verschlossen war, und schütteten den Inhalt auf die Planken. Die Mädchen kreischten vor Schreck, und selbst einige der Männer zuckten zusammen und schrien auf.

Der abgehackte Kopf rollte Mintaka direkt vor die Füße und blieb dort liegen, die weit aufgerissenen Augen voller Schreck und Verblüffung. Die langen schwarzen Locken waren steif von getrocknetem, schwarzem Blut.

«Laso!», flüsterte Mintaka, als sie die Züge des unglücklichen Zauberkünstlers erkannte, dem sie ihre Botschaft anvertraut hatte.

«Ach, Ihr erinnert Euch an seinen Namen?», grinste Trok. «Seine Kunststücke müssen Euch ebenso beeindruckt haben wie mich.»

In der Sommerhitze hatte die Verwesung schon eingesetzt. Der Gestank war fast unerträglich und zog zahllose Fliegen an, die sich auf die Augen des Toten setzten. Mintaka spürte, wie ihr das Frühstück im Halse stand, und schluckte schwer. Zwischen Lasos violetten Lippen schaute ein Stück Papyrus hervor.

«Sein letzter Trick war der beste.» Trok beugte sich vor und zog das blutverschmierte Pergament aus dem Mund des Totenschädels. Er hielt es so, dass Mintaka ihr eigenes Siegel sehen konnte, mit dem sie das Schriftstück verschlossen hatte. Dann ließ er es in die Holzkohlenpfanne fallen, über der die Lammkebabs schmorten. Es brannte sofort und zerfiel zu grauer Asche.

Trok gab ein Zeichen, und einer der Soldaten hob den Kopf auf, steckte ihn in den Sack zurück und trug ihn weg. Die Frühstücksgesellschaft verharrte für einen langen Augenblick in betroffenem Schweigen, in dem nur das leise Schluchzen eines der Sklavenmädchen zu hören war.

«Prinzessin, Euer göttlicher Vater, ruhmreich sei seiner gedacht, muss eine Vorahnung gehabt haben, welches Schicksal ihn erwartete.» Trok war nun vollkommen ernst. «Vor seinem tragischen Tod hat er mich ins Vertrauen gezogen. Er stellte Euch unter meinen Schutz, und ich legte vor ihm einen Eid ab und nahm seinen Auftrag an als meine heilige Pflicht. Ihr werdet nie mehr jemand anderen um Schutz angehen. Ich, Pharao Trok Uruk, bin Euer Beschützer.» Er legte seine rechte Hand auf ihren Kopf und hob mit der linken eine zweite Pergamentrolle.

«Dies ist meine königliche Proklamation der Auflösung der Verlobung zwischen Prinzessin Mintaka vom Hause Apepi und Pharao Nefer Seti vom Haus Tamose. Zugleich gebe ich hiermit die bevorstehende Heirat des Pharao Trok Uruk und der Prinzessin Mintaka bekannt. Diese Bekanntmachung trägt das Siegel des Fürsten Naja, der sie damit im Namen des Pharao Nefer Seti als gültig erklärt.» Er überreichte die Rolle seinem Kammerherrn und befahl: «Lasst hiervon einhundert Kopien anfertigen, und lasst sie in jeder Stadt und jeder Provinz in ganz Ägypten öffentlich aushängen.»

Dann zog er Mintaka mit beiden Händen auf die Füße und sagte: «Ihr werdet nicht mehr viel länger ledig sein. Ihr und ich werden Mann und Weib sein, noch vor dem Mond des Osiris.»

Drei Tage später kam Pharao Trok Uruk in Avaris an, seiner Hauptgarnison im Unteren Reich, und stürzte sich sofort mit großer Energie in die Aufgabe, alle Staatsangelegenheiten an sich zu ziehen und die Privilegien der Macht für sich in Anspruch zu nehmen.

Das Volk war außer sich gewesen vor Freude, als es vom Vertrag von Hathor hörte, der endlich Frieden und Wohlstand versprach. Verwirrt und bestürzt waren die Bürger jedoch, als der neue Pharao als Erstes mehr Männer zwangsweise in die Armee einzog. Bald stellte sich heraus, dass er die Stärke seiner Infanterieregimenter verdoppeln und zweitausend neue Kampfwagen bauen lassen wollte.

Man fragte sich, wenn auch nicht so, dass er es hören konnte, wo Trok einen neuen Feind finden wollte, da Ägypten ja jetzt vereint war und in Frieden lebte. Der Verlust der Arbeiter auf den Feldern und den Viehweiden führte zu Lebensmittelmangel und scharfem Preisanstieg. Die Kosten für neue Streitwagen, Waffen und Ausrüstung machten neue, höhere Steuern erforderlich. Bald flüsterte man sich zu, dass Apepi trotz seiner Kriegslust, Steuergier und Ketzerei vielleicht doch kein so schlechter Herrscher gewesen war, wie man gedacht hatte.

Trok erteilte Aufträge für umfangreiche Ausbau- und Renovierungsarbeiten im Palast von Avaris, in den er so bald wie möglich mit seiner Braut, Prinzessin Mintaka, einziehen wollte. Nach Schätzung der Baumeister würden diese Arbeiten zweihunderttausend Goldstücke kosten. Die Proteste wurden immer lauter.

Trok begegnete der wachsenden Unruhe, die ihm nicht verborgen blieb, mit der Proklamation seiner Göttlichkeit und seiner Erhebung ins Pantheon. Innerhalb einer Woche war mit der Errichtung seines Tempels direkt neben dem Tempel des Sebek zu beginnen. Natürlich sollte Troks Tempel den seines Brudergottes in seiner Pracht weit übertreffen. Nach Schätzung der Architekten würden mindestens fünftausend Arbeiter über fünf Jahre mit dem Bau beschäftigt sein, der zweihunderttausend Goldstücke kosten sollte.

Der Aufstand begann im Delta, wo Fußtruppen, die seit über einem Jahr keinen Sold mehr bekommen hatten, ihre Offiziere umbrachten und auf Avaris zu marschierten. Auf dem Weg riefen sie die Bevölkerung auf, sich ebenfalls gegen den Tyrannen zu erheben und sich ihnen anzuschließen. Trok trat ihnen in der Nähe von Manaschi mit dreihundert Streitwagen entgegen und massakrierte sie in einem einzigen Angriff.

Fünfhundert der Meuterer ließ er entmannen, auf langen Stangen pfählen und zu beiden Seiten der Straße nach Manaschi aufpflanzen wie eine makabre Allee. Die Anführer der Revolte wurden hinter Wagen gebunden und nach Avaris geschleift, wo sie ihre Beschwerden vorbringen könnten. Leider überlebte jedoch keiner der Gefangenen diese Fahrt. Als sie ankamen, waren sie kaum noch als Menschen zu erkennen.

Einige hundert Meuterer entkamen dem Massaker und flohen in die Wüste. Trok machte sich nicht die Mühe, sie jenseits der Ostgrenzen zu verfolgen. Die ganze lästige Angelegenheit hatte schon zu viel seiner Aufmerksamkeit beansprucht und seine Hochzeit um Monate verzögert. Auf seiner Rückfahrt nach Avaris hatte er es so eilig, dass er drei Gespanne verbrauchte.

In Troks Abwesenheit hatte Mintaka noch zwei Versuche unternommen, Taita in Theben eine Nachricht zukommen zu lassen. Der erste Bote war einer der Eunuchen des Harems gewesen, ein fetter, freundlicher Schwarzer, den sie ihr ganzes Leben lang gekannt hatte. Zwischen den Eunuchen beider Königreiche gab es Bande, die über Rasse oder Nationalität hinausgingen. Selbst in den Jahrzehnten der Spaltung war Soth – so hieß der Eunuch – als Freund und Vertrauter mit Taita in Verbindung geblieben.

Troks Spione waren jedoch überall, und sie schliefen nie. Soth schaffte es nicht einmal bis nach Assyut und wurde, kaum noch am Leben, in einem Ledersack zurückgebracht. Er starb mit seinem Kopf in einem Kessel siedenden Wassers. Sein fleischloser Schädel, die Knochen gebleicht und poliert, die Augenhöhlen mit Lapislazuli gefüllt, wurde Mintaka überreicht, als besonderes Geschenk des Pharaos.

Danach beauftragte Mintakak keinen Boten mehr, denn sie hätte ihn damit nur einem grausamen Tod ausgeliefert. Aber eines ihrer libyschen Sklavenmädchen, Thana, die um die tiefe Liebe ihrer Herrin zu Nefer wusste, kam mit einem Plan zu ihr, eine Botschaft nach Theben zu bringen. Mit einem trüben Auge und der großen Nase war sie nicht das hübscheste Mädchen, doch sie liebte ihre Herrin über alles und war ihr treu ergeben. Auf ihr eigenes Ersuchen hin verkaufte Mintaka sie an einen Händler, der am folgenden Tag nach Theben reisen sollte. Er nahm Thana mit, und es schien alles nach Plan zu gehen, doch drei Tage später war sie in Avaris zurück, die Hand- und Fußgelenke an die Seite eines Streitwagens der Grenztruppen gebunden.

Trok befasste sich nach seiner Rückkehr von Manaschi mit Thana. Er verurteilte sie zum Tod durch Vergewaltigung und übergab sie dem Regiment, das den Angriff vor Manaschi geführt hatte. Über vierhundert Mann missbrauchten sie brutal, bis sie am Abend des dritten Tages zu Tode blutete.

Mintaka weinte drei Tage um sie.

Die Hochzeit des Pharao Trok Uruk und der Prinzessin Mintaka wurde nach Sitte der Hyksos gefeiert, wie es ihre Ahnen schon tausend Jahre zuvor in ihrer alten Heimat, den weiten Steppen jenseits der assyrischen Berge, gehalten hatten.

Am Morgen des Hochzeitstages stürmten zweihundert Verwandte und Stammesgenossen der Prinzessin die königlichen Gemächer, wo sie seit ihrer Rückkehr nach Avaris gefangen gehalten wurde. Die Wachen erwarteten diese Invasion und stellten sich ihnen nicht in den Weg. Ihre Sippe trug Mintaka davon und fuhr, die Prinzessin in ihrer Mitte, unter Kriegsgeschrei und Knüppelschwingen gen Osten.

Sobald die Brautgesellschaft einen gewissen Vorsprung hatte, machte sich der Bräutigam mit seinen Stammesgenossen, den Leoparden, auf zur Verfolgung. Die Flüchtigen zeigten keine besondere Hast zu entkommen, und als die Verfolger in Sicht kamen, machten sie kehrt und stürzten sich freudig in eine gigantische Prügelei. Obwohl Schwerter und Dolche nicht erlaubt waren, trugen zwei Männer gebrochene Arme davon, und etliche holten sich blutige Köpfe. Nicht einmal der Bräutigam kam ohne blaue Flecke davon. Am Ende gewann er jedoch seinen Preis. Er umfasste Mintakas Taille mit einem Arm und hob die Braut in seinen Wagen.

Mintakas Widerstand war alles andere als gespielt. Sie grub ihre Fingernägel tief in Troks rechte Wange, dicht unter dem Auge, und das Blut tropfte ihm auf die prächtige Kleidung.

«Sie wird dir viele starke Söhne gebären!», riefen seine Leute bewundernd.

Voller Freude über den Kampfgeist seiner Braut fuhr Trok sie im Triumphzug zu seinem Tempel, wo die neu ernannten Priester die letzten Rituale abhalten würden.

Von dem Tempel existierten bisher nur die Fundamentsgruben und hohe Haufen von Steinblöcken, doch das tat der Freude der Hochzeitsgäste und der Begeisterung des Bräutigams keinen Abbruch, als das Paar unter dem geflochtenen Schilfdach stand und der Hohe Priester die Braut mit einem Pferdestrick an den Bräutigam fesselte.

Als Höhepunkt der Zeremonie schnitt Trok seinem liebsten Schlachtross, einem prächtigen braunen Hengst, die Kehle durch, womit er zeigte, dass seine Braut ihm mehr wert war als jede andere Kostbarkeit. Das Tier fiel um sich schlagend zu Boden, sein Blut spritzte aus der offenen Halsschlagader. Die Hochzeitsgesellschaft schaute jubelnd zu, bevor sie das Paar auf einen blumengeschmückten Streitwagen hob.

Einen Arm wieder fest um seine junge Braut geschlungen – diesmal sollte sie ihm nicht entkommen –, fuhr Trok dann zum Palast zurück. Seine Krieger säumten die Straßen, drängten sich um den Wagen und warfen Amulette und Talismane hinein. Andere hielten Trok Weinschalen hin, die er im Vorbeifahren packte und gierig austrank, wobei das meiste davon auf seiner Brust landete, wo es sich mit dem Blut aus seiner zerkratzten Wange mischte.

Als sie im Palast ankamen, triefte Troks Gewand von Blut und Rotwein. Er schwitzte und war staubbedeckt vom rituellen Kampf um die Braut, halb betrunken und halb rasend vor Wollust.

Er trug Mintaka durch die Menge in ihre neuen Gemächer, an deren Eingang Wachen die Hochzeitsgäste mit gezogenen Schwertern zurückwiesen. Die Menge löste sich jedoch nicht auf, sondern umringte den Palast mit Anfeuerungsrufen für den Bräutigam und obszönen Ratschlägen für die Braut.

Im Schlafgemach warf Trok Mintaka auf das weiße Schaffell, das die Schlafmatte bedeckte, und fluchte, als es ihm nicht gelingen wollte, seinen Schwertgurt zu öffnen. Mintaka prallte auf das Bett und schnellte wieder hoch wie ein aufgescheuchter Hase.

Sie rannte zur Terrassentür und versuchte sie aufzureißen, doch auf Troks Befehl waren die Holzläden außen versperrt worden. Sie krallte ihre Fingernägel in jede Ritze, doch die Läden waren zu fest und solide und zitterten nicht einmal, wenn sie dagegen hämmerte.

Trok war es inzwischen endlich gelungen, sich aus seinem Schwertgurt zu befreien, und die Scheide schepperte auf den Mosaikboden. Dann kam er stolpernd zu ihr. «Wehre dich, wie du willst», lallte er, «je mehr du trittst und schreist, desto heißer brennt es in meinen Lenden.»

Er legte von hinten einen Arm um ihre Hüfte und grabschte mit der anderen Hand nach einer ihrer Brüste. «Bei Sebek, was für ein reifes, saftiges Früchtchen haben wir denn hier?» Seine von Schwertknauf und Zügeln verhornten Hände drückten sie so fest, dass sie vor Schmerz aufschrie. Sie drehte sich in seinen Armen und kratzte wieder nach seinen Augen. Er griff sie beim Handgelenk. «Den kleinen Streich wirst du mir nicht noch einmal spielen.» Dann stieß er sie vor sich her und warf sie wieder aufs Bett.

«Du Pavian», schrie sie, «du stinkender, haariger Affe! Du Tier!»

«Was für ein süßes Liebeslied, meine Kleine. Wie schwellen mir Herz und Schweif, wenn ich höre, wie sehr du dich nach mir sehnst.»

Wieder warf er sie auf die Matte, und diesmal drückte er ihr einen seiner riesigen, muskelbepackten Arme auf die Brust. Sein Gesicht war nur ein paar Zoll von ihrem entfernt. Schon kratzte sein Bart an ihren Wangen, und sein Atem stank nach saurem Wein. Sie drehte den Kopf zur Seite, und er lachte, während er einen Finger in den Halsausschnitt ihres Hemdes hakte und es bis unter den Bauch entzweiriss.

Er presste ihre Brüste mit solcher Gewalt, dass seine Finger rote Male hinterließen. Er kniff und zog ihre Brustwarzen, bis sie sich dunkel verfärbten. Dann fuhr seine Hand über ihren Bauch, und er bohrte unbeholfen einen seiner dicken Finger in ihren Bauchnabel, bevor er versuchte, ihr zwischen die Beine zu greifen, doch sie presste ihre Schenkel übereinander und verwehrte ihm den Zugang.

Plötzlich richtete er sich auf, setzte sich mit seinem ganzen Gewicht breitbeinig auf ihren Unterleib, so dass sie sich nicht bewegen konnte, und riss sich den Rock vom Leib. Sein Körper war gestählt in Krieg, Jagd und Kampfsport, und obwohl Schmerz, Angst und Tränen ihren Blick verschleierten, nahm sie seine breiten Schultern und schwellenden Muskeln wahr, Arme und Beine dick und knorrig wie Zedernäste.

Nun beugte er sich herab, bis sein Bauch auf dem ihren lag und sein drahtiges Brusthaar ihren Busen zerkratzte. Mit wachsendem Schrecken fühlte sie nun auch seinen dicken pulsierenden Penis an ihrem Bauch.

Sie kämpfte nicht nur um ihre Würde und Unschuld. Sie kämpfte um ihr Leben. Sie versuchte, ihm ins Gesicht zu beißen, doch ihre kleinen scharfen Zähne verfingen sich wirkungslos in seinem Bart. Sie krallte sich in seinen Rücken, bis Blut unter ihren Fingernägeln hervorquoll, doch er schien nichts zu spüren.

Er versuchte ein Knie zwischen ihre Schenkel zu stemmen, doch sie hielt sie fest aufeinander gepresst. Jeder Muskel in ihrem Unterleib verkrampfte sich in Furcht und Ekel und machte sie hart und uneinnehmbar wie eine Statue ihrer Göttin.

Sie schwitzten beide, doch er schwitzte mehr. Der Schweiß strömte ihm aus allen Poren und nässte ihre Haut. Sein mächtiges, pochendes Glied glitt nach unten und blieb am Ansatz ihrer Schenkel liegen.

Plötzlich richtete er sich wieder auf, holte mit dem rechten Arm aus und schlug ihr mit der flachen Hand brutal ins Gesicht. Der Hieb erschütterte ihre verkrampften Kiefer und traf ihre Nase. Sie schmeckte Blut in ihrem Mund, und es wurde ihr schwarz vor Augen.

«Mach auf, du verdammte Hure!», keuchte er über ihr. «Mach deinen heißen kleinen Schlitz auf, und lass mich herein!» Ihre Hüftknochen stießen hart gegeneinander, und sie spürte wieder sein ekelhaftes Glied auf ihrem schweißnassen Bauch. Selbst in dem Schmerz und der Finsternis nach seinem Hieb gelang es ihr noch, sich ihm zu verwehren, doch sie wusste, dass sie ihn nicht viel länger hinhalten konnte. Er war einfach zu schwer und zu stark.

«Hathor, steh mir bei!» Sie schloss die Augen und betete. «Süße Göttin, lass es nicht geschehen!»

Sie hörte ihn stöhnen und schlug die Augen auf. Sein Gesicht war aufgedunsen und blau von aufgestautem Blut. Er bog seinen Rücken zurück und stöhnte wie in großem Schmerz, die blutunterlaufenen Augen weit aufgerissen. Und dann öffnete sich sein Mund wie zu einem Schrei.

Mintaka verstand nicht, was vor sich ging. Für einen Augenblick dachte sie, die Göttin hätte sie erhört und ihm einen Pfeil durch das schwarze Herz gebohrt. Dann fühlte sie eine heiße Flüssigkeit auf ihrem Bauch, so heiß, dass sie ihre Haut zu versengen schien. Sie versuchte sich wegzudrehen, doch Trok saß immer noch schwer wie ein Fels auf ihrem Unterleib. Dann endlich versiegte der widerliche Strom. Trok stöhnte noch einmal und sank auf ihr zusammen. Sie lag still und wagte nicht, sich zu bewegen, um ihn nicht zu weiteren Taten anzuregen. So lagen sie eine Zeit lang, bis sie das anzügliche Gekreisch der vor dem Palast wartenden Menge wieder hörten. Trok richtete sich mühsam auf und schaute auf sie herunter. «Du hast mich blamiert, du kleine Nutte. Du hast mich meinen Samen verschwenden lassen.»

Bevor sie verstand, wovon er redete, griff er sie bei den Haaren und presste ihr Gesicht in das weiße Schaffell.

«Keine Angst, ich nehme das Blut aus deiner Nase, wenn ich es nicht aus deinem Honigtopf haben kann.»

Er rollte sie zur Seite und schaute sich mit grimmiger Befriedigung den karminroten Fleck auf der schneeweißen Wolle an. Dann sprang er auf, ging splitternackt zur Terrassentür, trat gegen die hölzernen Läden, dass die Splitter flogen, und verschwand im gleißenden Tageslicht.

Mintaka wischte mit einer Ecke des Bettleinens den ekelhaften Schleim von ihrem Bauch. Als sie die roten Male auf ihren Brüsten, Armen und Beinen sah, die seine groben Hände zurückgelassen hatten, verwandelte sich ihre Furcht in kalte Wut.

Sein Schwertgurt lag, wo er ihn fallen gelassen hatte. Sie erhob sich leise vom Bett und zog die polierte Klinge aus ihrer Scheide. Dann schlich sie zur Terrassentür und drückte sich flach an den Türpfosten.

Trok bedankte sich inzwischen für den Beifall der Menge und hielt das Schaffell hoch, damit alle es sehen konnten. «Sie konnte nicht genug kriegen!», beantwortete er eine Frage, die ihm jemand zugerufen hatte. «Als ich mit ihr fertig war, war sie so weit und nass wie die Deltasümpfe und so heiß wie die Sahara!»

Mintaka fasste das schwere Schwert fester und sammelte ihre Kräfte und Gedanken.

«Lebt wohl, meine Freunde», rief Trok. «Ich gehe jetzt zurück und hole mir noch einen Bissen von dieser süßen Feige.»

Sie hörte seine nackten Füße auf dem Steinboden, und dann fiel sein Schatten in den Raum. Sie hob das Schwert mit beiden Händen und hielt es in Bauchhöhe.

Kurz bevor er über die Schwelle trat, nahm sie all ihre Kraft zusammen und holte zum Hieb aus. Sie zielte zwischen seinen Nabel und den dichten schwarzen Busch, aus dem seine Genitalien herausbaumelten.

Vor langer Zeit, als sie mit ihrem Vater auf der Jagd war, hatte sie einmal beobachtet, wie ihr Vater auf einen riesigen Leoparden anlegte, der sie unmöglich bemerkt haben konnte. Die Katze schien jedoch das Surren der Bogensehne zu hören und sprang zur Seite, bevor der Pfeil sein Ziel erreichte. Trok schien denselben katzenhaften Instinkt für Gefahr und Überleben zu haben.

Während die Klinge schon durch die Luft sauste, drehte er sich blitzschnell zur Seite, so dass die Schwertspitze keinen Fingerbreit vor seinem haarigen Bauch vorbeizischte, ohne auch nur seine Haut zu ritzen. Sofort umklammerte er mit einer seiner Pranken ihre Handgelenke und drückte zu, bis sie ihre Knochen knirschen hörte und die Waffe klirrend zu Boden fiel.

Er lachte, während er sie durch das Schlafgemach zerrte, doch es war ein freudloses Lachen. Er warf sie auf das zerwühlte und schweißgetränkte Bett und beugte sich über sie. «Du bist jetzt meine Frau. Du gehörst mir wie meine Zuchtstuten und Hündinnen. Du musst lernen, mir zu gehorchen und mich zu achten.»

Sie presste ihr Gesicht in das beschmutzte Leinen, um ihn nicht ansehen zu müssen. Er bückte sich und hob die Schwertscheide vom Boden auf. «Ich werde dir Gehorsam beibringen zu deinem eigenen Wohl, besser jetzt als später. Du wirst mir noch dankbar sein.»

Er wog die Scheide in seiner rechten Hand. Sie war aus poliertem Leder, umwunden mit Schnüren aus rotem und weißem Gold und mit bronzenen Rosetten beschlagen. Er ließ sie mit einem Schwung auf ihren Rücken und ihre Beine niedersausen. Das Leder klatschte auf ihr weißes Fleisch und hinterließ dunkle Striemen, aus denen das Rosettenmuster hellrot hervorstach. Der erste Hieb überraschte sie so, dass sie gegen ihren Willen laut aufschrie.

Er lachte über ihren Schmerz und hob die Scheide von neuem. Sie versuchte wegzurollen, doch der nächste Schlag traf ihren erhobenen rechten Arm und der nächste ihre Schulter. Sie erlaubte sich nicht noch einmal zu schreien und versuchte ihren Schmerz zu verbergen, indem sie ein höhnisches Lächeln aufsetzte und ihn anspuckte wie ein Luchs. Das machte ihn erneut wütend, und er schlug noch brutaler zu.

Sie fiel vom Bett, und er folgte ihr, während sie über den Boden kroch. Seine Hiebe trafen ihren Rücken, und als sie sich zusammenrollte, prasselten sie auf ihre Schultern und auf ihr Hinterteil nieder. Dabei keuchte er die ganze Zeit im Rhythmus der Schläge. «Ha, wirst nicht noch einmal deine Hand gegen mich erheben … ha, das nächste Mal, wenn ich zu dir komme … wirst du dich wie eine liebende Ehefrau benehmen … oder ich lasse dich von vier meiner Männer niederhalten … während ich dich besteige … ha, und wenn ich mit dir fertig bin … werde ich dich wieder durchprügeln … so wie jetzt!»

Sie biss die Zähne zusammen, bis sie sich nicht mehr wehren konnte, doch im selben Augenblick schien er zum Glück genug zu haben und taumelte keuchend zum Bett zurück.

Er zog sich seinen befleckten und verdreckten Rock an, steckte sein Schwert in die blutverschmierte Scheide, schnallte den Schwertgurt um und stapfte zum Eingang des Schlafgemachs. Dort blieb er stehen und schaute zu ihr zurück. «Erinnere dich an eines, Weib: Die Mähren, die ich einreite, werden entweder zahm oder, bei Sebek, sie sterben unter mir.» Dann drehte er sich um und verließ den Raum.

Mintaka hob langsam den Kopf und schaute ihm nach. Sie konnte nicht sprechen. Stattdessen sammelte sie Speichel in ihrem geschwollenen Mund und spuckte ihm hinterher.

Der Mond der Isis war lange vorbei, bevor die Krusten von Mintakas Wunden fielen und von den Prellungen auf ihrer weichen, kremigen Haut nur noch blasse grünlich-gelbe Flecken zu sehen waren. Mit Absicht oder aus Zufall hatte ihr Trok keinen Zahn ausgeschlagen, keinen Knochen gebrochen, ihr Gesicht war unverletzt geblieben.

Seit der schrecklichen Hochzeitsnacht hatte er sie in Ruhe gelassen. Die meiste Zeit war er auf Schlachtfeldern im Süden beschäftigt, und selbst wenn er für kurze Zeit nach Avaris zurückkehrte, ging er ihr aus dem Weg. Vielleicht stießen ihn ihre hässlichen Verletzungen ab, oder er schämte sich seiner Unfähigkeit, die Ehe zu vollziehen. Mintaka dachte nicht viel über seine Gründe nach, sie war nur froh, dass sie für eine Weile vor seiner Brutalität sicher war.

Im Süden des Königreichs hatte sich eine weitere Rebellion erhoben, die Trok wiederum erbarmungslos niederschlug. Er fiel mit seinen Armeen über die Aufständischen her, tötete alle, die sich gegen ihn zu erheben gewagt hatten, zog den Besitz der Rebellen ein und verkaufte ihre Familien in die Sklaverei. Fürst Naja hatte zwei Regimenter geschickt, um seinem Vetter in seinen Aktionen gegen die Rebellen beizustehen und an der Beute teilzuhaben.

Mintaka wusste, dass Trok vor drei Tagen im Triumph nach Avaris zurückgekehrt war, doch sie hatte ihn noch nicht gesehen. Dafür dankte sie ihrer Göttin, was sich jedoch als voreilig erwies. Denn am vierten Tag befahl er sie zu sich. Mintaka sollte der außerordentlichen Sitzung des Staatsrats beiwohnen. Die Angelegenheit war so dringlich, dass er ihr nur eine Stunde Zeit ließ, um sich vorzubereiten. Sollte sie sich seinem Befehl widersetzen, würde er seine Leibwachen schicken und sie herbeischleppen lassen. Sie hatte also keine Wahl und liess sich von ihren Mädchen ankleiden.

Seit der Hochzeit war dies das erste Mal, dass Mintaka sich öffentlich zeigte. Sie war so geschickt geschminkt, dass sie schön war wie immer, als sie im üppig neu renovierten Versammlungssaal auf dem Thron der Königin unterhalb des Pharaonenthrons Platz nahm. Sie versuchte, unbeteiligt auszusehen, als ginge sie das Ganze nichts an, doch ihre Fassung verließ sie, als der königliche Herold den Saal betrat und sich vor den beiden Thronen zu Boden warf. Sie lehnte sich angespannt vor.

Trok forderte den Herold auf, sich zu erheben und dem Rat seine Neuigkeiten zu verkünden. Der Bote war offenbar sehr aufgewühlt. Er musste sich mehrmals räuspern, ehe er ein Wort herausbrachte, und als er endlich sprach, war seine Stimme so schwach, dass Mintaka zunächst nicht verstand, was er sagte. Sie hörte seine Worte, ohne sie begreifen oder glauben zu können.

«Heilige Majestät, Pharao Trok Uruk, Königin Mintaka Apepi Uruk, erlauchte Mitglieder des Staatsrats, Bürger von Avaris, Brüder und Landsleute des vereinten Ägypten, ich bringe traurige Kunde aus dem Süden. Ich würde lieber gegen einen hundertfach überlegenen Feind in die Schlacht ziehen, ich würde lieber sterben, als Euch diese Nachricht zu überbringen.» Er stockte und hustete noch einmal, und danach war seine Stimme lauter und klarer.

«Ich komme mit der schnellsten Galeere von Theben. Zwölf Tage und Nächte war ich unterwegs. Wenn wir einmal angehalten haben, dann nur, um die Ruderer zu wechseln.»

Er hielt wieder inne und breitete verzweifelt die Arme aus. «Im letzten Monat, am Vorabend des Festes des Hapi, ist Pharao Nefer Seti, den wir alle geliebt und in den wir so viel Vertrauen und Hoffnung gesetzt haben, den schweren Wunden erlegen, die er auf der Jagd bei Dabba durch einen reißenden Löwen erlitten hat.» Im Saal erhob sich ein großes Seufzen. Einer der Ratsherren bedeckte seine Augen und begann leise zu weinen.

In die Stille hinein sagte der Herold: «Der Regent des Oberen Reiches, Fürst Naja, durch Heirat dem Hause Tamose verbunden und Erster der Thronfolge, hat die Nachfolge des verstorbenen Pharaos angetreten und seinen Thron bestiegen. Er ehrt das Land durch seinen Königsnamen Kiafan, er währt bis in die Ewigkeit durch seinen Namen Naja, die Welt zeigt ihre Ehrfurcht für ihn durch seinen Namen Pharao Naja Kiafan.»

Die Klage um den toten Pharao und der Beifall für seinen Nachfolger erfüllten den Saal. Mintaka starrte den Herold an. Unter ihrer Schminke war sie kreidebleich, und auch ohne Kajal waren ihre Augen groß und schwarz, so schwarz wie die Welt um sie zu werden schien. Sie schwankte auf ihrem Thron. Obwohl sie wusste, dass Trok und Naja Nefers Tod planten, hatte sie sich eingeredet, dass es nicht dazu kommen würde. Sie hatte sich an die Hoffnung geklammert, dass Nefer auch ohne ihre Warnung dem Netz, das die beiden Usurpatoren um ihn gesponnen hatten, entkommen würde. Schließlich stand ihm Taita zur Seite.

Trok betrachtete sie mit wissendem, hämischem Lächeln. Sie wusste, dass er sich sonnte in ihrem Schmerz, doch das kümmerte sie nicht mehr. Nefer war tot, und mit ihm waren auch ihr Wille und der Grund dahin, sich weiter zu wehren und weiterzuleben. Sie erhob sich von ihrem Thron und ging wie eine Schlafwandlerin aus dem Saal. Sie rechnete damit, dass Trok sie zurückrief, doch das tat er nicht. In der allgemeinen Bestürzung und Trauer bemerkte kaum jemand, dass sie den Saal verliess, und wer es bemerkte, wusste um ihre furchtbare Trauer. Man erinnerte sich, dass sie einmal dem toten Pharao versprochen gewesen war, und vergab ihr diese Verletzung des Hofprotokolls.

Drei Tage und Nächte blieb Mintaka in ihren Gemächern. Sie aß nicht und trank nur ein wenig mit Wasser gemischten Wein. Sie befahl allen, sie allein zu lassen, selbst ihren Mädchen. Sie wollte niemanden sehen, nicht einmal die Ärzte, die Trok zu ihr schickte.

Am vierten Tag bat sie um den Besuch der Oberpriesterin des Tempels der Hathor. Die alte Frau blieb den ganzen Morgen, und als sie den Palast wieder verließ, war Mintakas Kopf kahl rasiert und zum Zeichen der Trauer mit einem weißen Schal bedeckt.

Am nächsten Morgen kam die Oberpriesterin mit zwei ihrer Priesterinnen zurück, die einen großen, aus Palmwedeln geflochtenen Deckelkorb trugen. Sie stellten den Korb vor Mintaka ab und verschwanden wieder.

Die Oberpriesterin kniete neben Mintaka nieder und fragte sie leise: «Bist du sicher, dass du den Weg der Göttin gehen willst, meine Tochter?»

«Es gibt nichts mehr, wofür ich noch leben wollte», war Mintakas feste Antwort.

Die Priesterin hatte am Tag zuvor schon stundenlang versucht, sie davon abzubringen, und nun versuchte sie es ein letztes Mal. «Aber du bist noch so jung ...»

Mintaka hob eine schlanke Hand. «Ich mag noch nicht viele Jahre gelebt haben, Mutter, aber in dieser kurzen Zeit habe ich mehr Schmerz erfahren als die meisten Menschen.»

Die Priesterin beugte ihr Haupt und sagte: «Dann lass uns zur Göttin beten.» Mintaka schloss die Augen. «Geheiligte Herrin, mächtige Himmelskuh, Patronin der Musik und der Liebe, allwissende und allmächtige Göttin, erhöre die Gebete deiner dich liebenden Tochter.»

In dem Korb vor ihnen rührte sich etwas, und sie spürten einen leichten Luftzug wie die Flussbrise in den Papyrusfeldern. Mintaka fühlte die Kälte in ihrem Magen und wusste, dass dies der erste kühle Hauch des Todes war.

«Deine geliebte Tochter, Mintaka, Gemahlin des göttlichen Pharao Trok Uruk, fleht um die Gnade, die du denen gewährst, die zu viel erlitten haben auf dieser Welt. Schicke deinen schwarzen Boten und erlaube ihr, durch ihn Frieden zu finden in deinem Busen, mächtige Hathor», betete die Oberpriesterin, beendete das Gebet und wartete. Den nächsten Schritt musste Mintaka allein tun.

Mintaka öffnete die Augen und schaute den Korb an, als sähe sie ihn erst jetzt. Dann streckte sie langsam beide Arme aus und hob den Deckel ab. Das Innere des Korbes war dunkel, doch es bewegte sich etwas darin, glitzerte schwarz auf schwarz, wie Öl auf Wasser in einem tiefen Brunnen.

Mintaka beugte sich vor, um in den Korb zu schauen, und langsam stieg ihr ein schuppiger Kopf entgegen. Als er ans Licht kam, spreizte sich der schwarz-gelb gemusterte Schild des Monstrums, bis er so breit war wie ein Fächer. Die Augen glänzten wie Glasperlen. Die dünnen Lippen waren wie in einem höhnischen Lächeln gefroren, und die gespaltene schwarze Zunge schnellte hervor, als wollte sie die Luft und den Duft des Mädchens schmecken, das vor ihr saß.

So starrten sie einander an, das Mädchen und die Kobra, hundert langsame Herzschläge lang. Einmal pendelte die Schlange zurück, als wollte sie zum Schlag ausholen, doch dann richtete sie sich langsam wieder auf wie eine langstielige tödliche Blume.

«Warum will sie nicht tun, was zu tun ist?», fragte Mintaka. Mit ihren Lippen war sie der Kobra so nahe, dass sie einen Kuss hätten austauschen können. Sie streckte ihre Hand aus, und die Schlange drehte den Kopf und starrte auf die Finger, die auf sie zu kamen. Mintaka berührte den weit gespreizten Schild der Kobra, doch statt anzugreifen, wandte sich die Schlange ab und hielt den Kopf schräg, fast wie eine Katze, die gestreichelt werden möchte.

«Befiehl ihr, dass sie tut, was getan werden muss», flehte Mintaka die Priesterin an, doch die alte Frau schüttelte nur ungläubig den Kopf.

«Das habe ich noch nie gesehen. Schlag ihn mit der flachen Hand, den Todesboten. Dann wird er dir das Gift der Göttin geben.»

Mintaka holte aus und wollte mit gespreizten Fingern zuschlagen, doch dann zuckte sie plötzlich zusammen und ließ die Hand sinken. Sie sah sich verblüfft in dem dunklen Gemach um, schaute in die schattigen Ecken und dann auf die Priesterin.

«Hast du etwas gesagt?»

«Nein, mein Kind.»

Mintaka hob wieder ihre Hand, doch diesmal war die Stimme noch näher und klarer. Sie erkannte sie und empfand eine abergläubische Angst. Ihre Nackenhaare sträubten sich.

«Taita?» Sie blickte um sich. Sie dachte, er stände direkt hinter ihr, doch nur sie, die Priesterin und die Schlange in ihrem Korb hielten sich im Raum auf. «Ja», sagte Mintaka mit fester Stimme, als würde sie auf eine Frage antworten oder eine Anweisung entgegennehmen. Sie lauschte in die Stille und nickte zweimal, bevor sie flüsterte: «O ja.»

Die Priesterin hörte nichts, doch sie wusste, dass hier etwas Geheimnisvolles geschah, und sie war nicht im Geringsten überrascht, als die Kobra langsam in die Tiefen des Korbs zurücksank. Sie verschloss ihn wieder mit dem Deckel und stand auf.

«Vergib mir, Mutter», sagte Mintaka leise, «aber ich werde doch nicht den Weg der Göttin gehen. Es gibt für mich noch zu viel zu tun auf dieser Welt.»

Die Priesterin nahm den Korb und sagte: «Möge die Göttin dich segnen und dir das ewige Leben schenken.» Dann zog sie sich zurück und ließ Mintaka in ihrem dunklen Gemach allein, die immer noch einer Stimme zu lauschen schien, welche die alte Frau nicht hören konnte.

Taita sorgte dafür, dass Nefer im tiefen Schlaf der roten Blume verharrte, während er ihn nach Theben zurückbrachte. Sobald ihre Galeere an der Steinmole vor dem Palast festmachte, ließ Taita ihn auf einer Trage an Land bringen, abgeschirmt vor den Blicken des Volkes. Er wollte verhindern, dass der Zustand des Pharaos in der Stadt bekannt wurde. Es wäre nicht das erste Mal, dass die Krankheit oder Verwundung eines Pharaos Theben und den ganzen Staat in solche Verzweiflung stürzte, dass es zu wilder Spekulationen an der Kornbörse, zu Unruhen, Plünderungen und zum Zusammenbruch jeder Ordnung kam.

Als Nefer in seinen königlichen Gemächern war, konnte Taita ihn zum ersten Mal in Sicherheit und allein gründlich untersuchen. Seine erste Sorge galt den furchtbaren Risswunden vorne an den Beinen und am Unterbauch des Knaben. Er musste feststellen, ob diese Wunden sich gefährlich verändert hatten.

Seine größte Angst war, dass die Gedärme verletzt worden waren und etwas von deren Inhalt in die Bauchhöhle gesickert sein könnte. Denn dann konnte er mit seiner Kunst wenig ausrichten. Er nahm dem Jungen die Verbände ab, betastete vorsichtig die Wunden und schnupperte nach Fäkaliengestank. Zu seiner großen Erleichterung fand er davon keine Spur. Dann spülte er die tiefsten Wunden mit einer Mischung aus Essig und orientalischen Gewürzen aus, bevor er sie mit Darmsaiten zunähte und sorgfältig verband. Dabei berührte er jede Schicht der Bandagen mit dem goldenen Amulett der Lostris und empfahl seinen Patienten dem Schutz seiner göttlichen Großmutter.

Über die nächsten Tage verringerte Taita allmählich die Dosis der roten Schlafblume. Seine Belohnung war, dass Nefer zu Bewusstsein kam und ihn anlächelte: «Ich wusste, dass du bei mir warst, Taita.» Dann schaute er sich um, immer noch benommen von der Medizin. «Wo ist Mintaka?»

Taita erklärte ihm, weshalb sie nicht bei ihm war, und Nefer war zu schwach, seine Enttäuschung zu verbergen. Taita versuchte ihn zu trösten. Er überzeugte ihn davon, dass es sich nur um eine vorübergehende Trennung handelte und dass er bald kräftig genug für eine Reise nach Avaris wäre. «Wir werden schon einen Grund finden, dass Naja dir die Reise erlauben muss», versicherte Taita.

Für eine Weile machte Nefer ermutigende Fortschritte. Am folgenden Tag konnte er sitzen und eine herzhafte Erbsensuppe mit Hirsebrot zu sich nehmen. Noch einen Tag später machte er die ersten Schritte an der Krücke, die Taita für ihn geschnitzt hatte, und bat um Fleisch in seiner Suppe. Um sein Blut nicht unnötig zu erhitzen, verbot ihm Taita rotes Fleisch, erlaubte ihm jedoch Huhn und Fisch.

Am Tag darauf kam Merikara zu Besuch und verbrachte den größten Teil des Tages mit ihrem Bruder. Ihr fröhliches Lachen und ihr kindliches Geplapper heiterten ihn auf. Nefer fragte auch nach Heseret. Er wollte wissen, warum sie nicht mitgekommen war, doch Merikara wich der Frage aus und forderte ihn zu einer weiteren Partie Bao heraus.

Einen Tag später drangen die furchtbaren Neuigkeiten der Tragödie von Balasfura nach Theben. Nach ersten Berichten war Apepi mit seiner ganzen Familie, einschließlich Mintaka, in den Flammen umgekommen. Nefer erlitt aus Trauer einen Rückfall, und Taita musste ihm erneut einen Schlafblumentrank mischen. Dennoch entzündeten sich innerhalb von Stunden die Wunden an seinen Beinen, und über die nächsten Tage wurde sein Zustand so ernst, dass er an der Schwelle zur Unterwelt stand. Taita saß bei ihm und sah zu, wie Nefer sich im Delirium wälzte und die roten Striche der Blutvergiftung wie Feuerströme an Beinen und Bauch emporstiegen.

Dann kam aus dem Unteren Reich die Nachricht, dass Mintaka die Katastrophe überlebt hatte, welcher der Rest ihrer Familie zum Opfer gefallen war. Als Taita ihm diese wundervollen Neuigkeiten ins Ohr flüsterte, schien Nefer ihn zu verstehen. Am nächsten Tag war er schwach, aber bei Bewusstsein. Er versuchte Taita zu überzeugen, dass er kräftig genug wäre für die lange Reise zu Mintaka, der er in ihrer Trauer beistehen wollte. Taita brachte ihn sanft davon ab, versprach ihm jedoch, all seinen Einfluss geltend zu machen, um Fürst Naja die Erlaubnis für die Reise abzuringen, sobald Nefer wirklich bei Kräften wäre. Mit diesem Ziel vor Augen erholte sich Nefer zusehends. Durch pure Willenskraft besiegte er das Fieber und die Krankheitskeime in seinem Körper.

Nur wenige Stunden nach Fürst Najas Rückkehr aus dem Norden kam auch Heseret zu Besuch. Sie brachte Nefer kandierte Früchte, einen Topf wilden Honig und ein prächtiges, aus farbigem Achat gemeißeltes Bao-Brett mit Figuren aus Ebenholz und schwarzer Koralle. Sie war sehr liebevoll, unendlich freundlich und sehr besorgt um ihn und entschuldigte sich, dass sie ihn so vernachlässigt hatte.

«Mein Gemahl, der Regent des Oberen Königreichs, war die ganzen Wochen fort», erklärte sie, «und ich habe mich so nach seiner Rückkehr gesehnt, dass ich für einen so Kranken wie dich keine gute Gesellschaft gewesen wäre.» Sie blieb eine Stunde, sang ihm etwas vor und erzählte ihm, was im Palast vor sich ging.

Schließlich verabschiedete sie sich: «Mein Gemahl, der Regent des Oberen Königreichs, mag es nicht, wenn ich lange von ihm fern bin. Wir sind so verliebt ineinander, Nefer. Er ist ein wundervoller Mann, so gütig und voller Hingabe für dich und Ägypten. Du musst lernen, ihm vollkommen zu vertrauen, so wie ich es tue.» Schon im Weggehen begriffen, bemerkte sie beiläufig: «Du bist bestimmt erleichtert, dass Pharao Trok Uruk und mein lieber Gemahl, der Regent von Oberägypten, im Interesse des Staates deine Verlobung mit dieser kleinen hyksischen Barbarin Mintaka gelöst haben. Du hast mir so Leid getan, dass man dir eine so schändliche Heirat aufzwingen wollte. Mein Gemahl, der Regent von Oberägypten, war von Anfang an genauso dagegen wie ich.»

Nachdem sie gegangen war, sank Nefer matt auf sein Lager zurück und schloss die Augen. Als Taita etwas später zu ihm kam, verstand er nicht, warum es Nefer plötzlich wieder so viel schlechter ging. Er nahm die Verbände ab und sah, dass die Entzündung seiner Wunden erneut aufgeflammt war. Aus dem tiefsten Riss floss stinkender, dicker gelber Eiter. Taita blieb über Nacht bei ihm und wandte all seine Kunst auf, die Schatten des Bösen, die den jungen Pharao umgaben, abzuwehren.

Als der Tag anbrach, befand sich Nefer im Koma. Taita war zutiefst besorgt über seinen Zustand. Die Trauer des Jungen konnte die Veränderungen nicht vollkommen erklären. Plötzlich schreckte ihn Geschrei vor der Tür auf, und er drehte sich wütend um. Er wollte gerade um Ruhe ersuchen, als er Najas herrische Stimme hörte, die den Wachen befahl, beiseite zu treten. Der Regent marschierte in den Raum und beugte sich, ohne Taita zu grüßen, über den bewegungslosen Nefer. Nachdem er eine Weile das blasse, erschöpfte Gesicht des Knaben betrachtet hatte, richtete er sich auf und bedeutete Taita, ihm auf die Terrasse zu folgen.

Der Regent blickte über den Strom, als Taita zu ihm trat. Am anderen Ufer übte eine Streitwagenschwadron in vollem Galopp ihre Formationen ein. Eigenartigerweise schien sich seit dem Friedensvertrag von Hathor die ganze Armee auf einen Krieg vorzubereiten.

«Ihr wolltet mich sprechen, Herr?», begann Taita.

Najas Miene war mehr als ernst. «Ihr habt mich enttäuscht, alter Mann.» Taita senkte den Kopf, sagte aber nichts. «Ich hatte gehofft, mein Weg nach oben, den die Götter mir zugedacht haben, wäre inzwischen frei.» Er starrte Taita ins Gesicht. «Nun sieht es so aus, als hättet Ihr, anstatt es geschehen zu lassen, alles unternommen, es zu verhindern.»

«Das habe ich nur vorgetäuscht. Ich musste so tun, als sorgte ich für meinen Patienten, obwohl ich in Wirklichkeit nur in Eurem Interesse gehandelt habe. Wie Ihr selbst sehen könnt, steht der Pharao am Rande des großen Abgrunds.» Taita machte eine Geste in Richtung des Krankengemachs. «Ihr habt sicher erkannt, dass die Schatten sich immer dichter um ihn zusammenziehen. Wir sind fast am Ziel, mein Regent. Noch wenige Tage, und Euch wird nichts mehr im Weg stehen.»

Naja war nicht überzeugt. «Ich bin bald am Ende meiner Geduld», warnte er, und Taita verließ die Terrasse.

An diesem Tag schwankte Nefers Zustand zwischen tiefem Koma und Anfällen rastlosen Schwitzens und rasenden Deliriums. Als offensichtlich wurde, dass das Bein ihm starke Schmerzen verursachte, nahm Taita den Verband wieder ab und sah, dass der ganze Oberschenkel grotesk angeschwollen war. Die Darmsaiten, welche die Wunde zusammenhielten, waren bis zum Zerreißen gespannt und schnitten tief in das heiße, violette Fleisch. Taita wusste, dass er den Jungen in diesem Zustand nicht bewegen durfte. Die Pläne, die er in den vergangenen Wochen so sorgfältig vorbereitet hatte, konnten nur ausgeführt werden, wenn er einen drastischen Eingriff vornahm. Jede Berührung der Wunde konnte zu einer tödlichen Blutvergiftung führen, doch es gab keine andere Möglichkeit. Er legte seine Instrumente zurecht und badete das ganze Bein in einer Essiglösung. Dann flößte er Nefer eine zusätzliche Dosis Schlafblumentrank ein und wartete, bis die Wirkung einsetzte. In dieser Zeit betete er zu Horus und zu der Göttin Lostris um ihren Schutz. Dann nahm er das Skalpell und schnitt einen der Stiche auf, die die Wundränder zusammenhielten.

Es beunruhigte ihn, wie die Wunde sofort aufbrach und eine Flut gelben Eiters daraus hervorströmte. Er schabte sie mit einem goldenen Löffel aus, und als er dabei tief in der Wunde auf etwas Hartes stieß, bohrte er mit seiner Elfenbeinzange danach, bis er das Objekt fassen und herausziehen konnte. Als er damit zum Fenster ging und es ans Licht hielt, sah er, dass es sich um ein Stück Kralle handelte, halb so lang wie sein kleiner Finger, das dem Löwen bei seinem Angriff abgebrochen sein musste.

Bevor er die Wunde wieder verband, führte er eine Goldröhre ein, um den Eiter abzuleiten. Als es Abend wurde, hatte sich Nefers Zustand schon entschieden gebessert. Am nächsten Morgen war er noch schwach, doch das Fieber hatte nachgelassen. Taita gab ihm einen kräftigenden Trank und legte das Amulett der Lostris auf sein Bein. Am Mittag saß Taita immer noch neben Nefers Bett und sammelte seinen Mut für das, was kommen würde. Da hörte er leises Kratzen an den Holzläden der Terrassentür. Er öffnete sie einen Schlitz, und Merikara schlüpfte in den Raum. Sie war sehr aufgeregt und hatte geweint. Sie warf sich in Taitas Arme und klammerte sich an ihn.

«Sie haben mir verboten, hierher zu kommen», flüsterte sie, ohne zu erklären, wer «sie» waren, «aber ich kenne die Wachen auf der Terrasse, und sie haben mich durchgelassen.»

«Ruhig, mein Kind.» Taita streichelte ihr den Kopf. «Reg dich doch nicht so auf.»

«Taita, sie wollen ihn umbringen.»

«Wer sind sie?»

«Die beiden.» Merikara begann wieder zu weinen, und ihre Erklärungen ergaben kaum einen Sinn. «Sie dachten, ich schliefe oder ich würde nicht verstehen, wovon sie redeten. Sie haben seinen Namen nicht genannt, aber ich wusste, dass sie über Nefer sprachen.»

«Und was haben sie gesagt?»

«Dass sie dich zu sich rufen werden. Und wenn Nefer allein wäre, so sagten sie, würde es nicht lange dauern.» Sie schluckte. «Es ist so schrecklich, Taita! Unsere eigene Schwester und dieser grässliche Mann – dieses Ungeheuer!»

«Und wann soll das passieren?» Taita schüttelte sie sanft, um sie zu beruhigen.

«Bald, sehr bald.» Ihre Stimme wurde fester.

«Haben sie auch gesagt, wie sie das bewerkstelligen wollen, Prinzessin?»

«Noom, der Chirurg aus Babylon, will eine dünne Nadel durch Nefers Nasenloch in sein Gehirn stoßen. Das hat Naja gesagt. Es würde nicht bluten und auch sonst keine Spuren hinterlassen.» Taita kannte Noom sehr gut. Sie hatten in der Bibliothek von Theben Debatten über die richtige Behandlung von Knochenbrüchen ausgefochten. Noom war dabei Taitas Redekunst und Weisheit unterlegen, und diese Schmach hatte er ihm nie verziehen. Er war zutiefst eifersüchtig auf Taitas Ruf und seine magischen Kräfte. Er war nicht nur ein Rivale, sondern ein erbitterter Feind.

«Die Götter werden dich für deinen Mut belohnen, Merikara, dass du hergekommen bist und uns gewarnt hast. Doch jetzt musst du gehen, bevor sie herausfinden, dass du hier bist. Wenn sie Verdacht schöpfen, werden sie mit dir das Gleiche tun, was sie mit Nefer vorhaben.»

Nachdem sie gegangen war, setzte sich Taita wieder ans Krankenbett und überdachte noch einmal seine Pläne. Was er sich vorgenommen hatte, konnte er nicht allein durchführen. Er würde sich auf andere verlassen müssen, doch er hatte die loyalsten und besten Helfer ausgesucht. Sie waren bereit. Sie warteten nur auf sein Kommando, das er nun nicht mehr länger hinauszögern durfte.

Taita ließ von den Sklaven Kessel voll heißen Wassers bringen, wusch Nefer sorgsam von Kopf bis Fuß und verband seine Wunden neu, wobei er einen Schafswollschwamm über die immer noch klaffende und eiternde Wunde in seinem Oberschenkel legte.

Als er damit fertig war, warnte er die Wachen, niemanden hereinzulassen. Dann betete er eine Weile, bevor er Weihrauchkörner auf das Kohlebecken streute und in dem aufsteigenden blauen, duftenden Rauch eine uralte, machtvolle Beschwörungsformel an Anubis, den Gott des Todes und der Gräber, sprach.

Erst nach diesen Vorbereitungen mischte er das Elixier des Anubis in einer neuen, noch nie benutzten Öllampe. Er wärmte die Mischung über dem Kohlebecken, bis es die Temperatur von Menschenblut hatte, und trug sie zum Bett, wo Nefer friedlich schlummerte. Er drehte Nefers Kopf vorsichtig auf eine Seite, setzte den Schnabel der Öllampe an die Ohrmuschel des Jungen und goss das zähflüssige Elixier Tropfen für Tropfen in sein Ohr. Was übergelaufen war, wischte er sorgfältig ab, wobei er darauf achtete, dass die Flüssigkeit nicht seine eigene Haut berührte. Dann stopfte er einen kleinen Wollball in Nefers Ohr und drückte ihn so tief in den Gehörgang, dass man ihn nur bei gründlichster Untersuchung entdecken würde.

Was von dem Elixier übrig war, schüttete er auf die glühende Holzkohle, wo es in einer beißenden Rauchwolke verpuffte. Dann füllte er die Lampe mit Öl, zündete den Docht an und stellte sie zu den anderen Lampen in eine Ecke des Zimmers.

Er kniete neben Nefers Bett und beobachtete, wie sich seine Brust mit jedem Atemzug hob und senkte. Der Atem kam immer langsamer, die Abstände zwischen den Atemzügen wurden immer länger, bis sie schließlich ganz aufhörten. Nun legte er zwei Finger an Nefers Hals dicht unter dem Ohr und fühlte ihm den Puls, der schwächer und schwächer wurde, bis er nur noch wie der Flügelschlag eines winzigen Insekts war, den selbst Taita mit all seiner Kunst kaum noch feststellen konnte. Mit den Fingern seiner linken Hand fühlte er den Lebenspuls an seinem eigenen Hals und verglich ihn mit dem Nefers.

Nach wenigen Minuten zählte Taita dreihundert Schläge seines eigenen Pulses für jeden Pulsschlag Nefers. Zärtlich schloss er dem Jungen die Augen und legte ihm, wie es die Tradition vorschrieb, ein Amulett auf die Augenlider, bevor er sie mit einem Streifen Leinenstoff verband. Einen zweiten Streifen band er so um den Kopf, dass der Kiefer nicht herunterfallen konnte. Er arbeitete sehr schnell, denn jede Minute, die Nefer unter dem Einfluss des Elixiers stand, vergrößerte die Gefahr. Schließlich ging er zur Tür und öffnete sie.

«Benachrichtigt den Regenten des Oberen Reiches, er möchte sich sofort hierher begeben, um zu sehen, welch schreckliches Unheil das Reich befallen hat.»

Fürst Naja folgte seiner Aufforderung mit erstaunlicher Schnelligkeit. Auch Prinzessin Heseret kam und die engsten Vertrauten des Regentenpaares, darunter General Asmor, der assyrische Arzt Noom und die meisten Ratsmitglieder.

Naja befahl den anderen, draußen im Korridor zu warten, während er mit Heseret in das Krankengemach ging. Taita erhob sich von den Knien, um sie zu begrüßen.

Heseret schluchzte theatralisch und hielt sich einen bestickten Leinenschal vor die Augen. Naja schaute auf den bandagierten Körper, der steif auf dem Bett lag, und blickte Taita fragend an. Taita nickte, und Naja kniete neben dem Bett nieder. Er legte eine Hand auf Nefers Brust und spürte, wie die Wärme langsam der sich ausbreitenden Leichenkälte wich. Dann betete er laut zu Horus, dem Schutzgott des toten Pharaos. Als er wieder aufstand, packte er Taita hart am Arm.

«Tröstet Euch, Magus. Ihr habt alles getan, was man von Euch erwarten konnte. Euer Lohn wird Euch nicht enttäuschen.» Er klatschte in die Hände, und als der Wachsoldat hereingelaufen kam, befahl er: «Ruf die Mitglieder des Rats zusammen.»

Sie kamen in ernster Prozession in das Gemach geschritten und stellten sich in drei Kreisen um Nefers Bett auf.

«Möge der verehrte Arzt Noom vortreten und die Behauptung des Magus bestätigen, dass der Pharao tot ist», befahl Naja.

Die Reihen der Ratsherren öffneten sich, um den Assyrer durchzulassen. Die langen, mit heißen Klammern in Locken gelegten Haare lagen ihm auf den Schultern. Auch sein Bart war nach babylonischer Sitte gelockt. Sein bodenlanges Gewand war mit Symbolen fremder Gottheiten und magischen Zeichen bestickt. Er kniete neben dem Totenbett nieder und begann, den Leichnam zu untersuchen. Mit seiner riesigen Hakennase, aus deren Löchern büschelweise schwarzes Haar hervorquoll, schnupperte er an Nefers Lippen. Dann horchte er mit einem Ohr an Nefers Brust.

Schließlich nahm Noom eine lange silberne Nadel aus dem Saum seiner Robe und öffnete Nefers schlaffe Hand. Er schob die Spitze tief unter einen Fingernagel des Jungen und beobachtete, ob sich ein Muskel regte oder sich ein Blutstropfen bildete.

Am Ende stand er langsam wieder auf, und Taita meinte tiefste Enttäuschung auf seinen gekräuselten Lippen zu erkennen, als er den Kopf schüttelte. Taita dachte an den unermesslichen Lohn, der dem Assyrer bestimmt versprochen worden war, wenn er seine Silbernadel anders zum Einsatz gebracht hätte. «Der Pharao ist tot», verkündete er, und alle, die um das Bett standen, machten ihr Zeichen gegen den bösen Blick und den Zorn der Götter.

Fürst Naja warf seinen Kopf zurück und begann das Klagegeheul. Heseret, die hinter ihm stand, fiel als Erste mit ihrer lieblichen Sopranstimme ein.

Taita verbarg seine Ungeduld, während er zusah, wie alle Trauergäste am Bett vorbeizogen und einer nach dem anderen den Raum verließen. Erst als nur noch Naja, Heseret, Noom und die Statthalter des Oberen Königreichs da waren, trat er wieder vor Naja. «Mein Regent, ich bitte Euch um eine besondere Gnade. Ihr wisst, dass ich seit seiner Geburt Pharao Nefer Setis Lehrer und Diener gewesen bin. Ich schulde ihm meinen Respekt und bin ihm verpflichtet, selbst noch im Tode. Bitte erlaubt, dass ich derjenige bin, der seinen Leichnam zum Saal der Traurigkeit bringt und dort sein Herz und seine Eingeweide herausschneidet. Das wäre die größte Ehre, die mir je zuteil werden könnte.»

Fürst Naja dachte für eine Weile nach, bevor er nickte: «Ihr habt Euch diese Ehre verdient. Ich beauftrage Euch hiermit, den geheiligten Leichnam des Pharaos zum Begräbnistempel zu bringen und auf die Weise, die Ihr beschrieben habt, seine Einbalsamierung einzuleiten.»

Hilto, der alte Krieger, kam sofort, als Taita ihn zu sich rief. Er hatte im Wachpavillon am Palasttor gewartet. Er brachte Bay mit, den nubischen Schamanen, und vier seiner vertrauenswürdigsten Soldaten. Einer davon war Meren, Nefers Freund und Spielkamerad aus Kindheitstagen. Meren war inzwischen zu einem ansehnlichen Gardefähnrich herangewachsen, groß an Statur und klaren Blickes. Ihn hatte Taita namentlich angefordert, um ihm bei seinen Pflichten behilflich zu sein.

Die sechs Männer brachten den länglichen Korb mit, in dem die Einbalsamierer die Leichen zum Begräbnistempel zu transportieren pflegten. Der leere Korb schien schwerer zu sein als gewöhnlich.

Taita ließ sie in das Totengemach ein und flüsterte: «Schnell jetzt. Es kommt auf jede Sekunde an.»

Er hatte Nefer schon in ein langes weißes Leichentuch gewickelt, das auch sein Gesicht bedeckte. Die Männer setzten den Korb neben dem Bett ab und hoben Nefer ehrfurchtsvoll hinein. Taita stopfte Kissen um den Leichnam, um ihn vor Stößen während des Transports zu schützen. Dann schloss er den Deckel des Korbes und nickte Hilto zu: «Und jetzt rasch zum Tempel. Es ist alles bereit.»

Taita vertraute Meren seine Tasche an, und sie eilten durch die Gänge und Höfe des Palasts. Überall auf dem Weg hörten sie Klagerufe und Jammergeschrei. Die Wachen, an denen sie mit dem toten Pharao vorbeikamen, senkten ihre Lanzen und knieten nieder. Die Frauen schlugen die Hände vors Gesicht und weinten laut. Alle Lampen und Feuer waren gelöscht worden, kein Rauch stieg aus den Schornsteinen.

Im Eingangshof des Palastes war eine von Hiltos Streitwagenschwadronen vorgefahren. Die Leichenträger stellten den Korb in den Führungswagen und banden ihn mit Lederriemen fest. Meren stellte Taitas Instrumententasche in die Kanzel, und Taita stieg auf und ergriff die Zügel. Aus den Widderhörnern des Regiments erklang ein Abschiedssignal, und die Kolonne fuhr im Schritttempo in die Stadt.

Die Nachricht vom Tod des Pharaos hatte sich dort bereits wie die Pest verbreitet, und vor dem Palasttor hatte sich schon eine heulende und wehklagende Menschenmenge eingefunden, als die Wagen ankamen. Die Massen säumten die Straße entlang des Flusses. Frauen kamen klagend auf die Straße gelaufen und warfen geheiligte Lotosblüten auf den Leichenkorb.

Taita ließ die Pferde in Trab und dann in leichten Galopp fallen. Der Korb musste so schnell wie möglich in das Heiligtum des Begräbnistempels gelangen. Der Tempel, für Nefers Vater errichtet, stand noch, obwohl Pharao Tamose schon seit Monaten in seiner Gruft in den westlichen Bergen lag. Für Nefer war noch kein Tempel gebaut worden. Er war so jung gewesen, dass niemand gedacht hatte, dass er so bald sterben würde. Sie mussten deshalb den Tempel seines Vaters benutzen.

Die hohen, rosaroten Granitmauern und die Säulenhalle des Tempels erhoben sich auf einem flachen Hügel über dem grünen Strom. Die Priester hatten sich eilig versammelt, den Leichenzug zu empfangen. Ihre Köpfe waren frisch rasiert und mit Öl eingerieben. Die Trommeln und Rasseln schlugen einen langsamen Takt, als Taita den breiten Dammweg heraufkam und seinen Wagen vor den Stufen anhielt, die zum Saal der Traurigkeit hinaufführten.

Hilto und seine Krieger hoben den Korb vom Wagen und trugen ihn auf ihren Schultern die Treppe hoch. Die Priester gingen hinter ihnen her und sangen ihre Trauergesänge. Vor dem offenen Holzportal des großen Saals blieben die Leichenträger stehen, und Taita drehte sich zu den Priestern um.

«In Gnade und Namen des Regenten von Ägypten habe ich, Taita, den Auftrag, die Eingeweide des Pharaos aus seinem Körper zu entfernen.» Er starrte den Hohen Priester an. «Alle anderen warten hier draußen, während ich diese meine heilige Pflicht erfülle.»

In der Bruderschaft des Anubis erhob sich ein entrüstetes Murmeln. Was Taita vorhatte, war gegen jede Etikette und Tradition und ein Angriff auf ihre Autorität. Doch Taita sah dem Hohen Priester streng in die Augen und hob langsam seine rechte Hand mit dem Amulett der Lostris. Der Priester wusste um die Macht dieser Reliquie und gab schließlich nach. «Wie der Regent von Ägypten befiehlt. Wir werden hier draußen beten, während der Magus seiner Pflicht nachkommt.»

Taita führte Hilto und die Leichenträger durch das Portal, und sie stellten den Korb neben der schwarzen Dioritplatte in der Mitte des Saals ab. Taita blickte Hilto kurz an, worauf der grauhaarige alte Krieger mit größter Würde zur Tür zurückging und sie der versammelten Priesterschaft vor der Nase zuschlug, bevor er wieder an Taitas Seite eilte. Zusammen öffneten sie dann den Korb, hoben Nefers eingewickelten Körper heraus und legten ihn auf die schwarze Steinplatte.

Taita schlug das Leichentuch von Nefers Gesicht zurück. Der Junge war so blass und schön wie eine Elfenbeinskulptur des jungen Horus. Nun drehte der Magus vorsichtig Nefers Kopf zur Seite und nickte Bay zu, der die Instrumententasche öffnete und neben Taitas rechte Hand stellte. Taita nahm die Elfenbeinzange heraus und zog den Wollstöpsel aus Nefers Ohr. Dann füllte er Nefers Mund mit einer dunkelroten Flüssigkeit aus einer Glasphiole, steckte ein Goldröhrchen in Nefers Ohr und saugte vorsichtig die Reste des Anubis-Elixiers aus dem Gehörgang.

Sorgfältig spülte er danach seinen eigenen Mund mit einer weiteren Flüssigkeit. Durch eine genaue Untersuchung des Innenohrs vergewisserte sich Taita, dass Nefers Ohr sich nicht entzündet hatte. Dann rieb er eine lindernde Salbe hinein und verschloss den Gehörgang mit einem frischen Wollstöpsel. Bay hielt inzwischen eine Phiole mit dem Gegengift bereit. Als er sie öffnete, roch es stark nach Kampfer und Schwefel. Hilto half ihm, Nefer in eine sitzende Position zu bringen, und Taita flößte dem Jungen den gesamten Inhalt der Phiole ein.

Meren und die anderen hatten der Prozedur mit offenen Mündern zugesehen. Als Nefer nun heftig hustete, erschraken sie so, dass sie unwillkürlich zurücksprangen und Zeichen gegen das Böse machten. Taita massierte Nefers nackten Rücken, und der Knabe hustete noch einmal. Diesmal spuckte er dabei ein wenig gelbe Galle aus. Während Taita systematisch mit der Wiederbelebung fortfuhr, verlangte Hilto seinen Männern den heiligen Eid ab, nichts von dem, was sie hier gesehen hatten, nach außen dringen zu lassen. Die Soldaten knieten zitternd nieder und schworen bei ihrem Leben, dass kein Wort über ihre Lippen kommen würde.

Taita legte sein Ohr an Nefers Rücken, lauschte eine Weile und nickte schließlich. Dann massierte er ihn noch eine Minute und horchte noch einmal. Schließlich gab er Bay ein Zeichen, der daraufhin ein Büschel getrockneter Kräuter aus Taitas Tasche nahm. An einer der Tempellampen zündete er die Kräuter an einem Ende an und wedelte mit dem qualmenden Bündel unter Nefers Nase. Der Knabe nieste und versuchte, den Kopf wegzudrehen. Das war die Reaktion, auf die Taita gehofft hatte. Er wickelte Nefer wieder in das

Leinentuch und gab Bay und Hilto ein Zeichen. Zu dritt wandten sie sich dem Korb zu.

Die anderen konnten nur staunend und ungläubig zusehen, wie Taita den doppelten Boden aus dem Korb nahm, unter dem sich ein zweiter Leichnam verbarg, der ebenfalls in ein weißes Leinentuch gewickelt war.

«Kommt her!», befahl Hilto. «Hebt ihn heraus!»

Unter Taitas gestrengen Blicken und auf Hiltos knappe Befehle tauschten die Soldaten die beiden Körper aus. Sie legten Nefer in das Geheimfach unten im Korb, ohne jedoch den doppelten Boden wieder einzusetzen. Bay hockte neben dem Korb, um Nefers Zustand zu beobachten. Die anderen legten die zweite Leiche auf die Dioritplatte.

Taita schlug das Leinentuch auf und enthüllte den Leichnam eines Knaben. Er musste etwa im selben Alter und von derselben Statur wie Nefer gewesen sein. Auch sein Haar war ähnlich dicht und dunkel wie das von Nefer. Es war Hiltos Aufgabe gewesen, diese Leiche zu beschaffen, was in der gegenwärtigen Situation im Lande nicht allzu schwer war. Man konnte in den Straßen und Gassen der Stadt jede Nacht frische Leichen auflesen, Opfer von Prügeleien, Mord oder Straßenraub.

Hilto hatte diese Quellen in Betracht gezogen. Am Ende fand er jedoch unter Umständen, die unmöglich Zufall sein konnten, das perfekte Double für den jungen Pharao. Die Stadtschergen hatten den Burschen auf frischer Tat ertappt, als er einem der einflussreichsten Kornhändler Thebens die Geldbörse abschneiden wollte, und die Richter hatten nicht gezögert, ihn zum Tod durch Strangulation zu verurteilen. Der verurteilte Knabe sah Nefer so ähnlich, dass er als sein Bruder hätte gelten können. Außerdem war er gesund und wohlgenährt. Hilto hatte mit dem Kommandanten der Stadtwache gesprochen, der mit der Durchführung derHinrichtung betraut worden war. Während dieses Gesprächs hatten drei dicke Goldringe ihren Weg in seine Börse gefunden. Es war vereinbart worden, dass die Erdrosselung erst durchgeführt werden sollte, wenn Hilto es bestimmte. Auf Befehl des Wachkommandanten setzte der Henker all seine Kunst ein, um möglichst wenig Spuren am Hals seines Opfers zu hinterlassen. Die Hinrichtung hatte an diesem Morgen stattgefunden, und die Leiche war noch nicht kalt.

Taita befahl Meren, die Urnen für die Eingeweide zu holen, die in einem kleinen Schrein an der Rückwand der Halle standen, und die Deckel abzunehmen. Während das geschah, rollte Taita die Leiche auf den Rücken und machte einen langen Schnitt in die linke Seite des toten Diebes. Es war keine Zeit für chirurgische Feinheiten.

Bis zu den Ellbogen mit Blut bedeckt, legte Taita Leber, Lungen, Magen und Därme in getrennte Haufen. Magen und Därme wusch er sauber aus und versenkte die Verdauungsorgane in ihre Urnen, bedeckte sie mit Natronsalz und verschloss die Gefäße. Zum Schluss wusch er seine Hände und Arme in dem eigens dafür vorgesehenen Wasser in zwei Bronzebecken.

Er schaute fragend zu Bay, und der Nubier nickte mit seinem kahlen, vernarbten Kopf: Nefer atmete ruhig und regelmäßig. Hastig nähte Taita nun den Schnitt in der Seite des Leichnams zu. Dann bandagierte er den Kopf, bis das Gesicht vollkommen bedeckt war. Dann trug er die Leiche mit Hilto zusammen in das große Natronbad und senkte sie in die ätzende Alkalimischung, bis nur noch der bandagierte Kopf herausschaute. Dort würde der Leichnam die nächsten sechzig Tage verbringen, bevor die Priester die Bandage abnehmen und den Schwindel entdecken würden. Bis dahin würden Taita und Nefer hoffentlich über alle Berge sein.

Bald hatten sie die Steinplatte mit Wasser aus Ledereimern abgewaschen, Taitas Instrumente verpackt und waren bereit, die Halle zu verlassen. Taita kniete neben dem Korb nieder und legte eine Hand auf Nefers nackte Brust. So prüfte er die Temperatur der Haut und den Atemrhythmus. Als er damit zufrieden war, zog er ein Augenlid seines Patienten hoch und beobachtete, wie er auf Licht reagierte. Auch das war in Ordnung, und er gab Hilto und Bay ein Zeichen, das Geheimfach abzudecken. Als das geschehen war, wollten sie den Deckel auf den Korb legen, doch Taita hielt sie zurück. «Lasst ihn offen», befahl er. «Die Priester sollen sehen, dass er leer ist.»

Die Träger nahmen den Korb bei den Griffen, und Taita führte sie zum Portal, das Hilto vor ihnen öffnete. Die Priester standen noch dort, wo sie sie zurückgelassen hatten, und reckten ihre Hälse. Sie schenkten dem Korb kaum Beachtung und drängten mit fast würdeloser Hast in die Halle, um die Pflichten zu übernehmen, deren sie Taita vorübergehend beraubt hatte.

Ohne von der Menge, die sich vor dem Tempel versammelt hatte, beachtet zu werden, luden Taitas Männer den Korb auf den ersten Streitwagen und fuhren in die Stadt zurück.

Die engen Straßen von Theben waren fast menschenleer. Das Volk war entweder zum Begräbnistempel geeilt, um für den jungen Pharao zu beten, oder zum Palast, um die Verkündung der Nachfolge mitzuerleben, obwohl niemand wirklich einen Zweifel hatte, wer der nächste Pharao des Oberen Königreichs sein würde.

Hilto steuerte den Wagen zu der Kaserne der Wache in der Nähe des Osttors. Die Soldaten trugen den Korb durch einen Hintereingang in sein Privatquartier. Alles war bereit. Sie entfernten den doppelten Boden, holten Nefer heraus, und Taita machte sich mit Bays Hilfe daran, die Wiederbelebungsprozedur zu vollenden. Das dauerte einige Stunden, doch danach war Nefer kräftig genug, ein Stück Hirsebrot zu essen und eine Schale warmer Stutenmilch mit Honig zu trinken.

Taita konnte den Jungen nun für eine Weile in Bays Obhut lassen. Er bestieg Merens Streitwagen, und sie fuhren zunächst über leere Straßen, bis plötzlich wilder Lärm zu ihnen drang. Im Palastviertel fanden sie sich bald von unzähligen Menschen umgeben, die den neuen Pharao feierten. «Ewiges Leben für seine Heiligkeit, Pharao Naja Kiafan!», jubelten sie in pflichtschuldiger Begeisterung, während die Weinkrüge von Hand zu Hand gingen.

Das Gedränge war so groß, dass Taita den Wagen zurücklassen und den Rest des Weges zu Fuß gehen musste. Die Wachen am Palasttor erkannten ihn und machten ihm mit ihren Speerspitzen den Weg frei. Taita eilte sofort zum großen Saal, wo er eine weitere Menschenmenge vorfand. Hier warteten alle Offiziere, Höflinge und andere Würdenträger darauf, dem neuen Pharao ihren Treueid zu leisten. Taitas Ruf und sein strenger Blick sorgten dafür, dass man ihn durchließ in die vorderen Reihen.

Pharao Naja Kiafan und seine Königin hielten sich im Privatgemach hinter den Türen am Ende des Saales auf. Taita musste jedoch nicht lange warten, bevor ihm Audienz gewährt wurde.

Zu seiner Verblüffung trug Naja bereits die Doppelkrone auf dem Haupt und hielt Geißel und Hirtenstab vor seiner Brust gekreuzt. Königin Heseret, die neben ihm thronte, schien aufgeblüht zu sein wie eine Wüstenrose nach einem milden Regen. Sie war so schön, wie Taita sie nie gesehen hatte, blass und ernst unter ihrer Schminke, die Augen künstlich vergrößert durch geschickt angebrachte Kajalstriche.

Als Taita den Raum betrat, schickte Naja alle anderen hinaus, nur sie drei blieben zurück. Schon das war ein Zeichen höchster Gunst. Dann legte Naja Geißel und Stab beiseite und kam auf den alten Mann zu, um ihn zu umarmen. «Magus, wie konnte ich je an Euch zweifeln?» Seine Stimme war klangvoller und majestätischer als je zuvor. «Ihr verdient meine Dankbarkeit.» Er nahm einen prächtigen Ring aus Gold und Rubinen von seiner rechten Hand und schob ihn auf Taitas rechten Zeigefinger. «Dies ist nur ein kleines Zeichen meiner Gunst.» Taita war überrascht, dass der Pharao ihm einen so mächtigen Talisman überreichte. Nur eine Locke seines Haares oder ein Stück seines Fingernagels wären stärker gewesen.

Nun trat Heseret vor und küsste ihn. «Liebster Taita, Ihr wart unserer Familie schon immer ein treuer Diener. Ihr sollt mehr Gold, Land und Einfluss haben, als Ihr Euch je gewünscht habt.»

Seltsam, wie wenig sie ihn kannte nach all diesen Jahren. «Eure Großzügigkeit wird nur durch Eure Schönheit übertroffen», schmeichelte er ihr, und sie lächelte würdevoll. Dann wandte er sich wieder Naja zu. «Ich habe getan, was die Götter von mir verlangten, Majestät, doch der Preis war hoch. Es war nicht leicht oder einfach für mich, gegen mein Pflichtgefühl und mein Herz zu handeln. Ihr wisst, wie ich Nefer geliebt habe, und nun schulde ich Euch die gleiche Aufopferung, die gleiche Liebe. Für einige Zeit muss ich jedoch um Nefer trauern, um Frieden mit seinem Schatten zu finden.»

«Es wäre allerdings seltsam, wenn Ihr nicht für den toten Pharao empfinden würdet», stimmte Naja zu. «Was wünscht Ihr also, Magus? Ihr braucht es nur auszusprechen.»

«Majestät, ich bitte um Eure Erlaubnis, für eine Weile in die Wüste zu gehen, um allein zu sein.»

«Für wie lange?», fragte Naja. Taita spürte, dass sein Ersuchen dem Pharao nicht behagte. Naja sorgte sich, er könnte den Schlüssel zum ewigen Leben verlieren, den, wie er fest glaubte, Taita in Händen hielt.

«Nicht sehr lange, Majestät», versicherte Taita.

Naja dachte eine Weile darüber nach. Er war noch nie ein Freund schneller Entscheidungen gewesen, doch schließlich ging er seufzend zu einem niedrigen Tisch, auf dem Papyrus und Stift bereitlagen. Er schrieb rasch einen Geleitbrief und versah ihn mit der königlichen Kartusche. Die hat Naja offenbar schon vor langer Zeit anfertigen lassen, dachte Taita. Während Naja die Tinte trocknen ließ, sagte er: «Ihr könnt bis zur nächsten Nilflut wegbleiben, doch dann müsst Ihr zurückkommen. Mit diesem Geleitbrief könnt Ihr reisen, wohin Ihr wollt. Solltet Ihr in der Zeit Verpflegung oder Ausrüstung benötigen, begebt Euch einfach zum nächsten königlichen Lagerhaus und nehmt Euch, was Ihr braucht.»

Als Zeichen seiner Dankbarkeit warf Taita sich zu Boden, doch Naja hob ihn mit seinen eigen Händen auf – noch eine fast unglaubliche Gunstbezeugung. «Geht, Magus, doch kommt am vereinbarten Tag zu uns zurück, um Euren verdienten Lohn in Empfang zu nehmen.»

Taita drückte die Papyrusrolle an seine Brust und näherte sich rückwärts dem Ausgang, stets dem Pharao zugewandt, unter zahllosen Verbeugungen und seinen Dank und Segen murmelnd.

Sie verließen Theben in den frühen Morgenstunden. Die Stadt schlief noch fest. Selbst die Wachen am Osttor rieben sich gähnend die Augen.

Sie fuhren einen von vier Pferden gezogenen Wagen. Hilto hatte die Zugtiere sorgfältig ausgesucht. Sie sahen nicht so aus, dass sie Neid oder Verdacht erregen würden, doch waren sie außergewöhnlich stark und gesund. Der Wagen war mit Verpflegung und Ausrüstung beladen, die sie brauchen würden, sobald sie erst aus dem Niltal heraus wären. Hilto war wie ein reicher Gutsherr gekleidet, Meren wie sein Sohn und Bay wie ihr Sklave.

Nefer lag auf einer Strohmatte ganz hinten auf der Ladefläche, unter einem Stück gegerbten Leders. Er war jetzt bei vollem Bewusstsein und verstand alles, was Taita ihm zu sagen hatte. Trotz des königlichen Geleitbriefes war der Wachsergeant am Osttor sehr genau. Er erkannte Taita nicht unter seiner Kapuze und stieg auf den Wagen, um die Ladung zu inspizieren, zog das Leder zur Seite und starrte Nefer in die eingefallenen Augen. Als er dann noch die unverwechselbaren roten Flecken sah, die Taita dem Jungen aufgemalt hatte, fluchte der Sergeant vor Schreck und machte, als er vom Wagen sprang, so heftige Zeichen gegen das Böse, dass ihm die Lampe aus der Hand fiel und vor seinen Füßen zerbrach.

«Macht, dass Ihr wegkommt!», schrie er Hilto an. «Verschwindet aus der Stadt mit diesem Pestverbreiter!»

In den Tagen, die sie brauchten, um die Flussebene zu durchqueren und die Hügel zu erreichen, welche die Grenze zwischen dem bewirtschafteten Land und der Wüste darstellten, wurden sie noch zwei Mal von Militärstreifen angehalten. In beiden Fällen sorgten der königliche Geleitbrief und der Anblick des vermeintlichen Pestopfers dafür, dass sie schnellstens weiterfahren konnten.

Aus dem Verhalten der Streifen konnten sie schließen, dass die Vertauschung der Leichen noch nicht entdeckt und kein Alarm geschlagen worden war. Dennoch war Taita erleichtert, als sie endlich durch die Hügel in die Wüste fuhren auf der alten Handelsstraße nach Osten dem Roten Meer zu.

Nefer konnte nun sein Lager verlassen und für kurze Perioden neben dem Wagen her humpeln. Zuerst war deutlich zu erkennen, dass sein Bein ihm immer noch Schmerzen bereitete, obwohl er das bestritt. Doch bald lief er besser und mit größerer Ausdauer.

In der alten Ruinenstadt Gallala legten sie eine dreitägige Rast ein. Dort, an der schwachen und bitteren Quelle, füllten sie ihre Wassersäcke und gewährten den Pferden etwas Erholung von der harten, steinigen Straße. Bay und Taita kümmerten sich um die Läufe und Hufe der Tiere. Als sie bereit waren weiterzuziehen, bogen sie ab vom normalen Weg und folgten stets nur in der Kühle der Nacht einem Pfad, den nur Taita kannte: dem Weg nach Gebel Nagara. Hilto und Bay bildeten die Nachhut und verwischten alle Spuren.

Mitten in einer klaren Nacht erreichten sie schließlich Taitas Höhle. Das winzige Rinnsal, das die Quelle dort bildete, konnte so viele Menschen und Pferde nicht versorgen. Hilto und Bay machten sich daher auf den Rückweg, sobald der Wagen entladen war. Nur Meren blieb als Hilfe für Taita und Nefer zurück. Hilto hatte, angeblich aus Gesundheitsgründen, seinen Abschied vom Regiment genommen. So konnte er ein Mal im Monat mit Bay zu der Höhle zurückkommen, um Verpflegung, Medizin und Neuigkeiten aus Theben zu bringen.

Der erste Monat in Gebel Nagara verging sehr schnell. In der reinen, trockenen Wüstenluft schlossen sich Nefers Wunden endgültig, und bald konnte er mit Meren zur Jagd in die Wüste hinaushinken.

Am Ende des Monats kamen Hilto und Bay mit der Nachricht aus

Theben zurück, dass Taitas List noch nicht aufgedeckt worden war und dass Pharao Naja Kiafan genau wie das übrige Volk immer noch glaubte, Nefer läge tot in seinem Natronbad im Saal der Traurigkeit.

Sie erzählten auch von der Rebellion im Unteren Königreich und der schrecklichen Vergeltung, die Pharao Trok bei Manaschi geübt hatte. Auch im Oberen Reich waren Unruhen aufgeflammt, da Naja, genau wie Trok, die Steuern erhöht und viele Männer in die Armee gezwungen hatte. «Die Leute sind zornig, dass er die Streitkräfte so vergrößert, obwohl doch endlich Frieden im Land herrscht», berichtete Hilto. «Ich glaube, der bewaffnete Aufstand wird sich bald auf das Obere Reich ausdehnen, und Naja wird genauso dagegen vorgehen, wie Trok es getan hat. Wer einmal die Krönung dieser beiden Pharaonen bejubelt hat, wird es bald bereuen.»

Nefer hörte ihm höflich zu, unterbrach ihn dann aber und fragte: «Und was gibt es Neues von Prinzessin Mintaka?»

Hilto schaute ihn verwirrt an. «Nichts, soweit ich weiß. Ich glaube, sie ist in Avaris, aber ich bin nicht sicher.»

Auf dem Weg nach Gebel Nagara hatte Hilto die Spuren einer großen Antilopenherde gesehen, und nun schlug er vor, auf die Jagd zu gehen. Mit Dörrfleisch von Antilopen könnten sie ihre Vorräte aufstocken. Taita stimmte sofort zu. Nefer war seiner Ansicht nach jedoch noch nicht stark genug für die Jagd. Eigenartigerweise schien Nefer darüber gar nicht unglücklich zu sein.

Sobald er in der Höhle allein war, packte er die kleine Zedernholzschatulle voll frischer Papyrusrollen und Schreibmaterial aus, die Hilto ihm mitgebracht hatte, und begann einen Brief an Mintaka zu schreiben. Er war sicher, die Nachricht von seinem Tod war inzwischen auch nach Avaris gedrungen, und er erinnerte sich an den furchtbaren Schmerz, den die verfrühte Meldung über Mintakas Tod in Balasfura ihm bereitet hatte.

Diesen Schmerz wollte er ihr ersparen. Außerdem wollte er ihr erklären, dass es Najas und Troks Entscheidung gewesen war, ihre Verlobung aufzulösen, und dass seine Liebe zu ihr ihm mehr bedeutete als das ewige Leben. Er würde nicht ruhen, bevor sie seine Gemahlin wäre.

All dies musste er in Worte fassen, die keinen Sinn ergäben, falls die Rollen in falsche Hände gerieten, und die nur Mintaka verstehen würde.

In seiner Anrede grüßte er sie als den «ersten Stern». Sie würde sich erinnern, was sie zu ihm gesagt hatte, als sie über den Ursprung ihres Namens sprachen: «Ich bin nach dem dritten Stern im Gürtel des himmlischen Jägers benannt.»

«Nein», hatte er darauf gesagt, «nicht nach dem dritten, sondern nach dem ersten Stern am ganzen Firmament.»

Er zeichnete die Schriftsymbole mit größter Sorgfalt und schloss seinen Brief mit der Unterschrift «der Narr von Dabba». Er war sicher, sie würde diese Anspielung auf sein Benehmen bei ihrem Alleinsein in der Wüste bestimmt verstehen.

Als sie sich an jenem Abend alle an frischem Antilopenfleisch labten, wartete Nefer eine Gelegenheit ab, mit Hilto allein zu sprechen. Diese Gelegenheit kam, als Taita den Kreis um das Lagerfeuer verließ, um sich für eine Weile in die Wüste zurückzuziehen. Hilto hatte mehrere Krüge Bier aus Theben mitgebracht, und Taita hatte eine oder zwei Schalen davon zu sich genommen. Eines der wenigen Dinge, an denen sich das Alter des Magus zeigte, war die Schnelligkeit, mit der das Bier wieder aus ihm heraus wollte.

Sobald der Alte außer Hörweite war, rückte Nefer näher an Hilto und flüsterte: «Ich habe einen besonderen Auftrag für Euch. Es ist Eure Pflicht, mir zu helfen.»

«Es wird mir eine große Ehre sein, Majestät.»

Nefer steckte ihm die winzige Papyrusrolle zu. «Hütet diesen Brief mit Eurem Leben», befahl er. Hilto versteckte die Botschaft in seinem Schal, und Nefer erklärte ihm, wie er sie der Prinzessin in Avaris zukommen lassen sollte. Er schloss mit der Warnung: «Ihr dürft niemandem davon erzählen, nicht einmal dem Magus, das müsst Ihr schwören.»

Am nächsten Abend bei Sonnenuntergang, als die Luft etwas abzukühlen begann, brachen Hilto und Bay wieder auf. Sie verbeugten sich vor Nefer, baten Taita um seinen Segen und ein Gebet zu ihrem Schutz und fuhren hinaus in die sternhelle Wildnis. Taita und Nefer schauten ihnen nach, wie sie mit ihrem Gespann die erste Steigung erklommen und zwischen den mondbeschienenen Felsen verschwanden.

Stunden später zuckte Bay, der vor den Pferden herging, zusammen, schrie auf in der Sprache seines Stammes und hielt das Amulett, das er um den Hals trug, einen kleinen Löwenknochen, zitternd der unheimlichen Gestalt entgegen, die aus den Schatten der Felsen hervorgetreten war.

Hilto erschrak fast noch mehr. «Aus dem Weg, Schattenwesen!», rief er und knallte mit der Peitsche. Dann machte er ein Zeichen gegen das Böse und murmelte eine Beschwörungsformel gegen Geister und Dämonen.

«Ruhig, Hilto», sagte die Erscheinung schließlich. Der Mond war so hell, dass sie einen langen, harten Schatten warf, und ihr Kopf schimmerte wie Silber. «Ich bin es, Taita.»

«Das kann nicht sein!», rief Hilto. «Taita ist in Gebel Nagara, wo wir ihn bei Sonnenuntergang zurückgelassen haben. Ich weiß, was du bist. Du bist ein Schatten aus der Unterwelt. Du bist nicht der Magus.»

Taita trat vor und ergriff die Hand, in der Hilto seine Peitsche hielt. «Fühlst du die Wärme meines Fleisches?» Er führte Hiltos Hand an sein Gesicht. «Fass mein Gesicht an, und lausche meiner Stimme.»

Der alte Krieger war jedoch erst überzeugt, als Bay Taitas Brust mit seinem Löwenknochen berührt, den Atem des alten Mannes auf Leichengeruch überprüft und ihn schließlich für echt erklärt hatte. «Aber wie ist es möglich, dass er vor uns hier angekommen ist?», fragte er den Nubier kopfschüttelnd.

«Dem Magus ist nichts unmöglich», antwortete Bay geheimnisvoll. «Das Beste ist, diese Frage nicht zu stellen.»

«Hilto!», kam Taita zur Sache. «Ihr habt etwas bei Euch, das uns alle in Lebensgefahr bringt. Es stinkt nach Tod und Verderben.»

«Ich weiß nicht, wovon Ihr redet», erwiderte Hilto unsicher.

«Es ist etwas, das Euch Ägypten selbst anvertraut hat», fuhr Taita fort. «Ihr wisst sehr wohl, was ich meine.»

«Ägypten selbst ...» Hilto kratzte sich den Bart und schüttelte den Kopf.

Taita hielt einfach die Hand auf, und Hilto kapitulierte mit einem tiefen Seufzer, jedoch ohne weiteren Widerstand. Er griff in den Lederbeutel an seinem Gürtel und holte die Pergamentrolle heraus. Taita nahm sie ihm ab. «Erzählt niemandem davon», warnte ihn der Magus, «niemandem, nicht einmal dem Pharao. Habt Ihr verstanden, Hilto?»

«Ich habe verstanden, Magus.»

Taita hielt das Papyrusröllchen in der rechten Hand und starrte es für einige Sekunden intensiv an, bis es an einer Ecke zu glühen und zu qualmen begann und dann plötzlich in Flammen aufging.

Taita ließ den Papyrus zwischen seinen Fingern ausbrennen, wobei er die Flammen nicht zu spüren schien, und zerrieb die Asche zu feinem Staub.

«Das gibt es doch nicht», keuchte Hilto.

«Ach was, das ist ganz einfach», flüsterte Bay. «Den Trick beherrscht jeder Lehrling.»

Taita erhob seine rechte Hand zum Segen. «Mögen die Götter euch auf eurer Reise beschützen.» Dann schaute er dem Wagen nach, der langsam weiterholperte, und verschwand in der Dunkelheit.

Bald darauf stand Taita an dem kleinen Feuer in der Höhle von Gebel Nagara und vertrieb die Nachtkälte aus seinen alten Knochen. Nefer schlief unter einem Schaffell vor der Rückwand der Höhle.

Er empfand keinen Zorn oder Ärger über den kläglichen Versuch des Jungen, ihn zu hintergehen. Das Alter hatte seinem Verständnis für menschliche Schwäche keinen Abbruch getan, und er erinnerte sich gut, zu welchen Fehlern einen die Leidenschaft treiben kann. Er verstand Nefers Wunsch, Mintakas Angst und Schmerz zu lindern. Schließlich empfand auch er eine tiefe Zuneigung, ja fast Liebe für das Mädchen.

Er würde Nefer niemals vorhalten, welche Folgen sein Fehler hätte haben können. Viel besser war es, ihn weiter in dem Glauben zu lassen, Mintaka würde bald wissen, dass er noch am Leben war.

Er hockte sich neben Nefer und tastete sich sanft, ohne den Jungen zu berühren, in dessen inneres Selbst vor. Nach langer Übung mit seinem Patienten gelang ihm das ohne Schwierigkeiten. Nefer regte sich und murmelte zusammenhanglose Worte. Selbst in tiefem Schlaf lag Taitas Kraft wie ein Netz über ihm, das er spürte und das ihn fast geweckt hätte.

Nefers Körper ist nun fast vollkommen genesen, dachte Taita. Sein Geist ist stark, trotz aller Qualen, die hinter ihm liegen. Er ist so stark, dass wir bald unsere nächste Aufgabe angehen können.

Er ging zum Feuer zurück, legte noch etwas Holz nach und ließ sich daneben nieder, doch nicht um zu schlafen – in seinem Alter brauchte er nicht mehr viel Schlaf –, sondern um seinen Geist zu öffnen und sich von den Ereignissen, vergangenen und gegenwärtigen, umströmen zu lassen wie ein Fels im Strom der Zeit.

Auch der nächste Mond verging schnell, und Nefer wurde immer stärker und rastloser. Sein Hinken wurde von Tag zu Tag weniger auffällig, bis es schließlich ganz verschwunden war. Meren und er veranstalteten tägliche Wettrennen vom Grund des Tals bis zu den Hügelkämmen. Zuerst gewann Meren leicht, doch das sollte sich bald ändern.

Bei Anbruch des zwanzigsten Tages nach Hiltos Abreise liefen sie Schulter an Schulter vom Eingang der Höhle durch den steinigen Talgrund, doch als es eine Düne hinaufging, gewann Nefer allmählich die Oberhand. Auf halber Höhe legte er einen kraftvollen Spurt ein, mit dem er Meren hinter sich ließ. Oben angekommen, stemmte er sich triumphierend die Hände in die Seiten und lachte Meren entgegen. Seine langen, dichten Locken wehten im Morgenwind, und die Sonne, die hinter ihm aufging, legte um seinen Kopf einen Strahlenkranz.

Taita hatte das alles von unten beobachtet und wollte schon in die Höhle zurückgehen, als ein gespenstischer Laut in der Wüstenstille ihn innehalten ließ. Er schaute zum Himmel auf und sah einen dunklen Punkt, der hoch oben vor dem Blau seine Kreise zog. Er spürte die unmittelbare Gegenwart seines Gottes. Wieder erklang der Schrei, fern und leise und dennoch durchdringend bis ins Herz: Der unvergessliche Ruf eines Königsfalken.

Auch Nefer hatte es gehört und schaute nach oben. Sobald er den winzigen Punkt am Firmament entdeckte, hob er beide Arme wie zum Gruß. Wie auf Kommando ging der Falke darauf in Sturzflug über und wurde scheinbar immer größer. Der Wind pfiff durch seine gespreizten Federn, während er direkt auf Nefer zu stürzte. Mit dieser Geschwindigkeit konnten seine Krallen Fleisch reißen und Knochen brechen, doch Nefer blickte ihm ruhig entgegen.

Im letzten Augenblick bremste der Falke seinen Sturzflug und schwebte über dem Kopf des Jungen. Nefer streckte seine Hand nach ihm aus. Fast konnte er das glänzende, wunderschöne Brustgefieder berühren. Für einen Moment dachte Taita, der Vogel wolle sich auf Nefers Hand niederlassen, doch dann änderte er seinen Flügelschlag, stieg wieder hoch in die Lüfte, wieder diesen einsamen, wunderbaren

Schrei ausstoßend, als er der Sonne entgegenflog und in der Feuerscheibe aufzugehen schien.

Bei seinem letzten Besuch in Gebel Nagara hatte Hilto einen schweren Kampfbogen mitgebracht. Unter Taitas Anleitung übte Nefer nun jeden Tag damit. So kräftigte er seine Rücken- und Schultermuskeln, bis er die Waffe hochreißen, spannen und halten konnte, ohne dass seine Arme ermüdeten und zu zittern begannen. Auf Taitas Kommando schoss er den Pfeil in hohem Bogen auf das hundert Schritt entfernte Ziel.

Nefer schnitt einen schweren Akazienstab, schnitzte, schabte und polierte ihn, bis er die perfekte Länge und Balance als Kampfstab für ihn hatte. In der Kühle der Morgendämmerung kämpfte er dann mit Taita im alten Stil. Zuerst hielt er sich aus Achtung für Taitas Alter sehr zurück – bis der Magus ihm die Schienbeine blutig schlug und ihm eine dicke Beule am Kopf verpasste. Wütend und gedemütigt griff Nefer nun ernsthaft an, doch Taita war schnell und gewandt. Jedes Mal, wenn Taita nach ihm schlug, wich er geschickt aus. Im nächsten Augenblick schnellte er dann vor und versetzte dem Jungen schmerzhafte Schläge auf die ungeschützten Ellbogen und Knie.

Auch beim Kampf mit der Klinge hatte Taita kaum an Geschick eingebüßt. Hilto hatte einen Halter voll schwerer Sichelschwerter mitgebracht, die Taita einsetzte, sobald er der Meinung war, sie hätten genug mit den Kampfstäben geübt. Er führte Nefer und Meren durch das gesamte Repertoire von Stichen, Hieben und Paraden, wobei er sie jedes Manöver fünfzig Mal wiederholen ließ. Als Taita die Mittagspause ausrief, waren die beiden jungen Männer so nass vor Schweiß, als hätten sie ein Bad im Nil hinter sich, während Taitas Haut trocken und kühl geblieben war. Meren machte eine verzweifelte Bemerkung darüber, und der alte Mann lachte: «Als ich meinen letzten Schweißtropfen vergossen habe, wart ihr noch lange nicht geboren.»

An manchen Abenden zogen sich Nefer und Meren nackt aus, ölten sich von Kopf bis Fuß ein und übten sich im Ringkampf, wobei Taita den Schiedsrichter spielte und ihnen den einen oder anderen Rat zurief. Meren war eine Handbreit größer und um einiges schwerer, doch Nefer hatte ihm einen entwickelteren Gleichgewichtssinn voraus. Taita hatte ihm zudem beigebracht, das Gewicht seines Gegners zu dessen Nachteil einzusetzen, und so waren sie sich Wurf für Wurf ebenbürtig.

Später am Abend saßen Taita und Nefer stundenlang am Feuer und sprachen über alle möglichen Themen, von Medizin und Politik bis zu Krieg und Religion. Oft stellte Taita eine Theorie auf und ließ Nefer deren Schwächen und Fehler aufspüren. Taita baute absichtlich Fallen und Widersprüche in seine Argumente ein, die Nefer immer sicherer entdeckte.

Und dann gab es auch noch das Bao-Brett, wo er sich über die unzähligen Möglichkeiten und Muster in den Bewegungen der Figuren den Kopf zerbrechen konnte.

«Wenn du alles über Bao wüsstest, was es zu wissen gibt, dann wüsstest du alles über das Leben selbst», belehrte Taita seinen Schüler. «Die Feinheiten des Spiels schärfen den Geist für die großen Geheimnisse des Lebens.»

Der Monat verging so schnell, dass Nefer ganz überrascht war, als er eine kleine gelbe Staubwolke über dem Horizont flimmern sah und dann den verschwommenen Umriss des Wagens erkannte, der aus der Nilebene herannahte. Die Gazelle, die er in die Wüste verfolgt hatte, war sofort vergessen, und er rannte Hilto entgegen. Der alte Krieger hatte viele vortreffliche Athleten unter seinen Soldaten gehabt, doch das Tempo, mit dem Nefer durch die flirrende Hitze gelaufen kam, verblüffte sogar ihn.

«Hilto!», rief Nefer noch aus großer Entfernung und ohne jedes Zeichen von Atemlosigkeit. «Mögen die Götter dich lieben und dir das ewige Leben schenken! Was gibt es Neues?»

Hilto tat, als wüsste er nicht, was Nefer mit der Frage meinte, und sobald der Junge an seinem Wagen war, begann er einen langatmigen Bericht der politischen und gesellschaftlichen Lage in den Königreichen. «Im Norden hat es einen zweiten Aufstand gegeben, und diesmal konnte Trok ihn nicht so leicht niederschlagen. In drei Tagen schwerer Kämpfe hat er vierhundert Mann verloren, und viele der Rebellen sind ihm entkommen.»

«Du weißt, dass ich das nicht hören will.»

Mit einem Seitenblick auf Bay schlug Hilto taktvoll vor: «Vielleicht ist dies nicht der beste Zeitpunkt, bestimmte Dinge zu besprechen, Majestät. Sollen wir später reden, wenn wir allein sind?»

So blieb Nefer keine andere Wahl, als seine Ungeduld zu zügeln.

Als sie am Abend um das Lagerfeuer saßen, musste Nefer sich zunächst anhören, wie Hilto Taita detailliert Bericht erstattete. Die wichtigste Nachricht war, dass die Vertauschung der Leichen tatsächlich entdeckt worden war, als die Priester des Anubis den Kopf des Leichnams im Saal der Traurigkeit von den Bandagen befreit hatten. Pharao Naja Kiafan hatte alles versucht, die Nachricht zu unterdrücken, da sein Anspruch auf den Thron untergraben gewesen wäre, wenn das Volk vermutete, dass Nefer noch am Leben war. Es war jedoch unmöglich, eine so außerordentliche Entdeckung geheim zu halten, wenn schon so viele Leute davon wussten. Nach Hiltos Bericht hatte es sich auf den Straßen und Marktplätzen Thebens und der anderen Städte und Dörfer schnell herumgesprochen.

Wegen dieser Gerüchte breiteten sich die Unruhen in beiden Königreichen noch weiter aus und waren besser organisiert. Die Rebellen nannten sich die Blaue Partei, da Blau die Farbe des Hauses Tamose war. Naja hatte Grau als seine königliche Farbe gewählt, und Troks Farbe war Rot.

Zudem brauten sich inzwischen auch im Osten Schwierigkeiten zusammen. Die beiden Pharaonen hatten den hurritischen Abgesandten zu seinem Herrn, König Sargon von Babylon, zurückgeschickt, der das mächtige Reich zwischen Euphrat und Tigris beherrschte. Naja und Trok verlangten von König Sargon einen erhöhten jährlichen Tribut von zwei Millionen Goldstücken, eine Forderung, der Sargon niemals zustimmen konnte.

«Deshalb also die Aufrüstung der Armeen in beiden Königreichen», schloss Taita, als Hilto seinen Bericht für einen Schluck Bier unterbrach. «Die beiden Pharaonen sind auf die Reichtümer Mesopotamiens aus. Sie planen zunächst die Eroberung Babylons und dann auch Libyens und Chaldäas. Sie werden nicht ruhen, bis sie die ganze Welt unterworfen haben.»

«Daran habe ich nicht gedacht», gab Hilto zu, «aber bestimmt habt Ihr Recht.»

«Sie sind so schlau wie zwei alte Paviane auf einer Plündertour durch die Felder am Fluss. Sie wissen, dass ein Krieg das Land vereinigen wird. Wenn sie Mesopotamien angreifen, wird das Volk in einen patriotischen Rausch verfallen und seine Herrscher unterstützen. Und die Armee freut sich auf Ruhm und Beute. Die Kaufleute reiben sich die Hände über die Aussicht auf mehr Handel und

Profit. Ein solcher Krieg ist die beste Methode, das Volk von seiner Not abzulenken.»

«Ja», sagte Hilto, «jetzt sehe ich es auch.»

«Für uns kann das nur von Vorteil sein», meinte Taita. «Wir brauchen ein sicheres Exil, und wenn Sargon mit Trok und Naja auf Kriegsfuß steht, wird er uns bestimmt bei sich willkommen heißen.»

«Wir verlassen Ägypten?», fragte Hilto skeptisch.

«Jetzt, wo Naja und Trok wissen, dass Nefer noch am Leben ist, werden sie bestimmt versuchen, uns zu finden», erklärte Taita. «Die Straße nach Osten ist die einzige, die uns offen steht. Es wird nicht für lange sein, nur bis wir in beiden Königreichen genug Anhänger haben und uns auf mächtige Verbündete stützen können. Sobald das der Fall ist, werden wir zurückkehren und Pharao Nefers Erbrecht beanspruchen.»

Alle starrten ihn schweigend an, während sie sich von dem Schock erholten. Sie hatten nicht so weit vorausgedacht, und sie hatten nie in Betracht gezogen, dass sie vielleicht ihre Heimat verlassen mussten.

Schließlich war es Nefer, der das Schweigen brach. «Das geht nicht», sagte er. «Ich kann Ägypten nicht verlassen.»

Taita schaute die anderen an und machte eine Kopfbewegung, die Hilto, Bay und Meren veranlasste, sofort die Höhle zu verlassen.

Taita hatte diese Situation vorausgesehen. Er wusste, er würde nun all sein Geschick brauchen, denn Nefer hatte seine starrsinnige Miene aufgesetzt, und auch den eigensinnigen Ton kannte Taita gut. Es würde schwer sein, Nefer umzustimmen. Der Junge starrte ins Feuer, und Taita erkannte, dass er ihn zunächst zum Sprechen bringen musste. Danach hätte er es vielleicht einfacher.

«Du hättest diesen Plan mit mir besprechen sollen», sagte Nefer schließlich. «Ich bin kein Kind mehr, Taita. Ich bin ein Mann. Und ich bin der Pharao.»

«Du kanntest meine Absichten», erwiderte Taita ruhig.

Sie schauten schweigend ins Feuer, und Taita spürte, wie Nefers Standpunkt die ersten Risse bekam.

Nefer sprach wieder als Erster. «Weißt du, Taita, es geht auch um Mintaka.»

Taita sagte nichts. Er wusste, dass ihr Verhältnis zueinander vor einer Krise stand. Irgendwann musste es dazu kommen, und er machte keinen Versuch, dem aus dem Weg zu gehen.

«Ich habe Mintaka eine Nachricht zukommen lassen», sagte Nefer. «Ich habe ihr geschrieben, dass ich sie liebe, und ich habe ihr auf mein ewiges Leben geschworen, dass ich sie nicht im Stich lassen werde.»

Nun brach Taita sein Schweigen. «Bist du sicher, dass Mintaka diesen törichten Brief, mit dem du dich, sie und alle um dich herum in größte Lebensgefahr gebracht hast, wirklich erhalten hat?»

«Natürlich. Hilto ...» Nefer stockte, und seine Miene verdüsterte sich. Er schaute Taita über die Flammen des Lagerfeuers hinweg wütend an. Dann sprang er plötzlich auf und ging zum Höhleneingang.

Er bewegte sich nicht wie ein Knabe, sondern wie ein Mann – ein zorniger Mann. Er hatte sich in diesen kurzen Monaten, die sie in der Wüste verbracht hatten, vollkommen verändert. Taita erfüllte das mit tiefer Befriedigung. Der Weg, der vor ihnen lag, war beschwerlich. Nefer würde alle seine neu gefundene Kraft und Entschlossenheit brauchen.

«Hilto!», rief Nefer in die Dunkelheit. «Kommt zu mir!» Anscheinend bemerkte Hilto die neue Bestimmtheit in Nefers Stimme, denn er kam sofort herbeigelaufen und kniete vor dem jungen Pharao nieder.

«Majestät?»

«Habt Ihr die Botschaft überbracht, die ich Euch anvertraut habe?»

Hilto schaute an ihm vorbei zu Taita.

«Was schaut Ihr ihn an?», grollte Nefer. «Ich habe Euch etwas gefragt. Antwortet!»

«Ich habe die Botschaft nicht überbracht», antwortete Hilto. «Möchtet Ihr wissen, warum ich es nicht getan habe?»

«Das weiß ich sowieso», sagte Nefer finster, «aber hört mir gut zu: Wenn Ihr mir noch einmal ungehorsam seid, werdet Ihr den vollen Preis dafür bezahlen. Versteht Ihr?»

«Ich verstehe, Majestät», antwortete Hilto kleinlaut.

«Wenn Ihr noch einmal vor der Wahl steht zwischen Eurem Pharao und einem alten Mann, der sich überall einmischt, werdet Ihr Euch für den Pharao entscheiden. Ist das klar?»

«So klar wie die Mittagssonne.» Hilto senkte ergeben den Kopf, lächelte jedoch in seinen Bart.

«Ihr seid meinen Fragen ausgewichen, Hilto. Welche Neuigkeiten habt Ihr über die Prinzessin?»

Hilto machte den Mund auf und wieder zu und versuchte den Mut zu finden, die schlechten Nachrichten auszusprechen.

«Sprecht!», befahl Nefer. «Habt Ihr schon wieder vergessen, wem Ihr Gehorsam schuldet?»

«Gnädigste Majestät, was ich zu sagen habe, wird Euch nicht gefallen. Vor sechs Wochen hat es in Avaris eine Hochzeit gegeben: Prinzessin Mintaka und Pharao Trok Uruk.»

Nefer stand wie zu Granit erstarrt. Für lange Zeit war das Knistern der glühenden Akazienscheite auf dem Feuer das einzige Geräusch in der Höhle. Dann ging Nefer ohne ein weiteres Wort an Hilto vorbei in die Wüstennacht.

Als er zurückkam, war die Dämmerung erst ein blassrotes Versprechen am östlichen Himmel. Hilto und Meren lagen hinten in der Höhle in ihre Schaffelle gewickelt, doch Taita saß noch genau in derselben Stellung, wie Nefer ihn verlassen hatte. Für einen Augenblick dachte er, auch der alte Mann würde schlafen, doch als er aufschaute, glänzten seine Augen frisch und wach im Feuerschein.

«Ich war im Unrecht, du warst im Recht. Ich brauche dich jetzt mehr denn je, alter Freund. Du wirst mich doch nicht im Stich lassen?», fragte Nefer leise.

«Natürlich nicht.»

«Ich kann sie nicht in Troks Gewalt lassen», sagte Nefer.

«Nein.»

Nefer setzte sich wieder Taita gegenüber, der tief aufatmete. Der Sturm war vorüber, und sie waren immer noch zusammen.

Nefer hob ein angekohltes Holzscheit auf und schob es tiefer in die Flammen. Dann schaute er wieder zu Taita und begann: «Du hast mich gelehrt, in die Ferne zu sehen. Diese Nacht ist mir das zum ersten Mal wirklich gelungen. Als ich dort draußen war in der Dunkelheit und der großen Stille, habe ich noch einmal versucht, Mintaka zu erreichen, und diesmal habe ich etwas gesehen, Taita, aber nur sehr schwach, und ich habe es nicht verstanden.»

«Deine Liebe zu ihr hat dich für ihre Aura empfänglich gemacht», erklärte Taita. «Was hast du gesehen?»

«Ich sah nur Schatten, aber ich fühlte unsäglichen Kummer und Schmerz. Ich spürte eine so unerträgliche Verzweiflung, dass ich wünschte, ich wäre tot. Dabei wusste ich, das waren Mintakas Gefühle, nicht meine.»

Taita blickte ausdruckslos ins Feuer, und Nefer sprach weiter: «Du musst mit ihr Verbindung aufnehmen, Taita. Irgendetwas ganz Furchtbares geschieht. Nur du kannst ihr jetzt helfen, Taita.»

«Hast du etwas, das Mintaka gehört?», fragte der Magus. «Vielleicht ein Geschenk oder ein Andenken, das sie dir gegeben hat?»

Nefer berührte die Kette um seinen Hals und schloss seine Faust um das Goldmedaillon, das daran hing. «Es ist das Kostbarste, was ich besitze.»

Taita hielt seine Hand auf. «Gib es mir.» Nefer zögerte, doch dann öffnete er seine Faust und schaute auf das Amulett in seiner Hand.

«Vor mir war sie die Letzte, die es berührt hat. Es enthält eine Locke von ihr.»

«Dann ist es ein sehr machtvoller Talisman. Es enthält ihre Essenz. Gib es mir, wenn du willst, dass ich ihr helfe.» Nefer nahm die Kette ab und gab sie dem Magus.

«Warte hier.» Taita erhob sich, ging in die Dämmerung hinaus und erklomm den nächsten Dünenkamm, wo er seinen Rock zusammenraffte und sich mit dem Gesicht nach Osten hin setzte.

Er drückte sich Mintakas Amulett an die Stirn, schloss die Augen und wiegte sich langsam hin und her. Die Sonne stieg über den Horizont und schien ihm voll ins Gesicht.

Das Amulett nahm in seiner Hand ein seltsames Eigenleben an. Taita spürte, wie es im Rhythmus seines Herzschlags zu pulsieren begann. Er öffnete seinen Geist und ließ die Ströme des Seins frei in sich einfließen.

Sie umflossen ihn wie ein mächtiger Fluss. Wie von einem gigantischen Vogel davongetragen, sah er ineinander fließende Bilder von Ländern und Städten unter sich dahingleiten, Wälder, Savannen und Wüsten. Er sah Armeen unter sich hinwegmarschieren und Schwadronen dahinjagen in gelben Gewitterwolken, mit blitzenden Speerspitzen. Er sah Schiffe auf hoher See, gebeutelt von Wind und Wellen. Er sah brennende Städte und hörte Stimmen in seinem Kopf, Stimmen aus der Vergangenheit und der Zukunft. Er sah die Gesichter von Menschen, die lange tot, und von anderen, die noch nicht geboren waren.

So flog er weiter mit dem Amulett als seinem Kompass. Sein Geist rief nach Mintaka, und er spürte, wie das Amulett immer wärmer wurde, bis es fast glühte in seiner Hand.

Die Bilder verschwanden allmählich, und er hörte ihre süße Stimme. Mintaka antwortete endlich: «Ich bin hier. Wer ist es, der mich ruft?»

«Mintaka! Ich bin es, Taita», antwortete er, doch dann bemerkte er, dass etwas Böses den Gedankenstrom zwischen ihnen unterbrochen hatte. Mintaka war verschwunden. Stattdessen war etwas anderes, Furchtbares da. Er konzentrierte all seine Kräfte darauf und versuchte die dunklen Wolken zu vertreiben, doch sie zogen sich immer mehr zusammen und nahmen schließlich die Gestalt einer sich aufbäumenden Kobra an – derselbe heimtückische Einfluss, der sich Nefer im Nest des Königsfalken am Gipfel des Bir Umm Masara gezeigt hatte.

Im Geiste rang er mit der Kobra. Er versuchte mit aller Kraft sie zurückzudrängen, doch die Vision wurde nur noch klarer und bedrohlicher. Plötzlich begriff er, dass dies nicht bloß eine Manifestation des Geistes, sondern eine konkrete, tödliche Gefahr war, in der Mintaka schwebte. Er verdoppelte seine Anstrengung, die Schleier des Bösen zu durchdringen und die Prinzessin zu erreichen, doch der Schmerz und die Trauer standen zwischen ihnen wie eine undurchdringliche Mauer.

Dann sah er plötzlich eine Hand, eine schlanke, anmutige Hand, die den gemeinen, schuppigen Schlangenkopf berühren wollte. Er erkannte Mintakas Hand, denn sie trug den blauen Lapislazuliring mit ihrem Emblem am Zeigefinger.

Taita hielt die Giftschlange in Schach. Er hielt sie davon ab, sich in Mintakas Hand zu verbeißen, als sie den weit gespreizten Schild der Kobra berührte. Stattdessen drehte sich die Kobra halb weg von ihr und hielt den Kopf schräg, fast wie eine Katze, die gestreichelt werden möchte.

«Befiehl ihr, dass sie tut, was getan werden muss.» Taita hörte Mintakas Stimme, und dann hörte er eine andere Stimme, die er ebenfalls kannte. «Das habe ich noch nie gesehen. Schlag ihn mit der flachen Hand, den Todesboten. Dann wird er dir das Gift der Göttin geben.» Es war die Stimme der Hohen Priesterin des Hathor-Tempels in Avaris, und nun verstand Taita, was vor sich ging. Von Schmerz überwältigt, war Mintaka im Begriff, den Weg der Göttin zu gehen.

«Mintaka!» Er legte seine ganze Kraft in diesen Ruf und wurde schließlich gehört.

«Taita?», flüsterte sie, und da Mintaka ihn endlich bemerkt hatte, sah er nun alles ganz klar.

Mintaka saß in einem Schlafgemach mit Wänden aus Stein. Sie kniete vor einem Korb. Die Priesterin war an ihrer Seite, und vor ihr reckte sich die tödliche Schlange.

«Du darfst diesen Weg nicht einschlagen», drang Taita in Mintaka, «es ist nicht dein Weg. Die Götter haben ein anderes Schicksal für dich vorgesehen. Hörst du mich?»

«Ja!» Mintaka drehte sich nach ihm um, als könnte sie ihn sehen.

«Nefer lebt. Er ist am Leben. Hörst du mich?»

«Ja, o ja!»

«Sei stark, Mintaka. Wir werden dich retten. Nefer und ich werden kommen und dich retten.»

Er konzentrierte sich so stark, dass seine Fingernägel sich in seine Handballen bohrten, doch er konnte Mintaka nicht länger halten. Sie entglitt ihm, ihr Bild wurde immer verschwommener und blasser, doch bevor sie verschwand, sah er ihr Lächeln, ein wunderbares Lächeln voller Liebe und neuer Hoffnung.

«Sei stark!» Seine Stimme verhallte in der Ferne. «Sei stark, Mintaka!»

Nefer erwartete ihn am Fuß der Düne. Als Taita auf der Hälfte des Hanges angekommen war, erkannte der Junge bereits, dass etwas Bedeutendes geschehen war. «Du hast sie gesehen!», rief er. «Was ist geschehen?» Er rannte ihm entgegen.

«Sie braucht uns.» Taita legte Nefer eine Hand auf die Schulter. Er konnte ihm nicht erzählen, in wie tiefer Trauer und Verzweiflung er Mintaka vorgefunden hatte. Er verschwieg auch, welches Schicksal sie für sich gewählt hatte. Das hätte Nefer nicht ertragen. Es hätte ihn leicht zu einem waghalsigen Unternehmen veranlassen können, das beide junge Menschen vernichten würde. «Du hattest Recht», fuhr Taita fort. «Meine Pläne, das Land zu verlassen und im Osten Zuflucht zu suchen, müssen warten. Wir müssen erst Mintaka befreien. Ich habe es ihr versprochen.»

«Ja», stimmte Nefer zu, «wann können wir uns auf den Weg nach Avaris machen?»

«Es ist große Eile geboten», antwortete Taita. «Wir brechen sofort auf.»

Nach fünfzehn Tagen eiliger Reise erreichten sie die Garnison von Thane, eine Tagesreise vor Avaris. Unterwegs hatten sie vier Mal die Pferde gewechselt und in verschiedenen Garnisonen und Feldlagern Verpflegung aufgenommen. Taitas königliche Vollmacht von Najas Hand half ihnen sehr dabei.

Auf ihrer Reise von Gebel Nagara hatten sie endlose Stunden damit verbracht, ihre Pläne zu diskutieren. Sie wussten, wie stark Pharao Trok Uruk inzwischen geworden war. Die Offiziere, mit denen sie in den Garnisonen sprachen, schätzten, dass Trok nun über siebenundzwanzig voll ausgebildete und bewaffnete Regimenter und fast dreitausend Kampfwagen verfügte. Sie hatten gegen diese Streitmacht nur einen Wagen aufzubieten, dem nach der langen Reise über schwieriges Gelände immer wieder ein Rad abfiel und dessen Rahmen hauptsächlich von Seilen und Lederriemen zusammengehalten wurde. Und sie waren nur vier: Nefer, Meren, Hilto, Bay – und Taita.

«Der Magus ist mindestens zwanzig Regimenter wert», stellte Hilto fest. «Das heißt, wir sind Trok ebenbürtig.»

Hilto kannte den Hauptmann des Lagers von Thane, einen narbenbedeckten, graubärtigen alten Krieger namens Socko. Vor langer Zeit hatten sie zusammen die Rote Straße absolviert. Sie hatten zusammen gekämpft, gesoffen und gehurt, und nachdem sie für eine Stunde in Erinnerungen geschwelgt und einen Topf sauren Biers geteilt hatten, zeigte ihm Hilto den Geleitbrief. Socko hielt ihn auf Armeslänge, verkehrt herum, und schaute klug drein.

«Siehst du das Siegel des Pharaos?» Hilto zeigte mit dem Finger darauf.

«Wenn ich dich richtig kenne, Hilto, und bei Horus, das tu ich, dann hast du diesen hübschen Stempel selbst geprägt.» Socko gab Hilto die Schriftrolle zurück. «Nun sag schon, was brauchst du, du alter Halunke?»

Sie suchten sich aus einer Herde von mehreren hundert Tieren frische Pferde aus, und Taita machte einen Rundgang durch die Reihen nagelneuer Streitwagen, die gerade aus den Werkstätten in Avaris geliefert worden waren. Er wählte drei Wagen aus und ließ die frischen Pferde davorspannen.

Als sie Thane verließen, fuhr Taita den alten Wagen, Meren, Hilto und Nefer lenkten je einen der Streitwagen, und Bay bildete die Nachhut mit zwanzig Reservepferden. Sie fuhren nicht direkt auf Avaris zu, sondern machten einen Umweg östlich um die Stadt.

Dort, am Rand der Wüste, lag eine kleine Oase, die von Beduinen und Handelskarawanen benutzt wurde, die in den Fernen Osten unterwegs waren oder von dort zurückkamen. Während die anderen das Futter abluden, das sie von Thane mitgebracht hatten, die Pferde anbanden und die Radnaben der neuen Streitwagen schmierten, ging Taita zu dem assyrischen Karawanenführer, der in der Nähe sein Zelt aufgeschlagen hatte. Bei ihm kaufte er einen Haufen schmutziger, zerrissener Kleider und zwanzig Wollteppiche aus dem Land am Fernen Meer. Die Teppiche waren minderer Qualität, und der Kaufmann forderte einen viel zu hohen Preis, doch Taita brauchte die Ware und hatte keine Wahl. «Das ist Straßenraub», brummte er, als sie die Teppiche auf den Wagen luden. «Dieser verfluchte assyrische Halsabschneider ...»

«Wozu brauchen wir diese Teppiche?», wollte Nefer wissen, doch Taita tat, als hätte er die Frage nicht gehört.

In der Nacht färbte Taita seine silberne Mähne mit einem Extrakt der Akazienrinde, wodurch er sein Aussehen dramatisch veränderte. Am frühen Morgen, vor Anbruch der Dämmerung, ließen sie Bay bei den Pferden zurück, stiegen auf den klapprigen Wagen voll staubiger Teppiche und fuhren, in die Lumpen gehüllt, die Taita erworben hatte, nach Westen auf Avaris zu. Taita trug ein langes Gewand mit einer Schärpe und hatte nach Sitte der Chaldäer von Ur die untere Hälfte seines Gesichts bedeckt. In diesem Aufzug und mit seinem dunkel gefärbten Haar würde ihn niemand erkennen.

Es war schon Abend, als sie schließlich die Residenzstadt des Nordens erreichten. Vor der Stadtmauer hausten stets Tausende von Bettlern, fahrenden Artisten, ausländischen Kaufleuten und anderem Gesindel. Dort schlugen auch sie ihr Zelt auf. Früh am nächsten Morgen ließen sie Meren dort zurück, um auf die Wagen aufzupassen, und schlossen sich der Menge an, die vor dem Stadttor auf den Sonnenaufgang wartete, wenn das Tor sich öffnen würde.

Als sie die Torwachen passiert hatten, begann Hilto Kneipen und Bordelle in den Gassen des alten Viertels abzusuchen, wo er einige seiner alten Kumpane und Kampfgenossen zu finden und von ihnen die letzten Neuigkeiten zu erfahren hoffte. Taita nahm Nefer mit durch das Gewimmel der erwachenden Stadt zu den Palasttoren, wo sie sich unter die Bettler, Kaufleute und Bittsteller mischten. Taita versuchte nicht, sofort in den Palast zu kommen. Den Morgen verbrachten sie vielmehr damit, dem Geplapper der anderen zu lauschen und sich am allgemeinen Klatsch zu beteiligen.

So kam Taita irgendwann mit einem Kaufmann aus Babylon ins Gespräch, der ähnlich wie er gekleidet war und sich als Nintura vorstellte. Taita sprach die akkadische Sprache wie ein Mesopotamier. Deshalb hatte er diese Verkleidung gewählt. Die beiden tranken zusammen eine Kanne Kaffee aus teuren äthiopischen Bohnen, und Taita setzte seinen ganzen Charme ein, sich bei Nintura einzuschmeicheln, der seit zehn Tagen vor dem Palasttor herumgelungert hatte, um seine Waren Troks neuer Gattin vorlegen zu können. Das ungeheure Bakschisch, das der Palastwesir für den Empfang durch die junge Königin verlangte, hatte er schon bezahlt, doch noch immer waren viele andere vor ihm an der Reihe.

«Man sagt, Trok würde von seiner jungen Frau ziemlich schlecht behandelt. Sie lässt ihn nicht in ihr Bett», grinste Nintura. «Er ist heiß auf sie wie ein brünstiger Hirsch, doch sie hält ihre Beine zusammen und ihre Schlafzimmertür verriegelt. Trok versucht mit teuren Geschenken ihre Gunst zu gewinnen. Man sagt, er würde ihr keinen Wunsch abschlagen. Und sie kauft alles, was man ihr anbietet, und verkauft es, um ihn zu ärgern, für einen Bruchteil des Preises sofort weiter. Den Erlös verteilt sie dann unter den Armen der Stadt.» Er schlug sich aufs Knie und brüllte vor Lachen. «Man sagt, sie kauft immer wieder denselben Kram, und Trok zahlt und zahlt.»

«Wo ist Trok?», fragte Taita.

«Er ist auf einem Feldzug im Süden», klärte ihn Nintura auf. «Er will das Feuer der Rebellion austreten, doch sobald er den Rücken kehrt, lodert es hinter ihm wieder auf.»

«An wen muss ich mich wenden, wenn ich diese Königin Mintaka sehen will?»

«An den Palastwesir. Er heißt Solet, der fette kastrierte Hund.» Nintura war nicht aufgefallen, dass auch Taita zu den Verstümmelten gehörte.

Taita kannte Solet vom Hörensagen und wusste, dass er der

geheimen Bruderschaft der Eunuchen angehörte. «Wo kann ich ihn finden?», fragte Taita weiter.

«Nur dafür, dass du ihn sprechen darfst, nimmt er schon einen Goldring», warnte ihn Nintura.

Solet saß am Lotosteich in seinem eigenen ummauerten Garten. Er stand nicht auf, als der Haremswächter Taita zu ihm führte.

Die Hyksos hatten ihre alten Bräuche abgelegt und den ägyptischen Lebensstil angenommen. Sie hielten ihre Frauen nicht mehr Tag und Nacht im Zenana oder Harem eingesperrt. Die Eunuchen übten immer noch viel von ihrer früheren Macht über die Frauen des königlichen Haushalts aus, doch solange sie unter angemessener Aufsicht blieben, hatten ihre Schützlinge einige Bewegungsfreiheit. Sie konnten Spaziergänge machen, Ausflüge auf ihren Vergnügungsbooten unternehmen, Kaufleute empfangen oder mit ihren Freundinnen essen, singen, tanzen und Spiele spielen.

Taita grüßte Solet würdevoll und stellte sich unter einem falschen Namen vor. Danach machte er das geheime Zeichen der Bruderschaft, indem er seine beiden kleinen Finger zu Haken krümmte und sie aneinander legte. Solet musterte Taita verblüfft und schaute an seiner mageren Gestalt herab: Er hatte weder das Aussehen noch die Figur eines Eunuchen. Dennoch winkte er Taita zu, er möge sich auf das Kissen ihm gegenüber setzen. Taita nahm die Schale Sorbett an, die ein Sklave ihm anbot, und sie sprachen für eine Weile über scheinbar belanglose Dinge, wobei Taita jedoch einige Namen fallen ließ, die auch Solet kannte und die Taita noch glaubwürdiger machten. Ohne es sich anmerken zu lassen, studierte der Palastwesir Taitas Züge sehr genau, und schließlich durchschaute er das Gesichtstuch und das gefärbte Haar. Er erkannte ihn und fragte höflich: «Vielleicht habt Ihr auf Euren Reisen den berühmten Magus getroffen, der in beiden Königreichen und darüber hinaus als Taita bekannt ist?»

«Ich kenne Taita gut», nickte der Magus.

«Vielleicht so gut, wie Ihr Euch selbst kennt?», fragte Solet weiter.

«Mindestens so gut wie mich selbst», bestätigte Taita, und Solets Pausbacken verzogen sich zu einem Lächeln.

«Ihr braucht nicht mehr zu sagen. Wie kann ich Euch zu Diensten sein?»

Noch am selben Abend saßen Nefer, Meren und Hilto auf ihrer Ladung Teppiche in dem alten Frachtwagen mit dem ständig fast abfallenden Rad, der mit Taita am Zügel quietschend und knirschend zu einem der Seitentore des Palastes schaukelte. Dort lungerte eine Gruppe zerlumpter Straßenkinder in der schmutzigen engen Gasse. Taita gab ihnen einen Kupferring dafür, dass sie auf den Wagen aufpassten, und klopfte mit dem Knauf seines Stabes an das Tor. Es schwang sofort auf, doch dahinter erwartete ihn eine Reihe erhobener Lanzen. Trotz des Dokuments, das Solet ihm gegeben hatte, bestand der Wachsergeant darauf, sie zu durchsuchen, bevor er sie einlassen würde. Er befahl Hilto die Teppiche auszurollen und tastete jede Falte mit seiner Speerspitze ab. Erst danach ließ er sie weiterfahren.

Ein steinalter Sklave hinkte vor ihnen her und führte sie durch ein Labyrinth enger Gänge, bis sie vor einer kunstvoll geschnitzten Sandelholztür ankamen, die von zwei riesenhaften Eunuchen bewacht wurde. Nach kurzem Geflüster zwischen den beiden und dem Sklaven traten die Wachen beiseite, und Taita führte die anderen in einen großen, hellen Raum voller betörender Düfte nach Blumen, Parfüms und jungen Frauen. Von einer Terrasse am anderen Ende des Gemachs hörten sie Lautenklänge und weibliche Stimmen.

Der alte Sklave ging auf die Terrasse hinaus und verkündete mit zitternder Stimme: «Majestät, ein Kaufmann mit feinen Seidenteppichen aus Samarkand möchte Euch seine Aufwartung machen.»

«Ich habe für heute schon genug Kram gesehen», antwortete jemand. Nefer war so aufgeregt, als er die vertraute, geliebte Stimme hörte, dass er kaum noch atmen konnte. «Schicke ihn weg.»

Der Sklave schaute sich nach Taita um, zog eine Grimasse und zuckte hilflos die Schultern. Nefer ließ die Teppichrolle, die er auf der Schulter trug, mit lautem Knall zu Boden fallen und ging zu dem Ausgang, der auf die Terrasse führte. Auf der Schwelle blieb er stehen. Er war immer noch in Lumpen gekleidet, und ein schmieriger Lappen war um seinen Kopf gewickelt, der sein halbes Gesicht verhüllte. Nur seine Augen waren zu sehen.

Mintaka saß auf der Brüstung der Terrasse, zwei der Sklavenmädchen zu ihren Füßen. Sie schaute nicht in Nefers Richtung, sondern begann wieder zu singen. Es war das Lied vom Esel und vom Affen, und jedes Wort davon rührte sein Herz. Sie saß halb abgewandt, und er sah nur die zierliche Linie ihrer Wange und ihr dichtes dunkles Haar, das ihr über den Rücken fiel.

Plötzlich hielt sie inne und schaute ihn wütend an: «Was stehst du da und gaffst mich an, du unverschämter Bursche? Nimm deinen Kram und verschwinde!»

«Vergebt mir, Majestät.» Er breitete unterwürfig seine Arme aus. «Ich bin nur ein armer Narr aus Dabba.»

Mintaka schrie auf und ließ ihre Laute fallen. Sie schlug beide Hände vor den Mund. Auf ihren Wangen erschienen leuchtend rote Flecke, und sie starrte in seine grünen Augen. Der alte Sklave zog seinen Dolch und stolperte schwächlich auf Nefer zu, doch Mintaka fasste sich wieder. «Nein, lass ihn in Ruhe.» Zur Bekräftigung des Befehls hob sie ihre rechte Hand. «Lass uns allein. Ich werde ein Wörtchen reden mit dem dummen Kerl.» Der Sklave schien unsicher und hielt Nefer zitternd den Dolch vor den Bauch.

«Tu, was ich sage», knurrte Mintaka wie eine Leopardin. «Nun geh schon, du Narr, geh!»

Der alte Sklave steckte verwirrt seinen Dolch ein und trat ein paar Schritte zurück. Mintaka starrte mit ihren großen dunklen Augen immer noch Nefer. an Ihre Sklavinnen verstanden nicht, was mit ihr war. Sie wussten nur, dass etwas Seltsames passierte. Der Vorhang hinter der Terrassentür schloss sich, und der alte Sklave war verschwunden. Nefer riss sich die Lumpen vom Kopf, und seine Locken fielen ihm auf die Schultern.

«Bei Hathors Gnade, du bist es!», rief Mintaka. «Du bist es wirklich! Ich dachte, du würdest nie kommen!» Sie flogen aufeinander zu, und er schloss sie in die Arme. Sie klammerten sich aneinander, sprachen beide zugleich, wollten ihre Liebe erklären und sich sagen, wie sehr sie einander vermisst hatten. Die Sklavenmädchen erholten sich von ihrem Schock und tanzten um sie herum, klatschten in die Hände und weinten vor Freude und Aufregung, bis Taita sie mit einigen gezielten Stößen seines Stabs zum Schweigen brachte.

«Hört mit dem dummen Gequietsche auf, sonst haben wir in einer Minute sämtliche Wachen auf dem Hals!» Sobald er sie unter Kontrolle hatte, wandte er sich wieder zu Hilto und Meren um und befahl ihnen, den größten der Teppiche auf dem Steinfußboden auszurollen.

«Hör zu, Mintaka! Dafür werdet ihr später noch Zeit haben!»

Sie schaute ihn an, immer noch beide Arme um Nefers Hals geschlungen. «Du warst es, der mich gerufen hat, nicht wahr, Taita? Deine Stimme war so klar. Wenn du mich nicht aufgehalten hättest …»

«Ich dachte, du wärst vernünftiger. Wie kannst du hier stehen und schwatzen, wo so viel auf dem Spiel steht?», fiel ihr Taita ins Wort. «Wir werden dich in den Teppich dort einrollen und dich aus dem Palast bringen. Beeile dich!»

«Habe ich Zeit, meine …»

«Nein! Du hast für nichts anderes Zeit, als mir zu gehorchen.»

Sie küsste Nefer noch einmal, lief in das Gemach und legte sich auf den Teppich. Dann schaute sie zu ihren Mädchen hoch, die verdattert in der Tür standen. «Tut, was Taita sagt.»

«Ihr könnt uns hier nicht zurücklassen, Herrin», weinte Tinia, ihr Lieblingsmädchen. «Ohne Euch sind wir verloren.»

«Es wird nicht für lange sein», versuchte Mintaka sie zu beruhigen. «Ich verspreche euch, ich werde euch holen lassen, aber bis dahin müsst ihr tapfer sein. Enttäuscht mich nicht.»

Nefer half Hilto und Meren, Mintaka in den rot gemusterten Teppich zu rollen. Er hatte ihr ein langes Schilfrohr in den Mund gesteckt. Das andere Ende ragte wenige Zoll aus der schweren Teppichrolle heraus. So konnte sie atmen.

Inzwischen schärfte Taita den schluchzenden Sklavenmädchen ein: «Tinia, du gehst ins Schlafgemach und verriegelst die Tür. Versteck dich unter den Betttüchern und tu, als wärst du deine Herrin. Ihr anderen bleibt hier im Vestibül. Ihr dürft niemandem aufmachen. Sagt jedem, der kommt, eure Herrin hätte sich hingelegt, sie litte an ihrer Mondkrankheit und wolle niemanden sehen. Versteht ihr?» Tinia nickte stumm. «Haltet sie auf, so lange es geht, doch wenn ihr nicht mehr verbergen könnt, was geschehen ist, sagt ihnen alles, was sie wissen wollen. Haltet mit nichts zurück, falls sie euch foltern. Eure Qualen oder euer Tod würde niemandem nützen, schon gar nicht eurer Herrin.»

«Warum kann ich nicht mitkommen?», sprudelte es plötzlich aus Tinia heraus. «Ich kann ohne sie nicht leben.»

«Du hast gehört, was deine Herrin versprochen hat. Sobald sie in Sicherheit ist, wird sie euch holen lassen. Und nun verriegelt die Tür hinter uns.»

Der alte Sklave wartete auf dem Gang, als sie mit dem eingerollten Teppich auf den Schultern wieder herauskamen.

«Es tut mir Leid. Ich habe mein Bestes versucht, wie Solet befohlen hat. Königin Mintaka war früher ein freundliches, glückliches Mädchen, doch seit ihrer Heirat ist sie traurig und missmutig.»

Er gab ihnen ein Zeichen, ihm zu folgen, und führte sie durch das Labyrinth des Zenana zurück zu dem kleinen Seitentor, wo sich ihnen wieder der Wachsergeant in den Weg stellte.

«Rollt die Teppiche aus!», befahl er brüsk.

Taita trat auf ihn zu und starrte ihn an. Die Feindseligkeit im hässlichen, faltigen Gesicht des Sergeanten wich einer Art kindlicher Verzückung. «Ich sehe, du bist glücklich und zufrieden», sagte Taita sanft. Die Miene des Soldaten hellte sich immer mehr auf, bis sie ein breites Lächeln zeigte. «Du bist sehr glücklich», sprach Taita weiter und legte dem Sergeanten sanft seine Hand auf die Schulter.

«Sehr glücklich», sprach der Soldat ihm nach.

«Du hast die Teppiche schon einmal durchsucht. Du willst doch bestimmt nicht deine wertvolle Zeit verschwenden, oder?»

«Ich will meine Zeit nicht verschwenden», sagte der Sergeant, als wäre es sein eigener Gedanke.

«Du willst uns passieren lassen.»

«Weiter!», befahl der Sergeant. «Ich will euch passieren lassen.» Damit trat er zur Seite und ließ sie auf die Gasse hinaus. Das Letzte, was sie von ihm sahen, war sein seliges Lächeln.

Der Wagen stand noch dort, wo sie ihn in der Obhut der Straßenjungen gelassen hatten. Sie legten den Teppich vorsichtig auf die Ladefläche, und Nefer flüsterte in die Rolle: «Mintaka, mein Herz, wie geht es?»

«Es ist heiß und stickig hier drinnen, doch das ist nicht schlimm, wenn du nur bei mir bist.» Er griff in die Teppichrolle und berührte ihren Kopf.

«Du bist mutig wie eine Löwin», lobte er sie. Dann stieg er hinter Taita auf die Fahrerbank, und der Alte brachte die Pferde in Bewegung.

«Die Stadttore werden bald für die Nacht geschlossen. Sobald sie Mintakas Flucht entdeckt haben, werden sie als Erstes die Stadt abriegeln, alle Gebäude und Fahrzeuge durchsuchen und jeden Fremden innerhalb der Stadtmauer verhören.»

Er trieb das Gespann im Galopp die breite Hauptstraße zum Osttor hinunter. Als sie näher kamen, sahen sie, dass andere Fracht- und Kampfwagen vor dem Tor Schlange standen. Am frühen Morgen hatte ein religiöses Fest und danach eine Prozession stattgefunden, und dies waren die Leute, die dafür nach Avaris gekommen und nun auf dem Weg zurück in die umliegenden Dörfer waren. Die Schlange bewegte sich mit quälender Langsamkeit.

Die Sonne war bereits hinter den Dächern der Stadt versunken. Es war fast dunkel, und noch immer waren zwei Wagen vor ihnen, als der Hauptmann der Stadtwache aus dem Torhaus kam und seinen Männern zurief: «Das reicht für heute! Die Sonne ist untergegangen. Schließt das Tor!»

Es gab Protestschreie von den Reisenden, die noch hinauswollten.

«Ich habe ein krankes Kind bei mir. Ich muss es nach Hause bringen!» – «Ich habe meinen Zoll bezahlt, also lasst mich durch.» – «Ich habe einen Wagen voll Fisch, der bis morgen verdorben sein wird.»

Einer der kleineren Wagen fuhr vor, um sich den Wachsoldaten, die das Tor schließen wollten, in den Weg zu stellen, und ein Handgemenge brach aus. Die Soldaten schrien die aufgebrachten Bürger an und schlugen mit Knüppeln um sich, die Bürger schrien zurück, verängstigte Pferde wieherten und bäumten sich auf. Plötzlich kam jedoch auch draußen vor dem Stadttor Unruhe auf. Das Gezänk der Reisenden und Torwachen wurde durch noch lautere Schreie übertönt.

«Macht Platz für den Pharao! Die Straße frei für Pharao Trok Uruk!»

Der Donner einer Kriegstrommel unterstrich das Kommando. Die Wachen brachen ihre Versuche ab, das Tor zu schließen, und machten es stattdessen so weit auf, wie sie konnten. Draußen vor dem Tor war eine Schwadron Streitwagen zu sehen und das rote Leopardenbanner, das über dem Führungswagen flatterte. Auf dem Wagen erhob sich die mächtige Gestalt des Pharao Trok Uruk unter seinem glitzernden Bronzehelm, den mit Bändern geschmückten Bart über eine Schulter geworfen, Peitsche und Zügel in behandschuhten Händen.

Sobald das Tor offen stand, trieb er sein Vierergespann mitten in das Knäuel von Menschen und Wagen und prügelte mit seiner Peitsche auf alles ein, was sich ihm in den Weg stellte. Soldaten liefen vor ihm her und warfen die Wagen um, welche die Straße blockierten, und nasser, glitschiger Fisch, Gemüse und andere Waren landeten in der Gosse.

«Platz da für den Pharao!», brüllten die Soldaten über die Köpfe der erschrockenen Menschen hinweg, die in das Durcheinander geraten waren. Bald waren sie an Taitas Wagen und machten sich daran, ihn von der Straße zu kippen. Taita stand auf und schlug mit seiner Peitsche nach ihnen, doch seine Hiebe trafen nur ihre Helme und bronzenen Schulterstücke. Sie lachten ihn aus und schaukelten den Wagen weiter, bis der aufgerollte Teppich zur Seite rutschte und unter den Wagen zu geraten drohte.

«Helft mir!», rief Nefer, während er nach hinten sprang, um den Teppich festzuhalten. Hilto packte die Rolle an einem Ende, Meren am anderen, und alle sprangen vom Wagen, kurz bevor er knirschend auf die Seite fiel und in Stücke zerbrach. Dann brachten sie Mintaka in Sicherheit, indem sie den Teppich, in den sie immer noch eingerollt war, vor das nächste Gebäude schleiften.

Trok ließ seine Peitsche über den Köpfen seiner Pferde knallen und trieb seinen Wagen rücksichtslos über Wracks und verschüttete Ladungen hinweg. «Schlagt aus! Schlagt aus!», ermunterte er seine Schlachtrösser, worauf sie sich aufbäumten und mit ihren bronzebeschlagenen Hufen nach allem schlugen, was ihnen in den Weg kam. Eine alte Frau geriet direkt vor die Pferde und bekam einen Tritt mitten ins Gesicht. Ihr Kopf zerbarst wie eine überreife Tomate.

Die bronzenen Radreifen holperten über die Leiche der Frau und dicht an Nefer vorbei. Der Junge hatte sich schützend über den Teppich gelegt, doch für einen Moment schaute er auf und direkt in Troks Augen. Trok erkannte ihn nicht in seinen Lumpen und mit dem Tuch um den Kopf, was ihn jedoch nicht davon abhielt, seine Peitsche auf Nefers Rücken knallen zu lassen. Die Nägel an der Peitschenschnur schnitten durch die Kleider und zogen eine blutige Spur. «Aus dem Weg, Bauer!», brüllte Trok. Nefer war bereit, auf den Wagen zu springen und den Riesen an seinem Bart herunter zu zerren. Hier war das Ungeheuer, das Mintaka besudelt hatte, und Nefer hatte vor Wut rote Schleier vor den Augen.

Taita hielt ihn fest. «Bist du verrückt?», sagte der Magus streng. «Sieh zu, dass du den Teppich durch das Tor bekommst, du Narr, sonst sitzen wir gleich alle in der Falle!» Nefer versuchte sich loszureißen, doch Taita schüttelte ihn am Arm. «Willst du sie so schnell wieder verlieren?»

Endlich gelang es Nefer, seinen Zorn unter Kontrolle zu bringen. Er bückte sich und hob mit den anderen zusammen den Teppich auf. Sie liefen los, doch die Streitwagen hatten inzwischen alle das Tor passiert, und die Wachen waren wieder dabei, es zu schließen. Taita lief voran und trieb die Wachen mit seinem Stab auseinander. Als einer von ihnen einen Knüppel gegen ihn erhob, drehte er sich um und starrte ihn an. Sein Blick war dabei so gespenstisch, dass der Soldat zurücksprang, als hätte er einen Dämon vor sich.

Sie zwängten sich mit der Teppichrolle durch die enge Lücke, die zwischen den Flügeln des Stadttors noch blieb, und liefen in das Lager vor der Stadtmauer. Die Wachen riefen ihnen wütende Flüche nach, doch bald waren sie zwischen den Lederzelten und Hütten verschwunden. Hinter den Mauern eines Ziegenstalls legten sie den Teppich schließlich ab und rollten ihn auf dem Boden aus. Mintaka setzte sich auf und lächelte, als sie Nefer vor sich knien sah. Sie umarmten sich, und die anderen sahen schweigend zu.

Taita brachte sie wieder in die Wirklichkeit zurück. «Trok ist unerwartet zurückgekehrt», informierte er Mintaka. «Nicht lange, und er wird entdecken, dass du verschwunden bist.» Er half Mintaka auf die Beine. «Da wir den Wagen verloren haben, steht uns nun ein langer Fußmarsch bevor. Wenn wir nicht sofort aufbrechen, werden wir vor morgen früh nicht an der Oase sein, wo wir die Streitwagen zurückgelassen haben.»

Das ernüchterte Mintaka sofort. «Ich bin bereit», sagte sie.

Taita schaute auf ihre zarten, türkisverzierten Goldsandalen und verschwand zwischen den Hütten. Nach wenigen Minuten kam er zurück, gefolgt von einer ungewaschenen alten Frau. Er hatte ein Paar abgetragene, aber solide Bauernsandalen in der Hand. «Ich glaube, die tauschen wir gegen deine ein», sagte er zu Mintaka.

Mintaka zog ohne zu zögern ihre hübschen Sandalen aus und gab sie der alten Frau, die sich damit davonmachte, bevor sie ihr wieder jemand abnehmen konnte. «Wohin gehen wir, Magus?», fragte die Königin und stand auf. «Ich bin bereit.»

Nefer nahm sie bei der Hand, und sie folgten Taita in die Wüste.

Trok fuhr durch das Palasttor und zügelte seine staubigen, schäumenden Pferde im Hof vor seinen Gemächern. Zwei Oberste seiner Kavallerie, beide Angehörige des Klans des Leoparden und besondere Vertraute des Pharaos, stapften mit klirrenden Waffen und Schildern hinter ihm in den Festsaal, wo die Haussklaven ein Willkommensmahl für den Pharao vorbereitet hatten. Trok leerte eine Schale süßen Rotweins und nahm sich eine gekochte Wildschweinkeule.

«Etwas brauche ich noch nötiger als Essen und Trinken.» Er zwinkerte seinen Kumpanen zu, die in schallendes Gelächter ausbrachen und sich gegenseitig anstießen. Trok wusste sehr wohl, dass man in der Armee über seine Eheprobleme sprach und dass die Art, wie ihn seine junge Gemahlin behandelte, sein Ansehen herabsetzte. Trotz seiner Siege über die Rebellen im Süden und der grausamen Vergeltung, die er an ihnen geübt hatte, stand es um sein Prestige als Mann nicht zum Besten. Das wollte er in dieser Nacht ändern. Deshalb war er zurückgekommen.

«Das ist mehr Futter, als selbst ihr beiden Ochsen verdrücken könnt, und genug Wein, um ein Nilpferd zu ersäufen.» Er zeigte auf die Tafel, die sich unter dem Gewicht der Speisen und Getränke bog. «Esst und trinkt, so viel ihr wollt. Ich werde erst morgen früh wieder zu euch stoßen. Ich habe ein Feld zu pflügen und ein störrisches Fohlen einzureiten.»

So marschierte er, die Wildschweinkeule in der Hand und den Mund voll mit fettem Schweinefleisch, aus dem Saal. Zwei Sklaven mit brennenden Fackeln liefen voraus und leuchteten ihm auf dem Weg durch die düsteren Gänge zum Haremstrakt. Die Eunuchenwachen vor dem Eingang zu Mintakas Gemächern hörten ihn kommen und begrüßten ihn mit über der Brust gekreuzten Waffen.

«Macht auf!», befahl Trok. Er warf den Schweinsknochen weg und wischte sich die fettigen Hände an seinem Rock ab.

«Majestät», meldete sich einer der Eunuchen ängstlich, «die Tür ist verriegelt.»

«Auf wessen Befehl?», fragte Trok wütend.

«Auf Befehl Ihrer Majestät, der Königin Mintaka.»

«Bei Sebek, welche Unverschämtheit! Dabei weiß die eingebildete Gans, dass ich hier bin!», schäumte Trok. Er zog sein Schwert und hämmerte mit dem Knauf an der Tür. Als niemand antwortete, versuchte er es noch einmal. Seine Schläge hallten durch die stillen Gänge, doch hinter der Tür war noch immer kein Lebenszeichen zu hören. Er trat einen Schritt zurück und warf sich mit der Schulter gegen die Tür, die aber nicht nachgab. Dann riss er einem der Eunuchen seinen Speer aus der Hand und hackte auf das Holz ein.

Die Splitter flogen in alle Richtungen, und nach wenigen Schlägen hatte er ein Loch in die Tür gehackt, groß genug, hindurchzulangen und den Riegel aus seinem Lager zu heben. Dann trat er gegen die Tür und stürmte in den Raum. Die Sklavenmädchen drängten sich am anderen Ende des Gemachs ängstlich zusammen. «Wo ist eure Herrin?», schrie Trok.

Sie plapperten und schnatterten unzusammenhängendes Zeug, schauten jedoch immer wieder zur Tür des Schlafgemachs. Als Trok schließlich darauf zuging, schrien die Mädchen auf.

«Sie ist krank!»

«Sie kann Euch nicht empfangen.»

«Sie hat ihren Mond.»

Trok lachte. «Diese Entschuldigung hat sie schon zu oft vorgeschoben.» Er hämmerte an die Tür und trat dagegen. «Mach auf, du kleine Hure! Dein Gatte ist hier, um dir Respekt beizubringen.»

Sein nächster Tritt riss die Tür aus ihren Lederscharnieren, und Trok wankte ins Schlafgemach. Das Bett war aus feinstem Ebenholz geschnitzt und mit Einlegearbeiten aus Silber und Perlmutt verziert. Die weibliche Gestalt darauf war unter mehreren Lagen von Leinentüchern verborgen, doch ein kleiner Fuß schaute darunter hervor. Trok ließ seinen Schwertgurt zu Boden fallen und rief: «Hast du mich vermisst, meine kleine Lilie? Hast du dich nach meinen liebevollen Armen gesehnt?»

Er griff nach dem nackten Fuß und zog daran. «Na komm schon, mein süßes Lämmchen. Ich habe noch ein Geschenk für dich, ein langes und hartes, das du nicht weiterverschenken oder verkaufen kannst …» Er stockte und glotzte das verängstigte, wimmernde Sklavenmädchen an, das er unter den Leinentüchern hervorgezogen hatte. «Tinia, du schmutzige kleine Hure, was machst du im Bett deiner Herrin?»

Er wartete keine Antwort ab, sondern warf sie zu Boden, lief wie wild im Raum umher und riss sämtliche Vorhänge und Wandbehänge herunter. «Wo bist du?» Er trat die Türen der Kleiderkammer ein. «Komm raus! Diese kindischen Spiele werden dir wenig nützen!»

Er brauchte nur eine Minute, um festzustellen, dass Mintaka sich nicht versteckt hatte. Er stürmte zu Tinia zurück, packte sie bei den Haaren und schleifte sie über den Boden. «Wo ist sie?» Er trat ihr in den Bauch. Sie schrie und versuchte sich von seiner bronzebeschlagenen Feldsandale wegzudrehen. «Ich werde es aus dir herausprügeln, ich werde dir die Haut abziehen, Streifen für Streifen.»

«Sie ist nicht hier!», schrie Tinia. «Sie ist weg!»

«Wo ist sie?» Trok trat sie noch einmal. Seine Sandalen schnitten wie Messer in ihr zartes Fleisch. «Wo?»

«Das weiß ich nicht», heulte sie. «Es sind Männer gekommen und haben sie mitgenommen.»

«Was für Männer?» Er trat sie wieder, und sie rollte sich zu einem schluchzenden, zitternden Ball zusammen.

«Ich weiß es nicht.» Entgegen Taitas Anweisungen brachte sie es nicht über sich, ihre geliebte Herrin zu verraten. «Fremde Männer, die ich noch nie gesehen habe. Sie haben sie in einen Teppich gerollt und weggetragen.» Trok gab ihr einen letzten brutalen Tritt und stürmte zur Tür. Dort schrie er die Eunuchenwächter an: «Bringt mir Solet, die fette Kröte. Auf der Stelle!»

Solet kam händeringend angekrochen. «Göttlicher Pharao! Größter unter den Göttern! Machthaber Ägyptens!» Er warf sich Trok zu Füßen.

Troks Sandale traf ihn mit voller Härte. «Wer waren diese Männer, denen du Zugang in die Zenana gewährt hast?»

«Auf Euren Befehl, gnädiger Pharao, habe ich jedem Händler feiner Güter erlaubt, seine Ware vor der Königin auszubreiten.»

«Wer war dieser Teppichhändler, der Letzte, der die Zenana betreten hat?»

«Ein Teppichhändler?» Solet tat, als dächte er darüber nach.

Trok trat noch einmal zu. «Ja, Solet, ein Teppichhändler! Wie war sein Name?»

«Ah, jetzt erinnere ich mich. Der Teppichhändler aus Ur. Den Namen habe ich vergessen.»

«Dann will ich deinem Gedächtnis ein wenig nachhelfen.» Trok rief die Wächter zu sich. «Haltet ihn auf dem Bett fest.» Sie trugen ihn zu dem zerwühlten Bett und drückten ihn mit dem Gesicht nach unten auf die Laken. Trok hob seinen Schwertgurt auf und zog die Klinge aus der Scheide. «Schiebt seinen Rock hoch.» Einer der beiden Wächter entblößte Solets fettes Hinterteil. «Ich weiß, die halbe Palastwache hat schon diesen Weg genommen», Trok berührte Solets roten Anus mit seiner Schwertspitze, «aber bestimmt war keiner von den Burschen so hart und scharf wie das hier. Also, erzähle: Wer war dieser Teppichhändler?»

«Ich schwöre bei Brot und beim Wasser des Nils, ich kannte ihn nicht. Ich kenne seinen Namen nicht.»

«Wie schade für dich», sagte Trok und schob die Schwertspitze einen Finger tief in Solets Rektum. Solet kreischte vor Schmerz.

«Das war nur die Spitze», warnte ihn Trok. «Wenn es dir so gut gefällt, stecke ich dir gern die ganze Klinge bis in den Hals.»

«Es war Taita!», schrie Solet, während das Blut aus ihm herausspritzte. «Taita hat sie mitgenommen!»

«Taita?», rief Trok verwundert, während er sein Schwert mit einem Ruck herauszog. «Taita, der Magus?» In seiner Stimme klang abergläubische Furcht mit. Er schwieg für einen langen Augenblick, bevor er den Wächtern, die Solet immer noch niederhielten, befahl: «Lasst ihn los.»

Solet setzte sich stöhnend auf.

«Wo hat er sie hingebracht?»

«Das hat er mir nicht gesagt.» Solet schob sich ächzend eines der Leinentücher zwischen die Hinterbacken, um die Blutung zu stillen. Trok hob sein Schwert und berührte eine der nackten, hängenden Brüste des Eunuchen.

Solet wimmerte: «Er hat es mir nicht erzählt, aber wir sprachen vom Land zwischen den zwei Strömen, Tigris und Euphrat. Vielleicht will er die Königin dorthin bringen.»

Trok brauchte nicht lange darüber nachzudenken. Es war logisch. Taita musste inzwischen von der angespannten Beziehung zwischen Ägypten und den östlichen Königreichen erfahren haben. Er würde wissen, dass er dort Schutz und Asyl finden konnte, wenn er so weit käme.

Doch warum hatte er Mintaka entführt? Bestimmt nicht, um ein Lösegeld zu erpressen. Taita war dafür bekannt, dass er Gold und Reichtümer verachtete. Es konnten auch keine lüsternen Gedanken dahinterstecken. Als steinalter Eunuch war Taita unfähig zu fleischlicher Lust.

War es die Freundschaft, die sich zwischen dem alten Mann und dem Mädchen entwickelt hatte? Hatte sie ihn gebeten, ihr zur Flucht aus Avaris zu verhelfen, weil sie ihre Ehe so unerträglich fand? Bestimmt ist sie freiwillig und wahrscheinlich sehr gern mit ihm gegangen. Das bewies schon die Art, wie die Sklavenmädchen ihre Flucht zu verbergen versucht hatten. Und bestimmt hatte sie nicht geschrien, denn das hätten die Wachen gehört.

Für den Augenblick schob er diese Überlegungen beiseite. Die Hauptsache war nun, die Verfolgung aufzunehmen und sie und den Magus wieder einzufangen, bevor sie die Gestade des Roten Meeres und von da aus Gebiete erreichen konnten, die Sargon von Babylon kontrollierte.

Er lächelte auf Solet hinab. «Ich hoffe, deine Liebhaber werden an der kleinen Veränderung, die ich an deinem Freudentunnel vorgenommen habe, Gefallen finden. Ich werde mich weiter um dich kümmern, wenn ich zurückkomme. Die Hyänen und Geier dort draußen warten schon auf ihr Futter.»

Die beiden Obersten waren noch im Festsaal und stopften und gossen sich mit Essen und Wein voll. Trok war jedoch nicht so lange weggeblieben, dass sie schon vollkommen betrunken waren.

«Mit wie vielen Kampfwagen können wir bis Mitternacht nach Osten unterwegs sein?», wollte Trok wissen. Die beiden Offiziere schauten sich an. Sie hörten den Zorn in Troks Stimme und wussten aus Erfahrung, dass ihre Einwände zwecklos sein würden.

Oberst Tolma spie einen Mund voll Wein aus und sprang auf, fast ohne zu schwanken.

«Ich kann innerhalb von zwei Stunden fünfzig Wagen auf der Straße haben», meldete er mit schwerer Zunge.

«Ich brauche hundert», erwiderte Trok.

«Ich werde bis Mitternacht hundert bereit haben.» Oberst Zander wollte sich nicht übertrumpfen lassen. «Und noch einmal hundert vor der Morgendämmerung.»

Unter dem fast vollen Mond führte Taita sie durch die Nacht. Die Spitze seines Stabs klickte auf dem steinigen Pfad, und sein Schatten flatterte ihm voran wie eine unheimliche schwarze Fledermaus. Die anderen hatten alle Mühe, ihn nicht aus den Augen zu verlieren.

Nach Mitternacht zeigte Mintaka Anzeichen von Müdigkeit. Sie hinkte stark und fiel immer mehr zurück. Nefer verlangsamte seinen Schritt, um bei ihr zu bleiben. Er war überrascht. Normalerweise war sie so stark wie alle jungen Männer, die er kannte, und die meisten würde sie in jedem Wettrennen schlagen. Er versuchte verstohlen, sie aufzumuntern mit leisen Worten, damit Taita ihn nicht hören konnte. Er wollte nicht, dass der Magus ihre Schwäche bemerkte. Sie sollte sich vor niemandem schämen müssen.

«Es ist nicht mehr weit», flüsterte er ihr zu und nahm ihre Hand, um sie mit sich zu ziehen. «Bay wird die Pferde für uns bereit haben. Den Rest des Weges nach Babylon werden wir reiten, wie es einem Königspaar gebührt.» Sie lachte, doch es war ein angestrengtes, qualvolles Lachen. Erst jetzt erkannte er, dass etwas nicht mit ihr stimmte.

«Was hast du?», fragte er.

«Nichts», antwortete sie. «Ich war einfach zu lange im Palast eingesperrt, und jetzt habe ich weiche Knie.»

Das glaubte er ihr nicht. Er packte ihren Arm und zwang sie, sich mit ihm auf einen Felsen am Wegrand zu setzen. Dort hob er sich einen ihrer kleinen Füße auf den Schoß und löste den Sandalenriemen. Als er ihr die Sandale vom Fuß zog, hielt er vor Schreck die Luft an.

«Guter Horus, wie hast du damit auch nur einen Schritt gehen können?» Die grobe, schlecht sitzende Sandale hatte die ganze Fußsohle aufgescheuert. Ihr Blut glänzte im Mondschein. Er hob den anderen Fuß hoch und zog ihr die zweite Sandale aus. Haut- und Fleischfetzen blieben daran hängen.

«Es tut mir Leid», flüsterte sie, «aber mach dir keine Sorgen. Ich kann barfuß weitergehen.»

Er schleuderte wütend das blutige Schuhwerk in die Wüste. «Du hättest es mir früher sagen sollen.» Er stand auf, stellte sie auf den Felsen und drehte sich um, um sie auf seinen Rücken zu nehmen. «Leg deine Arme um meinen Hals und spring auf.» Sie folgte seinen Worten, und er lief los, um die anderen einzuholen, die inzwischen nur noch als ferne Schatten in der mondhellen Wüste zu sehen waren.

Sie schien mit jedem Schritt schwerer zu werden. Wenn der Boden weich und sandig war, setzte er sie ab, und sie stützte sich auf ihn und humpelte neben ihm her auf ihren aufgescheuerten blutenden Füßen. Wenn der Boden rauer wurde, nahm er sie wieder auf seinen Rücken und schleppte sie weiter. Sie erzählte ihm, wie sie versucht hatte, ihm zu folgen, als sie von seinem Tod erfuhr, und wie Taita sie in ihren Gedanken besucht und von ihrem Entschluss abgebracht hatte, sich umzubringen.

Als sie eine Pause einlegten, lehnte sie sich in der Dunkelheit an seine Schulter. «Es gibt etwas, das ich dir erzählen muss», sagte sie leise. «Meine Hochzeitsnacht mit Trok …»

«Nein!» Er schüttelte den Kopf. «Ich will nichts davon hören! Was meinst du, wie ich mich jeden Tag mit dem Gedanken gequält habe?»

«Du musst mir zuhören, mein Herz. Ich bin nie sein Weib geworden. Er versuchte mich zu zwingen, doch ich konnte mich wehren. Meine Liebe zu dir gab mir die Kraft, mich ihm zu verweigern.»

«Ich habe gehört, er hat das Schaffell mit den roten Flecken auf der Palastmauer gezeigt.» Es tat ihm weh, die Worte auszusprechen, und er wandte sich von ihr ab.

«Ja, es war mein Blut.» Er versuchte sich zu entfernen, doch sie umarmte ihn. «Aber es war nicht mein Jungfrauenblut. Es war aus meiner Nase und aus meinem Mund, worauf er geschlagen hat, um mich zu zwingen. Ich schwöre dir bei meiner Liebe zu Hathor und bei meiner Hoffnung, deine Söhne zu gebären, dass ich noch Jungfrau bin und meine Jungfräulichkeit bewahren werde, bis ich sie dir schenken kann als Beweis meiner Liebe.»

Er nahm sie in die Arme, küsste sie und weinte vor Erleichterung und Freude, und sie weinte mit ihm.

Nach einer Weile standen sie auf, und er hob sie wieder auf seinen Rücken. Er fühlte sich, als hätte ihr Schwur ihm neue Kraft geschenkt, und er lief schneller als zuvor.

Erst nach Mitternacht merkten die anderen, dass Mintaka und Nefer nicht mehr bei ihnen waren, und gingen zurück, um nach ihnen zu suchen. Taita verband Mintakas Füße, und Hilto und Meren trugen sie abwechselnd weiter. Sie kamen nun schneller vorwärts, doch die Sterne verblassten schon, und die Dämmerung glühte über dem Horizont, als sie die Oase erreichten, wo Bay mit den Pferden auf sie wartete.

Sie waren alle erschöpft, doch Taita gewährte ihnen keine Ruhe. Sie tränkten noch einmal die Pferde und füllten die Wassersäcke auf.

Taita wusch sich mit einem Eimer Wasser aus dem Brunnen und einer schäumenden Substanz die Farbe aus den Haaren, bis sie wieder silbern glänzten.

«Warum wäscht er sich jetzt die Haare, wo wir in solcher Eile sind?», wunderte sich Meren.

«Vielleicht gewinnt er dadurch einen Teil der Kraft wieder, die er verloren hat, als er sie färbte», überlegte Mintaka, und niemand widersprach dieser Theorie.

Als alles zur Abreise bereit war, zwang Taita sie, noch einmal von der Quelle zu trinken, um ihre Bäuche mit so viel Wasser zu füllen wie möglich. Taita sprach indessen mit Bay. «Spürst du es?»

Bay runzelte die Stirn und nickte. «Es ist in der Luft, und ich spüre, wie es unter meinen Fußsohlen vibriert. Sie kommen.»

Trotz der Bedrohung durch den nahenden Feind schaute sich Taita noch einmal Mintakas Füße an. Er schmierte die abgeschürften Stellen mit Salbe ein und legte neue Verbände an. Erst als er damit fertig war, gab er das Kommando zum Aufsteigen.

Meren fuhr auf dem ersten Wagen als Taitas Lanzenträger mit. Nefer folgte mit Mintaka. Hilto und Bay bildeten die Nachhut.

Der assyrische Kaufmann, der ihnen die Teppiche verkauft hatte, war mit seinen Dienern und Sklaven dabei, seine Wagen und Lasttiere zu beladen. Als die drei Wagen vorbeifuhren, schaute er sich um. Er rief Taita einen Abschiedsgruß zu, doch sein Interesse wurde erst wirklich geweckt, als er das Mädchen auf dem zweiten Wagen sah. Trotz der verstaubten Kleider und des zerzausten Haars entging ihm nicht, dass dies eine wirkliche Schönheit war. Er starrte ihnen nach, bis sie hinter dem Kamm der nächsten Düne in der Wildnis verschwanden, nach Osten auf der Karawanenstraße, die an den Gestaden des Roten Meeres endete.

Während er ungeduldig darauf wartete, dass seine Schwadronen sich vor den Stadttoren versammelten, befahl Trok Oberst Tolma, seine Leute in das Lager der Bettler und Ausländer vor den Stadtmauern ausschwärmen zu lassen. «Durchsucht jede Hütte. Ich will sicher sein, dass Königin Mintaka sich nirgendwo dort versteckt hält. Sucht nach Taita, dem Magus. Bringt jeden hoch gewachsenen, dünnen alten Mann, den ihr finden könnt. Ich werde sie alle verhören.»

Danach hörte man Schreie und Weinen zwischen den Hütten. Türen wurden aufgebrochen und dünne Wände zertrümmert, als Tolmas Männer seine Befehle ausführten. Nach kurzer Zeit kamen die Soldaten mit einer schmutzigen alten Beduinenfrau zurück und schleppten sie zu Trok, der neben seinem Streitwagen stand. Die Frau zeterte und verfluchte die Soldaten und trat und wand sich unter ihrem Griff.

«Was ist das, Soldat?», fragte Trok, als sie ihm die Frau vor die Füße warfen. Einer der Krieger hielt ein Paar feine, goldene Sandalen hoch, deren Türkisbeschläge im Fackelschein funkelten.

«Das haben wir in ihrer Hütte gefunden, Majestät.»

Trok wurde dunkelrot vor Wut, als er die Sandalen sah, und trat der Frau in den Bauch. «Wo hast du die gestohlen, du stinkendes altes Pavianweib?»

«Ich habe überhaupt nichts gestohlen, göttlicher Pharao», winselte sie. «Er hat sie mir gegeben.»

«Wer? Antworte, oder ich stecke dir den Kopf in die Fotze, bis du in deinen eigenen stinkenden Säften ersäufst!»

«Der alte Mann, der hat sie mir gegeben.»

«Beschreibe ihn mir.»

«Er war groß, groß und dünn.»

«Wie alt?»

«So alt wie die Wüste. Der hat sie mir gegeben.»

«Hatte er ein Mädchen bei sich?»

«Er war mit drei anderen Männern und einem hübschen kleinen Flittchen unterwegs, in feinen Kleidern, mit Schminke im Gesicht und Bändern im Haar.»

Trok riss sie hoch und schrie ihr ins erschrockene Gesicht: «Wo sind sie hingegangen? In welche Richtung?»

Die Frau zeigte mit einem zitternden Finger auf die Straße, die in die Berge und die Wüste dahinter führte.

«Wann?», schrie Trok weiter.

«Das ist so lang her.» Sie zeichnete mit der Hand einen Bogen, der vier oder fünf Stunden der Mondbahn entsprach.

«Wie viele Pferde hatten sie?», knurrte Trok. «Hatten sie Streitwagen oder Fuhrwerke? Womit waren sie unterwegs?»

«Nein, keine Pferde», antwortete die Alte. «Sie waren zu Fuß, aber in großer Eile.»

Trok schob sie weg. Er grinste Tolma an, der neben ihm stand.

«Zu Fuß werden sie nicht weit kommen. Wir werden sie haben, sobald du deine faulen Raufbolde unter ihren Decken hervor und auf ihre Wagen gescheucht hast.»

Die Sonne hatte schon den halben Weg zum Zenit hinter sich, als Trok auf dem Kamm über der Oase am Rand der Wüste ankam. Er fuhr an der Spitze von zweihundert in Viererreihen formierten Kampfwagen, und vier Meilen hinter ihm – die Staubwolke war schon zu sehen – folgte Zander mit noch einmal zweihundert Wagen. Jeder der Streitwagen trug zwei schwer bewaffnete Krieger mit ihren Wasservorräten, Dutzenden von Pfeilen und mehreren Speeren.

Der assyrische Kaufmann kam mit seiner Karawane von der Oase den Hügel herauf. Trok hob einen Arm zum Gruß und ritt ihm entgegen. «Seid gegrüßt, Fremder. Wo kommt Ihr her, und was ist Euer Geschäft?»

Der Kaufmann schaute ihm mit gemischten Gefühlen entgegen. Troks freundlicher Gruß bedeutete wenig. Auf dem langen Weg von Mesopotamien waren ihm schon andere Räuber, Banditen und Soldaten begegnet.

Trok brachte seinen Streitwagen vor ihm zum Stehen. «Ich bin Pharao Trok Uruk. Willkommen im Unteren Königreich. Du hast nichts zu fürchten. Du stehst unter meinem Schutz.»

Der Kaufmann fiel auf die Knie und machte seine Verbeugungen und stammelte Ergebenheitserklärungen, doch Trok schnitt ihm das Wort ab. «Steh auf und beantworte meine Fragen, mein tapferer Geselle. Wenn du aufrichtig zu mir bist und mir erzählst, was ich wissen muss, werde ich dir das Recht erteilen, in meinem ganzen Reich steuerfrei Handel zu treiben, und dir zehn Streitwagen als Eskorte nach Avaris mitgeben.»

Der Kaufmann rappelte sich auf und begann seine tiefste Dankbarkeit zu erklären, obwohl er aus langer Erfahrung wusste, dass solch königliche Gunst einen gewöhnlich teuer zu stehen kam. Wieder fiel ihm Trok ins Wort. «Ich bin auf der Jagd nach einer Bande Verbrecher, die vor uns auf der Flucht sind. Hast du sie gesehen?»

«Ich habe auf meinem Weg einige Reisende getroffen», antwortete der Assyrer bedachtsam. «Wenn Eure göttliche Majestät sich dazu herabließe, mir die Schurken zu beschreiben, würde ich mein Bestes tun, Euch auf ihre Spur zu setzen.»

«Es sind wahrscheinlich fünf oder sechs. Sie werden auf dem Weg nach Osten sein. Sie haben eine junge Frau bei sich. Der Rest sind Männer. Ihr Anführer ist ein steinalter Gauner, sehr groß und dünn. Er könnte sein Haar schwarz oder braun gefärbt haben.»

Weiter kam Trok nicht mit seiner Beschreibung. Der Assyrer nickte eifrig und erklärte: «Die kenne ich sehr wohl, Majestät. Vor wenigen Tagen kaufte der Alte mit dem gefärbten Haar Teppiche und alte Kleider von mir. Die Frau war da noch nicht dabei. Er ließ drei Wagen mit Pferden unten in der Oase zurück unter Aufsicht eines hässlichen schwarzen Schlägers. Die anderen nahmen in einem alten Wagen mit meinen Teppichen die Straße nach Avaris, auf der wir hier stehen.»

Trok grinste siegesgewiss. «Das sind genau die Kerle, hinter denen ich her bin. Hast du sie seitdem wieder gesehen? Sind sie zurückgekommen, um ihre Streitwagen abzuholen?»

«Ja, heute früh. Der Alte und die anderen drei kamen zu Fuß aus Richtung Avaris. Und sie hatten die junge Frau bei sich, die Ihr erwähnt habt. Sie schien irgendwie verletzt zu sein. Sie mussten sie tragen.»

«In welche Richtung haben sie sich davongemacht, mein Freund?», fragte Trok ungeduldig, doch der Assyrer nahm sich Zeit.

«Die Frau war recht jung, und sie trug sehr feine Kleider. Sie muss von hohem Rang sein, und sie ist sehr schön, mit langem dunklem Haar.»

«Genug. Ich kenne die Frau gut genug. Du brauchst sie mir nicht zu beschreiben. In welche Richtung sind sie gefahren?»

«Sie haben sofort die Pferde eingespannt und sind abgefahren.»

«In welche Richtung, Mann? Welche Richtung?»

«Nach Osten, auf der Karawanenstraße.» Er zeigte zu dem gewundenen Weg, der die sanfte Steigung hinauf in die Sanddünen führte.

«Wann sind sie abgefahren?»

«Eine Stunde nach Sonnenaufgang, Majestät.»

«In welchem Zustand waren ihre Pferde?»

«Sehr ausgeruht und ausgiebig getränkt. Sie haben drei Tage in der Oase geruht, und die Bande hatte reichlich Futter für sie dabei. Als sie heute Morgen abfuhren, waren ihre Wassersäcke prallvoll, und sie schienen genug Proviant für die lange Reise zum Meer dabeizuhaben.»

«Das heißt, sie haben nur wenige Stunden Vorsprung», freute sich Trok. «Gut gemacht, mein Freund. Du hast dir meine Dankbarkeit verdient. Meine Schreiber werden dir die Handelsvollmacht ausstellen, und Oberst Tolma wird dir die Eskorte nach Avaris zusammenstellen. Lass die Wassersäcke auffüllen und die Pferde tränken, aber schnell, Tolma. Ich will vor Mittag hier weg sein. Inzwischen schicke deine Zauberer und die Regimentspriester zu mir.»

Die Krieger führten die Pferde in Gruppen von zwanzig Tieren zur Tränke. Die Männer, die nicht damit beschäftigt waren, ruhten im Schatten ihrer Wagen und aßen eine einfache Mahlzeit aus Hirsebrot und Dörrfleisch, die übliche Kost der Kavallerie.

Trok fand einen schattigen Platz unter einer knorrigen Tamarinde in der Nähe des Brunnens. Die Zauberer und die Priester kamen nacheinander herbei und setzten sich im Kreis um ihn. Es waren vier Männer: zwei kahlköpfige Priester des Sebek in schwarzen Gewändern, ein mit Talismanen und Knochen behangener nubischer Schamane und ein Zauberer aus dem Osten, der unter dem Namen Ischtar der Meder bekannt war. Ischtar hatte ein blindes Auge, und sein Gesicht war mit violett und rot tätowierten Spiralen und Kreisen bedeckt.

«Der Mann, den wir verfolgen, ist ein Meister der magischen Künste», warnte Trok die Männer. «Um uns zu entkommen, wird er alle seine Kräfte einsetzen. Man sagt, er könne sich unsichtbar machen und den Soldaten Bilder vorgaukeln, die ihnen Angst einjagen könnten. Ihr müsst euren eigenen Zauber wirken lassen, um seinen Zauber abzuwenden.»

«Wer ist dieser Scharlatan?», fragte Ischtar der Meder. «Gegen unsere vereinten Kräfte kann er gewiss nichts ausrichten.»

«Sein Name ist Taita», antwortete Trok, und nur Ischtar zeigte keine Furcht, als dieser Name fiel.

«Ich habe bisher nur gehört von diesem Taita», sagte der Meder, «aber ich sehne mich schon lange nach einer Gelegenheit, mich mit ihm zu messen.»

«Also, an die Arbeit: Lasst euren Zauber wirken», befahl Trok.

Die Priester des Sebek gingen weg und legten ihre mystischen Symbole und Steine im Sand aus. Dann begannen sie leise zu singen und ihre Rasseln zu schwingen.

Der Nubier suchte zwischen den Steinen um den Brunnen herum, bis er unter einem davon eine giftige Hornviper fand. Er hackte ihr den Kopf ab und ließ das Blut auf seinen Kopf regnen. Während es ihm die Wangen herunterlief und von der Nasenspitze tropfte, sprang er wie eine große schwarze Kröte im Kreis herum. Nach jeder Runde spuckte er einen dicken Klumpen Schleim Richtung Osten, wo Taita zu finden sein würde.

Ischtar zündete nicht weit vom Brunnen ein kleines Feuer an, vor dem er dann hockte, wobei er sich auf den Fersen wiegte und Marduk beschwor, den mächtigsten der zweitausendundzehn Götter Mesopotamiens.

Nachdem er Tolma seine Befehle erteilt hatte, ging Trok zum Feuer und schaute dem Meder bei der Arbeit zu. «Was für ein Zauber ist das?», fragte er, als Ischtar sich eine Ader am Handgelenk aufschnitt und etwas von seinem Blut in die Flammen tropfen ließ, wo es zischend verpuffte.

«Es ist das Zeichen von Feuer und Blut. Damit lege ich Taita Hindernisse und Schwierigkeiten in den Weg», antwortete Ischtar ohne aufzuschauen, «und verwirre und verunsichere die, die bei ihm sind.»

Trok grunzte skeptisch, doch insgeheim war er sehr beeindruckt. Er hatte Ischtar früher schon einmal am Werk gesehen und wusste, was er vollbringen konnte. Er ging ein Stück die Straße entlang und schaute zu der Hügelkette im Osten. Er konnte es kaum abwarten, die Verfolgung aufzunehmen. Jede Minute, die er noch warten musste, war ihm zu lang. Aber er war erfahren genug zu wissen, dass die Pferde rasten und getränkt werden mussten, bevor sie sich auf die lange Nachtfahrt begeben konnten.

Er wusste genau, welcher Art das Gelände war, das vor ihnen lag. Als junger Hauptmann war er mit seinen Kampfwagen oft dort Streife gefahren. Er hatte die Schieferfelder durchquert, die Pferdehufen wie Messer zusetzen können, und er hatte die grausame Hitze und Trockenheit zwischen den Dünen kennen gelernt.

Auf dem Weg zu seinem Wagen musste er stehen bleiben und sich mit dem Rücken zu einem Staubwirbel stellen, der hüpfend und springend über die gelbe Ebene getanzt kam. Sekundenlang schloss ihn der Wirbel vollkommen ein, und er musste sich sein Kopftuch vor Augen und Nase halten, um nicht den feinen Sand einzuatmen, mit dem die glühend heiße Luft gesättigt war. Schließlich ließ ihn der kleine Wirbelwind hustend und mit tränenden Augen in der Landschaft stehen und tanzte mit der Grazie einer Haremstänzerin weiter durch die flirrende Wüstenluft.

Es war fast Mittag, als sie mit dem Tränken der Tiere fertig waren und die zweite Kolonne unter Oberst Zander zu ihnen aufgeschlossen hatte. Auch deren Pferde brauchten dringend Wasser, was ein Problem war, da das Brunnenwasser inzwischen lehmig und knapp war. Sie mussten ihre wertvollen Wasserreserven anbrechen, um allen Pferden ihre Ration zu geben.

Trok hielt eine kurze Besprechung mit Zander und Tolma ab, in der er ihnen seinen Plan erklärte und die Formation darlegte, mit der er zu verhindern gedachte, dass Taita sich aus dem Netz wand, das er über ihn werfen wollte. «Warnt die Regimentskommandeure, sich vor Trugbildern zu hüten, die Taita uns vorgaukeln könnte, um uns in die Irre zu leiten», schloss er seine Rede. «Ischtar der Meder hat einen mächtigen Fluch ausgesprochen. Ich vertraue ihm vollkommen. Er hat mich noch nie enttäuscht. Wenn wir auf alle Gemeinheiten vorbereitet sind, die der Magus für uns bereit haben könnte, werden wir siegen. Und überhaupt: Wer könnte gegen ein solches Aufgebot schon etwas ausrichten.» Er zeigte mit einem weiten Schwung seines Arms auf die Kampfwagen, Pferde und Elitetruppen. «Nein, beim Atem des Sebek, morgen um diese Zeit werde ich Taita und Mintaka hinter meinen Wagen binden und nach Avaris zurückschleifen.»

Schließlich gab er den Befehl zum Aufsteigen. Mit vier Wagen nebeneinander zogen sie in einer Kolonne von einer halben Wegstunde Länge in die Sandwüste hinaus.

Taita gab den beiden Wagen hinter ihm das Signal anzuhalten. Sie befanden sich im violetten Schatten einer hohen Sandrampe, die zu einer großen, muschelförmig geschwungenen Düne gehörte.

Die Pferde zeigten schon Zeichen von Überanstrengung. Sie

ließen ihre Köpfe hängen und atmeten schwer. Ihr Schweiß war zu einer weißen Salzkruste eingetrocknet, die sich über ihre staubmatten Rücken zog.

Sie gaben sorgfältig abgemessene Rationen aus den Wassersäcken in die Ledereimer, und die Pferde soffen gierig. Taita schaute sich Mintakas Füße an und stellte erleichtert fest, dass die Wunden zu verheilen begonnen hatten. Als er sie neu verbunden hatte, ging er mit Bay etwas abseits der Gruppe, so dass sie niemand hören konnte.

«Wir stehen unter einem Fluch», sagte Taita knapp. «Ich spüre, wie sich etwas Böses langsam um uns legt.»

«Das habe ich auch gespürt», stimmte Bay zu, «und ich versuche ihm zu widerstehen. Aber es ist sehr machtvoll.»

«Am besten werden wir damit fertig, indem wir unsere Kräfte vereinen.»

«Aber was ist mit den anderen? Sie sind verletzlicher als wir.»

«Ich werde sie warnen, auf der Hut zu sein.»

Taita ging zu den anderen zurück, die gerade damit fertig wurden, die Pferde zu tränken. «Macht euch bereit weiterzuziehen», sagte er zu Nefer. «Ich gehe mit Bay die Gegend auskundschaften. Wir werden nicht lange wegbleiben.»

Die beiden Zauberer brachen zu Fuß auf und verschwanden hinter dem geschwungenen Sandwall. Sobald sie die Wagen nicht mehr sehen konnten, blieben sie stehen. «Weißt du, wen Trok bei sich haben könnte, der einen so mächtigen Fluch auf uns legen kann?»

«Er hat Priester und Zauberer in allen seinen Regimentern, von denen der mächtigste Ischtar der Meder ist.»

«Ich kenne ihn», nickte Taita. «Er arbeitet mit Feuer und Blut. Wir müssen versuchen seinen Zauber auf ihn zurückzuwerfen.»

Bay zündete ein kleines Feuer aus getrockneten Pferdeäpfeln an. Als es brannte, stachen er und Bay sich in ihre Daumenkuppen und quetschten über dem Feuer einige Tropfen Blut heraus. Mit dem Geruch des verbrannten Bluts stellten sie sich dem Feind, der, wie sie spürten, im Westen lauerte. Sie konzentrierten ihre gemeinsame Kraft auf ihn und fühlten nach einer Weile, dass der böse Zauber schwächer wurde und verflog wie der Rauch des schwächlichen Feuers.

Als sie das Feuer nach dem Ritual mit Sand erstickten, sagte Bay ruhig: «Es ist immer noch da.»

«Ja», nickte Taita. «Wir haben den Fluch geschwächt, aber er ist immer noch gefährlich, besonders für die, die nicht gelernt haben, wie man ihm widersteht.»

«Je jünger, desto verletzlicher», vermutete Bay. «Wir müssen also besonders auf die beiden Knaben Nefer und Meren und das Mädchen aufpassen.»

Sie gingen zu den Wagen zurück, und bevor sie wieder aufstiegen, sprach Taita zu den anderen. Er wusste, er würde sie nur verängstigen, wenn er den wahren Grund seiner Sorge ausspräche, und so sagte er: «Wir kommen jetzt in den unwirtlichsten und gefährlichsten Teil der Dünenregion. Ich weiß, ihr alle seid müde und durstig, erschöpft von der Reise. Ihr dürft jedoch auf keinen Fall unachtsam werden. Das könnte tödlich sein. Behaltet die Pferde im Auge. Lasst euch nicht von eigenartigen Geräuschen oder Anblicken beunruhigen. Es gibt hier ungewöhnliche Tiere und Pflanzen.» Er hielt inne und schaute Nefer in die Augen. «Das gilt besonders für Euch, Majestät. Seid stets auf der Hut.»

Nefer nickte. In diesem Fall hatte er nichts gegen Taita einzuwenden. Auch die anderen nahmen die Warnung ernst, die Taita ohne guten Grund niemals ausgesprochen hätte.

So fuhren sie langsam weiter durch die Täler zwischen den hohen Dünen. Mit jeder Drehung der Wagenräder schien die Hitze zuzunehmen. Die weichen Sandhügel, die sich zu beiden Seiten erhoben, schillerten plötzlich in lebhaften Farben, zitronengelb und golden, purpurn und violett, taubenblau, fuchsrot und ockerbraun wie ein Löwenpelz.

Der Himmel über ihnen hatte die Farbe von Messing. Das Licht war plötzlich gelb wie Schwefel. Entfernungen verschwammen im flimmernden Ungewissen. Nefer kniff die Augen zusammen und blinzelte in die metallische Glut des Himmels, der scheinbar zum Greifen nah war, während Taitas Wagen nur zwanzig Schritt vor ihnen mit einem flirrenden, fernen Horizont zu verschmelzen schien.

Die Hitze verbrannte jeden Flecken Haut auf Gesicht und Körper, der nicht bedeckt war. Nefer spürte, wie ihn ein unfassbares Grauen ergriff. Es gab keinen Grund dafür, doch er konnte es nicht abschütteln.

Als Mintaka sich zitternd an ihn presste und sich an seinen Peitschenarm klammerte, wusste er, dass auch sie es spürte. Großes

Unheil lag in der Luft. Er wollte Taita rufen und ihn um Rat und Hilfe bitten, doch er brachte keinen Laut heraus. Es war, als wäre seine Kehle voll mit heißem Staub.

Plötzlich wurde Mintaka an seiner Seite ganz steif und grub ihre Fingernägel in die Muskeln seines Oberarms. Er schaute ihr ins Gesicht und sah unendliche Panik. Mit ihrer freien Hand zeigte sie zum Kamm der Düne, die über ihnen zu hängen schien.

Etwas Riesiges, Dunkles löste sich von dem sandigen Grat und rollte auf sie zu. Es hatte die amorphe, schwerfällige Gestalt eines prallvollen Wassersacks, war dabei jedoch so gigantisch, dass es den gesamten Dünenhang bedeckte, groß genug, nicht nur die drei Streitwagen zu zerquetschen, sondern ein ganzes Regiment. Es rollte den fast senkrechten Hang herunter und wurde immer schneller. Vollkommen lautlos kam die wabernde dunkle Masse so schnell auf sie zu, dass sie bald den ganzen gelben Himmel verdunkelte. In der Hitze schob sie einen kalten Wind vor sich her, der ihnen den Atem raubte, als wären sie in einen eisigen Bergsee gefallen.

Auch die Pferde hatten es offenbar gesehen. Sie bäumten sich auf, verließen den Pfad und versuchten der grauenhaften Erscheinung durch den Talgrund zu entkommen. Direkt vor ihnen lag ein Feld schwarzer Basaltfelsen, auf das sie geradewegs zuschossen. Nefer erkannte die Gefahr und versuchte die Pferde herumzureißen, doch die waren außer Kontrolle. Er rang mit den Zügeln, und Mintaka stand schreiend neben ihm.

Nefer spürte den eisigen Hauch hinter sich. Er war überzeugt, dass die dunkle Masse sie jeden Moment überrollen würde, doch als er sich umschaute, sah er nichts, nur die glatte, nackte Düne. Der gelbe Himmel über ihnen war hell und leer. Die anderen beiden Wagen waren vor dem Hang stehen geblieben und schauten ihnen erschrocken nach.

«Hoh!», versuchte Nefer die durchgehenden Pferde zu beruhigen. Er stemmte sich mit seinem ganzen Gewicht in die Zügel, doch die Tiere waren nicht zu bremsen. In vollem Galopp, den schleudernden und springenden Wagen hinter sich herziehend, rasten sie in das Basaltfeld. «Hoh! Hoh!», rief Nefer immer wieder. «Halt, verflucht noch mal!»

Die Pferde waren außer sich vor Panik und jenseits jeder Kontrolle. Sie galoppierten stur geradeaus, bei jedem Sprung wiehernd.

«Halt dich fest, Mintaka!», rief Nefer. Er legte ihr einen Arm schützend um die Schultern. «Wir werden stürzen!»

Die schwarzen Felsen waren zu eigenartigen Figuren verwittert. Manche waren nicht größer als ein Menschenkopf, andere so groß wie der Wagen.

Nefer schaffte es, die wahnsinnig gewordenen Tiere an einem der großen Brocken vorbeizusteuern, doch dann rasten sie auf die Lücke zwischen zwei der größten Felsen zu. Sie war zu eng. Ein Rad zerschellte mit einem gewaltigen Krach. Zersplitterte Speichen und Stücke des Kranzes flogen hoch in die Luft. Der Wagen fiel auf die Achse. Eines der Pferde wurde mit heruntergezogen und prallte auf den nächsten Felsen. Mintaka und Nefer wurden aus dem Wagen geschleudert. Nefer hörte die Vorderläufe des Tiers brechen wie ein Stück Reisig.

Sie landeten auf weichem Sand dicht neben dem Felsen, der das Pferd verletzt hatte. Nefer hielt Mintaka immer noch in seinem Arm. Er hatte ihren Sturz abgefangen.

«Bist du verletzt?»

«Nein», antwortete sie schnell. «Und du?»

Nefer kniete im Sand und schaute mit Grauen auf den zerbrochenen Wagen und die verwundeten Pferde.

«Großer Horus, das ist das Ende.» Der Wagen war ein Wrack. Das Pferd mit den gebrochenen Vorderläufen würde nie mehr auf die Beine kommen. Das andere stand aufrecht, immer noch an die Trümmer des Wagens geschirrt, doch einer der Läufe hing lose an der ausgerenkten Schulter.

Nefer richtete sich benommen auf und zog Mintaka hoch. Sie hielten sich aneinander fest und sahen Taita entgegen, der mit seinem Wagen an den Rand des Basaltfelds gefahren kam. Dort drückte er Meren die Zügel in die Hand, sprang vom Wagen und ging mit langen Schritten auf die beiden jungen Menschen zu. «Was ist geschehen? Warum sind die Pferde durchgegangen?»

«Hast du es nicht gesehen?», fragte Nefer, immer im unter Schock.

«Was?», erkundigte sich Taita.

«Das – Ding. Ein finsteres Ding, groß wie ein Berg. Es kam die Düne heruntergerollt, direkt auf uns zu.» Nefer suchte nach Worten, um zu beschreiben, was er gesehen hatte.

«Es war so groß wie der Tempel der Göttin Hathor», half ihm Mintaka. «Es war grauenhaft. Habt Ihr es nicht gesehen?»

«Nein», antwortete Taita. «Es hat nur in eurem Geist existiert – eine Halluzination, die euch unsere Feinde eingegeben haben.»

«Du meinst, es war Zauberei im Spiel?», wunderte sich Nefer. «Aber die Pferde haben es doch auch gesehen.»

Taita drehte sich um und rief Hilto zu, der inzwischen auch herangefahren kam: «Tötet die armen Tiere.» Er zeigte auf die verletzten Pferde. «Nefer, kannst du ihm helfen?» Taita wollte den Jungen ablenken von dem Unglück und von dem, was es bedeutete.

Schweren Herzens hielt Nefer den Kopf des gestürzten Pferdes fest. Er streichelte ihm die Stirn und legte ihm sein Kopftuch über die Augen, damit es nicht sehen würde, was nun kam.

Als alter Soldat hatte Hilto diese traurige Pflicht auf vielen Schlachtfeldern ausgeübt. Er setzte die Spitze seines Dolches hinter dem Ohr des Tieres auf und stieß die Klinge mit einem Stoß ins Gehirn.

Das Pferd verkrampfte sich, zitterte kurz und entspannte sich wieder. Dann gingen sie zu dem zweiten Tier, das nach Hiltos Stich sofort umfiel und sich nicht mehr rührte.

Taita und Bay standen beieinander und beobachteten den traurigen Gnadenakt. Bay sagte leise: «Der Meder ist stärker, als ich gedacht hatte. Er hat sich die Verletzlichsten unter uns ausgesucht und seinen Zauber auf sie konzentriert.»

«Und Troks andere Zauberer verstärken seinen Einfluss noch. Von jetzt an müssen wir auch auf Meren und Hilto aufpassen», stimmte Taita zu. «Bis ich meine eigenen Kräfte gegen Ischtar einsetzen kann, sind wir in großer Gefahr.»

Er ließ Bay allein. Es würde die anderen nur beunruhigen, wenn sie die beiden die Köpfe zusammenstecken sähen. Das Wichtigste war im Augenblick, dass niemand den Mut verlor.

«Bringt die Wassersäcke her», befahl Taita. Einer war in dem Unfall geborsten, und die anderen beiden waren nur noch halb voll. Sie schnallten die beiden Ledersäcke auf die anderen Wagen.

«Ab jetzt wird Meren mit Hilto und Bay fahren. Ich nehme die beiden Majestäten auf meinen Wagen.»

Mit den Wassersäcken und dem Gewicht der zusätzlichen Passagiere waren die Wagen nun überladen. Die Pferde hatten Mühe, sie durch die glühende Hitze zu ziehen. Die fahle Sonne war hinter dem seltsamen gelben Dunst kaum zu sehen.

Taita hielt das goldene Amulett der Lostris in seiner rechten Hand und murmelte Beschwörungsformeln vor sich hin, um das Böse abzuwehren, das sich überall um sie herum zusammenzog. Bay in dem anderen Wagen flüsterte ebenfalls einen monotonen Sprechgesang.

Sie kamen zu einem Abschnitt der Straße, wo der Wind die Spuren anderer Karawanen und Reisender verweht hatte. Das einzige Zeichen, dem man folgen konnte, war eine Reihe kleiner Steinhaufen in regelmäßigen Abständen. Und dann verlief auch diese Spur schließlich im Sande. Sie verließen sich auf Taitas Erfahrung, seine Kenntnis der Wüste und seinen berühmten Instinkt.

Bald öffnete sich vor ihnen eine Ebene zwischen zwei Dünenkämmen. Der Sand war glatt und eben, doch Taita hielt am Rand der Ebene an und betrachtete nachdenklich das Gelände. Er stieg vom Wagen und winkte Bay heran. Zusammen mit dem Nubier prüfte er den harmlos aussehenden Boden.

«Das gefällt mir überhaupt nicht», sagte Taita. «Wir müssen diese Ebene umgehen. Irgendetwas stimmt hier nicht.»

Bay ging ein Stück auf den festen, glatten Sand hinaus und schnupperte in die heiße Luft. Er spuckte zweimal aus und betrachtete das Muster, das sein Speichel auf dem Sand gezeichnet hatte. Dann kam er zu Taita zurück. «Ich kann nichts Beunruhigendes finden. Ein Umweg könnte uns Stunden oder gar Tage kosten. Die Verfolger sind nicht weit hinter uns. Wir müssen uns entscheiden, was das größere Risiko wäre.»

«Irgendetwas stimmt hier nicht», wiederholte Taita. «Ich empfinde genau wie du. Ich spüre den Drang, das Tal zu durchqueren, aber der Drang ist zu stark und unlogisch. Der Meder muss uns die Idee eingepflanzt haben.»

«Mächtiger Magus», schüttelte Bay den Kopf, «in diesem Fall bin ich anderer Meinung als Ihr. Wir müssen das Risiko eingehen und dieses Tal durchqueren, sonst wird uns Trok einholen, bevor die Nacht anbricht.»

Taita fasste ihn an den Schultern und schaute ihm in die schwarzen Augen. Er bemerkte, dass die Pupillen etwas geweitet waren, als hätte er Hanf geraucht. «Der Meder hat deinen Panzer durchbrochen», sagte Taita und drückte ihm das Amulett der Lostris auf die Stirn. Bay blinzelte und riss seine Augen weit auf. Taita sah, wie er versuchte, den fremden Einfluss abzuschütteln, und er half ihm dabei, indem er seine eigene Willenskraft in ihn einströmen ließ.

Endlich schüttelte sich Bay, und sein Blick war wieder klar. «Ihr habt Recht», flüsterte er, «ich war von Ischtar besessen. Dieser Ort hier birgt große Gefahr.»

Sie schauten das enge Tal hinunter. Es war ein Strom gelben Sandes. Das andere Ende war nicht fern, nicht weiter als dreihundert Ellen an den engsten Stellen, doch ebenso gut hätten es zehn Tagereisen sein können, und Trok war dicht hinter ihnen.

«Nach Süden oder nach Norden?», fragte Bay.

Taita schloss die Augen und konzentrierte sich. Plötzlich hörten sie einen Laut in der drückenden Stille, einen fernen, hellen Schrei. Sie schauten alle auf und sahen den winzigen Umriss eines Königsfalken, der hoch unter dem giftig gelben Himmel seine Kreise zog, zwei Kreise, bevor er nach Süden abdrehte und im Dunst verschwand.

«Nach Süden», sagte Taita, «wir folgen dem Falken.»

Diese Entscheidung hatte sie so beschäftigt, dass sie nicht bemerkt hatten, wie Hilto mit seinem Wagen näher zu ihnen herangefahren war. Er und Meren standen über die Kanzel gebeugt und lauschten der Unterhaltung der anderen. Hilto hatte ungeduldig die Stirn gerunzelt, und nun rief er unvermittelt: «Genug! Der Weg ist frei. Wir können es uns nicht leisten, noch länger zu warten. Traut ihr euch zu folgen, wenn Hilto vorausfährt?»

Er ließ seine Peitsche knallen, und die Pferde sprangen erschrocken vorwärts. Meren war so überrascht, dass er fast rücklings vom Wagen gefallen wäre. Er konnte sich jedoch gerade noch festhalten.

«Komm zurück, Hilto!», rief ihnen Taita nach. «Es ist ein Zauber! Du weißt nicht, was du tust!»

Bay versuchte, die Zügel des zweiten Pferdes zu packen, doch er kam zu spät, der Wagen raste an ihm vorbei auf den flachen Talgrund zu, immer schneller, und Hilto lachte hektisch. «Der Weg ist gut! Er ist glatt und schnell!»

Nefer ergriff die Zügel des anderen Wagens und rief. «Ich werde ihn zurückholen!»

«Nein!» Taita hob verzweifelt die Hände, um ihn zu stoppen. «Fahr nicht da hinaus. Es ist gefährlich. Halt an, Nefer!»

Doch Nefer ignorierte seine Rufe. Mit Mintaka an seiner Seite zog er die Zügel an, und die Räder surrten über den harten, glatten Sand. Bald würde er Hilto eingeholt haben.

«O süßer Horus», stöhnte Taita, «die Räder!»

Die Räder an Hiltos Wagen zogen eine dünne Fahne aus silbernem Sand hinter sich her. Während Taita und Bay voller Schreck zuschauten, wurden aus diesen Fahnen dicke Wolken gelben Staubs und dann dicke Schlammklumpen. Die Pferde wurden immer langsamer und waren bald so tief im weichen Boden versunken, dass die Klumpen, die ihre Hufe aufwarfen, Hilto links und rechts um die Ohren flogen. Er machte keinen Versuch anzuhalten oder zu wenden, sondern trieb sein Gespann immer tiefer in den Sandsumpf.

«Treibsand!», rief Taita verzweifelt. «Das ist das Werk des Meders. Er hat den richtigen Weg für uns unsichtbar gemacht und uns in diese Falle gelockt.»

Hiltos Pferde brachen abrupt durch die Kruste in den tückischen Sumpf darunter. Die Räder versanken vollkommen, und der Wagen stoppte so plötzlich, dass Hilto und Meren vornüber flogen. Sie rollten über die harmlos wirkende Oberfläche, doch als sie aufzustehen versuchten, waren sie von oben bis unten mit klebrigem gelbem Schlamm bedeckt und sanken sofort bis zu den Knien ein.

Die Pferde waren fast versunken. Nur noch ihre Köpfe und Vorderbeine waren über der Oberfläche, doch je mehr sie sich schüttelten und sich zu befreien versuchten, desto tiefer sanken sie ein.

Nefer war vollkommen verblüfft und reagierte viel zu langsam auf die Katastrophe, die sich vor seinen Augen abspielte. Als er den Wagen zu wenden versuchte, war es schon zu spät. Fünf Schritt weiter, und seine Räder waren bis zu den Naben eingesunken, und beide Pferde steckten bis zum Bauch im Schlamm. Er sprang ab, um sie auszuspannen und in Sicherheit zu bringen, doch sofort war auch er in dem klebrigen Schleim versunken, erst bis zu den Knien und dann bis zur Hüfte.

«Versuch nicht zu stehen», warnte ihn Mintaka verzweifelt, «es wird dich nach unten ziehen. Leg dich flach und schwimme!»

Sie warf sich kopfüber von dem sinkenden Wagen und lag flach auf dem wabbernden Schlamm. «So wie ich, Nefer! Mach es wie ich!»

Er folgte ihrem Rat, legte sich flach auf die Oberfläche und schwamm unbeholfen wie ein Kind, das gerade schwimmen lernt, zu einem der Wagen. Er schnitt mit seinem Dolch die Lederriemen durch, welche die Bodenplanken zusammenhielten, riss sie in verzweifelter Eile auseinander und warf sie auf den Sand. Die Planken trieben auf dem Treibsand, doch der schwer beladene Wagen war bald ganz versunken, und mit ihm die Pferde. Nach wenigen Minuten zeigte nur noch ein etwas hellerer Fleck auf der gelbgrauen Ebene, wo sie begraben waren.

Hiltos Wagen war ebenfalls samt den Pferden versunken. Er und Meren schrien und strampelten vor Angst. Nur noch ihre Schultern und Köpfe waren an der Oberfläche zu sehen.

Nefer schob Mintaka eine der Planken zu. «Nimm das!», befahl er ihr und sie kroch auf das Brett.

Nefer legte sich auf das andere Brett. Zwei weitere Planken an ihren Lederriemen hinter sich herziehend, paddelte er sich so weit an Hilto und Meren heran, dass er ihnen die beiden Planken zuwerfen konnte.

Es gelang ihnen, sich damit aus den schleimigen Klauen des Treibsands herauszuarbeiten, und alle vier ruderten zurück zu der Stelle, von der aus Taita und Bay ihnen hilflos zuschauten.

Doch dann wedelte Taita mit den Armen und rief: «Ihr seid schon halb drüben. Kommt nicht zurück. Paddelt zum anderen Ufer!»

Nefer sah sofort ein, wie sinnvoll das war, und sie drehten um und hielten auf das andere Ufer zu. Es war eine mühsame, harte Arbeit, da der Schlamm hartnäckig an ihren Armen und Beinen und an den Brettern klebte. Mintakas Vorteil durch ihr geringeres Gewicht wurde bald deutlich, und sie übernahm die Führung. Sie war die Erste, die festen Boden erreichte, und schließlich kamen auch Nefer, Hilto und Meren an und warfen sich am Fuß der östlichen Dünen vollkommen erschöpft zu Boden.

Während die vier den Sandstrom überquerten, hatte Taita Zeit, ihre Lage zu überdenken: Sie erschien hoffnungslos. Sie waren nun in zwei Gruppen gespalten, mit einem Abgrund von dreihundert Ellen Breite dazwischen. Sie hatten alle ihre Pferde und Wagen verloren, alle Waffen und Ausrüstung und vor allem ihre gesamten Wasservorräte.

Bay berührte ihn am Arm und flüsterte: «Hört Ihr das?»

Es war ein Summen in der Luft, weit weg, manchmal verstummend und dann wieder stärker, ein fernes Echo zwischen den Dünen.

Es war nicht laut, aber unverkennbar: Troks Streitwagenkavallerie war im Anmarsch.

Die vier schlammtriefenden Figuren auf der anderen Seite des Tals hörten es auch und richteten sich auf. So starrten alle in die Wüste und lauschten, wie Trok und seine Soldaten schnell näher kamen.

Mintaka kam als Erste wieder zur Besinnung und lief zum Rand des Treibsandstroms zurück, wo sie die Bretter zurückgelassen hatten, auf denen sie herübergeschwommen waren. Nefer starrte ihr nach und fragte sich, was sie vorhaben könnte. Sie sammelte die Bretter ein und zog sie an ihren Lederschnüren hinter sich her, während sie knietief durch den Sumpf watete.

Nefer erkannte plötzlich, was sie tun wollte, doch es war zu spät, sie noch aufzuhalten. Sie legte sich flach auf eine der Planken und arbeitete sich über den zähen gelben Schlamm. Er lief ihr nach, bis er bis zur Hüfte im Schlamm steckte, doch er konnte sie nicht mehr erreichen.

«Komm zurück!», rief er ihr nach. «Lass mich es versuchen!»

«Nein. Ich bin leichter und schneller als du.» Sie ignorierte sein Flehen und verwendete ihren Atem und ihre Kraft lieber ganz darauf, vorwärts zu kommen.

Das Rumpeln der Streitwagen kam immer näher und spornte Mintaka an, sich noch mehr anzustrengen. Nefer schwankte zwischen Angst um sie und Zorn über ihre Halsstarrigkeit, doch noch stärker war sein Stolz auf ihren Mut. «Sie hat das Herz einer Kriegerin, das Herz einer Königin», flüsterte er für sich, während sie sich immer mehr dem anderen Ufer näherte.

Nun hörten sie schon die Stimmen der Verfolger und das Klirren ihrer Waffen, das durch die Dünen hallte.

Taita steckte sich seinen Stab unter den Gürtel, um beide Hände frei zu haben. Bay und er wateten in den Treibsand hinaus, Mintaka entgegen. Dann nahmen die Zauberer eine der beiden Planken, die Mintoka ihnen gebracht hatte, und paddelten damit auf der tückischen Sandoberfläche zum Ostufer.

Zwischen den Dünen hinter ihnen erschien die Spitze des langen Kampfwagenzuges, die unverwechselbare Gestalt des Pharao Trok triumphierend im ersten Wagen.

«Vorwärts! Tempo!»

Die erste Reihe preschte in vollem Galopp auf den Rand des Treibsandstroms zu. Die drei Flüchtigen paddelten verzweifelt im gelben Morast, während hinter ihnen die Schreie der Wagenlenker immer lauter wurden.

Durch Troks Gewicht sank sein Wagen schneller in den losen Sand ein als die anderen. Obwohl er seine Pferde wie wild mit der Peitsche bearbeitete, fiel er deshalb etwas zurück hinter den Rest der ersten Reihe.

Die drei anderen Wagen fuhren schnurstracks in den Treibsand und wurden so schnell davon aufgesaugt wie Hiltos und Nefers Wagen. So wurde Trok früh genug auf die Gefahr aufmerksam. Er konnte sein Gespann unter Kontrolle bringen und noch kurz vor dem Morast abdrehen.

Er nahm den kurzen Bogen aus dem Waffenhalter des Wagens und sprang ab. Die Wagen hinter ihm hielten ebenfalls an. «Bogen!», rief Trok. «Massierte Salven! Lasst sie nicht entkommen! Schießt sie ab!»

Die Bogenschützen stiegen ab, liefen vor und stellten sich in vier Reihen hintereinander am Rand des Treibsands auf, mit vollen Köchern und glashart gespannten Bogen.

Mintaka war wieder schneller als ihre Freunde. Sie war schon halb am Ziel, während die beiden anderen immer mehr zurückfielen.

Trok schritt die Reihen ab und gab die Kommandos. «Schützen, legt die Pfeile an!» Einhundertfünfzig Männer setzten einen Pfeil an die Sehne ihres Bogens.

«Schützen, spannt und zielt.» Sie hoben ihre Bogen, zogen die Sehne an und zielten in den schweren gelben Himmel.

«Schuss!» Die Pfeile erhoben sich in einer dunklen, zischenden Wolke, erreichten ihren Zenit und stürzten auf die drei winzigen Figuren draußen auf dem Sumpf zu.

Taita hörte die Pfeile kommen und schaute zum Himmel auf. Die tödliche Wolke senkte sich mit leisem Pfeifen auf sie hernieder wie ein Schwarm Wildgänse.

«Taucht in den Sumpf!», rief Taita den anderen zu, und alle drei glitten von ihren Brettern und ließen sich in den Sandschlamm sinken, bis nur noch ihre Köpfe herausschauten. Um sie herum fielen die Pfeile wie Hagelschauer. Einer bohrte sich tief in das Brett, auf dem Sekunden zuvor Mintaka gelegen hatte.

«Weiter!» Auf Taitas Kommando stemmten sie sich wieder auf ihre Planken und paddelten weiter, wenn auch nur wenige Ellen, bevor die Luft wieder mit dem Singen der Pfeile erfüllt war und sie im gelben Schlamm Schutz suchen mussten.

Danach waren sie noch dreimal gezwungen, sich von ihren Planken gleiten zu lassen, doch mit jedem Mal war die Entfernung größer und die Zielgenauigkeit der Salven geringer. Mintaka setzte sich noch schneller ab als zuvor und war bald außer Reichweite der Bogenschützen.

Trok brüllte vor Wut und Enttäuschung. Sein Geschrei folgte ihnen, wenn er seine Männer zu neuen Salven antrieb. Die Pfeile stachen um sie herum in den Schlamm, doch nicht mehr in derselben Dichte wie zuvor.

Taita drehte sich nach Bay um, dessen großer, mit Narben bedeckter Kopf vor Schlamm und Schweiß glänzte. Die blutdurchschossenen Augen schienen ihm fast aus den Höhlen zu quellen, und sein Mund war weit offen.

«Nur Mut, Bay», rief ihm Taita zu, «wir sind fast drüben.»

Trok sah sie allmählich seinem Zugriff entgleiten. Seine Kämpfer benutzten die kürzeren und weniger starken Bogen, mit denen gewöhnlich vom Streitwagen aus geschossen wurde. Ihre effektive Reichweite war höchstens dreißig Ellen. Trok drehte sich um und funkelte seinen Lanzenträger an, der sich um sein Gespann kümmerte.

«Bring mir meinen Kampfbogen!» Trok war der Einzige im Regiment, der seinen langen Bogen im Wagen hatte. Er hatte entschieden, dass diese Waffe für die Truppen zu unhandlich war.

Sein Lanzenträger brachte ihm den großen Bogen. Er hatte auch den Köcher mit den besonderen Pfeilen mit dem eingeritzten Leopardenkopf mitgebracht, die zu der mächtigen Waffe gehörten.

Trok stampfte vor die erste Reihe der Bogenschützen, legte einen Pfeil an, kniff die Augen zusammen und schätzte die Länge des Schusses.

Die Köpfe der beiden waren nur noch winzige Punkte auf der gelben Fläche. Die Männer um Trok herum ließen weiterhin Salve um Salve von ihren Bögen schnellen, doch ihre Schüsse waren zu kurz, und die Pfeile versanken wirkungslos im Schlamm. Trok berechnete instinktiv den Steigwinkel, den er brauchen würde, und stellte sich in

Schussposition, den linken Fuß nach vorn. Er holte tief Luft, hob mit seinem ausgestreckten linken Arm den Bogen und spannte die Sehne mit der Rechten, bis sie die Spitze seiner krummen Nase berührte. Der Bogen forderte selbst ihm seine ganze Kraft ab. Die Muskeln in seinen nackten Armen wölbten sich vor, und er verzerrte das Gesicht vor Anstrengung. Dann hielt er einen Herzschlag lang die Luft an, korrigierte seine Peilung ein wenig und schoss ab. Das Bogenholz wand sich und vibrierte in seiner Hand wie ein lebendiges Wesen.

Der lange Pfeil verschwand im Steigflug hoch über der Wolke der leichteren Geschosse, erreichte seinen Zenit und stürzte zur Erde wie ein Falke im Sturzflug.

Taita hörte das schärfere, schrillere Fluggeräusch und schaute auf. Er sah den Pfeil direkt auf sich zukommen. Er hatte keine Zeit mehr, sich von seinem primitiven Floß zu rollen oder sich auch nur zu ducken.

Unwillkürlich schloss er die Augen. Der Pfeil schoss so dicht über seinem Kopf hinweg, dass er den Luftzug in seinem Haar spürte. Und dann hörte er den trockenen Schlag.

Er öffnete die Augen und schaute in die Richtung, aus der das Geräusch kam. Der lange Pfeil mit der Feuersteinspitze hatte Bay mitten in den nackten Rücken getroffen. Er hatte seinen Körper an die Planke genagelt wie einen schillernden schwarzen Käfer.

Bays Gesicht war nur eine Armlänge weit von dem seinen entfernt. Taita schaute in die unergründlichen schwarzen Augen und sah den Todesschmerz in ihnen flackern. Bay öffnete den Mund, um zu schreien oder zu sprechen, doch jeder Laut ging in der Flut hellroten Blutes unter, die zwischen seinen Lippen hervorschoss. Er griff mühsam nach der Kette um seinen Hals und zog sie sich über den Kopf. Er hielt das unschätzbare Amulett Taita hin als letztes Geschenk.

Taita nahm ihm die Kette vorsichtig aus der Hand, legte sie sich um den Hals und spürte sofort die Essenz des sterbenden Schamanen in sich übergehen und seine Kräfte verstärken.

Bays Kopf rollte zur Seite, aber der Pfeil verhinderte, dass er von der Planke fiel. Taita erkannte das Leopardensymbol an dem Pfeil und wusste, wer ihn abgeschossen hatte. Er tastete nach Bays Hals und fühlte den letzten Pulsschlag. Bay war tot, nichts konnte ihn mehr retten. Er ließ ihn zurück und schwamm weiter auf das Ufer und Nefer und Mintaka zu, die ihm Mut zusprachen. Noch vier lange

Pfeile landeten neben ihm, doch keiner ritzte auch nur seine Haut. Und dann war er außer Reichweite.

Nefer half ihm in dem dicken Schlamm auf die Beine, und Taita stützte sich auf seinen Stab, um auf festen Boden zu gelangen. Keuchend sank er auf den Sand. Nach einer Minute richtete er sich auf und blickte über den Treibsand zu Trok hinüber, der am anderen Ufer mit den Armen ruderte. Jeder Zug, jede Linie seines Umrisses verriet, wie wütend und enttäuscht er war. Und dann formte er mit den Händen einen Trichter vor seinem Mund und rief: «Glaube nur nicht, dass du mir entkommen bist, Magus. Ich werde dich kriegen, dich und meine kleine Hure. Ich werde euch beide kriegen. Ich werde euch jagen, bis ich euch kriege. Ich werde nie eure Spur verlieren.»

Mintaka ging so weit auf das Treibsandfeld hinaus wie eben möglich. Sie kannte genau seinen schwacher Punkt und wie sie ihn vor seinen Männern am besten bloßstellen konnte. «Deine Drohungen sind so weich und leer wie deine Lenden, teurer Gemahl.» Ihre liebliche Stimme war klar und deutlich und zweihundert Krieger hörten jedes Wort. Erst herrschte eine schockierte Stille, doch dann erhob sich spöttisches Gelächter aus den Reihen der Bogenschützen. Selbst seine treusten Soldaten hassten Trok genug, um an dieser Demütigung Spaß zu finden.

Trok schüttelte seinen Bogen in hilfloser Wut. Dann drehte er sich zu seinen Männern um, die jetzt stumm dastanden und sich dafür schämten, dass er sie so einschüchtern konnte.

«Ischtar!», rief Trok in die Stille. «Ischtar, tritt vor!»

Ischtar stand am Rand des Treibsands und schaute zu der kleinen Gruppe am andern Ufer hinüber. Sein blindes Auge schimmerte wie eine Silberscheibe zwischen den violetten Wirbeln und Kreisen, die sein Gesicht bedeckten. Von der Stirn über seinen Nasenrücken lief eine doppelte Linie roter Punkte. Sein Haar war mit rotem Schellack in harte, spitze Stacheln gedreht.

Er öffnete sein Gewand und ließ es zu Boden fallen. Nun war er splitternackt, Rücken und Schultern mit einem grotesken Leopardenmuster bedeckt, ein großer roter Stern prangte auf dem Bauch. Die Scham war rasiert, was seinen großen, baumelnden Penis betonte, von dessen Vorhaut goldene und silberne Glöckchen hingen.

Er starrte zu Taita am anderen Ufer, und der Magus trat vor, sich dem Kampf zu stellen.

Dann schwoll Ischtars Glied immer mehr an. Die Glöckchen klingelten, während es sich zu einer massiven Erektion versteifte. Er stieß sein Becken vor und zielte mit der zornig roten Eichel auf Taita. Es war eine direkte Herausforderung an Taita, den Eunuchen. Der Abstand zwischen ihnen schien immer geringer zu werden, und Ischtar versuchte ihn mit seiner Männlichkeit zu überwältigen.

Taita hob seinen Stab und zeigte damit auf den Schoß des Meders. Keiner von beiden bewegte sich in diesem Kampf, jeder sammelte alle Kraft gegen den anderen, gezielt wie Dolche.

Plötzlich stöhnte Ischtar auf und ergoss sich in den Sand. Sein Glied schrumpfte, verlor seine Größe, wurde machtlos, fast unsichtbar. Ischtar sank auf die Knie und bedeckte hastig seine Scham, die Quelle seiner Demütigung: Die erste Schlacht hatte Taita gewonnen.

Ischtar wandte dem Magus den Rücken zu und schloss sich wieder den Priestern des Sebek und dem nubischen Schamanen an, die hinter ihm im Kreis saßen. Sie fassten sich an den Händen und begannen zu singen.

«Was tun sie?», fragte Nefer besorgt.

«Ich glaube, sie versuchen einen Weg durch den Treibsand herbeizuzaubern», flüsterte Mintaka.

«Das wird Taita schon verhindern», sagte Nefer mit einer Zuversicht, die er nicht wirklich spürte.

Plötzlich sprang Ischtar mit neuer Vitalität auf, stieß das Krächzen eines Raben aus und zeigte das Tal hinunter nach Süden.

«Er zeigt den Weg, den der Falke uns gewiesen hat», sagte Taita ruhig. «Wir sind noch nicht in Sicherheit.»

Troks Männer gingen zu ihren Wagen und stiegen auf. Ischtar stand mit Trok im Führungswagen, und sie rollten nach Süden, den gewundenen Strom aus tödlichem Schlamm entlang. Im Vorbeifahren riefen die Krieger der verlorenen Gruppe am anderen Ufer Drohungen und Beschimpfungen zu.

Als sich der Staub gelegt hatte und der letzte Wagen der Verfolger in der gelben Hitze verschwunden war, bemerkten sie, dass Trok einen kleinen Trupp mit fünf Streitwagen vor den Dünen am anderen Ufer zurückgelassen hatte, offenbar um die Flüchtenden im Auge zu behalten.

«Trok wird einen Weg über den Treibsand finden, bevor es dunkel ist», sagte Taita voraus.

«Was können wir tun?», fragte Nefer.

Taita schaute ihn an. «Ihr seid der Pharao. Ihr seid der Herr über zehntausend Streitwagen. Wir warten auf Eure Befehle, Majestät.»

Nefer war sprachlos über diese Herausforderung. Machte Taita sich über ihn lustig? Doch als er dem Magus in die Augen sah, fand er kein bisschen Spott darin. Galle und Wut stiegen in ihm hoch.

Er wollte laut herausschreien, dass sie alles verloren hatten, alle Wagen und alles Wasser, und dass sie eine glühende Wüste vor sich und unerbittliche Verfolger hinter sich hatten, doch Mintaka berührte ihn am Arm und er beruhigte sich: Er hatte eine Eingebung.

Er legte den anderen seinen Plan dar, und noch bevor er geendet hatte, nickte und grinste Hilto und Meren lachte und rieb sich die Hände. Mintaka stellte sich stolz neben Nefer.

Nachdem er seine Befehle gegeben hatte, nickte auch Taita. «Das ist der Schlachtplan eines wahren Pharaos.» Seine Stimme war ausdruckslos, doch seine Augen funkelten vor Freude. Er wusste nun, dass die Aufgabe, die Lostris ihm auferlegt hatte, bald vollbracht sein würde. Nefer war beinahe bereit, sein Schicksal selbst in die Hand zu nehmen.

Nach wenigen Wegstunden zeigte Ischtar auf den Sandstrom. Trok hob eine Hand, und die Kolonne hielt an. Er kniff seine Augen zusammen und versuchte in dem gelben Licht und dem schillernden Hitzeflimmern zu erkennen, was der Meder meinte: Das Tal wurde plötzlich enger.

«Was ist das?», wollte Trok wissen. Es sah aus, als läge ein schlangenartiges Seeungeheuer von einem Ufer zum anderen unter dem Treibsand. Nur das schwarze, scharfe Rückgrat ragte heraus.

«Das ist unsere Brücke», erklärte Ischtar, «ein Schiefergrat. Dort werden wir hinübergehen.»

Trok schickte zwei seiner besten Leute vor, die Schieferbrücke auszukundschaften. Sie liefen leichtfüßig hinüber und erreichten die andere Seite sicheren Fußes. Sie riefen und winkten Trok zu, und der trieb seine Pferde an und fuhr über die Brücke. Der Rest des Regiments folgte, ein Wagen nach dem anderen.

Sobald alle sicher am anderen Ufer waren, führte Trok sie nach

Norden, auf die Stelle zu, wo sie Taita und die anderen Flüchtenden zuletzt gesehen hatten.

Doch als sie kaum die halbe Strecke hinter sich hatten, erhob sich ein dichter Nebel, ein brodelndes Miasma, mit dem frühzeitig die Nacht hereinbrach. Innerhalb von Minuten war das letzte Tageslicht verschluckt und die Kolonne musste anhalten.

«Die Pferde sind müde.» Trok versuchte das Beste aus der Situation zu machen, als seine Kommandeure sich in der Dunkelheit um ihn versammelt hatten. «Wir bleiben über Nacht hier. Lasst die Pferde tränken, und gewährt euren Männern etwas Ruhe. Wir brechen auf, sobald es wieder hell wird. Nicht einmal der Magus kann zu Fuß und ohne Wasser weit gekommen sein. Morgen werden wir ihn einholen, noch bevor es Mittag wird.»

Taita wickelte Mintakas Füße aus und nickte zufrieden. Dann tauchte er sie in die laugenhaltige Feuchtigkeit des Sandschlamms, bevor er sie noch einmal verband. Nefer streifte ihr trotz ihrer Proteste seine Sandalen über. Sie waren ihr viel zu groß, doch die Bandagen sorgten dafür, dass sie ihr nicht von den Füßen fielen.

Außer den Bodenplanken der versunkenen Streitwagen hatten sie nichts zu tragen, weder Wasser noch Verpflegung, weder Waffen noch Ausrüstung. Unter den neugierigen Blicken der Hyksos-Krieger am anderen Ufer führte Nefer sie die hohe Düne hinauf nach Osten. Als sie keuchend den Grat erreichten, war ihr Durst schon fast unerträglich.

Nefer warf einen letzten Blick zurück über den Treibsand. Troks Soldaten hatten ihre Pferde abgeschirrt, die Wagen im Kreis aufgestellt und waren dabei, ihr Lagerfeuer anzuzünden. Nefer winkte ihnen einen ironischen Gruß zu und folgte den anderen die Rückseite der Düne hinunter. Sobald ihre Verfolger sie nicht mehr sehen konnten, rasteten sie wieder. «Jede Rast wird uns teuer zu stehen kommen», warnte Nefer. «Wir haben noch viele Stunden ohne Wasser vor uns.»

Sie lagen keuchend in der Hitze und horchten angestrengt, ob Stimmen oder Wagen zu hören waren. Mintaka sprach schließlich aus, was alle fürchteten: «Betet zu allen Göttern, dass Trok keine Furt findet und uns nachkommt, bevor es dunkel wird.»

Als sie sich etwas erholt hatten, führte Nefer sie hinter dem schützenden Dünenkamm parallel zum Tal des Treibsands entlang. In der Hitze war jeder Schritt eine Qual, und sie gingen nur ein kleines Stück, bevor sie wieder rasten mussten. Bald waren sie von einem unheimlichen gelben Nebel umgeben, der die Sonne verdunkelte.

Die Nacht brachte ein wenig Erleichterung von der Hitze. Sie kletterten wieder die Düne hinauf und sahen die Feuer am anderen Ufer des Sandstroms. Die Flammen spendeten gerade genug Licht, dass sie sehen konnten, wie die Soldaten ihr Lager angelegt hatten.

Die Wagen bildeten jetzt einen Kreis. Die Pferde waren an die Räder gebunden. An zwei Feuern etwas abseits saßen zwei Wachen. Die anderen Männer lagen auf ihren Schlafmatten innerhalb der Wagenburg.

«Sie haben uns Richtung Osten gehen sehen. Hoffen wir, dass sie glauben, wir würden noch diese Richtung beibehalten und dass sie deshalb nicht sehr wachsam sind.» Mit diesen Worten führte Nefer seine kleine Gefolgschaft halb rutschend, halb laufend wieder den Sandhang hinunter. Unten angekommen, waren sie gerade so weit von den Hyksos entfernt, dass diese sie weder sehen noch hören konnte.

Sie fassten sich gegenseitig bei den Händen, damit sich niemand in der Dunkelheit verirrte. So tasteten sich zum Rand des Treibsands vor.

Dort angekommen, legten sie sich auf ihre Floßbretter und paddelten über den Sandmorast. Sie hatten inzwischen Übung und waren schnell am anderen Ufer.

Immer noch dicht zusammengedrängt krochen sie auf das Lager zu und legten sich am Rand des Lichtkreises, den die Feuer warfen, flach auf den Boden. Außer den beiden Wachen schien alles zu schlafen. Die Pferde waren ruhig, und das einzige Geräusch war das leise Knistern der Flammen. Plötzlich stand einer der Wachsoldaten auf, ging zu seinem Kameraden hinüber und hockte sich neben ihn. Die beiden unterhielten sich leise. Nefer gefiel diese Verzögerung nicht, und er wollte Taita um Hilfe bitte, doch der war ihm schon zuvorgekommen. Er richtete seinen Stab auf die beiden dunklen Figuren, und nach einer Minute klangen ihre Stimmen schläfrig. Einer der beiden stand auf, reckte sich, gähnte und schlurfte zu seinem eigenen Feuer zurück, wo er sich, das Schwert über den Schoß gelegt, hinsetzte.

Taita hielt den Stab auf ihn gerichtet, und langsam fiel dem Mann das Kinn auf die Brust. Vom anderen Feuer war leises Schnarchen zu hören. Beide Wachen schliefen fest.

Nefer, Hilto und Meren krochen weiter vor, während Taita mit Mintaka am Rand des Feuerscheins zurückblieb.

Nefer näherte sich von hinten dem Mann, der als Erster gegähnt hatte. Das Schwert war ihm vom Schoß geglitten und lag neben ihm im Sand. Nefer hob es auf und schlug dem Soldaten den Knauf gegen eine Schläfe, alles in einer Bewegung. Ohne einen Laut von sich zu geben, sank der Mann nach vorn neben das Feuer.

Mit dem Schwert in der Faust schaute Nefer zu dem anderen Feuer hinüber. Hilto und Meren hatten sich um den zweiten Wachsoldaten gekümmert, der nun zusammengerollt wie ein schlafender Hund auf dem Sand lag. Hilto hatte sein Schwert an sich genommen. Gemeinsam liefen sie nun zu dem am nächsten stehenden Wagen.

Nefer zog einen der Speere heraus, die in den Waffenhaltern des Wagens steckten, und wiegte die schwere Waffe in seiner Hand. Auch Meren hatte sich inzwischen bewaffnet. Plötzlich wieherte eines der Pferde leise und stampfte mit den Hufen. Nefer erstarrte. Er hatte gedacht, sie seien unentdeckt geblieben. Doch dann rief eine schläfrige Stimme aus der Wagenburg: «Noosa, bist du das? Bist du wach?»

Ein Soldat wankte in den Feuerschein, noch halb im Schlaf und nackt bis auf einen Lendenschurz. Doch er hatte ein Schwert in der rechten Hand.

Er blieb stehen und glotzte Nefer an. «Wer bist du?» Seine Stimme hallte von den Dünen wider.

Merens Speer landete mitten in der Brust des Mannes. Er ließ sein Schwert fallen und sank auf die Knie. Meren sprang vor und hob das Schwert auf. Wie wahnsinnig gewordene Dämonen sprangen Nefer, Meren und Hilto nun über die Wagen und fielen in die Wagenburg ein. Die Schreie hatten die anderen Soldaten geweckt, doch die meisten waren so verdattert, dass sie ihre Waffen noch nicht gezogen hatten, als die erbeuteten Schwerter schon mit mörderischer Regelmäßigkeit auf sie einhieben. Nach Sekunden war der Sand rot von ihrem Blut.

Nur einer der Krieger erhob sich gegen die Eindringlinge, ein riesiger Kerl. Er brüllte wie ein Löwe und drängte die Angreifer zurück.

Einen seiner Hiebe, der direkt auf seinen Kopf zielte, konnte Nefer mit einer hohen Parade gerade noch abwehren, doch sein Arm war danach taub bis zur Schulter, und die Bronzeklinge seines Schwerts brach ab, direkt vor dem Griff.

Der hyksische Riese hob wieder sein Schwert und wollte dem entwaffneten Nefer den Rest geben. Doch aus der Finsternis hinter ihm trat Taita hervor und hieb ihm seinen Stab über den Schädel. Der Mann brach zusammen, und Nefer riss ihm das Schwert aus der schlaffen Hand, bevor es zu Boden fiel.

Der Kampf war vorüber. Fünf der Überlebenden knieten mit den Händen hinter dem Kopf vor Hilto und Meren. Mintaka und Taita fachten die Feuer an und erkannten in deren Schein, dass drei der Soldaten tot waren, zwei andere schwer verletzt.

Während Taita die Verwundeten versorgte, holten seine Gefährten Schnüre von den Wagen, mit denen sie die Gefangenen an Händen und Füßen fesselten. Erst dann tranken sie aus den Wassersäcken und aßen Brot und Dörrfleisch aus der Verpflegung der Hyksos-Krieger.

Als sie genug gegessen und getrunken hatten, war die Nacht fast zu Ende, ein neuer blutroter Morgen kündigte sich an und ein weiterer sengend heißer Tag. Nefer suchte drei Streitwagen aus und die besten Pferde. Sie luden das persönliche Gepäck der Besatzungen und deren Reservewaffen, soweit sie sie nicht brauchen konnten, von den drei Wagen, banden die überzähligen Pferde los und scheuchten sie in die Wildnis hinaus.

Mit jeder Minute wurde es heller und die Flüchtenden kletterten eilig auf die Wagen. Als alles bereit war, trat Nefer noch einmal zu den gefesselten Soldaten.

«Ihr seid Ägypter wie wir. Es schmerzt mich zutiefst, dass wir eure Kameraden getötet oder verwundet haben. Wir hatten keine Wahl. Wir haben es nicht gewollt. Trok, der Usurpator, hat uns dazu gezwungen.»

Neben dem riesigen Mann, der ihn fast getötet hätte, kniete er nieder. «Du bist ein tapferer Krieger. Ich hoffe, wir werden eines Tages Seite an Seite gegen den gemeinsamen Feind kämpfen.»

Nefers Rock rutschte hoch, als er in die Hocke ging, und die Blicke des Kriegers wanderten über die glatten Muskeln seines rechten Oberschenkels. Sein Mund blieb offen stehen. Dann sagte er: «Pharao Nefer Seti ist tot! Warum tragt Ihr sein Königsemblem?»

Nefer berührte die Tätowierung, die Taita vor so langer Zeit vorgenommen hatte. «Ich trage es zu Recht. Ich bin Pharao Nefer Seti.»

«Nein! Nein!» Der Gefangene war verängstiger und erschrockener als wahrscheinlich je auf dem Schlachtfeld.

Mintaka sprang von ihrem Wagen und kam herbei. «Weißt du, wer ich bin?», fragte sie den Mann freundlich.

«Ja, Majestät, Ihr seid Königin Mintaka. Euer Vater war mein Kommandeur und Gott. Ich habe ihn sehr geliebt. Deshalb achte und liebe ich auch Euch.»

Mintaka zog ihren Dolch aus der Scheide und schnitt seine Fesseln durch. «Ja», sagte sie, «ich bin Mintaka. Und das ist Pharao Nefer Seti, dem ich versprochen bin. Eines Tages werden wir nach Ägypten zurückkehren und unser Erbrecht beanspruchen. Wir werden herrschen in Frieden und Gerechtigkeit.»

Nefer und Mintaka erhoben sich, und sie sprach weiter: «Erzähle es deinen Kameraden. Erzählt dem Volk, dass wir am Leben sind und dass wir nach Ägypten zurückkehren werden.»

Der Mann kroch auf seinen Knien vorwärts und küsste ihr die Füße. Dann legte er sich vor Nefer in den Sand, nahm einen seiner Füße und legte ihn auf seinen Kopf.

«Ich bin Euer», sagte der Krieger. «Ich werde Eure Nachricht weitergeben. Das ganze Volk soll es wissen. Kommt bald zurück, göttlicher Pharao.»

Die anderen Gefangenen wurden ebenfalls befreit, und sie gelobten ihre Treue und Liebe. «Heil Pharao! Möget Ihr tausend Jahre leben und herrschen!»

Nefer und Mintaka stiegen auf ihren Wagen, und die befreiten Gefangenen riefen: *«Bak-her! Bak-her!»*

Die drei Wagen rollten aus dem verwüsteten Lager, Taita allein an der Spitze, weil er am besten gegen den Zauber des Meders gewappnet war und um die Karawanenstraße wiederzufinden, die vor ihnen verborgen worden war. Nefer und Mintaka folgten dicht hinter ihm, und Hilto und Meren bildeten die Nachhut. So fuhren sie in die Richtung zurück, aus der sie gekommen waren.

Nach kurzer Fahrt – das Tal des Treibsandstroms und das Lager waren noch in Sicht – hielten sie an, und Taita drehte sich um. «Was ist?», fragte Nefer. Taita hob eine Hand. In der Stille hörten sie Troks Regiment am anderen Ufer heraufkommen. Und dann sahen sie in der roten Dämmerung den ersten Wagen zwischen den Dünen auftauchen.

Trok brachte seinen Streitwagen abrupt zum Stehen und schrie Ischtar an: «Beim Blut und Samen des Sebek, der Magus hat dich schon wieder übertrumpft! Konntest du nicht voraussehen, dass sie zurückschwimmen und unseren Posten erobern würden?»

«Und Ihr?», schnappte Ischtar zurück. «Schließlich seid Ihr der große Feldherr.»

Trok wollte ihm seine Peitsche durch die tätowierte Fratze ziehen, doch dann schaute er in die dunklen Augen des Meders und besann sich eines Besseren. Er ließ die Peitsche sinken und fragte ruhig: «Was nun, Ischtar? Willst du sie einfach entkommen lassen?»

«Es gibt nur eine Straße zurück für sie: die Straße, auf der ihnen Zander mit zweihundert Wagen entgegenkommen wird. Ihr habt sie immer noch zwischen den Mahlsteinen», sagte Ischtar finster. Troks Miene erhellte sich in einem gemeinen Lächeln. In seiner Wut hatte er Zander fast vergessen.

«Die Sonne ist gerade erst aufgegangen. Ihr habt den ganzen Tag Zeit, über die Schieferbrücke zurückzufahren und ihnen nachzujagen», fuhr Ischtar fort. «Ich rieche ihre Witterung. Ich werde mein Netz nach ihnen auswerfen und Euch wie ein treuer Jagdhund zu Eurer Beute führen, damit Ihr sie töten könnt.»

Trok peitschte seine Pferde an und fuhr auf den festen Sand am Rand des Sumpfes, direkt gegenüber von den drei Streitwagen auf der anderen Seite des Treibsands. Dort blieb er stehen und brachte ein Lachen hervor, das fast überzeugend wirkte.

«Ich habe mehr Spaß an dieser Jagd als ihr, meine Freunde. Rache ist ein Mahl, das man am besten kalt genießt, und bei Sebek, wie werde ich es genießen.»

«Erst musst du uns fangen!», rief Mintaka.

«Das werde ich, meine Süße. Mach dich auf einige Überraschungen gefasst.»

Sein Lächeln verblasste erst, als die drei Kampfwagen wieder auf dem Weg in die Dünen waren und Mintaka ihm fröhlich zuwinkte. Obwohl er wusste, dass genau das ihre Absicht war, kam ihm vor Wut die Galle hoch.

«Zurück!», schrie er seine Männer an. «Zurück zu der Brücke!»

Taita schaute immer wieder nachdenklich zum Himmel auf. Die schwefelgelben Wolken sanken tiefer und tiefer.

«Einen solchen Himmel habe ich noch nie gesehen», sagte Hilto, als sie in der Mitte des Vormittags eine Rast einlegten, um die Pferde zu tränken. «Die Götter sind zornig.»

Sie fanden die Karawanenstraße mit überraschender Leichtigkeit. Die Gabelung, wo sie den falschen Weg eingeschlagen hatten, war schon von weitem zu sehen. Es war kaum zu glauben, dass sie den hohen Steinhaufen übersehen haben sollten, der sie markierte. Die Hauptstraße zum Roten Meer war viel mehr von Wagen und Fußspuren gezeichnet als der Seitenpfad, dem sie gefolgt waren und der sie in den Treibsand geführt hatte.

«Ischtar muss uns blind gemacht haben», murmelte Nefer, während sie auf die Straße zufuhren, «doch diesmal werden wir uns nicht so leicht täuschen lassen.» Dann schaute er besorgt zum Himmel auf und machte ein Zeichen gegen das Böse, bevor er hinzufügte: «Wenn die Götter uns gnädig sind.»

Hilto sah es als Erster. Mit seinen Kriegeraugen machte er die Staubwolke aus, die vor ihnen auftauchte. Der tiefe, gelb-dunstige Himmel hatte sie bisher unsichtbar gemacht, und nun war sie schon sehr nah. Hilto schloss zu Taitas Wagen auf und rief ihm zu: «Magus! Ich sehe Streitwagen vor uns, und nicht wenige!»

Sie brachten die Gespanne zum Stehen und blickten angestrengt nach vorn. Die Staubwolke kam zusehends näher.

«Wie weit sind sie noch weg?», fragte Taita.

«Höchstens eine halbe Wegstunde.»

«Glaubt Ihr, Trok hat eine zweite Division aufgeboten, die ihm gefolgt ist?»

«Ihr wisst besser als ich, dass dies die normale Taktik der Hyksos ist, Magus. Erinnert Ihr Euch nicht an die Schlacht von Dammen und wie Apepi uns dort zwischen zwei Divisionen eingeschlossen hat?»

«Können wir an der Gabelung sein, bevor sie uns den Weg abschneiden?», fragte Taita weiter.

Hilto kniff die Augen zusammen und schaute zurück. «Trok kann nicht mehr weit hinter uns sein. Wir können nicht umkehren, sonst fahren wir ihm in die Arme.»

«Es wäre unser sicherer Untergang, wenn wir die Straße verließen und durch den Sand zögen. Wir würden deutliche Spuren hinterlassen, und die Pferde würden kaum diesen Tag überstehen.»

«Kein Wunder, dass Trok gelacht hat», bemerkte Mintaka bitter.

«Wir sind wieder einmal zwischen Hammer und Amboss», stimmte Meren zu.

«Wir müssen es versuchen», beschloss Nefer. «Wir müssen so schnell wir können auf die Gabelung zufahren. Wir müssen die Straße erreichen, bevor sie hier sind. Das ist unsere einzige Chance.»

«Also los. Auch wenn wir die Pferde aufreiben», rief Hilto, und sie preschten nebeneinander auf die Karawanenstraße zu.

Die Wagen holperten und schleuderten in den Spurrillen, doch die Pferde legten ein gutes Tempo vor. Die Staubwolke vor ihnen wuchs immer bedrohlicher, aber die Steinsäule schien um nichts näher zu kommen. Sie waren immer noch über fünfhundert Schritt von der Abzweigung entfernt, als die ersten Wagen der sich nähernden Division in Sicht kamen, schemenhaft im Staub und dem unheimlichen gelben Licht.

Sie hielten an, als wären sie nicht sicher, was sie von den drei Streitwagen halten sollten, die auf sie zugerast kamen, doch dann setzten sie sich wieder in Bewegung und fuhren direkt auf die Flüchtenden zu.

Taita versuchte den Pferden das Äußerste an Schnelligkeit abzugewinnen, doch er spürte, dass sie allmählich müde wurden. Dennoch rasten sie weiter, bis es immer klarer wurde, dass sie die Abzweigung nicht vor den Feinden erreichen würden. Schließlich hob Taita eine Faust als Zeichen zum Anhalten. «Genug!», rief er. «Wir können dieses Rennen nicht gewinnen.»

Die Pferde schäumten und keuchten. Die Wagenlenker waren leichenblass unter dem Staub, der ihre Gesichter bedeckte, und ihre Blicke verrieten wachsende Verzweiflung.

«Welchen Weg, Pharao?», rief Hilto. Immer selbstverständlicher sahen sie Nefer als ihren Führer an.

«Es gibt nur einen Weg: zurück, woher wir gekommen sind.» Und fügte so leise, dass nur Mintaka es hören konnte, hinzu: «Trok in die Arme. Wenigstens habe ich dann die Chance, eine Rechnung zu begleichen.»

Taita nickte zustimmend und war der Erste, der seinen Wagen auf der Stelle wendete. Er führte sie zurück auf den Treibsand zu. Die anderen folgten in seiner Spur. Zuerst konnten sie die Verfolger durch die Staubwolke hinter ihnen nicht mehr sehen, doch dann blies eine heiße Böe den Staub hinweg, und sie erkannten, dass sie schon Boden verloren hatten.

Sie rasten weiter, doch Nefer spürte, dass seine Pferde fast am Ende waren. Ihr Lauf wurde schwerfällig, und ihre Hufe begannen zur Seite zu fliegen. Nefer wusste, es würde bald vorbei sein. Er legte Mintaka einen Arm um die Hüfte. «Ich liebe dich seit dem Moment, in dem ich dich zum ersten Mal gesehen habe. Ich werde dich immer lieben, in alle Ewigkeit.»

«Wenn du mich wirklich liebst, darfst du mich nie mehr in Troks Hände fallen lassen. Am Ende wirst du mir so deine Liebe beweisen müssen.»

Nefer schaute sie verwundert an. «Ich verstehe nicht …» Sie berührte das Schwert, das an seiner Seite hing.

«Nein!», schrie er fast und drückte sie an sich, so fest er konnte.

«Das musst du für mich tun, mein Herz. Du kannst mich nicht an Trok zurückgeben. Ich habe nicht den Mut, es selbst zu tun. Du musst für mich stark sein.»

«Das kann ich nicht!»

«Es wird schnell und schmerzlos sein. Andernfalls …»

Er war so verstört, dass er fast Taitas Wagen gerammt hätte, als der bremste und schleuderte und quer vor ihnen zum Stehen kam. Taita zeigte nach vorn.

Selbst aus dieser Entfernung war Troks riesige Gestalt an der Spitze der Wagenkolonne unverkennbar. Er kam direkt auf sie zu. Sie schauten zurück, und auch von dort kam der Feind schnell näher.

«Das letzte Gefecht!» Hilto lockerte die Klinge in seiner Schwertscheide. «Das erste ist das schlimmste, das zweite nicht besser, doch das letzte ist das beste.» Dies war ein Sprichwort der Roten Straße, das er mit echter Vorfreude zitierte.

Taita schaute zum gallefarbenen Himmel auf, und eine weitere heiße Böe bewegte sein Haar wie silbernes Gras.

Mintaka zupfte an Nefers Arm. «Versprich es», flüsterte sie, und seine Augen füllten sich mit Tränen.

«Ich verspreche es dir», sagte er, obwohl die Worte ihm in Mund und Kehle brannten wie siedendes Öl. «Und dann werde ich Trok töten mit meinen eigenen Händen. Und wenn ich das getan habe, werde ich dir folgen auf der dunklen Reise.»

Taita erhob seine Stimme nicht, doch sie hörten ihn alle. «Hier entlang. Achtet auf meine Spur, und folgt ihr genau.»

Zu ihrer Verblüffung lenkte Taita seine Pferde im rechten Winkel von dem Pfad in den jungfräulichen Sand nach Norden zwischen die Wanderdünen. Nefer rechnete damit, dass er sofort bis zu den Radnaben einsinken würde, doch irgendwie schien der alte Mann direkt unter der weichen Oberfläche eine harte Kruste gefunden zu haben. Seine Pferde liefen in beständigem Trab, und die anderen folgten ihm in kurzer Entfernung. Sie wussten, dass dies ein letzter verzweifelter Versuch war.

Als er zurückschaute, sah Nefer die Staubwolken der beiden feindlichen Divisionen sich von Osten und Westen nähern. Es war undenkbar, dass sie die Stelle übersehen würden, wo die drei Wagen den Pfad verlassen hatten – es sei denn, Taita konnte Ischtar überlisten und sie durch seinen Zauber unsichtbar machen. Aber das war eine verzweifelte Hoffnung. Ischtar hatte bewiesen, dass er auf so einfache Zaubertricks nicht hereinfallen würde. Außerdem musste Trok mit eigenen Augen gesehen haben, dass sie den Weg verlassen hatten.

Taita hielt das goldene Amulett der Lostris in seiner rechten Hand und hatte Bays Halskette um sein Handgelenk gewickelt. Er blickte jedoch nicht zu den Verfolgern zurück, sondern schaute mit verzückter Miene zum immer unheimlicher drohenden Himmel auf.

Ihr Schicksal schien besiegelt zu sein, doch Nefer verspürte einen unlogischen, perversen Hoffnungsschimmer. Er wusste, dass Bays Geschenk die ohnehin schon beachtlichen Kräfte des Magus noch verstärkt hatte. «Schau, was Taita macht», flüsterte er Mintaka zu. «Vielleicht ist dies doch noch nicht das Ende. Vielleicht kennt Taita noch einen letzten Zug, bevor diese Bao-Partie entschieden ist.»

Trok preschte den Pfad hinunter, bis er zu der Stelle kam, an der die drei Wagen in die Dünen abgebogen waren. Die Spuren waren so sauber, als stammten sie von einem einzigen Räderpaar. In diesem Augenblick kam Zander an der Spitze der zweiten Kolonne von Westen heran.

«Gut gemacht!», rief Trok ihm zu. «Ihr habt mir die Beute in die Arme getrieben. Jetzt haben wir sie bald.»

«Welch eine Jagd!», brüllte Zander zurück. «In welcher Formation sollen wir weiterfahren?»

«In Viererreihen. Du bildest wieder die Nachhut. Folgt mir!» Trok bog ab in den weichen Sand, und die beiden Kampfwagendivisionen folgten ihm. Taita und seine Gefährten waren schon zwischen hohen blau und violett schimmernden Sandhügeln verschwunden. Die Täler zwischen den Dünen lagen düster unter dem drückenden Himmel.

Nach kaum dreihundert Schritt waren die äußeren Wagen der Viererreihen im weichen Sand stecken geblieben. Nun wusste Trok, weshalb Taita eine so enge Formation gewählt hatte. Nur in der Mitte war der Boden fest genug, einen Wagen zu tragen.

«In einer Linie, ein Wagen nach dem anderen!», befahl er. «Haltet euch genau in meiner Spur!»

Zusammen zogen sich die beiden Divisionen über eine halbe Wegstunde hin, als sie Trok in die unbekannte Wüste folgten, und die Truppen schauten immer besorgter an den Sandbergen hoch und zum bedrohlichen Himmel empor. Trok konnte seine Pferde nicht länger in dem mörderischen Tempo vorantreiben, und bald fuhren sie im Schritttempo, doch an den Spuren, die Taita hinterlassen hatte, konnte er ablesen, dass auch er nicht mehr so schnell vorankam.

So zogen sie fast eine Stunde lang weiter, bis das Gelände vor ihnen sich plötzlich veränderte. Aus den sanften Sandwellen erhob sich eine dunkle Felseninsel. Die Felswände waren durchlöchert wie Bienenwaben, zerfressen von Sand führenden Winden, die sie jahrtausendelang umweht hatten, und die Spitze war so scharf wie der Reißzahn eines Fabelriesen.

Auf dieser Spitze stand, noch winzig und fern, doch unverwechselbar, eine hagere Gestalt mit silbernem Haar, das in dem unwirklichen Licht glänzte wie ein Kriegshelm.

«Der Magus.» Trok grinste Ischtar an. «Sie haben sich in den Felsen verkrochen. Ich hoffe, sie werden sich dort zum Kampf stellen.» Dann befahl er seinem Herold: «Blast zum Gefecht.»

Nefer und Mintaka blickten staunend an dem Felsen empor, der sich plötzlich vor ihnen erhob.

«Hat Taita wohl gewusst, dass wir hier auf diesen Felsen stoßen würden?», fragte Mintaka.

«Wie soll er das gewusst haben?», erwiderte Nefer.

«Du hast einmal gesagt, er wüsste alles.» Nefer sagte darauf nichts und schaute zurück, um seine Unsicherheit zu verbergen. Die Staubwolke über dem Verfolgerheer war dicht hinter ihnen und ging in den gelben, sonnenlosen Himmel über.

«Das spielt jetzt keine Rolle», sagte Nefer schließlich. «Was soll uns dieser Felsen schon nützen? Vielleicht können wir ihn für eine Weile verteidigen, doch Trok hat hunderte von Kriegern bei sich. Ich glaube, wir sind fast am Ende unserer Reise.» Er presste eine Hand gegen den Wasserbeutel, der an der Haltestange neben ihm hing, er war fast leer. Es war nicht einmal genug Wasser übrig, um die Pferde für noch einen Tag am Leben zu erhalten.

«Wir müssen Taita vertrauen», sagte Mintaka.

Nefer lachte bitter auf. «Wem sonst sollten wir noch vertrauen? Die Götter scheinen uns verlassen zu haben.»

Die Pferde waren in Schritttempo gefallen, und hinter sich hörten sie die fernen Geräusche des Heerzuges: die Rufe der Hauptleute, die ihre Truppen antrieben, in einer Reihe zu bleiben, das Klirren von Waffen, die aneinander schlugen und das Ächzen und Quietschen trockener Radachsen.

Schließlich standen sie vor dem schwarzen und ockerbraunen Felsen. Er war etwa hundertfünfzig Ellen hoch und strahlte Hitze ab wie ein riesiges Holzfeuer. Der Wind hatte unzählige Ritzen und Spalten in den Fels gefressen, doch kein Pflänzchen hatte dort Fuß gefasst.

«Fahrt die Wagen dicht an die Felswand», befahl Taita, und die Fahrer gehorchten. «Und nun spannt die Pferde aus, und kommt mir mit ihnen nach.» Taita führte sein Gespann in eine tiefe, senkrechte Spalte in der Felswand. Die anderen folgten ihm. «Hier entlang.» Der alte Mann zog die Pferde so tief wie möglich in den Felsen hinein. Der Boden war mit Sand bedeckt.

«Hier sollen sie sich hinlegen.» Jedes Kavalleriepferd beherrschte diesen Trick. Nach einem bestimmten Zug am Zügel knieten die Pferde sich auf die Vorderläufe und ließen sich schnaubend auf die Seite rollen.

«Macht es mir nach», forderte Taita die anderen auf. Er nahm eine Schlafdecke von seinem Wagen, schnitt sie in Streifen und verband damit seinen Pferden nun die Augen, um sie ruhig und gehorsam zu halten. Dann trieb er einen Speer tief in den lockeren Boden und band die Tiere so daran fest, dass sie die Köpfe nicht heben konnten. Nefer und Hilto taten das Gleiche mit ihren Pferden.

«Und nun holt den Rest eurer Wasservorräte», war Taitas nächste Anordnung. «Es ist schade, dass wir die Pferde nicht ein letztes Mal tränken können, aber wir werden jeden Tropfen für uns selbst brauchen.»

Taita führte sie zu einem niedrigen Überhang am Fuß der Felswand. Der Zugang zu dem Platz darunter war so tief unten, dass man ihn nur auf Händen und Knien erreichen konnte.

«Nehmt das lose Geröll dort, und baut einen Wall vor den Zugang.»

«Wir sollen eine Mauer davor errichten?» Nun wusste Nefer überhaupt nicht mehr, was Taita im Sinn hatte. «Du meinst, wir könnten dieses Loch verteidigen? Wir können nicht einmal aufrecht stehen in dieser Höhle, geschweige denn kämpfen.»

«Wir haben jetzt keine Zeit, darüber zu streiten», funkelte Taita ihn an. «Tut, was ich sage.»

Nefers Nerven lagen bloß vor Angst um Mintaka, und die Prüfungen der letzten Tage hatten an seinen Kräften gezehrt. Er blieb eigensinnig vor Taita stehen, und die beiden starrten sich an. Die anderen schauten interessiert zu: der junge Stier gegen den alten. Die Sekunden verstrichen, bis Nefer plötzlich begriff, wie töricht er sich benahm. Nur einer konnte sie noch retten. Also bückte er sich nach einem großen Brocken aus dem Geröllhaufen und schleppte ihn zu der Öffnung. Dann lief er zurück und holte den nächsten Stein. Die anderen taten es ihm nach. Sogar Mintaka leistete ihr Teil und setzte etliche der scharfkantigen Geröllbrocken in die Mauer ein, bis ihre Hände wund und aufgeschürft waren.

«Was machen wir als Nächstes?», fragte Nefer steif, immer noch beleidigt nach seiner Auseinandersetzung mit Taita.

«Trinken», antwortete Taita.

Sie gingen zu den Wagen zurück, Nefer goss Wasser in einen Ledereimer und reichte ihn Mintaka. Sie nahm einige Schlucke und bot den Eimer Taita an. Doch der schüttelte den Kopf.

«Trinkt. Trinkt, so viel ihr könnt.»

Nachdem sie alle diesem Rat gefolgt waren, fragte Nefer: «Und was nun?»

«Wartet hier.» Taita nahm seinen langen Stab und machte sich daran, die kantige Felswand zu erklimmen.

«Und was ist mit der Mauer?», rief Nefer ihm nach. «Welchen Zweck soll die haben?»

Taita hockte sich auf eine schmale Kante dreißig Fuß über ihnen und schaute herunter. «Majestät werden schon wissen, welchen Zweck sie hat, wenn es so weit ist.» Dann setzte er seinen Aufstieg fort.

«Soll es ein Versteck sein? Oder eine Gruft?», rief Nefer sarkastisch, doch Taita antwortete nicht und schaute sich auch nicht mehr um.

Er kletterte ohne Pause, bis er auf der Spitze des Felsens ankam. Dort stand er nun und schaute in die Richtung, aus der Trok kommen würde.

Die kleine Gruppe in der Spalte am Fuß des Hügels schaute zu ihm hoch, der eine verwundert, die anderen voller Hoffnung und einer voller Zorn.

«Holt die Speere und die anderen Waffen aus den Wagen», befahl Nefer. «Wir müssen uns verteidigen.» Er lief zu den Wagen und kam mit einem Arm voller Speeren zurück. Meren und Hilto folgten ihm.

«Was macht Taita?» Mintaka zeigte zur Spitze des Felsens.

«Nichts», sagte Nefer und half den anderen, die Waffen vor der Höhle zu stapeln. Dann schauten wieder alle zu Taita hinauf.

Sie starrten seinen Umriss vor dem schwefelgelben Himmel an und sagten nichts und taten nichts, bis sie wieder das Rumpeln und Quietschen der Wagenräder hörten, hunderte davon, und Stimmen, jetzt leise, gedämpft von den Dünen und dann ganz deutlich und bedrohlich nah.

Taita hob langsam beide Arme, in der rechen Hand seinen langen Stab, in der linken das Amulett der Königin und um den Hals gelegt das Geschenk seines Freundes Bay.

«Was macht er jetzt?», fragte Hilto mit ehrfurchtsvoller Stimme. Niemand antwortete ihm.

Taita stand still wie aus Fels gemeißelt, den Kopf zurückgeworfen, das Haar wie flüssiges Silber auf seinen Schultern.

Sein Rock war zusammengerafft, seine Beine entblößt, und so stand er da wie eine dicke fette Henne.

Am Himmel jagten sich dunkle, schwere Wolken. Das Tageslicht verblasste, als die Sonne mehr und mehr von den Wolken verdeckt wurde.

Taita bewegte sich nicht. Sein Stab zeigte auf den unheilschwangeren Himmel. Das Grollen der sich nähernden Wagen wurde immer lauter, und plötzlich erklang das Widderhorn.

«Das ist der Schlachtruf. Trok hat Taita gesehen», sagte Mintaka ruhig.

«Blast zum Angriff!», rief Trok seinem Herold zu, doch die Wüste und der tiefe, drückende Himmel schienen jeden Laut zu verschlucken.

«Wartet!», warnte Ischtar der Meder. Er sah Taita auf der Felsspitze, winzig und fern. «Wartet!»

«Was ist?», wollte Trok wissen.

«Ich weiß nicht ...» Ischtar konnte seinen Blick nicht von dem Magus abwenden. «Ich weiß nicht, aber ich spüre etwas, etwas überwältigend Starkes und Mächtiges.»

Die Divisionen rührten sich nicht von der Stelle. Alle Krieger starrten ehrfurchtsvoll auf den Mann auf der Spitze des Felsens. Eine schreckliche Stille senkte sich über die Wüste, kein Laut, kein Ton waren zu hören. Selbst die Pferde bewegten sich nicht.

Einzig in Bewegung war der Himmel. Über dem Magus formte sich ein Wirbel, ein Riesenrad brodelnder Wolken. Plötzlich öffnete sich der Wirbel wie das Auge eines Ungeheuers, und aus seiner Mitte brach ein gleißender Sonnenstrahl hervor.

«Das Auge des Horus!», stöhnte Ischtar. «Er hat seinen Gott zu Hilfe gerufen.» Trok war erstarrt in abergläubischem Schrecken.

Der Lichtstrahl traf die Felsspitze, beleuchtete die Gestalt des Magus und bildete um seinen Kopf einen silbernen Strahlenkranz. Als er mit der Spitze seines Stabes einen Kreis am Himmel zog, duckten sich die hyksischen Wagenlenker wie unter der Peitsche. Die Wolken öffneten sich weiter und weiter, bis der Himmel klar war. Das Sonnenlicht tanzte auf den Dünen, die es reflektierten wie Bronzespiegel und die Krieger so blendeten, dass sie sich hinter ihren Schilden verkrochen. Kein Laut war zu hören.

Taita zog einen weiteren Kreis mit seinem Stab, dem ein leises Seufzen wie aus dem Himmel selbst folgte. Die Männer schauten sich um und suchten nach der Quelle dieses Lauts, der wie der Atem einer Frau klang, einer liebenden Frau in lüsterner Erwartung.

Nach dem nächsten Kreis mit Taitas Stab mischte sich unter das himmlische Seufzen ein sanftes Pfeifen, das nun von Osten kam, wohin sich sofort alle Blicke wandten.

Dann sahen sie es kommen aus der wolkenlosen Brillanz des Horizonts: eine massive Sandwand von der Erde bis in den höchsten Himmel.

«Kamsin», flüsterte Trok das schreckliche Wort.

Die Mauer aus fliegendem Sand schob sich auf sie zu, als wäre sie lebendig, grauenhaft, unausweichlich, und die Stimme dieses Ungeheuers war kein Wispern mehr, sondern dämonisches Heulen.

«Kamsin!», ging das Wort von Wagen zu Wagen, von Mann zu Mann. Sie waren keine kampfbereiten Krieger mehr, sondern nur noch hilflose Kreaturen gegenüber dem Vernichter von Menschen, Städten und Zivilisationen, dem Welten verschlingenden Ungeheuer.

Die Formation der Wagen fiel auseinander, als jeder Fahrer für sich seinem Schicksal zu entkommen versuchte, doch sobald sie von dem schmalen Pfad abkamen, versanken sie bis zu den Radnaben im Sand. Sie sprangen ab und ließen alles zurück, auch die Pferde, die sich vor der Gefahr brüllend aufbäumten, um sich traten und von den Zügeln losrissen.

Doch niemand entkommt dem Kamsin. Aus dem Heulen wurde ein Brüllen. Die Männer flohen in kopfloser Panik. Sie stolperten und stürzten in den losen Sand, rappelten sich wieder auf und rannten weiter, doch der Sturm war schneller. Der Sandvorhang, hellgelb, wo die Sonne ihn traf, tiefschwarz in seinem eigenen Schatten, rollte und stürzte hinter ihnen her, ein rasendes Ungeheuer.

Taita stand mit ausgestreckten Armen und erhobenem Stab auf der Felsspitze und sah zu, wie die Armee unter ihm im Sandsturm versank. Er sah Trok und Ischtar starr wie Statuen dem Inferno entgegenblicken, und dann rollte das Sandgebirge über sie weg. Plötzlich waren sie verschwunden, von einem Augenblick auf den anderen, und mit ihnen alle ihre Männer, Wagen und Pferde, versunken im tosenden Kamsin.

Taita senkte die Arme, kehrte dem Ungeheuer den Rücken und machte sich ohne Eile an den Abstieg von der Felsspitze. Mit seinen langen Beinen und mit Hilfe seines Stabes sprang er mühelos über schwierige Stellen hinweg, von Vorsprung zu Vorsprung.

Nefer und Mintaka standen Hand in Hand am Fuß des Felsens. Sie waren immer noch wie erstarrt vom Geschehen der letzten Minuten, und als Taita unten ankam fragte Mintaka mit ehrfürchtiger Stimme: «Wart Ihr es, Magus? Habt Ihr den Sturm heraufbeschworen?»

«Der hat sich seit Tagen zusammengebraut.» Taitas Miene war ausdruckslos und sein Ton unbestimmt. «Habt ihr nicht die unheimliche Hitze und den drückenden gelben Dunst bemerkt?»

«Ja», sagte Nefer, «aber es war nicht natürlich. Du warst es. Du wusstest die ganze Zeit, was geschehen würde. Du hast den Sturm herbeigerufen. Wie konnte ich jemals an dir zweifeln?»

«Kriecht jetzt in den Unterschlupf. Der Sturm ist fast hier ...» Die letzten Worte gingen in der kreischenden Kakophonie des Kamsins unter. Mintaka ging voran und kroch durch eine Lücke, die sie in der groben Mauer gelassen hatten, in die niedrige Höhle, und hinter ihr drängten sich die anderen durch die Öffnung. Hilto kam als Letzter und reichte die fast leeren Wasserbeutel hinein, bevor er selbst in die Höhle kroch.

Am Ende blieb nur Taita draußen stehen. Als wäre der Sturm wirklich sein Geschöpf, schaute er gespannt der Sandwelle entgegen, die im nächsten Augenblick mit solcher Gewalt über sie kam, das der Fels um sie herum zitterte. Taita war für Sekunden nicht mehr zu sehen, doch dann war der erste Ansturm zu Ende, und Taita stand an derselben Stelle, vollkommen gelassen.

Der Sturm sammelte sich inzwischen, brüllend wie ein rasendes Ungeheuer, zur zweiten Welle. Kurz bevor diese mit grauenhafter Macht auf sie niederdonnerte, huschte Taita durch die Öffnung in die niedrige Höhle und lehnte sich mit dem Rücken an die improvisierte Schutzmauer.

«Stopft die Lücken zu», sagte er, worauf Meren und Hilto die Felsbrocken aufbauten, die sie vorher neben dem Mauerloch bereitgelegt hatten.

«Bedeckt eure Köpfe.» Taita wickelte sich sein Kopftuch vor das Gesicht. «Haltet die Augen geschlossen, oder ihr werdet erblinden, und atmet durch den Mund, aber sehr vorsichtig, sonst werdet ihr im Sand ertrinken.»

Der Sturm war so überwältigend, dass die erste Welle Troks Streitwagen hochwarf und umstürzte. Die Pferde wieherten vor Schmerz, als die umherschwingende Deichsel ihnen das Rückgrat brach.

Trok wurde aus dem Wagen geschleudert. Er rappelte sich hoch, doch der Sturm warf ihn wieder zu Boden. Dank seiner Bärenstärke kam er wieder auf die Beine, doch diesmal hatte er jede Orientierung verloren. Als er versuchte die Augen zu öffnen, war er sofort blind vom Sand. Er wusste nicht, in welche Richtung und wohin er fliehen könnte. Der brodelnde Sturm schien von allen Seiten zu kommen. Er wagte nicht noch einmal die Augen zu öffnen. Bevor er sich den Kopf umwickeln konnte, hatte der Kamsin ihm die Haut von Wangen und Lippen gescheuert.

In dem Inferno aus Sand und Wind schrie Trok: «Rette mich! Rette mich, Ischtar! Wenn du mich rettest, werde ich dich reicher belohnen, als du es dir je erträumen könntest!»

Es schien unmöglich, dass ihn in dem ohrenbetäubenden Lärm jemand hören konnte, doch plötzlich spürte er, wie Ischtar seine Hand ergriff und festhielt.

Sie taumelten vorwärts, manchmal bis zu den Knien im Sand, der sie wie Wasser umströmte. Dann stolperte Trok über einen der umgestürzten Wagen und verlor den Kontakt zu Ischtar. In panischer Angst tastete und schrie er in alle Richtungen. Er lief im Kreis, bis Ischtar seinen Bart zu fassen bekam und ihn weiterführte, verbrannt von Sand, geblendet von Sand, in Sand ertrinkend.

Er fiel auf die Knie, und Ischtar zog ihn wieder hoch, wobei er ihm eine Hand voll Bart ausriss. Er versuchte zu sprechen, doch als er den Mund öffnete, erstickte ihn der Sand. Er war überzeugt, dass er sterben würde. Kein Mensch könnte das Grauen überleben, das sie in seinen Fängen hatte.

Ihre qualvolle Reise ins Nichts schien kein Ende zu nehmen, doch dann spürte er plötzlich, wie der Sturm schwächer wurde. Eine Minute lang dachte er, der Kamsin wäre vorüber, doch das Brüllen hatte nicht nachgelassen, im Gegenteil, es schien immer noch lauter zu werden. Sie taumelten weiter, sie stützten sich aufeinander wie zwei Betrunkene, die sich gegenseitig von der Taverne nach Hause führen. Der Wind wurde schwächer. In seiner Verwirrung fragte sich Trok, ob Ischtar vielleicht einen Zauberkreis um sie gezogen hatte, doch dann wurde er von einer Böe fast durch die Luft geworfen. Ischtars Griff um seinen Bart lockerte sich, und Trok wurde mit solcher Gewalt gegen einen Felsen geworfen, dass er sein Schlüsselbein brechen hörte.

Er sank auf die Knie und klammerte sich an den Felsen wie ein Kind an die Mutterbrust. Wie Ischtar den Felsenhügel gefunden hatte, kümmerte ihn nicht. Alles, was zählte, war, dass der Fels die Gewalt des Sturms brach. Er spürte, wie Ischtar neben ihm kniete und sein Gewand hochzog, bis es seinen Kopf bedeckte. Dann stieß er ihn flach auf den Boden in den Schutz einer Felsritze und legte sich neben ihn.

Nefer kroch an Mintaka heran und nahm sie in die Arme. Er wollte ihr Trost und Mut zusprechen, doch selbst in ihrer kleinen Höhle brüllte der Sturm mit solcher Gewalt, dass jeder Laut darin unterging. Sie legte ihren Kopf an seine Schulter, und sie klammerten sich aneinander. Sie waren begraben in der tosenden Finsternis, taub und blind und halb erstickt. Die heiße Luft konnte nur in winzigen Schlucken geatmet werden, sonst hätten sich ihre Münder sofort mit dem talkumfeinen Sandstaub gefüllt, trotz der Tücher, die sie sich um die Köpfe gewickelt hatten.

Nach einer Weile war das Sturmgebrüll so ohrenbetäubend, dass es alle anderen Sinne lähmte. Es ging immer weiter, ohne Pause und ohne nachzulassen. Die Finsternis war so vollkommen und scheinbar endlos, wie Nefer sie nie gekannt hatte. Hätte er Mintakas Körper nicht dicht an dem seinen gespürt, er hätte den Verstand verloren, dachte er.

Von Zeit zu Zeit rührte sie sich und erwiderte den Druck seiner Arme. Vielleicht hatte er geschlafen, doch ohne jeden Traum. Es gab nur das Brüllen des Kamsins und die große Finsternis.

Irgendwann versuchte er seine Beine zu bewegen und stellte fest, dass er es nicht konnte. In blinder Panik dachte er, er wäre gelähmt, er wäre schwach und läge im Sterben. Er versuchte es noch einmal mit aller Kraft, und diesmal gelang es ihm, einen Fuß und die Zehen zu bewegen. Dann erkannte er, dass er von Sand eingeschlossen war, der durch die Ritzen in der Mauer drang. Er hatte sich schon bis zu seinen Hüften aufgetürmt. Sie wurden langsam bei lebendigem Leibe begraben. Der Gedanke an einen so unwürdigen Tod erfüllte ihn mit Grauen. Mit bloßen Händen schaufelte er genug Sand beiseite, dass er seine Beine bewegen konnte, und dann tat er dasselbe für Mintaka.

Er merkte, dass die anderen in der beengten Höhle mit der gleichen Arbeit beschäftigt waren. Sie versuchten den Sand zurückzudrängen, der jedoch in die Höhle sickerte wie Wasser und sich aus den dichten Wolken hereinwirbelnden Staubs auf sie legte.

Und der Sturm tobte weiter ohne Pause. Nefer gelang es gerade noch, seinen Kopf und seine Arme zu bewegen, der Rest seines Körpers war begraben. Es war nicht mehr daran zu denken, sich auszugraben, da es keinen Platz gab, wohin sie den Sand schaufeln konnten.

Nefer langte mit einer Hand nach oben und berührte den Fels über seinem Kopf. Er tastete ihn ab und erkannte, dass die Decke der Höhle leicht gewölbt war. Ihre Köpfe befanden sich in dieser flachen Kuppel. Der Höhleneingang war inzwischen zugeschüttet, sodass kein weiterer Sand mehr eindringen konnte. Aber der Sturm tobte unvermindert weiter.

Nefer wartete. Manchmal schluchzte Mintaka neben ihm leise auf, und er versuchte sie zu trösten, indem er sanft seinen Arm an den ihren drückte. Die Luft in der flachen Kuppel war bald abgestanden und begann zu stinken. Sehr viel länger würden sie sie nicht mehr atmen können, dachte Nefer. Etwas frische Luft musste jedoch durch den Sand dringen, denn sie waren noch am Leben, wenn auch jeder Atemzug eine Qual war.

Ihre Wasserbeutel waren leer bis auf einen winzigen Rest, und nun kam der Durst. Obwohl sie sich nicht bewegen und dadurch Flüssigkeit verlieren konnten, hatten der heiße Sand und die trockene Luft sie vollkommen ausgetrocknet. Nefer spürte, wie seine Zunge immer öfter am Gaumen kleben blieb und allmählich zu einer großen, schwammigen Masse anschwoll, die ihm das ohnehin schwierige Atmen fast unmöglich machte.

Angst und Durst raubten ihm schließlich jedes Zeitgefühl, und er meinte, er hätte Jahre in dieser Höhle zugebracht. Er riss sich aus der Starre, die ihn langsam überkam, und merkte, dass sich etwas verändert hatte. Er versuchte zu verstehen, was es war, doch sein Denken war dumpf und lahm. Mintaka rührte sich nicht. Er kniff sie, und zu seiner Erleichterung reagierte sie mit einem leichten Zucken. Sie war noch am Leben. Sie waren beide noch am Leben, doch sie waren begraben und konnten sich kaum bewegen.

Er spürte, wie er in die finstere Starre zurückfiel, in Träume von Wasser und grünen Auen, von Bächen und rauschenden Wasserfällen. Und dann war er wieder wach und lauschte. Er hörte nichts. Nichts. Das war es, was ihn geweckt hatte: die Stille. Das Brüllen des Kamsins war einer tiefen Stille gewichen; die Stille der Grabkammer, dachte er, und das Grauen wollte ihn wieder überwältigen.

Er versuchte sich aus dem Sand zu winden und bekam schließlich seinen rechten Arm frei. Er tastete um sich und fand Mintakas eingewickelten Kopf. Er streichelte sie und hörte sie wimmern. Er wollte sprechen, sie trösten, doch seine geschwollene Zunge machte das unmöglich. So tastete er an ihr vorbei und versuchte Hilto zu erreichen, der auf der anderen Seite neben ihr gesessen hatte. Entweder er war weg oder außerhalb seiner Reichweite, denn er fand nichts.

Für einen Moment ruhte er, bevor er versuchte, den Sand vor dem Höhleneingang wegzuräumen, doch es gab kaum Platz für das bisschen, was er mit einer Hand wegkratzen konnte. Hand voll für Hand voll drückte er den Sand in eine Nische in der Höhlenwand. Bald hatte er sich vorgearbeitet, so weit sein Arm reichte, und konnte jedes Mal nur noch wenige Körner wegschieben. Es war ein verzweifelter Versuch, doch er wusste, er musste es weiterversuchen oder jede Hoffnung aufgeben.

Ohne Vorwarnung strömte plötzlich der Sand unter seinen Fingern weg und selbst durch sein dickes Kopftuch hindurch spürte er, wie Luft, die noch nicht geatmet worden war, in die Höhle drang. Durch seine geschlossenen Augenlider nahm er so etwas wie einen Lichtschimmer wahr. Er wickelte sich mühsam das Tuch vom Kopf, und das Licht wurde stärker. Frische Luft strömte in seinen trockenen Mund und seine schmerzenden Lungen. Als er das Tuch ganz abgewickelt hatte, öffnete er ein Auge halb, musste es aber sofort wieder schließen vor der gleißenden Helligkeit. Nach mehreren Versuchen, die Augen zu öffnen, sah er schließlich, dass das Loch nach draußen, das er freigeschabt hatte, nicht größer war als seine Handspanne, aber dahinter war es ruhig. Der Sturm war vorüber.

Voller Aufregung und neuer Hoffnung zupfte er an dem Tuch, das

Mintakas Kopf bedeckte, und hörte, wie sie die frische Luft einatmete. Wieder versuchte er zu sprechen, doch noch immer versagte ihm die Stimme. Er versuchte sich zu bewegen und der tödlichen Umklammerung des schweren Sandes zu entkommen, doch er steckte immer noch fest bis zu den Achselhöhlen.

Mit aller Kraft, die ihm noch blieb, versuchte er sich zu befreien, doch die Anstrengung erschöpfte ihn bald, und seine Kehle brannte und schmerzte vor Durst. Wie grausam wäre es, dachte er, hier zu sterben, wo Licht und Luft hinter diesem winzigen Loch in greifbarer Nähe lagen.

Er schloss müde die Augen und wollte schon aufgeben, doch dann bemerkte er wieder eine leichte Lichtveränderung und öffnete ein Auge. Er konnte es nicht glauben: Eine Hand erschien in der Öffnung und streckte sich ihm entgegen, eine uralte Hand mit trockener Haut und großen Altersflecken.

«Nefer!» Die Stimme war so verändert, so heiser, dass er zuerst nicht sicher war, ob sie dem Magus gehörte. «Nefer, kannst du mich hören?»

Nefer versuchte zu antworten, konnte jedoch immer noch nicht sprechen. Er streckte seinen Arm aus und berührte Taitas Finger, und sofort schloss sich dessen Hand um die seine mit erstaunlicher Kraft.

«Halte meine Hand fest. Wir graben euch aus.»

Dann hörte er andere Stimmen, ebenfalls rau und schwach vor Durst und Erschöpfung, und Hände räumten den Sand beiseite, in dem sie gefangen waren, bis sie ihn schließlich bei den Schultern packen und aus der weichen, tödlichen Umklammerung ziehen konnten.

Nefer zwängte sich aus dem engen Spalt unter dem Felsüberhang wie ein Säugling aus dem Mutterleib. Dann zogen Hilto und Meren auch Mintaka ans Tageslicht.

Sie stellten die beiden auf die Beine und hielten sie fest, sonst wären sie sofort hingefallen, denn ihre Beine waren ohne jede Kraft. Doch Nefer schüttelte Merens Hände ab und schloss Mintaka stumm in seine Arme. Sie zitterte wie in einem Fieberanfall. Nach einer Weile hielt er sie in Armeslänge von sich und betrachtete sie voller Schrecken und Mitleid. Ihr war Haar weiß vom Sand, der auch ihre Augenbrauen verkrustete. Ihre Augen lagen tief in dunkelvioletten Höhlen, und ihre Lippen waren schwarz und angeschwollen. Als sie zu sprechen versuchte, brachen sie auf, und ein rubinroter Blutstropfen rann über ihr Kinn.

«Wasser», brachte Nefer schließlich heraus, «sie braucht Wasser.»

Er fiel auf die Knie und begann verzweifelt im Sand der Höhle zu graben. Meren und Hilto halfen ihm, bis sie auf einen der Wasserbeutel stießen. Als sie ihn herausgezogen hatten, stellten sie fest, dass das restliche Wasser verdunstet oder herausgepresst worden war. Für jeden waren nur ein paar Schlucke übrig, doch das reichte schon, sie ein wenig länger am Leben zu erhalten. Nefer spürte, wie Kraft in seinen ausgetrockneten Körper zurückströmte, und schaute sich zum ersten Mal um.

Es war helllichter Vormittag. Er wusste nicht, welcher Vormittag es war oder wie lange sie begraben gewesen waren. Immer noch hing ein feiner Sanddunst wie Goldstaub in der stillen Luft.

Er hielt eine Hand über die Augen und schaute in die Wüste hinaus. Die Landschaft hatte sich bis zur Unkenntlichkeit verändert. Die hohen Dünen waren weitergewandert und hatten anderen Platz gemacht, in anderen Formen und neuer Anordnung. Wo vorher Berge gewesen waren, lagen jetzt Täler, und die alten Dünengrate waren neuen Talböden gewichen. Selbst die Farben waren anders: nicht mehr dumpfes Purpur und bläuliches Violett, sondern schimmerndes Rot und Goldgelb.

Er schüttelte verwundert den Kopf und schaute Taita an. Der Magus stützte sich auf seinen Stab und beobachtete Nefer aus seinen blassen, alterslosen Augen.

«Trok?», krächzte Nefer. «Wo?»

«Begraben», antwortete Taita, und jetzt erkannte Nefer, dass auch der alte Mann ausgetrocknet war wie ein Stück Feuerholz und dieselben Schmerzen litt wie die anderen.

«Wasser?» Nefer berührte seinen geschwollenen, blutenden Mund.

«Komm», sagte Taita.

Nefer nahm Mintakas Hand, und sie wankten hinter dem Magus her auf den glühenden Sand hinaus. Der Durst und die Hitze hatten auch von Taita ihren Tribut gefordert.

Ziellos schien er durch die neuen Dünentäler zu wandern. Er hielt seinen Stab vor sich ausgestreckt und schwang ihn langsam von links nach rechts. Ein- oder zweimal kniete er sich hin und legte seine Stirn auf den Sand.

«Was tut er?», flüsterte Mintaka. Sie klang wieder sehr schwach. «Betet er?»

Nefer schüttelte nur den Kopf. Er wollte seine Reserven nicht angreifen, indem er unnötig sprach. Taita ging langsam weiter und die Art, wie er seinen Stab bewegte, erinnerte Nefer an einen Wassersucher.

Wieder kniete Taita nieder und brachte sein Gesicht dicht an die Erde. Diesmal beobachtete Nefer ihn genauer und sah, dass der Magus nicht betete, sondern am Sand schnupperte, und nun wusste er, was Taita machte. «Er sucht nach den begrabenen Wagen von Troks Divisionen», flüsterte er Mintaka zu. «Sein Stab ist seine Wünschelrute, und dann schnuppert er an der Erde nach Verwesungsgeruch.»

Taita erhob sich mühsam und nickte Hilto zu. «Grabt hier», befahl er.

Sie begannen alle gemeinsam, mit den Händen den Sand wegzuschaufeln. Tief brauchten sie nicht zu graben. Nach wenigen Zoll stießen sie auf etwas Hartes und verdoppelten ihre Anstrengung. Bald hatten sie das Rad eines auf der Seite liegenden Wagens freigelegt, und nach weiterem fieberhaftem Graben zogen sie einen Wassersack heraus. Sie starrten ihn voller Verzweiflung an, denn er war aufgeplatzt und leer. Wahrscheinlich war das passiert, als der Wagen auf die Seite fiel.

«Es muss noch einer da sein», flüsterte Nefer durch seine geschwollenen Lippen. «Grabt tiefer.»

Mit letzter verzweifelter Kraft schaufelten sie den Sand aus dem Loch, und je tiefer sie kamen, desto stärker wurde der Gestank der toten Pferde. Zu dem Durst kam nun noch die Übelkeit.

Nefer hielt den Atem an, griff tief in den Sand hinein und fühlte etwas Weiches, Elastisches. Er drückte es, und alle hörten das Gurgeln und Schwappen einer Flüssigkeit. Gemeinsam zogen und zerrten sie dann einen prallen Wassersack aus dem Sand. Sie wimmerten vor Durst und Ungeduld, als Taita den Verschluss öffnete und den Ledereimer füllte, der neben dem Wassersack gelegen hatte.

Das Wasser hatte die Temperatur von warmem Blut, doch als Taita den Eimer Mintaka an die Lippen hielt, schloss sie die Augen und trank in stiller Ekstase.

«Nicht zu viel», warnte Taita sie, bevor er ihr den Eimer wegnahm und ihn an Nefer weiterreichte. Sie tranken einer nach dem anderen, bis Mintaka wieder an der Reihe war und der Eimer noch einmal die Runde machte.

Taita verließ die Gruppe und setzte seine Suche fort. Nach kurzer Zeit rief er sie wieder zu sich zu einer weiteren Fundstelle. Sie hatten Glück. Der Wagen lag nicht nur unter weniger Sand begraben, sondern führte auch drei Wassersäcke mit sich, und keiner war beschädigt.

«Und jetzt zu den Pferden», sagte Taita. Sie tauschten schuldbewusste Blicke aus. In ihrer verzweifelten Suche nach Wasser hatten sie die Tiere vollkommen vergessen. So schleppten sie nun die Wassersäcke zurück zum Fuß des Felsens.

Die tiefe Spalte, in der sie die Pferde angebunden hatten, war offenbar ein guter Schutz gegen die Gewalt des Kamsins gewesen. Sie gruben mit dem Holzspaten, den sie unter der Ausrüstung eines der verschütteten Kampfwagen gefunden hatten, und stießen fast sofort auf das erste Pferd. Der Gestank bereitete sie jedoch darauf vor, was sie zu erwarten hatten. Das Tier war tot und sein Bauch prall von Gasen. Sie ließen es in Ruhe und gruben nach dem nächsten Pferd.

Diesmal hatten sie mehr Glück. Es war eine Stute, das fügsamste und robusteste der Tiere, die sie von den Hyksos erbeutet hatten. Sie war gerade noch am Leben. Sie schnitten die Leine durch, von der sie niedergehalten wurde, doch sie war zu schwach, um aus eigener Kraft auf die Beine zu kommen. So hoben die Männer sie zusammen hoch. Sie wankte und zitterte und drohte wieder umzustürzen. Als sie gierig aus dem Eimer trank, den Mintaka ihr hinhielt, schien sie sich jedoch sofort zu erholen.

Die Männer gruben inzwischen nach den anderen Pferden. Zwei waren an Durst verendet oder erstickt, doch zwei andere waren noch am Leben und erholten sich ebenfalls zusehends, sobald sie getrunken hatten.

Sie ließen Mintaka bei den drei jammervollen Tieren und gingen zu den ausgegrabenenWagen zurück, um nach Futter zu suchen. Nach kurzer Zeit kamen sie mit mehreren Säcken Korn und einem weiteren Wassersack zurück.

«Du hast sie gut gepflegt, Mintaka», lobte Nefer, während er einem der Pferde den Hals streichelte. «Trotzdem fürchte ich, sie sind zu verbraucht, um je wieder einen Streitwagen zu ziehen.»

«Ich werde sie durchbringen, alle!», fauchte sie ihn an. «Das schwöre ich bei Hathor. Dort draußen unter dem Sand liegen noch hunderte Säcke Futter und Wasser. Vielleicht müssen wir noch viele Tage hier bleiben, doch wenn es weitergeht, werden uns diese tapferen Tiere ziehen, das verspreche ich dir!»

Nefer lachte mit seinen aufgeplatzten Lippen. «Dein Temperament macht mir große Angst.»

«Dann fordere es nicht weiter heraus», warnte sie ihn, «oder du wirst noch mehr davon zu spüren bekommen.» Es war das erste Mal seit dem Kamsin, dass sie ein Lächeln versuchte. «Und nun geh und hilf den anderen. Wir brauchen so viel Wasser, wie ihr finden könnt.»

Er ließ sie zurück und ging in die Wüste hinaus, wo Taita seinen Rutengang fortsetzte. Nicht alle hyksischen Streitwagen lagen so dicht unter der Oberfläche wie die ersten beiden. Manche würden für immer unter hohen neuen Dünen begraben bleiben.

Auf ihrer Suche entfernten sie sich immer mehr von dem Felsen. Bald waren sie außer Rufweite für Mintaka.

Die plötzliche Ruhe weckte Trok, und er stöhnte, als er sich zu bewegen versuchte. Der Sand, unter dem er lag, erstickte ihn fast. Er schien seinen Brustkorb zu zerquetschen und ihm die Luft aus den Lungen zu pressen. Dennoch wusste er, dass die Stelle, die Ischtar für sie gewählt oder durch Zufall gefunden hatte, um den Sturm überstehen, nicht schlecht war. Woanders wären sie wahrscheinlich für immer begraben worden, doch hier hatte er die ganze Zeit dicht unter der Oberfläche bleiben können. Wenn die Sandlast zu viel wurde, konnte er sich immer wieder freistrampeln, so dass er gerade genug bedeckt war, um von der vollen Gewalt des Kamsins verschont zu bleiben.

Jetzt kämpfte er sich nach oben, dem Licht und der Luft entgegen wie ein Taucher aus den Tiefen des Ozeans. Seine verletzte Schulter brannte dabei wie Feuer. Er mühte sich weiter, bis sein Schädel, immer noch in das Kopftuch gewickelt, und sein Oberkörper frei wurden. Er wickelte sich aus und blinzelte in das helle Tageslicht. Der

Sturm war vorüber, doch die Luft funkelte noch von feinen Staubteilchen. Er blieb für eine Weile ruhig liegen, bis der Schmerz in seiner Schulter ein wenig nachgelassen hatte. Dann schüttelte er die letzte Schicht Sand ab, die noch seine untere Körperhälfte bedeckte, und wollte rufen: «Ischtar! Wo bist du?», doch heraus kam nur ein unverständliches Krächzen. Er drehte langsam den Kopf und sah den Meder in seiner Nähe sitzen, den Rücken zur Felswand. Er sah aus wie eine exhumierte Leiche, die schon einige Tage im Grab gelegen hatte. Dann öffnete er sein heiles Auge.

«Wasser?» Troks Stimme war gerade zu verstehen, und der Meder schüttelte den Kopf.

«Dann haben wir also den Sturm überlebt, nur um im selben Grab zu sterben», wollte Trok sagen, doch aus seiner ausgetrockneten Kehle kam kein Laut.

Er blieb liegen und spürte, wie der letzte Lebenswille langsam in Erschöpfung und Hoffnungslosigkeit unterging. Es wäre so viel leichter, einfach die Augen zu schließen und in Schlaf zu versinken, um nie mehr aufzuwachen. Doch er wehrte sich, und sein Überlebensinstinkt siegte. Er zwang seine verkrusteten Augen auf und spürte, wie der Sand an seinen Augäpfeln kratzte.

«Wasser», flüsterte er. «Finde Wasser.»

Er stützte sich an der Felswand ab und kam ächzend auf die Beine. So blieb er schwankend stehen und hielt den nutzlosen Arm vor seiner Brust.

Ischtar beobachtete ihn. Sein blindes Auge sah aus wie das eines Reptils oder einer Leiche. Trok torkelte wie betrunken und fiel alle paar Schritte gegen die Felswand. Doch er schleppte sich weiter, bis er an eine Biegung kam, von wo er auf die Wüste hinausschauen konnte. Die Dünen strahlten in vollkommener Unbeflecktheit mit sinnlichen Kurven wie ein schönes junges Mädchen.

Seine Einsatzdivisionen, die besten Truppen Ägyptens, waren spurlos verschwunden, mit allen Männern und Wagen. Er versuchte sich die Lippen zu lecken, doch es war kein Speichel in seinem sandigen Mund. Er spürte, wie seine Beine unter ihm nachgaben, und wusste, dass er nie mehr aufstehen würde, wenn er jetzt stürzte. Sich an der Felswand entlangtastend, wusste er nicht, wohin er ging, und hatte keinen anderen Gedanken im Kopf, als Wasser zu finden.

Er hörte menschliche Stimmen und wusste, dass er halluzinierte.

Dann war es wieder still. Er schob sich ein paar Schritt weiter, blieb stehen und lauschte. Die Stimmen waren wieder da, diesmal näher und deutlicher. Er spürte unerwartete Kräfte durch seinen Körper strömen, doch als er rufen wollte, kam immer noch kein Laut aus seiner pergamenttrockenen Kehle. Wieder wurde es still. Die Stimmen waren verklungen.

Er tastete sich weiter vor und blieb abrupt stehen: eine Frauenstimme, eindeutig.

Mintaka. Der Name formte sich stumm auf seinen geschwollenen Lippen. Dann hörte er eine andere Stimme, diesmal männlich. Er verstand nicht, was sie sagte, und erkannte die Stimme nicht, doch wenn der Sprecher bei Mintaka war, musste er einer der Flüchtenden sein.

Trok schaute an sich hinunter. Sein Schwertgurt war weg und mit ihm seine Waffen. Er war unbewaffnet und nur in seine Tunika gekleidet, die so voller Sand war, dass sie auf seiner Haut scheuerte wie ein Büßerhemd. Er schaute sich nach einer Waffe um, einem Stock oder einem Stein, doch er konnte nichts finden. Alles lag unter dem Sand begraben.

Er blieb unentschlossen stehen, und die Stimmen kamen wieder. Mintaka und der Mann befanden sich offenbar in einer Felsspalte. Während er noch zögerte, hörte er den Sand unter jemandes Füßen knirschen. Jemand kam direkt auf die Stelle zu, wo er stand.

Trok presste sich an die Felswand und sah einen Mann aus einer Felsspalte kommen, die sich zwanzig Schritt vor Troks Versteck befinden musste. Der Fremde ging entschlossen in die Dünen hinaus. Er kam Trok bekannt vor, doch erst als er sich umdrehte und etwas zu der Felsspalte zurückrief, erkannte er ihn. «Überanstrenge dich nicht, Mintaka, nach allem, was du hinter dir hast.» Dann ging er weiter in die Wüste hinaus.

Trok starrte ihm nach. Er ist tot, dachte er. Er kann es nicht sein. Die Botschaft von Naja war eindeutig gewesen. Er schaute dem jungen Mann nach und überlegte, ob er vielleicht einen Dämon oder irgendeinen bösen Geist vor sich sah, der sich als der junge Pharao Nefer Seti ausgab. Dann sah er verschwommen drei andere Männer, denen sich der Jüngling anschloss, darunter die unverwechselbare Gestalt des Magus, der, wie Trok nun begriff, auf irgendeine seltsame und geheimnisvolle Weise für die Wiederauferstehung des Nefer

Seti verantwortlich sein musste. Er hatte jedoch weder Zeit noch Lust weiter darüber nachzudenken. Er hatte nur einen Gedanken im Kopf: Wasser.

So leise er konnte, schlich er zu der Spalte, aus der Mintakas Stimme gekommen war, und spähte hinein. Zuerst erkannte er sie nicht. Sie war zerlumpt wie ein Bauernmädchen. Ihr Haar und das zerrissene Gewand waren steif vor Sand, und ihre Augen waren eingesunken und blutunterlaufen. Sie kniete vor dem Kopf eines Pferdes und tränkte es aus einem Eimer.

Wasser war das Einzige, woran Trok denken konnte. Er konnte es riechen, und er gierte mit seinem ganzen Körper danach. Er taumelte auf Mintaka zu. Sie hatte ihm den Rücken zugekehrt, und der weiche Sand dämpfte seine Schritte. Sie bemerkte ihn erst, als er sie am Arm packte. Sie drehte sich um, sah ihn und schrie. Er riss ihr den Eimer aus den Händen und stieß sie mit den Füßen um. Da sein rechter Arm nicht zu gebrauchen war, presste er ein Knie auf ihren Rücken und hielt sie nieder, während er gierig trank.

Er trank in mächtigen Schlucken, gurgelte und rülpste und trank noch mehr. Mintaka zappelte unter ihm und schrie: «Nefer! Taita! Helft mir!»

Er rülpste noch einmal, drückte ihr Gesicht in den Sand, um sie zum Schweigen zu bringen, und leerte den Eimer bis auf den letzten Tropfen. Dann schaute er sich um und sah die Wassersäcke an der Felswand und die Speere und Schwerter daneben.

Sofort stand er auf und stürzte darauf zu. Mintaka versuchte ebenfalls aufzuspringen, doch er trat sie erneut nieder. «Vergiss es, du kleine Hure», krächzte er und packte eine Hand voll ihres dicken, verfilzten Haars. Er zog sie hinter sich her durch den Sand, bis er den Wassersack erreichen konnte. Doch dann musste er sie loslassen. Er setzte ihr eine seiner riesigen Sandalen auf den Rücken, griff nach dem Wassersack und hielt ihn zwischen seinen Knien eingeklemmt, während er den Stöpsel löste. Hastig setzte er die Öffnung an den Mund und schüttete sich die warme, salzige Flüssigkeit in den Schlund.

Obwohl sie mit dem Gesicht im Sand lag, erkannte Mintaka, dass Trok vollkommen von seiner Gier nach Wasser in Anspruch genommen war. Sie musste handeln, bevor er seinen Durst gestillt hatte und ihr seine ganze Aufmerksamkeit widmen würde. Sie wusste, dass er mehr Demütigungen erlitten hatte, als er ertragen konnte, und dass er sie eher töten würde, als sie noch einmal entkommen zu lassen.

Sie tastete verzweifelt nach den Waffen vor der Felswand. Ihre Finger schlossen sich um den Schaft eines Speers. Trok trank immer noch mit zurückgeworfenem Kopf, doch er spürte Mintakas Bewegung und senkte den Wassersack, gerade als Mintaka sich umdrehte, um ihm die tödliche Waffe in den Unterleib zu stoßen. Aus ihrer Lage unter seinem Fuß konnte sie jedoch nicht genug Kraft in den Stoß legen.

Trok sah die bronzene Speerspitze aufblitzen, schrie auf und sprang einen Schritt zurück. «Du heimtückische kleine Hure!» Er ließ den Wassersack fallen und schlug nach ihr, doch in dem Augenblick, als er sein Gewicht von ihr nehmen musste, war sie aufgesprungen. Sie versuchte an ihm vorbeizuschlüpfen und in die offene Wüste hinauszulaufen, doch er schnitt ihr den Weg ab und griff nach ihr. Er erwischte ihren Rocksaum, und sie sprang zur Seite. Das Leinen zerriss, und sie konnte sich wegdrehen, doch war sie immer noch in der Felsspalte gefangen.

Er humpelte hinter ihr her, und sie rannte zu der Felswand und kletterte an ihr hoch wie eine Katze. Bevor er sie fassen konnte, war sie außer Reichweite. Sie kletterte schnell, und mit seiner Verletzung konnte er sie kaum verfolgen. Er hob also den Speer auf, den sie fallen gelassen hatte, und warf ihn nach ihr. Er musste jedoch seinen linken Arm benutzen, weshalb der Wurf nicht sehr kraftvoll war.

Mintaka duckte sich, als der Speer über ihrem Kopf vorbeiflog und gegen den Felsen schlug. Von Angst getrieben, kletterte sie noch schneller. Trok taumelte zu den anderen Waffen und nahm sich einen zweiten Speer, den er zu ihr hochwarf. Diesmal verfehlte er sie um eine Handbreit.

Trok knurrte vor Wut und Enttäuschung und schnappte sich einen dritten Speer, doch in diesem Augenblick erreichte Mintaka einen Felsvorsprung in der Wand, auf den sie kroch. Jetzt konnte Trok sie nicht mehr sehen. Sie drückte sich an den Fels und lauschte, wie er sie verfluchte und beschimpfte. Selbst in ihrer verzweifelten Lage verursachten ihr die Worte, die er gebrauchte, Übelkeit.

Ein weiterer Speer kam heraufgeschossen und prallte an der Wand über ihr ab. Er fiel auf den Felsvorsprung, und sie konnte ihn greifen, bevor er über die Kante rollte. Sie schaute hinunter, bereit, sofort den Kopf zurückzuziehen.

Trok starrte unschlüssig zu ihr hoch. Der rechte Arm baumelte schlaff an seiner Seite. Als er sie sah, verzerrte sich sein Gesicht vor Wut und Schmerz, und er wollte ihr nachsteigen.

Sie zeigte ihm die Speerspitze. «Ja, komm nur», zischte sie, «dann kann ich dir endlich deinen Schweinebauch aufschlitzen.»

Er hielt inne. Er würde mit einem Arm klettern und sich verteidigen müssen. Er wusste, dass sie ihre Drohung ernst meinte. Während er noch überlegte, begann sie wieder zu schreien: «Nefer! Taita! Helft mir!»

Ihre Stimme hallte durch die Felsspalte in die Wüste hinaus. Er schaute sich nervös um, als erwarte er jeden Moment eine feindliche Armee. Dann kam er plötzlich zu einer Entscheidung. Er hängte sich den Wassersack über die Schulter. «Glaub nur nicht, du könntest ewig vor mir weglaufen. Eines Tages werde ich alle Vorzüge deines Körpers genießen, und danach werde ich dich meinen Soldaten überlassen», rief er zu ihr hoch. Dann versuchte er, die Stute zu besteigen, doch die war immer noch zu schwach, sein Gewicht zu tragen, und brach unter ihm zusammen.

Trok rappelte sich auf und humpelte hinaus in die Wüste.

Mintaka fürchtete, sein Rückzug könnte eine Falle sein. Sie wagte nicht, wieder abzusteigen, und schrie so laut sie konnte: «Nefer! Hilf mir!»

Sie schrie immer noch, als Nefer in die Felsspalte zurückgerannt kam, ein Schwert in der Hand, Hilto und Meren dicht hinter ihm.

«Was ist passiert?», fragte Nefer, während sie herunterkletterte und ihm in die Arme fiel.

«Trok!» Sie weinte vor Erleichterung, dass sie in Sicherheit war. «Trok lebt! Er war hier!»

Sie sprudelte heraus, was geschehen war, und noch bevor sie geendet hatte, befahl Nefer den anderen, sich zu bewaffnen und für die Verfolgung bereitzumachen.

Taita blieb bei Mintaka, während die drei anderen Männer Troks Fußabdrücken im Sand folgten. Sie waren so vorsichtig, als wären sie einem verwundeten Löwen auf der Spur. Sie gingen am Fuß der Felswand entlang, bis sie zu der Ritze kamen, in der Trok der Gewalt des

Kamsins standgehalten hatte. Nefer schaute sich den aufgewühlten Sand an und meinte: «Sie sind zu zweit. Der Sturm hat sie ebenso begraben wie uns, und dann haben sie sich ausgegraben, und einer hat hier gewartet.» Er untersuchte die Felswand und fand Wollfasern, die er nun ans Licht hielt. «Schwarz.» Diese Farbe wurde in Ägypten kaum getragen. «Das war der Meder.»

Hilto nickte. «Ischtar war am ehesten in der Lage, den Sturm zu überleben. Seine Magie war Troks Rettung, genau wie Taita uns gerettet hat.»

«Hier.» Nefer zeigte auf eine weitere Spur. «Hier hat Trok mit dem Wassersack angehalten und ist weitergegangen, um den Meder zu finden. Dann sind sie zusammen in diese Richtung gegangen.»

Sie folgten den Fußabdrücken ein kurzes Stück in die Wüste. «Sie sind nach Westen gegangen, zurück zum Nil und nach Avaris», bemerkte Hilto. «Ob sie je dort ankommen werden?»

«Nicht, wenn ich sie einhole», sagte Nefer düster und wog den Speer in der Hand.

«Majestät,» entgegnete Hilto respektvoll, aber bestimmt, «sie haben Wasser und einen großen Vorsprung. Sie sind uns schon ein ganzes Stück voraus. Ohne Wasser könnt Ihr ihnen unmöglich folgen.»

Nefer zögerte. Er sah zwar den Sinn in Hiltos Worten, doch die Aussicht, Trok entkommen zu lassen, behagte ihm gar nicht. Nach Mintakas Bericht war Trok verletzt und wäre kein allzu gefährlicher Gegner, wenngleich Nefer selbst auch noch geschwächt war.

Schließlich drehte er sich um und erstieg den Kamm der nächsten Düne. Dort hielt er sich eine Hand über die Augen und blickte den Fußspuren nach, die über den jungfräulichen Sand nach Westen führten, bis er in etwa einer halben Wegstunde Entfernung zwei winzige Schatten ausmachte. Sie bewegten sich langsam auf den Horizont zu, und er schaute ihnen grimmig nach, bis sie in der flirrenden Hitze verschwanden.

«Das nächste Mal werde ich dich erwischen», flüsterte Nefer, «und dann bist du dran, das schwöre ich bei den hundert Namen des Horus.»

Sie fanden noch sechzehn verschüttete Streitwagen und gruben deren Vorräte aus. So reichlich mit Wasser und Nahrung versorgt, erholten sich Mensch und Tier schnell. Sie hatten auch viele tote

Hyksos-Krieger gefunden, deren Kleidung sie gebrauchen konnten. Nefer änderte ein Paar Sandalen für Mintaka ab, deren zerschundene Füße fast vollständig verheilt waren.

Nach zehn Tagen waren sie bereit aufzubrechen. Die vier überlebenden Pferde waren nicht stark genug, die Wagen durch den Sand zu ziehen, weshalb Nefer entschied, sie als Lasttiere zu benutzen und mit so viel Wasser zu beladen, wie sie tragen konnten.

Bei Einbruch der Dunkelheit führten sie die Pferde durch die Dünen in die Wüste hinaus. Die Stute konnte zwar Mintakas Gewicht nicht tragen, doch Nefer bestand darauf, ihr einen Lederriemen um die Schultern zu binden, an dem Mintaka sich festhalten konnte, um sich den Weg durch den weichen Sand zu erleichtern.

Der Kamsin hatte die Landschaft so völlig verändert, dass Taita sich an den Sternen orientieren musste. Sie marschierten diese Nacht und die nächste, und vor Anbruch des zweiten Tages waren sie wieder an der alten Karawanenstraße. Der Kamsin hatte sie an manchen Stellen verschüttet, doch nach einer Weile wurde es hell, und sie sahen den Steinhaufen, der die Weggabelung markierte.

Sie waren nicht die Ersten, die seit dem Ende des Sturms die Straße benutzt hatten. Zwei Paare von Fußspuren führten nach Westen zum Niltal und nach Avaris, das eine Paar deutlich größer als das andere. Taita und Nefer untersuchten die Spuren sorgfältig.

«Das hier ist Trok. Niemand anderes hat Füße so groß wie eine Nilbarke. Mintaka hatte Recht. Er ist verletzt», bestätigte Taita. «Der rechte Abdruck ist tiefer als der linke. Das heißt, das ist die Seite, wo er verwundet ist. Was die andere Spur betrifft, bin ich noch nicht sicher, zu wem sie gehört. Mal sehen, ob wir etwas weiter einen Hinweis finden.» Sie folgten den Spuren bis zu dem Steinhaufen.

«Ah, da!» Dicht neben dem Wegweiser hatte vor kurzem jemand ein kompliziertes Steinmuster ausgelegt. «Jetzt habe ich keinen Zweifel mehr. Es ist Ischtar der Meder.» Taita mischte zornig die Steine durcheinander. «Das ist eine Beschwörung an seinen Gott Marduk, den Menschenfresser.» Er warf einen der kleineren Steine in die Richtung, die Trok und Ischtar eingeschlagen hatten. «Hätte Ischtar einen Säugling bei sich gehabt, er hätte ihn wahrscheinlich hier geopfert. Marduk dürstet nach Menschenopfern.»

Nefer hatte eine schwierige Entscheidung zu treffen. «Wenn wir von hier aus die lange Reise nach Osten antreten, brauchen wir Ausrüstung und Gold. Wir sollten am Hof des Assyrers nicht als Ausgestoßene erscheinen.»

Taita nickte. «Es gibt viele mächtige Männer in Ägypten, die uns ihre volle Unterstützung leihen würden, wenn sie nur sicher wären, dass ihr Pharao noch lebt.»

«Hilto und Meren müssen nach Theben zurück», beschloss Nefer. «Ich würde selbst gehen, doch alle Welt wird jetzt nach mir und Mintaka suchen.» Er nahm einen seiner königlichen Fingerringe ab und gab ihn Hilto. «Der soll Euch als Erkennungszeichen dienen. Zeigt ihn unseren Freunden. Kommt mit Männern und Gold, mit Pferden und Kampfwagen zurück. Das Gefolge, mit dem wir vor König Sargon treten, muss zeigen, welche Unterstützung wir in Ägypten noch genießen.»

«Wie Ihr befehlt, Majestät.»

«Fast ebenso wichtig sind Informationen. Ihr müsst Nachrichten sammeln. Wir müssen über alles informiert sein, was die falschen Pharaonen unternehmen.»

«Wir werden uns noch heute Abend auf den Weg machen, Pharao», nickte Hilto.

Den Rest des langen heißen Tages verbrachten sie unter einer Plane, die sie von einem der versunkenen Streitwagen geborgen hatten. Eingehend besprachen sie ihre Pläne. Als die Sonne hinter dem Horizont versank und die Hitze nachließ, trennten sie sich. Hilto und Meren machten sich auf den Weg nach Theben. Taita, Nefer und Mintaka wandten sich nach Osten.

«Wir erwarten Euch an den Ruinen von Gallala», waren Nefers letzte Worte an Hilto. Dann schauten sie ihm und Meren nach, bis sie in der Dämmerung verschwunden waren.

Taita, Mintaka und Nefer nahmen die Karawanenstraße zu der alten Metropole Gallala, wo sie zwölf Tage später ankamen. Ihre Wassersäcke waren leer bis auf wenige Tropfen.

Aus Wochen wurden Monate, und sie warteten immer noch.

Taita ging auf tagelange Wanderungen durch die Hügel und Täler in der Umgebung von Gallala. Manchmal konnten Nefer und Mintaka ihn in der Ferne sehen, wie er Steine mit seinem Stab umdrehte, und manchmal saß er an den fast ausgetrockneten Brunnen vor der Stadtmauer und starrte in die tiefen Schächte.

Wenn Nefer ihn fragte, was er machte, antwortete der alte Mann geistesabwesend: «Eine Armee braucht Wasser.» Mehr sagte er nicht.

«Aber es gibt hier kaum genug Wasser für uns drei», erwiderte Nefer. «Wie kannst du von einer ganzen Armee sprechen?» Taita nickte und verschwand wieder in die Hügel, wo er immer wieder mit seinem Stab gegen die Felsen klopfte.

Mintaka hatte ihr Lager zwischen den Ruinen aufgeschlagen, und Nefer hatte die verwitterte Plane darüber aufgespannt. Als hyksische Prinzessin hatte Mintaka keine Erfahrung darin, eine Mahlzeit zuzubereiten. Entsprechend fielen ihre ersten Kochversuche aus. Während er auf einem verkohlten Etwas kaute, bemerkte Taita einmal: «Wenn wir Troks Armee vernichten wollen, sollten wir dich als Köchin bei ihm einschleusen.»

«Wenn du so gut kochen kannst, warum gibst du uns dann nicht die Ehre und verwöhnst uns ein wenig?»

«Das muss ich wohl, wenn wir nicht verhungern wollen», erklärte Taita und nahm ihren Platz am Feuer ein.

Nefer übernahm seine alte Rolle als Jäger. Nach seinem ersten Ausflug in die Wüste kam er mit einer fetten jungen Gazelle und vier wundervoll gemusterten, großen Trappeneiern zurück. Mintaka schnüffelte an ihrer Portion des Omeletts, das Taita gemacht hatte, und schob sie weg. «Ist das derselbe Mann, der sich über meine Kochkünste beschwert hat?» Sie schaute über das Feuer hinweg Nefer an.

«Du bist ebenso schuldig wie er. Das nächste Mal werde ich mitkommen, wenn du auf die Jagd gehst, damit du mit etwas Essbarem zurückkommst.»

Am nächsten Tag lagen sie Seite an Seite in einem der flachen Wadis, die sich durch die Hügel zogen und beobachteten eine Herde Gazellen, die vor ihnen äste.

«Sie sind zierlich wie Elfen», flüsterte Mintaka. «Sind sie nicht schön?»

Der Bock äste etwas abseits von der restlichen Herde. Sein Rücken war wunderbar zimtfarben, und sein Bauch hatte das silbrige Weiß der Wolken, die sich über dem Horizont türmten. Sein Geweih hatte die Form einer Leier und glänzte zwischen den aufgerichteten, zu Trichtern geformten Ohren. Er drehte sich um und schaute zu seiner kleinen Herde zurück. Eines der Lämmer hüpfte steifbeinig im Kreis herum, die Nase fast an den Hufen: das übliche Alarmverhalten.

«Der kleine Angeber übt nur», lächelte Nefer.

Der Bock verlor das Interesse an seinem verspielten Nachwuchs und kam auf die Stelle zu, wo die beiden Jäger im Hinterhalt lagen. Er bewegte sich mit vollendeter Anmut, wobei er alle vier oder fünf Schritt den Kopf hob und nach Gefahren witterte.

«Er hat uns noch nicht gesehen, aber das wird sich bald ändern», flüsterte Nefer. «Wir können uns nicht unsichtbar machen wie Taita.»

«Er ist außer Reichweite», wisperte Mintaka.

Nefer schüttelte den Kopf. «Er ist keine fünfzig Schritt entfernt. Schieß, oder er ist verschwunden.»

Mintaka wartete, bis der Gazellenbock den Kopf abwandte. Dann erhob sie sich langsam auf die Knie und spannte ihren Bogen. Es war einer der kurzen, gekrümmten Bogen, die sie von den versunkenen Streitwagen geborgen hatten. Sie ließ die Sehne los, und der Pfeil stieg vor dem blassen Wüstenhimmel auf.

Die Bock hatte sie in dem Augenblick bemerkt, als sie sich aus dem Gestrüpp erhob. Sein Kopf schnellte herum, und er starrte sie mit seinen großen dunklen Augen an, bereit zur Flucht. Sobald sie den Pfeil abgeschossen hatte und die Sehne surrte, sprang er vorwärts, während der Pfeil noch in der Luft war. Er sprang davon und hinterließ kleine Staubwölkchen, wo seine Hufe den Boden berührten. Der Pfeil fiel auf den steinigen Boden, wo eben noch der Gazellenbock gestanden hatte. Mintaka sprang auf und schaute ihm lachend nach, nicht im Geringsten enttäuscht, dass ihr Schuss danebengegangen war.

«Sieh nur, wie er rennt, wie eine Schwalbe im Flug!»

Sie lachte noch, als sie sich ihm zuwandte. «Es tut mir Leid, mein Herz, aber ich fürchte, du musst heute Abend hungrig schlafen gehen.»

«Nicht, wenn Taita für das Essen verantwortlich ist. Er wird uns aus dem Nichts ein Festmahl zaubern.»

Sie veranstalteten ein Wettrennen zu dem verschossenen Pfeil, und weil Mintaka einen kleinen Vorsprung hatte, kam sie als Erste an. Sie bückte sich, um den Pfeil aufzuheben, wobei ihr kurzer, zerrissener Rock hochflog. Ihre Schenkel waren glatt und braun, ihre Hinterbacken perfekt gerundet.

Sie richtete sich auf, drehte sich blitzschnell um und schaute Nefer in die Augen. Obwohl sie noch Jungfrau war und vollkommen unerfahren, waren ihre weiblichen Instinkte voll entwickelt. Sie sah, welche Leidenschaft ihre unschuldige Geste in Nefer geweckt hatte, und dieses Wissen erregte sie selbst. Als sie sah, wie er sie begehrte, wollte auch sie ihn so heftig, dass es fast wehtat.

Sie ging scheu auf ihn zu, doch Nefer fühlte heiße Scham über die fleischliche Lust, die ihn beinahe wieder überwältigt hatte. Er erinnerte sich an sein Versprechen. «Ich würde lieber sterben, als meinen Schwur zu verletzen und dich in Schande zu stürzen», hatte er gesagt, und diese Erinnerung zwang ihn nun sich abzuwenden. Seine Hände zitterten, und er schaute sie nicht an, als er mit heiserer Stimme sagte: «Ich weiß, wo wir noch eine Herde finden können, aber wir müssen uns beeilen, sonst wird es dunkel, bevor wir dort sind.» Er ging voran, ohne sich nach ihr umzusehen, und sie fühlte sich verlassen. Mehr als alles auf dieser Welt hatte sie sich gewünscht, er würde seine Arme um sie legen und seinen harten jungen Körper an den ihren pressen.

Schließlich nahm sie sich zusammen und folgte ihm.

Die Zeit verging viel zu schnell, und bald waren sie am Rand eines langen Wadis, das das Gebirge durchschnitt.

«Am Fuß des Felsens dort gibt es hunderte alter Gräber. Ich war mit meinem Vater hier, kurz bevor er …» Er stockte bei der Erinnerung an seinen letzten Tag mit Tamose.

«Wer ist hier begraben?», fragte sie, um ihn aus seinen schmerzlichen Gedanken zu reißen.

«Taita sagt, die Gräber sind tausend Jahre alt, aus der Zeit des Cheops und seines Sohnes Chephren, dem Erbauer der großen Pyramiden von Giseh.»

«Hast du sie je erforscht?», fragte sie weiter.

Er schüttelte den Kopf. «Ich habe oft daran gedacht, aber es hat sich nie eine Gelegenheit ergeben.»

«Lass es uns jetzt tun», schlug sie vor.

Er zögerte. «Wir brauchen Seile und Lampen.» Doch sie rannte schon die Felsen hinunter, und er konnte ihr nur folgen.

Unten im Wadi stellten sie bald fest, dass sie die meisten Grabhöhlen nicht erreichen konnten, da sie hoch über unbezwingbaren senkrechten Wänden in die Felsen gehauen waren.

Nach einer Weile sah Nefer eine Öffnung, zu der sie vielleicht gelangen konnten. Sie kletterten einen Geröllhang hinauf, wo die Felsen abgerutscht waren, und kamen zu einem schmalen Vorsprung. Dort schoben sie sich vorsichtig an der Felswand entlang, Nefer voran, bis er in das finstere Grabloch schauen konnte. «Natürlich werden die Geister der Toten auf ihre Gräber aufpassen.» Er versuchte es wie einen Scherz klingen zu lassen, doch sie bemerkte sein Unbehagen und war nun auch davon betroffen.

«Natürlich», entgegnete sie, ebenfalls in scherzhaftem Ton, während sie hinter ihrem Rücken ein Zeichen gegen das Böse machte.

«Es ist sehr dunkel dort drinnen», sagte Nefer zweifelnd. «Vielleicht sollten wir morgen mit einer Öllampe zurückkommen.»

Mintaka schaute ihm über die Schulter. Ein kurzer Gang führte leicht bergauf in den massiven Fels. Nach all den Jahrhunderten waren die in die Wände gemeißelten Symbole immer noch gut sichtbar.

«Schau!» Mintaka betastete eines der Bilder. «Eine Giraffe. Und das ist ein Mann.»

«Ja», grinste Nefer, «und offensichtlich ein sehr freundlicher Mann, keine Frage.»

Sie wollte sich verschämt stellen, konnte jedoch ein Lächeln nicht unterdrücken. Der Künstler hatte die Figur mit einem riesigen Glied ausgestattet.

«Hier.» Sie ging tiefer in den Gang hinein. «Hier sind Inschriften. Was mögen sie wohl bedeuten?»

«Das wird niemand je wissen.» Nefer ging an ihr vorbei. «Der Schlüssel zu dieser antiken Schrift ist seit langem verloren. Aber wir sollten jetzt zurückgehen.»

Der Boden war mit weichem Sand bedeckt, den der Wind in die Höhle geblasen hatte, doch nach wenigen Schritten führte der Gang in eine unheimliche Finsternis.

«Gehen wir noch Stückchen weiter», sagte Mintaka eigensinnig.

«Ich glaube nicht, dass das eine gute Idee ist.»

«Na komm schon.» Sie schob sich wieder an ihm vorbei. «Ich gehe vor.»

«Warte!» Er wollte sie zurückhalten, doch sie lief lachend weiter.

Er legte eine Hand auf seinen Dolchknauf und folgte ihr, etwas beschämt über sein Zögern.

Die Finsternis wurde mit jedem Schritt dichter, bis auch Mintaka unsicher wurde und stehen blieb. Er bückte sich, hob ein Schieferstück auf und warf es über ihre Schulter in den dunklen Schacht. Sie hörten es an einer Steinwand abprallen, und dann war es wieder still. «Nichts», sagte sie, doch dann, als sie schon weitergehen wollte, bewegte sich etwas. Sie rührten sich nicht und starrten in die Dunkelheit. Sie hörten ein Rascheln, dann einen piepsenden Schrei, der sofort tausendfach beantwortet wurde. Aus dem Rascheln wurde ein lautes Rauschen, als ihnen eine Wolke quietschender, flatternder Kreaturen entgegenkam, die mit ihren Flügeln ihre verblüfften Gesichter streiften.

Mintaka schrie auf, wirbelte herum und warf sich Nefer in die Arme. Sie schlang beide Arme um seinen Hals, er hielt sie fest, und sie sanken beide in die Knie.

«Fledermäuse», beruhigte er sie. «Es sind nur Fledermäuse.»

«Ich weiß», sagte sie atemlos.

«Sie werden dir nicht wehtun.»

«Ich weiß.» Ihre Stimme war ruhiger, doch sie ließ ihre Arme um seinen Hals. Er presste sein Gesicht in ihr dichtes Haar.

Sie stöhnte wohlig, legte ihr Gesicht an seinen Hals und presste sich sanft an ihn.

«Mintaka ...» Er versuchte sie wegzuschieben. «Ich habe dir versprochen, es würde nie wieder geschehen.»

«Von dem Versprechen entbinde ich dich jetzt.» Sie sprach so leise, dass er sie kaum hören konnte. Sie hob den Kopf, und sie waren Gesicht an Gesicht. Ihr warmer Atem duftete süß. Ihre Lippen, weich und voll, zitterten, als wäre sie den Tränen nahe. «Ich möchte deine Frau sein. Ich will es mehr, als ich je etwas gewollt habe in meinem ganzen Leben.»

Ihr Mund war feucht und so heiß, dass seine Lippen brannten, als er sie küsste. Sie fühlte, sie gehörte nirgendwo anders hin als in seine Umarmung. Während er sich in diesem Kuss verlor, tastete er mit seinen Fingerspitzen die Winkel und Kurven und Ebenen ihres Rückens ab.

Er tastete sich an ihrer Taille und Hüfte entlang, einer Linie wie die einer kostbaren Keramikvase. Er umfasste mit jeder Hand eine ihrer Hinterbacken, die sich symmetrisch, fest und prall vorwölbten.

Sie schob ihre Hüften vor, um die seinen zu berühren, und er zog sie noch fester an sich. Dann spürte er, wie sein Glied anschwoll und steif wurde, und schob sie etwas von sich, um das vor ihr zu verbergen. Sie stieß einen kleinen Laut des Protests aus, weil er sich ihr entzog und presste sich wieder an ihn, entzückt über den Beweis seiner Erregung, den Beweis, wie sehr er sie begehrte.

Sie fühlte Nefers Finger langsam in den Spalt zwischen ihren Hinterbacken gleiten und wunderte sich, dass sich das Gefühl, das sie dabei empfand, bis in ihre Brustwarzen fortpflanzte und in ihre geheimsten Tiefen drang.

«Berühr mich», flüsterte sie an seinem Mund. «Ja! Fass mich an. Halte mich, streichle mich, liebe mich.»

Die Empfindungen wogten so stark in ihr, dass sie ihren ganzen Geist und Körper einnahmen, als er seine Lippen von den ihren löste und sie seinen heißen Mund auf ihrer nackten Schulter spürte. Sie wusste instinktiv, was er wollte, hob die Tunika hoch und legte seine Hand auf eine ihrer Brüste. Mit der anderen Hand krallte sie sich in das dichte Haar an seinem Hinterkopf und drückte seinen Mund auf ihre Brust. Er saugte daran wie ein hungriger Säugling. Sie spürte, wie sich tief in ihrem Bauch etwas zusammenzog und verkrampfte und wusste plötzlich, dass es ihr Mutterleib war.

Benommen vor Lust merkte sie, wie seine Finger ihren Schurz vorne hochhoben und daran zu spielen begannen. Sie öffnete ihre Schenkel, damit er sie leichter erreichen konnte, und half ihm mit ihrer freien Hand, den Knoten an ihrer Hüfte zu öffnen. Der Schurz fiel herab, und sie spürte die kühle Grabesluft auf Bauch und Hinterteil.

Er streichelte den weichen Lockenpelz auf ihrer Scham, bis er die geschwollenen Lippen fand und sie mit zitternden Fingern zärtlich öffnete. Sie schrie auf wie im Schmerz, riss unwillkürlich seinen Schurz zur Seite und fasste hinein, um sein Glied zu finden. Sie war verblüfft über den Umfang und umfasste es mit Daumen und Zeigefinger. In ihrem Griff zuckte es wie ein Tier, und sie wollte es sehen. Ohne ihn loszulassen, schob sie ihn zurück und schaute zwischen ihnen hinunter.

«Wie schön du bist», hauchte sie, «so glatt, so stark.»

Als sie ihn wieder küsste, ließ sie sich dabei nach hinten sinken, zog ihn mit sich und hieß ihn mit offenen Schenkeln willkommen. Sie spürte seine Unerfahrenheit und wollte ihn führen, und dann fühlte sie ihn pochend am Eingang ihres Seins. Sie änderte die Stellung ihrer Hüften. Nun lag sein Bauch flach auf dem ihren, er konnte tief in sie hineingleiten, und er füllte sie aus, bis sie meinte, er würde sie auseinander reißen. Sie schrie im bittersüßen Schmerz ihres Triumphes.

Er ritt sie wie ein durchgegangenes Pferd, und sie gab den Takt an, indem sie jeden seiner Stöße mit ihrem Gegenstoß empfing. Immer höher stiegen sie, immer schneller wurde der Rhythmus, bis sie wusste, sie hatten den Gipfel erreicht, und dann, unfassbar, stiegen sie doch noch weiter, ließen die Fesseln der Erde hinter sich, bis sie am Ende des Himmel waren und es aus ihm herausbrach und sie mit flüssiger Hitze durchflutete, die sie ganz füllte und sie beide zu einem einzigen Wesen in einem einzigen Jubelschrei werden ließ.

Lange danach, als sie zusammen aus jenen fernen Höhen zurückgekehrt waren, lagen sie einander in den Armen, immer noch verbunden durch sein Fleisch tief in ihrem.

«Ich will nicht, dass dies jemals endet», flüsterte sie. «Ich will so bei dir sein bis in alle Ewigkeit.»

Noch viel später setzte er sich entspannt auf und schaute zum Eingang der Grabhöhle. «Es wird schon dunkel», sagte er verwundert. «Wie schnell der Tag vorübergegangen ist.»

Sie kam auf die Knie, strich ihren Schurz glatt, und er berührte die frischen Flecken darauf. «Dein Jungfernblut», flüsterte er ehrfürchtig.

«Mein Geschenk an dich», sagte sie. «Der Beweis meiner Liebe, die nur dir gehört.»

Er riss ein winziges, rot beflecktes Stück, nicht größer als ihr kleiner Fingernagel, vom Saum ab.

«Was machst du da?», fragte sie.

«Das wird mich für immer an diesen wunderbaren Tag erinnern.» Er öffnete das Medaillon, das er um seinen Hals trug, und legte den winzigen Leinenfetzen zu der Haarlocke, die er schon von ihr besaß.

«Liebst du mich wirklich, Nefer?», fragte sie, während er das Medaillon wieder schloss.

«Mit jedem Tropfen Blut, der in meinen Adern fließt. Mehr als das ewige Leben.»

Als sie in den einen Raum in der Ruine zurückkamen, den sie bewohnbar gemacht hatten, saß Taita am Feuer und rührte in einem Topf auf der Holzkohlenglut. Mintaka stand mit dem letzten Tageslicht im Rücken im offenen Eingang. Ihr Schurz war noch feucht, wo sie ihn in dem wenigen Brunnenwasser gewaschen hatte und klebte ihr an den Schenkeln. «Es tut mir Leid, dass wir so spät kommen, Taita», sagte sie verlegen. «Wir sind den Gazellen in die Wüste hinaus gefolgt.»

Es war das erste Mal, dass sie sich für ihr Zu-spät-Kommen entschuldigte, und Taita schaute zu den beiden auf. Nefer stand mit entspannter, benommener Miene neben ihr. Die Strahlkraft ihrer Liebe war so stark, dass sie die beiden mit einer schimmernden Aura zu umgeben schien.

Das Unvermeidliche war also endlich geschehen, dachte er. Ein Wunder, dass es so lange gedauert hatte. «Offensichtlich habt ihr sie nicht eingeholt», grunzte er. «Waren sie zu schnell oder hat euch etwas aufgehalten?» Sie waren verwirrt und verlegen. Sie wussten, dass sie für ihn vollkommen durchschaubar waren.

Taita wandte sich wieder dem Kochtopf zu. «Zum Glück kümmert sich wenigstens einer von uns darum, dass wir nicht hungrig schlafen gehen müssen. Ich konnte ein Paar wilde Tauben fangen.»

Die Tage danach vergingen für die beiden in einem Nebel des Glücks. Sie dachten, sie wären rücksichtsvoll und diskret in Taitas Anwesenheit. Sie versuchten, sich nicht ständig anzuschauen, und berührten sich nur, wenn sie glaubten, er würde es nicht sehen.

Mintaka hatte in einer Kammer, die von dem Hauptraum abging, einen Schlafraum für sich eingerichtet. Nefer wartete jede Nacht, bis Taita schnarchte. Erst dann schlich er zu ihrer Schlafmatte. Und jeden Morgen weckte sie ihn lange vor Anbruch der Dämmerung und schickte ihn zu seiner eigenen Matte im großen Raum zurück, wo Taita, wie sie dachten, noch tief schlief.

Am dritten Morgen bemerkte Taita nebenbei. «Wir haben anscheinend Ratten oder andere Kreaturen zu Gast. Ich werde jede Nacht von ihrem Rascheln und Wispern aufgeweckt.» Die beiden sahen ihn betroffen an, und er fuhr fort. «Ich habe mir daher einen ruhigeren Schlafplatz gesucht.»

Der alte Mann trug seine Schlafmatte und seine Habseligkeiten in eine kleine Ruine auf der anderen Seite des Platzes und zog sich jeden Abend nach dem gemeinsamen Essen dorthin zurück.

Am Tag wanderte das junge Paar in die Wüste hinaus und verbrachte seine Zeit mit Reden, Liebe und dem Schmieden von tausend Zukunftsplänen. Sie entschieden, wann und wo sie heiraten würden, wie viele Söhne und wie viele Töchter sie ihm gebären würde und welche Namen sie ihnen geben würden.

Sie waren so verloren in einander, dass sie die Welt jenseits der weiten Wüstenebenen ganz vergaßen, bis sie eines Tages zu dem alten Gräberfelsen zurückkehrten, um ihn genauer zu erkunden. Sie waren vor Anbruch der Dämmerung aufgebrochen, um auf einem längeren Weg von oben an die Felswand heranzukommen, in der die Gräber lagen. Nun saßen sie keuchend am Rand der Wand und bewunderten, wie der Morgen über den blauen, geheimnisvollen Hügeln anbrach.

«Da!», rief Mintaka plötzlich und zeigte die Handelsstraße entlang, die nach Ägypten hineinführte. Auch Nefer sprang auf, und sie schauten das Tal hinunter der eigenartigen Karawane entgegen, die sich von Westen näherte: fünf klapprige Gefährte und eine lange Kolonne zerlumpter Menschenwesen.

«Das sind mindestens hundert Leute», rief Mintaka. «Wer kann das sein?»

«Ich weiß nicht», sagte Nefer ernst, «aber ich will, dass du zurückgehst und Taita warnst, während ich sie auskundschafte.»

Sie hatte keine Einwände und machte sich sofort auf den Weg nach Gallala. Sie rannte auf der Rückseite der Hügel hinunter, von Felsblock zu Felsblock springend wie ein Steinbock. Nefer nahm das Seil und die Lampen, spannte eine Sehne auf seinen Bogen und überprüfte die Pfeile in seinem Köcher, bevor er die Klippen entlangkroch, bis er, hinter einem Felsen versteckt, direkt auf die langsam dahinziehende Karawane hinabblicken konnte.

Es war ein trauriger Anblick. Die ersten beiden Wagen waren halb zerfallene, von mageren, abgearbeiteten Kleppern gezogene Streitwagen. Sie waren für jeweils zwei Mann Besatzung gedacht, doch hier trugen sie vier oder fünf. Dahinter kamen verschiedene Fuhrwerke und Karren in dem gleichen traurigen Zustand wie die Streitwagen. Als sie näher kamen, sah Nefer, dass sie mit verwundeten oder kranken Männern beladen waren, die elend zusammenhockten oder auf provisorischen Tragen lagen. Hinter den Wagen schleppte sich eine lange Reihe von Männern zu Fuß durch die Wüste, alle auf Krücken oder an Stöcken, und alle krank oder verwundet.

«Im Namen des Horus: Die sehen aus, als kämen sie aus einer Schlacht», murmelte Nefer, während er mit zusammengekniffenen Augen versuchte, die Gesichter der Männer im ersten Wagen zu erkennen.

Plötzlich sprang er hinter seinem Felsen auf und rief: «Meren!», denn endlich hatte er den Mann erkannt, der den ersten Wagen lenkte. Meren hielt an und legte eine Hand über die Augen, da er in die aufgehende Sonne schauen musste. Dann rief und winkte auch er, als er Nefer sich vor dem Himmel abzeichnen sah. Nefer lief, sprang und rutschte einen Geröllhang hinunter, bis er Meren umarmen konnte. Beide lachten und sprachen gleichzeitig.

«Wo warst du?»

«Wo sind Mintaka und Taita?»

Hilto eilte herbei und begrüßte Nefer förmlich. Hinter ihm hielt die Kolonne erschöpfter und verwundeter Männer an. Ihre Gesichter waren grau und mager, die Verbände voller Blut und Eiter, zu Krusten getrocknet. Selbst die Männer in den Fuhrwerken und auf den Tragen, die zu schwach waren aufzustehen, stützten sich auf ihre Ellbogen und starrten Nefer ehrfurchtsvoll an.

Nefer sah sofort, dass dies Krieger waren, Krieger nach einer verlorenen Schlacht, gebrochen an Körper und Geist.

Hilto drehte sich zu ihnen um und rief: «Seht ihr, es ist wie ich euch versprochen habe! Hier, direkt vor euch, steht euer wahrer Pharao, Nefer Seti. Der Pharao ist nicht tot! Der Pharao lebt!»

Sie blieben still und unbeteiligt und schauten Nefer ungläubig an.

«Majestät», flüsterte Hilto, «stellt Euch auf den Felsen dort, damit sie Euch besser sehen können.»

Nefer folgte dem Rat des alten Kriegers und schaute stolz von einem Mann zum anderen, während das geschlagene Heer ihn weiter anstarrte. Die meisten hatten ihren König noch nie von Angesicht zu Angesicht gesehen, und selbst die wenigen, die einer der feierlichen Prozessionen im Palastviertel beigewohnt hatten, kannten ihn nur aus der Ferne. In ihrer Erinnerung war er ein puppenartiges Wesen, in prächtige Gewänder gehüllt und von Juwelen funkelnd, das Gesicht eine weiße Maske, auf einem von weißen Bullen gezogenen Prunkwagen. Wie sollten sie jene ferne, übernatürliche Gestalt in diesem muskulösen, sonnengebräunten jungen Mann wiedererkennen, der hier in Fleisch und Blut vor ihnen stand? Dies war nicht mehr der Kindkönig, den sie meist nur vom Hörensagen gekannt hatten.

Während sie ihn noch entgeistert anstarrten oder zweifelnde Blicke austauschten, erschien plötzlich wie aus dem Nichts, wie ein Dämon eine andere Gestalt neben Nefer auf dem Felsen, und den kannten alle gut, sowohl aus Erzählungen als auch von Angesicht zu Angesicht.

«Magus Taita!», ging ein ehrfürchtiges Raunen durch die Reihen.

«Ich weiß, was ihr durchlitten habt», sprach Taita mit einer Stimme, die alle hören konnten, auch die Kranken und Verletzten auf den Wagen. «Ich weiß, welchen Preis ihr dafür bezahlen musstet, dass ihr euch gegen die Tyrannei der Mörder und Usurpatoren aufgelehnt habt. Ich weiß, dass ihr nun gekommen seid, um zu sehen, ob euer wahrer König noch am Leben ist.»

Sie murmelten und nickten mit den Köpfen, und plötzlich begriff Nefer, wer diese Männer waren: die Überlebenden der Aufstände gegen Naja und Trok. Wo Hilto sie gefunden hatte, wusste er nicht, doch waren es die Reste ehemaliger Kampftruppen, darunter die besten Wagenlenker und Bogenschützen.

«Dies ist der Anfang», sagte Taita leise. «Hilto bringt dir den Samen deiner zukünftigen Legionen. Sprich zu ihnen.»

Nefer überblickte noch einmal die Menge, stand stolz und aufrecht vor ihr. Dann fiel sein Blick auf einen der Männer, die zu Fuß marschierten, älter als die anderen und schon mit dem ersten Schnee in den Haaren. Sein Auge war wach, sein Gesicht intelligent. Trotz der Lumpen, die er am Leib trug, und obwohl er halb verhungert war, strahlte er Autorität und Überlegenheit aus. «Wer bist du, Soldat? Was ist dein Rang, welches dein Regiment?»

Der Mann hob den Kopf und reckte seine magere Brust vor. «Ich bin Schabako, der Beste von Zehntausend, Absolvent der Roten Straße, Kommandeur des Mut-Regiments.»

Welch ein Löwe von einem Mann, dachte Nefer, doch er sagte

nur: «Seid gegrüßt, Schabako.» Er hob den Saum seines Schurzes und offenbarte die Tätowierung auf seinem Schenkel. «Ich bin Nefer Seti, der wahre Pharao von Ober- und Unterägypten.»

Seufzen und Staunen ging durch die Reihen, als sie die königliche Kartusche erkannten, und wie auf Kommando warfen sie sich in den Staub.

«*Bak-her*, o Göttlicher, o Liebling der Götter!» Wir sind Eure getreuen Untertanen, Pharao. Sprecht für uns bei den Göttern.»

Mintaka war mit Taita gekommen und stand vor dem Felsen. Nefer reichte ihr seine Hand und zog sie neben sich auf den Stein. «Dies ist die königliche Prinzessin Mintaka, Tochter des Apepi, die meine Frau sein wird und eure Königin», verkündete er.

Wieder erhob sich ein Freudenschrei.

«Hilto und Schabako werden eure Kommandeure sein», befahl Nefer. «Unsere Basis ist für die nächste Zeit Gallala, bis wir siegreich nach Theben und Avaris zurückkehren.»

Alle standen auf. Selbst die schwer Verwundeten versuchten von ihren Tragen zu steigen und jubelten Nefer zu. Ihre Stimmen waren schwach und verloren sich fast in der Stille der Wüste, doch ihr Jubel erfüllte Nefer mit Stolz und erneuerte seine Entschlossenheit. Er stieg in den ersten Streitwagen, nahm Meren die Zügel aus den Händen und führte seine kleine Lumpenarmee in seine Ruinenhauptstadt.

Nachdem sie zwischen den Ruinen ihr Lager aufgeschlagen hatten, rief Nefer Schabako, Hilto und die anderen Offiziere seiner Armee zu sich. Bis spät in die Nacht und an vielen Abenden danach hörte sich Nefer ihre Berichte von den Aufständen an, von den Kämpfen und ihrer Niederlage gegen die vereinigten Streitkräfte der beiden Pharaonen. Sie berichteten auch von der schrecklichen Vergeltung, die Trok und Naja an den Rebellen geübt hatten, die ihnen in die Hände gefallen waren.

Auf Nefers Befehl beschrieben sie die Schlachtordnung der neuen ägyptischen Armee in allen Einzelheiten, einschließlich der Namen der Kommandeure, der Namen und Stärke ihrer Regimenter und der Anzahl der Streitwagen und Pferde, die Naja und Trok zur Verfügung standen. Unter den Flüchtlingen waren auch acht Armeeschreiber. Nefer beauftragte sie, all diese Details und die

Listen der feindlichen Garnisonen und Festungen auf Tontafeln festzuhalten.

Taita richtete mit Mintakas Hilfe ein Lazarett ein, in dem die Verwundeten und Kranken untergebracht wurden. Hilto hatte ungefähr ein Dutzend Frauen mitgebracht, entweder Ehefrauen von Soldaten oder Marketenderinnen. Taita setzte sie als Krankenpflegerinnen und Köchinnen ein.

Er selbst arbeitete, solange das Tageslicht es erlaubte, richtete und schiente gebrochene Knochen, befreite mit seinen Goldlöffeln Pfeilspitzen aus dem Fleisch Verwundeter, nähte Schwertwunden und holte in einem Fall sogar ein durch einen Keulenschlag eingedrücktes Stück Knochen aus einem Schädel.

Wenn es dunkel wurde und er keine Kranken mehr behandeln konnte, setzte er sich mit Nefer und den Offizieren zusammen und brütete mit ihnen im Licht der Öllampen über den auf Lammhäute gezeichneten Karten. Obwohl offiziell der Feldherr, war Nefer in Wirklichkeit noch ein Schüler der Kriegskünste, und die erfahrenen alten Soldaten waren seine Lehrer. Was er von ihnen lernte, war von unschätzbarem Wert.

Nach diesen Sitzungen, die gewöhnlich nicht vor Mitternacht endeten, schlich Nefer sich dann auf die Schaffellmatte, auf der Mintaka geduldig auf ihn wartete. Dort liebten sie sich und flüsterten miteinander und oft dämmerte schon der Morgen über der stillen Wüste, wenn er in ihren Armen einschlief.

Zu diesem Zeitpunkt hielten sich nicht mehr als einhundertfünfzig Menschen und fünfzig Pferde in Gallala auf, doch schon nach wenigen Tagen war klar, dass die bitteren Brunnen der Stadt nicht einmal für diese kleine Zahl genug Wasser hatten. Jeden Abend waren sie leer, und von Nacht zu Nacht dauerte es länger, bis sie sich wieder gefüllt hatten. Auch die Qualität des Wassers wurde immer schlechter. Es wurde jeden Tag bitterer, bis es nur noch mit Stutenmilch gemischt genießbar war.

Sie waren also gezwungen, das Wasser zu rationieren. Die Pferde litten, die Stuten hatten keine Milch mehr, und die unterirdischen Quellen gaben immer weniger her.

Schließlich rief Nefer seine Offiziere zu einer Notsitzung zusammen. Nach einer Stunde ernster Gespräche kam Hilto zu einem düsteren Schluss: «Wenn Horus kein Wunder für uns bewirkt, werden die Brunnen bald ganz versiegen und wir werden gezwungen sein, die Stadt zu verlassen. Doch wohin sollen wir fliehen?»

Sie schauten Nefer an, und der wandte sich an Taita: «Wenn die Brunnen austrocknen, wohin können wir dann gehen, Magus?»

Taita hatte während der ganzen langen Debatte nichts gesagt und die anderen dachten, er wäre eingenickt, doch nun öffnete er die Augen. «Morgen bei Tagesanbruch sollen sich alle, die laufen und einen Spaten halten können, vor dem Stadttor versammeln.»

«Und wozu?», fragte Nefer, doch Taita lächelte nur geheimnisvoll.

Sechsundfünfzig Mann warteten dann in der kühlen Morgendämmerung, als Taita durch das alte Stadttor schritt. Er trug alle seine Insignien, den Stab mit dem geschnitzten Schlangenkopf, das Amulett der Lostris, das Geschenk des Bay und seine anderen Halsketten, Armbänder und Amulette. Er hatte sein Haar gewaschen, bis es glänzte, und Mintaka hatte es ihm in Zöpfe geflochten. Nefer war an seiner Seite und versuchte seine Unsicherheit hinter einer würdigen Miene zu verbergen. Die Männer hatten alle entweder Holzspaten und -schaufeln oder mit Metallspitzen verstärkte Grabstöcke mitgebracht. Taita nickte befriedigt und machte sich auf den Weg das Tal hinauf.

Auf Nefers Befehl schulterten die Männer ihr Werkzeug und folgten dem alten Mann wie selbstverständlich in militärischer Marschordnung. Sie mussten jedoch nicht weit marschieren, denn schon am Fuß der Hügel blieb Taita stehen und blickte zu den Höhen hinauf.

Nefer erinnerte sich, dass dies das Gebiet war, wo Taita in den vergangenen Monaten so viel Zeit verbracht hatte. Mintaka und er hatten ihn hier oft wie eine alte Eidechse mit halb geschlossenen Augen in der Sonne dösen oder mit seinem Stab den Boden abklopfen und zwischen den Felsen herumstochern sehen.

Zum ersten Mal betrachtete Nefer nun die Felsen in diesem Abschnitt der Hügelkette genauer und stellte fest, dass sie anders waren. Das Gestein war porös und von grauen Kalksteinadern durchzogen. Schräg über den Hang des Hügels, vor dem sie standen, verlief eine tiefe Furche, an deren Rändern verschiedenfarbige Schichten zu sehen waren. Ihm fiel auch auf, dass jemand vor kurzem hier geheimnisvolle Zeichen hinterlassen hatte, mit einer Paste aus geriebenem und mit Wasser vermischtem Kalkstein aufgemalte Hieroglyphen. Andere Stellen waren mit Steinhaufen markiert.

«Die Männer sollen sich in fünf Gruppen aufteilen», sagte Taita, und Nefer gab die entsprechenden Befehle. Als das geschehen war, rief Taita die erste Gruppe auf. «Ihr grabt einen horizontalen Schacht in den Hang dort.» Er zeigte auf die Hieroglyphen und die Stelle, wo er den Schachteingang haben wollte.

Die Männer schauten sich an, verwirrt und unsicher, aber als Taita sie nur schweigend anstarrte, übernahm Schabako die Führung. «Ihr habt gehört, was der Magus gesagt hat. Also fangt an! Und zwar sofort!»

Der Fels war an der angegebenen Stelle schon zerbröckelt, doch die Männer mussten jeden Brocken einzeln herausheben und die lose Erde darunter wegschaufeln, was immer noch harte Arbeit war. Bald waren sie vollkommen mit Staub bedeckt. Ihre Hände, gewöhnt Knüppel und Schwert zu führen, waren voller Blasen und blutiger Risse. Sie umwickelten sie mit Leinenstreifen und arbeiteten klaglos weiter. Nach Sonnenaufgang wurde es schnell sehr heiß, Schabako zog die erste Gruppe ab und schickte die nächste in den Schacht.

Um die Mittagszeit, als die Hitze ihren Höhepunkt erreichte, wurden die Grabungen für eine Stunde eingestellt. Taita kroch in den engen Schacht und inspizierte die Wände. Er sagte nichts, als er wieder herauskam, und Schabako gab den Befehl, die Arbeit wieder aufzunehmen. So arbeiteten sie in Schichten, bis es dunkel wurde und sie nicht mehr sehen konnten, was sie taten und Schabako sie am Fuß des Hangs ihr spärliches Mahl zu sich nehmen ließ. Die Vorräte an Durrahirse gingen fast ebenso schnell zu Ende wie das Brunnenwasser.

Auch am nächsten Tag nutzten sie die Kühle des Morgens und begannen vor Sonnenaufgang. Dennoch hatten sie den Schacht bis zum Abend nur sechs Ellen in den Hügel getrieben. Dahinter stießen sie auf eine harte Schicht blauen, kristallartigen Gesteins. Die bronzebewehrten Stäbe hinterließen darauf keinerlei Spur, und die Männer begannen zu maulen.

«Sind wir Soldaten oder Bergleute?», fragte ein alter Veteran, als er sich seine wunden und mit Blasen bedeckten Hände ansah.

«Was graben wir hier eigentlich aus?», murmelte ein anderer in seinen Bart, während er sich den Schnitt an seinem Schienbein verband, den ein achtloser Kamerad ihm mit seinem Stab zugefügt hatte. «Unsere eigenen Gräber?»

«Wie sollen wir durch diesen Felsen kommen?», beklagte sich ein Dritter, während er sich Schweiß und Staub aus den blutunterlaufenen Augen wischte.

Taita schickte sie ins Tal zu einem dichten Hain aus toten Akazienbäumen, die dort als stumme Erinnerung an die Zeit zurückgeblieben waren, als es hier noch reichlich Wasser gab. Die Äste daran trugen sie bündelweise in den Schacht. Unter Taitas Aufsicht stapelten sie das Feuerholz vor dem undurchdringlichen Fels und zündeten es an. Dieses Feuer unterhielten sie die Nacht über und ließen es bis zum Morgen brennen. Dann, als der Fels glühend heiß war, schütteten sie den Inhalt einiger Säcke Wasser aus den versiegenden Brunnen darüber. In Wolken von heißem Dampf krachte der Fels, barst und explodierte.

Einem Mann flog ein scharfes Gesteinsstück ins rechte Auge. Taita behandelte die Augenhöhle und nähte die Lider zu.

«Für solche Fälle haben die Götter uns mit zwei Augen ausgestattet», tröstete er den Krieger. «Du wirst mit einem Auge bald genauso gut sehen wie mit zweien.»

Sie ließen den zertrümmerten Felsen abkühlen und stemmten dann große schwarze Brocken heraus. Dahinter fanden sie mehr hartes, undurchdringliches Gestein, vor dem sie weitere Holzbündel stapelten, um die mühsame und gefährliche Prozedur zu wiederholen. Dennoch waren sie nach Tagen dieser Knochenarbeit nur wenige Ellen weitergekommen.

Sogar Nefer verlor allmählich den Mut, was auch Mintaka nicht entging, als sie in der Nacht zusammenlagen.

«Es gibt viele Dinge, die wir nicht verstehen, mein Herz», versuchte sie ihn zu beruhigen.

«Wir wissen nicht einmal, warum er uns dieses Loch graben lässt. Und wenn ich ihn frage, schaut er mich nur an wie eine alte Schildkröte. Es macht mich wütend. Die Männer haben fast genug, und ich auch.»

«Eine alte Schildkröte!», kicherte sie. «Pass auf, dass er das nicht hört, sonst verwandelt er dich noch in eine Kröte. Das wäre mir gar nicht recht.»

Früh am nächsten Morgen trotteten die Männer lustlos das Tal hinauf und versammelten sich vor dem Eingang des Schachts, um auf den Magus zu warten.

Mit seinem üblichen Sinn für dramatische Auftritte kam Taita genau in dem Augenblick den Hang hinauf, als die Sonne hinter ihm aufging und sein silbernes Haupt mit einem goldenen Strahlenkranz umgab. Auf einer Schulter trug er eine Rolle Leinentuch. Nefer und seine Offiziere wollten ihn willkommen heißen, doch er ignorierte ihre Grüße und gab Schabako die Anweisung, das Tuch wie einen Vorhang vor den Schachteingang zu hängen. Als das geschehen war, ging er allein in den verhängten Tunnel, und Schweigen lastete auf den Männern, die draußen standen und warteten.

Sie warteten wieder scheinbar sehr lange, doch in Wirklichkeit verging nur eine Stunde. Sobald die Sonne eine Handbreit über dem Horizont stand, zog Taita den Vorhang zur Seite und erschien in dem Höhlenloch. Entweder aus Zufall oder weil Taita es so geplant hatte, fielen die Strahlen der Sonne nun genau in den Schacht. Die glatte Felswand am Ende des Schachts war hell beleuchtet, und die Männer drängten sich erwartungsvoll vor den Eingang. Auf den blauen Fels war das Verwundete Auge des Horus gemalt.

Mit verzückter Miene sang Taita die Beschwörung des Goldenen Horus. Die Soldaten fielen auf die Knie und stimmten in die Verse ein:

Goldener Horus, mächtiger Stier!
Unbesiegbar in Deiner Kraft!
Bezwinger Deiner Feinde!
Heilig steigst Du auf!
Verwundetes Auge des Universums!
Stehe uns bei in unseren Nöten!

Nach dem letzten Vers drehte sich Taita um, und aller Blicke folgten ihm, während er in den Schacht zurückging, bis er vor der freigelegten blaugrauen Felswand stand. Winzige, in die Wand eingebettete Feldspatkristalle funkelten in der Sonne.

«*Kydasch!*», rief Taita und klopfte mit seinem Stab an den Fels. Die Männer vor dem Eingang zuckten zusammen, denn dies war eines der mächtigsten Worte.

«*Mensar!*»

Die Soldaten hielten den Atem an, als der Magus das zweite Mal an den Fels klopfte.

«*Nkube!*» Er berührte den Felsen zum dritten und letzten Mal und trat zurück.

Nichts geschah, und Nefer sah sich schon vor dem Abgrund einer großen Enttäuschung. Taita rührte sich nicht, während die Sonne langsam höher stieg und die Felswand immer mehr im Schatten lag.

Plötzlich spürte Nefer ein Kribbeln der Erregung. Die Männer um ihn herum stießen sich gegenseitig an und flüsterten miteinander. In der Mitte der Felswand unter dem aufgemalten Auge erschien ein dunkler feuchter Fleck, der sich langsam ausbreitete. Ein einzelner Tropfen Flüssigkeit funkelte in der Sonne wie ein winziger Edelstein, rann die Wand hinunter und mischte sich mit dem Staub auf dem Boden des Schachts.

Taita drehte sich um und kam aus dem Tunnel. Hinter ihm war nun ein scharfes Geräusch zu hören wie das Brechen trockener Äste, und ein feiner Riss fraß sich von oben nach unten durch den Fels. Wasser tropfte auf den Boden, immer schneller, Tropfen für Tropfen, dann noch ein Geräusch, diesmal wie eine Tonscherbe, die im Feuer zerspringt, und ein Stück Fels brach aus der Wand. Aus dem Loch, das es hinterließ, drang nun gelber Schlamm, zuerst langsam und schwerfällig, dann immer schneller, bis schließlich die ganze Wand einstürzte. Dem Schlamm folgte ein Schwall kristallklaren Wassers, das knietief zum Schachteingang floss und sich über den Hang ergoss.

Meren rannte an den staunenden, Dank sagenden oder ungläubig den Kopf schüttelnden Soldaten vorbei und stürzte sich kopfüber in den reißenden Strom. Als er wieder auftauchte, hing ihm das nasse Haar in Strähnen ins Gesicht. Er formte eine Schale mit beiden Händen und trank gierig von dem kostbaren Nass. «Es ist süß!», rief er. «Es schmeckt süß wie Honig!»

Die Männer rissen sich die Kleider vom Leib, wateten nackt in die Fluten, spritzten sich gegenseitig nass und drückten sich lachend die Köpfe unter Wasser. Nefer konnte der Versuchung nicht lange widerstehen, ließ alle Würde fahren und stürzte sich in einen Wasserringkampf mit Meren.

Taita stand am Ufer des neuen Stroms und betrachtete die kindliche Freude der Männer mit milden Blicken. «Schlag dir das aus dem Kopf», wandte er sich plötzlich an Mintaka.

«Was?», fragte sie mit gespielter Unschuld.

«Es wäre ein Skandal, wenn eine Prinzessin von Ägypten sich mit einer Horde nackter Soldaten herumbalgte.» Er nahm sie bei der Hand, und sie schaute sich sehnsüchtig nach den Männern um, die vergnügt im Wasser spielten, während er sie den Hügel hinabführte.

«Wie hast du das nur gemacht, Taita?», fragte sie. «Wie hast du es geschafft, dass diese Quelle plötzlich aus dem Boden schoss? Welchen Zauber hast du benutzt?»

«Den Zauber des Verstandes und der Beobachtung. Das Wasser ist seit Jahrhunderten da gewesen. Die Quelle hat nur darauf gewartet entdeckt und ausgegraben zu werden.»

«Wozu dann die Gebete und Machtworte? Haben die gar keine Rolle gespielt?»

«Menschen brauchen zuweilen ein wenig Ermutigung.» Er lächelte und fasste sich an die Nase. «Ein bisschen Zauberei kann Wunder wirken, wenn einen die Hoffung verlässt.»

In den nächsten Monaten waren alle damit beschäftigt, einen Kanal zu graben, der die süßen Fluten den Hang hinunter in die alten Brunnen leiten würde. Die Brunnen wurden zu Vorratszisternen für die Siedlung. Als sie überliefen, begutachtete Taita die alten Felder am unteren Ende des Tals. Im Moment war das Gelände eine Steinwüste, doch die uralten Bewässerungsgräben waren noch sichtbar. Es war nicht viel Arbeit, sie ganz freizulegen, zu säubern und das überflüssige Wasser dorthin zu leiten.

In Gallala gab es keinen Regen, der die Nährstoffe aus dem Boden waschen konnte, weshalb die Wüste im Grunde außerordentlich fruchtbar war. Der ununterbrochene Sonnenschein und das Wasser, dass nun so reichlich zur Verfügung stand, wirkten deshalb wahre Wunder, als die Hirsesaat, die sie aus dem Niltal eingeschmuggelt hatten, schließlich im Boden war. Kurze Zeit später konnten sie schon ihre erste Durra-Ernte einbringen. Auch auf dem Weideland, das sie aufbereiteten, wuchs mehr Gras, als sie benötigten. Die Frauen halfen beim Einbringen, Trocknen und Lagern des Heus, und nach einem Jahr hatten sie genügend Vorräte für eine Kavalleriearmee, wenn auch noch die Pferde fehlten.

Fast täglich kamen neue Flüchtlinge in die Stadt, Menschen, die sich in die Wüste gewagt hatten, um der Tyrannei der falschen Pharaonen zu entkommen. Sie kamen einzeln oder in kleinen Gruppen, erschöpft und fast verhungert und verdurstet. Die Wachen auf den Hügelkämmen hielten sie auf und schickten sie zu Hilto, der sie den Treueid auf Pharao Nefer Seti schwören ließ, ihnen ihre Rationen aushändigte und sie, je nach ihrer Eignung, einer Ausbildungskompanie zuführte, auf die Felder schickte oder für den Wiederaufbau der verfallenen Stadt einteilte. Nicht alle Neuankömmlinge waren jedoch abgemagerte Zivilisten. Eines Tages erschien eine Kohorte von Deserteuren aus den Armeen der falschen Pharaonen mit ihren Speeren vor den Stadtmauern und rief Lobpreisungen für Pharao Nefer Seti. Danach kam eine Schwadron von zwanzig Streitwagen der Elitetruppen des Ankh-Regiments unter Führung eines Obersten namens Timus. Sie waren voll bewaffnet und schworen freudig als Ritter den Treueid als Soldaten und Untertanen des jungen Pharaos. Timus brachte die wichtige Nachricht, dass Naja und Trok endlich bereit waren, ihren gemeinsamen Feldzug gegen König Sargon von Babylon und Assyrien aufzunehmen.

In den vergangenen Monaten hatten die beiden Pharaonen eine Expeditionsstreitmacht von dreitausend Kampfwagen um Avaris zusammengezogen, und nun konnten sie mit der Überquerung der Landbrücke beginnen, die Ägypten nördlich des Großen Bittersees und des Timsah-Sees mit den Ländern des Ostens verband. Die erste Kolonne hatte die babylonischen Wachposten entlang der Grenze ausgeschaltet, und als die Straße frei war, hatten sie mit Karren und Frachtwagen zehntausende von Wasserkrügen nach Osten geschafft und sie an strategischen Punkten entlang des Weges durch die Wüste eingelagert. Dahinter war das Land fruchtbar und gut bewässert.

Ihr Plan war, die Landbrücke bei Vollmond zu nehmen, wenn sie in hellem Licht und in der Kühle der Nacht Ismailia passieren und über den Khatmia-Pass nach Beersheba vorrücken konnten. Auf dem Weg würde sich ihr Heer die Streitkräfte verschiedener Vasallen und Satrapen einverleiben.

Für Nefer und Taita waren dies überraschende Neuigkeiten. Sie hatten fest mit einem Angriff der falschen Pharaonen auf Gallala gerechnet und entsprechende Vorkehrungen getroffen. Sie dachten, ihre Anwesenheit in der Ruinenstadt wäre inzwischen jedermann in beiden Königreichen bekannt und waren überzeugt gewesen, dass Naja und Trok erst gegen sie marschieren würden, bevor sie sich in das mesopotamische Abenteuer stürzten.

«Sie nehmen die Bedrohung durch uns so dicht vor ihren Grenzen offenbar nicht ernst», freute sich Nefer. «Wenn sie uns jetzt angegriffen hätten, wo wir noch so schwach sind, hätten wir keine andere Wahl gehabt als zu fliehen.»

«Vielleicht haben sie daran gedacht, doch dann haben sie sich dafür entschieden, zuerst Mesopotamien zu erobern und uns damit von jeder Hilfe abzuschneiden, die wir aus dem Osten erhalten könnten», meinte Taita. «Sie hätten uns eingekreist. Dennoch glaube ich, sie begehen einen Fehler. Jetzt haben wir mindestens noch ein Jahr, um an Stärke zu gewinnen.»

«Können wir sicher sein, dass es kein Ablenkungsmanöver ist?», fragte Nefer nachdenklich. «Vielleicht täuschen sie den geplanten Feldzug in den Osten nur vor, und die echte Offensive geht gegen uns, sobald sie uns in Sicherheit gewiegt haben.»

«Diese Möglichkeit besteht immer», stimmte Taita zu. «Trok ist ein Ochse, doch Naja ist gerissen und listenreich. Eine solche Finte wäre ihm sehr wohl zuzutrauen.»

«Wir müssen die Armee beobachten», entschied Nefer. «Ich werde mit einem Kundschaftertrupp in den Norden ziehen und die Straße bei Ismailia beobachten, damit wir sicher sein können, dass die Armee wirklich dort durchkommt.»

«Ich werde mitkommen», sagte Taita.

«Nein, Magus», schüttelte Nefer den Kopf. «Du kannst hier mehr für uns tun, indem du sicherstellst, dass unsere Verteidigung auf der Hut bleibt und die Männer sofort kampfbereit sind, falls Naja mit dreitausend Wagen über uns herfällt. Und dann gibt es noch etwas, womit du mir helfen musst …» Er zögerte. «Du musst dich um Mintaka kümmern. Ich glaube, es wird ihr nicht gefallen, wenn ich sie hier bei den anderen Frauen zurücklasse. Ich will nicht, dass sie etwas Unkluges tut.»

Taita musste lächeln. «Natürlich, Nefer, das Temperament der Prinzessin ist mir bekannt. Dennoch weiß ich genau, was meine erste Pflicht ist: Ich muss mitkommen.» Nefer versuchte weiter, ihn davon abzubringen, doch Taita ließ sich nicht umstimmen. Am Ende war Nefer froh, dass der alte Mann wie immer an seiner Seite sein würde.

Selbst mit den zuletzt angekommenen Truppen konnten sie nur zweiunddreißig kampfbereite Streitwagen aufbieten, und sie hatten nicht einmal hundert geeignete Pferde, die in der Lage gewesen wären, sie zu ziehen.

Die Hälfte der Streitwagen ließen sie unter Schabakos Kommando in Gallala zurück. Mit Hilto, Meren und den restlichen sechzehn Kampfwagen brachen sie dann nach Norden auf. Ihr Plan war, östlich um den Großen Bittersee herumzufahren und sich nördlich von Ismailia der großen Heerstraße zu nähern. Der neue Mond lag nur wenige Tage zurück, und die Nächte waren dunkel und angenehm kühl. Sie kamen gut voran und hatten die Reise durch die unerforschte Wildnis hinter sich, bevor der Mond in seinem zweiten Viertel stand.

Bei Anbruch des fünfzehnten Tages nach ihrer Abfahrt aus Gallala lagen sie in den Hügeln östlich von Ismailia verborgen, an einer Stelle, von wo sie die Stadt überschauen konnten. Die Heerstraße verlief unter ihrem Aussichtspunkt. Hier musste die Armee der beiden Pharaonen durchkommen. Ismailia war die ägyptische Grenzfestung und der natürliche Ausgangspunkt für den Feldzug.

«Unsere Informationen scheinen zu stimmen», rief Nefer Taita zu. Er hatte eine der hohen Zedern auf dem Hügel erklettert, von wo er viele Wegstunden Gelände überschauen konnte. «In der Stadt wimmelt es von Menschen und Pferden, und vor der Festungsmauer ist eine Zeltstadt.» Er hielt eine Hand über die Augen. «Große Staubwolken wälzen sich auf der Straße vom Nildelta heran. Es sieht aus, als hätten sie sämtliche Streitwagen und Fuhrwerke Ägyptens aufgeboten.»

Nefer rief Taita seine Beobachtungen zu, bis es Mittag wurde und die Hitze sich so weit aufgebaut hatte, dass alle Aktivität in der Stadt und auf der Straße zum Stillstand kam. Nefer kam von seinem Baum herunter und suchte sich mit der übrigen Schwadron einen schattigen Platz, wo sie warten konnten, bis es kühler wurde.

Am späten Nachmittag erhoben sie sich, um die Pferde zu füttern und zu tränken. Nefer stieg wieder auf seinen Aussichtsbaum.

Es war sofort klar, dass er keinen Augenblick zu spät kam. Schwadron auf Schwadron mit je fünfzig Wagen kam durch die Tore von Ismailia, jede gefolgt von Frachtwagen mit Ausrüstung und Futter, und strömte auf die Straße, fast direkt auf die Stelle zu, wo Nefer und seine Männer sich versteckt hielten. Die Spitze des Zuges kam so dicht an Nefer vorbei, dass er einzelne Gesichter erkennen konnte.

Die Armee bildete einen endlosen Strom glitzernder Bronzewaffen. Die Staubwolken waren bald so dicht, dass sie die Sonne zu verdunkeln drohten.

Vier Kohorten bildeten die Spitze, dann gab es eine Lücke, offenbar deshalb, damit der Staub sich ein wenig setzen konnte, bevor die Königswagen kamen.

Die beiden Wagen fuhren nebeneinander. Sie waren so schwer gebaut und so dick mit Blattgold belegt, dass sie von jeweils sechs Pferden gezogen werden mussten. Nefer kam vor Hass die Galle hoch, als er die beiden Fahrer erkannte.

Mit seinen breiten Schultern und dem dunklen, mit Bändern durchwirkten Vollbart war Trok unverwechselbar. Er trug einen wie ein Bienenkorb geformten Goldhelm, gekrönt von schaumweißen Straußenfedern. An seiner Schulter hing der schwere Doppelschild, von dem man sagte, Trok wäre der einzige Krieger in der ganzen Armee, der ihn tragen konnte. Das Gleiche galt für den großen Kampfbogen im Halter zu seiner Rechten.

Den anderen großen Wagen steuerte Pharao Naja Kiafan, schlank und anmutig wie sein Namenstier, die Kobra. Gold und kostbare Steine funkelten auf seinem Brustschild im Sonnenlicht, das durch den Staub flimmerte. Sein Haupt schmückte die blaue Kriegskrone von Ägypten, und an seiner Seite, in einer Scheide aus Silber und Weißgold, der Knauf besetzt mit Türkis und Lapislazuli, hing das legendäre blaue Schwert, das er Nefers Vater, dem Pharao Tamose Mamose, nach dessen Tod geraubt hatte.

Obwohl er nicht ein Riese war wie Trok, wirkte Naja aus irgendeinem Grund bedrohlicher als sein Vetter.

Die goldenen Wagen verschwanden in ihren Staubwolken, und Nefer blieb ausgestreckt auf dem dicksten Ast der Zeder liegen, während die Schlachtreihen unter ihm vorbeizogen.

Die Sonne versank hinter dem Horizont, doch es war immer noch hell genug, dass er die nächste Abteilung der endlosen Prozession erkennen konnte. Was Nefer nun sah, war so außergewöhnlich, dass er sich aufrichtete und die Augen zusammenkniff.

Wie Schiffe kamen über die unebene und inzwischen schon durch hunderte von Wagen zerfurchte Straße zwei riesige, von Ochsengespannen gezogene Sänften herangeschaukelt. Sie waren so protzig mit ihren goldenen, mit Sternen und Rosetten verzierten Vorhängen, dass Nefer sicher war, dass die Frauen des königlichen Harems darin reisten. Nefer konnte sich nicht vorstellen, dass Trok seine Frauen oder Konkubinen auf einen Feldzug mitnahm. Er hatte gehört, Trok vergnüge sich lieber mit Knaben und Mädchen, die er aus feindlichen Städten verschleppte. Wenn diese Frauen also nicht zu Trok gehörten, dann mussten es die von Naja sein. Nefer fragte sich, ob Naja seiner Schwester Heseret schon müde geworden war und sich andere Frauen genommen hatte.

Der Vorhang der zweiten Sänfte wurde beiseite gezogen. Ein Mädchen sprang auf die staubige Straße und lief neben den Ochsen her. Sie hatte sich auffallend verändert, seit er sie das letzte Mal gesehen hatte, und dennoch hatte er keinen Zweifel, dass dieses bezaubernde Geschöpf Merikara war, seine jüngere Schwester. Ihr Haar war nicht mehr an der Seite zusammengebunden, sondern fiel auf ihre Schultern. Vor der Stirn war es über den Augenbrauen zu einer geraden Linie geschnitten. Der Verlust ihrer Seitenlocke war ein Zeichen dafür, dass sie ihren ersten roten Mond gesehen hatte. Nefer spürte einen Stich bei dem Gedanken, dass sein kleines Äffchen kein Kind mehr war. Und dann dachte er daran, dass Naja nun nichts mehr daran hinderte, sie in sein Ehebett zu schleppen. Wie er gehört hatte, war Naja ein wahrer Satyr, und der Gedanke daran, wie dieses Ungeheuer seine kleine Schwester schändete, ließ einen solchen Ekel in ihm hochsteigen, dass er ihn wie einen alten Fisch in der Kehle schmeckte.

Er spürte den überwältigen Drang, mit Merikara zu reden, sie zu fragen, ob sie glücklich sei und ob er irgendetwas tun konnte, ihr Los zu erleichtern. Dann kam ihm der Gedanke, sie zu retten und nach Gallala mitzunehmen. Er wusste jedoch, solche Ideen waren gefährlich, und seine Mitstreiter würden mit Sicherheit alles daran setzen, ihm diese selbstmörderischen Fantasien auszutreiben.

Dicht hinter den beiden Sänften kamen die Karren mit der Kriegskasse der falschen Pharaonen, und da hatte Nefer plötzlich eine Idee, für die die anderen wahrscheinlich eher einzunehmen wären. Es waren schmucklose Kastenwagen, bemalt in einem dunklen, matten Blau. Sie waren jedoch sehr stabil gebaut und besonders verstärkt für die schwere Last. Die metallbeschlagenen Räder schnitten tief in die Straße. Die Türen an der Rückseite der Wagen waren mit dicken Ketten verriegelt, und neben und hinter den Wagen marschierten bewaffnete Soldaten. Dies war die übliche Methode, die Schätze zu transportieren, ohne die keine Armee in den Krieg ziehen würde. Nefer wusste, dass diese Wagen Gold in Form von Barren, Stäben, Ringen und Kugeln enthielten. Damit wurden die Truppen bezahlt und die Treue der niederen Könige und Satrapen erkauft. Mit diesem Gold würden sie auch die Verbündeten von Babylon und Assyrien abwerben und Spione und Informanten in den Reihen des Feindes entlohnen.

Nefer glitt am Stamm der Zeder hinab und stand wieder auf festem Boden. Taita saß mit dem Rücken an den Baum gelehnt und döste friedlich in der Abenddämmerung, doch seine Augen öffneten sich, noch bevor Nefer ihn am Arm berühren konnte. «Die Kriegskasse der falschen Pharaonen», flüsterte ihm Nefer ins Ohr. «Genug, um eine Armee zu bezahlen und einen Thron zu erkaufen.»

Viele mondhelle Nächte danach verfolgten Nefer und der Magus aus Verstecken die Marschkolonne. Sie beobachteten, welchem Rhythmus die Wachsoldaten folgten und wie sie sich dabei verhielten. Sie erkannten schnell, dass es unmöglich war, die Wagen zu erobern und sich mit dieser Masse von Gold davonzumachen, ohne dass sie die ganze Armee auf den Fersen hätten.

«Bei der geringen Geschwindigkeit der Ochsengespanne würden uns Najas Streitwagen einholen, bevor wir auch nur eine Wegstunde entfernt wären», bemerkte Nefer bedrückt.

«Sicher, wir müssen schon ein bisschen raffinierter vorgehen», stimmte Taita zu. «Die einzige Gelegenheit, an die Goldtruhen heranzukommen, wäre tagsüber, wenn der Zug stillsteht.»

«Und was ist mit den Wachen?»

«Ach», winkte Taita ab, «die sind das kleinste Problem.»

Jeden Tag, sobald die Sonne hoch am Himmel stand und die Hitze zu drückend wurde, kam die ganze Armee zum Stillstand und schlug die Mittagslager auf. Für die Sänften mit den königlichen Frauen und die Schatzwagen wurde gewöhnlich ein getrenntes Lager nicht weit entfernt von dem der Hauptarmee errichtet. Zuerst herrschte große

Geschäftigkeit. Den Zugtieren mussten die Geschirre abgenommen werden, und sie wurden gefüttert und getränkt. Die Wachposten nahmen ihre Stellungen ein, und die Frauenzelte waren aufzuschlagen. Danach wurden Feuer angezündet, das Mittagessen wurde gekocht und gegessen und mit Bier heruntergespült. Heseret, Merikara und ihre Zofen zogen sich danach in ihre Zelte zurück, und die Männer, die nicht zum Wachdienst eingeteilt waren, legten sich unter improvisierte Sonnendächer und ruhten sich von dem langen Nachtmarsch aus. Bald lag träge Stille über der riesigen Masse von Menschen und Tieren. Das Lager schlief.

Nefer und Taita hatten den Rest ihrer Gruppe in einem dichten Dornengebüsch zurückgelassen und arbeiteten sich zum Heerlager vor. Sie kamen bis auf wenige hundert Schritt an die Wachposten heran, blieben dort eine Stunde lang unbemerkt liegen und berieten im Flüsterton Pläne, wie sie zu den Schatztruhen gelangen konnten, ohne von den Wachen entdeckt zu werden.

«Wir können sie irgendwie ablenken», schlug Nefer vor.

«Dafür bräuchten wir Hilfe von innerhalb des Lagers», erwiderte Taita.

«Merikara?» Nefer schaute dem alten Mann direkt in die Augen.

«Merikara», nickte Taita.

«Doch wie können wir ihr eine Nachricht zukommen lassen?», fragte Nefer ratlos. Taita lächelte, berührte das Amulett der Lostris, das er um den Hals trug und schloss die Augen. Nefer glaubte, er wäre eingeschlafen.

Jetzt ist es so weit, dachte er wütend, jetzt kann er sein Alter doch nicht mehr verbergen. Er wollte ihn schon wachrütteln, doch dann hörte er Stimmen aus dem Lager und schaute auf.

Merikara war aus ihrem Zelt gekommen. Sie hatte offenbar geschlafen, streckte sich und gähnte. Sie trug einen blauen Leinenrock, dessen Falten um ihre Knie spielten. Ihr Oberkörper war nackt, und Nefer kam nicht umhin, bewundernd festzustellen, wie ihre Brüste sich entwickelt hatten. Feste Birnen mit steifen, rosigen Warzen. Merikara stritt mit einem der Wachposten vor ihrem Zelt. Ihre Stimme war so entschlossen, dass Nefer jedes Wort verstehen konnte. «Ich kann nicht schlafen. Ich werde einen Spaziergang machen.» Der Wachsoldat versuchte sie aufzuhalten, doch sie schüttelte den Kopf, dass das Haar auf ihren Schultern tanzte. «Nein, du wirst mich nicht begleiten. Ich möchte allein sein.» Als der Soldat nicht nachgab, fauchte sie ihn an: «Tritt beiseite, du ungehorsamer Wurm, oder ich werde dein Benehmen meinem Gatten melden.» Schließlich fügte sich der Soldat widerstrebend ihrem Befehl und stellte seinen Speer ab. Er konnte ihr nur noch nachrufen: «Bitte, Majestät, bleibt nicht zu lange fort, und geht nicht zu weit weg. Wenn der Pharao davon erfährt, ist mein elendes Leben kein Stück Kupfer mehr wert.»

Merikara ignorierte es, duckte sich unter den Pferdestricken hinweg und ging durch die Öffnung in dem Dornenzaun, der das Lager umgab. Sie schaute noch einmal zurück, um sich zu vergewissern, dass keiner der anderen Wachposten sie beobachtete, und kam direkt auf die Stelle zu, wo Nefer und Taita im Gestrüpp lagen.

Der Blick ihrer grünen Augen ging ins Leere, und Nefer bemerkte den angespannten Ausdruck in ihrem lieblichen Gesicht, als lausche sie einer Musik, die nur sie hören konnte.

Als sie so nah war, dass er sie fast berühren konnte, sagte Nefer leise: «Merikara. Fürchte dich nicht. Ich bin es, Nefer.»

Sie blickte auf ihn herunter wie eine Schlafwandlerin, die aus ihrem Traum erwacht, und dann strahlte ihr Gesicht vor unbändiger Freude. Sie beugte sich zu ihm herab, um ihn zu umarmen.

«Warte!», warnte Nefer sie. «Denk an die Wachen!»

Stolz sah er, dass sie ihm sofort gehorchte und sich nicht rührte. Sie war immer schon ein intelligentes Kind gewesen. Sie schaute sich um und flüsterte: «Ich habe fest geschlafen, doch dann bin ich plötzlich aufgewacht und wusste, dass ich in die Wüste hinausgehen musste. Es war fast wie eine Stimme in meinem Kopf, die es mir befahl.» Sie schaute Taita an. «War es deine Stimme, Magus?» Dann wandte sie sich wieder zu Nefer: «Mein liebster Bruder, du wirst nie erfahren, wie sehr ich dich vermisst habe. Zuerst dachte ich, du wärst tot. Ich trauerte um dich. Ich streute mir Asche aufs Haupt. Schau hier meine Arme, wo ich mich geschnitten habe, um für dich zu bluten.»

«Ich lebe, Merikara. Glaube mir, es ist kein Schatten, den du vor dir siehst.»

«Ich weiß, Nefer. Alle Welt weiß inzwischen, wie du Mintaka aus Avaris entführt und in die Wüste gebracht hast, und in meinem Herzen wusste ich, dass du auch mich eines Tages holen würdest.» Sie lächelte unter Tränen des Glücks. «Ich wusste, du würdest kommen.»

«Ja», sagte Nefer, «wir werden dich mitnehmen, doch zuerst musst du uns helfen.»

«Für dich und Taita würde ich alles tun», erklärte sie sich sofort bereit.

Taita gab ihr knappe und klare Anweisungen, was sie zu tun hatte und ließ sie alle wiederholen. «Du bist ein kluges Mädchen, meine Kleine», lobte Taita sie. «Genau das ist es, was du für uns tun sollst.» Er gab ihr ein kleines Päckchen. «Hier ist das Pulver. Denke daran, nur eine Prise für jeden Krug.»

«Erst nennst du mich klug, und dann behandelst du mich, als wäre ich ein Dummkopf», schnappte sie ein.

«Vergebt mir, Majestät», sagte Taita schuldbewusst.

«Und nenne mich nicht Majestät. Ich hasse es, mit dieser schleimigen Schlange verheiratet zu sein, und jetzt, wo ich weiß, was er mit mir machen wird, hasse ich ihn noch mehr.»

«Es ist nicht leicht, dir zu gefallen Merikara», sagte Nefer. «Doch nun geh zurück, bevor die Wachen dich suchen.»

Sie bückte sich schnell und küsste ihn auf den Mund. «Bis morgen dann, mein geliebter Bruder.»

Am nächsten Mittag lagerte die mächtige Armee von Ägypten am Fuß des Hochplateaus, vor dem die Sand- und Steinwüste endete. Sie hatten das trockene Land fast hinter sich, und am nächsten Tag würden sie über den Pass in die kühleren Gebiete ziehen, wo die Oasen nur eine Tagereise auseinander lagen und wo Wälder, Felder und Weingärten gediehen, bewässert durch Bergbäche, die das ganze Jahr über Wasser führten.

Als die Eskorte der Königinnen ihr Lager für den Tag aufschlug, bemerkte sie, dass die junge Königin Merikara sehr gereizt war, ganz anders als ihr gewohntes süßes und freundliches Selbst. Sie wollte ihr Zelt abseits von dem ihrer Schwester, Königin Heseret, aufgeschlagen haben, und dann bestand sie darauf, dass die Wagen mit der Kriegskasse in ein enges Wadi zweihundert Schritt vom Hauptlager entfernt gefahren wurden. Der Wachkommandant versuchte sie vergeblich darauf hinzuweisen, dass das ausgetrocknete Flussbett mit weichem Sand bedeckt war und die Räder der schweren Wagen tief darin einsinken würden.

«Von mir aus können sie ganz im Sand verschwinden», erklärte sie. «Ich habe es satt, jeden Tag diese hässlichen Karren in meiner Nähe zu sehen und das Brüllen der Ochsen zu hören. Bringt sie weg.»

Der Kommandant überlegte, ob er sich diesen törichten Befehl der jüngsten Königin von Pharao Naja Kiafan bestätigen lassen sollte, doch dann fiel ihm ein, dass der Heerzug sich über fast eine Wegstunde ausdehnte und der Pharao ihn anführte. Das bedeutete, den Rückweg mit eingerechnet, zwei Stunden harten Galopps durch die Wüste. Der Tag war noch heißer als gewöhnlich, und außerdem hatte er ein Techtelmechtel mit einem von Merikaras Sklavenmädchen, einer bezaubernden jungen Nubierin, die mehr Tricks kannte als ein Zirkusäffchen. So ließ er die Wagen schweren Herzens in das Wadi fahren und verdoppelte, um sein Gewissen zu beruhigen, die Wachen um die Kriegskasse.

Nachdem Merikara ihren Willen durchgesetzt hatte, war sie wieder das reizende Mädchen, das alle so liebten.

«Es tut mir Leid, dass ich so streng mit Euch sein musste, Moram. Es muss diese furchtbare Hitze sein», entschuldigte sie sich bei ihm vor der gesamten Mannschaft. «Ich werde Euch belohnen, indem ich Mischa mit fünf Krügen feinsten Biers aus meinen Privatvorräten zu Euch schicken werde. Sorgt aber dafür, dass es gerecht unter Euren Männer verteilt wird, da ich ihnen so viel zusätzliche Mühe bereite.»

Mischa, die schöne nubische Zofe mit der königlichen Haltung und dem legendären Hinterteil, brachte die Bierkrüge in Morams Zelt, und die Männer standen Schlange, um sich ihre Ration zu holen. Sobald sie an der Reihe waren, wünschten sie auf Königin Merikara den Segen der Götter herab und tranken den ersten Schluck des schäumenden Tranks auf ihre Gesundheit.

Das Bier war so vorzüglich, dass Moram trotz des Versprechens, das er Merikara gegeben hatte, mehr als seinen Anteil davon trank. Sobald sie allein in seinem Zelt waren, stürzte er sich auf Mischa. Sie wehrte sich zuerst quietschend und lachend, bevor sie ihm schließlich erlaubte, ihren kurzen Leinenrock zu lüften. Ihre fantastischen Hinterbacken glänzten ihn an wie zwei schwarze Monde, voller als seine Hände fassen konnten.

Er bestieg sie in unbändiger Lust, doch nach weniger als einem Dutzend mächtiger Stöße fiel er langsam zur Seite und war eingeschlafen, noch bevor seine Schulter den Boden berührte. So etwas war Mischa noch nie passiert in ihrem kurzen, ereignisreichen Leben. Moram schnarchte wie fernes Donnern. Sie sprang auf, zog ihren Rock herunter und versetzte dem schlafenden Helden einen wütenden Tritt, bevor sie aus dem Zelt stürmte und zu ihrer Herrin zurücklief. Der Wachsoldat vor dem Zelteingang schlief ebenfalls wie ein Toter.

«Alle Männer sind Schweine», sagte Mischa in der Sprache ihres Volkes und trat auch ihn mit aller Kraft ihres langen, wohlgeformten Beines.

Nefer führte eine kleine Gruppe seiner Leute in das ausgetrocknete Flussbett. Sie hielten sich dicht an der Böschung, wo der weiche Sand ihre Schritte dämpfte.

Die vier Schatzwagen standen Seite an Seite, die Räder zusammengekettet, damit sie nicht allzu schnell von Rebellen oder Räubern geraubt werden konnten.

Acht Wachen waren um die Wagen postiert, doch alle Männer lagen schlafend auf dem Sand ausgestreckt wie Leichen auf dem Balsamierungstisch. Taita fühlte jedem den Puls am Hals, hob die Lider der der bewusstlosen Männer und schaute in ihre Augen. Er nickte Nefer zu und ging zur Rückseite des ersten Wagens.

Mit einer langen Bronzenadel aus seiner Umhängetasche arbeitete er an dem massiven Bronzeschloss, bis es aufsprang. Taita stieß die dicke Metalltür des Wagens auf. Vier kleine Truhen, mit Metallringen am Boden befestigt, wurden sichtbar. Sie waren durch Tonplättchen mit der Kartusche des Pharao Naja Kiafan versiegelt.

Taita hob mit seinem Dolch vorsichtig die Siegel ab und steckte sie in seine Tasche. Später würde er sie wieder anbringen, damit niemand bemerkte, dass daran hantiert worden war. Mit der Spitze seines Dolches schraubte er dann die Beschläge ab, mit denen der Deckel zugehalten wurde. Als er ihn anhob, sah er, dass die Truhe mit kleinen Lederbeuteln gefüllt war. Taita wog einen davon in der Hand und lächelte. Er öffnete ihn, und sah das Gold darin funkeln mit unverkennbarem Glanz.

Nefer und Meren hatten indessen unter dem Wagen eine flache Mulde in den lockeren Sand gegraben. Taita reichte Nefer den Lederbeutel, und der legte ihn auf den Grund der Grube. So holte Taita fünfzig der schwersten Beutel aus der ersten Truhe, bevor er den

Deckel wieder anschraubte und mit einem Klumpen mitgebrachten feuchten Tons und dem Siegelring, den ihm Naja in Theben geschenkt hatte, frisch versiegelte. Erst dann machte er sich an der zweiten Truhe an die Arbeit.

«Warum nehmen wir nicht mehr?», murrte Meren nach einiger Zeit. «Warum lassen wir Naja und Trok über die Hälfte des Goldes?»

«Gier wäre unser Untergang», knurrte Taita, während er den Deckel der letzten Truhe öffnete. «Wenn wir uns mäßigen, werden sie nicht merken, dass etwas von dem Gold fehlt, bis der Zahlmeister die Truhen wieder öffnet und nachzählt, und bis dahin können Monate vergehen.»

Aus jeder Truhe in den vier Wagen nahmen sie fünfzig Lederbeutel und vergruben sie im losen Sand des Wadibetts. Obwohl sie so schnell arbeiteten, wie sie konnten, stand die Sonne tief am Westhimmel, als sie die letzte Truhe neu versiegelten und die Tür des letzten Wagens wieder verriegelten. Einer der schlafenden Soldaten rührte sich, murmelte etwas und versuchte sich aufzurichten, doch Taita ging zu ihm und legte ihm sanft seine Hand auf die Stirn. Der Mann seufzte friedlich und legte sich wieder hin. Taita öffnete ihm den Mund, streute eine Prise von einem weißen Pulver unter seine Zunge, und der Soldat war wieder bewusstlos.

«Wir müssen uns beeilen. Sie kommen allmählich zu sich», warnte Taita die anderen.

Sie bedeckten die Goldbeutel unter dem letzten Wagen mit Sand und wühlten die Oberfläche mit ihren Füßen auf, damit die Stelle nicht an dem plattgedrückten Sand zu erkennen war.

«Wie viel haben wir nach deiner Schätzung erbeutet?», fragte Nefer.

«Das ist unmöglich zu sagen, bevor wir es gewogen haben», antwortete Taita, «aber es müssen mindestens dreihunderttausend Goldstücke sein.»

«Genug, um eine Armee auszuheben und auszurüsten», bemerkte Nefer.

Nach einer letzten schnellen Inspektion der Wagen und des Bodens darum herum – sie mussten sicher sein, dass nichts liegen blieb – ließen sie die immer noch tief schlummernden Wachen hinter sich zurück und schlichen weiter das Wadi hinunter.

Dann zogen sie sich wieder in die Hügel unterhalb des Hochplateaus zurück, wo sie Hilto mit den Streitwagen zurückgelassen hatten. Von ihrem Aussichtspunkt aus konnten sie auch die Stelle im Auge behalten, wo sie das gestohlene Gold vergraben hatten. Sie bemerkten keinen Aufruhr, nichts Ungewöhnliches unten im Wadi. Wahrscheinlich hatten die Wachen beim Aufwachen ein so schlechtes Gewissen, dass sie mit keinem Wort erwähnten, dass sie eingeschlafen waren.

Kurz vor Einbruch der Dunkelheit konnten sie dann beobachten, wie die Ochsen die schweren Wagen mühsam aus dem Flussbett zogen und sich hinter den königlichen Sänften auf den nächsten Nachtmarsch begaben.

Noch fünf Tage lang zog der ägyptische Heerzug an dieser Stelle vorbei, Schwadronen von Streitwagen und Regimenter von Fußsoldaten mit Steinschleudern, Bögen und Speeren. Dahinter marschierten Kompanien von Sklaven, die für die Schwerstarbeit, den Bau von Befestigungen und die Zerstörung der Mauern belagerter Städte, eingesetzt wurden. Noch weiter hinten folgten die Handwerker, die Wagenbauer und Zimmerleute, die Waffenschmiede und Pfeilmacher, und dann schließlich der Anhang, die Ehefrauen, Geliebten und Huren mit ihren Sklaven, Dienern und Kindern. Ihnen folgten noch die Marketender mit Wagenladungen aller möglichen Gebrauchs- und Luxusartikel, die ihnen die Soldaten abkaufen würden, nachdem sie sich durch Beutezug und Plünderung bereichert hätten.

Niemandem unter den Tausenden fiel jedoch die Stelle im Wadi auf, wo das Gold vergraben war. Keine der Kompanien und keines der Regimenter, die in der Nähe Halt machten, benutzte das Wadi als Latrine oder Lagerplatz.

Erst als das letzte Fahrzeug der Streitmacht von Ägypten vorbeigeholpert und zwischen den Felsen auf dem Weg zum Khatmia-Pass hinauf verschwunden und auch der letzte Nachzügler vorbeigehumpelt war, konnten Nefer und Taita sicher sein, dass das geringere Gewicht der Schatzkarren dem Zahlmeister nicht aufgefallen war und dass niemand über das Versteck in dem ausgetrockneten Flussbett gestolpert war.

In der Nacht darauf kamen sie aus den Hügeln und warteten, die Streitwagen fluchtbereit auf der hohen Uferböschung, während

Nefer und Meren in das Flussbett hinabstiegen. Im Mondlicht waren die Spuren der Schatzwagen und Ochsen noch deutlich zu sehen. Nach wenigen Stichen mit dem hölzernen Spaten pfiff Meren durch die Zähne wie ein Straßenjunge und zog den ersten Goldbeutel aus dem Sand. Danach zählten sie sorgfältig, während sie die Beutel ausgruben, um keinen zu vergessen. Sie trugen sie die Böschung hinauf und stapelten sie neben den wartenden Streitwagen. Achthundert Beutel feinsten Goldes waren ein beachtlicher Haufen.

«Es ist zu viel! Wie sollen wir das alles wegschaffen?», rief Nefer verzweifelt, aber Taita schüttelte nur lächelnd den Kopf.

«Es ist eines der Gesetze dieser verkommenen Welt: Man kann nie genug Gold haben.»

Die leichten Kampfwagen waren nicht dafür gemacht, schwere Lasten zu befördern. Die Männer beluden sie, bis sich die Achsen bogen und die Rahmen knirschten. Aber immer noch hatten sie nicht einmal die Hälfte des Goldes verladen. So führten sie die Pferde mit den überladenen Wagen in die Hügel zurück und kamen leer für eine nächste Ladung zurück. Um alles wegzubringen, waren zwei weitere solche Touren notwendig.

Als Nächstes teilten sie den Schatz in fünf gleiche Teile auf und vergruben vier davon an verschiedenen, weit auseinander liegenden Stellen, die sie sorgfältig unkenntlich machten. So würden sie nicht alles verlieren, wenn ein Versteck entdeckt wurde. Das verbleibende Fünftel verteilten sie auf dreizehn ihrer Streitwagen, die Nefer unter Hiltos Kommando nach Gallala zurückschicken wollte. Nachdem er die Stadt erreicht hätte, sollte Hilto mit einer Karawane schwerer Fuhrwerke zurückkommen und die vergrabenen Goldbeutel einsammeln und abtransportieren.

Nefer, Taita und Meren blieben mit drei Kampfwagen in den Hügeln vor dem Khatmia-Pass zurück. Nachdem Hilto mit seiner Schwadron und den beladenen Wagen nach Süden aufgebrochen war, führte Nefer die kleinere Gruppe nach Osten hinter der Armee der beiden Pharaonen her.

Nefer und seine Gruppe reisten tagsüber, wenn die Armee, der sie folgten, Rast machte. Im hellen Tageslicht war die Wahrscheinlichkeit gering, dass sie auf Überraschungen stoßen würden.

Sie fuhren über den Pass auf das Hochplateau, wo sie reichlich

Wasser fanden, wenngleich auch eine Menge von den tausenden von Menschen und Tieren vor ihnen verschmutzt worden war. Die Pferde waren gut ausgeruht, und in den leicht beladenen Streitwagen kamen sie schnell voran, vorbei an hunderten verlassener Lagerplätze, leicht zu erkennen an den erkalteten Lagerfeuern und dem verstreuten Unrat und Schmutz. Es gab auch hastig geschürfte Gräber, was sie nicht überraschte, da ein solcher Marsch für eine Armee dieser Größe nicht ohne Verluste bleiben konnte. Manche der Leichen waren schon von Hyänen und Schakalen ausgegraben und angefressen worden.

«Die werden wir brauchen.» Nefer war abgestiegen und stand vor dem Leichnam einer jungen Frau, wahrscheinlich einer der Armeehuren. Niemand hätte sagen können, wie sie gestorben war, denn die Geier hatten fast vollendet, was die Hyänen begonnen hatten. Augen und Lippen waren verschwunden und die Zähne des grinsenden Schädels schwarz von geronnenem Blut.

«Bei der Liebe der Götter», rief Meren, «hast du den Verstand verloren? Wer soll denn diesen Gestank aushalten?»

Nefer überhörte seinen Protest und befahl: «Hilf mir, sie einzuwickeln.» Er hatte ein altes Leinenstück gefunden, so zerfetzt und schmutzig, dass offenbar nicht einmal die Lumpensammler, die hinter der Armee herzogen, damit etwas hatten anfangen können. Sie legten die Überreste der toten Frau auf die Decke und wickelten sie darin ein. Dann banden sie das Bündel an den Wagen des vor Ekel fluchenden und zeternden Meren.

Obwohl sie seit der Dämmerung im Staub, den die ägyptische Armee aufwirbelte, unterwegs gewesen waren, hatte die Sonne schon den halben Weg zum Zenit hinter sich, als sie zur Nachhut des Heerzuges aufschlossen. Die ganze Streitmacht hatte die Lager für den Tag aufgeschlagen. Der Rauch der Lagerfeuer verriet die Positionen hunderter einzelner Lagerplätze entlang der Straße vor ihnen.

Nefer führte sie von der Straße weg, und sie umfuhren den Ausrüstungszug in großem Bogen. Sie gingen sehr vorsichtig vor, stets darauf bedacht, dass sie von der Straße aus niemand sehen konnte. Schließlich holten sie den Konvoi der Schatzwagen und die hohen Sänften der Königinnen ein, die sich in einem Olivenhain zur Rast niedergelassen hatten.

Nefer schlich sich an, so nah er konnte, und kletterte auf eine

Tamarinde, von der aus er über die Dornenpalisade spähen konnte, die das Lager umgab.

Merikaras Zelt stand ziemlich weit abseits von dem Heserets, doch im Augenblick saßen die beiden Schwestern unter einem Sonnendach zusammen und naschten von den Delikatessen, die ihre Sklavinnen von den Küchenfeuern brachten.

Nefer konnte nicht hören, worüber sie redeten. Heseret saß mit dem Gesicht zu ihm und schwatzte und lachte fröhlich. Sie war noch schöner, als er sie in Erinnerung hatte. Sogar unter diesen Umständen war sie aufwendig geschminkt, diesmal im Stil der Hathor-Statue im Tempel zu Memphis. Sie war über und über mit Juwelen behangen, und ihr dichtes schwarzes Haar vor kurzem frisch geölt und gelegt worden. Mischa, das hoch gewachsene nubische Sklavenmädchen mit dem legendären Hinterteil, beugte sich vor und füllte ihre goldene Trinkschale. Ein Tropfen vom Rotwein spritzte auf Heserets Gewand. Die Königin sprang wütend auf und schlug mit ihrem schweren Fächer aus Silber und Straußenfedern auf den Kopf der Sklavin ein. Das Mädchen fiel auf die Knie und bedeckte den Kopf mit beiden Händen, doch bald quoll das Blut zwischen ihren Fingern hervor. Merikara versuchte ihre ältere Schwester zurückzuhalten, doch Heseret prügelte auf Mischas Kopf ein, bis der Stiel des Fächers entzweibrach. Dann warf sie Merikara das abgebrochene Ende vor die Füße und stürmte davon, immer noch Drohungen und Beschimpfungen ausstoßend.

Merikara half dem Sklavenmädchen auf die Beine und führte es in ihren Zeltpavillon. Nefer wartete geduldig unter dem Wipfel der Tamarinde. Irgendwann kam Mischa wieder aus dem Zelt. Sie hatte den Kopf verbunden und verschwand weinend zwischen den Bäumen. Nefer rührte sich nicht, bis Merikara im Eingang des Zelts erschien.

Bei ihrem letzten Treffen hatte er sie gewarnt, auf der Hut zu sein und zu warten, bis er sie holen käme. Nun schaute sie sich genau um und sprach mit dem Wachsoldaten vor ihrem Zelt, bevor sie scheinbar ziellos am Rand des Lagers entlangspazierte. Offenbar nahm sie Nefers Anweisungen sehr ernst und hielt tatsächlich nach ihren Rettern Ausschau. Sie war die einzige Person, die nicht unter einem Sonnendach oder in einem Zelt lag und die Mittagshitze verschlief außer den Wachen, und selbst die schienen sich nicht um sie zu kümmern.

Nefer nahm einen kleinen polierten Silberspiegel aus seiner Tasche und hielt ihn so in die Sonne, dass Merikaras Gesicht geblendet wurde. Sie blieb sofort stehen, hielt sich eine Hand über die Augen und schaute in seine Richtung. Er blitzte sie noch dreimal an – das war das Signal, das sie abgesprochen hatten –, und selbst aus der Entfernung sah er sie nun lächeln, so strahlend wie das Sonnenlicht, das in ihrem bezaubernden Gesicht tanzte.

Merikara lag auf Kissen und einer mit Schwanenfedern gepolsterten Matte in ihrer schaukelnden, schüttelnden Sänfte. Mischa lag zusammengerollt zu ihren Füßen wie ein schlafendes Hündchen, doch Merikara war hellwach. Die Vorhänge der Sänfte waren zurückgezogen, um die kühle Nachtluft hereinzulassen, und sie hörte die Geräusche einer Armee auf dem Marsch: Hufgetrappel, quietschende, klappernde Wagen, das Brüllen der Zugochsen, die Rufe der Wagenlenker und die Schritte der Wachsoldaten neben der Sänfte.

Plötzlich wurde es vor ihnen unruhig. Peitschen zischten und knallten, Räder knirschten auf Felsen, und Wasser umsprudelte Tiere und Fahrzeuge. Merikara hörte die mürrische Stimme ihrer Schwester: «He, ihr da! Was spielt sich hier ab?»

«Wir überqueren einen schmalen Fluss, Majestät. Ich muss Euch bitten auszusteigen. Die Sänfte könnte umstürzen. Nichts liegt uns mehr am Herzen als die Sicherheit Eurer göttlichen Majestät.»

Merikara hörte, wie sich Heseret bitter über die Unannehmlichkeit beklagte und nahm die Gelegenheit wahr, Mischa ihre letzten Anweisungen zuzuflüstern. Dann stieg sie aus der Sänfte. Draußen warteten Sklaven mit Laternen darauf, sie die Böschung hinunterzuführen. Heseret war schon unten.

«Sie haben mich aus dem Schlaf gerissen», beklagte sie sich bei Merikara. «Ich werde diesen Tölpel von Karawanenführer meinem Gemahl melden, dem Pharao von Oberägypten.»

«Ich bin sicher, es ist deiner Gesundheit förderlich, wenn man ihm die Haut vom Rücken peitscht», bemerkte Merikara mit feiner Ironie. Heseret warf den Kopf hoch und wandte sich ab.

In diesem Augenblick war etwas flussaufwärts eine Nachtigall zu hören, und Merikara konnte kaum ihre Aufregung verbergen. Als Kind hatte Nefer ihr immer beizubringen versucht, den tiefen Triller nachzuahmen. Er war ihr jedoch nie gelungen. Der Vogel rief dreimal, und nur sie bemerkte es. Die anderen waren damit beschäftigt, die unhandlichen Sänften und die schweren Goldkarren durch das tückische Flussbett zu bringen. Die mehreren tausend Wagen vor ihnen hatten die Furt in eine Schlammpiste verwandelt. Als der letzte Schatzwagen unter lauten Anfeuerungsrufen an die Ochsen und unablässigem Peitschenknallen das andere Ufer erreichte, war es fast Mitternacht.

Schließlich kam der Karawanenmeister mit zwei Tragsesseln für die Gemahlinnen des Pharaos. Sklaven halfen ihnen auf die Sitze und trugen sie über den Fluss.

Am anderen Ufer gab es weitere Verwirrung und Aufenthalte, da einer der Schatzwagen ein Rad verloren hatte und die Straße blockierte. Die Sklaven, die Heseret trugen, hatten zudem zugelassen, dass Wasser über ihre Füße geflossen war und ihre Sandalen ruiniert hatte. Heseret bestand darauf, dass die Aufseher sie auf der Stelle bestraften, und das Knallen der Peitschen und die Schreie der Missetäter verschlimmerten das allgemeine Tohuwabohu noch.

Über all diesen Lärm hinweg hörte Merikara wieder den Ruf der Nachtigall, diesmal ganz nah und auf derselben Seite des Flusses. «Lass mich nicht im Stich», beschwor sie Mischa.

«Mein Leben ist Euer, Herrin», antwortete das Mädchen, und Merikara küsste sie.

«Das hast du mir schon oft bewiesen, und ich werde es nie vergessen.» Mit diesen Worten drehte sie sich um und ging ruhig in die Dunkelheit hinaus.

Heseret war die Einzige, die das bemerkte. «Wohin gehst du, Merikara?»

«Ich gehe die bösen Feen ersäufen», antwortete Merikara in der Sprache ihrer Kindheit. Heseret zuckte mit den Schultern, stieg wieder in ihre Sänfte und zog die Vorhänge zu.

Sobald sie von der Straße her nicht mehr zu sehen war, blieb Merikara stehen und versuchte ihre eigene unvollkommene Version des Nachtigallenrufs. Fast sofort schloss sich ein fester Griff um ihren Oberarm, und ihr Bruder flüsterte ihr ins Ohr: «Bitte, hör auf, meine Kleine, sonst versetzt du alle Nachtigallen zwischen hier und Beersheba in Angst und Schrecken.»

Sie wirbelte herum, warf sich ihm an den Hals und umarmte ihn mit aller Kraft. Sie konnte nicht sprechen, so überglücklich war sie.

Er löste sich sanft aus ihrer Umarmung und führte sie an der Hand den dunklen Fluss entlang. Er ging schnell und schien die Nachtsicht eines Leoparden zu haben, da er nirgendwo stolperte oder zögerte. Bis auf geflüsterte Warnungen vor Löchern und Hindernissen auf ihrem Weg sprach er kein Wort. Sie folgte ihm blind, und erst als sie meinte, sie wären schon die halbe Nacht unterwegs, blieb er stehen und erlaubte ihr eine Rast.

«Weiß Mischa, was sie zu tun hat?», fragte er.

«Ja. Sie wird die Vorhänge der Sänfte geschlossen halten. Jedem, der fragt, wird sie erzählen, ich schliefe und wolle nicht gestört werden. Niemand wird merken, dass ich verschwunden bin.»

«Jedenfalls nicht bis morgen, bis zum nächsten Mittagslager», erinnerte er sie. «Mehr Zeit haben wir nicht, von hier wegzukommen. Kannst du weiter? Wir müssen jetzt auf die andere Seite des Flusses hinüber.»

Er nahm sie mit Leichtigkeit auf die Arme und trug sie über den Fluss. Sie staunte, wie stark er jetzt war. Sie war wie eine Puppe in seinen Armen. Am anderen Ufer setzte er sie ab, und sie gingen weiter.

Nach einer Weile zupfte sie ihn am Arm. «Woher kommt dieser furchtbare Gestank?» Sie würgte und hielt sich die Hand vor Mund und Nase.

«Das bist du», antwortete er, «oder zumindest jemand, der deinen Platz einnehmen wird.»

Bevor er zu Ende gesprochen hatte, betraten zwei dunkle Gestalten vor ihnen den Weg, Merikara stieß einen kurzen, erschrockenen Schrei aus.

«Keine Angst, das sind Taita und Meren», beruhigte Nefer sie. Sie führten sie in ein Gehölz, wo dichtes Laubwerk sie vor allen Blicken verbarg. Meren öffnete die Wände seiner Laterne. Merikara hätte wieder fast geschrien, als sie in dem schwachen gelben Licht das grauenvolle Etwas sah, das vor ihr ausgestreckt auf dem Boden lag.

«Schnell jetzt», trieb Nefer sie an. «Gib mir deine Kleider und Juwelen.»

Merikara zog sich nackt aus und legte Kleidung und Schmuck über Nefers ausgebreitete Arme. Taita gab ihr dafür ein kleines Bündel mit einer Tunika, einem Rock und Sandalen.

Nefer kniete neben der Leiche nieder und legte ihr Merikaras Ketten um den Hals. Dann streifte er ihr auch die Ringe und Armreife seiner Schwester über die Knochen der Finger und Handgelenke. Merikaras Lendentuch und Rock bekam er nicht über die steifen Beine, weshalb er sie in Fetzen riss, mit Schmutz einrieb und um die Leiche herum verteilte. Mit seinem Dolch ritzte er sich den Daumen und ließ sein Blut auf die feinen Kleider tropfen. Ganz in der Nähe hörten sie das Bellen und Kichern eines Packs hungriger Hyänen.

Merikara schüttelte sich. «Sie haben die Leiche gerochen.»

«Sie werden gerade genug davon übrig lassen, dass Naja überzeugt sein wird, du wärst von wilden Tieren zerrissen worden.» Nefer stand auf. «Und jetzt verschwinden wir besser von hier.»

Die Wagen warteten ein Stück flussaufwärts. Nefer wollte verhindern, dass man zu nah bei dem toten Mädchen Wagenspuren fand. Er zog seine Schwester neben sich auf seinen Wagen und schaute nach Osten. «Der Morgenstern», sagte er ruhig. «In einer Stunde wird es hell sein. Wir müssen die Dunkelheit nutzen, so gut wir können. Kommt.»

Als hinter ihnen die Dämmerung erwachte, hatten sie bereits den halben Abstieg von der Hochebene hinter sich und sahen die Wüste vor sich. Der Anblick war so grandios, dass alle unwillkürlich die Pferde zügelten und ehrfürchtig auf den Ozean aus goldenem Sand hinabblickten – alle bis auf Meren.

Wie ein Pilger, der um die halbe Welt gereist ist, um den Schrein seiner Göttin zu finden, starrte er Merikara an, wie sie neben ihrem Bruder auf dem ersten Wagen stand. Während der langen Nachtfahrt hatte die Dunkelheit sie vor ihm verborgen, doch nun umspielte die frühe Sonne ihren Körper. Fast sein ganzes Leben lang hatte Meren sie als die kecke, schelmische kleine Schwester seines besten Freundes gekannt, doch nun, da er sie nach zwei Jahren zum ersten Mal wiedersah, staunte er, auf welch geradezu wunderbare Weise sie sich verändert hatte. Jede Bewegung, jede ihrer Gesten war von vollendeter Anmut. Ihre Gesichtszüge und jede Rundung und Linie ihres schlanken Körpers waren exquisit. Ihre Haut war wie Milch und Perlmutt, ihre Augen grüner und strahlender als jeder Smaragd, ihre Stimme und ihr Lachen die bezauberndste Musik, die er je gehört hatte.

Taita fiel auf, wie Meren das Mädchen anstarrte, und er lächelte im Stillen. Selbst in der größten Not, so dachte er, strebt das Leben noch nach Erneuerung. Doch dann riss er sich aus seinen Gedanken und sagte: «Wir können uns hier nicht aufhalten, Majestät. Die Pferde brauchen Wasser.»

Am Fuß der Hügel verließen sie die Straße und fuhren nach Süden auf den Großen Bittersee zu. Sie blieben unterwegs, bis sie zum ersten Wasserlager kamen, das sie für den Rückweg angelegt hatten. Dort sahen sie, dass Hilto vor ihnen da gewesen war. An seinen Spuren konnten sie ablesen, dass seine Wagen unter der Last des Goldes nur langsam vorankamen und dass sie ihn bald einholen würden.

Zu ihrer Erleichterung hatten Hilto und seine Truppe nicht alles Wasser verbraucht, sondern vier Krüge unberührt gelassen, genug, um Nefers, Taitas und Merens Pferde zu versorgen, bis sie die nächste Oase bei Zinalla erreichen würden.

Wenn sie mit Nefer und Taita schwatzte und scherzte, war Merikara voll sprudelnder Heiterkeit. Meren nahm sie dagegen kaum wahr. Sie schaute selten in seine Richtung, und wenn sie es doch einmal wagte, dann nur, wenn sie ganz sicher war, dass niemand es bemerkte. Noch vor gar nicht langer Zeit hatte Meren sie mit hochmütiger Geringschätzung behandelt, doch jetzt war er so überwältigt von ihr, dass er sie nicht anzusprechen wagte. Schließlich war sie eine Königin, wenn auch nur die Königin eines falschen Pharaos und zumindest in seinen Augen eine Göttin.

Zum hundertsten Mal, seit sie zur Rast angehalten hatten, trat er nun wie zufällig in ihr Gesichtsfeld, als sie im spärlichen Schatten eines Akazienbaums saß, und diesmal blickte sie auf und legte ihren Kopf auf die Seite. Er verbeugte sich untertänig. «Seid gegrüßt, Majestät. Ich freue mich sehr, Euch in Sicherheit zu sehen. Ich war in unendlicher Sorge um Euch.»

Sie bedachte ihn mit einem langen, forschenden und prüfenden Blick. Wie prächtig er gewachsen war, wie stark, und wie selbstbewusst war seine Haltung … und das lange, dichte Haar … Nicht zum ersten Mal fühlte sie sich eigenartig beklommen. «Meren Cambyses», sagte sie ernst, «das letzte Mal, als ich mit Euch zu tun hatte, habt Ihr meinen Lieblingsdrachen zerbrochen. Kann ich Euch je wieder trauen?»

«Mit Eurem ganzen Leben!», beteuerte er eifrig.

Als die Pferde gefüttert und getränkt waren und es Zeit wurde aufzubrechen, bemerkte Merikara beiläufig zu ihrem Bruder: «Deine

Pferde mussten die ganze Nacht meine Last tragen. Ich glaube, ich sollte sie davon nun befreien.»

«Und wie willst du das anstellen?», fragte Nefer verwirrt.

«Ich werde auf einem anderen Wagen mitfahren», und bevor Nefer etwas sagen konnte, war sie schon auf dem Weg zu Merens Wagen.

Am folgenden Tag kamen sie zu der Oase von Zinalla, wo sie auf Hiltos Schwadron trafen. Nun konnte Nefer das Gewicht der Männer und des Goldes gleichmäßig auf fünfzehn Wagen verteilen, sodass sie den Rest ihres Rückwegs nach Gallala in besserem Tempo angehen konnten.

Mintaka stand auf dem Dach des Tempels der Hathor, den sie und einige der Frauen und alten Männer wieder herrichten wollten, um hier der Göttin zu huldigen. Niemand wusste, wie alt das Gebäude war. Es mochte tausend Jahre alt sein, doch viele der Wandgemälde waren noch erstaunlich gut erhalten und bedurften nur geringer Ausbesserungen. Das Dach war jedoch eine andere Sache. Aber das Wetter war so beständig, dass die großen Löcher darin nicht viel ausmachten. Nur die verrotteten Sparren mussten ersetzt werden. Mintaka überwachte die Arbeiten. Sie trug wie die anderen Frauen einfache, abgetragene Kleidung und war braun gebrannt wie sie. Dieses Leben hier war so anders als das isolierte Dasein in der Zenana von Avaris, und sie genoss die neue Freiheit und die Freundschaft und Gesellschaft der einfachen Gefährtinnen in vollen Zügen.

Sie reckte und streckte ihren schmerzenden Rücken und balancierte leichtfüßig ein Stück auf der hohen Mauer. Dann hielt sie sich eine Hand über die Augen und schaute auf die grünen Hirsefelder und das Muster der Bewässerungsgräben, in denen das Wasser aus Taitas Quelle schimmerte. Rinder und Schafe grasten auf satten Weiden, aber nur wenige Pferde. Mintaka vermisste sie ebenso schmerzlich wie alle anderen Bewohner Gallalas.

Wie jede Stunde der langen und einsamen Tage, seit Nefer Gallala verlassen hatte, blickte sie in das lang gezogene Tal zwischen den nackten, unwirtlichen Hügeln, die einen solchen Kontrast zu den grünen Feldern um die Stadt herum bildeten. Aus dieser Richtung würde Nefer kommen. Ohne wirkliche Hoffnung schaute sie in die blaue Ferne. Zu oft schon war sie enttäuscht worden.

Plötzlich kniff sie die Augen zusammen und schaute angestrengt in das gleißende Licht. Ihr Herz schlug sofort schneller. Sie sah etwas, winzig vor dem unermesslichen Himmel, wie eine Feder im Wind. Vielleicht ein Staubwirbel, wie sie in der heißen Wüstenluft manchmal aufkommen, dachte sie.

Sie wandte sich ab, rieb sich den Schweiß aus den dunklen Augenbrauen und ließ ihre Augen einen Moment lang ruhen. Als sie wieder ins Tal schaute, war die Staubwolke näher gekommen, und sie wagte es, Hoffnung zu schöpfen. Im selben Augenblick erklang ein einzelner langer Stoß aus einem Widderhorn. Die Wachposten auf den Hügelkämmen hatten es ebenfalls gesehen. Aus den Straßen hörte sie die aufgeregten Rufe der Kinder. Die Pferdeknechte liefen zu den Ställen und die Wagenlenker zu den Schuppen hinter dem Marktplatz, wo ihre Gefährte untergebracht waren. Alle waren in freudiger Aufregung.

Mintaka hielt es nicht länger. Mit der Eilfertigkeit eines Äffchens, das beim Stehlen in einem Obstgarten ertappt wurde, kletterte sie das Gerüst hinunter, das an der Außenwand des Tempels aufgerichtet worden war. Schabako fuhr seinen Streitwagen über den Marktplatz auf das Stadttor zu.

«Schabako!» Sie rannte so schnell sie konnte, um ihn aufzuhalten. Er verlangsamte schleudernd das Tempo, und sie sprang auf den Wagen, sobald sie ihn erreicht hatte. Sie rasten zum Tor und auf die ausgefahrene Straße hinaus. Die Staubwolke vor ihnen kam immer näher.

«Sind sie es, Schabako? Bitte sagt ja!»

«Ja, Majestät, ich glaube sie sind es!», rief er in den Fahrtwind.

«Warum fahrt Ihr dann nicht schneller?»

Ein einzelner Wagen kam herangerast. Mintaka versuchte den Fahrer zu erkennen, doch er war noch zu weit entfernt.

«Seht, Herrin, die blaue Fahne!» Schabako zeigte auf den blau gefärbten Stofffetzen, der an der Spitze eines langen Bambusstabs über dem Wagen flatterte.

«Es ist Nefer! O Hathor, sei gepriesen, es ist Nefer!»

Sie riss sich ihr Tuch vom Kopf und winkte damit, während Nefer sein Gespann zu noch größerer Eile antrieb.

«Lasst mich absteigen!» Sie schlug Schabako auf die Schulter, um ihren Befehl zu bekräftigen, und er zügelte die Pferde. Sie sprang von dem noch fahrenden Wagen, landete anmutig auf der Straße und lief mit weit ausgebreiteten Armen auf den heranstürmenden Streitwagen zu.

Taita, der in einem anderen Wagen hinter Nefer herfuhr, dachte schon, Nefer würde sie in seinem Eifer überfahren, doch im letzten Moment wurde der Wagen langsamer, und Nefer lehnte sich mit ausgestrecktem rechten Arm seitlich hinaus. Hätte sie einen Augenblick gezögert, sie wäre unter die Hufe der galoppierenden Pferde oder unter die Räder geraten, doch sie vertraute ihm vollkommen. Sicher fing er sie auf, hob sie hoch, und sie lachte in seinen Armen.

Nefer rief seinen Rat auf dem alten Marktplatz zusammen und berichtete umfassend. Er beschrieb in allen Einzelheiten, wie sie das Gold aus den Schatzwagen gestohlen hatten, und sie hörten gespannt zu. Als er ihnen dann Merikara vorstellte und erzählte, wie er sie vor Naja gerettet hatte, sprangen alle auf und applaudierten.

Nefer rief die Schreiber herbei, und die wogen das Gold vor dem versammelten Rat. Am Ende kamen sie auf ein Gewicht von weit über fünfzigtausend Goldstücken. «Das ist nur ein Fünftel von dem, was wir erbeutet haben», erklärte Nefer. «Hilto wird einen Wagenkonvoi führen und den Rest einsammeln. Er wird morgen fahren, aber er wird Männer brauchen, die ihn begleiten.»

Jeder gesunde Mann in Gallala wollte sich freiwillig melden. Als Schabako und die erprobtesten und erfahrensten seiner Krieger übergangen wurden, beklagten sie sich bitter. «Sollen wir hier in Gallala sitzen bleiben und wie alte Frauen am Feuer dösen?», fragte Schabako den jungen Pharao.

«Für euch habe ich wichtigere Aufgaben», lächelte Nefer. «Doch nun ist es fast dunkel. Es wird Zeit für ein Siegesfest. Wir werden uns bald zum Kriegsrat treffen, das schwöre ich euch.» Damit vertagte er die Versammlung. Die Männer gingen murrend auseinander, doch nach den ersten Krügen frisch gebrauten Biers besserte sich ihre Laune zusehends.

Nefer hatte zwei Ochsen und ein Dutzend fette Schafe schlachten lassen, und die Frauen hatten seit seiner Rückkehr jede Minute damit verbracht, das Fest vorzubereiten. Jedermann in der Stadt war dazu eingeladen. Den Männern in den Hügelfesten und Wachtürmen wurden ihre Portionen gebracht. Die Erbeutung des Goldes trug wie die Ausgrabung der Quelle dazu bei, dass die Gemeinschaft sich noch enger zusammenschloss.

Taita hatte für den Anlass ein Heldengedicht verfasst, das wie alle seine Werke ein sofortiger überwältigender Erfolg war. Die Festgäste ließen nicht zu, dass er sich hinsetzte, als er mit seinem Vortrag geendet hatte. Sie jubelten und klopften mit ihren Trinkschalen auf die Tische, bis er alle Verse noch einmal vortrug. Danach kannten alle das ganze Epos auswendig, und die Musiker hatten eine Melodie dazu gefunden. Bei der dritten und letzten Darbietung sang die ganze Festgesellschaft begeistert mit.

Nefer forderte jeden Bürger, der etwas sagen wollte, auf, sich zu erheben und zu sprechen. Manche der Ansprachen ergaben wenig Sinn, wurden aber dennoch gut aufgenommen. Andere waren so witzig oder auch so bewegend, dass die meisten Frauen und viele Männer ihre Tränen nicht zurückhalten konnten. In dieser gefühlvollen Atmosphäre lehnte sich Merikara über Mintakas Platz hinweg zu ihrem Bruder hinüber. Der Lärm war so groß, dass sie schreien musste, um sich Nefer verständlich zu machen. «Königlicher und göttlicher Bruder!», neckte sie ihn, denn auch sie hatte reichlich vom Bier gekostet. «Ich muss dich um einen Gefallen bitten, einen sehr, sehr großen Gefallen!»

«Kleine Schwester oder nicht mehr so kleine Schwester, bitte mich, um was du willst, und wenn es in meiner Macht liegt, werde ich dir deinen Wunsch erfüllen.»

«Es liegt sehr wohl in deiner Macht…» Sie stockte und schaute über den Tisch hinweg Meren an, fing seinen Blick auf und errötete zart. «Du weißt, dass ich als Kind ohne meine Zustimmung und gegen meinen Willen verheiratet worden bin. Diese Ehe wurde nie vollzogen. Ich möchte, dass du öffentlich meine Scheidung von Naja erklärst. Das wäre das kostbarste Geschenk, das du mir je machen könntest.»

«Ist das möglich?» Nefer war sofort nüchtern und schaute Taita an. «Steht es in meiner Macht, Mann und Weib vor den Augen der Götter für geschieden zu erklären?»

«Ihr seid der Pharao», sagte Merikara, bevor Taita antworten konnte. «Wie Trok seine Scheidung von Mintaka ausgesprochen hat, so könnt auch Ihr mich von Naja scheiden.»

«Trok hat die Scheidung von Mintaka ausgesprochen?», fragte Nefer so scharf, dass alle um ihn herum sofort verstummten.

«Habt Ihr das nicht gewusst?», fragte Merikara. «Vergebt mir meine Taktlosigkeit. Es tut mir Leid, dass Ihr es auf diese Weise erfahren müsst. Ich dachte, so wichtige Neuigkeiten wären längst auch hierher gedrungen.» Nefer ergriff Mintakas Hand und schüttelte den Kopf. Er war zu erschüttert, um etwas zu sagen, und Merikara sprudelte arglos weiter: «Aber es stimmt. An seinem heiligen Feiertag, in seinem eigenen Tempel hat Pharao Trok einen Widder geopfert und dreimal erklärt: ‹Ich bin von ihr geschieden.› Damit war es geschehen. Die Ehe mit Mintaka existiert nicht mehr.»

Nefer zog Mintaka ein wenig näher zu sich und schaute Taita an. Der alte Mann kannte das Gesetz besser als jeder Tempelschreiber in Ägypten. Auf Nefers stumme Frage nickte er ernst.

Merikara plapperte munter weiter. «Natürlich hat er sofort nach der Scheidung noch einen Widder geopfert und Mintaka wegen Untreue und Frevel an einem Gott zum Tode verurteilt.»

Nefer schaute Mintaka tief in die Augen, und sie erwiderte seinen Blick, während sie sich die Konsequenzen klar machten. Langsam erhellte sich Nefers Miene wie die Miene eines Verurteilten, der soeben seine Begnadigung erfahren hat. «Du bist frei, meine einzige wahre Liebe», sagte er schließlich zu ihr. «Du bist frei, und deine Freiheit macht auch mich endlich frei.»

Vor Anbruch der Dämmerung am nächsten Morgen, als die meisten in der Stadt noch die Nachwirkungen des guten, starken Biers ausschliefen, suchte Nefer Taita in seinen Quartier in einem der alten Gebäude auf. Taita schaute von der Papyrusrolle auf, in der er im flackernden gelben Schein einer Öllampe gelesen hatte.

«Bist du mit etwas Wichtigem beschäftigt?», fragte Nefer zaghaft.

«Du siehst, dass ich beschäftigt bin», erwiderte Taita, bevor er das Dokument langsam zusammenrollte. Für eine Weile lief Nefer ziellos im Raum umher und blieb gelegentlich vor einem der Gegenstände stehen, die Taita seit ihrer Ankunft in Gallala gesammelt hatte und die sich nun auf Tischen und Regalen häuften: präparierte Häute und Federn von bunten Vögeln, Skelette von kleinen Säugetieren und Reptilien, eigenartig geformte Holzstücke und Pflanzenteile und andere seltsame Dinge in Schalen und Flaschen. Taita wartete geduldig, dass Nefer ihn über den Grund seines Besuches aufklärte, obwohl er ziemlich genau wusste, worum es ging.

Nefer nahm das Fossil eines vorsintflutlichen Schalentiers in die Hand und hielt es in den Schein der Lampe. «Mintaka ist also nicht mehr mit Trok verheiratet», sagte er ohne aufzuschauen.

«Ich mag auf beiden Ohren taub sein, aber das ist selbst mir nicht entgangen.»

Nefer legte das Fossil an seinen Platz zurück und betrachtete die Kupferstatuette der Göttin Isis mit dem Säugling Horus an ihrer Brust. Taita hatte sie unter der alten Stadtmauer ausgegraben, und sie war über und über mit Grünspan bedeckt.

«Weißt du, welchen Beschränkungen ein König nach dem Gesetz des Chephren unterliegt, wenn es um seine Heirat geht?», fragte Nefer beiläufig.

Taita bohrte sich gedankenverloren in der Nase und betrachtete mit Interesse, was dabei auf der Spitze seines Zeigefingers hängen blieb. «Wie bei jeder anderen Heirat muss die Braut heiratsfähig sein, also Jungfrau oder Witwe», erklärte er dann.

«Oder von ihrem Gatten selbst als geschieden erklärt.»

«Von ihrem Gatten oder auf Erlass des herrschenden Pharaos», nickte Taita. «Bevor ein König heiraten oder zum Gott erklärt werden kann, muss er jedoch seine Herrschaft angetreten haben.»

«Und das kann er nur, wenn er volljährig ist, was ich nicht bin, oder wenn er seinen Gottvogel gefangen hat, was ich vergeblich versucht habe, oder wenn er die Rote Straße gemeistert hat – was ich nicht habe. Noch nicht.»

Nefer legte besondere Betonung auf die letzten Worte. Taita schaute kurz auf, sagte aber nichts.

Nefer stellte die Statuette auf einen der Tische zurück und eröffnete seinem alten Lehrer mit Bestimmtheit: «Ich habe vor, die Rote Straße zu absolvieren.»

Taita schaute ihn an. «Du bist noch nicht zu deiner vollen Größe und Stärke herangewachsen», gab er zu bedenken.

«Ich bin groß und stark genug.»

«Und wer wird mit dir reiten?»

«Meren», sagte Nefer ohne zu zögern.

«Wir haben andere Krieger, die stärker und erfahrener sind als er und die dir eine größere Hilfe sein könnten. Es gibt viele, die nichts lieber täten, als den Zopf eines Pharaos des Hauses Tamose zu erobern.»

«Ich habe es Meren versprochen», erwiderte Nefer.

Wie zwei Welpen, die im Übermut über ihre eigenen Pfoten stolpern, dachte Taita. Er sagte jedoch nur: «Es gibt keine wilden Pferde in Gallala, wenigstens keine, die für diesen Zweck zu gebrauchen wären.»

«Ich weiß, wo ich welche finden kann. Naja und Trok haben alle nicht mitgenommenen Pferde unbewacht in Ägypten zurückgelassen.» Taita machte sich nicht die Mühe, dem jungen Mann klar zu machen, wie sehr er sich da irrte. Die falschen Pharaonen hatten mit Sicherheit mehr Veteranentruppen zur Verteidigung Ägyptens zurückgelassen, als sie auf ihrem Mesopotamien-Feldzug bei sich hatten. Er wusste jedoch, dass Nefer kein Argument akzeptieren würde, dass seinen Absichten zuwiderlief.

«Wenn du auf der Roten Straße versagst, verlierst du mehr als nur dein Haar. Du wirst so viel Ansehen einbüßen, dass du mit deinem Anspruch auf den Thron ebenfalls scheitern könntest.»

«Ich werde nicht versagen», sagte Nefer ungerührt. Das war genau die Antwort, die Taita erwartet hatte.

«Wann willst du es versuchen?», fragte der Magus.

«Sobald ich meine Pferde habe.»

Nachdem sie Wasser gefunden hatten und es so möglich war, sich auf Dauer in Gallala einzurichten, führte Nefer mit Hilfe Taitas ein Abfallsystem für die Stadt ein. Die menschlichen Ausscheidungen und der Mist von den Rinderkoppeln und aus den Pferdeställen wurden von Wagen aufgesammelt und als Dünger über die Felder verteilt. Die übrigen Abfälle wurden auf Müllhalden am Ende des Tals gefahren, die bald zur Heimstatt von Krähen, Weihen, Geiern und hässlichen, nacktköpfigen Marabustörchen wurden. Auch Paviane kamen von den Hügeln herunter und stöberten mit hunderten von Schakalen und wilden Hunden in den Abfallhaufen.

Auf Nefers Befehl wurden auf den Müllhalden jeden Abend Fallen aufgestellt, und am nächsten Morgen wurden die gefangenen Tiere in Käfigen in die Stadt gebracht.

Schabako und seine vertrauenswürdigsten Männer schwärmten als Kundschafter und Spione in die Städte und Dörfer des Niltals aus.

Dort tranken sie mit den Einheimischen in den Tavernen und befragten die Reisenden, die sie unterwegs trafen. Sie beobachteten jede Festung und jedes Ausbildungslager und zählten die Truppen, die kamen und gingen. Als sie Wochen später nach Gallala zurückkehrten, brachten sie eine Fülle detaillierter und exakter Informationen mit.

Danach hatten die falschen Pharaonen mindestens die Hälfte ihrer Infanterie, bewaffnet mit Speeren, Steinschleudern und Bogen, zu ihrer Rückendeckung in Ägypten gelassen. Alle Grenzfestungen waren voll bemannt und bewacht, und auch die Kasernen im Hinterland schienen in Alarmbereitschaft zu sein.

«Was ist mit den berittenen Divisionen?», fragte Nefer, als Schabako seinen langen Bericht beendet hatte.

«Trok hat die meisten seiner Streitwagen nach Mesopotamien mitgenommen. Seine Reserve in Ägypten besteht aus höchstens zwei Regimentern. In allen Armeewerkstätten werden jedoch fieberhaft neue Wagen gebaut.»

«Und wie steht es mit Pferden?», wollte Nefer wissen.

«Sie haben in beiden Königreichen jedes Tier beschlagnahmt, auf das sie ihre diebische Hand legen konnten. Und sie haben Armeeaufkäufer nach Libyen geschickt, um dort zu kaufen, was sie finden konnten. Die Zugtierdepots in Thane und Manaschi sind voll. Die meisten der Tiere dort scheinen jedoch jung und noch nicht trainiert zu sein. Die schlachterprobten Rösser sind alle mit der Hauptarmee nach Osten gezogen.»

«Also, Thane», beschloss Nefer. «Thane ist viel näher als Manaschi.» Er erinnerte sich, wie Taita auf dem Weg nach Avaris, um Mintaka zu retten, in Thane Najas Freibrief benutzt hatte, um sich von Socko, Hiltos altem Mitstreiter, frische Pferde zu besorgen. Er versuchte sich die Anlage der Garnison und deren Umgebung wieder vor Augen zu führen, doch es war alles zu lange her.

«Erzählt mir alles von Thane, was Ihr wisst. Hat Socko immer noch das Kommando dort?»

«Ja. Ein Sergeant der Garnison hat uns bei einem Bier im örtlichen Hurenhaus erzählt, Socko hätte seine Sache dort so gut gemacht, dass Trok ihn in den Rang eines Besten von Zehntausend befördert hat.»

Zehn Tage später saßen Nefer und Taita im dichten, sattgrünen Gras und taten, als passten sie auf die Ziegen auf, die um sie herum grasten. Das Land um die Garnisonsstadt Thane war gut bewässert und reich an Weidegründen. Es war aber auch flach, baumlos und öde. Es gab keinen Hügel, von wo aus sie das Lager überschauen konnten. Die nächste Anhöhe war am Rand der Wüste, eine Wegstunde östlich.

Sie trugen beide die zerlumpten, staubigen schwarzen Gewänder der Beduinen. In dieser Verkleidung passten sie sich der Landschaft an wie zwei Hasen oder Krähen. Von Zeit zu Zeit standen sie auf und trieben die Ziegen ein wenig näher an die Garnison heran, bevor sie sich nach Art beduinischer Hirten wieder im Gras niederließen.

Nicht weit von ihnen grasten die Pferde, doch deren Wächter waren uniformiert und bewaffnet. «Das sind bestimmt zweitausend Pferde», schätzte Nefer.

«Vielleicht nicht ganz so viele», entgegnete Taita, «eher fünfzehnhundert, aber immer noch mehr, als wir mitnehmen könnten.»

Sie beobachteten und warteten den ganzen heißen Nachmittag lang. In den Koppeln neben dem Kavallerielager waren die Pferdetrainer damit beschäftigt, die jungen Tiere einzureiten und an die Wagengeschirre zu gewöhnen. Sie waren nah genug, dass Nefer und Taita ihre Rufe und Peitschenschläge hören konnten. Am späten Nachmittag wurden die Pferde von den Weiden und Koppeln in die langen Stallungen hinter der Festung getrieben, wo sie für die Nacht verbrachten.

Bei Sonnenuntergang sammelten Nefer und Taita ihre Ziegen und trieben sie langsam zurück auf die Wüste zu. In der Dämmerung sahen sie, wie eine kleine Abteilung von vier Streitwagen die Straße von Avaris herunterkam. Die Zügel des ersten Wagens hielt ein bulliger Offizier mit dem silbernen Brustschild eines Besten von Zehntausend. Als er näher kam, erkannten sie ihn sofort.

«Seth sei verflucht», flüsterte Nefer, «wenn das nicht Socko ist, Hiltos alter Waffenbruder. Ob er uns wohl erkennen wird?»

Mit gesenkten Köpfen und in unterwürfiger Haltung trotteten sie hinter den Ziegen her. Socko fuhr von der Straße ab und direkt auf sie zu. «Ihr stinkendes Gesindel!», schrie er. «Wie oft muss ich euch noch warnen, eure dreckigen, verpesteten Viecher von meinen Pferden fern zu halten!» Er lehnte sich aus dem Wagen und versetzte Nefer mit der Peitsche einen Hieb über den Rücken. Nefer war nahezu blind vor Zorn, doch bevor er Socko von seinem Wagen zerren konnte, gab Taita ihm ein Zeichen, und er erstarrte mitten in der Bewegung. Auch Socko schien auf Taitas Geste zu reagieren, denn er rollte seine Peitsche ein und sagte in ruhigerem Ton: «Wenn ich euch noch einmal hier erwische, schneide ich euch die Eier ab und stopfe sie euch in den Arsch.» Mit dieser Drohung entließ er sie, lenkte den Wagen auf die Straße zurück und ließ sein Gespann weiter zur Festung traben.

Sechs Nächte später, in der Finsternis des neuen Monds, kehrten sie nach Thane zurück, diesmal mit Verstärkung: vierzig Reiter in schwarzen Beduinengewändern, die Gesichter mit Ruß beschmiert, jeder Mann von Gallala, der ein Pferd reiten konnte, und jeder mit einem Sack hinter sich auf dem Pferderücken. In den Säcken regte und wand es sich, jaulte und kläffte es gedämpft, denn jeder enthielt zwei oder drei lebende Schakale, die Beine zusammengebunden, die Mäuler mit Strängen von Flachs umwickelt.

Die Hufe der Pferde steckten in Lederstiefeln, um möglichst jedes Geräusch zu vermeiden. Nefer führte sie in weitem Bogen westlich um die Festung, in sicherem Abstand zu den Kavallerielagern und ihren Wachen.

Jeder wusste, was von ihm erwartet wurde, denn sie hatten dieses Manöver oft geübt. So blieben sie schweigend in Formation, ein Halbmond aus schwarzen Reitern zwischen Thane und dem Fluss, gerade dicht genug beisammen, dass sie leise einen Befehl von einem zum nächsten Mann weitergeben konnten. Nefer ritt in der Mitte, Meren am linken Flügel und Schabako am rechten.

Sobald Nefer sicher war, dass alle ihre Positionen erreicht hatten, ließ er dreimal einen Nachtigallentriller ertönen und sah, wie eine Kette roter Punkte in der Dunkelheit aufglühte. Die Männer hatten die Deckel der tönernen Feuertöpfe geöffnet, die sie bei sich trugen, und die Glut angeblasen. Nefer tat nun dasselbe, dann öffnete er einen der Säcke auf seinem Pferd und griff hinein. Als er die Hand wieder herauszog, wand sich eine fettes Schakalweibchen unter seinem Griff.

Ein beißender Teergeruch breitete sich aus, der so stark war, dass er den natürlichen Gestank des Tieres überdeckte. Fell und Schwanz waren mit einer schwarzen, klebrigen Flüssigkeit eingeschmiert. Taita hatte diese schleimige Substanz von einem Ort in der Wüste. Dort sickerte sie aus der Erde, aus großer Tiefe, wie Taita sagte. Dieser Schleim war sehr leicht brennbar, und das gelbe Pulver, das Taita ihm beigemischt hatte, machte ihn noch entflammbarer. Mit dieser Mixtur war jeder einzelne der gefangenen Schakale behandelt worden.

Nefer schnitt die Stränge an den vier Beinen des Schakalweibchens durch. Als Tier die Freiheit witterte, trat es wild um sich. Nefer hielt seinen Feuertopf unter den buschigen Schwanz, der sofort zu einer funkensprühenden, rauchenden Fackel wurde. Das Schakalweibchen versuchte nun noch verzweifelter zu entkommen, doch bevor Nefer es laufen ließ, zerschnitt er mit seinem Dolch die um sein Maul gewickelte Flachsschlinge. Das Tier stieß sofort einen unwirklichen, grässlichen Schrei aus. Nefer ließ es zu Boden fallen, und es schoss davon, eine Spur von Feuer und Funken hinter sich herziehend und auf eine Weise schreiend, dass es selbst Nefer kalt den Rücken herunterlief.

Während er den nächsten Schakal aus dem Sack zog, konnte er beobachten, wie links und rechts von ihm Feuerbälle aufflammten und durch die schwarze Nacht zischten. Zugleich war die Luft von furchtbarem Schmerzgeheul erfüllt. Einige der gepeinigten Kreaturen rannten zum Fluss, doch der Rest raste instinktiv auf seine Wüstenheimat zu, und der Weg dorthin führte direkt durch die Garnison von Thane. So ergoss sich das ganze Rudel in das Kavallerielager.

Als Nefer seinen letzten schreienden Schakal laufen ließ, zog er sein Schwert, trat dem Pferd in die Weichen und galoppierte hinter den brennenden Tieren her. Seine Krieger folgten ihm zu beiden Seiten. Um alles noch gespenstischer erscheinen zu lassen, schrien sie wie Dämonen.

Manche der Schakale zogen ihre Feuerspur durch trockenes Heu und Stroh, das sofort in Flammen aufging. So lag bald ein flackernder Feuerschein über dem Lager, der die Reiter monsterhaft erscheinen ließ.

Vor sich sah Nefer die ersten Wachen ihre Waffen fallen lassen und fliehen, wobei sie fast so laut schrien wie die brennenden Schakale.

«Dämonen!», heulten sie.

«Rettet uns! Die schwarzen Legionen des Seth sind hier!»

«Die wilden Horden der Hölle! Flieht! Flieht!»

Die Pferde zerrten an ihren Leinen und bäumten sich auf. Wenn ein Pfahl sich aus dem Boden löste oder eine der langen Leinen riss, waren sofort zwanzig Pferde frei, die vor den johlenden und schreienden Reitern herrasten.

Nefer beugte sich nach unten, stieß seinen Säbel einem der fliehenden Soldaten zwischen die Schulterblätter und ließ den schlaffen Leichnam von seiner Klinge gleiten. Dann lenkte er sein Ross auf einen Tross verschreckter Pferde zu, die an ihrer Leine zerrten. Nefer kappte sie mit einem einzigen Schwerthieb und brachte die Pferde mit seinen Schreien dazu, sich der panischen Flucht der anderen anzuschließen. Schabako und seine Männer waren direkt neben ihm und trieben die rasende Flut von Mensch und Tier im Feuerschein der brennenden Garnison vor sich her. Die letzten der Schakale waren verbrannt und ihre Kadaver rauchten im Gras, als Pferde und Reiter auf die Hügel zustoben.

Schabako tauchte an Nefers Seite auf. «Beim Schweiß und Samen des Seth», rief er, «das war ein Spaß!» Er drehte sich um. «Schade, dass sie uns nicht verfolgen. Ein kleines Gefecht wäre das perfekte Ende für diesen unterhaltsamen Abend.»

«Ihr werdet bald genug Unterhaltung haben, das verspreche ich Euch», lachte Nefer. «Doch jetzt müssen wir die Herde zügeln, bevor sie sich das Herz aus dem Leib galoppiert.»

Sie trieben ihre Pferde durch die galoppierende Herde bis an die Spitze und ritten dann schräg vor ihr her, bis die Masse abdrehte und nach und nach zuerst in Trab und dann in Schritt fiel. So führten sie die ganze Herde in die offene Wüste auf Gallala zu.

Im Morgengrauen trottete sie durch einen felsigen Engpass, in stetigem Schritt. Nefer und Schabako führten sie an, und Meren und seine Treiber sammelten die Nachzügler ein.

Nefer blinzelte in die ersten Sonnenstrahlen und rief Schabako herbei. «Halt sie im Schritttempo. Ich reite zurück, um zu sehen, ob Socko und seine Männer schon hinter uns her sind.»

Am Ende des Trosses nahm er Meren und drei andere Männer mit, die mit Schwert und Speer umgehen konnten. «Wenn sie uns verfolgen, sollten wir versuchen, sie abzulenken», erklärte er ihnen, als sie bei ihm waren.

Nefer führte sie zu dem Engpass zurück. Dort ließen er und Meren die drei Soldaten bei den Pferden zurück und kletterten den Steilhang hinauf.

Als sie auf dem Hügelkamm ankamen, stand die Sonne schon deutlich über dem Horizont, hatte aber noch nicht die Nachtkühle vertrieben, und die Luft war noch klar. Das Land glühte in dem einzigartigen Licht eines Wüstenmorgens. Die Schärfe und Schönheit, mit der sich jeder ferne Felsen, jede Sanddüne und jeder knorrige Baum vor ihnen abzeichnete, waren atemberaubend.

«Da!», sagte Nefer plötzlich. Meren hatte scharfe Augen, doch Nefers waren schärfer.

«Zehn Reiter.» Meren versuchte seinen Ärger darüber zu verbergen, dass er sie nicht zuerst gesehen hatte.

«Elf», berichtigte Nefer ihn, und Meren hatte keine Einwände. «Wir sind zu fünft – gerade richtig!», grinste er stattdessen.

«Wir greifen sie dort unten an», Nefer zeigte in die Schlucht hinab, «da, wo der Engpass ist. Wir wollen nicht, dass sie mit ihren Neuigkeiten nach Avaris gelangen. Es darf also keine Überlebenden geben.»

«So habe ich es am liebsten», lachte Meren.

Sie kletterten in die Schlucht zurück und warteten zwischen den Felsen. Ihren Pferden hielten sie die Nüstern zu, um zu verhindern, dass sie schnaubten und die Falle zu früh zuschnappte. Mitten in dem Engpass hatte Nefer einen der Ledersäcke gelegt, in denen sie die Schakale transportiert hatten. Er hatte sie mit ihren Umhängen vollgestopft, die sie in der zunehmenden Hitze nicht mehr brauchten.

Sie schauten auf, als sie weiter unten in der Schlucht das Klappern von Hufen auf hartem Fels und das Klicken losgetretener Kiesel hörten. Nefer schaute auf die andere Seite des Engpasses, wo die Schlucht sich erweiterte und Meren und einer der anderen Männer sich verbargen. Er hielt die linke Hand hoch, die Finger weit gespreizt. Das war das Signal, keinen Laut von sich zu geben und wachsam zu sein.

Nun hörte er auch andere kleine Geräusche, die in der großen Stille der Wüste verblüffend laut klangen: knirschendes Leder und Pfeile, die in ihren Köchern aneinander schlugen. Nefer spähte hinter dem Felsblock hervor, hinter dem er sich mit den anderen beiden Soldaten verbarg. Durch den dort wachsenden Myrtenbusch war die Silhouette seines Kopfes fast unsichtbar.

Unten in der Schlucht erschien ein Reiter. Als er den Sack mitten auf dem Pfad liegen sah, zügelte er sofort sein Pferd und schaute sich um. Der Rest des Trupps schloss hinter ihm auf. Selbst unter dem Lederhelm erkannte Nefer ihn noch. Es war Socko. Sein Rücken brannte noch, wo dessen Peitsche einen blutigen Strieme gezogen hatte.

Dafür werde ich mich bald revanchieren, mein Freund, dachte Nefer grimmig. Socko nahm sich Zeit. Als alter Krieger war er stets auf der Hut und misstrauisch. Er ritt vorsichtig weiter, und sein Trupp folgte ihm. Schließlich blieben sie dicht zusammengedrängt an der Stelle stehen, wo der Sack lag, und betrachteten sie neugierig. Socko knurrte einen Befehl. «Langsam. Gebt mir Deckung.» Er schwang sich vom Pferd und beugte sich zu dem Sack hinunter. In diesem Augenblick gab Nefer das Zeichen, eine Aufwärtsbewegung mit der linken Hand.

Sie zielten und warfen alle gleichzeitig, aber Hilto und Schabako hatten sie darauf trainiert, niemals das gleiche Ziel anzupeilen. Fünf Speere surrten durch die Luft und trafen ihre Opfer da, wo kein Panzer sie abwehren konnte, drei in die Kehle und zwei im Nacken. Fünf Mann fielen leblos unter die Hufe ihrer erschreckten Pferde.

Nefer und seine Männer kamen mit gezogenen Schwertern aus ihren Verstecken, aus voller Kehle ihren Kriegsschrei ausstoßend: «Für Horus und Seti!»

Die Überlebenden der ersten mörderischen Speersalve drehten sich instinktiv um und wollten sich ihnen entgegenstellen, doch sie hatten nicht einmal Zeit, ihre Schwerter zu ziehen, bevor die Pferde der Angreifer in die ihren krachten. Zwei von Sockos Pferden verloren das Gleichgewicht und warfen ihre Reiter ab. Nefer nahm sich den nächsten Reiter vor und tötete ihn mit einem Stoß in die Kehle.

Nun zog Socko seine Klinge und zielte auf Nefers Unterleib. Nefer wandte sich ab, sein Pferd bäumte sich auf und schlug mit beiden Vorderhufen nach Socko. Ein Huf traf ihn voll in die Brust und warf ihn in den Sand, doch bevor Nefer ihn töten konnte, kam der nächste Feind mit erhobenem Schwert auf ihn zugeritten. Nefer wich seinem Schlag aus, und sie fochten Mann gegen Mann.

Sockos Soldaten hatten sich gerade vom ersten Schock erholt, als Meren sich mit seinem Gefährten voller Wut in das Getümmel stürzte. Einem der Feinde stach er sofort ins Herz und mit demselben Schwung tötete er einen zweiten mit einem Hieb in den Hals. Meren stieß einen Triumphschrei aus, während sein Opfer, den Kopf fast vom zuckenden Rumpf getrennt, in den Staub sank.

Socko hatte Helm und Schwert verloren und versuchte auf Händen und Knien kriechend, die Waffe wiederzufinden. Er war der Einzige von seinem Trupp, der noch kampffähig war. Nefer beugte sich hinunter und zielte auf die Lücke, wo sein lederner Panzer zwischen den Schulterblättern zusammengebunden war, doch im letzten Moment hielt ihn etwas davon ab, ihm den Todesstoß zu versetzen. Er drehte sein Schwert geschickt und ließ die flache Seite der Klinge auf den ergrauten Hinterkopf des alten Soldaten krachen. Socko fiel vorwärts in den Sand.

Nefer schaute sich um und vergewisserte sich, dass Meren alles unter Kontrolle hatte. Dann glitt er vom Pferd auf den Boden, gerade als Socko stöhnte, sich auf den Rücken wälzte, den Kopf schüttelte und aufstehen wollte. Nefer stellte ihm den Fuß auf die Brust und setze die Spitze seines Schwerts an seine Kehle. «Gib auf, Socko, oder ich schicke die Nachricht von deinem Tod an deine Mutter und die hundert stinkenden Ziegenhirten, die bei deiner Zeugung im Spiel waren.»

Socko erholte sich von seiner Benommenheit und starrte Nefer trotzig an. «Lass mich mein Schwert finden, Bürschchen, dann werde ich dich lehren, wie man im Stehen pinkelt.» Er wollte die Beleidigungen fortsetzen, doch dann verblasste plötzlich das kriegerische Funkeln in seinen Augen, und er begann zu stammeln. Er hatte die Tätowierung an Nefers Schenkel entdeckt.

«Majestät», keuchte er, «vergebt mir! Stecht zu! Nehmt mein unwürdiges Leben. Welch kleiner Preis für meine groben und dummen Worte! Ich habe die Gerüchte gehört, dass Ihr am Leben seid, doch ich habe bei Eurem Begräbnis geweint und konnte nicht glauben, dass solch ein Wunder geschehen war.»

Nefer lächelte erleichtert. Er wollte ihn nicht töten. Socko war ein sympathischer alter Halunke. Hilto behauptete zudem, er sei einer der besten Pferdetrainer aller Armeen Ägyptens, und Hilto musste es wissen. «Seid Ihr bereit, mir den Treueid zu leisten, mir, Eurem Pharao?», fragte er streng.

«Mit Freuden, denn alle Welt fürchtet Euch als Nefer Seti, Liebling aller Götter, Licht unseres Ägyptens. Mein Herz schlägt nur für

Euch, und meine Seele wird ihre Huldigung an Euch singen, solange ich lebe.»

«Dann, Socko, befördere ich Euch zum Herrn der Tausend Streitwagen. Und Taita muss aufpassen, dass Ihr ihm nicht seinen Titel als Hofdichter streitig macht, denn Euer Vers ist gar nicht übel.»

«Lasst mich Eure Füße küssen, Pharao», flehte Socko.

«Gebt mir lieber Eure Hand.» Nefer ergriff seine verhornte Faust und zog ihn auf die Füße. «Schade um Eure Leute», sagte er mit einem Blick auf die Toten. «Hätten sie Eure Loyalität geteilt, dann wären sie jetzt noch am Leben.»

«Sie starben durch die Hand eines Gottes», bemerkte Socko ehrfürchtig. «Es gibt keine größere Ehre. Und die wenigen, die noch stöhnen und zucken, kann Magus Taita vielleicht retten.»

Drei Tage danach trieben sie fast vierhundert Pferde durch Gallala, und Socko, den Kopf verbunden unter seinem Helm, stand stolz zur Rechten seines neuen Pharaos.

Socko war nicht nur der Generalquartiermeister der ägyptischen Armeen mit dem Rang eines Besten von Zehntausend, er war auch ein Absolvent der Roten Straße. Außerdem wusste er genau, über wie viele Streit- und Frachtwagen die falschen Pharaonen verfügten und wo sie zur Zeit eingesetzt waren. Er wusste auch, wie viele Pferde und Ochsen sich in den Depots im Nildelta befanden und welche Art und wie viele Waffen in den Arsenalen lagerten. All das schrieb er aus dem Gedächtnis nieder.

«Trok und Naja haben fast alle kampfbereiten Streitwagen auf den Feldzug in den Osten mitgenommen. In Ägypten, und damit meine ich Unter- und Oberägypten, stehen heute nicht einmal mehr fünfzig. Die Armeewerkstätten in Avaris, Theben und Memphis arbeiten Tag und Nacht, doch jeder Kampfwagen, den sie fertig stellen, wird sofort über Beersheba nach Mesopotamien geschickt.»

«Pferde haben wir nach dem Überfall auf Thane, selbst wenn die meisten davon noch jung sind und erst eingeritten werden müssen. Doch was ist mit Streitwagen? Ohne Streitwagen können wir keinen Feldzug beginnen», sagte Hilto besorgt. «Und diesmal können wir auch keine stehlen, weil es einfach keine gibt. Mit all dem Gold, das jetzt in unserer Schatzkammer liegt, können wir uns keine einzige Schwadron kaufen.»

Während Nefer und die anderen auf dem großen Diebeszug nach Thane waren, hatte Hilto das übrige Gold aus den Verstecken an der Straße nach Mesopotamien geholt. Nun häuften sich über dreihunderttausend Goldstücke in den uralten Zisternen unter der Stadt Gallala. «Trok wird bald von unseren Erfolgen hören», fuhr Hilto fort. «Er wird erkennen, dass wir zu einer echten Bedrohung geworden sind. Sobald er Babylon erobert hat, wird er einen Teil seiner Armee auf uns hetzen. Selbst wenn er nur hundert Wagen schickte, wären wir ihnen in unserem gegenwärtigen Zustand nicht gewachsen.»

Als alle gesagt hatten, was sie sagen wollten, erhob sich Nefer und ergriff kurz das Wort. «Socko, Ihr trainiert die Pferde. Taita und ich werden die Wagen beschaffen.»

«Dazu würde ein kleines Wunder gehören», entgegnete Socko skeptisch.

«Warum so kleinmütig, Herr der Tausend Wagen», lächelte Nefer. «Wie sollen wir Eurem Titel gerecht werden, wenn wir nur auf ein kleines Wunder hoffen? Lasst uns an ein großes Wunder glauben.»

Taita stand auf einem schwarzen Felsenhügel inmitten von Sanddünen so weit das Auge reichte. Vom Fuß des Hügels beobachteten ihn hundert Männer in einer Mischung aus Verständnislosigkeit und Faszination. In den Augen der Krieger war die Macht des Magus so grenzenlos wie die Wüste, in der sie sich befanden. Alle waren aus freien Stücken nach Gallala gekommen. Sie hatten die Regimenter der falschen Pharaonen verlassen und Pharao Nefer Seti ihre Treue geschworen. Diese Treue war in letzter Zeit jedoch ein wenig strapaziert worden, da sie immer noch ohne Waffen und Streitwagen waren und täglich neue Gerüchte hörten, dass Trok oder Naja oder beide schon unterwegs wären, um an den Deserteuren Rache zu üben.

Pharao Nefer Seti stand neben dem Magus auf der Spitze des Felsens. Die beiden schienen etwas zu diskutieren. Von Zeit zu Zeit zeigte der eine oder der andere von ihnen nach Westen, wo nur Sand und nichts als Sand zu sehen war.

Die Männer warteten geduldig in der Hitze des Tages. Nicht einer zeigte Missmut oder Zweifel. Alle glaubten an Taita. Am späten Nachmittag, als die Schatten zwischen den Dünen sich verdunkelten, kam das seltsame Paar, der junge Monarch und der steinalte Magus, vom Felsen herab und ging in die Dünen hinaus. Der Magus lief scheinbar ziellos einen Dünenhang entlang. Manchmal blieb er stehen und machte eigenartige Gesten mit seinem langen Stab, bevor er weiterging. Der Pharao und seine Offiziere blieben die ganze Zeit dicht hinter ihm.

Dann endlich, bei Anbruch der Dämmerung, steckte der Magus seinen Stab in den weichen Sand und sprach leise zu Pharao Nefer Seti, der sofort seinen Offizieren Befehle zurief. Minuten später kamen zwanzig Mann mit Werkzeug herbeigelaufen und begannen unter den kritischen Augen ihres Königs und des Magus im Sand zu graben. Als das Loch schultertief war, floss der lose Sand fast so schnell zurück, wie sie ihn ausgruben, und sie mussten ihre Anstrengungen verdoppeln, um weiterzukommen. Die Köpfe der Männer verschwanden langsam hinter Sandhaufen, bis plötzlich ein aufgeregter Schrei aus der Grube kam. Nefer trat an ihren Rand und schaute hinunter.

«Hier ist etwas, göttliche Majestät», rief ein über und über mit Schweiß und Sand bedeckter Mann, der unten in der Grube kniete.

«Lass mich selbst sehen.» Nefer sprang hinein und schob den Mann beiseite. Er hatte ein Stück Fell freigelegt, anscheinend vollkommen intakt, aber hart wie Zedernholz.

Nefer schaute zu Taita hinauf. «Ein Pferd!», rief er.

«Welche Farbe?», fragte Taita. «Ist es schwarz?»

«Woher weißt du das?»

«Seht ihr die goldene Kartusche des Pharao Trok Uruk am Halfter?», beantwortete Taita die Frage mit einer Gegenfrage.

«Grabt es aus», befahl Nefer den schwitzenden Männern, «aber vorsichtig, damit ihr nichts beschädigt.»

Nun schaufelten sie den Sand mit bloßen Händen beiseite. So gruben sie nach und nach den Kopf eines schwarzen Pferdes aus. Auf einer goldenen Scheibe vor der Stirn des Hengstes war die Kartusche des Trok eingraviert, genau wie Taita vorausgesagt hatte.

Der ganze Kadaver, den die Männer freilegten, war in dem heißen, trockenen Sand wunderbar erhalten geblieben. Selbst die Einbalsamierer in Theben hätten es nicht besser machen können. Sie legten das zweite Tier des Gespanns frei, ebenfalls einen Hengst. Nefer erinnerte sich jetzt, dass er diese beiden großartigen Tiere das letzte

Mal gesehen hatte, als sie mit Troks Streitwagen in den Sandwolken des Kamsins verschwunden waren.

Inzwischen war es dunkel geworden. Die Arbeiter zündeten Öllampen an und stellten sie auf den Rand der Grube. Sie arbeiteten die ganze Nacht hindurch. Die toten Pferde wurden aus den Geschirren befreit und herausgehoben. Ihre getrockneten Kadaver waren so leicht, dass vier Mann sie ohne Schwierigkeiten tragen konnten.

Als Nächstes bargen sie das Geschirr, das ebenfalls ausgezeichnet erhalten war. Nefer beauftragte seine Stallburschen sofort, das Leder einzuölen und die Gold- und Bronzeteile zu polieren.

Als sie schließlich zu dem Streitwagen vordrangen und die Kanzel freilegten, standen ihnen vor Staunen die Münder offen: Sie war vollkommen mit Blattgold bedeckt, das im Schein der Lampe so funkelte, dass sie die Augen zusammenkneifen mussten. Die Speere und Lanzen standen noch griffbereit in ihren Haltern zu beiden Seiten der Kanzel. Jede einzelne Waffe war ein Kunstwerk. Die Lanzengriffe waren besonders verstärkt, und die Spitzen scharf wie Skalpelle. Die Pfeile stammten aus der Werkstatt des Grippa von Avaris. In die vollkommen geraden Schäfte war die königliche Kartusche des Trok eingeprägt, und die Federn waren rot, gelb und grün.

Troks großer Kampfbogen stand noch in seinem Halter und brauchte nur eine neue Sehne. Nefer wog und bog ihn mit beiden Händen und fragte sich, ob er die Kraft hätte, ihn jemals im Kampf einzusetzen.

Als der gesamte Streitwagen freilag, zogen sie Stricke unter ihm hindurch und hoben ihn aus der Grube.

Die Sonne stieg über dem Horizont auf, und Nefer und Taita gingen um den funkelnden Wagen herum. Er war so schnittig und schön, dass er, selbst wenn er stillstand, in voller Fahrt zu sein schien.

In den Wochen und Monaten danach führte Taita sie zu den anderen begrabenen Wagen und Waffen. Arbeiter gruben sie aus und brachten sie zu den Handwerkern, die im Schatten des Felsens eine Werkstatt errichtet hatten. Unter Palmendächern arbeiteten dort fünfzig Wagenbauer und fast hundert Waffenschmiede. Die Waffenschmiede polierten und schärften die Schwerter, Speere und Lanzen. Die Wagenbauer nahmen jedes Fahrzeug, das aus dem Sand kam, vollkommen auseinander, überprüften jedes Einzelteil, bemalten und lackierten Rahmen, Planken und Platten und richteten und schmierten die Räder, bis sie wieder spurtreu und leichtgängig waren. Dann setzten sie die Wagen wieder zusammen und schickten sie nach Gallala, um die Armee auszurüsten, die Hilto, Schabako und Socko dort ausbildeten.

Viele der Wagen lagen so tief unter den glühend heißen Dünen, dass sie für immer verloren waren, oder zumindest so lange, bis der nächste große Sturm sie wieder freilegen würde. Doch am Ende hatten sie einhundertfünf Streitwagen geborgen, genug für fünf Schwadronen.

Als Nefer im königlichen Streitwagen durch das alte Stadttor von Gallala fuhr, stand Meren neben ihm in der Kanzel.

Mintaka und Merikara standen zusammen auf der Dachterrasse des Tempels der Hathor und streuten Oleanderblüten auf die vorbeifahrenden Männer.

«Er ist so schön», hauchte Merikara bewundernd.

«So groß und schön und stark», stimmte Mintaka zu. «Er wird der größte Pharao sein, den Ägypten je gesehen hat.»

«Von dem habe ich nicht gesprochen», bemerkte Merikara, ohne ihren Blick von Meren zu wenden.

Zwischen Gallala und Ägypten gab es inzwischen einen lebhaften Schmuggelverkehr, und auch aus Safaga am östlichen Meer kamen regelmäßig Karawanen an. Seitdem sie die Hälfte der Kriegskasse von Naja und Trok erbeutet hatten, war Gallala eine reiche Stadt. Die Kaufleute schienen das gelbe Metall von weitem zu riechen und brachten ihre Waren von allen Enden der Welt. Es gab kein Luxus- oder Gebrauchsgut, das man nicht an einer der Marktbuden in der Stadt bekommen hätte. Mintaka konnte daher für das Willkommensbankett, das sie für den Abend der Rückkehr der Wagen vorbereitet hatte, eine Wagenladung des besten Rotweins aus den Gärten des Osiris-Tempels in Busiris kommen lassen.

Auf ihre Anweisung brutzelten und rösteten die Köche zehn ganze Ochsen und hunderte von Hühnern und Gänsen. Jäger zogen durch die Wüste um Gallala und kamen mit Gazellen, Antilopen und dem Fleisch und den Eiern von Straußen zurück.

So feierten sie ihren Erfolg, und der Wein zeigte schon seine Wirkung, als Nefer sich erhob, um die Gäste willkommen zu heißen und die Bergung von über hundert Streitwagen aus der Sandwüste zu verkünden. «Mit den Pferden, die wir aus Troks Tyrannei befreit haben ...» Hier wurde Nefer durch lautes Lachen und Zurufe unterbrochen. «... und mit den Waffen und Streitwagen, die wir jetzt haben, sind wir sehr wohl in der Lage, uns gegen Trok und Naja zu verteidigen. Wie ihr wisst, scharen sich jeden Tag neue Männer unter dem blauen Banner. Bald wird es nicht mehr nur um Verteidigung gehen, sondern auch um Vergeltung für die furchtbaren Schandtaten, die diese beiden Ungeheuer verübt haben. Sie haben das Blut wahrer, edler Könige an ihren Händen. Sie sind die Mörder von König Apepi, des Vaters der edlen Prinzessin an meiner Seite, und sie haben meinen Vater umgebracht, Pharao Tamose!»

Die Gäste schwiegen verwirrt und schauten sich gegenseitig an. In diesem Augenblick erhob sich Hilto. Nefer hatte ihn vorbereitet und ihm die Frage in den Mund gelegt. «Göttliche Majestät, vergebt mir meine Unwissenheit. Ich bin nur ein einfacher Mann und verstehe das nicht. Alle Welt weiß, dass Apepi durch einen Unfall starb, als seine Barke in Brand geriet, während sie vor Balasfura ankerte. Und nun gebt Ihr den Thronräubern die Schuld an seinem Tod. Wie kann das sein?»

«Es ist jemand unter uns, eine Zeugin der Ereignisse jener tragischen Nacht.» Nefer reichte Mintaka die Hand und half ihr auf. Die Gäste jubelten ihr zu, denn alle liebten sie für ihre Schönheit und Großzügigkeit. Als Nefer die Hand hob, wurde es wieder still, und sie hörten ihr aufmerksam zu, als sie den Mord an ihrem Vater und ihren Brüdern beschrieb, wie sie ihn erlebt hatte. Sie wählte einfache Worte und sprach als Freundin und Kameradin. So konnten alle das Grauen jener Nacht und die Trauer um ihre Familie nachempfinden. Als sie geendet hatte, brüllten die Männer wie hungrige Löwen im Käfig zur Fütterungszeit.

Als Nächster stand Schabako auf und stellte die Frage, die Nefer für ihn vorbereitet hatte: «Aber, göttlicher Pharao, Ihr spracht auch vom Tod Eures eigenen Vaters, des Königs Tamose seligen Gedenkens. Wie ist er umgekommen – und durch wessen Hand?»

«Diese Frage beantwortet euch am besten der Magus, Fürst Taita, dem kein Geheimnis verborgen bleibt, wie verschlungen und grausam es auch sein mag.»

Taita stand auf und sprach so leise, dass alle gespannt lauschten. Doch drang jedes seiner Worte bis in die letzten Reihen der Festgäste, und seine Erzählung beschrieb die schauerlichen Ereignisse so bildhaft, dass es die Männer schauderte und viele Frauen zu weinen begannen.

Am Ende hielt Taita den zerbrochenen Pfeil mit den roten, gelben und grünen Federn hoch. «Dies ist die Mordwaffe, mit der Pharao Tamose getötet wurde: ein Pfeil mit dem Zeichen des Trok. Abgeschossen hat ihn jedoch Naja, der Mann, den der Pharao geliebt hat wie einen Bruder.»

Sie schrien ihre Wut und ihren Hunger nach Vergeltung in den sternenhellen Himmel über Gallala. Taita warf den Pfeil in das nächste Feuer, über dem einer der Ochsen röstete. So vermied er, dass jemand ihn näher betrachtete, denn es war nicht wirklich der Pfeil, der den Pharao getroffen hatte, sondern einer von denen, die sie in den verschütteten Streitwagen gefunden hatten. Dann setzte er sich wieder und schloss die Augen, als würde er gleich einschlafen.

Nefer ließ den Leuten Zeit, ihren Gefühlen Luft zu machen, und als es allmählich ruhiger wurde, ließ er mehr Wein an die Tische bringen.

Nefer hatte noch eine letzte Verkündigung vor sich, wartete aber damit, bis sich die Gäste beruhigt hatten. Dann stand er wieder auf. Alle schwiegen und schauten ihn erwartungsvoll an. Der Abend hatte schon so viele Überraschungen gebracht, dass sie sich fragten, was noch kommen konnte. Der gute Wein aus Busiris tat das seine, die Erregung weiter anzufachen.

«Bevor ein König seine Armeen gegen die Feinde dieses geheiligten Landes unserer Vorfahren führt, sollte er der wirkliche König sein, ein echter und wahrer König. Mein Ziel ist, euch gegen die Thronräuber zu führen, doch noch bin ich nicht der gekrönte Pharao. Diese Bestätigung wird mir erst zuteil, wenn ich volljährig bin, doch ist dies noch Jahre entfernt, und so lange werde ich nicht warten. Meine Feinde würden mir nicht so viel Zeit lassen.» Er hielt inne, und alle schauten ihn gespannt an. Er war noch so jung und doch so stark und aufrecht, genau wie einst sein Vater. Nun hob er die rechte Hand zum Eid.

«Vor meinem Volk und meinen Göttern schwöre ich hiermit, dass ich die Rote Straße absolvieren werde, um zu beweisen, dass ich euer König bin.»

Manche seufzten und schüttelten die Köpfe, andere schauten

betroffen zu Boden, und wieder andere riefen: *«Bak-her! Bak-her!* Wenn er versagt, dann versagt er als tapferer Mann.»

In dieser Nacht weinte Mintaka und fragte Nefer: «Warum hast du bis heute nichts davon gesagt?»

«Weil du versucht hättest mich aufzuhalten.»

«Aber warum musst du es tun?»

«Weil meine Götter und meine Pflicht es von mir fordern.»

«Selbst wenn es dich umbringt?»

«Selbst wenn es mich umbringt.»

Sie schaute lange in seine grünen Augen und sah, dass ihn nichts von seinem Entschluss abbringen würde. Dann küsste sie ihn und sagte: «Ich bin stolz, dass ich die Frau eines solchen Mannes sein werde.»

Die Astrologen unter den Priestern des Horus schauten mit dem Magus in die Kalender und setzten den Tag des vollen Mondes des großen Gottes als Datum für die Prüfung der Roten Straße fest. Wie Taita schon bemerkt hatte, blieb Nefer nicht viel Zeit für seine Vorbereitungen. Er zog sich von all seinen anderen Pflichten zurück und überließ alle Staatsgeschäfte Taita und dem Rat, während er sich ganz der ersten Aufgabe widmete, die er zu bewältigen hatte. Er musste die Gespannpferde einreiten und trainieren, die ihn auf der Roten Straße ziehen sollten. Da war die Pflicht jedes Novizen des Roten Gottes.

Nefer musste also aus der in Thane erbeuteten Herde die besten Tiere heraussuchen und an die Deichsel eines Streitwagens gewöhnen. Gern hätte er Socko gebeten, ihm bei der Auswahl behilflich zu sein, denn Socko war nicht nur ein berühmter Reiter, er kannte auch jedes einzelne der erbeuteten Pferde. Es gab nur fünf Bezwinger der Roten Straße in Gallala, und Socko war einer davon. Damit gehörte er zu den Männern, die Nefer prüfen würden und durfte ihm daher bei den Vorbereitungen nicht zur Seite stehen.

Es gab jedoch einen anderen, an den Nefer sich wenden konnte: Taitas Wissen und Erfahrung mit Pferden und Streitwagen übertraf gar Sockos Kenntnisse, und Taita war kein Krieger der Roten Straße. Seine Verstümmelung schloss ihn von der Bruderschaft aus. Er hatte jedoch auch religiöse Vorbehalte. Nie hätte er Horus und den anderen Göttern des Pantheons abgeschworen, um sein Leben dem geheimnisvollen Roten Gott des Krieges zu weihen, einem Gott, dessen Namen nur seine Anhänger kannten.

Den ersten Tag verbrachten die beiden auf einem Hügel über den grünen Feldern, wo die noch wilden Pferde grasten. Dort saßen sie zusammen, beobachteten die Tiere und sprachen über diejenigen, die ihnen ins Auge fielen. Nefer zeigte auf einen hübschen weißen Hengst, doch Taita schüttelte den Kopf. «Ein Schimmel mag sich gut in einem Gespann machen, doch nach meiner Erfahrung mangelt es Schimmeln an Ausdauer und Mut. Lass uns nach schwarzen oder braunen Tieren suchen.»

Nefer wählte eine junge Stute mit einer weißen Blesse auf der Stirn, doch wieder schüttelte Taita den Kopf. «Die Beduinen sagen, eine weiße Blesse ist das Zeichen eines Teufels oder Dämons. Ich will keine Spur von Weiß an den Tieren sehen, die wir auswählen.»

Taita und Nefer blieben bis zum Abend auf dem Hügel, und am nächsten Morgen, als es hell genug war den Pfad zu sehen, gingen sie wieder hinaus, diesmal mit Meren und drei Stallknechten. Sie begannen die Pferde zu sortieren, indem sie alle nicht ganz fehlerfreien Tiere auf eine Nachbarweide trieben. Bis Mittag hatten sie die Herde damit auf dreiundzwanzig Tiere reduziert, alle stark und langgliedrig, ohne Narben und Makel und ohne offensichtliche Behinderung in ihrem Gang. Und an keinem war ein einziges weißes Haar.

Die Männer setzten sich ins Gras und betrachteten die verbleibenden, ruhig grasenden Pferde.

«Mir gefällt der schwarze Hengst dort drüben», sagte Nefer.

«Der ist lahm», entgegnete Taita. «Höchstwahrscheinlich hat er einen Riss im linken Vorderhuf.»

«Aber er hinkt nicht», protestierte Nefer.

«Achte auf sein linkes Ohr. Es zuckt bei jedem Schritt. Sag Meren, er soll ihn hinaustreiben.»

Etwas später zeigte Nefer auf eine schwarze junge Stute. «Sie hat einen schönen Kopf und einen klugen Blick.»

«Sie ist zu nervös. Ihr Blick ist eher unruhig als klug. In einer Schlacht würde sie schlappmachen. Meren kann sie gehen lassen.»

«Was ist mit dem schwarzen Hengst mit dem langen Schweif und der langen Mähne?»

«Der Schweif verbirgt die Tatsache, dass er hinten einen halben Daumen lang zu niedrig ist.»

Am späten Nachmittag standen nur noch sechs Pferde zur Wahl. Wie auf Verabredung hatten sie einen bestimmten schwarzen Hengst bisher nicht erwähnt, denn er war zu offensichtlich für beide die erste Wahl. Es war ein wundervolles Tier, weder zu hoch noch zu schwer, wohl geformt, mit starken Läufen und kraftvollem Rücken, langem Hals und edlem Kopf. Sie beobachteten es ausgiebig.

Nach einer Weile sagte der Magus: «Er scheint keine Fehler zu haben. Er hat ein Funkeln in den Augen, das von dem Feuer in seinem Herzen kommt.»

«Ich werde ihn Krus nennen», beschloss Nefer. «Das ist das Beduinenwort für Feuer.»

«Ja, der Name ist wichtig. Ich habe noch nie ein gutes Pferd mit einem hässlichen Namen gesehen. Es ist, als würden die Götter lauschen. Krus soll dein rechtes Gespannpferd sein, doch jetzt brauchst du noch ein linkes.»

«Ein anderer Hengst ...», begann Nefer, doch Taita fiel ihm ins Wort.

«Nein, als linkes Pferd brauchen wir eine junge Stute, deren weiblicher Einfluss den Hengst mäßigen und in der Schlacht beruhigen wird. Sie muss ein starkes Herz haben, damit sie auch auf schwierigem Gelände mitziehen kann.»

«Du hast schon eine im Auge, nicht wahr?», fragte Nefer.

«Genau wie du», nickte Taita. «Wir wissen beide, welche es sein wird.»

Sie schauten zu einer Stute, die friedlich neben dem Hauptkanal des Bewässerungssystems graste, etwas abseits von Krus und dem Rest der Herde. Es war fast, als wüsste sie, dass sie über sie redeten, denn sie hob den Kopf und blickte mit ihren großen, glänzenden Augen zu Nefer und Taita.

«Sie ist so schön», flüsterte Nefer. «Wie gern würde ich sie mitnehmen, ohne ihr einen Strick um den Hals legen zu müssen.» Taita schwieg, und nach einer weiteren Minute sagte Nefer kurz entschlossen. «Ich werde es versuchen.» Er stand auf und rief Meren herbei. «Treibt die anderen Tiere von der Weide. Lasst nur die braune Stute zurück.»

Als Nefer und die Stute das Feld für sich hatten, schlenderte er langsam in ihre Richtung. Als sie das erste Zeichen von Unruhe zeigte, setzte er sich ins Gras und wartete. Sie begann wieder zu grasen, beobachtete ihn jedoch die ganze Zeit aus dem Augenwinkel. Erst als Nefer leise das Affenlied anstimmte, hob sie wieder den Kopf und schaute ihn direkt an. Er nahm ein Stück Durrabrot aus seiner Gürteltasche und bot es ihr an, ohne aufzustehen. Sie blähte die Nüstern und schnaubte laut.

«Komm her, meine Schöne», ermutigte Nefer sie.

Sie machte einen zaghaften Schritt auf ihn zu. Dann blieb sie wieder stehen und warf ihren Kopf hoch.

«Nun komm schon, meine Liebste, meine Schönheit», schmeichelte Nefer weiter.

Sie kam Schritt für Schritt näher, bis sie den Hals so weit wie möglich vorreckte und geräuschvoll an dem Brotstück schnupperte. Erschrocken über ihre eigene Kühnheit, zuckte sie zurück und galoppierte davon.

«Sie fliegt wie der Wind», rief Meren.

«Dov.» Nefer sprach das Beduinenwort für den Nordwind aus, den sanften, kühlen Winterwind. «Dov. So soll sie heißen.»

Nachdem sie ihm ihre weibliche Launenhaftigkeit gezeigt hatte, kam sie in einem großen Bogen wieder zu ihm getrabt. Diesmal nahm sie das Brot sofort an. Der Speichel tropfte ihr aus dem Maul, als sie kaute, und dann spürte Nefer ihre samtige Schnauze auf seiner offenen Hand, als sie nach Krümeln suchte. Als sie keine fand, stieß sie so energisch an seine Gürteltasche, dass Nefer hintenüber fiel. Er rappelte sich auf und zauberte ein weiteres Stück Brot hervor.

Während sie ihm aus einer Hand fraß, streichelte er mit der anderen ihren Hals. Sie schüttelte ihr dunkelmahagonifarbenes Fell, als wollte sie Flöhe abschütteln, doch sie zuckte nicht zurück. Als er die Weide verließ, folgte sie ihm wie ein Hund, streckte dann ihren Kopf über den Zaun und wieherte ihm nach.

«Die Eifersucht verzehrt mich.» Mintaka hatte die Begegnung vom Tempeldach aus beobachtet. «Sie liebt dich schon fast so sehr, wie ich dich liebe.»

Am nächsten Morgen ging Nefer allein auf die Weide. Taita und Meren beobachteten ihn vom Tempel aus. Dies war eine Angelegenheit zwischen Nefer und Dov. Niemand anderes sollte sich da einmischen.

Nefer pfiff durch die Zähne, als er durch den Zaun kam. Dov warf ihren Kopf hoch und kam quer über die Wiese galoppiert. Sobald sie bei ihm war, schnupperte sie mit ihrer Schnauze in seiner Gürteltasche.

«Typisch Frau», schimpfte Nefer mit ihr. «Du interessierst dich nur für die Geschenke, die ich dir mitbringe.»

Während sie das Brot fraß, das er ihr gab, tätschelte und streichelte er sie, bis sie ihm erlaubte, ihr einen Arm um den Hals zu legen. So führte er sie am Zaun entlang und wieder zurück. Sie berührte ihn dabei mit ihrer Schulter. Er gab ihr noch ein Stück Brot, und während sie genüsslich kaute, streichelte er ihre linke Flanke und flüsterte ihr zu, wie schön sie sei. Und dann sprang er in einer fließenden Bewegung auf ihren Rücken. Sie zuckte unter ihm zusammen, und er machte sich auf den ersten wilden Sprung gefasst, doch sie blieb zitternd stehen, die Vorderläufe leicht gespreizt. Dann drehte sie ihren Kopf und schaute ihn mit so komischem Staunen an, dass Nefer lachen musste. «Alles in Ordnung, meine Süße. Genau dafür bist du geboren.»

Sie stampfte mit den Vorderhufen und schnaubte.

«Und nun komm, willst du mich nicht abwerfen? Lass uns das gleich erledigen.» Sie schnupperte an seinen Zehen, als könnte sie nicht fassen, mit welcher Frechheit er sie in ihrer Würde verletzt hatte. Sie schauderte und stampfte wieder mit den Hufen, blieb aber auf der Stelle stehen.

«Na gut», sagte Nefer, «dann lass uns einen kleinen Galopp versuchen.» Er berührte ihre Weichen mit seinen Fersen, und sie machte erschrocken einen kleinen Sprung, bevor sie sich im Schritttempo vorwärts bewegte. So ritt er gemessen den Zaun entlang, bevor er ihr wieder sanft die Fersen in die Weichen stieß. Erst fiel sie in Trab, dann in leichten Galopp. Meren jubelte auf dem Tempeldach, und die Männer und Frauen, die auf den Feldern arbeiteten, schauten neugierig auf.

«Und jetzt wollen wir dich richtig in Bewegung sehen.» Nefer tätschelte ihr den Hals und trieb sie mit einem sanften Hüftstoß voran. Dov streckte sich und flog vorwärts. Ihre zierlichen Hufe schienen kaum den Boden zu berühren. Sie lief tatsächlich wie der Wind, nach dem sie benannt war. Sie lief so schnell, dass ihm der Wind in den Augen brannte und die Tränen über die Schläfen trieb.

So ritt er sie im Kreis den Zaun entlang, Runde um Runde, während Mintaka auf dem Dach in die Hände klatschte und ihn begeistert anfeuerte.

Taita stand neben ihr und lächelte geheimnisvoll. «Ein königliches Paar. Sie werden auf der Roten Straße schwer einzuholen sein.»

Die ganze Stadt hatte von der Liebe auf den ersten Blick zwischen dem Pharao und seiner Stute gehört, und nun redeten alle davon, dass er Krus bald das Seil umlegen würde. Jeder in der Stadt war mit Pferden aufgewachsen und wusste, dass der Hengst ihn vor ganz andere Probleme stellen würde als die Stute. Alle warteten mit Spannung auf Nefers ersten Versuch ihn einzureiten. Niemand ging an diesem Morgen auf die Felder, und auch in den Wagenwerkstätten und auf den Baustellen ruhte die Arbeit. Selbst die Ausbildungskompanien bekamen den Tag frei, um dem Spektakel beizuwohnen. So herrschte ein großes Gerangel um die besten Plätze auf der Stadtmauer und auf den Dächern mit Sicht auf die Weide unterhalb der Quelle des Horus.

Unter Rufen und derben Ratschlägen der Witzbolde in der Menge gingen Nefer und Meren schließlich durch das Stadttor auf die Weiden hinaus. Krus hielt sich in der Mitte der Herde auf. Da er eine Handbreit höher war als alle anderen Tiere und eine besonders schöne Kopfform hatte, war er leicht zu erkennen. Die Pferde spürten die Stimmung unter den Zuschauern und waren schon unruhig, bevor die beiden Freunde sich auf das Gatter lehnten und ihre Flachsseile über den Zaun hängten.

«Ich werde es zuerst mit Brot versuchen», sagte Nefer.

«Schau ihm in die Augen», lachte Meren. «Er wird erst dich auffressen und sich dann über das Brot hermachen.»

«Ich versuche es trotzdem. Warte hier.»

Nefer öffnete das Gatter und bewegte sich langsam auf den Hengst zu, wie er es mit Dov gemacht hatte. Krus gefiel diese Aufmerksamkeit überhaupt nicht. Er reckte den langen Hals und rollte mit den Augen. Nefer blieb stehen und wartete, bis das Tier sich beruhigt hatte und weitergraste. Er zog ein Stück Durrabrot aus seiner Tasche und hielt es ihm hin, doch als er einen Schritt nach vorne machte, schüttelte Krus den Kopf, schlug mit den Hinterläufen aus und galoppierte wütend am Zaun entlang davon. Nefer lachte verlegen. «Also, Schluss mit den Geschenken. Er wird es mir nicht leicht machen.»

«Sieh nur, wie er fliegt», rief Meren. «Süßer Horus, wenn Dov der Nordwind ist, dann ist der hier der Kamsin.»

Krus setzte sich an die Spitze der anderen Pferde. Nefer und Meren gingen zusammen auf die Herde zu und trieben sie behutsam in eine Ecke der Einzäunung. Dort stampften die Tiere nervös auf den Boden, als die beiden jungen Männer sich näherten. Dann brachen sie plötzlich aus und galoppierten ans andere Ende der Weide, bevor Nefer ihnen den Weg abschneiden konnte. Noch zweimal führte Krus die Herde so quer über die Weide, doch dann schickte Nefer Meren los, den Hengst am Ende der Koppel von der Herde zu trennen, und Krus machte seinen ersten Fehler: Er preschte allein auf Nefer zu.

Nefer rollte die Schlinge am Ende des langen Flachsseils aus, das er um seine Schulter gespult hatte, und wartete, bis der Hengst durch die schmale Lücke zwischen ihm und dem Zaun kam. Dann ließ er die Schlinge über dem Kopf kreisen und warf sie genau im richtigen Augenblick, so dass sie glatt über Krus' Kopf bis zu seinen Schultern glitt. Die Seilschlingen lösten sich eine nach der anderen von Nefers Schulter, als Krus sich entfernte, und Nefer machte sich auf einen mächtigen Ruck gefasst. Er stand breitbeinig da, lehnte sich zurück, das Seilende sechsmal ums Handgelenk gewickelt.

Das Seil spannte sich plötzlich, Krus bäumte sich auf, wieherte, riss Nefer von den Füßen und zog ihn hinter sich her wie einen hüpfenden, schlingernden Schlitten.

Die Zuschauer auf den Dächern und Stadtmauern brachen in hysterisches Geschrei aus. Mintaka kaute auf ihren Fingern, um nicht zu schreien, und Merikara hielt sich die Augen zu und wandte sich ab: «Ich kann das nicht mit ansehen!»

Schließlich kam der Hengst zu dem Zaun am anderen Ende der Weide und lief parallel dazu weiter. Für einen Moment wurde das Seil schlaff, und Nefer nutzte die Gelegenheit, um sich aufzurappeln. Sein Bauch und die Beine waren abgeschürft und voller Grasflecke, doch das Seil war immer noch fest um sein Handgelenk geschlungen. Es spannte sich wieder mit einem Ruck, und er wurde brutal nach vorn gerissen, doch diesmal konnte er sich auf den Beinen halten und folgte Krus mit langen Schritten.

Nach einer Runde um die Koppel wurde Krus unter der schweren Last des Seils und des Mannes an dessen anderem Ende endlich langsamer. Nefer nutzte den Vorteil und stemmte die Fersenstücke seiner bronzebeschlagenen Sandalen in den Boden und überraschte den Hengst, indem er das Seil in eine andere Richtung zog. Krus strauchelte, trabte jedoch bald wieder geradeaus. Nefer schwang das Seil zur anderen Seite. Noch zweimal wurde er umgerissen, kam aber beide Male schnell wieder auf die Füße und dirigierte den Hengst mit dem Seil.

Meren hatte inzwischen das Gatter geöffnet und die übrige Herde auf die Nachbarweide getrieben. Mann und Pferd hatten nun eine leere Koppel, in der sie ihren Kampf ausfechten konnten.

Nefer stemmte sich in den Boden und zog den Kopf des Hengstes auf den Zaun zu. So zwang er ihn, erneut die Richtung zu wechseln, wodurch das Seil einen Moment seine Spannung verlor. Bevor Krus sich versah, war Nefer mit dem Seil zum nächsten Pfosten gerannt und hatte es dreimal darum geschlungen. Damit war Krus gefangen. Er bäumte sich auf, schlug um sich und verdrehte die Augen, bis nur noch das Weiße zu sehen war.

«Jetzt habe ich dich», keuchte Nefer, während er sich an dem gestrafften Seil auf das Pferd zuhangelte. Krus stellte sich auf die Hinterbeine und schlug unter schrillem Wiehern nach dem Seil. «Ruhig, ruhig. Willst du uns beide umbringen?»

Krus bäumte sich erneut auf und hob Nefer kurz von den Füßen – und dann standen sie sich gegenüber, Auge in Auge. Der Hengst zitterte und hatte Schaumflocken auf Rücken und Schultern, und Nefer war in keinem besseren Zustand. Seine Vorderfront war voller Kratzer und Abschürfungen, aus denen Blut und Sekret sickerten. Sein Gesicht war verzerrt von der Anstrengung, den Hengst niederzuhalten.

Beide ruhten sich für eine Weile aus, bevor sich Nefer wieder vorzuhangeln begann. Diesmal kam er nahe genug heran, dass er dem Pferd einen Arm um den Hals legen konnte. Krus bäumte sich aufs Neue auf und hob Nefer hoch in die Luft, doch der lockerte seinen Griff nicht. Immer wieder versuchte Krus sich loszureißen, doch Nefer klammerte sich fest.

Schließlich blieb der Hengst zitternd stehen, und bevor er sich erholen konnte, hatte Nefer ihm eine Schlinge des Seils um einen Hinterlauf gelegt und festgezogen.

Als Krus nun wieder loszupreschen versuchte, stieß er mit dem Maul fast an seine recht Flanke und konnte sich nur noch in einem engen Kreis bewegen. Nefer sicherte die Knoten des Seils, damit es dem Hengst nicht die Luft abdrückte und taumelte davon.

Er war so erschöpft, dass er sich kaum auf den Beinen halten konnte. Krus versuchte immer noch auszubrechen, konnte jedoch nur seiner Nase nach im Kreis laufen, immer rechts herum, immer langsamer, bis er schließlich verdutzt und hilflos stehen blieb und seinen Rumpf beschnupperte.

Nefer schleppte seinen geschundenen Körper zum Ausgang der Koppel.

Am nächsten Morgen drängten sich die Männer und Frauen von Gallala wieder auf den Dächern und Mauern der Stadt, als Nefer sich auf den Weg zu den Weiden machte. Er versuchte nicht zu hinken, doch trotz der Salben und Tinkturen, die Taita zusammengerührt und mit denen Mintaka ihn eingerieben hatte, war er über Nacht sehr steif geworden. Krus stand noch in derselben Position, wie er ihn am Abend zuvor verlassen hatte.

Nefer sang leise ein Lied, als er die Koppel betrat. Krus bewegte sich nicht, legte jedoch die Ohren an und bleckte die Zähne.

Nefer ging langsam um ihn herum, immer noch singend und mit ihm flüsternd, und Krus tänzelte und versuchte sich wegzubewegen, doch er war weiterhin auf den kleinen Radius beschränkt, den die Seile ihm ließen. Nefer packte das Seil um den Hals des Hengstes und knüpfte dessen Knoten so, dass er ihn mit einem Handgriff lösen konnte.

Er ging an Krus' linker Flanke entlang, wo der Hengst ihn nicht sehen konnte, strich ihm über den Rücken und sprach weiter zu ihm, während er sich für den Sprung sammelte. Dann schwang er sich mit einer leichten Bewegung auf den Rücken des stolzen Tieres, das erst am ganzen Körper zitterte und dann erstarrte vor Schreck und Wut. Es wollte losrennen, doch es bekam seinen Kopf nicht hoch und drehte noch eine schmerzhaft enge Runde. Wenn es ausschlug, zog es damit nur die Schlinge um seinen Hals enger. So stand es bald wieder still, wenn auch mit drohend angelegten Ohren.

Nefer löste die Knoten, zuerst den am Hinterlauf, dann den um den Hals des Hengstes. Das Seil fiel zu Boden, Krus hob den Kopf und bog seinen Hals zurück. Für einen Augenblick geschah nichts, doch dann spürte der Hengst die Freiheit. Er sprang mit allen vieren gleichzeitig in die Luft, das Maul an den Vorderhufen. Immer wieder bäumte er sich auf, warf sich nach links und rechts, doch Nefer schien auf seinem Rücken festgewachsen zu sein. Krus schlug mit den Hinterläufen aus und raste mit wilden Sprüngen von einer Seite der Koppel zur anderen.

Dann erhob er sich plötzlich auf die Hinterbeine und ließ sich rückwärts fallen. Die Zuschauer hörten es laut und deutlich krachen. Offenbar versuchte er, den Reiter unter sich zu zermalmen.

Mintaka schrie auf und rechnete schon damit, Nefers Knochen brechen zu hören, doch der junge Pharao war rechtzeitig abgesprungen und wie eine Katze auf den Füßen gelandet. Nun hockte er geduckt neben dem Hengst, der auf dem Rücken lag und wild um sich schlug.

«Nur ein wirklich kluges und kriegstaugliches Ross würde je versuchen, einen Mann auf diese Weise umzubringen», bemerkte Taita ungerührt.

Frustriert versuchte Krus wieder auf die Füße zu kommen, doch bevor er auf allen vieren stand, saß Nefer schon wieder sicher auf seinem Rücken. Der Hengst zitterte, schüttelte den Kopf, und dann galoppierte er wild quer über das Feld. Nefer lag flach auf seinem Hals und rief: «Ja, lauf so schnell du willst!»

Krus preschte ungebremst auf den hohen Zaun zu, und Nefer verlagerte sein Gewicht, um den Sprung abzufangen. Zusammen erhoben sie sich wie auf einer mächtigen Welle, ließen den Zaun weit unter sich und landeten in vollkommenem Gleichgewicht im nächsten Feld.

Nefer lachte verzückt und trieb den Hengst mit einem Stoß seiner Hüften weiter an: «Komm, zeig mir wie schnell du laufen kannst!»

Krus galoppierte die ersten Hügel hinauf wie eine Antilope und verschwand hinter dem Horizont in der Wüste. Der Jubel und die Rufe von der Stadtmauer verstummten allmählich, bis es vollkommen still war.

«Wir müssen ihm jemanden nachschicken!», rief Mintaka plötzlich. «Nefer könnte abgeworfen worden sein. Vielleicht liegt er schon mit gebrochenem Rückgrat dort draußen in der Wildnis!»

Taita schüttelte den Kopf. «Was nun geschieht, geschieht zwischen den beiden. Niemand sollte sich da einmischen.»

Sie warteten auf der Stadtmauer und den Dächern, während die Sonne ihren Zenit überschritt und am Horizont zu versinken begann. Niemand verließ seinen Platz. Niemand wollte den Ausgang dieser Kraft- und Nervenprobe zwischen Mensch und Tier versäumen.

«Sie haben sich gegenseitig umgebracht», sorgte sich Mintaka. «Dieses Pferd ist ein Ungeheuer. Wenn es Nefer verletzt hat, lasse ich es töten», schwor sie wütend.

Es verging noch eine Stunde. Und dann kam wieder Leben in die Menge auf der Stadtmauer. Männer sprangen auf und blickten angestrengt zu den Hügelkämmen hinauf, und ihr Gemurmel ging langsam in Rufen und Lachen über.

Ein jammervolles Paar war am Horizont erschienen. Der Hengst ließ den Kopf hängen, und sein verschwitztes Fell war weiss von Salz und Sand, jeder seiner schleppenden Schritte ließ erkennen, wie erschöpft er war. Nefer saß zusammengesunken auf dem Rücken des Tieres, und je weiter sie die Hügel herunterkamen, desto deutlicher war zu sehen, wie zerschunden und zerschlagen der Pharao war.

Schließlich erreichten sie den Fuß der Hügel. Krus war zu erschöpft, um noch einmal über den Zaun zu springen und kam zahm die staubige Straße zum Stadttor heruntergetrottet.

«*Bak-her!*», rief Mintaka. «Gut gemacht, Majestät!», und sofort ging der Ruf von Mann zu Mann und von Frau zu Frau, bis er von den Hügeln über der Quelle des Horus widerhallte.

«*Bak-her! Bak-her!*»

Nefer setzte sich aufrecht, hob eine Faust zum siegreichen Gruß, und das Volk jubelte noch lauter.

Vor der Stadtmauer führte er seine Kunst der Beherrschung des Hengstes vor, indem er Krus mehrmals wendete. Dann hielt er ihn an, indem er ihm eine Hand auf die Kruppe legte, und der Hengst erhob sich auf die Hinterläufe. Nefers Kommandos waren kaum zu bemerken: ein leichter Druck mit den Knien, eine Berührung mit der Zehe an Krus' Schenkel oder eine kleine Gewichtsverlagerung, und das Pferd gehorchte auf der Stelle.

«Ich hatte schon Bedenken, er würde den Stolz des Hengstes brechen», sagte Taita zu Mintaka, «doch Krus gehört offenbar zu den seltenen Kreaturen, die eine feste Hand besser verstehen als Güte. Nefer musste ihm klar machen, wer der Herr ist, und, bei Horus, noch nie habe ich das so schnell und vollkommen geschehen sehen.»

Nefer ritt durch das Stadttor und winkte zu Mintaka hinauf. Dann ritt er die lange Straße zu den Kavallerieställen hinunter, wo er Krus anband und ihm einen Wassereimer unter das Maul hielt. Als der Hengst seinen Durst gestillt hatte, wusch Nefer ihm Staub und Schweiß ab und ließ ihn sich draußen kräftig im Sand wälzen. Dann füllte er seinen Futterbeutel mit in Honig zerdrückter Hirse, und während Krus gierig fraß, bürstete Nefer ihn ab und flüsterte ihm zu, wie tapfer er sei und wie sie zusammen die Rote Straße bewältigen würden. Krus spitzte die Ohren und schien ihm aufmerksam zuzuhören.

Als die Sonne unterging, bedeckte Nefer den Stallboden dick mit Stroh. Krus schnupperte daran und knabberte ein Maul voll, bevor er sich müde niederließ und auf die Seite legte. Nefer legte sich neben ihn ins Stroh und bettete seinen Kopf auf Krus Hals. So schliefen sie an jenem Abend zusammen ein, und Mintaka verbrachte die Nacht allein.

Am nächsten Tag machte er Krus mit Dov bekannt. Die beiden umkreisten einander misstrauisch, beschnupperten ihre Mäuler und drehten sich noch einmal umeinander. Als Krus seine Nase unter Dovs Schweif schob, spielte sie zunächst die Entrüstete und trat mit beiden Hinterbeinen nach ihm, doch dann tänzelte sie kokett davon und Krus hinter ihr her. Den Rest des Tages ließ Nefer sie zusammen grasen, und am Morgen darauf zeigte er ihnen den Streitwagen. Es war nicht der prächtige Königswagen, sondern ein älteres, recht abgenutztes Gefährt. Nefer ließ sie die Deichsel beschnuppern, die von den Flanken vieler Pferde vollkommen glatt poliert war, und als sie beide das Interesse an diesem seltsamen Ding verloren, führte Meren Krus weg, während Nefer mit der Stute die nächste Phase der Ausbildung begann.

Unter Tätscheln und Streicheln legte er ihr behutsam das Geschirr über die Schultern und zog die Riemen fest. Sie wurde ein wenig unruhig, erlaubte ihm jedoch, ihr die ungewohnten Fesseln anzulegen. Dann schwang er sich auf ihren Rücken, und sie drehten zwei Runden auf der Weide. Als sie zurückkamen, wartete Meren mit der vom Wagen demontierten Deichsel auf sie. Nefer hakte das Geschirr in den Ringbolzen am Ende der Deichsel ein, und Dov rollte ängstlich mit den Augen. Sie spürte das Gewicht und verdrehte den Hals, um sich anzuschauen, was sie an einer Seite so herunterzog. Sobald sie ihre Neugier befriedigt hatte, nahm Nefer sie beim Kopf und führte sie hinaus.

Sie schnaubte und beschwerte sich über die Stange, die ihr zu folgen schien, doch Nefer beruhigte sie allmählich. Als sie nach einigen Runden auf dem Feld aufhörte seitwärts zu laufen, war sie bereit für den entscheidenden nächsten Schritt. Nefer hatte sich Hiltos gutmütige alte Mähre geborgt und ihr die Zügel der rechten Gespannseite angelegt. Die ruhige Art der Stute nahm auch Dov die Angst, und sie stand still. Nefer band den beiden Pferden Futterbeutel um und gab ihnen eine Ration Durrahirse. Danach war Dov vollkommen entspannt und zufrieden. Er wickelte ihr Leinenbandagen um die Hinterläufe, damit sie sich nicht verletzte, falls sie ausschlug, wenn sie das volle Gewicht des Streitwagens hinter sich spürte.

Doch darüber hätte er sich keine Sorgen machen müssen. Er nahm sie beim Zaum, und sie lief ruhig neben der alten Mähre her. Dann berührte er ihre Schulter, sie legte sich ins Geschirr und zog ihren Teil der Last wie ein Veteran. Nefer begann zu laufen, und Dov fiel in Trab. Im nächsten Augenblick sprang er auf den Wagen, nahm die Zügel in die Hand und fuhr mit dem Paar eine Reihe von Wenden, jede enger als die vorhergehende. Obwohl Dov nie zuvor in einem Gespann gelaufen war, machte sie alles genauso wie die Mähre neben ihr. Am Ende des Tages kannte sie die Kommandos und befolgte sie ohne zu zögern und ohne abzuwarten, was das alte Leittier tat. Danach ließ er die beiden Pferde noch fünf Tage zusammen arbeiten, und Dov lernte schnell.

Nun war es an der Zeit, auch Krus dieser Ausbildung zu unterziehen. Die ersten drei Tage ging der Hengst jedes Mal sofort durch, wenn er die Last der Deichsel spürte. Nefer hätte fast aufgegeben, doch das ließ Taita nicht zu. «Wenn du ihm jetzt deine Geduld schenkst, wird er dich tausendfach dafür belohnen», riet er ihm. «Er ist klug und tapfer. Du wirst nie einen Ersatz für ihn finden.»

Schließlich fand sich Krus mit der Deichsel ab, die hinter ihm herschlitterte und auf so beängstigende Weise jeder seiner Bewegungen folgte, und Nefer konnte ihn neben Dov einspannen. Sie drehte sich ihm zu, beschnupperte seinen Hals und schien ihm etwas ins Ohr zu flüstern, wie eine Mutter einem ungezogenen Kind. Als Nefer die beiden Pferde vorwärts führte, versuchte Krus seitlich auszubrechen, doch Nefer schlug ihm energisch auf die Lenden, und er lief widerwillig in dieselbe Richtung wie Dov. Es bedurfte noch eines Schlags, bevor er sich vernünftig ins Zeug legte. Dann schien es ihm jedoch so zu gefallen, dass Nefer ihn kaum stoppen konnte.

Meren hatte das Gatter geöffnet und sprang auf, als der Wagen vorbeirollte. In einer roten Staubwolke fuhren sie die Karawanenstraße in die Hügel hinauf.

Diesen Weg machten sie in den Monaten danach jeden Morgen. Jeden Abend, wenn sie nach Gallala zurückkamen, waren die Pferde schneller und liefen sicherer, Schulter an Schulter wie ein einziges Tier mit zwei Köpfen und acht Beinen. Auch die beiden jungen Krieger auf dem Wagen wurden mit jedem Tag stärker und zäher und waren fast schwarz gebrannt von der Wüstensonne.

Mintaka aber lernte, wie sie sich als Witwe fühlen würde.

Nur fünf Bezwinger der Roten Straße hielten sich in der Festungsstadt Gallala auf: Hilto, Schabako, Socko, Timus und Toran.

Hilto und Schabako waren Meister des dritten und höchsten Grades der Bruderschaft und huldigten dem namenlosen Gott, dem Stier des Himmels, dem sumerischen Kriegsgott. Nur die Eingeweihten kannten seinen wahren Namen. Für alle anderen war er einfach der Rote Gott. Kein Tempel oder Schrein war ihm gewidmet. Er erschien, wenn Krieger auf dem Schlachtfeld gefallen waren und zwei oder mehr seiner Anhänger seinen Namen beschworen. Gallala war ein solcher Ort. Hier hatte Fürst Tanus die Feinde Ägyptens vernichtet und ihre abgeschlagenen Köpfe auf dem Hauptplatz aufgetürmt.

Der Kalksteinfels unter diesem Platz war durchlöchert wie eine Honigwabe und voller geheimer Katakomben: der richtige Ort, um dem Namenlosen zu huldigen.

Nach Mitternacht, als die Stadt längst schlief, führte Hilto einen weißen Ochsen durch den engen Tunnel zu den Katakomben hinunter, und opferte ihn auf dem Steinaltar, den sie in einem Winkel der Hauptzisterne errichtet hatten. Im flackernden Schein der Fackeln spritzte das Blut und sammelte sich in Pfützen auf dem steinernen

Boden. Die fünf Krieger der Bruderschaft tauchten ihre Schwerter in dieses Blut und beteten zu dem geheimen Gott, er möge ihr Vorhaben segnen und ihnen helfen, die richtige Wahl zu treffen. Und dann berieten sie, welchen Prüfungen sich Pharao Nefer Seti und sein Freund Meren unterziehen sollten.

«Wir dürfen keine Zugeständnisse machen, nicht einmal für den Pharao. Er muss genauso unbarmherzig auf die Probe gestellt werden wie jeder andere Novize», begann Hilto.

«Andernfalls würden wir den mächtigen Kriegsgott beleidigen», stimmte Schabako zu. Selbst in dieser erlauchten Gesellschaft wagte er nicht, den Namen des Gottes auszusprechen. «Es würde zudem die Krieger entehren, die vor Nefer Seti die Rote Straße genommen haben.»

Diese Beratung zog sich fast die ganze Nacht hin. Die beiden Novizen warteten draußen vor dem Tunnel, der in die Katakomben führte. Sie sprachen wenig, da sie sich genau bewusst waren, dass die fünf Krieger in der Höhle unter ihnen dabei waren, über ihr Leben zu entscheiden. In der Dämmerung war gerade noch der Morgenstern zu sehen, als Schabako herauskam, um sie vor die Versammlung zu rufen.

Sie folgten ihm durch den Felsentunnel. Schabakos Fackel beleuchtete Nischen, in denen bemalte Mumienschreine standen. Hier ruhten Männer und Frauen, die vor fünfhundert oder mehr Jahren gestorben waren. Die Luft war trocken und kühl. Es roch nach Erde und Pilzen, nach Verfall und Alter. Ihre Schritte hallten gespenstisch, und es lag ein Flüstern in der Luft: die Stimmen der Toten – oder das Rascheln von Fledermäusen.

Dann rochen sie frisches Blut. An dem Kadaver des geopferten Ochsen vorbei betraten sie die von Wandfackeln beleuchtete Höhle, in der die Krieger auf sie warteten.

«Wer ist es, der sich der Macht der Mysterien stellt?» Es war Hiltos Stimme, doch sein Gesicht war in seinem Umhang verborgen.

«Ich, Nefer Seti.»

«Und ich, Meren Cambyses.»

«Ihr wollt euch den Prüfungen der Roten Straße unterziehen?»

«Das wollen wir.»

«Seid ihr beide ganze Männer, gesund an Körper und Geist?»

«Das sind wir.»

«Habt ihr euer erstes Opfer in ehrlichem Kampf getötet?»

«Das haben wir.»

«Gibt es einen der unseren, der für Euch bürgt, Nefer Seti?»

«Ich bürge für ihn», sagte Socko.

Als die Befragung abgeschlossen war, wurden Nefer und Meren in den ersten Grad der Bruderschaft eingeweiht. «Im Blut des Stieres und im Feuer seiner Macht nimmt euch der Gott als Novizen auf. Ihr habt noch kein Recht, an den Beratungen der Gesalbten des zweiten und dritten Grades teilzunehmen. Auch dürft ihr noch nicht dem Roten Gott huldigen noch seinen geheimen Namen erfahren. Ihr habt nur das Recht, die Straße zu beschreiten, die der Gott für euch gewählt hat, eine Straße, auf der ihr den Tod finden könntet. Nehmt ihr diese Herausforderung an?»

«Das tun wir.»

«Dann wisset, dass die Straße fünf Etappen hat, von denen die erste …»

Die gesalbten Krieger erklärten einer nach dem anderen die Prüfungen, die Nefer und Meren bevorstanden, und gaben die Regeln bekannt, an die sie sich halten mussten. Die fünf Etappen waren der Speer, der Ringer, der Bogen, der Streitwagen und das Schwert benannt. Den beiden Novizen sank der Mut bei dem Gedanken an das, was ihnen bevorstand.

Am Ende ergriff Hilto wieder das Wort. «Ihr habt gehört, was der Gott euch auferlegt. Seid ihr entschlossen, es zu versuchen?»

«Das sind wir.» Ihre Stimmen waren unnatürlich laut und heiser vor falscher Selbstsicherheit. «Dann gibt es jetzt kein Zurück mehr», schloss Hilto.

«Die Hauptdisziplin ist der Streitwagen», klärte Taita sie auf. «Vergesst nicht, dass es ein Rennen ist. Zehn Wagen werden euch verfolgen. Geschwindigkeit ist alles. Ihr müsst lernen, wie ihr das Beste aus eurem Gespann herausholt.»

Sie arbeiteten unermüdlich mit den Pferden, und als der neue Mond des Osiris eine bronzene Sichel am Horizont war, hatten Krus und Dov alles gelernt, was Nefer und Meren ihnen beibringen konnten. Sie liefen wie ein einziges Pferd im selben Schritt, stets gewahr, dass es auf die Balance und Stabilität des Wagens hinter ihnen ankam. Sie nutzten ihr Gewicht und ihre Kraft, um selbst in den engsten

Kehren die Spur zu halten. Aus voller Fahrt brachten sie den Wagen in nur einer Gespannlänge zum Stehen, und auf jedes noch so feine Kommando reagierten sie augenblicklich.

Mintaka nahm Merikara in ihrem Wagen mit hinaus in die Wüste, um ihnen beim Üben zuzuschauen. Am Mittag, als sie anhielten, um die Pferde zu tränken und auszuruhen, rief Mintaka spontan: «Perfekt! Mehr könnt ihr ihnen bestimmt nicht beibringen. Mehr können sie nicht lernen.»

Nefer trank gierig aus einem Wasserkrug und wischte sich mit dem Handrücken den Mund ab. Er schaute zum Kamm der schwarzen Felsenhügel hinauf.

«Es gibt jemanden, der da anderer Meinung ist.»

Die Mädchen folgten seinem Blick. Nun sahen sie die Gestalt, die dort oben saß. Sie saß so still, dass sie fast wie ein Teil des Felsens erschien.

«Taita. Wie lange beobachtet er euch schon?»

«Seit einer Ewigkeit. So scheint es jedenfalls.»

«Gibt es etwas, das er euch zeigen kann?», fragte Mintaka. «Und wenn ja, warum hat er es noch nicht getan?»

«Er wartet darauf, dass ich ihn frage», antwortete Nefer.

«Dann geh zu ihm und frage ihn», forderte ihn Mintaka auf. «Wenn du es nicht tust, gehe ich.»

Nefer stieg den Hügel hinauf und setzte sich neben Taita. Sie schwiegen eine Weile, bevor Nefer begann: «Ich brauche dich, mein alter Vater.»

Taita antwortete nicht sofort, sondern öffnete nur die Augen wie eine Eule, die in die Sonne blinzelt. Er würde nie einen Sohn haben, niemand hatte ihn je Vater genannt.

«Du kannst mir helfen. Was ist noch zu tun?»

Nach einer langen Pause sagte Taita leise: «Krus spürt, wenn du im Begriff bist, einen Speer zu werfen oder einen Pfeil abzuschießen. Er hebt den rechten Vorderfuß, und dadurch zuckt Dov zusammen.»

Nefer dachte darüber nach. «Ja! Ich habe gemerkt, dass die beiden den Schritt ändern, wenn ich werfe oder schieße.»

«So zielst du bis zu einen Daumen breit daneben.»

«Wie kann ich das ändern?»

«Du musst ihnen die fünfte Gangart beibringen.»

«Es gibt doch nur vier: Schritt, Trab, Kanter und Galopp.»

«Es gibt noch eine. Ich nenne sie Gleiten, aber du musst sie ihnen beibringen. Die meisten Pferde lernen sie nie.»

«Dann hilf mir dabei, sie anzuleiten.»

Sie nahmen die Pferde aus dem Geschirr, und Nefer setzte sich auf Dovs Rücken. Er ließ sie kurz angaloppieren und blieb dann vor Taita stehen. Der alte Mann ließ sie den rechten Vorderhuf heben und knotete eine Lederschnur um die Fessel. An der Schnur hing ein in Leder eingewickelter, vollkommen runder Bachkiesel. Dov senkte den Kopf und beschnupperte den ungewohnten Ballast neugierig. «Dreh noch eine Runde mit ihr», sagte Taita.

Nefer stieß ihr die Zehen in die Flanken, und sie trabte los. Der Kiesel baumelte von ihrem Sprungbein, und instinktiv versuchte sie, ihn abzuschütteln. Dann veränderte sich ihr Gang. IhrLauf bestand plötzlich nicht mehr aus einzelnen Sprüngen. «Sie fließt unter mir wie ein Strom!», rief Nefer voller Freude. «Wie der Nil!»

Nach zwei Tagen konnte er Dov den Kiesel abnehmen und sie ging auf Nefers Kommando vom Kanter oder Galopp ins Gleiten über. Das Kommando war «Nil».

Als sie Krus den Kiesel zum ersten Mal am rechten Vorderlauf befestigten, benahm er sich, als hätte er es mit einer giftigen Kobra zu tun. Er bäumte sich auf, schlug wild um sich und zitterte am ganzen Leib.

Drei Tage lang maßen Nefer und Krus noch einmal ihre Kräfte. Dann plötzlich, am vierten Tag, glitt der Hengst davon, und am nächsten Tag fiel er so bereitwillig in die neue Gangart wie seine Gespanngefährtin.

Am zehnten Tag sah Taita von seinem Hügel aus zu, wie sie auf die Reihe der Zielscheiben zugerast kamen. Nefer hatte die Wurfschnur seines Speers um das rechte Handgelenk gewickelt. Krus schaute auf die Scheiben und spitzte nervös die Ohren, doch bevor er sich aufbäumen konnte, rief Nefer: «Nil!»

Dov und Krus wechselten gleichzeitig die Gangart, der Streitwagen stabilisierte sich und glitt voran wie ein Kriegsschiff unter vollen Segeln. Nefers Speer traf beim ersten Wurf den innersten roten Kreis der Scheibe.

Taita sah zu, wie Nefer anlegte, spannte und mit dem Pfeil das Ziel anvisierte. Nefer beobachtete die gelbe Fahne hinter der Reihe der

Zielscheiben, die in zweihundert Schritt Entfernung vor ihnen aufgebaut war. Er wartete, bis der heiße Wüstenwind abflaute und die Fahne schlaff von der Stange hing. Dann ließ er den Pfeil los und schaute zu, wie er träge auf den Zenit seiner Flugparabel stieg. Doch in dem Augenblick, als die Pfeilspitze sich wieder zu senken begann, spürte Nefer eine Böe auf seiner Wange.

Auch der Pfeil spürte den Wind, kam sichtbar von seiner Bahn ab und landete drei Hand breit neben der Scheibenmitte.

«Soll Seth doch spucken auf diesen tückischen Wind!», fluchte Nefer.

«Die leichten Pfeile sind zu windempfindlich», sagte Taita und ging zu dem Karren, in dem sie die Bögen und Köcher transportierten. Als er zurückkam, hatte er eine lange Lederhülle in der Hand.

«Nein», schüttelte Nefer den Kopf, als der Magus Troks großen Kampfbogen herauszog, «der ist zu schwer für mich.»

«Wann hast du das letzte Mal versucht, ihn zu spannen?»

«An dem Tag, als wir ihn ausgegraben haben», antwortete Nefer. «Weißt du das nicht mehr? Du warst dabei.»

«Das war vor sechs Monaten», sagte Taita mit einem bedeutungsvollen Blick auf Nefers nackte Brust und Arme. Die Muskeln des jungen Mannes waren inzwischen hart wie Zedernholz. Dann gab er ihm den Bogen.

Nefer nahm ihn widerwillig und wog ihn in seinen Händen. Der Griff war neu mit Golddraht umwickelt und lackiert worden, und auch die Bespannung war neu: Sehnen von den Vorderläufen eines Löwen, getrocknet und gedreht, hart und steif wie Bronze.

Er wollte sich wieder weigern, dieses Monstrum von einem Bogen auszuprobieren, doch Taita beobachtete ihn, und er sparte sich die Worte. Er hob den Bogen vor seine Brust und versuchte ihn zu spannen. Die Sehne bewegte sich vielleicht zehn Daumen breit, dann wurden seine Arme steif, und obwohl er alle Muskeln anspannte, bewegte sie sich keinen Daumen breit weiter. Nefer ließ vorsichtig den Bogen sinken.

«Gib ihn zurück.» Taita wollte ihm den Bogen abnehmen. «Du hast weder die Kraft noch den Willen.»

Nefers Lippen wurden dünn und weiß, und seine Augen funkelten vor Wut.

«Du bist nicht allwissend, alter Mann, selbst wenn du das glauben magst.»

Er griff in den Waffenkarren und zog einen der langen, schweren Pfeile aus dem polierten Lederköcher mit Troks Emblem. Auch diesen Köcher hatten sie aus Troks Wagen geborgen. Er ging zu der Abschusslinie zurück und legte den Pfeil auf. Dann holte er tief Luft, biss die Zähne zusammen und spannte. Die Sehne bewegte sich zuerst nur langsam. Er stöhnte, atmete pfeifend aus, die Oberarmmuskeln wölbten sich hart und rund vor. Plötzlich aber erreichte er die volle Spannung, ließ los, und der schwere Pfeil schoss singend davon in den blauen Himmel, hoch über die Reihe der Zielscheiben hinweg, immer weiter, bis die Feuersteinspitze in fast fünfhundert Schritt Entfernung Funken sprühend auf einen Stein aufprallte. Der Schaft brach sofort unter der Gewalt des Aufpralls.

Nefer schaute dem Pfeil verblüfft nach, und Taita murmelte: «Vielleicht hast du Recht.»

Der junge Pharao ließ den Bogen sinken und umarmte den Magus. «Du weißt genug, mein alter Vater, mehr als genug, genug für uns alle.»

Taita führte Nefer und Meren drei Tagesreisen weit in die Wüste. Ihr Ziel war das versteckte Tal, wo aus einer tiefen Felsspalte der schwarze teerige Schleim quoll, mit dem sie die Schakale in der Nacht des großen Pferderaubs eingeschmiert hatten.

Sie füllten die Tontöpfe, die sie mitgebracht hatten, und kehrten damit in die Werkstätten in Gallala zurück. Taita kochte den schwarzen Schleim über einem niedrigen Feuer, bis er sich glatt wie die feinste Seide anfühlte, wenn man ihn zwischen den Fingern rieb. «Das schmiert die Radnaben besser und dauerhafter als Schweinefett oder jede andere Mischung. Es verschafft euch einen Vorteil von fünfzig Schritt auf tausend, dic ihr fahren werdet – vielleicht der Unterschied zwischen Erfolg und Niederlage oder gar zwischen Leben und Tod.»

Nefer wäre am liebsten mit dem Königswagen die Rote Straße gefahren, doch Taita fragte ihn: «Willst du dich wirklich in einem goldenen Sarg auf die Reise machen?»

«Die Goldverzierung wiegt nur ein Dutzend Tael. Das hast du selbst nachgeprüft.»

«Dort draußen macht das einen Unterschied wie zweihundert.»

Taita begutachtete jeden einzelnen der einhundertfünf Streitwagen, die sie aus dem Sand geborgen hatten, suchte zehn davon aus und nahm sie vollkommen auseinander. Er wog die Rahmen und prüfte die Stärke der Holzverbindungen. Er drehte die Räder auf ihren Naben, um jede Unwucht festzustellen. Erst dann traf er seine endgültige Wahl.

Er änderte die Radaufhängungen an dem gewählten Wagen, so dass die Räder nur noch von einem einzelnen Bronzestift gehalten wurden, der mit einem Hammerschlag entfernt werden konnte. Als er den Streitwagen wieder zusammenbaute, lies er das Stirnbrett und die Seitenflächen weg, um das letzte Tael an überflüssigem Gewicht zu sparen. Ohne die Streben und Planken waren die Fahrer gezwungen, sich mit ihrem Gleichgewichtssinn und einem am Fußboden befestigten Seil zu behelfen, wenn es über besonders raues Gelände ging. Am Ende schmierte er die Radnaben mit dem schwarzen Schleim aus der Quelle in der Wüste.

Unter Taitas Aufsicht überprüften sie das Geschirr Handbreit für Handbreit, und Mintaka, Merikara und ihre Zofen nähten bis spät in die Nacht, um die Nähte und Verbindungen mit Doppelstichen zu verstärken.

Schließlich wählten sie die Waffen aus, die sie mitnehmen würden. Sie rollten Speere und Pfeile zwischen den Fingern, um jede Krümmung aufzuspüren, und balancierten sie auf einem Wägholz, dass Taita eigens dafür entworfen hatte, wobei sie nötigenfalls kleine Bleikügelchen an Spitze oder Heft anbrachten, bis die Balance perfekt war. Die Spitzen schärften sie, bis sie sicher sein konnten, dass sie ins Ziel eindringen und stecken bleiben würden. Sie beschlugen ihre Sandalen neu und feilten die Bronzenägel spitz. Als Schutz für ihre Unterarme vor dem Sehnenrückschlag und dem Speerriemen passten sie sich Lederstücke an. Dann suchten sie sich je drei Schwerter aus. Ein Schwert war nicht genug, da die Bronzeklingen in der Hitze des Gefechts leicht abbrachen. Sie schärften die Klingen und polierten sie mit Bimssteinpulver, bis sie sich die Arme damit rasieren konnten. Für ihre Bögen trockneten und zwirbelten sie Ersatzsehnen, die sie als Gürtel um die Taille trugen. Außer Lederhelm und -weste würden sie auf der Roten Straße keine Panzer tragen, um Dov und Krus die Last zu erleichtern, die sie zu ziehen hatten.

Alle diese Arbeiten fanden hinter verschlossenen Türen statt, damit niemand sehen konnte, wie sie sich vorbereiteten. Vor allem aber trainierten und übten sie, um ihre Kraft und Ausdauer und das Vertrauen der Pferde zu stärken.

Für Dov und Krus würde das Feuer die schlimmste Prüfung sein. Sie schichteten draußen in der Wüste Feuer aus Reisigbündeln und Stroh auf, ließen die Pferde die Flammen sehen und den Rauch wittern und verbanden ihnen dann die Augen. Zuerst scheute und wieherte Krus in panischer Angst, doch am Ende lief er blind und voller Vertrauen in den Reiter auf seinem Rücken so dicht an den knisternden Flammen vorbei, dass er sich die Mähne versengte.

Mintaka und Merikara verbrachten viele Stunden dieser Tage des Wartens im wiederhergestellten Tempel der Hathor, wo sie für ihre Männer opferten und für sie um Schutz und Hilfe der Göttin beteten.

Fünfunddreißig Tage vor dem vollen Mond des Horus bewegte sich eine seltsame Karawane auf Gallala zu. Sie kam von der Küste, vom Hafen von Safaga. Angeführt wurde sie von einem einäugigen, einarmigen Riesen namens Aartla. Die fünf Krieger der Roten Straße fuhren ihm entgegen, als er noch drei Wegstunden von den Stadtmauern entfernt war und brachten ihn in allen Ehren in die Stadt, denn Aartla war ein Meister dritten Grades der Bruderschaft und hatte die Rote Straße fast dreißig Jahre zuvor absolviert. Vor zwanzig Jahren, auf Pharao Tamoses Feldzug in Libyen, hatte ein Pfeil sein Auge durchbohrt, und fünf Jahre später hatte ein nubischer Axtkämpfer seinen Arm unter dem Ellbogen mit einem Hieb abgetrennt.

Aartla war nun ein wohlhabender Mann. Er reiste mit seiner eigenen Artistentruppe, lauter Männer und Frauen mit besonderen Talenten und Fähigkeiten. Ein Mitglied der Gruppe galt als die stärkste Frau der Welt. Sie konnte zwei Pferde heben, mit jeder Hand eines, und das Ende eines Bronzestabs abbeißen und den Metallstumpf mit ihrer Vagina verbiegen. Eine seiner Artistinnen war als die schönste Frau der Welt bekannt, obwohl kaum jemand je ihr Gesicht gesehen hatte. Sie kam aus einem Land so hoch im Norden, dass sich die Flüsse dort zu bestimmten Jahreszeiten in weißen Stein verwandelten und aufhörten zu fließen. Aartla nahm zehn Tael Silber für das Privileg, den Schleier vor ihrem Gesicht zu lüften. Man sagte, sie hätte goldenes Haar, das bis auf den Boden reichte, und ihre Augen hätten verschiedene Farben, das eine golden, das andere blau. Aartlas Preis für die Enthüllung ihrer anderen Reize war entsprechend höher, und nur ein reicher Mann konnte sich leisten, sie ganz zu sehen.

Daneben gab es bei Aartla eine junge schwarze Feuerschluckerin, die sich außerdem von Kopf bis Fuß mit einem Mantel aus Skorpionen bedeckte und sich auf Wunsch eine große Pythonschlange um den Hals legte.

Diese Wunder waren jedoch nur Appetitanreger für die Hauptattraktion in Aartlas Zirkus: ein Trupp von Ringern und Fechtern, die es mit jedem Herausforderer aufnahmen. Aartla versprach jedem einen Preis von hundert Tael Gold, der einen seiner Kämpfer besiegte. Das mit diesen Kämpfen verbundene Wettgeschäft war die eigentliche Quelle von Aartlas Reichtum. Obwohl er selbst nicht mehr kämpfte, war er im Herzen immer noch ein Krieger und ein Anhänger des Roten Gottes.

Als er hörte, dass ein Pharao der tamosischen Dynastie sich vorgenommen hatte, die Rote Straße zu absolvieren, kam er mit seinen Kämpfern um die halbe Welt gereist, um sich ihm als Gegner zu stellen. Er liebte den Kampf so sehr, dass er für diesen Dienst keinen Lohn verlangte.

Seine Kampfesbrüder hatten einen der alten Paläste der Stadt für Aartla und seine Truppe herrichten lassen, und am Abend nach seiner Ankunft luden sie ihn zu einem großen Willkommensbankett, an dem Nefer und Meren nicht teilnehmen durften. «Wir hätten die Einladung nicht annehmen können», erklärte Nefer Mintaka. «Wir sind noch keine Mitglieder der Bruderschaft. Außerdem wäre es gegen jede Regel und Tradition, wenn wir uns mit den Männern, die gegen uns kämpfen werden, an einen Tisch setzten.»

Am Tag nach dem Willkommensfest nahmen die Schaukämpfer unter Aartlas scharfem Auge wieder ihr nie endendes Training auf. Sie übten im Hof des alten Palastes, zu dem kein Fremder Zutritt hatte. Aartla war zu schlau, seine Wettkundschaft Form und Stil seiner Kämpfer begutachten zu lassen, ohne dafür gutes Gold zu verlangen.

Taita war jedoch kein Fremder. Als Aartla seinen Arm verlor, hatte Taita den Stumpf behandelt und zugenäht. Er hatte ihn vor dem

Wundbrand gerettet, der sein Leben bedroht hatte. Aartla hieß ihn deshalb auf dem Übungshof willkommen und lud ihn ein, sich auf einem Haufen Kissen an seiner Seite mit dem guten Auge niederzulassen. Die schönste Frau der Welt kam mit einer goldenen Schale voll Honigsorbett und lächelte ihn aus beunruhigend verschiedenen Augen hinter dem Schleier an.

Zuerst berichtete Aartla Taita die letzten Neuigkeiten vom ägyptischen Feldzug in Mesopotamien, von wo er gekommen war. Anscheinend hatte sich König Sargon, nachdem seine Armeen geschlagen und zerstreut worden waren, hinter die Mauern seiner Hauptstadt Babylon zurückgezogen. Der Ausgang des Krieges stand außer Zweifel. Die Truppen der falschen Pharaonen würden bald nach Ägypten zurückkehren und sich um die Bedrohung kümmern, welche die kleine Armee in Gallala für ihre Königreiche darstellte. An diesem Punkt seines Berichtes blickte er Taita bedeutungsvoll an: eine zeitige Warnung für einen alten Freund.

Während sie auf ihren Kissen saßen und dies und das diskutierten – Politik, Macht und Krieg, Medizin, Magie und die Götter –, schien Taita für die Athleten, die in der heißen Sonne übten und schwitzten, kaum einen Blick übrig zu haben. Doch entging seinen blassen, alten Augen kein einziger Wurf oder Schwerthieb.

Die Schaukämpfer lebten für ihre tödliche Kunst. Sie huldigten dem Roten Gott, und ihre Arbeit war Teil dieser Huldigung. Als Taita an jenem Abend in sein Quartier zurückkam, wo Nefer und Meren auf ihn warteten, war er sehr ernst. «Ich habe eure Gegner beim Üben beobachtet und muss euch warnen. Wir haben noch viel Arbeit vor uns. Und wir haben nur noch wenige Tage.»

«Erzähl, alter Vater», bat Nefer.

«Fangen wir mit Polios an, dem Ringkämpfer …», begann Taita den Charakter, den Kampfstil und die Stärken jedes einzelnen Kämpfers zu beschreiben. Und dann kam er auf die Schwächen zu sprechen, die ihm aufgefallen waren, und wie sie am besten auszunutzen wären.

Mit Aartlas Hilfe begannen die fünf Krieger der Roten Straße die Strecke abzustecken, die von den beiden Kandidaten absolviert werden musste. Tag um Tag verbrachten sie in der Wildnis und vermaßen eine weite Kreisbahn, die auf dem Hauptplatz von Gallala begann, in die Hügel und die Geröllwüste führte, dann, drei Wegstunden später, zurück durch das lange Tal an Taitas Quelle vorbei und durch das Stadttor zurück zum Hauptplatz. Nachdem sie die Straße festgelegt hatten, schickten sie Arbeiter hinaus, die die verschiedenen Hindernisse auf dem Weg aufzubauen hatten.

Zehn Tage vor dem Wettkampf verlasen Hilto und Schabako vor dem Volk der Stadt die Einzelheiten der Prüfungen und die Regeln, denen sich die Prüflinge zu unterwerfen hatten. Und dann benannten sie die Kämpfer, die sich den Novizen entgegenstellen würden.

«In den Ringkämpfen wird Pharao Nefer Seti auf Polios von Ur treffen.» Ein Stöhnen ging durch die Menge, denn Polios war ein berühmter Kämpfer. Er war auch als «der Rückenbrecher» bekannt. In Damaskus hatte er vor kurzem einen Mann getötet, sein siebzehntes Opfer im Ring.

«Meren Cambyses ist gegen Sigassa von Nubien aufgestellt.» Den kannten sie fast ebenso gut. Sein Spitzname war «das Krokodil», da seine Haut durch eine eigenartige Krankheit so hart und schuppig geworden war wie die der großen Reptilien.

«In der Schwertprüfung wird Pharao Nefer Seti dem Fechter Khama von Tauris gegenüberstehen.»

«Meren Cambyses wird auf Drossa von Indus treffen.»

An diesem Abend opferten Mintaka und Merikara der Göttin ein weißes Lamm und flehten weinend um Schutz für die Männer, die sie liebten.

In den sieben Tagen vor den Wettkämpfen der Roten Straße suchten die fünf Krieger geeignete Verfolger für das Rennen aus. An Bewerbern für diese Ehre mangelte es nicht, denn wer den Zopf eines Königs erbeutete, machte sich damit unsterblich. Hilto versprach ihm zum Gedenken an seine Heldentat außerdem eine fünf Ellen hohe Stele im Tempel eines Gottes seiner Wahl. Außerdem würde er tausend Goldstücke erhalten, genug für den Kauf eines großen Landguts, wenn er nach Ägypten zurückkehren konnte. Und als Trophäen würde er Waffen und Ausrüstung des Novizen gewinnen, den er eingeholt hatte.

Nachdem die Krieger ihre Wahl von der Steinplattform in der Mitte des Kampfplatzes bekannt gegeben hatten, warnte Taita die beiden Kandidaten: «Sie haben die zehn besten Männer ausgesucht, die wir haben und sie nach ihren Wünschen mit Wagen und Pferden ausgerüstet. Sie werden eine große Gefahr darstellen, sowohl hinter euch als auch vor euch. Einer von ihnen ist Daimios. Er ist ein Streitwagenhauptmann und weiß genau, wie man das Beste aus seinen zwei Pferden herausholt.»

«Es wird alles auf den Start ankommen», sagte Nefer.

«Und über den entscheidet nur der Rote Gott.»

In den sieben Nächte vor den Prüfungen verweigerte Mintaka Nefer ihr Bett. «Meine Liebe würde deinen Willen und deinen Körper schwächen. Ich werde dich hundertmal mehr vermissen als du mich», erklärte sie, während sie zusammen Krus' lange Mähne flochten.

Der Tag vor dem vollen Mond des Horus war auf Taitas Anweisung der Ruhe gewidmet. Dov und Krus grasten friedlich auf ihrer Weide. Merikara hatte einen Korb mit Feigen, Orangen und Durrakuchen mitgebracht und saß mit Meren neben Taitas Quelle. Sie aßen das einfache Mahl und beobachteten die Pferde. Als sie fertig gegessen hatten, kniete sich Merikara neben Meren und flocht sein Haar zu einem Zopf, der ihm bis zur Hälfte des Rückens herunterhing. «Wie dicht und glänzend es ist», murmelte sie. Sie vergrub ihr Gesicht in seinem Haar. «Und wie gut es riecht. Lass es dir von niemandem wegnehmen. Du musst mir den Zopf zurückbringen.»

«Und wie wirst du mich belohnen?» Er schaute sie an und lächelte.

«Ich werde dich belohnen, wie du es dir nicht erträumen kannst.» Sie errötete, während sie es sagte.

«Aber ich habe schon davon geträumt», beteuerte er. «Ich träume jede Nacht davon, jede Nacht meines Lebens.»

Am nächsten Morgen weckte Taita Nefer. Der junge Pharao schlief, einen Arm vor dem Gesicht, doch als Taita ihn an der Schulter berührte, setzte er sich sofort auf, reckte sich und gähnte. Der dicke Zopf, den Mintaka ihm geflochten hatte, hing ihm am Rücken hinunter. Er schaute Taita an, und sein Blick wurde klarer und hart, als er sich erinnerte, was dieser Tag bringen würde.

Während Nefer eine Schale Sauermilch trank und eine Hand voll Feigen aß, ging Taita ans Fenster und schaute über die Dächer der Stadt hinweg zu dem Palmenhain, den sie oberhalb der Brunnen gepflanzt hatten. Die Palmwedel bewegten sich im Morgenwind. Alle hatten um ruhiges Wetter gebetet, doch diese Brise versprach nichts Gutes. Sie machte die Niederlage wahrscheinlicher, denn nun würde sich Nefer noch mehr auf Troks schweren Kampfbogen verlassen müssen.

Taita sagte Nefer nichts von seinen Befürchtungen, sondern blickte auf die Straße hinab. Die Sonne war noch nicht aufgegangen, und dennoch schien schon die ganze Stadt auf den Beinen zu sein und in die Wüste hinauszuströmen.

«Sie wollen sich gute Plätze entlang der Rennstrecke sichern», sagte er zu Nefer. «Nur die Teilnehmer und Schiedsrichter haben Pferde. Alle anderen müssen dem Rennen zu Fuß folgen.» Selbst so früh am Tag lag schon Feststimmung in der Luft. Viele saßen auf der Stadtmauer, hatten ihr Frühstück mitgebracht und warfen abgenagte Knochen und andere Reste in die Menge auf dem Platz. Andere riefen Aartla und seinen Schreibern ihre Wetten zu.

Als die Sonne über der Stadtmauer stand, fuhren die zehn Streitwagen der Verfolger auf den Platz. Gongs und Trommeln wurden geschlagen und mit Sistren gerasselt, Frauen kreischten und warfen Blumen, und Kinder tanzten um sie herum, doch die Wagenlenker schauten grimmig und entschlossen drein, als sie sich hinter der Startbarriere aufstellten.

Danach gab es eine Pause voller Spannung, bevor sich von den Ställen her Jubel näherte, der auf dem Platz zu einem gewaltigen *«Bak-her!»* anschwoll, als der allen überflüssigen Ballasts entkleidete Wagen der Novizen zwischen den verwitterten Säulen am Eingang des Platzes erschien.

Dovs und Krus' Fell glänzte in der Morgensonne wie poliertes Metall. Ihre Mähnen und Schweife waren mit bunten Bändern zu Zöpfen geflochten.

Nefer und Meren trugen nur leichte Lederpanzer und waren für die Ringkämpfe eingeölt. Sie stiegen vom Wagen und knieten nieder, die Hände auf dem Knauf ihrer Schwerter. Taita trat vor, sprach ein Gebet zu Horus und dem Roten Gott und bat sie um ihren Segen und Schutz. Er nahm ein Amulett vom Hals und streifte es über Nefers gebeugtes Haupt.

Nefer schaute auf das Amulett und spürte ein eigenartiges Kribbeln, als ginge ein Kraftstrom davon aus. Es war das goldene Amulett der Lostris, seiner Großmutter, das niemand außer Taita je berührt hatte.

Hilto betrat die Steinplattform in der Mitte des Platzes. Er trug den roten Umhang des dritten Grades. Mit lauter Stimme verlas er noch einmal die Regeln und fragte dann streng: «Versteht ihr die Regeln der Bruderschaft der Roten Straße, und verpflichtet ihr euch, sie zu beachten?»

«Im Namen des Roten Gottes», bestätigten Nefer und Meren.

«Wer schneidet die Zöpfe ab?», fragte Hilto, und Mintaka und Merikara traten hinter die knienden Krieger. Mintakas Augen waren schwarz umrandet. Sie hatte die Nacht nicht geschlafen. Beide Mädchen waren blass und angespannt in ihrer Sorge um die Männer. Nefer und Meren beugten die Köpfe, die Frauen hoben liebevoll die Zöpfe an und schnitten sie ab. Danach gaben sie sie an Hilto weiter, der sie an langen Fahnenstangen links und rechts am Streitwagen befestigte. Dies waren die Trophäen, die von den Verfolgern erbeutet werden mussten und die Nefer und Meren mit ihrem Leben zu verteidigen hatten.

«Steigt auf euren Wagen», befahl Hilto, und Nefer und Meren stiegen auf den von jeglichem Ballast befreiten Streitwagen. Nefer nahm die Zügel in die Hände. Dov und Krus reckten die Hälse, stampften und schoben den Wagen eine Raddrehung zurück.

«Bringt die Vögel her!», befahl Hilto.

Zwei Männer stiegen in einen Kampfring, jeder einen Kampfhahn unter dem Arm. Den Hähnen waren die Kehllappen und die Kämme abgeschnitten worden, so dass ihre Köpfe fast reptilienhaft aussahen und dem gegnerischen Vogel weniger Angriffsfläche boten. In der Sonne schillerte ihr Gefieder wie Öl auf dem Wasser.

Eine angespannte, schmerzhafte Stille legte sich über den überfüllten Platz. Die Männer knieten im Sand in der Mitte des Kampfrings, Angesicht zu Angesicht und hielten die Hähne vor sich. Die Vögel hatten keine künstlichen Sporen an den Füßen. Der lange Metallstachel hätte einen der Kampfhähne zu schnell und sicher getötet. Die natürlichen Sporen der Tiere waren jedoch geschärft und poliert.

«Hetzt eure Vögel aufeinander!», rief Hilto, und die Männer hielten sich die Hähne entgegen, ohne jedoch zuzulassen, dass sich die Tiere berührten. Die Augen der beiden Hähne funkelten vor Mordlust. Ihre nackten Köpfe und Hälse schwollen vor Zorn und verfärbten sich dunkelrot. Sie schlugen mit den Flügeln. Sie versuchten sich aus den Händen ihrer Besitzer zu winden und aufeinander loszugehen.

Hilto zog sein Schwert und zeigte damit über den Platz hinweg zu dem eingestürzten Dach des Tempels des Bes, des Schutzgottes von Gallala, wo eine blaue Flagge träge im heißen Wind wehte. «Die Novizen starten, wenn die Vögel losgelassen werden. Die Flagge wird gesenkt, wenn einer der Vögel tot ist, und erst dann wird die Verfolgung beginnen. Der Rote Gott in seiner unendlichen Weisheit wird bestimmen, wie lange die Vögel am Leben bleiben und wie groß der Vorsprung sein wird. Und nun macht euch bereit.»

Aller Augen, auch die von Nefer und Meren, waren auf die Kampfhähne gerichtet. Hilto hob sein Schwert. Die Vögel stellten die Halsfedern auf, die Hälse blutrot in dem rasenden Verlangen, sich gegenseitig zu zerfleischen.

«Jetzt!», rief Hilto, und die Männer ließen die Vögel los. Sofort flatterten sie aufeinander zu, sprangen hoch in die Luft und bearbeiteten sich gegenseitig mit Klauen und Sporen.

«Hei, Dov! Hei, Krus!», rief Nefer, und die beiden Pferde preschten mit einem Ruck und in einem Wirbel aus Staub und Steinen los. Ein mächtiger Schrei erhob sich in der Menge, als der Wagen einmal um den Platz fuhr, bevor er die leere Hauptstraße hinaufraste. Der Jubel klang immer ferner, als sie durch das Stadttor fegten und die Rennstrecke in die Hügel einschlugen, die alle zweihundert Schritt mit weißen, in der Morgenbrise flatternden Fahnen markiert war. «Bleib links von den Fahnen!», schrie Meren Nefer zu. Wenn sie eine Flagge ausließen oder auf der falschen Seite vorbeifuhren, würden die Schiedsrichter sie zurückschicken und den Abschnitt wiederholen lassen.

Um die Pferde zu schonen, ließ Nefer sie in Trab fallen, wenn es steil bergauf ging. Gleichzeitig beobachtete er die Fahnen und den Staub hinter dem Wagen. Daran konnte er ablesen, wie stark der Wind war und aus welcher Richtung er kam: Es herrschte ein heißer, kräftiger Westwind, stark genug, um die Staubwolke hinter ihnen zur Seite zu treiben. Dies war die schlimmste Art von Wind, die sie haben konnten. Er würde die Pferde ermüden und die Reichweite der Pfeile und Speere beeinflussen, wenn sie zu den Zielscheiben kamen. Er schob diesen Gedanken jedoch beiseite, um sich ganz auf den ersten Aufstieg in die Hügel zu konzentrieren.

Der Weg wurde schnell steiler. Auf Nefers Befehl sprangen sie vom Wagen und liefen neben den Pferden her, um ihnen die Last zu erleichtern. Dov und Krus drängten so kraftvoll den Weg hinauf, dass sie sich an den Geschirren festhalten mussten, um mit ihnen Schritt zu halten. Sobald sie auf dem Kamm ankamen, hielt Nefer die Pferde an und ließ sie genau dreihundert seiner eigenen Herzschläge lang rasten.

Er schaute auf die Stadt zurück. Der Lärm, der von dort zu ihnen drang, schwoll regelmäßig an und klang wieder ab, die übliche Geräuschkulisse eines Hahnenkampfs, bei dem die Menge jeden Angriff eines Vogels bejubelte. Die Flagge auf dem bröckelnden Gemäuer des Bes-Tempels flatterte jedoch immer noch im Wind. Der Kampf war noch nicht entschieden. Nefer wandte sich ab und schaute auf die Ebene hinaus, die sich vor ihnen erstreckte. Nicht weit entfernt sah er die Zielscheiben für das Speerwerfen, fünf an der Zahl, je zweihundert Schritt auseinander, mit einem niedrigen Dornenzaun davor, der den Streitwagen in fünfzig Schritt Abstand von den Zielen hielt.

Nefer sprang auf den Wagen, und das Gespann fuhr wieder an. Er schaute noch einmal zurück und sah die blaue Flagge immer noch hoch über dem Tempel wehen.

Während sie auf die Ziele für den Speerwurf zurasten, wickelte sich Nefer die Wurfschnur ums Handgelenk und sammelte sich für die erste Prüfung. Vor seinem inneren Auge sah er die Zielscheiben vor sich. Er stellte sich den Flug des Speers von seiner Hand bis zum innersten roten Ring der Scheibe vor. Gleichzeitig behielt er die Wegfahnen und damit den Wind im Auge.

Schabako stand auf einer Erhebung in der Mitte der Zielscheiben. Für einen Treffer würde er eine rote Fahne heben, für ein verpasstes Ziel eine gelbe. Sie hatten nur fünf Speere zur Verfügung, und nur ein Fehlwurf war erlaubt. Wenn sie diese Trefferquote im ersten Durchgang verfehlten, mussten sie zurückfahren, die Speere einsammeln und es noch einmal versuchen, bis sie ihre vier Treffer in den roten Kreisen erzielt hatten.

Nefer übergab Meren die Zügel, der den Wagen dicht an den Dornenzaun steuerte, um Nefer die beste Zielposition zu ermöglichen. Das erste Ziel kam schnell näher, und Nefer rang um sein Gleichgewicht auf dem hin und her schleudernden Wagen.

«Nil!» Auf Nefers Kommando verfielen Dov und Krus sofort in ein wunderbar sanftes Gleiten, und der Wagen rollte so ruhig, dass Nefer die Unebenheiten des Weges leicht mit den Knien abfedern konnte. Und dann warf er den ersten Speer. Von dem Augenblick an, als er seine Hand verließ, gab es keinen Zweifel: Er hatte den Wind richtig eingeschätzt. Der Speer flog die fünfzig Schritt in sanftem Bogen mit dem Wind, der ihn schließlich genau in die Mitte des roten Kreises trug. Aus dem Augenwinkel sah Nefer, wie Schabako die rote Fahne hob: Der Treffer war gültig. Nefer nahm den zweiten Speer und bereitete sich auf den nächsten Wurf vor. Er empfand ein überlegenes, fast göttliches Selbstvertrauen. Er wusste, die nächsten vier Geschosse würden so sicher ihr Ziel finden wie das erste. Die zweite Zielscheibe näherte sich schnell. Er warf: wieder ein perfekter Treffer. Meren wartete nicht einmal auf die Fahne und rief: «*Bak-her*, Bruder!», während er die dritte Scheibe ansteuerte.

Der Dornenzaun flog dicht am rechten Wagenrad vorbei. Nefer war bereit und legte alle Kraft seines Armes in den Wurf, doch genau in diesem Augenblick berührte das Rad den Zaun. Der Wagen schleuderte und wäre umgestürzt, hätten die Pferde ihn nicht mit vereinten Kräften wieder in die Spur gezogen. Der Speer war jedoch schon im Flug, und Nefer musste verzweifelt zuschauen, wie er nicht einmal die Zielscheibe traf und Schabako die gelbe Flagge hob.

«Mein Fehler», rief Meren. «Ich war zu nah am Zaun.»

«Halte das nächste Mal gefälligst die Richtung», schrie Nefer. «Wir brauchen noch zwei Treffer.»

Die vierte Zielscheibe kam näher, doch Nefer spürte, dass der Wagen nicht mehr so sanft dahinglitt wie zuvor. Krus führte mit dem falschen Fuß. Das Streifen des Zauns hatte ihn aus dem Gleichgewicht gebracht.

«Ho, Krus!» Meren versuchte ihn mit den Zügeln zu korrigieren. Da lehnte Dov sich sanft an ihren Partner, der Hengst spürte ihren Rhythmus und fiel wieder in ihre Gangart, gerade als sie vor der Zielscheibe waren.

Nefer warf, und Meren jubelte: «Rot! Ein Volltreffer! Du hast es geschafft!»

«Noch nicht ganz», berichtigte ihn Nefer, während er den letzten Wurfspeer aus dem Speereimer zog. «Auf zur letzten Scheibe.»

Vor dem letzten Wurf waren ihre Muskeln und Nerven so gespannt wie ein schussbereiter Kampfbogen. Krus spürte es an Merens rechter Zügelhand, als er mit dem rechten Auge die Zielscheibe näher kommen sah. Er wusste genau, in welchem Augenblick Nefer werfen würde und verfiel instinktiv in seine alte schlechte Schrittgewohnheit. Der Wagen schleuderte genau in dem Moment, als Nefer warf. Dennoch hätte der Speer wahrscheinlich sein Ziel gefunden, wäre es windstill gewesen. Die aufkommende Böe war jedoch so stark, dass die Zöpfe gegen die Fahnenstangen schlugen. Der Speer hatte von Anfang an die Flugbahn falsch genommen, und der Wind verstärkte diesen Fehler noch. Er verfehlte den roten Kreis um zwei Finger breit. Diesmal hob Schabako eine schwarze Fahne, das Signal des Scheiterns.

Der erste Durchgang war also ungültig. Sie mussten die Speere einsammeln und es noch einmal versuchen.

Ohne ein Wort zu sagen, nahm Nefer Meren die Zügel aus der Hand und wendete den Wagen in einer engen Kehre um das Ende des Dornenzauns. Er trieb die Pferde zu höchster Eile an. Es ging nun nicht mehr darum, ihre Kräfte zu schonen. Vermutlich war einer der Hähne schon seinen Verletzungen erlegen, und die zehn Streitwagen hatten die Verfolgungsjagd begonnen.

Sie fuhren so nah an die Zielscheiben heran, dass Meren die Speere herausziehen konnte, ohne dass der Wagen ganz zum Stillstand kommen musste. Der vierte Speer hatte das Ziel so weit verfehlt, dass er im offenen Gelände lag. Nefer erkannte von weitem, dass der Schaft beim Aufprall auf den steinigen Boden in zwei Stücke gebrochen war. So hatten sie nur noch vier Speere, mit denen sie die vier gültigen Würfe schaffen mussten. Ein einziger Fehlwurf würde bedeuten, dass sie sich hier an Ort und Stelle zehn ausgesuchten Kriegern zum Kampf stellen mussten. Es gab dann nur zwei Möglichkeiten: Kapitulation oder Kampf bis zum Tod.

Als sie mit ihren vier Speeren im Waffeneimer wieder am Start waren, sprang Nefer vom Wagen und streichelte Krus die Stirn. «Diesmal musst du vernünftig laufen. Lass mich nicht noch einmal im Stich, mein Guter.»

Aus großer Ferne hörten sie lang anhaltenden Jubel.

«Einer der Hähne ist tot!», rief Meren. «Die Verfolgung hat begonnen!»

Nefer wusste, dass es so war. Ihr Vorsprung war dahin. Für die Verfolger gab es keine Speerprüfung. Sie konnten einfach an der Reihe der Zielscheiben vorbeifahren, ohne ihre Geschwindigkeit zu mindern. Und auch wenn er diesmal alle vier Speere ins Ziel brächte und vier rote Fahnen aufstiegen, die Ringkämpfer warteten auf sie.

Nefer nahm sich noch einen Augenblick Zeit, die Pferde zu tätscheln und ihnen gut zuzureden. Er legte seine Arme um sie und flüsterte ihnen ins Ohr. Dann lief er zurück und sprang neben Meren auf den Wagen. Er ließ die Pferde im Schritt beginnen und trieb sie dann sanft in Trab. Erst als sie in vollkommener Harmonie waren, ließ er sie die Gangart wechseln: «Nil!»

Für den zweiten Durchgang glitten sie auf die Ziele zu, und Nefer überließ die Zügel Meren.

Während er sich die Wurfschnur ums Handgelenk wickelte, beobachtete er Krus' Ohren, ob sich irgendetwas andeutete, dass ihn wieder aus dem Tritt kommen ließ, doch diesmal blieb er im Rhythmus. Er lief genau geradeaus vor das erste Ziel, und Nefers Speer bohrte sich in den inneren roten Kreis. Fast sofort waren sie vor der zweiten Scheibe und Nefer warf mit perfektem Armschwung und genau dem nötigen zusätzlichen Druck den Speer ins Ziel.

Der dritte Speer glitzerte in der Sonne, als er die Zielbahn entlangflog, und Schabako hob erneut die rote Fahne.

Nun hielt Nefer den letzten Speer, die Wurfschnur fest um das Handgelenk gewickelt. Er sprach zu den Pferden. Seine Stimme war bestimmt und zugleich beruhigend. «Noch einmal, meine Lieblinge, nur noch einmal. Tut es für mich.»

Krus schien sich zu sammeln, senkte den Kopf und hielt brav die Spur. In dem Moment, als Nefer den Speer losließ, wusste er, er würde den roten Kreis treffen. Noch als der Speer in der Luft war, rief er den Pferden zu: «Ha! Und jetzt lauft, lauft!» Das Gespann schoss in vollem Galopp vorwärts so schnell, dass Nefer die Beine spreizen und sich an das Halteseil klammern musste, um nicht nach hinten und vom Wagen zu fallen.

Schabako winkte mit der roten Fahne und rief ihnen nach: «*Bak-her*, Majestät! Ihr seid durch! *Bak-her!*»

Nefer wusste jedoch, dass sie den Boden, den sie verloren hatten, nie wieder gutmachen konnten. Die Verfolger waren ihnen dicht auf den Fersen.

Die weißen Fahnen führten sie in einem weiten Bogen nach Norden an einer tiefen Schlucht mit senkrechten Wänden entlang und eine Reihe natürlicher Terrassen hinauf, wo die pfirsichfarbene Erde auf harten und kargen Grund schließen ließ.

Den Rand der dritten und letzten Terrasse säumten fünfzig der kühneren Zuschauer, die von Gallala heraufgeklettert waren. Als Nefers Streitwagen auf sie zuraste, überschütteten sie ihn mit Anfeuerungsrufen und öffneten ihre Reihen, um ihn durchzulassen. In der Mitte der offenen Terrassenfläche warteten die Ringkämpfer auf sie.

Jeder stand in seinem eigenen Ring weiß bemalter Steine. Nefer blickte ihnen entgegen, während die Zuschauer jubelnd und aufgeregt lachend hinter ihm herliefen. Kurz vor den Steinringen brachte Nefer die Pferde zum Stehen, und zwei Pferdeknechte kamen herbei und hielten sie an den Halftern fest.

«Passt auf, dass sie nur je einen Eimer Wasser trinken», befahl Nefer im Abspringen vom Wagen. Dies war der erste Punkt, wo sie die Pferde tränken durften, doch Nefer wollte nicht, dass zu viel Flüssigkeit ihre Bäuche aufblähte.

Nefer und Meren legten ihre Lederpanzer und die kurzen Röcke darunter ab, bis sie nackt in der Sonne standen. Aus der Menge war Bewunderung für die harten, jungen und zu athletischer Vollkommenheit trainierten Körper zu hören.

Jede Sekunde, die jetzt verging, brachte die Verfolger näher. Nefer und Meren gingen sofort zu den Ringen mit den wartenden Kämpfern, die man als Gegner für sie ausgesucht hatte. Nefer blieb außerhalb des weißen Steinrings stehen und musterte Polios von Ur, der in der Mitte stand.

Er war nicht außergewöhnlich groß oder schwer. Nicht größer oder schwerer als Nefer, hatte er keine Unze Fett oder überflüssiges Fleisch am Körper. Offensichtlich hatte er sich aufgewärmt, denn er glänzte vor Schweiß und Öl, und seine Muskeln waren prall und voll durchblutet. Alles an ihm war hart. Die Schultern waren vollkommen proportioniert zur Taille, sein Bauch war flach, die Glieder lang und geschmeidig. So stand er da, mit vor der Brust verschränkten Armen, und starrte Nefer hart in die Augen.

Nefer holte tief Atem und hörte Taitas Worte so klar, als stünde er neben ihm: «Das linke Knie. Das ist seine einzige Schwachstelle.»

Er schaute an Polios hinunter, doch das linke Knie schien genauso gesund und stark zu sein wie das rechte.

Nefer berührte das goldene Amulett an seinem Hals und trat in den Ring. Die Menge schrie auf und jubelte. Polios legte die Hände auf die Knie, beugte sich vor und starrte Nefer weiter mit seinem Schlangenblick an. Nefer wusste, er musste die Initiative ergreifen, denn Polios hatte Zeit. Seine Aufgabe war es, Nefer hier aufzuhalten, möglichst bis die Streitwagen der Verfolger eintrafen. Nefer ging um ihn herum, und Polios drehte sich langsam mit, um ihn im Auge zu behalten.

«Ja», sagte Nefer sich, «da ist es: Er zieht seinen linken Fuß nach.» Das verräterische Zeichen war kaum zu erkennen, und wenn Taita ihn nicht darauf hingewiesen hätte, wäre es Nefer nie aufgefallen.

«Eine alte Verletzung», hatte Taita ihm erzählt. «Hier.» Und er hatte seinen Daumen an Nefers Knie gepresst, um ihm die Stelle genau zu zeigen. Doch Taita hatte auch gesagt: «Trotz dieses Mangels darfst du ihn nicht unterschätzen. Er ist ein Totschläger. Und das ist sein Lieblingswurf.» Taita hatte ihm den Wurf demonstriert, damit er darauf vorbereitet war.

Nefer umkreiste ihn in der anderen Richtung, und Polios drehte sich wieder mit ihm. Jetzt sah er es: eine kleine Vertiefung, wo keine sein sollte, direkt unter der Kniescheibe. Aber Nefer musste jetzt angreifen.

Beide Kämpfer begannen mit dem klassischen Vorgeplänkel. Sie packten einander mit beiden Händen und suchten nach einer Gelegenheit für den Wurf. Sie änderten den Griff und verlagerten das Gewicht, um das Gefühl für die Balance des anderen zu bekommen. Dann sprang Polios plötzlich vor. Er kam mit tief gesenktem Kopf unter Nefers Verteidigung hindurch, und obwohl Nefer es erwartet hatte, konnte er nicht verhindern, dass Polios einen Arm um seine Taille schlang. Plötzlich fand er sich hochgehoben. Er berührte den Boden nur noch mit den Zehenspitzen. Polios drehte sich mit ihm in den Armen. Dann bog er ihn so nach hinten, dass er die Balance verlor. Als Nächstes ging Polios auf sein rechtes Knie und zog Nefer mit sich herunter. Sein anderes Bein stand fest, der Oberschenkel parallel zum Boden wie die Werkbank eines Zimmermanns, und dort landete Nefer mit dem Rücken. Der Wurf hätte sein Rückgrat brechen können, doch Nefer hatte ihn hundertmal mit Meren geübt. Er bog den Rücken durch und stemmte beide Fersen in den Boden, um die Wucht des Aufpralls zu brechen, doch selbst so hörte er noch seine Wirbel knacken.

Polios stürzte sich mit dem vollen Gewicht seines Oberkörpers auf ihn. Nefer griff indessen unter seinen Rücken, bekam Polios linkes Knie zu fassen und umklammerte es mit seiner rechten Hand. Auf Taitas Drängen hatte er viele Stunden damit verbracht, seinen rechten Daumen zu stärken. Er hatte ihn in einen harten Lederball gedrückt, bis er einen tiefen Eindruck in die Oberfläche pressen konnte. Doch selbst dann war Taita noch nicht zufrieden gewesen. Er ließ Nefer diese Übungen so lange wiederholen, bis er eine Kaurimuschel zwischen Daumen und Zeigefinger zerdrücken konnte. Und dann hatte Taita ihm immer wieder den Punkt unter der Kniescheibe gezeigt, wo Polios' Schwachstelle war und in welche Richtung er drücken musste, um die Kniescheibe abzutrennen. Diese Stelle fand Nefer nun und trieb seinen Daumen in die Lücke zwischen dem Ende des Schienbeins und der beweglichen Kniescheibe.

Jeder Muskel in Nefers rechtem Arm ballte sich vor Anstrengung. Die Augen quollen ihm fast aus den Höhlen. Dann spürte er etwas unter seiner Daumenspitze nachgeben, und er drückte noch einmal mit aller Kraft zu. Sein Daumen drang tiefer ein, Bänder und Sehnen rissen, und plötzlich hatte er die abgerissene Kniescheibe in der Hand.

Polios' Schrei war so voll unmenschlichen Schmerzes, dass die Zuschauer, die sich um den Ring drängten, sofort verstummten. Er lockerte seinen Griff und versuchte Nefer von sich wegzustoßen, doch der rollte sich ohne Schwierigkeiten in eine Lage, in der er die Kniescheibe im Griff behielt und weiter aus ihrer Verankerung riss. Polios, plötzlich hilflos wie ein Kind, würgte und schluchzte vor Schmerz.

Nefer richtete sich auf und zwang Polios' Gesicht in den Staub. Dann bog er dessen Bein nach oben, dass Polios sich nicht dagegen wehren konnte. Nefer drückte das geschundene Bein nach hinten, bis Polios' Ferse seine Hinterbacken berührte, und legte dann noch sein ganzes Gewicht darauf. Der schreckliche Schrei, den Polios nun ausstieß, war nicht von dieser Welt.

«Gib auf!», forderte Nefer, doch Polios Qualen machten ihn taub und wie gelähmt. Der Schiedsrichter trat vor und berührte Nefer an der Schulter: Er hatte gewonnen.

Nefer sprang auf und ließ Polios verkrümmt und wimmernd im Staub liegen. Die Menge teilte sich schweigend vor Nefer, vollkommen verblüfft von der Schnelligkeit und Eindeutigkeit seines Sieges.

Nefer hörte jemanden unter den Zuschauern sagen: «Auf dem Bein wird er nie wieder laufen», doch er schaute sich nicht mehr um. Er lief zu dem anderen Ring und stieß die Leute aus dem Weg, die um ihn herumstanden.

Meren und Sigassa, genannt das Krokodil, waren Brust an Brust ineinander verschlungen. Sie rollten durch den Ring, mal der eine oben, dann der andere. Nefer sah mit einem Blick, dass Meren verletzt war. Sigassas kranke Haut war dick und verhornt, und er benutzte sie als Waffe, indem er sich an Meren rieb und dessen Haut aufriss. Meren blutete aus vielen Rissen auf Brust und Armen. Taita hatte sie davor gewarnt, doch aus der grausamen Umarmung des Nubiers gab es kein Entkommen. Meren war fast überwältigt. Nefer kam gerade noch rechtzeitig.

Die Regeln der Roten Straße waren mit ganz wenigen Ausnahmen darauf angelegt, die Novizen zu benachteiligen. Eine der Ausnahmen bestand darin, dass im Ringkampf der eine Kandidat dem anderen zu Hilfe kommen durfte, sobald er seinen eigenen Gegner geschlagen hatte. Nefer wollte dieses Zugeständnis bis zum Letzten ausnutzen.

Als er den Ring betrat, bückte er sich und hob einen weißen Kiesel von der Größe und Form eines Taubeneis auf. Während er Meren zu Hilfe kam, schloss er seine Faust um den Stein und drückte sie zu, bis seine Knöchel weiß waren. Er hatte seine Faust in eine Waffe von der Wirkung eines Tischlerhammers verwandelt.

Die Zuschauer riefen dem Krokodil Warnungen zu, und er ließ Meren los, kam blitzschnell auf die Beine und lief mit gesenktem Kopf auf Nefer zu. Taita hatte sie gewarnt, dass sein nackter, schuppiger Kopf ein tödlicher Rammbock war. So hatte Sigassa Meren schon im ersten Angriff zwei Rippen gebrochen. Nun wollte er mit Nefer genauso verfahren.

Nefer ließ ihn herankommen, stemmte seine Füße fest auf den

Boden und wartete den richtigen Moment ab. Als dieser kam, schleuderte er seine geballte Faust seitlich gegen Sigassas Kinn, genau auf den Punkt, den Taita ihm gezeigt hatte. Die Wucht hinter Sigassas Ansturm und die Gewalt, die Nefer in seinen Hieb legte, addierten sich zu einem grässlichen Zusammenprall. Der dicke Schuppenkopf schnellte zurück, und Sigassas Beine gaben nach. Er konnte seinen Lauf nicht mehr stoppen und landete lang ausgestreckt auf der Ringbegrenzung.

Niemand in der Menge hatte je gesehen, wie jemand seine bloße Faust so als Waffe einsetzte. Die Zuschauer konnten es nicht fassen. Selbst Nefer staunte über das Ergebnis, denn Sigassa lag vollkommen regungslos. Er zuckte nicht einmal. Nefer hingegen erholte sich schnell und rief dem Schiedsrichter zu: «Sigassa hat den Ring verlassen! Er hat aufgegeben!»

Der Schiedsrichter gab seine Zustimmung. «Nefer Seti ist der Sieger. Sigassa gibt den Kampf auf. Ihr könnt weiterfahren, Nefer Seti!»

Nefer lief zu Meren und zog ihn hoch. «Bist du verletzt?»

«Meine Rippen! Das Schwein hat mich gerammt wie ein Stier», keuchte er.

«Wir müssen weiter.»

«Natürlich.» Meren zwang sich zu einer aufrechten Haltung. Sein Gesicht war aschfahl vor Schmerzen. «Es ist nicht der Rede wert.» Doch er hielt sich die Seite, als sie zum Wagen zurückliefen. Sie streiften sich hastig ihre Röcke über und schnallten sich die Lederpanzer an.

«Das hat zu lange gedauert. Mit jeder Sekunde verlieren wir an Boden», keuchte Nefer. Während sie auf den Wagen kletterten, schauten sie beide über die Hügelterrassen, die sie heraufgekommen waren, zu den Speerzielen zurück, die unten zu sehen waren.

«Da sind sie», knurrte Meren. Eine blasse Staubwolke wälzte sich auf sie zu. Die Verfolgerwagen waren nicht mehr als dunkle Punkte unter dem lichtdurchfluteten Staub. Die Punkte schienen jedoch zusehends größer zu werden.

Es gab nichts mehr zu sagen. Die Verfolger brauchten sich nicht mit den Ringern zu messen. Sie würden in vollem Tempo daran vorbeifahren. Nefer und Meren wussten, wie knapp ihr Vorsprung war und wie leicht sie auch diesen kleinen Vorteil verlieren konnten. Es bedurfte nur eines falschen Schrittes, eines einzigen Fehlers.

Nefer rief das Gespann. Dov und Krus hatten gerastet, während sie mit den Ringkämpfern beschäftigt waren. Nun waren sie frisch und legten sich mit ihrem ganzen Gewicht ins Geschirr. Und weiter ging die Fahrt. Die Fahnenreihe vor ihnen führte sie in weitem Bogen zurück nach Süden, die Richtung, aus der sie gekommen waren.

«Wir haben die Hälfte hinter uns!» Meren versuchte heiter zu klingen, doch seine Stimme verriet nur zu deutlich den Schmerz, den ihm die gebrochenen Rippen bereiteten. Jeder Atemzug war eine Qual.

Am Ende des Hochplateaus, das sie nun überquerten, führten Terrassen wie eine gigantische Steintreppe zum Rand der Schlucht hinunter. Sie schauten auf die Koppeln und Weiden der bewässerten Gebiete hinunter, die sich phantastisch grün von dem Ocker und Graubraun der übrigen Landschaft abhoben, und von den Häusern und Türmen Gallalas, die so verfallen und erdfarben waren, dass sie aus dieser Entfernung nicht wie Gebäude, sondern wie natürliche Bestandteile der Wüste wirkten.

Vor ihnen lag jedoch ein klaffender Abgrund wie das Maul eines Ungeheuers. Die unbezwingbaren Wände fielen senkrecht in purpurne Tiefen. Den Pfad am Rand der Schlucht bevölkerten kleine Gruppen von Menschen, dieselben, die bei der Speerprüfung zugeschaut hatten und die nun auf dem kürzeren Weg zum Schauplatz der Bogenprüfung unterwegs waren.

Nefer ließ die Pferde in vollem Tempo die Terrassen hinunterspurten, dankbar für jede Elle, die sie vor den Verfolgern gewinnen konnten, und hier war es, wo Krus seine Fehler in der Speerwurfprüfung mehr als gutmachte. Seine Kraft trug sie alle voran, vor allem Dov an seiner Seite. Sie kamen zum Rand der Schlucht und stürmten so dicht daran entlang, dass die Steine, die von den Rädern aufgeworfen wurden, in der Tiefe verschwanden. Obwohl Krus auf der Seite des Abgrunds lief, kam er nie aus dem Tritt. Er stemmte sich in sein Geschirr und tat seine Pflicht mit ganzem Herzen und Willen und steckte alle an mit seinem Überschwang.

«Wir können immer noch vor ihnen an der Brücke sein!», rief Nefer in den Fahrtwind. «Lauf, Krus, lauf, Dov, wir werden es schaffen!»

Nefer sah eine große, unverwechselbare Gestalt am Rand des

Abgrunds stehen: Taita. Er blickte über die Schlucht zu den Zielen auf der anderen Seite. Er schaute sich nicht um, als sie hinter ihm anhielten und vom Wagen sprangen.

Am Abend zuvor hatte Taita gesagt: «In dem starken Westwind werden das Bogenschießen und die Überquerung der Schlucht alles entscheiden. Ich werde dort auf euch warten.»

Sie nahmen die Bogen und Köcher aus ihren Haltern und ließen die Pferde unter der Obhut der Knechte, die dort bereitstanden. Dann liefen sie zu Taita.

«Wir haben mit den Speeren viel Zeit verloren», berichtete Nefer grimmig, während er die Sehne des großen Kampfbogens spannte. Ein Ende des Bogens hielt er dabei zwischen seinen Füßen, auf das andere lehnte er sich mit aller Kraft und seinem ganzen Körpergewicht, um das Holz zu biegen.

«Krus war übereifrig», sagte Taita, «genau wie du. Aber warum zurückblicken. Schau nach vorn.» Er zeigte über die Schlucht, wo die Ziele mit Flachssträngen an einem leichten Bambusgerüst hingen.

Wie in der Speerprüfung hatten sie auch hier fünf Ziele vor sich, in diesem Fall aufgeblasene Schweinsblasen. Sie hingen gerade weit genug auseinander, dass ein Pfeil, der für ein Ziel bestimmt war, nicht zufällig ein anderes treffen konnte. Die Flachsstränge waren jedoch zwei Ellen lang, so dass die Blasen eine gewisse Bewegungsfreiheit hatten. In diesem Wind hieß das, dass sie vollkommen unberechenbar nach links und rechts schwangen.

Die Breite des Abgrunds machte es fast unmöglich, die Länge eines Schusses genau abzuschätzen, und der Wind, den sie auf dieser Seite der Schlucht spürten, würde auf der anderen Seite weder dieselbe Stärke haben noch aus derselben Richtung kommen. Und dieser Wind würde die Flugbahn eines Pfeils fast genauso stark beeinflussen wie die Position des Ziels.

«Wie weit ist es, mein alter Vater?», fragte Nefer, während er einen der langen Pfeile aus dem Köcher zog. Früher am Morgen hatte Taita die eine Seite eines Dreiecks abgeschritten. Dann hatte er mit einer verrückten Anordnung von Nadeln und Fäden auf einem Brett den Winkel ermittelt, aus dem er das Zielgerüst am Ende der vermessenen Linie ersah, und daraus auf eine für Nefer unbegreifliche Weise die Breite der Schlucht berechnet.

«Fünfundsechzig Ellen», erklärte Taita bestimmt. Nefer fügte diese Information seinen eigenen Berechnungen der Windgeschwindigkeit und -richtung hinzu und ging am Rand des Abgrunds in Schussposition. Meren stellte sich mit dem leichteren Kavalleriebogen neben ihm auf.

«Im Namen des Horus und der Göttin», betete Nefer, «lasst uns beginnen!» Sie schossen beide gleichzeitig.

Nefers Pfeil zischte über das Gerüst hinweg, zu weit und zu hoch. Merens Geschoss stieg in einem steileren Winkel gegen den Wind auf. Als der Pfeil vor dem Zenit seiner Flugbahn langsamer wurde, packte ihn der Wind und trieb ihn nach links ab. Fast am Ende seiner Reichweite senkte sich der Pfeil dann auf die im Wind tanzenden Schweinsblasen und traf die mittlere davon. Sie sahen sie platzen und wie durch Zauberei verschwinden.

Von den Zuschauern kam ein Freudenschrei, und der Schiedsrichter erklärte den Treffer für gültig, aber Meren murmelte, während er seinen zweiten Pfeil auflegte: «Das war Glück.»

«Dann hoffe ich, dass du noch mehr Glückspfeile in deinem Köcher hast», sagte Nefer.

Sie spannten und schossen, und diesmal war Merens Schuss zu kurz. Sein Pfeil prallte gegen die Felswand auf der anderen Seite der Schlucht. Nefer verfehlte die Blase rechts außen um wenige Daumen breit und verfluchte Seth für den Wind, den er geschickt hatte.

Im Gegensatz zur Speerprüfung konnten sie nach den Regeln des Bogenschießens so viele Pfeile verschwenden, wie sie wollten. Die einzige Beschränkung war, dass sie alle Pfeile von Anfang an in ihrem Wagen haben mussten. Es ging also um den richtigen Kompromiss zwischen Gewicht und Pfeilvorrat. Jeder der beiden hatte fünfzig Pfeile mitgebracht, doch die von Nefer waren länger und um die Hälfte schwerer als Merens normale Kavalleriegeschosse.

Sie schossen und schossen und trafen nichts.

Taita hatte den Wind und den Flug jedes Pfeils beobachtet. Er hatte alle seine Kräfte zusammengenommen, um sich auf Stärke und Verhalten des tückischen Windes einzustimmen. Er konnte ihn fast sehen, wie die Strömungen in einem klaren Gebirgsbach.

«Visier das Ziel an», wies er Nefer an, «aber schieße erst, wenn ich das Kommando gebe.»

Nefer spannte seinen Bogen bis zum Letzten und hielt die Spannung, obwohl jeder Muskel in seinem rechten Arm unter der Anstrengung zitterte.

Taita las den Wind, wurde zum Teil davon, fühlte ihn in den Tiefen seines Seins. «Jetzt», flüsterte er, und der Pfeil schoss hoch über die Schlucht hinweg und ritt auf den launischen Lüften. Dann schien er sich zu sammeln wie ein Falke hoch über seiner Beute und stürzte auf das Ziel zu. Die Blase platzte mit einem Knall, und die Zuschauer jubelten.

«Der nächste Pfeil!», befahl Taita, und Nefer spannte seinen Bogen und zielte.

«Jetzt», flüsterte Taita wieder. Der alte Mann schien kraft seines Willens den Pfeil zu steuern. Unmittelbar vor dem Ziel wollte der hässliche Westwind ihn seitlich abtreiben, doch sein Gewicht hielt ihn auf der Flugbahn, und die Schweinsblase verschwand mit einem lauten Krachen.

«Der Nächste. Leg an», sagte Taita so leise, dass nur Nefer es hörte. «Halt!», und einen Herzschlag später: «Jetzt!» Diesmal berührte der Pfeil die angepeilte Blase fast, doch im letzten Augenblick schwang sie zur Seite.

Nefer schoss noch einmal auf Taitas Kommando und verfehlte das Ziel um eine ganze Pfeillänge. Die Anstrengung mit dem großen Bogen wurde zu viel. Nefers rechter Arm schmerzte, verkrampfte sich und zitterte unkontrollierbar.

«Ruh dich aus», befahl Taita. «Nimm das Amulett der Lostris in deine rechte Hand und ruh dich aus.»

Nefer legte den Bogen weg und stand mit geneigtem Kopf, wie im Gebet, das Amulett in seiner rechten Hand. Er spürte, wie neue Kraft in seinen Bogenarm strömte. Meren versuchte es weiter mit dem kürzeren Bogen, doch er krümmte sich fast unter dem Schmerz seiner gebrochenen Rippen. Der Schweiß rann ihm über das fahle Gesicht.

In diesem Augenblick kam Unruhe in die Menge am Rand der Schlucht. Alle drehten sich um und schauten den Terrassenhang hinauf. Dann rief jemand: «Sie kommen!» Die Neuigkeit ging durch die Reihen der Zuschauer, und bald herrschte ein ohrenbetäubendes Geschrei.

Nefer hob den Kopf und sah den ersten Wagen über den Hügelkamm kommen, so nah, dass er Daimios an den Zügeln erkennen konnte. Hinter ihm tauchten nach und nach die anderen Wagen der Verfolger auf. Er konnte schon hören, wie die Fahrer ihre Pferde anfeuerten und die Wagenräder über das raue Gelände rumpelten.

«Schau nicht hin», befahl Taita. «Denk nicht an sie. Denk nur an das Ziel, das du treffen musst.»

Nefer wandte der sich nähernden Verfolgerkolonne den Rücken zu und hob den Bogen.

«Spanne und halte!», flüsterte Taita. Der Wind kam mal in wilden Böen, mal flaute er vollkommen ab. «Jetzt!» Der Pfeil zischte ungehindert über die Schlucht und traf sicher die vierte Blase.

Nefer zog noch einen Pfeil aus dem Köcher, doch dann blieb er mit dem Pfeil in der Hand stehen und spürte, wie ihn der Mut verließ. Aus der Wüste kam ein Staubsturm herangetanzt und legte sich um das Zielgerüst. Ein graubrauner Vorhang aus Staub, Sand und Steinen machte es unmöglich, die Länge des nächsten Schusses abzuschätzen. Die einzige Schweinsblase, die noch am Gerüst hing, war momentan unsichtbar.

Die Verfolger auf dem Hang hinter ihnen jubelten siegessicher. Über dem Tosen des Sandsturms hörte Nefer Daimios' Stimme. «Jetzt musst du dich mir zum Kampf stellen, Nefer Seti.»

«Noch ein Ziel, erst dann könnt ihr weiter», rief Socko, der hier als Schiedsrichter fungierte, mit strenger Stimme. «Rührt euch nicht von der Stelle!»

«Aber das Ziel ist verschwunden», protestierte Nefer.

«So will es der namenlose Gott», erklärte Socko. «Seinem Willen müsst ihr euch fügen.»

«Da!», rief Taita plötzlich. «Das ist der Wille einer größeren und mächtigeren Gottheit!» Er zeigte über den Abgrund auf die undurchdringliche gelbe Staubwolke.

Wie ein Korken aus einem trüben See tauchte die Schweinsblase, die gerissene Schnur hinter sich herziehend, aus der Staubwolke auf, getragen von einem heißen Aufwind.

«Jetzt, im Namen der Göttin Lostris!», drängte Taita Nefer. «Sie ist jetzt die Einzige, die dir helfen kann!»

«Im Namen der Göttin!», rief Nefer, riss den Bogen hoch und schoss auf den winzigen Ballon inmitten des Sturms. Der Pfeil stieg höher und höher. Es sah aus, als würde er links an seinem Ziel vorbeischießen, doch plötzlich machte die Blase einen Satz und tauchte in die Flugbahn. Die messerscharfe Steinspitze schlitzte sie auf, und die Haut flatterte davon wie ein Stofflappen.

«Ihr habt bestanden! Ihr könnt weiterfahren!», entließ Socko sie. Nefer ließ den Bogen fallen und lief zum Streitwagen. Meren kam hinter ihm her, beide Hände an seinen verletzten Rippen, und die Menge feuerte sie an, als Dov und Krus lospreschten. Hinter sich hörten sie die enttäuschten und wütenden Rufe der Verfolger, doch Nefer schaute sich nicht um.

Tausend Schritt weiter kamen sie zu der Hängebrücke, die den Abgrund überspannte. Darunter klaffte eine finstere Tiefe, doch bevor sie die Brücke betreten konnten, mussten sie durch das Feuer.

Schabako war der Schiedsrichter für die Überquerung der Schlucht. Er war von seinem Posten bei den Speerzielen heraufgaloppiert und erfüllte nun seine Pflicht an der Brücke, der wichtigsten Etappe der Roten Straße.

Die Novizen hatten hier die Wahl. Sie konnten beschließen, nicht durch die Feuerwand zu fahren und die Brücke auszulassen. Sie konnten stattdessen den langen Weg wählen und sich weiter unten im Tal, wo die Felswände sanft in die Ebene übergingen, nach Süden wenden. Das hätte sie jedoch mindestens zwei Wegstunden gekostet.

Schabakos Sympathien lagen bei dem Pharao. Noch zwingender aber war seine Treue zum Roten Gott. Obwohl er dem Pharao von ganzem Herzen Erfolg wünschte, konnte er ihm keinerlei Gefallen tun. Damit hätte er den heiligen Eid verletzt und seine unsterbliche Seele in Gefahr gebracht.

Er schaute zu dem Hindernis, vor dem seine Männer mit brennenden Fackeln hockten. Es war doppelt mannshoch und bestand aus aufgeschichteten trockenen Grasbündeln, die in diesem Wind wie Zunder brennen würden. Sie bildeten einen Halbkreis um den Brückenkopf und endeten jeweils am Rand des Abgrunds, sodass sie nicht umgangen werden konnten. Die Novizen mussten durch den Feuerwall, wenn sie die Brücke überqueren wollten.

Schweren Herzens gab Schabako den Befehl, das Feuer zu entzünden. Die Fackelträger liefen den Wall entlang und zogen die Flammen am Boden hinter sich her. Das trockene Gras fing sofort Feuer und verwandelte sich in eine himmelhohe Wand aus grellroten Flammen und schwarzem Rauch.

Nefer sah den Feuerwall aufsteigen, und, obwohl er auf dieses Schauspiel vorbereitet war, wurde ihm angst und bange. Vor allem fürchtete er um die Pferde, die an diesem Tag schon so viel durchgemacht hatten. Er beobachtete Krus' Ohren und sah sie ängstlich vor- und zurückzucken, als er den Rauch witterte und die Flammen im Wind lodern sah.

Nicht weit hinter ihnen hörte Nefer Daimios' höhnische Stimme: «Nimm lieber den Umweg, Nefer Seti. Das Feuer ist zu heiß für deine zarte Haut.»

Nefer ignorierte es und studierte die Feuerwand, auf die sie zufuhren. Es gab anscheinend keine schwache Stelle, doch das nähere Ende war zuerst angezündet worden und brannte schneller und heftiger als der Rest. Ein schweres Grasbündel fiel aus dem Wall, sodass eine schmale Lücke entstand, durch die Nefer in einem Schleier aus heißer Luft die verzerrten Umrisse des Brückenkopfes erkennen konnte.

Er steuerte auf die Lücke zu und warnte Meren: «Bedecke deinen Kopf!» Sie banden sich Tücher um den Kopf und überschütteten sich mit Wasser aus ihrem Wasserbeutel, bis die Kopftücher und ihre Röcke ganz durchnässt waren.

«Halte die Augenbinden bereit», befahl Nefer.

Sie waren inzwischen so nah am Feuer, dass sie die Hitze spürten, die ihnen entgegenschlug. Krus kam aus dem Tritt und scheute vor dem wogenden Flammenmeer.

«Steig auf!», rief Nefer, und noch im Galopp kletterten sie über die Deichsel zu den Pferden vor und schwangen sich auf deren Rücken. Nefer legte sich auf Krus' Hals und sprach mit ruhiger Stimme: «Keine Sorge, mein Guter. Du kennst die Augenbinde. Du weißt, ich werde dir nicht wehtun. Vertraue mir, Krus. Vertraue mir.» Er legte dem Hengst das dicke Wolltuch über die Augen und lenkte ihn mit den Knien zu der schmalen Lücke in der brennenden Mauer. Die Hitze schlug über ihnen zusammen wie eine mächtige Welle. Ihre nassen Kleider dampften, und Nefer spürte, wie seine Handrücken Blasen warfen. Die Haarspitzen an Krus' Mähne verschmorten zu schwarzer Asche, doch beide Pferde liefen unbeirrt weiter.

Um sie herum tobte der Feuersturm. Nefer meinte, das Wasser in seinen Augäpfeln beginne zu kochen, und kniff seine Augen fest zu, während er Krus weitertrieb. Und dann war es plötzlich vorbei. Sie waren durch.

Nefer schaute unter seinem Arm hindurch und sah die Funken- und Flammenspur, die sie hinter sich herzogen. Er sah auch Daimios' Streitwagen auf die Lücke zusteuern, die sie geschaffen hatten. Daimios' Pferde trugen keine Augenbinden, und als sie die Flammen bemerkten, scheuten sie und bäumten sich auf. Kein Pferd würde sich sehenden Auges in ein solches Inferno stürzen, dachte Nefer.

«Daimios Pferde haben die Hürde verweigert!», rief Nefer Meren zu, der auf Dovs Rücken saß. «Jetzt haben wir eine Chance.»

Sie preschten zum Brückenkopf vor, zügelten die Pferde und stoppten kurz vor der Brücke.

«Wir lassen die Augenbinden, wo sie sind», ordnete Nefer an. «Es ist besser, wenn sie den Abgrund nicht sehen.»

Die Brücke war so schmal, dass darauf kein Streitwagen die Schlucht überqueren konnte. Sie hätte das Gewicht nicht getragen. Sie mussten ihr Gefährt also zerlegen und stückweise hinübertragen. Während Meren das Geschirr abnahm und den Pferden die Beine zusammenband, schlug Nefer mit dem Holzhammer die Bronzestifte heraus, die die Räder an der Achse hielten. Er ergriff ein so gelöstes Rad und Meren das andere, und sie rannten zur Brücke.

Die Brücke schaukelte sanft im Wind. Sie war nicht breit genug für beide Männer. So lief Nefer als Erster auf den schmalen Steg, und Meren folgte ihm auf dem Fuß. Die Brücke schwankte unter ihnen wie ein Schiffsdeck auf hoher See, doch das konnten sie ausbalancieren. Sie schauten starr zum anderen Ende der Brücke, niemals in den grässlichen Abgrund oder auf die glatten Wände der Schlucht.

Auf der anderen Seite legten sie die Räder ab und liefen zurück. Erleichtert stellten sie fest, dass die Flammen des Feuerwalls für Daimios immer noch unüberwindlich waren, sosehr er seine Pferde auch peitschen und antreiben mochte.

Sie ließen den Wasserbeutel, die letzten Pfeile und alle anderen überflüssigen Ausrüstungsstücke liegen und hoben zusammen den Rahmen des Streitwagens auf die Brücke. Die beiden Haarzöpfe wehten munter im Wind. Sie mussten sehr langsam vorgehen und jeder Schritt schien eine Ewigkeit zu dauern, doch schließlich erreichten sie die andere Seite, setzten den Rahmen ab und liefen noch einmal zurück. Jetzt mussten sie nur noch die Pferde holen.

Schon von diesem Ende der Brücke sahen sie, dass die Flammen langsam erstarben. Wo der Wall heruntergebrannt war, hatte sich auf dem Boden ein dickes Aschenbett gebildet, heiß glühend wie ein Ofen. Einer der Verfolger, Rastafa, trieb seine Pferde mit Peitschenhieben und lauten Drohungen hinein, doch nach wenigen Schritten war den Tieren die Haut von den Beinen gebrannt bis auf das rohe Fleisch. Sie scheuten zurück, ganz gleich, was der Fahrer tat, und schrien und traten um sich vor Schmerz.

Nefer und Meren rannten auf die schaukelnde Brücke und waren bald bei Dov und Krus, die mit verbundenen Augen und zusammengebundenen Beinen geduldig auf sie warteten. Sie nahmen ihnen die Beinfesseln ab.

«Geh mit Dov vor», befahl Nefer. «Sie ist das ruhigere Tier.»

Nefer wartete, einen Arm um Krus' Hals, während Meren die Stute auf den Brückensteg führte. Sie schien das Schwanken zu spüren, schnaubte und hob ängstlich den Kopf. Meren redete ihr leise zu, sie machte den nächsten behutsamen Schritt und blieb wieder stehen.

«Dränge sie nicht», rief Nefer, «lass sie selbst bestimmen, wie schnell sie gehen will.» So ging Dov Schritt für Schritt auf die Brücke hinaus. In der Mitte erstarrte sie und ging auf zitternden Beinen erst weiter, nachdem Meren ihr die Stirn gestreichelt und etwas zugeflüstert hatte. Schließlich kamen sie zum anderen Ende, und Dov wieherte und schüttelte erleichtert den Kopf, als sie wieder festen Boden unter den Hufen spürte.

Daimios wurde immer noch von dem brennenden Wall aufgehalten und rief: «Sie haben schon eines ihrer Pferde hinübergebracht. Wir müssen sie aufhalten. Rastafa, gib mir deine Pferde. Sie sind sowieso schon verkrüppelt. Ich werde sie durch die Glut treiben, selbst wenn es sie umbringt.»

Nefer schaute sich um und musste zusehen, wie eines der Pferde mit Daimios auf dem Rücken knietief durch die glühende Asche watete. Die gepeinigte Kreatur stolperte und wäre fast gestürzt, doch Daimios trieb sie weiter im Funkenwirbel und Gestank von verbranntem Fell und Fleisch. Das furchtbar verletzte Tier brach zusammen, als sie das Aschenbett hinter sich hatten. Daimios zog sein Schwert und eilte auf Nefer zu.

Auch Nefer zog sein Schwert und rief Meren über die Schlucht hinweg zu: «Komm zurück und übernimm Krus, während ich mich um diesen Bastard kümmere.» Im nächsten Augenblick musste er Daimios entgegentreten. Er parierte dessen Hieb hoch über ihren Köpfen. Die Klingen schlugen gegeneinander und glitten kreischend aneinander ab. Daimios drehte sich um seine Achse und schlug wieder nach Nefers Kopf. Auch diesen Angriff parierte Nefer mit einem Gegenstoß, dass Daimios zurückspringen musste.

Nefer fand einen Augenblick, sich umzuschauen. Meren war schon dabei, Krus auf die Hängebrücke zu führen. Der Hengst spürte die Schwingung unter seinen Hufen, warf seinen Kopf hoch und wollte rückwärts auf festen Boden.

«Vorwärts, Krus!», rief Nefer streng. Als der Hengst seine Stimme hörte, beruhigte er sich und ging zaghaft auf die Brücke.

Daimios griff wieder an und zielte mit einer Serie von Hieben auf Nefers Kehle und Brust. Als Nefer parierte, drehte er sich wieder um seine Achse und hackte nach Nefers Fersen. Nefer sprang über die funkelnde Klinge hinweg, die unter ihm kreiste, und zielte auf die ungedeckte Schulter seines Gegners. Er traf sie und sah hellrotes Blut über Daimios' braune, geölte Haut fließen.

Die Wunde war jedoch nicht tief, und Daimios schien nichts zu spüren. Seine Angriffe waren so kraftvoll wie zuvor. So folgte für eine Weile jedem Stoß eine Parade und jedem Hieb eine Blockade, bis Daimios zurücktrat und links an Nefer vorbeizukommen versuchte. Er wollte ihn von der Brücke abschneiden, doch nun griff Nefer an und zwang ihn zum Rückzug.

Die Flammen waren inzwischen erloschen, die Grasbarriere fast vollkommen niedergebrannt. Die anderen Verfolger waren von ihren Wagen gestiegen und sprangen nun über die glühende Asche, um sich in den Kampf einzuschalten.

«Umringt ihn», rief Daimios, als sie näher kamen, «und hackt ihn nieder!»

Nefer schaute sich um und sah, dass Meren mit Krus noch auf der Brücke war. Der Hengst zitterte und schwitzte auf dem schaukelnden Steg, doch wenigstens sah er nicht den grauenhaften Abgrund unter sich.

In diesem Augenblick kamen die anderen Verfolger mit gezückten Klingen auf ihn zu gestürmt und höhnten: «So, Bürschchen, jetzt können wir dir bald deinen Zopf in den königlichen Arsch stopfen.»

Nefer zog sich rasch auf die Brücke zurück, wo sie ihn nur einzeln angreifen konnten, und das Gelächter der Verfolger verstummte. Sie blieben zusammengedrängt vor der Brücke stehen.

«Er hat mich verwundet», sagte Daimios. «Kümmere du dich um ihn, Rastafa, während ich meine Wunde verbinde.» Er riss mit den Zähnen einen Streifen vom Saum seines Rocks und verband damit die Fleischwunde. Indessen rannte Rastafa auf die Brücke. Er war ein bärtiger, dunkelhäutiger Mann mit finsterem, zornigem Blick, groß, aber sehr flink.

Er balancierte leichtfüßig auf dem schwankenden Steg und stach nach Nefers Kehle. Der Angriff war so kraftvoll, dass Nefer zurückweichen musste.

Als Krus dicht hinter sich die Rufe und die zusammenprallenden Klingen hörte, bäumte er sich empört auf. Die Brücke schwankte und schaukelte wild hin und her. Für einen furchtbaren Augenblick sah es so aus, als würde der Hengst sein Gleichgewicht verlieren und in den Abgrund stürzen, doch wie durch ein Wunder landete er auf allen vier Hufen.

Es war Rastafa, der das Gleichgewicht verlor und nun mit kreisenden Armen um Balance rang. Nefer machte einen schnellen Ausfallschritt und stach ihm in die Seite unter dem erhobenen Arm. Die Bronzeklinge drang zwischen zwei Rippen hindurch tief in den Brustkorb ein. Rastafa schaute Nefer in milder Überraschung an, und sagte: «Bei Seth, das tut weh!»

Nefer zog die Klinge heraus, und Rastafas Herzblut sprudelte aus der Wunde. Er stürzte rückwärts in den Abgrund, die Arme und Beine gespreizt wie Radspeichen, mit einem wilden Schrei, der immer leiser wurde, bis er abrupt aufhörte, als Rastafas Panzer im Rachen der Schlucht auf einen Felsen krachte.

Seine Kameraden zögerten nach diesem grausamen Todessturz. Plötzlich schien niemand mehr darauf versessen zu sein, die schmale Brücke zu betreten.

Nefer nahm die Gelegenheit wahr, um sich Krus zuzuwenden und ihm die zitternden Flanken zu streicheln. «Ruhig, Krus. Ich bin bei dir, mein Guter. Geh weiter.» Krus beruhigte sich sofort, als er Nefers Stimme hörte, und als die Brücke nicht mehr so stark schaukelte, wagte er einen Schritt vorwärts und dann noch einen.

«Geh weiter, Krus, geh.»

Sie hatten fast den halben Weg hinter sich, als Meren rief: «Pass auf, hinter dir, Bruder!»

Nefer wirbelte herum, gerade noch rechtzeitig, um den nächsten Verfolger abzuwehren. Nefer hatte von ihm gehört. Es war ein libyscher Sklave. Er kämpfte um seine Freiheit. Deshalb zeigte er keine Furcht und kam mit gezogenem Schwert auf Nefer zugestürmt. Fast hätte er Nefer überrascht, doch im letzten Augenblick konnte der junge Pharao sich zur Seite drehen und dem Stoß ausweichen. Sie standen Klinge an Klinge, Brust an Brust in tödlicher Umarmung. So rangen sie keuchend um den entscheidenden Vorteil.

Krus hörte den Kampf hinter sich, und das schien ihn anzuspornen. Er ging weiter, Schritt für Schritt auf die andere Seite.

Nefers Gesicht war auf gleicher Höhe wie das des Sklaven. Die Zähne des Mannes waren nur schwarze, spitze Stümpfe, und sein Atem stank wie alter Fisch. Er versuchte, diese schmutzigen Fänge in Nefers Gesicht zu schlagen, schnappte nach ihm wie ein wilder Hund. Doch Nefer warf den Kopf zurück und rammte dem Libyer den Scheitel seines Lederhelms auf die Nase. Er spürte, wie Knochen und Knorpel zersplitterten. Der Mann ließ ihn los und taumelte zurück. Er verlor das Gleichgewicht und packte das Halteseil der Brücke, an dem er sich verzweifelt festklammerte, den Rücken über dem Abgrund. Doch Nefer hackte ihm die Finger ab, und das Seil rutschte aus den blutenden Stümpfen. Der Sklave fiel rücklings schreiend und strampelnd in die Tiefe. Es schien eine Ewigkeit zu dauern, bis sie den Aufschlag tief unten auf dem Felsen hörten.

Jetzt waren drei Männer hinter Nefer auf der Brücke, Daimios an ihrer Spitze. Er hatte seine Wunde verbunden, die ihn nicht zu behindern schien. Er hatte jedoch gesehen, wie es seinen beiden Kameraden ergangen war, und war jetzt vorsichtiger. Nefer hielt ihn auf eine Schwertlänge Entfernung und ließ ihn nur Boden gewinnen, wenn sich auch Krus weiter auf die andere Seite zugetastet hatte.

Dann hörte er Merens triumphalen Ruf: «Wir sind drüben, Nefer!» Krus' Hufe klapperten auf dem Felsen auf der anderen Seite der Schlucht. «Krus hat es geschafft.»

Nefer konnte sich nicht umschauen, da Daimios' Klinge vor seinen Augen blitzte, doch er rief: «Schneide die Brücke ab, Meren. Hack die Seile durch und lass sie fallen.»

Daimios sprang erschrocken zurück, als er das hörte. Er blickte über seine Schulter und sah, wie weit er sich schon vom Rand der Schlucht entfernt hatte. Wenn er die andere Seite erreichen wollte, musste er erst an Nefer vorbei.

Meren ging zu den dicken Seilen, die das Gewicht des Brückenstegs trugen. Sein erster Hieb zertrennte eines der Seile halb.

In Daimios verschwitztem Gesicht stand das blanke Grauen. Er drehte sich um und floh mit seinen Kameraden zurück, woher sie gekommen waren. Nefer wirbelte herum, rannte auf Meren zu und war mit einem Sprung in Sicherheit. Sofort hackte er mit seinem Schwert auf die Seile ein. Als das erste Seil riss, bebte die ganze Brücke und drehte sich auf die Seite. Daimios konnte sich gerade noch mit einem Sprung in Sicherheit bringen, bevor auch das zweite Seil nachgab, die Brücke zusammenbrach und in den Abgrund stürzte.

Daimios erholte sich schnell. Er stand am Rand der Schlucht und schaute zu Nefer und Meren hinüber. Nefer steckte sein Schwert in die Scheide und winkte ihm grinsend zu. «Ich glaube, ihr habt eine lange Fahrt vor euch!»

Dann lief er zu Meren und half ihm, den Streitwagen wieder zusammenzusetzen. Auch das hatten sie unter Taitas kritischen Augen ein Dutzend Mal geübt. Meren hob den Rahmen jeweils auf einer Seite an, Nefer schob die Räder auf die Naben und sicherte sie wieder mit den Bronzestiften. Als Letztes befestigten sie die Deichsel.

Nefer gönnte sich noch einen Augenblick, um zu sehen, was auf der anderen Seite der Schlucht geschah. Daimios und die überlebenden Verfolger waren schon wieder auf ihren Wagen. Durch die letzten Rauchfahnen, die von der glimmenden Asche der Grasbarriere aufstiegen, sah Nefer, wie sie nacheinander davonfuhren. Sie folgten dem Pfad entlang der Schlucht, der sie zu einer Stelle führen würde, wo die Felsen in die Ebene übergingen. Von dort aus konnten sie die Verfolgung dann wieder aufnehmen.

«Wir haben genug Zeit gewonnen.» Meren versuchte, zuversichtlich zu klingen, doch das Überqueren der Schlucht mit den beiden ängstlichen Pferden hatte ihm alles abgefordert, und er presste seine Hand auf die verletzte Seite.

Nefer sorgte sich um ihn. «Vielleicht, doch darüber entscheidet der Rote Gott.» Er berührte das Amulett der Lostris an seinem Hals.

Sie legten den Pferden das Geschirr an und hängten die lange Deichsel ein. Dann rollten sie zu dem nahen Pfad hinauf und folgten wieder den Markierungsfahnen. Auf diesem Abschnitt konnten sie die Pferde bis zum Äußersten fordern, denn am Ende warteten Khama von Tauris und Drossa von Indus auf sie. Die Pferde hatten wahrscheinlich eine lange Rast vor sich, während sich ihre Fahrer mit den beiden gefürchtetsten Schwertkämpfern aus Aartlas Truppe schlugen.

Nefer trieb das Gespann zu größter Eile an. Die Fahnen huschten in schneller, regelmäßiger Folge an ihnen vorbei. Sie erklommen die letzte Anhöhe und sahen schließlich am Ende des langen, engen Tales die Stadt Gallala vor sich, das Tor weit offen, um sie willkommen zu heißen.

Vor der Stadt, in einem flachen Hügelkessel, hatten sich viele hundert Menschen versammelt, um die Schwertprüfung zu sehen.

Die jubelnde Menge begrüßte sie mit dem Getöse einer Sturmflut.

Die mit Holzlatten markierte Straße durch die Zuschauermassen führte zu zwei weißen Steinringen in der Mitte des Kessels. Nachdem sie vom Wagen gesprungen waren und die Stallburschen die Pferde übernommen hatten, umarmte Nefer Meren und flüsterte ihm ins Ohr. «Du bist schwer verletzt, Bruder. Das ist keine Schande, denn es ist eine Verwundung, die du dir in Ehren zugezogen hast. Aber sie wird dich behindern. Du kannst dich nicht Hieb um Hieb mit Drossa schlagen. Er ist schnell und stark und voll gepanzert. Weiche ihm aus, halte ihn dir vom Leib, bis ich dir zu Hilfe kommen kann.»

Sie trennten sich und jeder ging zu dem Ring, der ihm zugeteilt war. Nefer blieb am Rand stehen und musterte den Krieger in der Mitte.

Khama von Tauris stand da in voller Rüstung, mit Helm, Brustharnisch und Schienbeinpanzern. Wenn Nefer und Meren denselben Schutz gewählt hätten, wäre das eine zusätzliche Last für die Pferde gewesen und hätte sie aufgehalten.

Nefer rührte sich nicht und studierte seinen Widersacher. Khamas Helm war eine grausame Maske mit Flügeln über den Ohren. Als Nasenschild diente ihm ein Adlerschnabel. Hinter der Maske funkelten unversöhnliche Augen. Seine Brust wurde von einem Bronzepanzer geschützt, die Handschuhe waren mit goldenen Fischschuppen bedeckt, und an der linken Schulter hing ein kleiner Rundschild.

«Hals, Handgelenke, Achselhöhlen, Knöchel und Augen», hatte Taita Nefer eingeschärft. «Alles andere ist bedeckt.»

Nefer nahm das Amulett der Lostris ab und band sich die lange goldene Kette um das linke Handgelenk. Dann hob er die winzige goldene Figur an die Lippen und küsste sie, bevor er in den Ring aus weißen Steinen trat, um sich Khama von Tauris zu stellen.

Sie umkreisten einander, und dann eröffnete den Khama Kampf mit einer Reihe von Stößen und Hieben in solcher Schnelligkeit, dass man kaum folgen konnte. Nefer hatte nicht erwartet, dass der Gegner mit all der Panzerung so behende sein würde. Um die erste Angriffswelle zu parieren, musste er seine ganze Kraft und Geschicklichkeit aufwenden. Dennoch konnte er nicht verhindern, dass Khamas Schwert durch seinen Brustpanzer stieß und die Rippen streifte. Als der Angriff vorüber war und sie sich wieder umkreisten, spürte er heißes Blut an seiner Seite herunterlaufen.

Um sie herum tobte das Publikum, doch in der kurzen Pause, als Nefer und Khama Atem schöpften, hörte der Pharao einen Schmerzensschrei vom anderen Ring. Es war Merens Stimme. Meren war getroffen worden, und dem Schrei nach war es ein schwerer Treffer. Er brauchte Nefers Hilfe. Wahrscheinlich hing sein Leben davon ab. Doch auch Nefers Leben war in furchtbarer Gefahr, denn einen Gegner wie Khama hatte er noch nie vor sich gehabt.

Selbst Taita war es nicht gelungen, eine Schwäche bei dem Schaufechter zu erkennen. Als sie nun in einem Wirbel von Hieben und Stichen wieder aufeinander prallten, meinte Nefer jedoch, eine kleine Schwäche auszumachen. Als Khama einen tiefen, verdeckten Hieb führte, entblößte er für einen Moment seine rechte Seite, und sein Kopf schnellte vor, eine ungelenke Bewegung, die nicht zu seinem sonst so eleganten Stil passte.

Nefer wusste, dass er ihm nicht viel länger standhalten konnte. Khama war einfach zu gut und zu stark für ihn.

«Setz alles auf eine Karte», hallte es in seinem Kopf. Er bot dem Gegner seine rechte Hüfte, und Khama ging sofort mit einem tiefen Hieb darauf los. Dabei stand er Nefer frontal gegenüber und stieß wieder den Kopf vor. Nefer brachte seine Hüfte aus der Reichweite des gegnerischen Schwerts, das nur seinen Rock aufschlitzte, ohne ihn zu verletzen.

Das goldene Amulett der Lostris zog eine funkelnde Lichtspur, als er es an der langen Kette herumschleuderte, und bevor Khama zurückzucken konnte, drang die kleine Figur in die Augenöffnung seines Helms und verwundete seinen Augapfel.

Khama taumelte zurück. Er war geblendet und halb wahnsinnig vor Schmerz. Er versuchte sich den Helm vom Kopf zu reißen, um an sein verletztes Auge zu kommen. Damit entblößte er seinen Hals, und Nefer stach zu, einen Daumen breit über dem Adamsapfel. Der Stoß ging schräg nach oben, so dass sich die Klinge durch den Hals bis ins Hirn des Fechters bohrte. Khama schlug wild mit den Armen um sich, fiel nach hinten und war tot, noch bevor sein Panzer auf den glühend heißen Boden krachte.

Nefer setzte ihm seine bronzebeschlagene Sandale auf die Kehle und brauchte alle Kraft, um das Schwert aus der Wunde zu ziehen. Er ließ Khamas Leichnam zurück, wickelte sich die Kette des Amuletts wieder ums Handgelenk und rannte zum zweiten Kampfring, doch die Menge versperrte ihm den Weg. Erst als er sein Schwert zog und die Klinge kreisen ließ, wichen die Leute schreiend zurück. Er sah, dass Meren entwaffnet war und heftig blutete. Eine furchtbare Wunde klaffte in seiner linken Seite und sein linkes Ohr hing nur noch an einer Faser. Doch irgendwie brachte er es fertig, auf seinem verzweifelten Rückzug außerhalb Drossas Reichweite zu bleiben.

Drossa lachte und brüllte wie ein Stier in seinem Blutrausch. Er wartete darauf, dass Meren in eine Position geriet, in der er den Todesstoß anbringen konnte. Er nahm sich Zeit, er genoss es.

Drossa hatte Nefer den Rücken zugekehrt, als der auf ihn zurannte und mit der Schwertspitze auf die Linie auf seinem Rücken zielte, wo der Harnisch zusammengeschnürt war, doch mit dem Instinkt eines wilden Tieres spürte Drossa die Gefahr und wirbelte herum. Nefers Klinge glitt an dem Metallpanzer vor Drossas Brust ab, und Drossa zielte mit einem gewaltigen Hieb auf Nefers Kopf. Nefer duckte sich rechtzeitig, wich zurück, und sie umkreisten einander.

Meren sah plötzlich eine Chance, wollte sein Schwert, das ihm entfallen war aufheben, doch Drossa bemerkte es und sprang auf ihn zu. Meren war so geschwächt, dass er beim Zurückweichen stolperte und fiel. Drossa kickte das Schwert aus dem Ring und setzte seinen Fuß zwischen Merens Schulterblätter.

«Sieh, mächtiger, in aller Welt gefürchteter Pharao, ich habe deinen Busenfreund in meiner Gewalt.» Er setzte zum Henkersstreich an, hielt jedoch bei Merens Nacken inne. «Möchtest du seinen Kopf? Das wäre ein Geschenk, das eines Königs würdig ist.»

Nefer stürmte in blindem Zorn auf Drossa ein, um ihn von dem hilflosen Meren wegzutreiben. Erst der Schmerz eines Stichs von Drossas Klinge in seinen Oberschenkel ernüchterte ihn. Er wich zurück und sah in den Augen hinter den Helmschlitzen, dass Drossa mit ihm spielte, um den letzten Tropfen sadistischen Vergnügens aus dem Kampf zu pressen. Drossa war ein Schaukämpfer. Er wusste, was das Publikum liebte. Die Menge jubelte ihm zu.

Plötzlich packte Meren mit beiden blutverschmierten Händen Drossas Fußgelenk und versuchte ihn zu Fall zu bringen. Drossa stolperte, fluchte und bekam seinen Fuß frei. Für einen Augenblick verlor er jedoch das Gleichgewicht, und das war Nefers Gelegenheit zum Angriff. Er zielte auf die Kehle, in die Lücke zwischen dem Kinnschutz des Helms und dem Brustharnisch. Drossa drehte sich zur Seite, und Nefers Schwertspitze traf auf Metall.

Nefer hatte seine Chance verpasst, doch wenigstens war Drossa von Meren abgelenkt, der sich aufrappeln und Nefer als Schutz benutzen konnte.

Erneut umkreisten sie einander. Zum ersten Mal spürte Nefer den kalten Hauch der Hoffnungslosigkeit. Er wusste, er konnte nicht darauf hoffen, dass ein Mann wie Drossa ihm eine zweite Chance gab. In seiner Verzweiflung versuchte er es noch einmal mit dem Amulett. Er schwang die Kette und zielte auf die Augenschlitze in Drossas Helm. Drossa senkte den Kopf, und der goldene Talisman streifte seinen Stirnpanzer. Wäre die Figur nicht an der Kette gewesen, Nefer hätte sie verloren, doch so konnte er sie zurückziehen und wieder um sein linkes Handgelenk schlingen.

«Das ist keine Waffe, sondern ein Kinderspielzeug», lachte Drossa verächtlich.

Sie hielten einander mit Finten hin. Drossa konnte sich frei bewegen, doch Nefer musste auch an Meren denken, der seine Deckung brauchte. Er konnte keinen Vorstoß wagen, der Meren schutzlos lassen würde.

Drossa trieb die beiden vor sich her wie ein Hirtenhund seine Herde Lämmer, immer näher an den weißen Steinring, der den

Kampfplatz begrenzte. Er war auf ein spektakuläres Finale aus, das der Menge gefallen und sein Ansehen steigern würde.

«Die Verfolger!», rief plötzlich jemand, und alle wandten sich um und schauten zum Kamm des Hügels am Ende des langen Tals hinauf.

Daimios erschien auf dem Hügelkamm, wild darauf versessen, sich für die Demütigung zu rächen, die er an der Schlucht erlitten hatte. Er war schneller als alle anderen und trieb sein Gespann zum Äußersten an.

«Du gehörst mir, mächtiger Ägypter», höhnte Drossa. «Ich werde nicht zulassen, dass ein Emporkömmling wie Daimios mir deinen Zopf entreißt.»

Er kam drohend auf Nefer zu, der die kalte Entschlossenheit in den Augen des Feindes sah.

«Wenn ich falle, musst du dich retten», flüsterte Nefer Meren zu. «Verlass den Ring.»

«Nein, Pharao. Ich will dein Lanzenträger sein auf der Straße ins Paradies», sagte Meren leise, doch er war am Ende seiner Kräfte, und seine Beine gaben unter ihm nach. Er sank blutend zu Boden. Drossa sah seine Chance und kam über Nefer wie ein Wüstensturm. Sein Schwert krachte auf Nefers verzweifelte Deckung wie ein Schmiedehammer auf den Amboss.

Jeder Hieb erschütterte und betäubte Nefers rechten Arm bis in die Schulter. Er wusste, er konnte nicht viel länger durchhalten. Immer noch beobachtete er Drossas Augen, um jeden Schlag vorauszuahnen, und nun sah er, wie diese Augen sich verengten und funkelten, bereit für den Todesstoß.

Der Hieb kam von oben, und Nefer blieb nichts anderes übrig, als zum Schutz seine Klinge über den Kopf zu heben. Er wusste, er konnte ihn nicht aufhalten oder ablenken, jedenfalls nicht mit einer Hand, dafür war der Hieb zu kraftvoll. Zur Verstärkung umfasste er das rechte Handgelenk mit der linken Hand, der Hand, an der er das goldene Amulett trug.

Die beiden Schwerter prallten mit solcher Gewalt aufeinander, dass beide Bronzeklingen zerbrachen und aus dem Kreis der weißen Steine wirbelten.

Plötzlich waren beide Kämpfer entwaffnet, und für einen Moment standen sie sich verblüfft gegenüber. Nefer erholte sich als Erster und schlug mit dem Schwertknauf nach Drossas Kopf. Drossa duckte sich instinktiv, aber Nefer ließ nicht nach, und schließlich standen die beiden Brust an Brust. Drossa schob seine Arme unter Nefers Achseln, presste ihn mit aller Kraft an seinen Brustharnisch und hob ihn von den Füßen. Nefer hatte außer dem Amulett der Lostris keine Waffe mehr.

Mit letzter Kraft löste er die Goldkette, warf sie über Drossas Helm, wickelte sich die Enden einmal um jedes Handgelenk und zog sie nach unten, bis sie in der Lücke unter dem Helm um Drossas Hals lag. Nefer zog sie zusammen und spürte,wie die goldenen Glieder sich tief in Drossas Fleisch gruben.

Drossas stöhnte auf, lockerte seinen Griff und versuchte mit beiden Händen, sich von der Kette zu befreien. Er packte Nefers Handgelenke, verstärkte damit aber nur den Druck. Nefer schaute in die Augenschlitze des Helms und sah, wie Drossas Augen aus ihren Höhlen zu quellen begannen. Dann gab Drossa einen gurgelnden Laut von sich und sank in die Knie. Nefer stand über ihm, zog die Kette immer fester zu. Noch einmal nahm er alle Kraft zusammen. Die Kette fand eine Kerbe zwischen zwei Halswirbeln, durchschnitt Drossas Luftröhre und brach dann sein Genick. Drossa sank leblos zu Boden.

Nefer taumelte zurück und hörte den Kampfrichter rufen: «Ihr habt bestanden! Ihr dürft weiterfahren!» Nefer löste die Goldkette von Drossas Leichnam und streifte sie sich wieder über den Kopf. Er schaute über die Köpfe der wie wahnsinnig kreischenden Menge das Tal hinauf und sah Daimios in vollem Galopp auf sich zukommen.

Nefer beugte sich über Meren. «Kannst du stehen?» Meren versuchte es, doch die Beine gaben unter ihm nach. Nefer zog ihn hoch und nahm ihn auf seine Arme.

Merens Kopf und Beine hingen schlaff herunter. Er war ein schwerer Mann und Nefer sehr erschöpft, fast am Ende seiner Kräfte. Er wankte mit ihm zu dem wartenden Streitwagen und ließ ihn auf die Bodenbretter fallen, wo er zusammengekrümmt liegen blieb. Nefer lehnte sich keuchend an ein Rad und schaute zurück.

Daimios war inzwischen höchstens noch vierhundert Schritt entfernt und kam schnell näher. Nefer konnte schon das siegessichere Grinsen auf seinem Gesicht erkennen. Wenn Nefer je daran gedacht hatte, sich ihm zum Kampf zu stellen, dann gab er diese Idee nun auf.

In seinem Zustand konnte er es mit keinem der Verfolger aufnehmen. Er musste fliehen.

Nefer schlang die Halteleine zweimal um Merens Brust, schob sie unter seine Achselhöhlen und machte ihn an den Bodenplanken fest. Dann zog er sich selbst auf den Wagen und stellte sich breitbeinig über den immer noch bewusstlosen Meren.

«Lasst sie los», sagte er zu den Knechten, die die Pferde hielten. Sie ließen die Halfter los und sprangen aus dem Weg.

«Lauf los, Dov! Vorwärts, Krus!», rief Nefer den Pferden zu und klatschte mit den Zügeln auf ihre glänzenden Rücken. Sie preschten gleichzeitig vor, und die Menge vor ihnen stob auseinander. Nefer lenkte das Gespann auf das offene Stadttor zu und ließ ihm freien Lauf.

Meren stöhnte unter ihm, als der Wagen über das raue Gelände schleuderte, und Nefer versuchte, die schlimmsten Stellen zu umfahren. Dann hörte er eine Peitsche knallen, und als er sich umschaute, sah er Daimios hinter sich. Er peitschte schimpfend auf seine Pferde ein, und Dov und Krus hielten ihren Vorsprung.

Nefer schaute nach vorn und versuchte die Strecke zu schätzen, die er noch vor sich hatte. Es waren keine tausend Schritt mehr zum Stadttor von Gallala. Er konnte schon die Palmkränze erkennen, die die Stadtmauern und die roten Pfeiler neben dem Stadttor schmückten.

Und dann zahlte er den Preis für seine Unachtsamkeit. Sein rechtes Rad stieß gegen einen Felsbrocken am Straßenrand, der Wagen machte einen wilden Satz, geriet ins Schleudern und stürzte beinahe um. Nefer hatte Schwierigkeiten, ihn wieder unter Kontrolle zu bringen, doch Krus half ihm und zog ihn wieder in die Spur.

Als Nefer sich wieder umschaute, sah er, dass ihn sein Fehler teuer zu stehen gekommen war. Daimios hatte mindestens hundert Schritt Boden gewonnen. Sie waren in Reichweite seiner Speere, und Nefer sah, wie er zu den Waffen an seiner Seite griff und sich die Wurfschnur um das Handgelenk wickelte.

Nefer hatte ihm nichts entgegenzusetzen. Er hatte alle seine Speere in der ersten Prüfung verschossen. Der Bogen war in die Schlucht gefallen und sein letztes Schwert im Gefecht mit Drossa zerbrochen. Er hatte nicht einmal eine Peitsche. Seine einzige Verteidigung lag in der Geschwindigkeit.

«Komm, Dov! Vorwärts, Krus!» Sie legten ihre Ohren zurück, als sie ihn ihre Namen rufen hörten, ihre Hufe trommelten auf der harten Erde, und die Räder quietschten, denn allmählich trocknete selbst Taitas Schmieröl aus.

Dann mischte sich das Trommeln anderer Hufe in den Lärm. Als er sich diesmal umschaute, war Daimios noch dichter hinter ihm. Er hatte seine Pferde gepeitscht, bis ihre Rücken und Flanken blutig waren. Jetzt holte er aus und warf einen Speer. Nefer sah, wie das Geschoss sich näherte wie ein giftiges Insekt. Er zuckte zusammen, als der Speer neben seinem rechten Fuß einschlug und bebend in den Bodenplanken stecken blieb.

«Lauft, meine Herzblätter.» Nefers Stimme wurde immer schriller, und die Pferde merkten es. «Gebt, was ihr könnt, alles!» Krus holte noch mehr aus und zog Dov mit. Sie legten wieder mehr Abstand zwischen sich und Daimios' geschundenes und blutendes Gespann.

«Zieht, ihr Schweine!», schrie Daimios. «Zieht oder ich prügele euch die Haut vom Leib!» Er ließ wieder seine lange Peitsche zischen, und die beiden Wagen jagten hintereinander her, als wären sie durch ein unsichtbares Tau miteinander verbunden.

Daimios wickelte sich die Wurfschnur für den zweiten Speer ums Handgelenk. Während er ausholte, schätzte Nefer die zu erwartende Flugbahn ab und führte seine Zügel entsprechend. Dov lehnte sich gegen Krus' Schulter, als der Speer in der Luft war, und Nefers Wagen schleuderte leicht zur Seite, gerade genug, dass der Speer seine Schulter verfehlte. Die Richtungsänderung hatte jedoch Geschwindigkeit gekostet. Daimios griff nach seinem letzten Speer und machte sich für den Wurf bereit. Er war nah, sehr nah.

Nefer verlor fast jede Hoffnung. Er nahm die Pferde noch fester bei den Zügeln, um sie auf sein nächstes Kommando vorzubereiten. In dem Augenblick, als Daimios mit der rechten Schulter vorwärts stieß, als wolle er nach links zielen, riss Nefer sein Gespann in vollem Galopp scharf nach rechts. Doch Daimios warf nicht. Es war eine Finte. Er ließ den Speer sinken und nahm sofort in eine andere Wurfposition ein.

Nefer war gezwungen, nach links gegenzusteuern, oder er wäre von der Straße abgekommen und auf rauen, mit Felsbrocken übersäten Grund geraten. Damit legte er Dovs Flanke bloß, und diesmal zielte Daimios nicht auf Nefer, sondern auf die tapfere Stute.

Die Speerspitze bohrte sich in Dovs Schulter bis auf den Knochen. Es war kein tödlicher Treffer, doch die Widerhaken der Speerspitze blieben im Fleisch stecken. Ihr Schaft hing an Dovs Flanke herunter und behinderte sie bei jedem Schritt.

Sie versuchte es, sie versuchte es mit aller Kraft, doch sie konnte mit Krus nicht mehr Schritt halten. Ihr Blut spritzte auf Nefers Beine. Er spürte, wie der Wagen langsamer wurde. Aus dem Augenwinkel sah er, wie Daimios' Gespann mit ihm gleichzog. Die Köpfe der gepeinigten Pferde waren schon auf Höhe seines rechten Rades, und Daimios' Stimme, heiser vor Anstrengung und Euphorie, klang, als wäre er direkt neben ihm.

«Es ist vorbei, Nefer Seti. Ich habe dich.»

Nefer wandte den Kopf und schaute zu ihm hinüber. Daimios hatte seinen letzten Speer verschossen, die Peitsche weggeworfen und sein Schwert gezogen.

Wie weit ist es noch bis zum Stadttor, dachte Nefer. Nicht einmal fünfhundert Schritt. So nah, so nah, und dennoch so weit.

Er schaute unwillkürlich zum Tempeldach hinauf, auf dem die Zuschauer Seite an Seite standen, und genau an der Stelle, wo er es erwartete, erkannte er Mintakas rotes Kleid. Sie winkte mit einem grünen Zweig. Ihr langes Haar flatterte im Nordwind wie eine Fahne.

Dies ist der höchste Preis, dachte er, das ist es, wofür ich kämpfe. Seine Hand berührte Daimios' Speer, der neben ihm in den Bodenplanken steckte. Die Spitze hatte sich tief ins Holz gebohrt. Er holte tief Luft und drehte und rüttelte sie los.

Er richtete den Speer wie eine Lanze auf seinen Widersacher. Daimios' Augen verengten sich zu Schlitzen, als er die Waffe in Nefers Hand sah. Er ging mit seinem Schwert in Verteidigungsstellung, doch bald war er auf gleicher Höhe mit Nefer und wagte den ersten Angriff. Nefer fing den Stoß mit der Speerstange ab. Die beiden Wagen strebten kurz auseinander, krachten dann aber mit solcher Gewalt gegeneinander, dass Nefer fast abgeworfen worden wäre.

Daimios schlug nach der Stange, an der Nefers Haarzopf hing, doch es gelang ihm nicht, den harten Bambus zu brechen. Nefer hatte inzwischen seine Balance wiedergefunden und stieß mit dem

Speer nach Daimios, um ihn zurückzutreiben. Die beiden Wagen rollten nun Rad an Rad, Nabe an Nabe.

Nefer und Daimios lehnten sich aus dem Wagen und schlugen und stachen aufeinander ein. Mit einem Hieb schnitt Daimios' Schwert durch Nefers Brustpanzer, und Nefer spürte die messerscharfe Klinge auf seiner Haut. Er zielte mit der Speerspitze auf Daimios' Gesicht und zwang ihn, auszuweichen.

Dov litt und kämpfte weiter, die Widerhaken der Speerspitze in ihrer Schulter, während der Schaft bei jedem Schritt gegen ihre Vorderläufe schlug.

Nefer hörte die Stimmen vieler Menschen, zuerst leise und verschwommen, fast übertönt vom Trommeln der Hufe und dem Quietschen der Räder, dann immer lauter. Er schaute auf, und durch den Schweiß, der ihm in den Augen brannte, sah er das Stadttor vor sich. Auf der Stadtmauer und auf den Dächern drängten sich die Menschen. Durch den allgemeinen Jubel und den Chor der Anfeuerungsrufe meinte er Mintakas Stimme zu hören. «Für mich, mein Herz, tu es für mich!» Vielleicht bildete er es sich nur ein in seiner Erschöpfung, doch es gab ihm neue Kraft. Er trieb seine Pferde noch einmal an, aber Dov wurde immer schwächer.

Daimios näherte sich zum nächsten Angriff, doch als Nefer diesmal mit dem Speer nach ihm stieß, führte er das Schwert nicht gegen Nefer, sondern gegen dessen Waffe. Die Schwertklinge durchtrennte glatt den Schaft nur wenige Daumen breit unterhalb Nefers Faust. Nefer hatte plötzlich nur noch einen nutzlosen Stumpf in der Hand, den er nach Daimios' Kopf warf. Doch der duckte sich und stach wieder nach Nefer, der an den äußersten Rand der Fußplanken zurückweichen musste, um der glänzenden Klinge zu entgehen.

Daimios nahm sofort seinen Vorteil wahr, überholte Nefer, lehnte sich aus seinem Wagen und packte die Stange, an der Nefers Haarzopf hüpfte und tanzte. Er wollte sie brechen, doch der Bambusstab bog sich zwar, brach aber nicht. Mit dem Stab in der einen Hand griff er mit der anderen nach dem dicken Haarstrang. Der Zopf zuckte vor seinen Fingerspitzen, doch musste Daimios mit derselben Hand auch sein Schwert halten und konnte deshalb die Trophäe nicht fassen. Er ließ sein Schwert fallen, packte den Zopf und versuchte, ihn von der Stange zu reißen. Doch der Zopf war fest am Ende angeknotet.

Krus und Daimios' äußeres Pferd galoppierten Schulter an Schulter. Daimios konzentrierte sich ganz darauf, die Trophäe von der Bambusstange zu lösen. Er wusste, dass Nefer keine echte Gefahr mehr darstellte. Und er schaute auch nicht nach vorn, wo das steinerne Stadttor immer höher vor ihnen aufragte.

«Hinein!», rief Nefer Krus zu. «Schulterstoß!», und zog dabei abwechselnd am linken und am rechten Zügel. Das war es, was sie all die Monate in der Wüste geübt hatten. Mit Taita in einem anderen Wagen, hatte Nefer Krus darauf abgerichtet, diese Kraftprobe als sein Lieblingsspiel anzusehen. Der Hengst stieß mit seiner mächtigen rechten Schulter direkt gegen das linke Pferd von Daimios' Gespann und brachte es aus dem Gleichgewicht. Die beiden Streitwagen scherten nach rechts aus. Das Stadttor kam immer näher. Die Pfeiler des Portals waren aus behauenem roten Fels, über Jahrhunderte von Sandwinden poliert und abgewetzt, doch immer noch beeindruckend massiv.

«Dräng ihn ab!», rief Nefer Krus zu und ermunterte ihn mit einem energischen Ruck der Zügel. Krus zwang das andere Pferd weiter nach rechts, direkt auf den roten Stein zu.

Erst im letzten Augenblick erkannte Daimios mit einem wilden Schreckensschrei, was geschah, und versuchte, den Wagen wieder unter Kontrolle zu bekommen. Doch Krus trieb das andere Pferd auf den rechten Pfeiler zu.

Daimios begriff, dass er den Aufprall nicht mehr verhindern konnte, und versuchte von dem schleudernden Wagen abzuspringen, doch es war zu spät. Seine beiden Pferde rasten mit voller Geschwindigkeit in den Pfeiler. Sie waren sofort tot. Nefer hörte ihre letzten grauenhaften Schreie, das Krachen von Knochen und berstendem Holz. Ein Rad löste sich und rollte für einen Moment neben Nefers Wagen her. Daimios flog wie ein Speer kopfvoran gegen die Stadtmauer. Sein Schädel platzte wie eine reife Melone.

Nefer steuerte Krus und Dov durch das Portal, und sie preschten die große, auf beiden Seiten von jubelnden Menschen gesäumte Straße hinauf. Sie fuhren über Palmwedel und Blumen, manche Bewohner hatten sogar Schals, Kopftücher und andere Kleidungsstücke auf die Straße gelegt.

Nefers erste Sorge galt Dov. Er hielt die Pferde an, sprang vom Wagen und lief zu der verwundeten Stute. Die Speerspitze steckte mit ihren Widerhaken tief in Dovs Schulter. Nur Taita würde in der

Lage sein, sie aus dem Fleisch zu entfernen, doch Nefer brach den Schaft ab, damit er nicht mehr gegen ihre Läufe schlug. Dann stieg er wieder auf und nahm die Zügel.

Die Menge schwärmte auf die Straße und lief neben dem Wagen her, der im Schritttempo auf den Platz zurollte. Die Leute streckten die Arme aus, um Nefer zu berühren, und nahmen ihre Kopftücher ab, um damit das Blut abzutupfen, das an seinen Beinen herablief: das Blut eines Gottes, Pharaos und Bezwingers der Roten Straße, das alles, was es berührte, zu einer heiligen Reliquie machte. Sie schrien hysterisch.

«Bete für uns, wahrhaftiger Pharao!»

«Führe uns, großer Pharao. Lass uns deinen Ruhm teilen.»

«Heil, göttlicher Bruder des Roten Gottes!»

«Mögest du tausend Jahre leben und noch einmal tausend Jahre, Nefer Seti, wahrhaftiger Pharao!»

Auf dem Platz herrschte ein solches Gedränge, dass Soldaten vor dem Wagen herlaufen und die Menschen aus dem Weg drängen mussten, damit Nefer auf den Platz fahren konnte.

Auf dem Steinpodest in der Mitte des Platzes warteten Hilto und Schabako darauf, ihre neuen Brüder willkommen zu heißen.

Nefer hielt den halb zertrümmerten, staubigen und blutbespritzten Streitwagen vor der Plattform an, und die beiden alten Krieger kamen herbei, um Nefer zu helfen, Meren von den Fußplanken zu heben. Sie trugen ihn in den Tempel der Hathor, wo Taita darauf wartete, sich um ihn zu kümmern. Sie legten ihn auf den Holztisch, den Taita dort aufgestellt hatte, und der Magus machte sich sofort an die Arbeit.

Die Krieger der Roten Straße führten Nefer auf den Platz zurück. Er schritt die Tempelstufen hinab zu seinem Wagen, löste die beiden Zöpfe von der Stange und trug sie zu dem Kohlebecken in der Mitte des Steinpodests. Dort kniete er vor dem Feuer nieder und erklärte: «Kein Feind konnte uns diese Symbole unserer Ehre und Tapferkeit entreißen.» Er hielt die Zöpfe hoch, damit alle sie sehen konnten und sprach mit klarer, stolzer Stimme: «Ich weihe sie dem Roten Gott.»

Er warf die Zöpfe in das Holzkohlefeuer, wo sie sofort lichterloh brannten. Dann stand er auf und stellte sich schwankend, durch seine Wunden geschwächt, vor die Menge. «Ich habe die Rote Straße gemeistert! Trotz meiner jungen Jahre habe ich damit mein Recht auf die Doppelkrone von Ägypten unter Beweis gestellt. Ich erkläre mich daher zum Pharao, zum einzigen wahren Pharao, und jeder andere, der Anspruch auf diesen Titel erhebt, tut dies auf eigene Gefahr.»

Unter dem Jubel der Menge knieten die Krieger der Roten Straße vor ihm nieder, küssten ihm die rechte Hand und den rechten Fuß und gelobten ihm Treue bis in den Tod und darüber hinaus.

Nefer hob den Arm und gebot Ruhe, doch im selben Augenblick versagten ihm die Beine und er wäre zusammengebrochen, wäre Mintaka nicht zu ihm geeilt und hätte ihn gestützt. Einen Arm um ihre Schultern gelegt, stand er da und schaute ihr in die Augen. «Was ich getan habe, habe ich für Ägypten getan und für dich, mein Herz.»

Seine Stimme war so schwach und heiser, dass nur sie ihn hören konnte. Sie hob den Kopf und küsste ihn auf den Mund. Die Volksmenge sah dies als den offiziellen Verlobungskuss an, und der Jubel erreichte eine solche Lautstärke, dass das Echo die Bergtauben weit vor Gallala aufscheuchte.

Die Stadt vor ihnen schien auf den Wassern der beiden großen Ströme zu schwimmen wie eine Lotosblume, die darauf wartet, gepflückt zu werden. Die Stadtmauer war aus Backstein, über siebenundzwanzig Ellen dick und höher als die höchsten Palmen des fruchtbaren, üppig bewässerten Landes.

«Wie groß ist die Stadt?», fragte Trok seinen Magus, Ischtar den Meder. «Wie lange würde es dauern, um die Stadt herumzureiten?»

«Die Stadtmauer ist sechs Wegstunden lang, einen halben Tagesritt.»

Trok reckte sich auf seinem Wagen und hielt sich schützend die Hand vor die Augen. «Ist das dort drüben das legendäre Blaue Tor?», fragte er weiter. Ischtar hatte, wie Trok wusste, fünfzehn Jahre lang in der Königsstadt Babylon gelebt. Viele seiner magischen Fähigkeiten hatte er im dortigen Tempel des Marduk erlernt.

Selbst aus dieser Entfernung funkelte das Stadttor wie ein riesiger Edelstein. Es war so breit, dass zehn Streitwagen nebeneinander hindurchfahren konnten. Das massive Zedernholzportal war höher als zehn Mann, die einander auf den Schultern standen.

«Es ist wirklich blau», staunte Trok. «Ich habe gehört, es sei mit Lapislazuli bedeckt. Stimmt das?»

«Nein, Majestät.» Ischtar zog eine herablassende Grimasse. «Es sind Keramikfliesen. Jede Fliese stellt einen der zweitausendundzehn Götter Babylons dar.»

Trok betrachtete die meilenlange Stadtmauer zu beiden Seiten des Tors mit den Augen des Feldherrn. Alle zweihundert Schritt gab es Wachtürme, und in regelmäßigen Abständen war sie von massiven Strebepfeilern gestützt. Ischtar wusste, was sein Herr dachte.

«Auf der Mauerkrone führt eine Straße entlang, breit genug für zwei Streitwagen nebeneinander. Auf dieser Straße kann Sargon innerhalb einer Stunde fünftausend Mann zu jedem Punkt der Mauer bringen, der von einer Belagerungsarmee bedroht wird.»

Trok knurrte, um zu zeigen, dass er nicht beeindruckt war. «Man kann jede Mauer bezwingen. Wir brauchen nur an einer Stelle durchzubrechen.»

«Es gibt noch eine innere Mauer, göttlicher Pharao», entgegnete Ischtar mit seidiger Stimme, «und die ist fast so undurchdringlich wie die äußere.»

«Wenn wir nicht durchbrechen können, dann finden wir eben einen Weg darum herum», zuckte Trok mit den Schultern. «Sind das dahinten Sargons Palastgärten?» Trok deutete mit seinem bärtigen Kinn zu den Terrassen, die sich in den Himmel zu erheben schienen. Sie waren auf raffinierte Weise so angelegt, dass sie wie eine gigantische auf dem Kopf stehende Pyramide wirkten, die schwerelos über der Stadt schwebte.

Ischtar hob einen sehnigen, mit blauen Tätowierungen bedeckten Arm und zeigte auf die Einzelheiten. «Sechs Terrassen sind um einen großen Hof gebaut wie Stufen. Allein die Zenana hat fünftausend Zimmer, eines für jede von Sargons Frauen. Sein Schatz ist in einem Verlies tief unter dem Palast vergraben. Der Boden der Schatzkammern ist mannshoch mit Gold bedeckt.»

«Hast du diese Wunder mit eigenen Augen gesehen?», fragte Trok skeptisch.

«Nicht die Zenana», gab Ischtar zu, «aber ich war in den Schatzkammern, und ich sage Euch, König und Gott, in Eurer ganzen Armee habt Ihr nicht genug Wagen, einen solchen Schatz abzutransportieren.»

«Und ich sage dir, Ischtar, dass ich jederzeit neue Wagen bauen lassen kann.» Trok warf den Kopf in den Nacken und lachte.

Der Marsch auf Babylon war ein einziger langer Triumphzug gewesen, auf dem sie einen Sieg nach dem anderen errungen hatten. Ran, Sargons ältesten Sohn, hatten sie an den Ufern des Bahr al Milh gestellt und seine Armee zwischen Trok und Najas Streitwagen aufgerieben wie einen Sack Durrahirse.

Rans abgehackten Kopf hatten sie auf eine Lanze gesteckt und seinem Vater geschickt, der dann, von Trauer verzehrt, prompt in die Falle lief, die sie für ihn vorbereitet hatten. Während Naja sich mit seiner Armee vor ihm zurückzog, war Trok nach Süden ausgeschwenkt und fiel ihm mit tausend Streitwagen in den Rücken. Als Sargon dann zurückeilte, um seinen Versorgungszug zu retten, war er in einem Ring aus schimmernder Bronze gefangen.

Sargon selbst gelang es zwar, mit fünfzig Streitwagen auszubrechen, doch zweitausend Wagen und elftausend Mann hatte er zurücklassen müssen. Trok ließ alle Gefangenen entmannen.

Babylon lag auf einer engen Halbinsel zwischen den beiden Strömen, dem Euphrat im Westen und dem Tigris im Osten. Auf seinem fluchtartigen Rückzug hatte Sargon keine Zeit gehabt, die Brücken hinter sich zu zerstören. Es hätte ohnehin einer ganzen Armee bedurft, die massiven Backsteinpfeiler abzureißen, auf denen sie ruhten. Doch Sargon hatte keine Armee mehr. Seine Männer waren entmutigt und ohne Streitwagen. Sie hatten den beiden Pharaonen nicht lange Widerstand leisten können.

Den Überlebenden hatte Trok die Hände und Füße zusammenbinden und sie von der Mitte einer Brücke in den breiten, braunen Strom werfen lassen. Die ägyptischen Truppen hatten sich dabei an der Brüstung gedrängt und lachend zugeschaut, wie die Opfer zappelnd ertranken.

Nun, fast ein Jahr nachdem sie Avaris verlassen hatten, lag Babylon vor ihnen.

«Du kennst die Befestigungen, Ischtar. Du hast geholfen, sie zu entwerfen. Wie lange wird sich die Stadt verteidigen können?», fragte Trok ungeduldig. «Wie lange werden wir brauchen, die Mauern zu durchbrechen?»

«Die Mauern sind unüberwindbar, Majestät», antwortete Ischtar knapp.

«Wir wissen beide, dass das nicht wahr ist», belehrte Trok ihn.

«Wenn genug Männer lange genug entschlossen dagegen anrennen, fällt jede Mauer irgendwann.»

«Es würde wahrscheinlich ein Jahr dauern», murmelte Ischtar, «oder zwei, vielleicht gar drei Jahre.» Trok entging jedoch nicht der verschlagene Ausdruck im tätowierten Gesicht des Maguss und sein unsteter Blick.

Trok lachte und packte eine Hand voll von Ischtars lackiertem Bart. Er zwirbelte ihn, bis der Zauberer vor Schmerz das Gesicht verzerrte und ihm die Tränen in die Augen stiegen. «Du möchtest ein Spiel mit mir spielen, Magus. Du weißt, wie sehr ich ein Spielchen liebe, nicht wahr?»

«Gnade, mächtiger Ägypter», winselte Ischtar. Trok ließ ihn los und schob ihn so brutal weg, dass er beinahe vom Wagen gefallen wäre.

«Ein Jahr, sagst du, oder zwei oder drei? Ich habe keine Zeit, ewig hier zu sitzen und die Schönheiten Babylons zu bewundern! Ich habe es eilig, Ischtar, und du weißt, was das bedeutet, oder?»

«Ich weiß es, unvergleichlicher Gott, doch ich bin nur ein fehlbarer, armer Mensch.»

«Arm?», schrie ihm Trok ins Gesicht. «Bei Sebek, du schmieriger Scharlatan, du hast mich schon um hunderttausend Goldstücke erleichtert, und was können wir dafür vorweisen?»

«Ihr habt eine Stadt und ein Reich vor Euch, nach Ägypten das reichste Land der Welt. Ich habe es Euch zu Füßen gelegt.» Er kannte Trok inzwischen gut genug. Er wusste, wie weit er gehen konnte, und manchmal ging er bis an die Grenze.

«Ich brauche den Schlüssel zu dieser Stadt.» Trok schaute dem Magus ins Gesicht, und ihm gefiel, was er sah. Er kannte Ischtar fast so gut, wie der Magus ihn kannte.

«Das müsste schon ein goldener Schlüssel sein», sagte Ischtar nachdenklich. «Wie wäre es mit dreihunderttausend Goldstücken?»

Trok brüllte vor Lachen und tat, als wollte er dem Meder mit seiner gepanzerten Faust ins Gesicht, schlagen, doch der Hieb war nicht ernst gemeint, und Ischtar konnte ihm leicht ausweichen.

«Mit dreihunderttausend könnte ich mir eine ganze Armee kaufen». Trok schüttelte den Kopf. Die Bänder in seinem Bart tanzten wie bunte Schmetterlinge.

«Dort drüben in Sargons Schatzkammern liegen hundert mal

hunderttausend Goldstücke. Drei von hundert ist gewiss kein zu hoher Preis.»

«Gib mir die Stadt, Ischtar. Gib sie mir innerhalb von drei Monden, und ich werde dich mit zweihunderttausend Goldstücken aus Sargons Schatz belohnen», versprach Trok.

«Und wenn ich dir die Stadt schenke, bevor der nächste Mond vorüber ist?» Ischtar rieb sich die Hände wie ein Teppichhändler.

Diese Aussicht wischte Trok das Grinsen aus dem Gesicht, und er sagte ernst: «Dann sollst du deine dreihunderttausend haben – und den Wagenzug dazu, um sie abzutransportieren.»

Die Armee der beiden Pharaonen schlug vor dem Blauen Tor ihr Lager auf, und Trok schickte einen Abgesandten zu Sargon. Seine Forderung war die sofortige Kapitulation der Stadt, «um dieses Wunder der Baukunst vor den Flammen zu retten und Euch selbst, Eure Familie und Euer Volk vor dem Schwert zu bewahren», wie Trok sich zynisch ausdrückte. Als Antwort schickte ihm Sargon, selbstsicher und trotzig hinter seinen Mauern, den Kopf des Abgesandten. Nach diesem Vorgeplänkel zogen Trok und Naja mit ihren Truppen einmal um die Stadt, um den Babyloniern ihre Macht und Pracht zu zeigen.

Die beiden Pharaonen fuhren ihre goldenen Streitwagen, beide gezogen von sechs schwarzen Hengsten. Heseret stand neben Naja. Sie funkelte vor Juwelen und trug die goldene Uraeus-Krone. Hinter den goldenen Wagen marschierten fünfzig Gefangene, babylonische Frauen aus eroberten Städten und Dörfern im Zweistromland. Sie waren alle schwanger, manche kurz vor der Niederkunft.

Vor den goldenen Wagen rollten fünfhundert Streitwagen. Die Nachhut bestand aus noch einmal fünfhundert Wagen. Der langsame Zug zog gemessen den ganzen Tag dahin, bevor er bei Sonnenuntergang wieder am Blauen Tor ankam. Sargon und sein Kriegsrat tagten indessen auf der Brustwehr über dem prächtigen Tor.

Sargon war eine hoch gewachsene, magere Gestalt mit langem, silbernem Haar. In seiner Jugend war er ein mächtiger Krieger gewesen und hatte seinem Reich Gebiete bis hinauf zum Schwarzen Meer einverleibt. Auf all seinen Feldzügen war er nur ein einziges Mal geschlagen worden. Der Sieger in jenem Krieg war Pharao Tamose gewesen, Nefer Setis Vater. Und nun standen zwei andere ägyptische Herrscher vor den Toren seiner Stadt, und er bildete sich in keinem Augenblick ein, diese beiden wären so gnädig wie Tamose.

Wie um seine Befürchtungen zu bestätigen, ließ Trok die schwangeren Frauen sich nackt ausziehen und einzeln vor das Stadttor führen. Dann wurden ihnen vor der ganzen Stadt die prallen Bäuche aufgeschlitzt. Die ungeborenen Kinder wurden ihnen aus dem Leib gerissen und die winzigen Leichname auf der Schwelle des Blauen Tors gestapelt.

«Die sind für deine Armee, Sargon», brüllte Trok zu ihm hinauf. «Ich bin sicher, du brauchst jeden Mann, den du bekommen kannst.»

Für Heseret war es ein langer und aufregender Tag gewesen, und sie zog sich mit ihren Sklavinnen in ihr Zelt zurück, während Naja und Trok bei Lampenlicht eine Karte der Stadt studierten. Diese Stadtkarte war ein echtes Kunstwerk. Auf einer gegerbten Ziegenhaut hatte der Kartograph maßstabgetreu alle Mauern, Straßen und Kanäle der Stadt aufgezeichnet, jedes Gebäude in allen seinen farbigen Einzelheiten.

«Woher hast du diese Karte?», fragte Naja Ischtar den Meder.

«Vor zwölf Jahren habe ich auf Sargons Befehl die Stadt vermessen und diese Karte gezeichnet, mit meinen eigenen Händen», antwortete Ischtar. «Niemand anders hätte das mit dieser Genauigkeit und Schönheit tun können.»

«Wenn Sargon die Karte in Auftrag gegeben hat, warum ist sie dann nicht in seinem Besitz?»

«Das ist sie, jedoch nur in Form eines minderwertigen Entwurfs. Die endgültige Ausführung habe ich heimlich für mich behalten, und diese habt Ihr nun vor Euch.»

Sie studierten die Karte noch eine Stunde lang. Dann und wann brummten sie ihre Kommentare, doch die meiste Zeit sagten sie nichts, so vertieft waren sie in die wunderbare Zeichnung. Als Feldherren mit geübtem Auge für die wichtigsten Merkmale eines Schlachtfelds konnten sie die Tiefe und Stärke der Mauern, Türme und Verteidigungsanlagen, die über die Jahrhunderte gewachsen waren, nur bewundern.

Schließlich stand Trok auf und trat einen Schritt zurück. «Ich kann keine Schwäche feststellen, Magus. Du hast Recht gehabt, als du sagtest, die Befestigungen wären unüberwindbar. Es bedarf drei Jahren harter Arbeit, diese Mauern zu durchbrechen. Für deine dreihunderttausend Goldstücke musst du dir schon etwas Besseres einfallen lassen.»

«Das Wasser», sagte Ischtar leise, «konzentriert Euch auf das Wasser.»

«Ich habe mir die Wasserwege angeschaut.» Naja lächelte, doch es war das Lächeln einer Schlange. «Die Kanäle versorgen alle Stadtviertel. Sie liefern genug Wasser, um Sargons hängende Gärten zu bewässern und den Rest der Stadt hundert Jahre lang zu versorgen.»

«Der Pharao sieht alles und weiß alles», Ischtar verbeugte sich vor Naja, «doch wo kommt das Wasser her?»

«Aus zwei mächtigen Flüssen, nach dem Nil die größten Ströme der Welt, eine Quelle, die in tausend Jahren noch nie versiegt ist.»

«Doch wo kommt das Wasser in die Stadt? Wie kommt es unter diesen Mauern hindurch?», drängte Ischtar die beiden Pharaonen, und Naja und Trok tauschten einen Blick dämmernden Verstehens.

Eine halbe Meile nördlich von Babylon, außerhalb der Stadtmauern am Ostufer des Euphrat, an einer Stelle, wo der Strom breiter und langsamer dahinfloss als gewöhnlich, befand sich der Tempel des Ninurta, des geflügelten Löwengottes des Euphrat. Er war auf einem steinernen Pier erbaut, der weit in den Fluss ragte. Um die vier Außenwänden des Tempels lief ein Fries, in den die mannigfaltigen Erscheinungsformen des Gottes eingemeißelt waren. Der steinerne Türsturz über dem Eingang trug eine Inschrift in der Sprache der Akkader, eine Warnung an alle, die unbefugt in dieses Heiligtum eindrangen, dass der Fluch des Gottes Ninurta sie treffen würde.

Ischtar der Meder machte den Fluch unwirksam, indem er auf der Schwelle des Tempels zwei Gefangenen die Kehle durchschnitt und ihr Blut auf das Portal spritzen ließ. Nachdem der Magier so für ungestraftes Betreten des Heiligtums gesorgt hatte, marschierte Trok mit zwanzig Kriegern in den Innenhof des Tempels, wo sich die Priester des Ninurta in ihren purpurnen Roben versammelt hatten. Sie sangen und gestikulierten, streckten die Arme in die Richtung der Eindringlinge und spritzten Euphratwasser in ihren Weg, auf dass Ninurta eine unsichtbare, magische Mauer errichten möge, vor der Trok zurückweichen müsste.

Trok kümmerte sich nicht um den Zauber und tötete den Hohepriester mit einem Stich durch den Hals. Unter lautem Klagegeheul über diesen Frevel warfen sich die anderen Priester vor Trok zu Boden.

Trok steckte sein Schwert in die Scheide zurück und nickte seinem Hauptmann zu, der den Soldaten daraufhin befahl: «Tötet sie alle. Keiner darf entkommen.»

Diese Arbeit war schnell erledigt, und als der Hof mit Leichen übersät war, sagte Trok zu seinen Leuten: «Werft sie nicht in den Fluss. Wir wollen nicht, dass die Stadtwachen sie vorbeitreiben sehen und erraten, was wir vorhaben.»

Dann wandte er sich an Ischtar, der ein Ritual vollführte, um den Zorn des Gottes abzuwenden, den sie so beleidigt hatten. In allen vier Ecken des Hofs verbrannte er Kräuterbündel, von denen dicker, öliger Rauch aufstieg. Ninurta ekelte sich vor diesem Rauch – genauso wie wahrscheinlich jeder andere Gott und Sterbliche, wie Trok jovial bemerkte. Als Ischtar seinen Reinigungszauber beendet hatte, führte er den Trupp zu den Heiligtümern des Tempels. Trok und seine Soldaten folgten ihm mit gezogenen, blutverkrusteten Schwertern.

Das Klappern ihrer bronzebeschlagenen Sandalen warf ein hohles Echo aus den finsteren Winkeln des hohen, langen Tempelsaals zurück. Selbst Trok lief ein abergläubischer Schauder über den Rücken, als sie die Statue des Gottes auf einem Sockel vor sich sahen, den Löwenkopf und die weit ausgebreiteten steinernen Flügel. Ischtar deklamierte noch ein wortreiches Gebet, um den Gott zu beschwichtigen, und führte Trok in dem engen Raum zwischen der Rückwand des Saals und der Rückseite des Götterbildnisses. Dort zeigte er auf eine vergitterte Öffnung im Rücken des Ninurta. Trok packte die Gitterstäbe, nahm all seine Kräfte zusammen und rüttelte daran, doch nichts bewegte sich.

«Es geht auch einfacher, allwissender Pharao», sagte Ischtar mit süßlicher Stimme. «Der Schlüssel für dieses Tor befindet sich am Körper des Hohenpriesters.»

«Hole ihn!», fauchte Trok den Hauptmann seiner Leibwache an, der sofort verschwand. Als er zurückkam, übergab er Trok mit blutigen Händen einen schweren Schlüsselbund. Manche der Schlüssel waren so lang wie sein Unterarm. Trok versuchte einen der Schlüssel nach dem anderen, und schon bald gelang es ihm, den uralten Mechanismus zu bewegen. Das Gitter öffnete sich unter lautem Quietschen.

Trok schaute eine Treppe hinab, die in der Finsternis verschwand. Aus dem tiefen Schacht wehte ihm kalte, nasse Luft entgegen, und weit unten hörte er Wasser rauschen.

«Holt Fackeln her!», befahl er, und der Hauptmann hieß vier seiner Soldaten die brennenden Fackeln aus ihren Haltern zu nehmen. Augenblicke später hielt Trok eine Fackel hoch und stieg die enge Treppe hinunter. Vorsichtig setzte er einen Fuß vor den anderen, denn die Steinstufen waren glitschig. Das Geräusch fließenden Wassers wurde immer lauter.

Ischtar war dicht hinter ihm. «Dieser Tempel und die Gänge darunter sind fast fünfhundert Jahre alt», klärte er Trok auf. Bald sahen sie Wasser unter sich schimmern, und aus dem fernen Rauschen wurde ein Tosen. Schließlich erreichten sie das Ende der Treppe, und Trok stand auf einem Weg, der eine steinerne Wandgalerie entlangführte. Im flackernden Fackelschein erkannte er, dass sie sich in einem weiten, gewölbten Tunnel mit einem unterirdischen Kanal von beeindruckendem Ausmaß befanden. Decke und Wände waren mit geometrisch angeordneten Keramikplatten gekachelt, und in beiden Richtungen schien der Tunnel in tiefer Finsternis zu enden.

Ischtar kratzte ein Stück Pilzflechte von der Wand und warf es ins Wasser unter sich. Die Strömung trug es sofort den Tunnel hinunter, wo es bald nicht mehr zu sehen war. «Wahrscheinlich ist es zu tief, als dass ein Mann darin stehen könnte.» Trok schaute sich nachdenklich zu seinem Hauptmann um, als überlegte er, wie er diese Vermutung bestätigen könnte. Der Hauptmann wich in die Schatten zurück und wünschte, er wäre unsichtbar.

«Die Galerie, auf der wir hier stehen, führt den ganzen Kanal entlang», erklärte Ischtar. «Sie ist der Zugang für die Priester, die den Tunnel instand halten.»

«Wo beginnt er, und wo endet er?», wollte Trok wissen.

«Unter dem Tempelpier liegt ein Becken, in das Flusswasser fließt. Dort beginnt der Kanal. Er mündet im Haupttempel des Ninurta innerhalb der Mauern von Babylon, nicht weit vom Blauen Tor», erklärte Ischtar. «Nur die Priester kennen diesen Tunnel. Alle anderen glauben, das Wasser wäre ein Geschenk des Ninurta. Aus einem Brunnen auf dem Tempelgelände wird es mit Wasserrädern zu den Palastgärten hinaufgepumpt oder durch das Kanalsystem in die verschiedenen Stadtteile geleitet.»

«Ich glaube, du bist auf dem besten Weg, dir deine dreihunderttausend Goldstücke zu verdienen», lachte Trok voller Freude. «Jetzt musst du uns nur noch dieses Rattenloch hinab in die Stadt der Wunder und Schätze führen – besonders der Schätze.»

Trok rechnete sich aus, dass die Priester des Haupttempels in der Stadt regelmäßig mit denen des Flusstempels in Kontakt standen. Höchstwahrscheinlich benutzten sie den Wasserkanal als Geheimgang zwischen den beiden Tempeln. Sie würden also bald entdecken, dass ihren Brüdern am Fluss ein Unglück widerfahren war. Trok musste schnell handeln.

Er wählte zweihundert seiner besten und zuverlässigsten Leute aus, alle aus seinem Stamm der Leoparden. Diese zweihundert teilte er in zwei Gruppen ein. Sobald sie durch den Kanaltunnel in die Stadt gelangt wären, sollte die erste Gruppe das Blaue Tor erobern und öffnen, damit Pharao Naja Kiafan seine Hauptstreitmacht in die Stadt führen konnte. Die zweite, erheblich kleinere Gruppe hatte die Aufgabe, in den Palast vorzudringen und Sargons Schatzkammern zu besetzen, bevor der König sein Gold in Sicherheit bringen konnte. «Er würde tausend Wagen brauchen, um alles fortzuschaffen», versicherte Ischtar ihm.

Die zweihundert Elitesoldaten wurden in babylonische Uniformen gekleidet, die Troks Leute Gefangenen und auf dem Schlachtfeld zurückgelassenen Toten abgenommen hatten. Sie trugen knöchellange, gestreifte Hemden mit einem Gürtel um die Taille und die hohen, bienenkorbförmigen Helme der Mesopotamier. Ischtar zeigte ihnen auch, wie sie Bart und Haare nach babylonischer Art zu kräuseln hatten. Das Einzige, wodurch sie sich von den Feinden abhoben, war eine rote Schärpe. Die Armeeschreiber fertigten schnell grobe Kopien des Stadtplans an und verteilten sie an die Hauptleute der beiden Gruppen, damit sie sich die Straßen und wichtigsten Gebäude der Stadt einprägen konnten. Am Abend wusste jeder genau, was von ihm erwartet wurde, wenn sie erst in der Stadt wären, und die Pläne wurden wieder eingesammelt.

Sobald es dunkel war, brachte Naja seine Sturmtruppen lautlos vor dem Blauen Tor in Stellung, bereit in die Stadt einzufallen, sobald Troks Männer das Tor öffneten.

Trok musterte seine Abteilung auf dem Hof des Flusstempels, und noch bei Tageslicht führten er und Ischtar die Soldaten einen nach dem anderen die Treppe zum Kanal hinunter, wo sie einen langen unterirdischen Marsch vor sich hatten. Ihre Sandalen waren in Ledersocken gehüllt, damit ihre Schritte nicht durch den Tunnel hallten, und sie sprachen kein Wort. Jeder zehnte Mann trug eine Fackel, und es war gerade hell genug, dass jeder das schleimige Stück Boden vor sich sah, auf das er seinen Fuß setzen musste. Zu ihrer Linken rauschte der nicht enden wollende dunkle Kanal, der ganz Babylon mit Wasser versorgte. Alle tausend Schritte blieb Ischtar stehen, um den Gott Ninurta mit Geschenken und Beschwörungen zu besänftigen und um die magischen Hindernisse und Barrieren aus dem Weg zu räumen, welche die ermordeten Priester in dem Tunnel errichtet hatten.

Für Trok schien der schweigende Marsch kein Ende zu nehmen, und er war überrascht, als Ischtar abrupt stehen blieb und nach vorn zeigte: Auf den glänzenden Keramikwänden war ein schwacher Lichtschimmer zu sehen. Trok gab den Männern hinter ihm ein Zeichen stehen zu bleiben und ging mit Ischtar voran. Trok und Ischtar trugen die Kapuzen und die purpurnen Gewänder, die sie zwei toten Priestern abgenommen hatten.

Als sie weiter auf die Quelle des schwachen Lichtschimmers zugingen, bemerkten sie das Gittertor, das den Tunnel abschloss, und auf den Tunnelwänden die langen Schatten von zwei Personen. Als sie näher kamen, sahen sie, dass auf der anderen Seite des Gitters auf einem Steinvorsprung zwei Priester vor einer Fackel über einem Bao-Brett saßen. Sie waren vollkommen in ihr Spiel vertieft und schauten erst auf, als Ischtar ihnen etwas zurief. Der dickere der beiden Priester stand auf und watschelte zu dem Gittertor.

«Kommt ihr von Sinna?», rief er.

«Ja», versicherte ihm Ischtar.

«Ihr kommt spät. Wir haben euch bei Sonnenuntergang erwartet. Ihr hättet schon vor Stunden hier sein sollen. Der Hohepriester wird nicht sehr erfreut sein.»

«Es tut mir Leid», sagte Ischtar im Ton eines reuigen Sünders, «aber du kennst Sinna.»

Der fette Priester kicherte. «Ja, ich kenne Sinna. Er hat mir vor dreißig Jahren meine Verse beigebracht.»

Sein Schlüssel klirrte im Schloss des Gittertors, das kurz darauf aufschwang. «Ihr müsst euch beeilen», riet ihnen der Priester arglos. Trok kam mit der tief ins Gesicht gezogenen Kapuze, das Schwert unter dem Gewand, hinter Ischtar her. Der Priester trat einen Schritt zurück, um ihn vorbeizulassen. Trok blieb vor ihm stehen und flüsterte: «Ninurta wird es dir danken, Bruder.» Dann tötete er ihn mit einem Stich durch das Kinn ins Hirn.

Sein Kamerad stieß einen Schreckensschrei aus, sprang auf und warf dabei das Bao-Brett um, dass die Spielfiguren über den feuchten Steinboden kullerten. Trok trat zwei Schritte vor und spaltete ihm den Schädel. Lautlos fiel der Priester hintenüber in den dunklen Kanal und trieb mit der Strömung weiter auf das Ende des Tunnels zu.

Trok pfiff kurz durch die Zähne, und seine Männer traten mit gezogenen Schwertern in den Fackelschein. Ischtar führte sie weiter bis zu einer steilen Steintreppe, die sie hinaufeilten. Oben angekommen, standen sie vor einem schweren Vorhang. Ischtar spähte durch einen Spalt an der Seite und nickte. «Der Tempel ist leer.»

Dieser Tempel war noch größer und eindrucksvoller als der Flusstempel. Die Decke war so hoch, dass das Licht der fünfzig Fackeln, die den Saal erhellten, nicht hinaufreichte. Die Götterstatue kauerte über der Mündung des Schachts, aus dem das Wasser in einer mächtigen Fontäne in ein tiefes weißes Marmorbecken schoss und von dort in den Kanal lief, der es in die Stadt leitete. Es hing ein starker Weihrauchgeruch in der Luft, doch der Tempel war menschenleer.

Trok gab seinen Männern ein Zeichen. Die Soldaten kamen aus dem Tunnel, stellten sich schweigend hinter ihre Hauptleute und marschierten auf ein weiteres Handzeichen Troks los. Ischtar führte die kleinere Gruppe durch eine Seitentür aus dem Saal in einen Korridor, der den Tempel mit dem Palast des Sargon verband. Trok und seine Männer betraten die enge Gasse hinter dem Tempel. Trok hatte die Stadtkarte genau im Gedächtnis und führte seine Leute ohne Zwischenfall zum Blauen Tor. Es war noch dunkel, und die Sterne funkelten über der schlafenden Stadt.

Erst als sie schon vor dem Portal standen, kam jemand mit einer Fackel in der Hand aus der Tür des Wachgebäudes und rief: «Ho, bleibt stehen! Nennt mir das Passwort für diese Nacht.» Fünf Mann traten plötzlich in den Fackelschein. Sie trugen jedoch weder Helme noch Panzer, und ihre Augen waren verquollen und die Gesichter verschlafen.

«Der ehrenwerte Gesandte des Königs Sargon auf dem Weg zu den Pharaonen von Ägypten», brummelte Trok in gebrochenem Akkadisch. Dann gab er seinen Truppen das Zeichen zum Angriff. «Öffnet das Tor, und geht aus dem Weg.» Trok ging direkt auf den ersten der Männer, den Offizier, los.

Für einen Augenblick blieb der Mann unschlüssig, doch dann sah er die schimmernden Schwerter und rief eilig: «Zu den Waffen! Weckt die Wachen!» Es war zu spät. Trok fällte ihn mit einem einzigen Hieb, und die anderen Ägypter fielen über die Wachen her, bevor sie sich verteidigen konnten. Der Lärm hatte jedoch die Soldaten auf der Brustwehr über dem Tor aufgeschreckt. Sie bliesen in ihre Widderhörner, schlugen Alarm und schleuderten ihre Speere auf die Angreifer.

«Holt sie da herunter!», befahl Trok, und die Hälfte seiner Männer stürmte die Rampen zu beiden Seiten des Tors hinauf, während die andere bei Trok blieb.

Ischtar hatte das Gebäude beschrieben, in dem sie die komplizierte Maschinerie, mit der das schwere Tor bewegt wurde, finden würden. Dorthin führte Trok seine Truppe, bevor die Verteidiger die Türen schließen konnten, und nach wenigen Minuten wütender Kämpfe hatten sie die meisten getötet oder verwundet. Die Überlebenden flohen durch eine Hintertür. Trok führte seine Männer zu den gigantischen Winden. Mit zwei Mann an jeder Speiche der Hebelräder begannen sie das Tor zu öffnen.

Die Hornklänge hatten inzwischen die Stadtwache geweckt. Die Soldaten schwärmten aus ihren Unterkünften, manche ohne Panzer und noch im Halbschlaf, und eilten herbei, um das Tor zu verteidigen.

Trok verbarrikadierte die schwere Tür des Windenraums und postierte Männer zur Verteidigung dahinter. Die Soldaten auf der Brustwehr über dem Tor hatten Troks Truppen inzwischen getötet oder hinuntergeworfen, sie kämpften nun auf den Rampen gegen die heranstürmenden Babylonier.

Die Tür zum Windenraum bebte und wölbte sich nach innen unter dem Ansturm der Stadtsoldaten, doch die Winden drehten sich langsam in die gewünschte Richtung und das mächtige Tor hob sich unaufhaltsam.

Najas Männer stürmten mit Stangen und Hebeln vor, stemmten das Tor immer weiter hoch, bis schließlich eine Streitwagenschwadron hindurchfahren konnte. Ihr folgte nach und nach die gesamte Armee Ägyptens. Trok übernahm das Kommando, und sie donnerten auf den Palast zu.

Die Plünderung Babylons begann.

Unter Sargons persönlicher Führung verteidigten die Babylonier den Palast hartnäckig. Bis zum Abend gelang es Trok jedoch, eine Bresche in die Außenmauer der ersten Terrasse zu schlagen. Mit einem starken Trupp von Elitesoldaten stürmte er den Palast, und die Verteidigung brach schließlich zusammen. Als sie in Sargons Schlafgemach kamen, kniete der König vor einem Bildnis des Marduk, des menschenhungrigen Gottes der Mesopotamier. Er hatte ein blutiges Schwert in der Hand. Neben ihm lag tot seine Lieblingsgattin, eine grauhaarige Frau, mit der er dreißig Jahre lang zusammengelebt hatte. Er hatte ihr einen gnädigen Tod geschenkt. Er war jedoch nicht fähig gewesen, sich in sein Schwert zu stürzen. Trok stieß die Waffe mit dem Fuß aus seiner Reichweite.

«Wir haben viel zu diskutieren, Majestät», sagte Trok. «Wart Ihr es nicht, der mich das Schwarze Ungeheuer des Sebek genannt hat? Ich hoffe, ich kann Euch davon überzeugen, dass Ihr mich in der falschen Farbe dargestellt habt.»

Die Frauen wurden aus der Zenana des Palasts getrieben. Es waren nur fünfhundert, nicht die fünftausend, von denen Ischtar gesprochen hatte. Trok suchte sich zwanzig der Jüngsten und Hübschesten zu seinem persönlichen Vergnügen aus und überließ die anderen seinen höheren Offizieren. Danach wurden sie die Beute der gemeinen Soldaten.

Sie brauchten noch zwei Tage, um sich zu den Schatzkammern vorzuarbeiten, da diese tief unter dem Palast lagen und viele komplizierte Hindernisse überwunden werden mussten. Ohne Ischtars Erfahrung und Wissen um die verschiedenen Konstruktionen hätte es noch länger gedauert.

Trok und Naja betraten in Heserets Begleitung als Erste die Hauptschatzkammer. Ischtar hatte dort hundert Öllampen aufstellen lassen, die sich raffiniert in polierten Kupferblechen spiegelten und die Beute im besten Licht erscheinen ließen.

Selbst den beiden Pharaonen und Heseret verschlug es beim Anblick dieses Schatzes die Sprache. Das Silber war zu Barren gegossen, das Gold zu Kegeln, die zur leichteren Stapelung genau an- und übereinander passten. Alle trugen das Zeichen des Goldschmieds und Sargons königliches Siegel.

Naja ging langsam zwischen den Gold- und Silberstapeln hindurch und blieb alle paar Schritte stehen, um die Barren zu streicheln. Schließlich fand er seine Stimme wieder und flüsterte ehrfurchtsvoll: «Sie sind so warm und glatt wie die Haut einer Jungfrau.»

Trok lachte diebisch und fragte Ischtar: «Wie viel ist es?»

«Wir hatten noch keine Gelegenheit alles zu zählen, glorreiche und göttliche Majestät. Wenn wir jedoch Sargons Schriftrollen glauben, dann sehen wir hier das Gewicht von fünfundfünfzig mal hunderttausend Silberstücken und dreiunddreißig mal hunderttausend Goldstücken vor uns.» Er hob abschätzig die Schultern. «Aber wer würde schon einem babylonischen Schreiber trauen.»

«Sargon ist ein größerer Räuber, als ich gedacht habe.» Aus Troks Mund klang es wie ein Kompliment.

«Wenigstens ist hier genug Gold, dass Ihr mir die Kleinigkeit bezahlen könnt, die Ihr mir versprochen habt», erinnerte Ischtar seinen Herrn sofort.

«Ich glaube, darüber müssen wir noch einmal reden», lächelte Trok. «Ich bin ein freundlicher, großzügiger Mann, das weißt du, Ischtar. Übermäßige Freigiebigkeit ist jedoch ein Zeichen von Dummheit, und dumm bin ich gewiss nicht.»

Nachdem sie den Inhalt der Schatzkammern ausgiebig bewundert hatten, gab es noch vieles andere zu sehen. Trok und Naja besichtigten den Palast und die Terrassen mit ihren Springbrunnen, Gärten und Hainen.

Als Nächstes besuchten sie die Tempel, großartige Gebäude voller Gold, Silber, Mosaiken und Kunstwerken aller Art. Der größte dieser Tempel gehörte Marduk dem Menschenfresser. Er war für Trok nicht nur eine Goldgrube und ein unschätzbarer Juwelenschatz, sondern auch eine Quelle unendlicher Faszination.

Der Tempel war eine kleine Stadt für sich. Ischtar führte Trok durch ein Labyrinth von Gängen und Korridoren, durch Gärten, Höfe, Säle zum Innersten des Heiligtums – und zu den Öfen tief im Herzen des Tempels.

Trok blickte in die Opferkammer hinab und bestaunte die Konstruktion. «Beschreibe sie mir», befahl er Ischtar.

«Es gibt zwei Öfen, einen hinter jeder dieser Wände dort unten.» Ischtar zeigte auf die beiden polierten Kupferflächen, die zwei der vier Wände der Kammer bildeten. «Die Holzkohlefeuer werden mit großen Blasebälgen angefacht, bis die Kupferwände glühen wie die aufgehende Sonne. Die Wände sind beweglich. Die Priester können sie auf Rollen zusammen- oder auseinander fahren ...»

Nach Ischtars Erklärungen schlug Trok sich mit seiner gepanzerten Faust in die Hand. «Im Namen des Sebek und des Marduk, so etwas habe ich noch nie gehört. Das musst du mir unbedingt vorführen. Ich will es sehen. Sage den Priestern, sie sollen ihre Höllenöfen anfachen. Wir werden meinen Sieg mit einem Opfer an Marduk feiern.»

«Es wird mehrere Tage dauern, bevor die Öfen die erforderliche Hitze erreichen», warnte Ischtar ihn.

«Ich habe Zeit», winkte Trok ab. «Wir sind sowieso noch mit dem Abtransport der Beute beschäftigt. Außerdem warten noch zwanzig von Sargons jungen Frauen darauf, dass ich sie glücklich mache.» Er verdrehte die Augen. «Das ist anstrengend genug. Und meine Männer sind immer noch dabei, sich durch die Stadt zu plündern. Es wird noch einige Zeit dauern, bis sie wieder bei Sinnen sind.»

Drei Tage später hielt Trok auf der obersten Terrasse des großen Palastes ein Siegesmahl für seine höheren Offiziere ab. Die Gäste vergnügten sich zwischen Orangenbäumen, die in mächtigen Tonschalen wuchsen und die Luft mit ihrem süßen Duft erfüllten. Die Festtafeln waren mit Seidenteppichen bedeckt, die Schalen und Kelche darauf aus Silber und Gold, besetzt mit Edelsteinen, jedes Stück gestohlen aus den Tempeln der Stadt.

Als das Fest in vollem Gange war, kam Ischtar an Troks Seite und flüsterte ihm ins Ohr: «Großer Gott-Pharao, dessen Trunk die Ozeane und dessen Nahrung die Sterne sind – die Öfen sind bereit.»

Trok stand schwerfällig auf und klatschte in die Hände. «Edle Brüder», begann er, und die Mörder und Vergewaltiger, die sein Offizierskorps bildeten, brüllten vor Lachen über diese Anrede, «ich habe eine ganz besondere Darbietung für euch. Folgt mir!»

Bald drängten sie sich auf der Galerie über der Opferkammer. In der Hitze, die die glühenden Kupferwände ausstrahlten, begannen die Männer schnell zu schwitzen.

«Wir haben uns heute hier versammelt, um dem großen Gott Marduk, der uns diese Stadt als Siegespreis geschenkt hat, ein Opfer zu bringen», eröffnete Trok seinen Offizieren. Er ahmte den frommen Singsang eines Hohenpriesters nach, und seine Männer jubelten ihm besoffen zu.

«Und was wäre ein besseres Opfer als ein König und seine Familie?» Wieder schrien sie Beifall.

Auf Troks Zeichen eilte Ischtar in den Raum hinter den Kupferwänden, wo hundert Sklaven an den Winden standen, bereit, den Mechanismus in Gang zu setzen. Der Hohepriester hob eine Hand, und die Sklaven stimmten eine Hymne an Marduk an.

Auf sein Signal wurde eine kleine Tür in einer der beiden Steinmauern der Kammer geöffnet, und ein zweiter Priester führte eine Reihe in einfache weiße Hemden gekleidete Menschen herein. Ihr einziger Schmuck war das Seil um den Hals, mit dem sie miteinander verbunden waren.

Sie waren beiderlei Geschlechts und jeden Alters. Manche der Frauen hatten einen Säugling im Arm, da waren Kinder, keine drei Jahre alt, und wieder andere waren fast erwachsen. Die größte Gestalt unter ihnen war ein magerer, weißhaariger Mann, der durch seine Haltung auffiel: die Haltung eines Königs und Feldherrn.

«Heil Sargon, mächtiger Herrscher über Himmel und Erde zwischen den beiden großen Strömen», verspottete Trok den alten Mann. «Ich werde für dich tun, wozu du selbst nicht den Mut hattest. Ich schicke dich als meinen Boten in die liebevollen Arme des Gottes Marduk. Da ich ein mitfühlender Mensch bin und nicht mit ansehen könnte, wie deine Frauen, Söhne und Töchter um dich trauern, werden sie dir auf deiner Reise Gesellschaft leisten.» Er hielt inne und wartete, bis seine Männer zu Ende gelacht hatten. Dann fuhr er fort: «Und dies ist meine Botschaft an Marduk, wenn du ihm gegenüberstehst: Sage ihm, dass sein göttlicher Bruder Trok ihn grüßt und ihn um seine Gunst bittet.»

Sargon versammelte seine Söhne um sich. Er schaute Trok weder an, noch ließ er sich dazu herab, ihm zu antworten.

Trok wandte sich an den Hohenpriester. «Und nun zeige uns, wie eure Maschine funktioniert.»

Zuerst schien nichts zu geschehen, und Ischtar flüsterte seinem Herrn zu: «Achtet auf die glühenden Wände, mächtiger Trok, größter aller Heldenkönige. Sie bewegen sich langsam aufeinander zu, sehr langsam, immer näher, bis die Opfer schwarz geröstet sind wie Motten über einer Öllampe.»

Trok beugte sich vor. Sein Gesicht glänzte vor Schweiß und freudiger Erwartung.

«Marduk ist hoch erfreut», verkündete Ischtar, während er von der Orakelschale aufschaute. «Er ist sehr zufrieden mit dem Opfer, das Ihr ihm gebracht habt.»

Trok nickte. «Sage meinem Bruder Marduk, dass ich mich freue, dass er zufrieden ist.»

Trok kniete auf Leopardenfellen, die auf dem Steinboden im inneren Heiligtum vor dem Altar des Gottes Marduk ausgebreitet lagen. Das goldene Bildnis zeigte den Gott als hübschen, lächelnden Jüngling. Das Einzige, was ihn von einem gewöhnlichen Sterblichen unterschied, waren die kleinen Ziegenhörner, die aus seinem Lockenkopf wuchsen und die gespaltenen Hufe statt Füßen.

«Du hast mir erzählt, Marduk wäre ein abscheulicher Gott, grausamer und brutaler als jeder andere im Pantheon, noch grausamer als Sebek», hatte Trok sich gewundert, als Ischtar ihm zum ersten Mal das Bildnis zeigte. «Dabei ist er ein hübscher Knabe.»

«Lasst Euch nicht täuschen, göttlicher Pharao», hatte Ischtar ihn gewarnt. «Dies ist nur, wie Marduk sich in der Welt der Menschen zeigt. Sein wahres Gesicht ist so scheußlich, dass jeder, der es erblickt, sofort erblindet und in geiferndem, zuckendem Wahnsinn endet.»

Ernüchtert durch diese Auskunft, kniete Trok schweigend vor dem Altar, während die Priester neugeborene Zwillinge brachten und sie dem Gott opferten. Ischtar hatte den Säuglingen so geschickt die Kehle aufgeschlitzt, dass sie kaum einen Laut von sich gegeben hatten, als ihr Blut sich in die goldene Schüssel ergoss, über die die Priester sie hielten.

Nachdem die kleinen ausgebluteten Leichname auf die marmorne Schütte geworfen worden waren, die den Ofen unter dem Heiligtum speiste, stellte Ischtar die goldene Orakelschale vor den Altar und zündete die Rauchpfannen an. Unter Beschwörungsgesängen und gemurmelten Formeln schüttete er mehrere Hand voll Kräuter in die Flammen, bis sich blaue, duftende Rauchwolken durch den Raum wälzten und die Luft kaum noch zu atmen war. Nach einer Weile fiel es Trok schwer, einen klaren Gedanken zu fassen. Schatten schienen vor seinen Augen zu tanzen, und er hörte fernes, spöttisches Gelächter. Er schloss die Augen und presste die Zeigefinger auf die Augenlider. Als er die Augen wieder öffnete, war aus dem freundlichen Lächeln im Gesicht des Gottes ein so lüsternes, höhnisches Grinsen geworden, dass Troks Haut sich zusammenzog, als kröchen giftige Käfer auf ihr herum. Er wollte sich abwenden, doch es gelang ihm nicht. Er musste die Statue anstarren.

«Der große Marduk ist hoch erfreut», wiederholte Ischtar, während er die Vorzeichen aus dem Blut in der Schale las. «Er ist bereit, Eure Fragen zu beantworten.»

«Sage Marduk, dass ich ihn als meinesgleichen achte. Ich werde noch tausend Opfer in seine Feuer schicken.»

«Marduk hört Euch.» Ischtar hob die goldene Schale und starrte das Blut an. Er saß mit der Schale auf seinem Schoß vor dem Götterbildnis und begann langsam den Oberkörper vor- und zurückzuwiegen. «Sprich zu uns, grausamer Gott, Marduk von Babylon, wir flehen dich an, sprich zu uns!»

Ischtar saß mit ausgebreiteten Armen vor der goldenen Statue, und der Gott sprach mit der honigsüßen, lispelnden Stimme eines Kindes.

«Ich grüße dich, mein Bruder Trok», sagte die unheimliche Stimme. «Du möchtest von dem jungen Falken hören, der in der Wüste seine Flügel auszubreiten beginnt und seine Krallen schärft.»

Trok war nicht nur von der körperlosen Stimme verblüfft, sondern auch darüber, wie genau der Gott seine Gedanken zu lesen schien. Genau das hatte er ihn nämlich fragen wollen. Er suchte Rat in der Frage, wie er Nefer Seti gegenübertreten sollte und wie er ihn vernichten konnte. Er wollte antworten, doch seine Kehle war wie zugeschnürt und so trocken wie die Binden um eine uralte Mumie.

«In meinem treuen Diener Ischtar dem Meder besitzt du einen guten Ratgeber. Du hast gut daran getan, auf ihn zu hören. Hättest du das nicht getan und wärest nach Gallala marschiert, hätte dich ein noch größeres Unglück ereilt als der Kamsin-Sturm, der deine Legionen vernichtet und begraben hat.»

Trok erinnerte sich mit Bitterkeit, wie Ischtar ihn davon abgehalten hatte, eine Armee in die östliche Wüste zu führen, um Nefer Seti anzugreifen und Mintaka, seine entlaufene Gattin, wieder einzufangen. Vor langer Zeit hatten seine Spione ihm berichtet, wo sich das Paar aufhielt. Er hatte schon eine Streitmacht mit Wagen und Fußtruppen für den Feldzug aufgestellt gehabt. Er wusste, er musste sich dieser Herausforderung stellen und den jungen Pharao vernichten, bevor er zu voller Stärke herangewachsen war, sonst würden sich die Aufstände und Unruhen bald in seinem ganzen Reich ausbreiten. Wenn das geschähe, würde die Dynastie, als deren Stammvater er sich betrachtete, in Vernichtung und Untergang enden. Doch so sehr er auch wünschte, sich von Nefer Seti zu befreien, noch mehr wünschte er sich, die einzige Frau, die ihn je gedemütigt und abgewiesen hatte, wieder in seine Gewalt zu bringen. Sein Hass auf sie war stärker als jedes andere Gefühl, das er empfinden konnte.

Doch Ischtar hatte ihn davon abgehalten, nach Gallala zu ziehen. Mit Warnungen vor schrecklichen Konsequenzen, vor Katastrophe und Tod hatte Ischtar ihn überzeugt, mit seinen Streitkräften und Najas Armee erst das sagenumwobene Babylon zu erobern. Obwohl der Babylon-Feldzug ein einziger Triumph gewesen war und die Kriegsbeute und die Zahl der getöteten Feinde unschätzbar, fühlte Trok sich immer noch unbefriedigt.

Er sprach halb zu sich selbst und halb zu dem goldenen Gott. «Ich muss Nefer Seti in meine Gewalt bringen. Die Doppelkrone wird erst dann fest auf meinem Haupt sitzen, wenn ich ihn getötet und seine Leiche in die Flammen geworfen habe, sodass er niemals wieder auferstehen kann. Ich habe seinen Namen und den Namen seines Vaters von allen Gebäuden und Monumenten in Ägypten entfernen lassen, um jede Erinnerung an ihn endgültig auszulöschen, doch jetzt geht es um ihn selbst.»

In seinem Zorn und Hass sprang er auf und schrie Ischtar und seinen Gott an: «Du hast mich mit deinen schlechten Vorzeichen und furchtbaren Warnungen schon einmal um meine Bestimmung betrogen, doch nun spreche ich als dein Bruder zu dir, als deinesgleichen, nicht als jemand, der dir huldigt. Ich verlange, dass du mir den Körper und die Seele des Nefer Seti auslieferst, damit Gerechtigkeit und Rache walten können. Ich lasse nicht zu, dass du oder dein Diener sich noch einmal weigern.» In seiner Wut wollte er Ischtar einen Tritt versetzen, doch der Meder sah das kommen und rollte sich zur Seite. Troks bronzebeschlagene Sandale traf die Orakelschale, und das Blut schwappte auf den Tempelboden vor dem Altar.

Sogar Trok war erschrocken über seine Tat. Er stand wie versteinert vor der Statue und wartete, was geschehen würde.

«Sakrileg!», heulte Ischtar. «O Trok Uruk, nun werden Eure Pläne bestimmt scheitern!» Der Meder warf sich der Länge nach in die Blutlache vor dem Altar, nicht fähig die Statue anzuschauen.

Das Geräusch des Feuers in dem unterirdischen Opferofen machte die Stille noch unheimlicher, die sich über das Heiligtum gelegt hatte.

Und dann hörten sie ein anderes Geräusch. Es war leise, aber es war zweifellos da, zuerst wie der Atem eines schlafenden Kindes, und dann immer lauter und stärker. Bald blies es durch den Tempel wie der Atem eines wilden Tieres, dann wie der eines Ungeheuers. Und schließlich hörten sie die Stimme des zürnenden Gottes, ein Brüllen wie alle Stürme des Himmels, ein Donnern wie sturmgepeitschtes Meer, so schrecklich, dass selbst Ischtar der Meder wimmerte wie ein Kind.

«Nun wird der Gott niemals zulassen, dass du siegst. Du darfst erst gegen Taita und seinen Schützling marschieren, wenn der Magus tot ist», flüsterte Ischtar.

Sie hörten eine grässliche Stimme, so rau und unwirklich, dass Trok die Nerven versagten und er zu zittern begann. «Höre, Trok Uruk, du Sterblicher, der sich für einen Teil der Gottheit hält!» Die Donnerstimme hallte durch alle Winkel des Heiligtums. «Du weißt, dass du kein Gott bist. Höre mich, Lästerer! Wenn du mir und meinem Propheten Ischtar zum Trotz nach Gallala ziehst, werde ich dich und deine Armee zerstören, so wie ich deine andere Armee in der Wüste begraben habe. Und diesmal wirst du meinem Zorn nicht entkommen.»

Trotz seiner Benommenheit durch den giftigen Rauch und seiner Furcht vor Marduks Zorn hatte Trok noch die Geistesgegenwart, den falschen Ton in Ischtars düsteren Warnungen zu hören und etwas nicht ganz Überzeugendes im Groll des Gottes.

Er nahm all seinen Mut zusammen, den Mut, den die übernatürliche Stimme des Marduk ihm fast geraubt hätte, und beschloss, der Sache auf den Grund zu gehen. Er erkannte, dass das unheimliche Atmen und die Donnerstimme aus dem Bauch der goldenen Statue zu kommen schienen. Diesmal schaute er genau hin und sah, dass der Nabel des Gottes ungewöhnlich war. Er ging einen Schritt auf die

Statue zu, und Ischtar hob erschrocken den Kopf. «Vorsicht, Pharao! Marduk ist zornig! Haltet Euch fern!»

Trok beachtete ihn nicht und trat noch einen Schritt näher vor das Götterbildnis. Nun sah er im Nabel eine Öffnung und schwaches Glimmen, in dem sich ein dunkler Schatten zu bewegen schien. Im Krieg hatte er oft genau den Augenblick gefühlt, wenn das Blatt sich zu seinen Gunsten wendete, und genau dieses Gefühl hatte er nun. Er nahm noch einmal allen Mut zusammen und rief: «Nun komm schon, Marduk! Streck mich nieder, wenn du kannst! Lass deine Tempelfeuer auf mich herabregnen, wenn du dazu fähig bist!»

Sein Verdacht wurde zur Gewissheit, als sich wieder dieser Schimmer hinter dem Bauchnabel des Gottes zeigte und das Atmen aufhörte. Trok zog sein Schwert und schob Ischtar aus dem Weg. Dann ging er um die Statue herum und klopfte mit seiner Schwertspitze den Rücken des goldenen Gottes ab. Er klang hohl wie eine Trommel, und als er sich die Oberfläche näher anschaute, entdeckte er ein abnehmbares, fast lückenlos eingepasstes Blech darin.

«Eine geheime Klappe», knurrte er. «Anscheinend hat Marduk mehr im Bauch, als ihm je durchs Maul gegangen ist.»

Er schlich zur Vorderseite der Statue zurück und spähte in den Nabel der Statue, und diesmal sah er das Auge eines Menschen dahinter. Die Pupille weitete sich vor Schreck, und Trok brüllte: «Komm raus, du Abschaum der großen Bestie!» Seine Schulter stemmte sich mit aller Kraft gegen die Statue. Sie schwankte auf ihrem Sockel, und Trok wiederholte seine Anstrengung. Die Statue neigte sich langsam um und krachte auf den Steinboden. Ischtar schrie auf und sprang aus dem Weg, sonst wäre er von ihr erschlagen worden.

Der Kopf der Statue löste sich vom Körper, und dann war es vollkommen still. Nach einigen Sekunden war aus dem Inneren des gestürzten Götzen ein Scharren wie von aufgescheuchten Ratten zu hören. Die Klappe flog auf, und eine kleine Gestalt kam herausgekrochen. Trok packte sie bei den Haaren. «Gnade, großer König Trok», flehte das Mädchen. «Ich war es nicht, die Euch täuschen wollte. Ich habe es im Auftrag anderer getan.» Sie war ein so liebreizendes Kind, dass Troks Wut für einen Augenblick nachließ, doch dann packte er sie an den Fußgelenken und ließ sie mit dem Kopf nach unten vor seinem Gesicht baumeln. Sie weinte und wand sich unter seinem Griff.

«Wer hat es dir befohlen?», wollte Trok wissen.

«Ischtar der Meder», schluchzte sie.

Trok schwang sie zweimal im Kreis und schmetterte sie gegen eine Säule. Ihre Schreie hörten abrupt auf. Trok warf ihre Leiche auf den Altar.

Dann wandte er sich wieder der goldenen Statue zu, stieß sein Schwert durch die offene Klappe im Rücken und stocherte in ihrem Bauch herum. Er hörte einen wimmernden Schrei, und eine groteske Gestalt kam aus der Öffnung geschossen. Zuerst dachte Trog, es wäre ein riesiger Ochsenfrosch und sprang erschrocken zurück, doch dann sah er, dass es ein buckliger Zwerg war, noch kleiner als das Mädchen, dass er soeben getötet hatte. Der Zwerg brüllte wie ein Stier, die Stimme in krassem Missverhältnis zu seiner winzigen Statur. Er war der hässlichste Mensch, den Trok je gesehen hatte. Seine schielenden Augen waren verschieden groß. Aus seinen Ohren, Nasenlöchern und aus großen Warzen, die sein Gesicht bedeckten, wuchsen buschige schwarze Haare.

«Vergebt mir, dass ich Euch täuschen wollte, mächtiger Gott und König von Ägypten!» Trok schlug mit seinem Schwert nach ihm, doch der Zwerg duckte sich und sprang flink durch den Saal, wobei er schrie vor Angst mit seiner grotesken Stimme. Trok konnte nicht anders, er musste lachen, als er ihn so herumhüpfen sah. Der Zwerg schoss hinter die Vorhänge am anderen Ende des Saals und verschwand durch eine Geheimtür.

Trok ließ ihn laufen und wandte sich Ischtar zu, gerade noch rechtzeitig, um eine Hand voll seines steif lackierten Haars zu erwischen, denn auch der Meder versuchte aus dem Heiligtum zu entkommen. Trok schleuderte ihn der Länge nach zu Boden und trat ihm in die Rippen. «Du hast mich belogen.» Troks Gesicht war tiefrot vor Wut. «Du hast mich absichtlich betrogen. Du hast mich von meiner Bestimmung abgelenkt.»

«Bitte, Herr!», winselte Ischtar und rollte zur Seite, um den Tritten auszuweichen. «Es war alles zu Eurem Besten!»

«Ist es zu meinem Besten, dass die Brut des Tamose in Gallala ungestört gedeihen und in meinem ganzen Reich Rebellion und Verrat säen kann?», brüllte Trok. «Hältst du mich für so dumm, dass ich das glauben soll?»

«Es ist wahr», stammelte Ischtar. «Was hätten wir gegen einen

Magus ausgerichtet, dem ein Sturm gehorcht wie ein Schoßhündchen?»

«Du hast Angst vor Taita?», Trok trat einen Schritt zurück, um Atem zu schöpfen. «Vor dem Magus?»

«Er hält uns in seinem Bann. Er kann meine eigenen Flüche auf mich zurücklenken. Ich kann nicht gegen ihn siegen. Ich wollte Euch nur vor ihm schützen, großer Pharao.»

«Du wolltest nur deine eigene tätowierte Haut retten», knurrte Trok und bearbeitete Ischtars gekrümmten Leib weiter mit Tritten.

«Ich flehe Euch an, Erster unter den Göttern», Ischtar versuchte mit beiden Armen seinen Kopf zu schützen, «gebt mir meine Belohnung, und lasst mich gehen. Taita hat meine Kräfte verzehrt. Ich kann ihm nicht mehr gegenübertreten. Ich kann Euch nicht mehr helfen.»

Trok hielt mitten im nächsten Tritt inne. «Deine Belohnung?», fragte er erstaunt. «Glaubst du etwa, ich würde deine Treulosigkeit mit dreihunderttausend Goldstücken belohnen?»

Ischtar kam auf die Knie und versuchte Troks Füße zu küssen. «Ich habe Euch Babylon ausgeliefert, großer Meister. Ihr könnt mir nicht verwehren, was Ihr versprochen habt.»

Trok lachte wütend. «Ich kann dir verwehren, was ich will, sogar das Leben selbst. Wenn du weiterleben willst, führe mich nach Gallala, und messe dich mit dem Magus.»

Es war, als hätte ganz Ägypten davon gehört, das Nefer Seti die Rote Straße bezwungen und damit seinen Thronanspruch bestätigt hatte. Täglich kamen Besucher aus dem ganzen Land nach Gallala, darunter auch die Obersten und Hauptleute der Regimenter, die Trok und Naja zur Verteidigung Ägyptens zurückgelassen hatten, während sie in Mesopotamien kämpften, die Ältesten der großen Städte entlang des Nils – Avaris und Memphis, Theben und Assuan – und die Hohenpriester der dortigen Tempel. Empört und verzweifelt über die Tyrannei und die Exzesse Najas und Troks und ermutigt durch deren lange Abwesenheit, kamen sie alle, um Nefer Seti Treue zu schwören.

«Unsere Regimenter werden Euch zur Verfügung stehen, sobald Ihr wieder heiligen ägyptischen Boden betretet, die Soldaten Euer Gesicht gesehen haben und sicher sind, dass die Gerüchte wahr sind, dass Ihr wirklich lebt», versicherten ihm die Offiziere.

Nefer und Taita befragten sie eingehend, wollten vor allem über Stärke und Gefechtsbereitschaft der Regimenter Bescheid wissen. Es wurde schnell klar, dass Trok und Naja die besten Truppen auf ihren Mesopotamien-Feldzug mitgenommen und nur die Reservebataillone zurückgelassen hatten, größtenteils sehr junge, unerprobte Rekruten oder alte Recken kurz vor dem Ende ihrer Dienstzeit.

«Wie steht es mit Streitwagen und Pferden?», kam Nefer zu der entscheidenden Frage. Die Offiziere schüttelten ernst die Köpfe. «Trok und Naja haben unsere Regimenter praktisch ausgeplündert, fast bis auf das letzte Fahrzeug. Sie haben alles mit in den Osten genommen, haben uns gerade genug Wagen zurückgelassen, um die beduinischen Räuber in Schach zu halten.»

«Und was ist mit den Werkstätten in Memphis, Avaris und Theben?», fragte Nefer weiter. «Jede von ihnen könnte monatlich mindestens fünfzig Wagen bauen.»

«Sobald die Pferde für die neuen Wagen da sind, werden sie nach Osten geschickt, um die Armee der beiden Pharaonen in Babylon zu verstärken.»

«Die falschen Pharaonen sind sich vollkommen bewusst, welche Bedrohung wir für sie darstellen», fasste Taita zusammen. «Sie wollen sicher sein, dass die Truppen, die sie in Ägypten zurückließen, niemals so viel Kavallerie und Wagen haben, um eine schlagkräftige Streitmacht für den wahren Pharao Nefer Seti zu bilden.»

«Ihr müsst zu euren Regimentern zurückkehren», befahl Nefer den Offizieren. «Wir sind schon zu zahlreich in Gallala und an den Grenzen unseres Nahrungs- und Wasserversorgung. Lasst keinen Wagen mehr aus Ägypten heraus und haltet eure Leute kampfbereit. Rüstet die Besten unter ihnen mit den neuen Streitwagen aus, sobald sie fertig werden. Ich werde bald zu euch kommen, sehr bald und euch gegen die Tyrannen führen.» Sie priesen seinen Namen, versicherten ihn noch einmal ihrer Treue und begaben sich in ihre Garnisonen zurück.

«Du darfst nicht zu voreilig sein mit deinen Versprechen», ermahnte Taita seinen Pharao. «Du kannst erst nach Ägypten zurückkehren, wenn du eine gut ausgebildete und ausgerüstete Streitmacht hast.»

«Ich weiß, es gibt noch viel zu tun», stimmte Nefer zu. «Wir haben immer noch nicht alle Pferde abgerichtet, die wir in Thane erbeutet haben, und die Reparatur der Wagen, die wir in der Wüste ausgegraben haben, ist auch noch nicht abgeschlossen. Und dann müssen unsere Männer noch besser ausgebildet werden, bevor sie sich Troks und Najas Truppen stellen können.»

Die kleine Armee in Gallala verdoppelte die Anstrengungen, sich zu einer echten Streitmacht zu entwickeln, die es mit den Truppen der falschen Pharaonen aufnehmen konnte. Ihr junger Feldherr war ihnen ein Beispiel. Er arbeitete härter er als jeder seiner Soldaten. Vor Sonnenaufgang fuhr er mit den ersten Schwadronen in die Wüste hinaus, und mit den anderen Kriegern der Roten Straße und Taita als Ratgebern formte er aus seinen Abteilungen langsam eine wirkliche Armee. Jeden Abend, wenn er staubbedeckt und erschöpft in die Stadt zurückkehrte, besichtigte er noch die Werkstätten der Waffenschmiede und Wagenbauer, um sie mit Lob und seinen Vorschlägen anzuspornen. Nach der Abendmahlzeit besprach er mit Taita die Schlachtpläne und den Zustand der Streitkräfte. Gewöhnlich war es nach Mitternacht, wenn er sich in sein Schlafgemach schleppte. Mintaka badete seine Füße und rieb seine schmerzenden Muskeln mit heilenden Ölen ein. Danach wärmte sie einen Schlaftrunk aus Wein und Honig für ihn. Oft fiel ihm die Schale aus der Hand, noch bevor er sie ausgetrunken hatte. Dann streifte sie ihr Hemd ab und hielt ihn in ihren Armen, bis er im ersten Morgenlicht aufwachte.

Meren ging es inzwischen immer schlechter. Die Wunden, die er auf der Roten Straße davongetragen hatte, wollten nicht heilen. Taita hatte seine gebrochenen Rippen fest umwickelt und sie waren schnell geheilt. Das Ohr, das Meren im Schwertkampf fast verloren hätte, hatte Taita so geschickt angenäht, dass es sich von seinem anderen Ohr kaum unterschied. Merikara fand, die halbmondförmige Narbe auf seiner Wange ließe ihn älter und reifer aussehen. Die Schwertwunde in seiner Seite machte jedoch selbst Taita Sorgen. Wahrscheinlich hatte die Waffe Merens Lunge durchbohrt. Zweimal schien die Wunde verheilt zu sein, doch dann brach sie wieder auf und eine übel riechende Mischung aus Eiter und Sekreten floss heraus. Meren war manchmal ansprechbar, konnte sich aufsetzen und ohne Hilfe essen, doch dann, wenn die giftigen Säfte von neuem aufwallten, versank er wieder in halbe Bewusstlosigkeit und Fieber.

Merikara blieb die ganze Zeit an seinem Bett, wechselte seine Verbände und bestrich seine Wunden mit den Salben, die Taita für ihn zubereitete. Wenn es Meren etwas besser ging, sang sie ihm Lieder vor und erzählte ihm alle Neuigkeiten aus der Stadt und der Armee. Sie spielte Bao mit ihm und erfand Reime und Rätsel, um ihn zu unterhalten. Wenn die Wunde wieder schwärte, fütterte und badete sie ihn wie einen Säugling und wischte ihm den Schweiß von der nassen Stirn, bis er sich beruhigte. Sie schlief am Fußende seines Betts und wachte jedes Mal sofort auf, wenn er ins Delirium verfiel.

Eines Nachts erwachte sie vom Mondschein, der wie ein Silberbalken auf dem Fußboden lag. Für einen Augenblick dachte sie, sie sei in ihrem Schlafgemach im Palast von Theben, doch dann hörte sie Merens schweren Atem und die Schreie, die er in seinem Albtraum ausstieß, und sofort war sie wieder in der grausamen Wirklichkeit. Sie sprang von ihrer Matte auf und eilte an seine Seite.

Als sie die Lampe anzündete, sah sie, dass seine Augen weit offen waren, doch sie schienen nichts zu sehen. Sein Gesicht war aschfahl, er hatte weißen Schaum vor dem Mund, und sein ganzer Körper glänzte vor Schweiß. Er warf sich so heftig auf den zerwühlten Leintüchern herum, dass sie Angst hatte, er könnte sich noch mehr verletzten. Sie wusste, das war die Krise, vor der Taita sie gewarnt hatte.

«Taita!», schrie sie. «Taita, wir brauchen dich!» Taitas Schlafraum war auf der anderen Seite des Hofs.

«Taita!», schrie sie verzweifelt, doch niemand antwortete. Sie warf sich über Merens Brust, um ihn festzuhalten. Dann erinnerte sie sich wieder, dass der Magus mit Nefer und einer Streitwagenschwadron auf irgendeiner geheimnisvollen Mission in der Wüste für mehrere Tage unterwegs war. Sie überlegte, ob sie Mintaka zu Hilfe rufen sollte, doch deren Schlafraum war am anderen Ende des uralten Palasts, und sie wollte Meren auf keinen Fall allein lassen.

Sie war also auf sich gestellt. Sie wusste, dass Merens Leben in ihren Händen lag, und ihre Panik wich kalter Entschlossenheit. Sie lag über ihm, hielt ihn fest und flüsterte ihm tröstende Worte zu. Nach einer Weile hatte er sich so weit beruhigt, dass sie ihn für einen Augenblick verlassen konnte. Sie ging zu der Truhe unter dem Fenster und holte die kleine Flasche, die Taita dort aufbewahrte. Dann mischte sie den stinkenden Inhalt mit etwas Wein und wärmte das Ganze auf dem Kohlebecken auf, wie Taita es ihr aufgetragen hatte.

Als sie Meren den Becher an die Lippen hielt, zuckte er zurück, doch sie zwang ihn, die Medizin zu trinken. Als der Becher leer war, wärmte sie eine Schale Wasser und wusch ihm den Schweiß aus dem Gesicht. Sie war im Begriff, seinen Körper abzuwaschen, als er plötzlich von einem Krampf geschüttelt wurde und stöhnend um sich trat. Wieder voller Panik, warf sie sich über ihn und umklammerte ihn mit aller Kraft. «Bitte stirb nicht, mein Liebster», flehte sie, und dann mit energischer Stimme: «Ich werde dich nicht sterben lassen! O Hathor, steh mir bei! Ich lasse dich nicht sterben, und wenn ich dich mit meinen bloßen Händen der Unterwelt entreißen muss!» Sie wusste, sie waren in einer Schlacht, sie und Meren, und sie bot ihre letzten Kräfte auf, um ihn stärker zu machen. Als sie spürte, wie er in ihren Armen erschlaffte, rief sie: «Nein, Meren, komm zurück! Komm zurück zu mir! Du kannst nicht ohne mich gehen!»

Sie presste ihren Mund auf seinen und versuchte ihm ihr Leben einzuhauchen, und plötzlich tat er einen mächtigen Atemzug, der seine Lungen leerte, und sie dachte, jetzt ist es vorbei. Sie legte sich auf ihn, umklammerte seine magere Brust mit beiden Armen und legte ihre Schenkel um seine Hüften, um ihn zu wärmen. Und plötzlich wurde sein Atem wieder tief und regelmäßig, und sie spürte, wie das Blut in seine Adern zurückströmte. Sie empfand eine tiefe Erfüllung, denn sie wusste, sie hatte ihn gerettet. Von dieser Nacht an würde er nur ihr gehören.

Nefer schaute auf die Kolonne der Streitwagen zurück. Sie fuhren zu vieren nebeneinander. Die Zugführer warteten auf sein Signal. Vorwärts schauend sah er die Reihen der Fußtruppen draußen im flachen Land, durch die flirrende Hitze verzerrt aussehend wie eine Schlange, die durch schimmerndes Wasser schwimmt. Nefer steuerte auf ihre Mitte zu. Dov hatte sich unter Taitas Obhut vollständig von ihrer Verletzung erholt und galoppierte genauso kraftvoll wie Krus.

Als sie sich näherten, sah Nefer, wie sich die Schlachtordnung änderte. Die Linie zog sich zu einem zwei Reihen tiefen engen Ring zusammen, gespickt mit bronzenen Speerspitzen, die in der Sonne funkelten. Nefer raste direkt auf die Mitte dieser Igelformation zu, und als sie nur noch zweihundert Schritt entfernt war, gab er seinen Streitwagenlenkern das Zeichen, die «Flügel des Horus» auszubreiten.

Die Wagenformation öffnete sich wie eine Blume in der Sonne, breitete die «Flügel des Horus» aus und umfing die Igelstellung der Fußtruppen. Die Wagen wirbelten um sie herum wie ein einziger Radkranz, und die Pfeile der kurzen Kavalleriebogen sanken auf sie nieder wie eine dunkle Wolke.

Dann gab Nefer das Zeichen, den Angriff abzubrechen und sich zurückzuziehen. Die Wagen formierten sich wieder zu Viererreihen und donnerten den Weg zurück, den sie gekommen waren. Auf das nächste Zeichen hin breiteten sie wieder die Flügel aus und kamen zurückgeprescht. Diesmal hatten die Männer die Wurfleinen um die Handgelenke gewickelt und die Speere bereit.

Während sie die Formation der Fußtruppen umkreisten, hob Nefer seine rechte Faust zum Gruß und rief: «Gut gemacht! Das war schon viel besser!»

Die Fußtruppen hoben ihre Lanzen, dankbar für das Lob, und riefen: «Für Nefer Seti und Horus!»

Nefer zügelte seine Pferde und hielt vor der Fußtruppe an. Taita trat aus dem Verteidigungsring und begrüßte ihn.

«Irgendwelche Verletzungen?», fragte Nefer. Die Spitzen der Übungspfeile, die sie in den Ring geschossen hatten, waren zwar in Leder gehüllt, aber dennoch nicht ungefährlich.

«Nur ein paar blaue Flecken», antwortete Taita achselzuckend.

«Sie haben ihre Sache ganz gut gemacht», bemerkte Nefer, bevor er dem Kommandeur der Fußtruppen zurief: «Ihr könnt die Formation auflösen. Ich will zu Euren Leuten sprechen. Danach können sie essen und trinken, und dann üben wir noch einmal den vorgetäuschten Rückzug.»

Nefer stieg auf einen Felsen, der eine natürliche Plattform bildete, und seine Soldaten versammelten sich um ihn.

Taita setzte sich vor den Felsen und begnügte sich damit, zu beobachten und zuzuhören. Nefer erinnerte ihn immer mehr an Pharao Tamose, als dieser in Nefers Alter war. Er hatte die gleiche direkte Art und benutzte in seiner Rede, wie sein Vater früher, die einfache, klare Sprache, die seine Männer am besten verstanden. In Augenblicken wie diesen war er einer der ihren, und die Wärme und der Respekt, die sie für ihn empfanden, zeigten sich deutlich in ihren Reaktionen. Sie hingen an seinen Lippen, blickten beschämt zu Boden, wenn er sie tadelte, und strahlten bei jedem Lob, das er ihnen spendete.

Nefer ging mit ihnen die Manöver dieses Morgens durch. Wo sie es verdienten, zollte er ihnen Anerkennung. Gleichzeitig scheute er sich jedoch nicht, sie auf jeden Mangel hinzuweisen, den er festgestellt hatte.

«Ich glaube, ihr seid fast bereit, Naja und Trok die Überraschung ihres Lebens zu bereiten», schloss er. «Und nun geht und esst etwas. Wir sind aber noch nicht fertig für heute. Im Gegenteil, wir haben kaum begonnen!» Sie lachten und gingen auseinander.

Nefer sprang von dem Felsen. Im selben Augenblick stand Taita auf und sagte mit gepresster Stimme: «Halt, Nefer! Rühr dich nicht!» Nefer stand wie angewurzelt.

Die Kobra musste ihr Nest in dem Felsen haben. Offenbar war sie von dem Fuß- und Hufgetrampel aufgescheucht worden. Genau in dem Moment, als Nefer heruntersprang, war sie aus einer Spalte des dunklen Felsens geglitten. Jetzt richtete sie sich auf. Ihr Kopf war fast auf der Höhe seiner Hüften, ihr Schild weit gespreizt. Die schwarze, gespaltene Zunge schnellte vor und zurück. Ihre Augen glänzten wie polierter Onyx. Sie waren auf Nefers lange, nackte Beine gerichtet.

Die Männer in seiner nächsten Nähe hatten Taitas Warnung gehört. Sie standen um Nefer herum, und keiner wagte sich zu rühren.

Die Kobra riss ihr Maul auf, bereit zum Angriff, funkelnde Giftperlen auf den Fängen.

Taita nahm das Amulett der Lostris in die Hand, schwang es hin und her und ließ es in der Sonne blitzen, direkt neben dem Kopf der Schlange. Die Kobra ließ sich davon ablenken und wandte den Blick von Nefer ab, um den schimmernden Talisman anzustarren. In der anderen Hand hielt Taita seinen Stab. «Spring außer Reichweite, wenn ich zuschlage», flüsterte er, und Nefer nickte. Taita bewegte sich langsam zur Seite, und die Kobra folgte jeder seiner Bewegungen, gebannt von dem Anblick des glitzernden Amuletts.

«Jetzt!», sagte Taita und schlug mit dem Stab nach dem Kopf der Schlange. Nefer sprang zur anderen Seite, und die Kobra griff den Stab an. Nun war es an Taita zurückzuweichen. Die Schlange verfehlte dadurch ihr Ziel und streckte sich für einen Augenblick auf der nackten Erde. Mit einer Bewegung, noch schneller als ihr Angriff, konnte Taita ihren Kopf mit dem gebogenen Ende des Stabs auf den Boden drücken, und die Soldaten atmeten erleichtert auf.

Die Kobra rollte sich zu einem schimmernden, schuppigen Ring um das Ende des Stabes. Taita packte sie mit festem Griff hinter dem Kopf, zog sie hoch und zeigte sie den Männern, die vor Angst und Grauen die Luft anhielten. Als sie sich um Taitas langen, dünnen Arm wickelte, wichen sie unwillkürlich zurück. Sie hatten erwartet, dass der Magus die Kobra töten würde, doch Taita schritt mit der immer noch um seinen Arm gewickelten Kobra langsam durch ihre Reihen in die offene Wüste hinaus.

Erst da schleuderte er das Tier in hohem Bogen von sich weg. Sobald es auf dem Boden aufschlug, streckte es sich zu seiner ganzen Länge und schlängelte über den steinigen Boden davon. Taita starrte ihm nach wie in Trance.

Plötzlich hörten sie einen schrillen Schrei. Alle waren so von dem Kampf mit der Kobra gefesselt gewesen, dass niemand den Falken bemerkt hatte, der hoch über ihnen unter dem blauen Himmel kreiste. Im nächsten Augenblick stieß er senkrecht auf die Kobra herab, die erst im letzten Moment die Gefahr erkannte, sich aufrichtete und ihren Schild spreizte. In vollem Flug schlug der Falke seine Fänge einen Daumen breit hinter den Kopf der Bestie und trug seine sich windende Beute mit kraftvollen Flügelschlägen davon.

Taita schaute dem Vogel nach, bis er mit der Kobra in dem blaugrauen Hitzeschleier über dem Horizont verschwand. Als er zu Nefer zurückkam, war seine Miene äußerst ernst und nachdenklich, und er schwieg für den Rest des Tages. Auch am Abend, als er in Nefers Wagen nach Gallala zurückfuhr, schwieg er zunächst.

«Es war ein Omen, nicht wahr?», sagte Nefer schließlich. An Taitas Miene konnte er ablesen, dass es so war. «Die Männer sind verstört», fuhr Nefer leise fort. «Ich habe gehört, was sie reden. Niemand von ihnen hat so etwas je gesehen. Die Kobra gehört normalerweise nicht zu den Tieren, die der Königsfalke jagt.»

«Ja», bestätigte Taita, «es war ein Omen. Es war eine Warnung unseres Gottes, aber auch ein Versprechen.»

«Und was bedeutet es?» Nefer schaute Taita prüfend an.

«Die Kobra hat dich bedroht. Das bedeutet große Gefahr. Der königliche Vogel flog mit der Schlange in seinen Fängen nach Osten. Das bedeutet große Gefahr von Osten. Doch am Ende triumphierte der Falke.»

Sie schauten beide nach Osten. «Wir werden morgen beim ersten

Tageslicht mit einem Kundschaftertrupp nach Osten reiten», entschied Nefer.

Nefer und Taita warteten vor Anbruch der Dämmerung in der kühlen Dunkelheit auf dem Gipfel des Berges. Die restlichen Kundschafter, achtzehn Mann, lagerten weiter unten am Hang. Um die Gefahr der Entdeckung zu verringern, hatten sie die Streitwagen in Gallala gelassen und nur die Pferde genommen. Räder wirbelten mehr Staub auf als Hufe. Außerdem würden sie sich zu Pferd auch auf dem steilen Küstengelände bewegen können, wo sie mit Wagen nicht hingelangen konnten.

Hilto und Schabako kundschafteten mit anderen Gruppen das Gebiet weiter südlich aus. So überwachten sie alle östlichen Zugänge nach Gallala.

Nefer hatte seine Truppe die Westküste des Roten Meeres entlanggeführt. Auf dem Weg hatten sie jeden Hafen und jedes Fischerdorf durchsucht. Außer einigen Handelskarawanen und umherziehenden Beduinenbanden hatten sie nichts gefunden. Kein Anzeichen der Gefahr, vor der das Omen gewarnt hatte. Nun lagerten sie oberhalb des Hafens von Safaga.

Taita und Nefer hatten in der Nacht das Lager verlassen und waren auf einen Aussichtspunkt gestiegen. Dort saßen sie nun schweigend, bis Nefer es endlich aussprach: «War es vielleicht doch kein Omen?»

Taita schüttelte den Kopf und spuckte aus. «Ein Falke mit einer Kobra in seinen Fängen? Das ist nicht natürlich. Es war ein Omen, ganz ohne Zweifel. Aber vielleicht war es ein falsches Omen, das ist möglich. Ischtar wäre durchaus in der Lage, das zu bewerkstelligen.»

«Aber du glaubst nicht, dass es ein falsches Omen war», rätselte Nefer weiter. «Du hättest uns bestimmt nicht hierher geführt, wenn es falsch wäre, oder?»

«Es wird bald hell.» Taita wich der Frage aus und schaute nach Osten, wo der Morgenstern dicht über dem Horizont leuchtete. Der Himmel änderte seine Farbe wie eine reifende Frucht, zuerst war er pflaumenblau, dann wie ein süßer Granatapfel. An der gegenüberliegenden Küste hoben sich die Berge schwarz und scharf vor dem sich schnell erhellenden Himmel ab.

Plötzlich stand Taita auf und lehnte sich auf seinen Stab. Nefer wunderte sich immer wieder über die Schärfe seiner blassen alten Augen. Er wusste, Taita hatte etwas entdeckt, und stand ebenfalls auf.

«Was ist, mein alter Vater?»

Taita legte ihm eine Hand auf den Arm. «Das Omen war echt», sagte er schlicht. «Die Gefahr ist hier.»

Das Meer war inzwischen taubengrau, doch bald zeigten sich weiße Flecke auf dem Wasser.

«Der Wind hat die weißen Rösser im Meer aufgewühlt», meinte Nefer.

«Nein», schüttelte Taita den Kopf, «das ist keine Brandung. Das sind Segel, das ist eine Flotte unter vollen Segeln.»

Die Sonne schob ihren Rand über die fernen Berge und ließ die weißen Dreiecke hell aufleuchten. Eine Flotte näherte sich dem Hafen von Safaga wie ein großer Reiherschwarm.

«Wenn das Troks und Najas Armeen sind, warum kommen sie dann übers Meer?», fragte Nefer skeptisch.

«Weil es der direkte, kürzeste Weg von Mesopotamien ist. Die Überfahrt erspart den Pferden und Männern die lange, beschwerliche Fahrt durch die Wüste. Ohne die Warnung der Kobra und des Falken hätten wir aus dieser Richtung keine Gefahr erwartet», antwortete Taita. «Nicht dumm von den beiden», nickte er anerkennend. «Offenbar haben sie jedes Handelsschiff und jedes Fischerboot am Roten Meer beschlagnahmt, um ihre Armeen einzuschiffen.»

Sie kehrten zu ihrem Lager weiter unten am Hügel zurück, wo die Soldaten inzwischen erwacht waren und auf Nefers Befehle warteten. Zwei Männer sollten im Eiltempo nach Gallala zurückreiten und Socko seine Befehle überbringen, der in Nefers Abwesenheit in der Stadt das Kommando hatte. Die meisten anderen Männer schickte er paarweise nach Süden, um die Kundschaftergruppen unter Hilto und Schabako zurückzubeordern. Nur fünf Mann blieben bei ihm.

Nefer und Taita sahen den Soldaten nach, wie sie Gruppe für Gruppe verschwanden. Sie selbst ritten mit den fünf Soldaten die Hügel entlang nach Safaga. Gegen Mitte des Vormittags waren sie auf der Höhe unmittelbar über dem Hafen. Taita führte sie zu einem verlassenen Wachturm, von dem aus sie den Hafen und alle Zufahrtswege überblicken konnten. Am Fuß des Turms ließen Nefer und Taita ihre Pferde unter der Obhut der Soldaten und kletterten allein die wacklige Leiter zur Turmplattform hinauf.

«Die ersten Schiffe sind schon in der Bucht», bemerkte Nefer. Er zeigte auf die schwer beladenen Dhauen, die vor dem kräftigen Wind in den Hafen einliefen. Die dreieckigen Segel blähten sich, und die Bugwellen schimmerten in der Sonne weiß wie Salz.

Sie refften die Segel kurz vor dem Strand und warfen die schweren Steinanker. Von ihrem Turm aus konnten Nefer und Taita direkt in die Boote sehen, in denen sich Männer und Pferde drängten.

Sobald die Dhauen vor Anker lagen, nahmen die Männer die Seitenplanken der Boote ab. Ihre Rufe drangen bis zu dem verfallenen Wachturm herauf, als sie die Pferde antrieben, ins Wasser zu springen. Innerhalb einer Stunde wimmelte es auf dem Strand von Menschen und Pferden, und die Lehmgebäude des kleinen Hafens waren bald von Wachen umstellt.

Inzwischen war die Bucht voller Schiffe. Die Dhauen mit den Streitwagen und der Ausrüstung ankerten dicht vor dem Ufer. Als die Ebbe kam, liefen sie auf Grund und neigten sich auf die Seite. Bald war das Wasser nur noch knietief, und die Männer wateten hinaus und begannen die Boote zu entladen. Sie trugen die Teile der zerlegten Streitwagen an Land und setzten sie auf dem Strand zusammen.

Als die letzte Dhau in die Bucht einlief, ging schon die Sonne unter. Es war das größte Schiff, und an der Mastspitze flatterte Troks Banner, der Kopf eines brüllenden Leoparden mit den bunten Farben des Hauses Trok Uruk.

«Da ist er.» Nefer zeigte auf die unverwechselbare Gestalt auf dem Bug des Schiffes.

«Und er hat Ischtar bei sich – der Hund und sein Herr.» In Taitas hellen Augen blitzte ein wildes Funkeln auf, das Nefer kaum einmal an ihm bemerkt hatte. Sie beobachteten, wie das eigenartige Paar an Land watete.

Vom Strand aus ragte ein Steinpier in die Bucht, auf den Trok kletterte. Von dort aus konnte er die Ausschiffung seiner Armee überblicken.

«Siehst du irgendwo Najas Flagge?», fragte Nefer, und Taita schüttelte den Kopf.

«Trok führt dieser Expedition allein durch. Er wird Naja zurückgelassen haben, um Babylon und Mesopotamien zu halten. Nein, dass hier ist Troks persönliche Angelegenheit.»

«Woher weißt du das?», fragte Nefer nervös.

«Er hat eine Aura um sich wie eine dunkelrote Wolke, das spüre ich von hier aus», sagte Taita leise. «All sein Hass richtet sich auf eine einzige Person. Nie würde er Naja oder irgendjemand anderem erlauben, die Rache zu teilen, die ihn hierher gebracht hat.»

«Bin ich es, den er so hasst?», wollte Nefer wissen.

«Nein, nicht du.»

«Wer denn?»

«Mintaka. Ihretwegen ihr ist er vor allem hier. Er will Mintaka.»

Nach Sonnenuntergang ließen Nefer und Taita die fünf Soldaten zurück, um Troks Vorrücken zu beobachten und ritten über Nacht nach Gallala, so schnell sie konnten.

Am Morgen nach seiner Landung in Safaga konnte Trok zwei Beduinen gefangen nehmen, die Esel nach Safaga trieben. Sie kamen nichts ahnend aus der Wüste und liefen Troks Wachen direkt in die Arme. Troks Ruf war ihm sogar in diese Wildnis vorausgeeilt, weshalb sie ihm verzweifelt zu gefallen suchten. Sie schilderten ihm in den prächtigsten Farben, wie die uralte Stadt Gallala wieder erstanden war und wie nun in den Hügeln vor der Stadt eine süße Quelle sprudelte und die üppigen Felder und Wiesen um Gallala bewässerte. Sie berichteten ihm auch, wie viele Streitwagen Nefer Seti nach ihrer Schätzung inzwischen hatte. Trok rechnete aus, dass er seinen Feinden um das Fünffache überlegen war. Am wichtigsten war jedoch, dass die Beduinen ihm alle Einzelheiten über den Weg von Safaga nach Gallala verrieten. Trok kannte die Route bisher nur vom Hörensagen und musste feststellen, dass manches, was er gehört hatte, offenbar nicht zutraf. Nach seinen Informationen hätten sie für den Weg selbst im Eiltempo drei bis vier Tage benötigt, weshalb er geplant hatte, Wasser- und Futterwagen von der Küste mitzunehmen. Das hätte den Marsch erheblich verlangsamt. Nun hörte er jedoch von den Beduinen, dass er Suflala in einem Tag und einer Nacht erreichen konnte.

Er wog die Risiken und Gefahren ab und beschloss, auf dem schnellsten Weg durch die Wüste nach Gallala zu ziehen und die Stadt in einem Überraschungsangriff zu erobern. Das bedeutete natürlich, dass sie sich mit den von dem langen Weg erschöpften Pferden und ohne Wasservorräte sofort in die Schlacht stürzen mussten.

Mit ihrer Übermacht und der Überraschungstaktik hätten sie jedoch schnell die Quelle und die Weiden eingenommen, welche die Beduinen beschrieben hatten, und damit wäre ihnen der Sieg sicher.

Es dauerte noch zwei Tage, bis alle seine Schwadronen an Land und die Streitwagen zusammengebaut waren. Gegen Abend des zweiten Tages begannen sie dann den Eilmarsch nach Gallala. Die beiden Beduinen nahmen sie als Führer mit.

Die ersten Kohorten hatten ihre Wasserbeutel gefüllt und verließen Safaga, sobald die sinkende Sonne nicht mehr so heiß vom Himmel brannte. Jeder Streitwagen führte an einer langen Leine zwei Ersatzpferde hinter sich her. In der Nacht würden sie die Gespanne nicht rasten lassen, sondern austauschen, sobald sie müde wurden. Die erschöpften Pferde würden sie von der Nachhut einsammeln lassen.

Trok an der Spitze legte ein mörderisches Tempo vor. Die Hügel ließ er die Pferde im Schritt erklimmen, doch sobald es wieder bergab ging oder sie im flachen Land waren, trieb er sie in stetigen Galopp. Als die Wasserbeutel leer waren, gab es kein Zurück mehr, und gegen Mitte des nächsten Vormittags, in glühender Hitze, hatten sie auch die meisten ihrer Ersatzpferde verbraucht.

Die beiden Beduinen versicherten Trok immer wieder, es wäre nicht mehr weit nach Gallala, doch jedes Mal, wenn sie einen Hügelkamm erklommen hatten, bot sich ihnen in der flirrenden Hitze dieselbe entmutigende Aussicht auf Felsen und glühend heiße Sandwüste.

Am späten Nachmittag waren die Beduinen plötzlich verschwunden. Wie Geister waren sie einfach in einer Luftspiegelung aufgegangen und nicht mehr zu finden, obwohl Trok eine halbe Schwadron auf die Suche nach ihnen schickte.

«Ich habe Euch gewarnt», erinnerte Ischtar seinen Herrn. «Ihr hättet auf meinen Rat hören sollen. Diese gottlosen Kreaturen stehen wahrscheinlich in Taitas Diensten. Ich bin fast sicher, dass er die Straße unkenntlich gemacht und uns in die Irre geführt hat. Wir wissen nicht, wie weit es noch ist zu diesem sagenhaften Gallala. Wir wissen nicht einmal, ob es überhaupt existiert.» Für diesen unerbetenen Kommentar erntete er von Trok einen Schlag in sein tätowiertes Gesicht, was jedoch nicht die düsteren Vorahnungen und die Hoffnungslosigkeit minderte, die Trok zu überwältigen drohten. Er peitschte auf die Pferde ein und trieb sie den nächsten steinigen

Hang hinauf. Er fragte sich, wie viele solcher Hügel noch vor ihnen liegen mochten. Sie waren fast am Ende ihrer Kräfte, und er bezweifelte, dass sie die nächste Nacht überstehen würden.

Irgendwie schleppten sie sich jedoch weiter, jedenfalls der größte Teil seiner Streitmacht. Fünfzig oder sechzig Wagenbesatzungen hatten ihre letzten Pferde verbraucht und entlang der Straße zurückgelassen.

Am Morgen nach der kalten Nacht war die Sonne zuerst wie ein warmer Kuss, doch bald brannte sie ihnen in den Augen. Die Landschaft verschwamm vor ihnen. Zum ersten Mal machte sich Trok mit dem Gedanken vertraut, dass er auf dieser grausamen Straße ins Nirgendwo am Ende sterben könnte.

«Nur noch ein Hügel», rief er seinem letzten Gespann zu und versuchte es in Trab zu peitschen, doch die Tiere ließen die Köpfe hängen und konnten den sanften Hang nur noch hinaufstolpern. Der Schweiß an ihren Flanken war längst zu weißem Salz getrocknet. Kurz vor dem Hügelkamm schaute Trok auf seine erschöpfte Armee zurück, die sich mit letzter Kraft durch die Wüste schleppte. Trok brauchte nicht zu zählen. Er sah auch so, dass er die Hälfte seiner Streitwagen verloren hatte. Hunderte von Soldaten wankten zu Fuß hinter der Marschkolonne her, und vor seinen Augen fielen zwei oder drei Männer hin und blieben wie tot am Wegrand liegen. Geier kreisten über dem Zug, hunderte dunkler Punkte hoch unter dem blauen Himmel, und ab und zu landeten einige und labten sich an dem Mal, das Trok ihnen bereitet hatte.

«Es gibt kein Zurück», sagte er zu Ischtar. «Wir müssen weiter.» Er ließ seine Peitsche über den Rücken der Pferde knallen, und sie quälten sich weiter.

Und dann erreichten sie den Hügelkamm, und Trok stand vor Staunen der Mund offen. So etwas wie das Tal, das nun vor ihnen lag, hatte er noch nie gesehen. Nicht weit vor ihnen erhoben sich die Ruinen der alten Stadt, gespenstisch und ewig. Wie die Beduinen gesagt hatten, war die Stadt von grünen Feldern umgeben, dazwischen ein Netz von in der Sonne funkelnden Kanälen. Die Pferde witterten das Wasser und zerrten mit neuer Kraft an den Zügeln.

Selbst in seiner verzweifelten Eile nahm sich Trok die Zeit, sich die taktische Situation klarzumachen. Er sah sofort, dass die Stadt hilflos und ohne Verteidigung war. Aus dem weit offenen Tor strömten Menschenmassen. Die ganze Bevölkerung schien auf der Flucht zu sein, mit ihren Kindern und erbärmlichen Bündeln von Besitztümern. Alle flohen das enge Tal westlich von Gallala hinauf. Unter den Flüchtenden befnden sich auch einzelne Fußsoldaten, jedoch keine Offiziere und keine Spur von Kavallerie oder Streitwagen. Sie waren wie eine Herde Schafe, die vor einem Wolfsrudel flohen. Doch die Wölfe waren ausgedörrt und vom Durst geschwächt.

«Sebek hat sie mir zu Füßen gelegt!», rief Trok triumphierend. «Bevor die Sonne untergeht, werdet ihr mehr Frauen und Gold haben, als ihr brauchen könnt!»

Sein Ruf ging durch die Reihen der Männer, die ihm auf den Hügel folgten und dann so schnell die erschöpften Pferde noch laufen konnten, zum ersten Bewässerungsgraben hinabritten, wo die Tiere das göttliche Nass gierig tranken, bis ihre Bäuche geschwollen waren, als wären sie trächtig. Die Männer warfen sich der Länge nach ans Ufer des Kanals, tauchten ihre Köpfe ins Wasser oder füllten ihre Helme und schütteten es sich über die Köpfe und in ihre durstigen Kehlen.

«Du hättest mich die Bewässerungskanäle vergiften lassen sollen», sagte Nefer niedergeschlagen, während sie Troks Armee von der anderen Seite des Tals aus beobachteten.

«Wie kannst du so etwas sagen?», schüttelte Taita sein silberhaariges Haupt. «Das wäre ein Frevel, den uns die Götter nie vergeben hätten. In diesem bitteren Land würden nur Seth oder Sebek eine solche Schandtat wagen.»

«An einem Tag wie diesem fiele es mir nicht schwer, mich wie Seth zu benehmen», lächelte Nefer grimmig. Er sagte es jedoch nur, um den Magus zu reizen. «Die beiden Gauner haben gute Arbeit geleistet.» Er schaute sich zu den beiden Beduinen um, die neben Taita knieten. «Warum bezahlst du sie nicht und lässt sie ziehen?»

«Sie legen keinen Wert auf Gold», erklärte Taita. «In Gebel Nagara sind sie mit ihren Kindern zu mir gekommen. Ich habe sie von der gelben Pest geheilt. Weißt du das nicht mehr?» Er machte ein Segenszeichen über den Köpfen der beiden Männer, dankte ihnen in ihrer Sprache, dass sie ihr Leben riskiert hatten, um Trok in die Irre zu führen und versicherte sie seines Schutzes. Sie küssten ihm die Füße und verschwanden zwischen den Felsen.

Taita und Nefer konzentrierten sich wieder ganz auf die Pläne für die Schlacht, die ihnen dort unten im Tal bevorstand. Troks Männer hatten getrunken, bis ihnen die Bäuche fast platzten, und nun stiegen sie wieder auf ihre Wagen. Obwohl sie auf dem Marsch so viele Streitwagen verloren hatten, waren sie Nefers Streitkräften immer noch mindestens dreifach überlegen.

«Auf ein offenes Gefecht können wir uns nicht einlassen», überlegte Nefer, während er auf die flüchtenden Massen hinabschaute. Es waren nie viele Frauen in der Stadt gewesen. Nefer hatte ihre Anzahl absichtlich klein gehalten, um die Nahrungsreserven für seine Truppen zu schonen. Doch selbst die wenigen Frauen, auch Mintaka und Merikara und alle Kinder, Kranken und Verwundeten hatten zwei Tage zuvor Gallala verlassen. Meren war auf einen der Wagen gelegt worden, die den Schatz transportierten, den sie den falschen Pharaonen gestohlen hatten. Nefer hatte sie alle nach Gebel Nagara geschickt, wo Trok sie nie finden würde. Die kleine Quelle dort würde sie am Leben halten, bis die Schlacht entschieden war.

Nichts Wertvolles gab es mehr in Gallala, bis auf den letzten Streitwagen, die letzte Waffe und den letzten Brustpanzer war alles abtransportiert worden. Zufrieden schaute Nefer auf seine «Flüchtlinge» hinab. Selbst aus der Nähe war kaum zu erkennen, dass es keine Frauen und Zivilisten waren, sondern verkleidete Fußsoldaten. Die Bündel auf ihren Armen waren keine Kinder, sondern ihre in Schals gewickelte Bögen und Schwerter. Ihre Lanzen waren zwischen den Felsen weiter oben im Tal versteckt, wo sich auch Nefers Hauptstreitmacht verbarg.

Troks Truppen und die Streitwagen kamen nun in geschlossener Formation Welle um Welle die Hügel herunter. Das Wasser hatte Männer und Pferde auf wunderbare Weise neu belebt, doch auch die Aussicht auf Plünderung und Vergewaltigung trieb die Soldaten an.

«Beten wir zu Horus, dass Trok die Verfolgung das Tal hinauf aufnimmt», flüsterte Nefer. «Wenn er den Köder nicht schluckt und stattdessen in die unverteidigte Stadt einfällt, schneidet er uns von Wasser und Weiden ab. Wir wären gezwungen uns auf offenem Grund der Schlacht zu stellen, wo er jeden Vorteil hätte.»

Taita sagte nichts. Er drückte das goldene Amulett an die Lippen und hob die Augen himmelwärts, eine Pose, die Nefer ihn schon so oft hatte einnehmen sehen.

Der Feind war jetzt nah genug, dass Nefer Troks Streitwagen in der Masse der Fahrzeuge erkennen konnte. Er rollte in der Mitte der ersten Reihe, jeweils zehn Wagen links und rechts von ihm. Hinter ihm formierten sich die übrigen Streitwagen. Der Staub setzte sich allmählich, und eine schreckliche Stille lag über allem. Das einzige Geräusch war das leise Flüstern und Getrappel der vermeintlichen Flüchtlinge in dem engen Tal vor ihnen.

«Nun komm schon, Trok Uruk», flüsterte Nefer, «gib den Befehl zum Angriff. Fahr in deinen Tod.»

Neben dem riesenhaften Trok kauerte Ischtar der Meder im Wagen des falschen Pharaos. Er war so aufgeregt, dass er hinauflangte und Trok am Bart zog.

«Der Duft des Magus liegt in der Luft wie der Gestank einer zehn Tage alten Leiche», schrie er mit schriller Stimme. «Er liegt dort oben auf der Lauer wie ein Menschen verschlingendes Ungeheuer. Ich spüre seine Gegenwart. Schaut doch zum Himmel, mächtiger Pharao!»

Trok blickte geistesabwesend zum Himmel auf. Die Geier, die sie auf ihrem Marsch begleitet hatten, flogen tiefer als zuvor.

«Ja! Ja, siehst du sie?» Ischtar fasste wieder etwas Mut. Vielleicht konnte er Trok doch noch von seinem Plan abbringen. «Das sind Taitas Vögel. Sie warten darauf, dass er sie mit Eurem Fleisch füttert.»

Trok schaute wieder das Tal hinauf. Zwischen ihm und dem Preis, der bald ihm gehören würde, fielen die Schatten der großen Aasvögel auf die Erde.

Nefer beobachtete ihn aus seinem Versteck zwischen den Felsen auf der steilen Seite des Tals. Trok war jetzt so nah, dass Nefer glaubte von seinem Gesicht ablesen zu können, was er dachte.

«Vorwärts, Trok!», murmelte Nefer. «Gib das Signal zum Angriff. Führ deine Armee in das Tal.» Ihm gefiel nicht, wie Trok mit den Zügeln hantierte und auf den mageren Ischtar an seiner Seite hinabblickte.

Der Meder schaute flehend zu Trok auf. «Es ist eine Falle, die Euch der Magus gestellt hat, glaubt mir, auch wenn es das letzte Mal ist. Die Luft stinkt nach Tod und Verrat. Ich spüre Taitas Flüche wie Fledermausflügel, die mein Gesicht streifen.»

Trok kratzte sich den Bart und schaute sich zu den Wagenreihen um, die Rad an Rad hinter ihm aufgefahren waren, und zu seinen Kriegern, die gespannt auf seinen Befehl warteten.

«Wendet Euch nach links, mächtiger Trok. Nehmt die Stadt ein und besetzt die Quelle. Dann werden Nefer Seti und der Magus in der Wüste umkommen, so wie es uns beinah ergangen wäre. Wendet Euch nach links, das ist der sichere Weg. Der andere Weg ist Wahnsinn.»

Nefer kniff die Augen zusammen und beobachtete, wie seine verkleideten Truppen das Tal hinaufhasteten. Er wusste, dass es bald zu spät sein würde. «Worauf wartet Trok nur? Was hält ihn zurück? Will er nicht angreifen?», rief Nefer laut. «Wenn er jetzt nicht angreift ...»

«Schau das Tal hinauf.» Taita hatte immer noch die Augen geschlossen. Nefer tat, was ihm der Magus riet, und erstarrte vor Schreck. Seine Faust ballte sich um den Schwertknauf, bis die Knöchel weiß waren.

«Das ist nicht möglich», flüsterte er.

Fast am Ende des Tals, doch immer noch in Troks Blickfeld, lag ein kantiger, ockergelber Felsbrocken neben der Straße. Auf diesem Felsen, hoch über dem Flüchtlingsstrom, stand eine Frau, jung und schlank, mit langem dunklem Haar, das ihr bis auf die Hüften reichte. Ihr Gewand war vom Karminrot des Hauses Apepi, ein leuchtender Farbfleck in der Einöde aus nacktem Fels und Sand.

«Mintaka!», keuchte Nefer. «Dabei habe ich ihr befohlen, mit Meren und Merikara nach Gebel Nagara zu gehen.»

«Wir wissen, dass sie dir niemals ungehorsam wäre.» Taita öffnete seine Augen und lächelte ironisch. «Sie muss dich also missverstanden haben.»

«Das ist dein Werk», sagte Nefer bitter. «Du benutzt sie als Köder, ohne Rücksicht darauf, in welcher Gefahr sie ist.»

«Vielleicht gehorcht mir der Kamsin», entgegnete Taita, «doch nicht einmal von mir lässt sich Mintaka Apepi sagen, was sie zu tun hat. Was sie tut, tut sie aus freien Stücken.»

Trok hatte sich schon umgedreht und wollte seinen Offizieren den Befehl zurufen, die Wagen zu wenden und stattdessen die Quelle und die Stadt einzunehmen, wie Ischtar ihm so dringend geraten hatte. Doch gerade als er den Mund aufmachen wollte, spürte er, wie der Meder neben ihm erstarrte, und hörte ihn flüstern: «Noch eine von Taitas Zaubereien ...»

Trok wirbelte herum und starrte das lange, sanft ansteigende Tal hinauf. Er sah die winzige Gestalt in dem roten Gewand hoch auf dem gelben Felsblock stehen. Sofort erkannte er das Ziel all seines Hasses und Zorns. «Mintaka Apepi», knurrte er. «Hinter dir bin ich her, du verkommene kleine Hure. Ich will dich um deinen Tod winseln hören.»

«Es ist eine Erscheinung. Sie ist nicht wirklich da, Pharao. Lasst Euch nicht täuschen.»

«Das ist keine Erscheinung», sagte Trok grimmig, «das werde ich dir beweisen, wenn ich meinen Stachel in ihr warmes Fleisch stecke und sie damit stoße, bis sie blutet.»

«Der Magus hat dich blind gemacht», winselte Ischtar. «Der Tod ist um uns, überall!»

Er wollte vom Wagen springen und wegrennen, doch Trok packte ihn bei seinem lackierten Haarschopf und hielt ihn zurück. «Nein, du bleibst hier, Meder. Ich werde dich eine Probe ihrer süßen Ritze schmecken lassen, bevor ich sie meinen Schlägern vorwerfe und sie von ihnen fertig machen lasse.» Er hob die geballte Faust über den Kopf und rief: «Vorwärts, marsch!»

Die Streitwagen links und rechts neben ihm rollten gemeinsam vor, und die ganze Streitmacht folgte Trok das Tal hinauf. Die Speerspitzen blitzten in der Sonne, und der Staub hüllte sie ein wie Rauchwolken. Das Ende der Flüchtlingskolonne war nur noch dreihundert Schritt vor ihnen, als Trok den nächsten Befehl gab.

«Vorwärts, Galopp! Auf zum Angriff!»

Die Pferde preschten vor, im Donner der Hufe und Räder stürmte die Armee weiter das enge Tal hinauf.

«Trok tut, was wir wollen», sagte Nefer leise, «aber um welchen Preis? Wenn Mintaka in seine Hände fällt ...» Er brachte es nicht über sich weiterzusprechen. Er starrte nur verzweifelt zu der schlanken Gestalt hinauf, die ruhig dem Sturm entgegensah.

«Jetzt hast du etwas, wofür du kämpfen kannst», sagte Taita sanft.

Nefer spürte, wie sich all seine Liebe zu Mintaka und all seine Angst um sie in Kriegslust und Zorn verwandelten, eine kalte Wut, die alle seine Sinne schärfte und sein ganzes Sein erfüllte.

In dem Augenblick, als die feindlichen Reihen unter ihm vorüberzogen, trat Nefer hinter dem Felsen hervor. Trok und seine Krieger sahen nur die hilflosen Opfer vor ihren dahinrasenden Streitwagen.

Sie hatten keine Augen für die hoch gewachsene Gestalt, die plötzlich über ihrer Flanke erschien. Doch Nefers Männer sahen ihn deutlich. Sie waren hinter Felsen auf beiden Seiten des Tals versteckt. Nefer hob sein Schwert hoch über den Kopf und ließ es mit einer schnellen Bewegung durch die Luft sausen, sobald der letzte Wagen vorbeigerast war.

Nefers Fuhrwerke warteten auf den Abhängen, die Räder mit Holzkeilen und Stricken gesichert. Sie waren mit trockenem Gras getarnt und gingen vollkommen in der Umgebung auf. Sie waren so schwer mit Steinen beladen, dass die Achsen sich bogen. Auf Nefers Signal schlugen seine Soldaten die Holzkeile vor den Rädern weg und hackten die Halteseile durch. Von den Hängen zu beiden Seiten des Tals rollten nun die Wagen herab, immer schneller, und stürzten auf die Streitwagen unten im Tal.

Trok wandte seinen Blick von Mintaka am Ende des Tals erst ab, als Ischtar neben ihm aufschrie, und nun sah er, wie die schweren Fuhrwerke seine Schwadronen überrollten. «Zurück!», rief er sofort. «Alles auflösen!» Doch sein Brüllen ging im Aufruhr unter. Der Angriff, einmal begonnen, war nicht mehr zu bremsen, und in dem engen Tal gab es keinen Manövrierraum.

Die ersten schweren Fuhrwerke krachten in die Spitze der Angreifer, und bald war das Tal erfüllt vom Bersten des Holzes, den Todesschreien von Menschen und Pferden, dem Donner der umstürzenden Wagen und der Steinmassen, die sich aus ihnen ergossen.

Nefers Fuhrwerke blockierten das Tal in beiden Richtungen. Die Streitwagen, die nicht zerschmettert oder umgestürzt waren, steckten wie in einem Flaschenhals fest. Sie waren bewegungsunfähig, eingeklemmt zwischen Felsen. Und über ihnen an den Hängen erschienen nun Nefers Bogenschützen. In wenigen Minuten wurde aus dem Tal ein einziger Schlachthof.

Manche von Troks Männern sprangen ab von ihren eingekeilten Wagen und flohen die Hänge hinauf, doch bald machte sich die Erschöpfung nach dem langen Marsch bemerkbar. Auf dem steilen und felsigen Gelände kamen sie in ihren schweren Rüstungen nur langsam voran. Geschützt durch Felsen und hastig errichtete, provisorische Steinwälle empfingen Nefers Männer sie mit Lanzen und Speersalven. Die meisten der Angreifer fielen weit vor der ersten Verteidigungslinie.

Trok schaute wild um sich und suchte nach einem Ausweg aus der Falle. Eines seiner Pferde war in einer Steinladung umgekommen, und das Tal vor ihm war blockiert. Hinter ihm herrschte ein solches Gedränge von Wagen, dass er weder wenden noch zurückweichen konnte. Um ihn herum surrten Pfeile, und Speere klatschten gegen die Seiten seines Streitwagens, prallten von seinem Helm und seinem Brustharnisch ab.

Nun konnte er auch Ischtar nicht mehr festhalten. In dem herrschenden Chaos sprang der Meder vom Wagen, und Trok sah ihn zwischen zerstörten Wagen und gellend schreienden Pferden verschwinden. Als er vorwärts schaute, sah er Mintaka immer noch regungslos auf dem ockergelben Felsblock stehen. Sie schien greifbar nah, und ihr Blick war so von kaltem Ekel erfüllt, dass Troks Wut sich zu blankem Wahnsinn steigerte.

Er packte seinen Kampfbogen und zog einen Pfeil aus dem Köcher, doch dann warf er die Waffe beiseite und schrie über die Köpfe sich wild aufbäumender Pferde hinweg: «Nein! Ein Pfeil ist zu schade für eine läufige Hündin. Ich werde dich mit meinen bloßen Händen töten. Ich will dich fühlen, wenn ich den letzten Atemzug aus dir herausquetsche, du schmutzige kleine Hure!»

Er zog sein Schwert und sprang von seinem Wagen. Unter den Hufen der vor Angst wahnsinnigen Pferde stürmte er vorwärts, kletterte über ein umgestürztes Fuhrwerk. Zwei von Nefers Kriegern sprangen hinter den Felsen hervor und stellten sich ihm entgegen. Er hackte sie nieder und stieg über ihre noch zuckenden Leichen. Sein Blick klebte hungrig an dem Mädchen in dem roten Gewand, das hoch und stolz über ihm stand, von dem er angezogen wurde wie eine Motte vom Licht.

Nefer sah, wie Trok aus der Falle ausbrach und sprang von Fels zu Fels den Hang hinunter. «Lauf, Mintaka! Lauf weg!», rief er verzweifelt, doch sie konnte oder wollte ihn nicht hören.

Doch Trok hörte ihn. Er blieb stehen und schaute zu ihm hinauf. «Nun komm schon, mein hübscher Knabe, meine Klinge ist stark genug für euch beide, für dich und deine Hure.»

Nefer warf seinen Speer in vollem Lauf, doch Trok hielt den leichten Schild hoch, den er auf seiner Schulter trug, und ließ das Geschoss ohne Mühe abprallen. Der Speer landete zu Mintakas Füßen.

Doch Trok war so lange abgelenkt, dass Nefer den Talgrund erreichen und auf ihn zustürmen konnte. Trok ging in Kampfstellung. Sein Gesicht verzerrte sich zu einem wilden Grinsen. Er duckte sich hinter seinen Bronzeschild und schwang das Schwert in seiner Rechten. «Komm schon, Kleiner. Lass uns sehen, was dein Anspruch auf die Doppelkrone wert ist.»

Nefer legte sein ganzes Gewicht in den ersten Stoß, doch Trok fing ihn mit seinem bronzenen Rundschild auf. Nefer sprang zurück, gerade noch rechtzeitig, um einem Hieb auszuweichen. Nefer griff wieder an, parierte jeden Hieb.

Nefers Männer hatten gesehen, wie ihr Pharao den Hügel hinuntergelaufen war und folgten seinem Beispiel. Sie kamen aus ihrer Deckung hinter den Felsen und stürzten sich ins Tal, das in wenigen Augenblicken erfüllt war von wildem Ringen, Hacken und Stechen.

Nefers Klinge ritzte Troks Wange. Das Blut spritzte auf seinen Bart. Die Wunde machte Trok noch wütender. Brüllend ging er auf Nefer los, mit Hieben und Stößen aus jedem Winkel, so schnell, dass er mit seinem Schwert eine undurchdringliche Mauer um sich herum zu ziehen schien. Nefer wich zurück, bis er mit dem Rücken an den Felsblock stieß, auf dem Mintaka stand.

Weiter zurückziehen konnte er sich nicht. Er hatte keinen Spielraum mehr und musste sich direkt mit dem ochsenstarken Trok messen, Hieb um Hieb. In einem solchen Kampf konnte kaum ein Mann gegen Trok gewinnen. Der Riese schien keine Müdigkeit zu kennen und lachte nur, als es Nefer gelang, einige seiner Hiebe abzuwehren. «Wollen doch mal sehen, wie lange du der Flut standhältst, Knabe. Ich kann den ganzen Tag so weitermachen. Und du?», fragte er, ohne einen Hieb auszulassen. Metall klirrte auf Metall, während Trok sich langsam nach rechts bewegte und damit den einzigen Ausweg blockierte, auf dem Nefer ihm vielleicht entwischen konnte.

Troks Kraft war wie eine Naturgewalt. Nefer hatte das Gefühl, er würde von einem großen Sturm in die Enge getrieben oder von einer unwiderstehlichen Strömung hilflos auf den Ozean hinausgetragen. Die Jahre der Kriegsausbildung hatten ihn gestählt, doch nichts hatte ihn hierauf vorbereitet. Er spürte, wie sein rechter Arm ermüdete und langsamer wurde, während er sich gegen Trok zu wehren versuchte.

Trok ritzte Nefer seitlich am Hals und gleich darauf schlitzte er seinen ledernen Brustpanzer auf und traf auf seine Rippen. Nefer wusste, dass er diesen Angriff nur überleben konnte, wenn er seine Schnelligkeit und Gewandtheit gegen Troks rohe Kraft einzusetzen vermochte, doch er stand gegen den Felsen gedrängt, und das musste er ändern.

Den nächsten Hieb parierte er mit seiner Klinge, was seinen Gegner gerade genug ablenkte, dass Nefer an Trok vorbei ausweichen konnte. Dabei war jedoch seine linke Seite ohne Deckung, und Trok traf ihn am Oberschenkel, direkt über der Tätowierung.

Nefer war fast am Ende seiner Kräfte, doch er wusste, wenn er jetzt nachließ, würde Trok den Todesstoß gegen ihn führen. Die Wunde im Oberschenkel hatte ihn noch mehr geschwächt und verlangsamt. Trok grinste siegessicher. «Nur Mut, Junge, es ist bald vorbei. Bald hast du deine Ruhe – für immer.»

Nefer hörte Mintaka etwas rufen, doch er verstand nicht, was sie wollte, und er durfte sich nicht ablenken lassen. Trok drückte seine Klinge immer mehr zur Seite und stand vor ihm wie ein Turm. Doch plötzlich verlagerte Trok sein Gewicht nach links vor Nefers verletztes Bein. Nefer versuchte zu kontern, doch sein Bein gab unter ihm nach. Trok hakte seinen Fuß um Nefers Ferse und warf ihn hintenüber.

Die Klinge flog Nefer aus der geschwächten Hand, er lag rücklings flach auf der sonnenverbrannten Erde. Trok hob sein Schwert mit beiden Händen zum Todeshieb. Doch dann veränderte sich plötzlich sein Gesichtsausdruck. Er schien überrascht und erschrocken. Er hielt inne und fasste an seinen Nacken. Als er die Hand zurückzog, war sie voller Blut. Er öffnete den Mund, um etwas zu sagen, doch statt eines Lauts schossen zwei dünne Ströme hellroten Bluts aus seinen Mundwinkeln. Er wandte sich von Nefer ab und starrte zu Mintaka hinauf, die immer noch auf dem Felsen über ihm stand. Nefer sah einen Speerschaft aus Troks Nacken ragen.

Als Mintaka Nefer auf dem Boden liegen sah, hatte sie den Speer, den Trok zu Beginn des Kampfes nach ihr geworfen hatte, auf Trok geschleudert. Die Spitze war durch die Lücke zwischen Helm und Panzer tief in Troks Hals gedrungen.

Trok stand wie ein Götze, den Mund weit aufgerissen, aus dem das Blut in Fontänen spritzte. Er ließ sein Schwert fallen, packte Mintaka um die Taille und zog sie von dem Felsen herunter. Er wollte etwas sagen, doch das aus dem Mund strömende Blut erstickte jeden Laut.

Mintaka schrie, als er sie an seine Brust presste, und Nefer gelang es, aufzustehen. Er hob Troks Schwert auf und torkelte hinterrücks an ihn heran.

Mintakas Schreie hatten seinem Schwertarm neue Kraft verliehen. Sein erster Stoß ging durch die Schnüre, die Troks Harnisch zusammenhielten und drang tief in dessen Rücken. Trok erstarrte und ließ Mintaka los. Sie kroch davon, während Nefer die Klinge aus Troks Rücken zog und noch einmal zustach. Trok drehte sich wankend um und trat einen Schritt auf ihn zu. Er griff mit seinen blutigen Händen nach ihm. Nefer stach ihm in die Kehle. Trok sank auf die Knie und packte die Klinge. Nefer riss sie ihm aus den Händen und schnitt dabei tief in Troks Finger und Handflächen.

Schließlich fiel Trok aufs Gesicht, und Nefer stieß ihm die Klinge zwischen die Schulterblätter mitten ins Herz. Er ließ das Schwert in der Wunde stecken und wandte sich nach Mintaka um, die plötzlich ihre eisige Beherrschung verlor und laut aufschluchzte. «Ich dachte, er würde dich töten, mein Liebster!»

«Das hätte er fast, wenn du nicht gewesen wärst», keuchte Nefer. «Ich schulde dir mein Leben.»

«Es war schrecklich», sagte Mintaka mit zitternder Stimme. «Ich dachte, er würde nie sterben.»

«Er war ein Gott.» Nefer versuchte zu lachen, aber es kam nur ein Krächzen heraus. «Ein Gott ist nicht so leicht zu töten.»

Erst jetzt bemerkte er die Veränderung der Schlachtgeräusche weiter unten im Tal. Troks Männer hatten gesehen, wie ihr Pharao gefallen war, und ihren Kampfgeist verloren. Sie warfen ihre Waffen weg und winselten: «Genug! Genug! Wir ergeben uns! Gepriesen sei Pharao Nefer Seti, der einzige wahre König!»

Als Nefer zu Bewusstsein kam, dass er gesiegt hatte, wich alle Kraft aus seinem geschundenen und blutenden Körper. Er konnte gerade noch seine Stimme erheben und rufen. «Lasst sie am Leben! Sie sind Ägypter wie wir. Sie sind unsere Brüder. Lasst sie am Leben!»

In dem Augenblick, als Nefer zusammenbrach, erschien Taita an seiner Seite und half Mintaka, ihn langsam zu Boden gleiten zu lassen. Während die beiden seine Wunden verbanden und die Blutung aus dem tiefen Riss in seinem Oberschenkel stillten, kamen die Offiziere herbei, um Nefer Bericht zu erstatten.

Nefer ignorierte seine Wunden und befragte sie, wer die Schlacht überlebt hatte und wer verwundet oder gefallen war. Voller Freude und Dank an Horus und den Roten Gott sah Nefer seine bewährten Generäle Hilto, Schabako und Socko unter denen, die sich um ihn scharten und den Sieg bejubelten, stolz auf sich selbst und ihre Männer und glücklich, dass ihr Pharao am Leben war.

Aus Speeren fertigten sie eine Bahre und trugen Nefer nach Gallala zurück. Für Troks gefangene Offiziere war es ein langer Weg. Die entwaffneten Männer knieten mit ihren Helmen in der Hand am Straßenrand, flehten um Nefers Gnade und schrien ihre Reue darüber hinaus, dass sie je gegen den wahren Pharao ihre Waffen erhoben hatten.

Dreimal, bevor sie das Stadttor erreichten, befahl Nefer die Bahre abzusetzen und erlaubte den gefangenen Obersten und Hauptleuten vorzutreten und seine Füße zu küssen. «Ich erlasse euch den Verrätertod, den ihr für eure Taten mehr als verdient hättet», erklärte er ihnen streng, «aber ich degradiere euch alle zu Sergeanten des Blauen Banners, damit ihr eure Treue zum Hause Tamose aufs Neue beweisen könnt.»

Sie priesen ihn für seine Gnade, doch als sie ihn als Gott anredeten, runzelte Nefer die Stirn und schüttelte den Kopf. «Ich zähle mich nicht zum Pantheon, wie es die Lästerer Trok und Naja getan haben.» Die Gefangenen ließen sich jedoch nicht davon abbringen und wiederholten ihre Huldigungen. Seine eigenen Männer, die Krieger der Roten Straße an der Spitze, schlossen sich dem Flehen der Gefangenen an und baten ihn, er möge seine Göttlichkeit erklären.

Um sie auf andere Gedanken zu bringen, befahl Nefer: «Die Leiche des Trok Uruk, des falschen Anwärters auf die doppelte Krone Ägyptens, soll ohne Zeremonie verbrannt werden, hier auf dem Schlachtfeld. Seine Seele soll für alle Ewigkeit auf der Suche bleiben und niemals ankommen, niemals eine Heimstatt finden.»

Ehrfürchtiges Gemurmel erhob sich, denn dies war die grausamste aller Strafen.

«Die anderen gefallenen Feinde sollen mit Respekt behandelt werden und ein ordentliches Begräbnis erhalten. Auf keinem Gebäude und keinem Denkmal im ganzen Land darf mehr der Name Trok Uruk zu sehen sein, und der Tempel, den er sich in Avaris errichtet hat, soll dem Geflügelten Horus geweiht werden, im Gedenken an den Sieg von Gallala, den er uns heute geschenkt hat.»

Sie jubelten über diesen Erlass, und Nefer fuhr fort: «Aller Besitz des Trok Uruk, all seine Schätze und Landgüter, seine Sklaven und Paläste, seine Lagerhäuser und Güter aller Art fallen dem Staat zu. Schickt Wasserwagen auf der Straße nach Safaga zurück, begleitet von Pferdeknechten und Ärzten. Sie sollen alle Pferde, Streitwagen und Männer herbringen, die Trok auf seinem hochfahrenden Feldzug gegen unsere Hauptstadt Gallala zurückgelassen hat. Wenn sie den falschen Pharaonen abschwören und dem Hause Tamose ihren Treueid leisten, sollen die Gefangenen begnadigt und in unsere Armee aufgenommen werden.»

Bei seinem letzten Befehl versagte Nefer fast die Stimme. Er war blass und vollkommen erschöpft. Als sie ihn durch das Stadttor trugen, fragte er Mintaka leise: «Wo ist Taita? Hat jemand den Magus gesehen?» Doch Taita war verschwunden.

Der Magus beobachtete vom höchsten Hügel über dem Tal, wie die Falle um Troks Armee zuschnappte, seine Streitwagen von den mit Steinbrocken beladenen Fuhrwerken zerschmettert wurden und die Pfeile und Speere wie Heuschreckenschwärme auf die Überlebenden niedergingen. Und dann, mitten in diesem Chaos, fiel sein Blick auf eine einzelne groteske Gestalt.

Ischtar der Meder kam zwischen den Felsen den Hügel herauf. Er rannte und schlug Haken wie ein Hase. Mal verschwand er hinter einem Felsen, dann tauchte er weiter oben am Hang hinter einem andern auf. Durch Glück oder Zauberei entging er den Pfeilen und Speeren, die Nefers Truppen ins Tal regnen ließen, und verschwand schließlich über den Hügelkamm.

Taita ließ ihn ziehen. Für Ischtar würde er später noch Zeit haben. Er beobachtete den Höhepunkt der Schlacht und strengte alle seine Kräfte an, um Nefers Schild zu sein, als er Trok allein gegenüberstand. Selbst aus dieser Entfernung konnte er noch viele von Troks Hieben ablenken, die sonst tödlich gewesen wären, und als Trok Nefers Schenkel traf, hätte seine Klinge womöglich die Hauptschlagader getroffen, wenn Taita die Spitze nicht mit aller Macht zur Seite gedrückt hätte.

Seit jenem Tag vor langer Zeit, als er Mintaka bei ihrer Begegnung mit der Kobra der Hathor vor Unheil bewahrt hatte, reagierte sie willig auf seinen Einfluss. Sie besaß die Intelligenz und Vorstellungskraft, sich ihm völlig zu öffnen. Einen Narren hätte Taita nicht beeinflussen können. Er hatte sie nach Gallala zurückgerufen, um sich Trok zu zeigen und ihn in die Falle zu locken. Und dann, als sie gelähmt vor Schreck auf dem Felsen stand, hatte er sie im entscheidenden Moment wieder seinem Willen unterworfen und veranlasst, den Speer aufzuheben, der zu ihren Füßen lag. Er hatte ihren Arm gestärkt, als sie zielte und warf. Als Trok schließlich dann sein Leben aushauchte, war er den Hang hinabgeeilt, um die Wunde zu verbinden, die der Schlagader in Nefers Bein so gefährlich nahe war.

Als die Krieger der Roten Straße den jungen Pharao auf ihre Bahre aus Speeren hoben, hatte Taita für den Augenblick seine Pflicht getan und zog sich in die Menge zurück. Niemand beachtete ihn, als er wegging.

Jetzt fand er die Spuren, die Ischtar auf seiner Flucht über den Hügelkamm hinterlassen hatte, und folgte ihnen, bis sie auf der verbrannten, harten Erde nicht mehr zu erkennen waren.

Taita blieb stehen und kniete sich auf den Boden. Er nahm ein trockenes Stück Wurzel aus seinem Medizinbeutel und steckte es in den Mund. Indem er darauf kaute, öffnete er seinen Geist und machte ihn empfänglich für die Spuren der Aura, die Ischtar in der Landschaft hinterlassen hatte. Die Wurzelsäfte schärften seine Sinne, und bald sah er in einem Winkel seines Blickfelds einen dünnen, schmutzig grauen Schatten, der sofort verschwand, wenn er ihn direkt ansah. Jeder Mensch hat seine Aura. Nefer Seti hinterließ durch sein edles und göttliches Wesen einen rosigen Duft, den Taita aus jeder Entfernung riechen konnte. So hatte er Nefer gefunden, als der Löwe ihn angefallen hatte und er mit Mintaka in der Wüste jenseits von Dabba umherirrte.

Die Aura des Meders war dagegen dunkel und fleckig. Taita richtete sich auf und folgte ihr, gestützt auf seinen magischen Stab. Hin und wieder entdeckte er sichtbare Beweise, dass er auf der richtigen Spur war, einen verwischten Fußabdruck auf einem weicheren Flecken Erde oder einen vor kurzem losgetretenen Stein.

Ischtar war nach Süden abgebogen und dann in Richtung Gallala zurückgegangen. Das beunruhigte Taita, und er beschleunigte seine Schritte. Wenn Ischtar wieder in Nefers Nähe gelangen wollte, um ihm ein Unheil zuzufügen, musste Taita ihn aufhalten. Die Verfolgung führte ihn zu einem der Streitwagen, die Trok auf seinem

Marsch von der Küste herauf zurückgelassen hatte. Ischtar hatte etwas von hier mitgenommen. Taita schloss die Augen, um zu erkennen, was es war.

«Ein Wasserbeutel», flüsterte er schließlich. Er sah, wo Ischtar die Erde beiseite geräumt und den Lederschlauch unter dem umgestürzten Wagen hervorgezogen hatte. Einen zweiten ausgetrockneten Beutel hatte er zurückgelassen. Taita nahm den leeren Ledersack und legte ihn sich über die Schulter. Dann ließ er den Wagen und die bereits verwesenden Pferde zurück und verfolgte Ischtar weiter.

Ischtar war nach Gallala gewandert. Vom Grat des letzten Hügels vor der Stadt war er zum nächsten Bewässerungskanal gekrochen. In dem weichen Lehm war deutlich zu erkennen, wo er gekniet hatte, um zu trinken und seinen Wasserbeutel zu füllen. Auch Taita trank an der Stelle und füllte seinen trockenen Wassersack. Ischtars Spuren führten wieder nach Osten, die Straße zur Küste entlang, Richtung Safaga. Taita folgte ihnen.

Er ging auch nach Einbruch der Dunkelheit weiter. Die Aura des Meders verblasste zuweilen oder verschwand vollkommen, doch Taita blieb auf der Straße nach Safaga. Manchmal wurde die Aura so stark, dass Taita sie riechen konnte, ein schwacher, schweißiger, unangenehmer Geruch. In solchen Momenten offenbarte sich Taita das wahre Wesen des Meders, seine nachtragende und rachsüchtige Natur. Er sah, dass die Art, wie das Schicksal sich gegen ihn gewendet hatte, Ischtar Angst gemacht und ihn entmutigt hatte. Seine Kräfte waren jedoch immer noch beträchtlich. Er stellte nicht nur für Nefer und Mintaka eine große Gefahr dar, sondern auch für Taita selbst. Wenn er Ischtar entkommen und seine verbrauchten Kräfte wiedergewinnen ließe, würde er weiterhin die Häuser Tamose und Apepi bedrohen. Er konnte er seine Opfer aus der Ferne beeinflussen und alle möglichen Flüche heraufbeschwören, um Nefer und Mintaka ins Unglück zu stürzen. Er konnte ihre Liebe füreinander vergiften und Pein und Fehlgeburt, Seuche und Krankheit über sie bringen, die zu Halluzination, Wahnsinn und womöglich zum Tod führen würden.

Selbst Taita war nicht gefeit gegen diesen bösen Geist. Wenn Ischtar entkäme, konnte er allmählich Taitas Kräfte aushöhlen und sein Werk zunichte machen. Wenn Taita nicht jetzt handelte, solange es noch möglich war, konnte Ischtar ihn vernichten.

Der Mond erhob sich über den Bergen und erhellte Taitas Weg.

Er wanderte mit langen Schritten, die ihn so schnell machten wie einen Reiter. Er spürte, dass Ischtar noch nicht wusste, dass er verfolgt wurde. Seine Schritte waren langsamer geworden. Mit jeder Stunde empfand Taita die Aura des Meders stärker. Bald würde er ihn eingeholt haben, dachte Taita, wahrscheinlich noch vor Sonnenaufgang. Doch in diesem Augenblick beugte er sich vornüber und übergab sich explosionsartig auf den steinigen Pfad. Taita wäre fast zusammengebrochen unter dem plötzlichen Anfall von Übelkeit, doch er raffte sich wieder auf und wischte sich den bitteren Geschmack von den Lippen.

«Wie leichtsinnig von mir», schalt sich der Magus wütend. «So dicht bei der Beute hätte ich besser aufpassen sollen. Jetzt hat der Meder mich entdeckt.»

Er trank einen Schluck Wasser und ging vorsichtig weiter. Er hielt seinen Stab vor sich und schwang ihn langsam hin und her. Der Stab wurde immer schwerer in seiner Hand, doch Taita ließ sich nicht beirren und behielt seine Richtung bei, bis vor ihm am Wegrand ein Kreis aus weißen Kieseln im Mondlicht aufschimmerte.

«Ein Geschenk des Meders», sagte Taita laut.

Wieder stieg Übelkeit in ihm auf, doch er schluckte, klopfte mit seinem Stab auf die Erde und sprach eines der Worte der Kraft.

«Nkube!» Die Übelkeit ließ nach, und es gelang ihm, näher an den Steinring heranzukommen.

Es reicht nicht, dass ich seinen Zauber breche, dachte er grimmig. Ich muss ihn auf ihn zurückwerfen.

Mit der Spitze seines Stabes schob er einen der Steine aus dem Kreis und unterbrach damit den Kraftstrom. Jetzt konnte er sich daneben auf den Boden setzen, ohne etwas zu spüren. Er beugte sich vor und schnupperte an den Steinen. Sie rochen stark nach Ischtar, und Taita lächelte in kalter Genugtuung.

«Er hat sie mit seinen bloßen Händen berührt», flüsterte der Magus. Ischtar hatte Schweißspuren auf den Steinen hinterlassen, was Taita äußerst gelegen kam. Sorgfältig darauf bedacht, keinen Fehler zu machen, schob er die Steine mit seinem Stab zu einem anderen Muster zusammen: eine Pfeilspitze in die Richtung, in die Ischtar gegangen war. Er nahm einen Schluck Wasser und spuckte auf die Kiesel, die feucht im Mondschein glänzten. Dann hielt er seinen Stab wie einen Speer in die Richtung, in die der Pfeil zeigte.

«Kydasch!», rief Taita und spürte sofort, wie sich in seinen Gehörgängen ein Druck aufbaute, als sänke er tief in einen Ozean. Kurz bevor der Druck unerträglich wurde, ließ er jedoch langsam nach, und Taita empfand großes Wohlbefinden und Glück. Es war vollbracht. Er hatte Ischtars Fluch auf den Meder zurückgelenkt.

Ischtar war ihm eine Wegstunde voraus. Er wusste nun, dass er verfolgt wurde, und war in größter Eile. Die Barriere, die er über die Straße gezogen hatte, hätte die meisten Menschen zurückgehalten, doch der Mann, den er am meisten fürchtete, würde sich nicht lange davon aufhalten lassen.

Plötzlich, mitten im Schritt, strauchelte er und presste sich beide Hände auf die Ohren. Der Schmerz war unerträglich, als würden seine Trommelfelle von glühenden Klingen durchbohrt. Er stöhnte und fiel auf die Knie. «Der Magus», schluchzte er. Der Schmerz war so stark, dass er nicht mehr klar denken konnte. «Er hat den Fluch auf mich zurückgeworfen.»

Ischtar griff mit zitternden Händen in die Tasche an seinem Gürtel und holte seinen mächtigsten Talisman hervor, die vertrocknete, balsamierte Hand eines der Kinder des Tamose, das kurz nach seiner Geburt an der gelben Pest gestorben war. Ischtar hatte dafür das Grab des kleinen Prinzen beraubt. Die Hand war schwarz und zu einer Kralle verkrampft wie eine Affenpfote.

Er hielt sie an seine pochende Schläfe und der Schmerz ließ allmählich nach. Unsicher kam er wieder auf die Beine und begann einen seltsamen Tanz, begleitet von Gesang und Geheul. Der Schmerz in seinen Ohren verschwand. Ischtar machte einen letzten Luftsprung und in der Richtung, aus der er gekommen war. Der Magus näherte sich wie eine Gewitterwolke an einem schwülen Sommertag.

Ischtar überlegte, ob er noch eine Falle auslegen sollte, doch dann kam er zu dem Schluss, dass es sinnlos wäre, da Taita den Fluch ohnehin nur auf ihn zurückwerfen würde. Ich muss die Straße verlassen und meine Spuren verwischen, beschloss er. So lief er weiter und hielt nach einer Stelle Ausschau, wo er in die Wildnis ausweichen konnte. Er fand sie, als ein Schieferfeld die Straße kreuzte, auf dem nicht einmal Troks Legionen eine Spur hinterlassen hatten.

Mit seinem linken Zeigefinger zeichnete er das heilige Symbol des

Marduk auf das Gestein, spuckte darauf und beschwor den Gott, indem er dessen drei geheime Namen aussprach.

«Verberge mich vor meinen Feinden, mächtiger Marduk. Bringe mich sicher zu deinem Tempel in Babylon zurück, und ich werde dir das opfern, was du am meisten liebst.» Marduk bevorzugte Opfer waren kleine Mädchen in seinem Brennofen.

Ischtar hüpfte auf einem Bein fünfundfünfzig Schritte zurück, die magische Zahl des Marduk, die nur die Eingeweihten kannten. Dann verließ er die Straße und lief, so schnell er konnte, gegen Norden in die Wildnis. Er musste unbedingt seinen Vorsprung vergrößern.

Taita kam zu der Stelle, wo das Schieferfeld die Straße kreuzte und blieb abrupt stehen. Die Aura, die Augenblicke zuvor noch so stark gewesen war, hatte sich aufgelöst wie Nebel in der Wärme des Sonnenaufgangs. Weder ein Geruch noch ein Geschmack waren zurück geblieben. Der Meder war verschwunden. Taita wanderte ein kurzes Stück weiter, doch die Spur war tot und kalt. Er ging schnell zurück, bis er wieder an der Stelle war, wo er die Spur verloren hatte. Ischtar würde seine Zeit nicht mit einem einfachen Tarnzauber verschwenden. Der Meder wusste, dass magische Asche oder irgendein Gebräu aus Wasser und Blut Taita kaum aufgehalten hätten.

Taita schaute zum Himmel auf und suchte den einzelnen roten Stern, der dicht über dem Horizont stand, den Stern der Göttin Lostris. Er hielt ihr Amulett hoch und sang das Preislied der Göttin, doch kaum hatte er die erste Strophe beendet, spürte er eine fremde, zornige Gegenwart. Ein anderer Gott war an dieser Stelle beschworen worden. Er kannte Ischtar gut genug, um zu wissen, welcher Gott das war. Er begann die zweite Strophe des Gebets, und der nackte Boden vor ihm schien zu glühen wie die Kupferwände der Opferkammer im Tempel des Marduk.

Marduk ist beleidigt worden und zeigt seinen Zorn, dachte Taita befriedigt. Er trat auf die schwach glühende Gesteinsader und sang: «Fern bist du von deinem Land, o Marduk der heißen Feuer. Nur wenige huldigen dir in diesem Ägypten. Deine Macht zählt hier nicht viel. Ich beschwöre die Göttin Lostris, und du kannst mich nicht daran hindern.»

Er hob den Saum seines Gewands. «Ich werde deinen Durst stillen, Marduk.» Er hockte sich hin wie eine Frau und urinierte auf den

Stein. Es zischte und dampfte wie glühendes Metall, das der Kupferschmied ins Wasser taucht. «Im Namen der Göttin Lostris, tritt beiseite, Marduk, und lasse mich vorbei.»

Der Boden kühlte schnell ab, und als sich der Dampf verzogen hatte, sah er wieder die schattenhaften Spuren des Meders vor sich, die hier nach Norden abbogen. Der Schleier, den Ischtar vor ihm ausgebreitet hatte, war zerrissen, und Taita konnte hindurchgehen.

Über dem östlichen Horizont erschien der erste goldene Glanz. Taita wusste, dass er immer mehr aufholte und schaute angestrengt nach vorn, wo bald die Umrisse seines Jagdwilds zu sehen sein sollten. Doch wieder musste er abrupt stehen bleiben. Vor seinen Füßen klaffte ein schrecklicher Abgrund, dessen senkrechte Wände weit unten in tiefer Finsternis verschwanden. Kein Mensch konnte diese Schlucht überwinden, und es gab keinen Weg um sie herum.

Taita schaute zur anderen Seite hinüber. Sie war mindestens tausend Schritt entfernt, und der Abgrund wirkte immer bedrohlicher. Geier kreisten darüber, und einer der hässlichen Vögel landete gerade auf seinem spärlichen Nest aus Zweigen und Stöcken auf einem Vorsprung hoch an der gegenüberliegenden Felswand.

Taita schüttelte bewundernd den Kopf. «Prachtvoll, Ischtar», murmelte er, «du hast sogar an die Geier gedacht. Welch ein Kunstwerk. Ich hätte es kaum besser machen können. Es hat dich jedoch bestimmt einige Kraft gekostet.»

Taita trat über den Rand des Abgrunds hinaus, und anstatt ins Leere zu stürzen, spürte er festen Boden unter den Füßen. Die Felsenkulisse mit all ihren Kanten und Ritzen und selbst die kreisenden Geier begannen zu flackern und lösten sich in Luft auf.

Die Schlucht war verschwunden, und an ihrer Stelle befand sich eine Geröllebene mit sanften, fernen Hügeln. Mitten in dieser Ebene, keine fünfhundert Schritt entfernt, stand Ischtar der Meder. Er schaute Taita entgegen, beide Arme hoch über dem Kopf, immer noch verzweifelt bemüht, die Illusion aufrechtzuerhalten, die er geschaffen hatte. Als er erkannte, dass er damit keinen Erfolg hatte und Taita unbeirrt auf ihn zuschritt, ließ er seine Arme hoffnungslos sinken und stolperte auf die Hügel zu, welche die Ebene in der Ferne begrenzten. Er ging immer schneller, bis er schließlich rannte und sein schwarzes Gewand ihm um die Beine flatterte.

Taita folgte ihm mit langen, ausgreifenden Schritten, und als Ischtar sich umschaute, stand Verzweiflung in seinem blau tätowierten Gesicht. Für einen Augenblick blieb er stehen und starrte mit Schrecken auf die silberhaarige Gestalt, dann drehte er sich wieder um und rannte noch schneller. Für eine Weile gewann er an Boden und vergrößerte den Abstand, doch bald wurde er schwächer und langsamer, und Taita holte immer mehr auf.

Ischtar ließ den Wasserbeutel fallen und gewann wieder etwas an Geschwindigkeit. Dennoch war er nur noch wenige hundert Schritt voraus, als er im ersten Morgenlicht die blauen Hügel am Ende der Ebene erreichte, wo er im Eingang zu einer Schlucht verschwand.

Taita sah Ischtars Fußabdrücke auf dem sandigen Grund, als er ihm folgte. Sie verschwanden, als die Schlucht scharf nach rechts abbog. Taita näherte sich der Biegung und hörte das kehlige Knurren und Brüllen einer wilden Bestie. Er folgte dem Weg um die Biegung und sah sich einem riesigen, mit dem Schweif peitschenden Löwen gegenüber, der den weiteren Weg in die Schlucht versperrte.

Die schwarze Mähne des Löwen war gesträubt und bewegte sich bei jedem Brüllen aus seinem weit aufgerissenen Maul wie ein mächtiger Busch im Wind. Der faule, animalische Gestank des Tieres und der Geruch der verrottenden Kadaver, die es mit seinen langen gelben Zähnen gerissen hatte, lag erstickend in der heißen Luft.

Taita blickte auf den Sand hinunter, auf dem die mächtigen Pranken ihre Krallen ausstreckten. Er sah immer noch Ischtars Fußabdrücke, doch wo waren die Spuren der Löwenpranken?

Taita ging unbeirrt weiter und hielt der geifernden Bestie das Amulett der Lostris entgegen. Das Brüllen wurde immer leiser, und bald konnte er durch den Löwenkopf hindurch die Schluchtwände sehen. Dann verflog die Erscheinung wie Morgennebel über dem Fluss.

Taita ließ den Ort, wo das Untier gelegen hatte, hinter sich und bog um die nächste Felsenecke. Dort wurde die Schlucht noch enger und die Wände waren noch steiler, und die Schlucht endete plötzlich vor einer Felswand.

Ischtar stand mit dem Rücken zur Wand und starrte Taita aus gelben, blutunterlaufenen Augen an. Die Pupillen waren unnatürlich geweitet, und in seiner Angst stank er noch schlimmer als der Geisterlöwe. Er hatte die rechte Hand erhoben und zeigte mit seinem langen, knochigen Finger auf Taita. «Zurück, Magus!», schrie er. «Ich warne dich!»

Taita ging auf ihn zu, und der Meder schrie weiter, diesmal in einer kehligen fremden Sprache. Er machte eine Geste, als schleudere er ein unsichtbares Geschoss nach Taitas Kopf. Der Magus hielt sich rasch das Amulett der Lostris vor die Augen und spürte, wie etwas wie ein Pfeil knapp an seinem Kopf vorbeizischte.

Ischtar wandte sich um und schlüpfte in eine enge Spalte in der Felswand hinter ihm, die er mit seinem Körper vor Taita verborgen hatte. Taita blieb davor stehen und schlug mit seinem Stab gegen die Wände des engen Felseinschnitts. Es klang, als wäre der Fels wirklich, und weiter vorn in dem finsteren Spalt hörte er Ischtars stolpernde Schritte. Taita war fast sicher, dass dies keine Erscheinung war, sondern eine wirkliche Spalte im Kalksteinfels.

Also ging er hinter Ischtar her und fand sich in einem niedrigen, fast vollkommen vom Tageslicht abgeschnittenen Höhlengang. Der Boden fiel sanft ab, und Taita ging vorsichtig weiter. Nun war er sicher, dass er sich in einem wirklichen Raum und in wirklicher Zeit bewegte und nicht in einer Dimension, die Ischtar ihm vorgaukelte.

Taita hörte Ischtars Schritte durch den Felsgang hallen. Er zählte seine eigenen Schritte, als er weiter in die Finsternis vordrang, und einhundertzwanzig Schritte später wurde es wieder heller. Von einer Lichtquelle tiefer im Berg kam ein schwacher Schein.

Plötzlich machte der Gang eine scharfe Biegung, und Taita betrat eine große, hohe Felsenhalle. In der Mitte der Decke war eine Öffnung, die in die Außenwelt führen musste, denn durch sie traf ein heller Sonnenstrahl den Höhlenboden.

Der Boden war mit spitzen Stalagmiten bedeckt, deren Kristalle funkelten wie Haifischzähne. Von der hohen Decke hingen ebenso große und scharfe Stalaktiten, manche wie Speerspitzen, andere wie glitzernde Götterflügel.

Ischtar kauerte vor der Wand am anderen Ende der Halle. Es gab keinen Ausweg mehr. Als er Taita in der Mündung des Gangs erscheinen sah, schrie und stammelte er: «Gnade, mächtiger Magus! Denkt an den Bund zwischen uns. Wir sind Brüder. Verschont mich, und ich weihe Euch in Geheimnisse ein, die nicht einmal Ihr Euch erträumen könnt. Ich werde Euch alle meine Kräfte schenken. Ich werde Euer treuer Hund sein. Ich werde Euch mein Leben widmen und alles tun, was Ihr verlangt.»

Sein Flehen und seine Versprechungen klangen so erbärmlich, dass Taita für einen Augenblick zauderte. Es war nur der Schimmer eines Zweifels, doch Ischtar erkannte die kleine Schwäche sofort und nutzte sie augenblicklich aus. Er zeichnete mit Daumen und Zeigefinger einer Hand einen Kreis in die Luft, das Zeichen des Marduk, und rief etwas in fremder kehliger Sprache.

Taita spürte, wie sich ein übermenschliches Gewicht auf seine Schultern legte und sich etwas um seinen Körper schlang wie die unsichtbaren Tentakel einer Riesenkrake. Sie pressten ihm die Arme in die Seite und schnürten ihm die Luft ab. Es roch nach brennendem Menschenfleisch, der Aura des Marduk, ein Gestank, der ihn zu ersticken drohte. Er konnte sich nicht bewegen.

Am anderen Ende der Höhle machte Ischtar Luftsprünge vor Freude, und sein Gesicht verzerrte sich zu einer grotesken Maske. «Hier, tief in der Erde, kann dich deine kleine Göttin nicht mehr beschützen, Taita. Du kannst dich nicht mehr wehren gegen Marduk den Menschenfresser und seinen Diener Ischtar», kreischte er. «Unser Wettstreit ist vorüber. Ich habe dich besiegt, dich und all deine Listen, Magus, und jetzt wirst du sterben!»

Taita blickte in die Schatten unter der hohen Decke der Höhle und konzentrierte sich mit aller Macht auf einen der funkelnden Stalaktiten, der herabhing wie ein langer, schimmernder Dolch. Er nahm die letzten Kraftreserven zusammen, hob seinen Stab und deutete damit nach oben. Mit dem letzten Atem in seinen Lungen rief er: «*Kydasch*!», das Wort der Macht.

Es krachte und knisterte wie berstendes Gletschereis. Der Stalaktit brach von der Decke und stürzte herab, traf Ischtar an der Schulter dicht neben dem Hals, bohrte sich durch seine Brust und seinen Bauch und trat am Anus wieder aus. Der lange Steindolch nagelte ihn auf den Höhlenboden wie einen ausgenommenen Fisch auf das Räucherbrett.

Während Ischtar zuckte und zitterte und um sich trat in seinem letzten Kampf, fühlte Taita, wie die Last von seinen Schultern fiel und der Druck auf seine Lungen nachließ. Marduk zog sich zurück, und Taita konnte wieder atmen. Es stank nicht mehr nach verbranntem Fleisch, sondern nur noch leicht nach Pilzen in der kalten, klammen Luft. Taita hob seinen Stab auf und ging den Gang zurück, hinaus in die frische Luft und den Sonnenschein. Am Ausgang drehte er sich noch einmal um und schlug ein-, zwei-, dreimal an das steinerne Tor zu der Höhle.

Tief unten rumorten die Felsen: Die Höhlendecke stürzte ein und begrub Ischtar unter sich.

«Mit dem Steindolch durch dein Herz kann dich nicht einmal dein böser Gott aus dieser Gruft befreien. Dort sollst du für alle Ewigkeit liegen bleiben, Ischtar.» Mit diesen Worten kehrte Taita dem Felsen endgültig den Rücken und ging zurück nach Gallala.

Die drei Boten erreichten Babylon im Frühjahr, als die fernen Berggipfel im Norden, wo die beiden großen Ströme entspringen, noch unter dicken Schneedecken lagen.

Pharao Naja Kiafan empfing sie auf der höchsten Gartenterrasse des Palastes von Babylon. Königin Heseret saß neben seinem Thron. Sie trug die prächtigsten Juwelen, die in den Schatzkammern des Königs Sargon zu finden gewesen waren. Über ihrem Haar lag ein mit Edelsteinen besticktes Seidennetz, ihre Arme waren von den Schultern bis zu den Handgelenken mit Gold- und Silberreifen bedeckt und ihre Finger so schwer mit Smaragden, Rubinen und Saphiren beringt, dass sie sie kaum biegen konnte. Am Hals trug sie einen Stein von der Größe einer unreifen Feige, klar wie ein Gebirgsbach und so hart, dass er durch Glas und Gestein schneiden konnte. Dieser wunderbare Edelstein stammte aus dem Land jenseits des Indus, und wenn die Sonne sich darin fing, blendeten die Reflexe die Augen schmerzhaft.

Die Boten waren hohe Offiziere der Armee, die Pharao Trok Uruk vier Monate zuvor nach Westen geführt hatte. Sie brachten schlechte Nachrichten und fürchteten deshalb um ihr Leben. Sie waren so weit und so schnell durch Wüsten und Gebirge geritten, dass sie abgemagert waren und verbrannt von der glühenden Wüsten- und Hochgebirgssonne. Sie warfen sich Naja zu Füßen. «Heil, Pharao, o mächtigster Gott Ägyptens», grüßten sie ihn. «Wir flehen um Eure Gnade, denn wir bringen furchtbare Nachrichten. Was wir zu sagen haben, wird Euch nicht gefallen, doch verschont uns mit Eurem Zorn.»

«Sprecht!», befahl Naja streng. «Ich allein werde entscheiden, ob ihr verschont werden könnt.»

«Wir bringen Nachricht von Pharao Trok Uruk, Eurem Brudergott und Mitherrscher von Ägypten», sagte der erste Offizier, ein Kommandeur der Vorhut vom Range eines Besten von Zehntausend und mit dem Gold der Tapferkeit ausgezeichnet.

«Sprich!», wiederholte Naja, als der Mann zögerte.

«In der Wüste um die alte Stadt Gallala hat eine grausame Schlacht stattgefunden, in der die Armeen des Pharao Trok Uruk und die des falschen Pharaos Nefer Seti aufeinander trafen.» Dem Offizier versagte wieder die Stimme.

«Sprich!» Naja erhob sich von seinem Thron und zeigte mit dem königlichen Herrschaftssymbol, der Geißel, auf das Gesicht des Mannes, eine Geste, die Folter und Tod bedeuten konnte.

Der Bote fuhr hastig fort. «Durch feige List und gemeine Zauberei wurde die Armee unseres Pharaos Trok Uruk in ihr Verderben gelockt. Trok ist tot und seine Armee vernichtet. Die Überlebenden sind zum Feind übergelaufen und haben sich unter das Banner des falschen Pharaos Nefer Seti geschart, den Seth mit grausamer Rache heimsuchen und seinen Namen und all seine Werke auslöschen möge. Derselbe gemeine Usurpator marschiert nun mit seiner gesamten Streitmacht gegen Avaris und die beiden Königreiche Ägyptens.»

Naja sank auf seinen Thron zurück und starrte den Offizier erstaunt an. Er war sprachlos, doch Heseret lächelte. Unter ihrem Lächeln verschwanden die grausamen Linien um ihren Mund, und sie war wieder von unbeschreiblicher Schönheit. Sie berührte Najas Arm mit einem juwelengeschmückten Finger, und als er sich zu ihr neigte, flüsterte sie ihm ins Ohr: «Die Götter seien gepriesen. Heil dem einen, dem einzigen Pharao beider Königreiche, dem mächtigen Naja Kiafan.»

Naja versuchte streng und kühl zu bleiben, doch für einen Augenblick huschte ein Lächeln über sein schmales, wohlgeformtes Gesicht. Dann erhob er sich und zischte drohend: «Ihr bringt Nachricht vom Tod eines Pharaos und Gottes. Ihr seid verflucht, denn nun kleben Elend und Unglück an euren Fersen.» Er gab den Leibwachen um seinen Thron ein Zeichen. «Führt sie ab, und übergebt sie den Priestern des Gottes Marduk. Sie sollen in seinem Ofen geopfert werden, um den Zorn des Gottes zu besänftigen.»

Während die drei Unglücklichen gefesselt aus dem Saal geführt wurden, verkündete Naja: «Gott-Pharao Trok Uruk ist tot. Seine Seele sei den Göttern empfohlen. Vor euch allen erkläre ich hiermit, dass es von nun an nur noch einen Herrscher über beide Königreiche gibt, über alle Territorien, eroberten Lande und Besitztümer Ägyptens. Weiterhin erkläre ich, dass ich dieser Herrscher sein werde, ich, Pharao Naja Kiafan.»

«Benachrichtigt die Führer aller meiner Armeen. Wir werden uns heute Mittag zum Kriegsrat treffen.»

Die nächsten elf Tage saßen Naja und sein Rat von Sonnenaufgang bis zur Abenddämmerung im Thronsaal des Palastes des Sargon. Mit Wachen an jeder Tür, um Eindringlinge und Spione fernzuhalten, schmiedeten sie ihre Pläne und legten ihre Schlachtordnung fest, und am zwölften Tag befahl Naja, seine Armeen in Mesopotamien zusammenzurufen und Botschafter zu den Vasallenkönigen und Satrapen in den eroberten Gebieten zwischen Babylon und der ägyptischen Grenze zu entsenden. Alle Streitkräfte sollten sich für den Krieg rüsten und für den Feldzug gegen Nefer Seti unter Najas Kommando stellen.

Beim nächsten vollen Mond zählte man, als die Armee sich vor dem Blauen Tor der Stadt Babylon ihrem Feldherrn präsentierte, vierzigtausend Mann, lauter kampferprobte Truppen, voll ausgerüstet mit Streitwagen und Pferden, Bogen und Schwert.

Heseret stand neben ihrem Gemahl, dem einzigen und einen wahren Pharao von Ägypten, auf der Brustwehr des Blauen Tors und inspizierte mit ihm die Armee.

«Welch ein Anblick», sagte sie. «Bestimmt hat die Welt noch nie eine solche Streitmacht gesehen.»

«Auf unserem Weg nach Westen in unser Mutterland werden noch die Sumerer und die Hethiter zu uns stoßen und die Hurriter und alle Armeen der eroberten Gebiete, durch die wir ziehen werden. Wir werden mit zweitausend Streitwagen in Ägypten einziehen. Das Milchgesicht wird nicht wagen, sich gegen uns zur Schlacht zu stellen.» Er schaute zu ihr hinunter. «Tut dir dein Bruder Nefer nicht ein bisschen Leid?»

«Nein!» Sie schüttelte so heftig den Kopf, dass ihre Juwelen im Sonnenschein funkelten und blitzten. «Du bist mein Pharao und mein Gemahl. Wer immer sich gegen dich erhebt, ist ein Verräter und verdient den Tod.»

«So soll es geschehen, und Taita, der Verräter, wird sein Totenfeuer teilen und neben ihm brennen», versprach Naja grimmig.

Sie rochen den Strom von weitem, den Duft des süßen kühlen Wassers in der Wüstenluft. Die Pferde hoben die Köpfe und wieherten. Die Fußtruppen beschleunigten den Tritt und freuten sich auf den Moment, in dem sie zum ersten Mal den Fluss wiedersehen würden, der in dieser Jahreszeit angeschwollen und dunkel war von Schlamm, dem Fleisch und Blut des Mutterlandes.

Nefer und Mintaka fuhren zusammen auf seinem Streitwagen an der Spitze der langen Kavalkade auf der Karawanenstraße von Gallala. Meren und Merikara fuhren zu ihrer Rechten im zweiten Wagen. Merikara hielt ihren Geliebten immer noch für zu schwach und krank für einen Feldzug, doch Meren hatte darauf bestanden, an der Spitze mitzufahren. «Ich habe die Schlacht von Gallala versäumt, doch ich schwöre, ich werde keine andere Schlacht mehr versäumen, niemals. Solange ein Atemzug in mir ist, werde ich an der Seite meines Königs und liebsten Freundes sein.» Er stand auf dem Wagen und hielt die Zügel in der Hand, dünn und blass wie ein Kranich, doch voller Stolz.

Die ersten Wagen erreichten die Höhe, und vor ihnen erstreckte sich das grüne Niltal, in dem der mächtige Strom funkelte wie geschmolzenes Kupfer, rot glühend im frühen Sonnenlicht. Nefer drehte sich um und lächelte Meren zu. «Wir sind zu Hause!»

Mintaka stimmte ein Lied an, erst leise, dann immer selbstbewusster, und Nefer stimmte ein.

Tempel der Götter,
Sitz der tausend Helden,
Grüner als alles auf Erden,
Unsere größte Liebe
unsere teure Heimat,
Unser Ägypten!

Dann fielen auch Meren und Merikara in den Gesang ein, der sich immer weiter nach hinten fortpflanzte, bis Schwadron um Schwadron in das Lied einstimmte, als sie den Steilhang hinabrollten.

Aus dem Tal kam ihnen eine andere Armee entgegen, mit bewaffneten Streitwagen und Legionen von Fußtruppen. Dahinter marschierten die Ältesten, Priester und Statthalter aller Provinzen, alle in ihre offiziellen Gewänder, Ketten und Amtsinsignien gekleidet, manche auf Wagen, andere in von Sklaven getragenen Sänften, wieder andere hoch zu Ross oder zu Fuß. Und schließlich kamen die tanzenden und singenden Massen aus Städten und Dörfern. Manche der Frauen trugen ihre Säuglinge im Arm und weinten vor Freude, als sie ihre Männer, Geliebten, Brüder und Söhne in den Reihen der Streitmacht entdeckten, die endlich aus dem Exil heimkehrte.

Die beiden Marschkolonnen trafen aufeinander und vermischten sich, und die Ältesten und Offiziere warfen sich vor dem Wagen des Pharaos in den Staub. Nefer stieg ab, hob diejenigen auf, die er erkannte, und umarmte die Mächtigsten und Bedeutendsten unter ihnen, bevor er das Volk im Namen aller Götter segnete.

Dann stieg er wieder auf, und alle fuhren zum Nil hinunter, wo Nefer sich in voller Kleidung in die Fluten stürzte und das Volk jubelnd und singend das Ufer säumte. Während dieses rituellen Bades trank Nefer vom lehmigen Wasser des Mutterstroms.

In frische Leinengewänder gehüllt, die blaue Kriegskrone auf dem Haupt, führte Nefer die große Prozession den Fluss entlang nach Avaris, wo sie schon eine Wegstunde vor den Stadttoren von jubelnden Menschenmassen begrüßt wurde. Ab hier war die Straße mit Nilwasser besprengt und mit Palmwedeln und Blumen bedeckt, damit Füße, Hufe und Räder des Heerzuges nicht zu viel Staub aufwirbelten.

Die Stadttore standen weit offen. Die Bevölkerung hatte sich auf den Mauern versammelt. Von den Brustwehren hingen Fahnen, Blumengebinde und Früchte herab. Als Nefer mit Mintaka an seiner Seite unter dem Torbogen hindurchfuhr, erklangen überall Hymnen der Treue und des Danks.

Schön wie ein junges Götterpaar fuhren sie zuerst zu dem prächtigen Ufertempel, den Trok Uruk hatte bauen lassen, um seine Göttlichkeit zu feiern. Die Steinmetze waren schon seit Wochen damit beschäftigt, jedes Bildnis des falschen Pharaos und jede Inschrift mit Troks Namen auf Mauern und Säulen herauszumeißeln. Nun waren sie dabei, die Porträts und Titel des geflügelten Horus und des Pharaos Nefer Seti und Beschreibungen seines Sieges in der Schlacht von Gallala einzusetzen.

Nefer brachte Horus seinen Dank dar und opferte zwei makellose schwarze Stiere. Danach kündigte er eine Woche der Festlichkeiten und Festessen mit freiem Hirsebrot, Fleisch, Wein und Bier für alle

Bürger an, und zur Unterhaltung Wettkämpfe und Theateraufführungen.

«Wie klug von dir», sagte Mintaka bewundernd. «Sie haben dich schon geliebt, doch jetzt werden sie dich anbeten.»

Doch für wie lange, fragte sich Nefer. Sobald Naja im fernen Babylon von seiner Thronbesteigung hörte, würde er mit seiner Armee nach Ägypten aufbrechen, wenn er nicht schon unterwegs war. Wird das Volk mich auch noch lieben, wenn Naja Kiafan an die Stadttore klopft?

Pharao Naja Kiafan setzte seinen getreuen General Asmor als König von Babylon und Satrapen der ägyptischen Krone ein. Er ließ fünfhundert Streitwagen und zweitausend Bogenschützen und Fußtruppen zurück, um seine Eroberungen zu verteidigen, und machte sich mit seiner Armee auf den Weg nach Ägypten, um seine Krone und seinen Thron von Nefer Seti zurückzugewinnen.

Auf ihrem Vormarsch nach Westen, durch Wüsten und über Gebirgspässe zu den Grenzen Ägyptens, gewann die Armee des Pharaos Naja Kiafan an Umfang wie ein gigantischer Schneeball, der einen Berghang hinunterrollt. Alle Vasallen Ägyptens hatten sich unter sein Banner geschart, und als er nun auf dem Khatmia-Pass stand, war seine Armee fast dreimal so groß wie beim Aufbruch in Babylon.

Naja blickte nach Westen über die weite Sandwüste hinweg nach der Stadt Ismailia, die an der Nordwestspitze des Großen Bittersees lag. Von hier an würde die Größe seiner Streitmacht ein Hindernis sein, das hatte er seit langem gewusst, denn zwischen hier und Ismailia gab es nichts als Sand und Fels und keine Quelle oder Oase, wo seine Armee rasten und die Wasservorräte erneuern konnte. Wieder hatte er keine andere Wahl, als in regelmäßigen Abständen entlang der Heerstraße Wasserlager anlegen zu lassen, und wenn er sich anstrengte, konnte er in der Sonnenglut die Kolonnen der mit Tonkrügen beladenen Wasserwagen erkennen, die durch die braungelbe Ebene zogen. Sie waren seit Monaten damit beschäftigt, unter schwerer Bewachung die vollen Wasserkrüge im Sand zu vergraben.

Für die Durchquerung der Wüste würde die Armee zehn Tage und Nächte brauchen. Wasser und Nahrung mussten so streng rationiert werden, dass Truppen und Tiere gerade genug bekamen, um die langen Nachtmärsche zu überstehen und die glühend heißen

Tage zu überleben, wenn sie im spärlichen Schatten von Stoffzelten und Sonnendächern aus Dornzweigen und trockenem Gras ausruhten.

«Ich werde mit dir an der Spitze bleiben», unterbrach Heseret seine Gedanken.

Er schaute sie an und runzelte die Stirn. «Nein. Haben wir das nicht schon alles besprochen?» Nach Jahren der Ehe begannen ihre Reize und die Schönheit allmählich zu verblassen. Dafür wurde sie immer jähzorniger, eifersüchtiger und launenhafter, weshalb Naja immer mehr Zeit mit seinen Konkubinen verbrachte, und wenn er einmal in ihr Bett zurückkehrte, musste er ihre eifersüchtigen Tiraden über sich ergehen lassen.

«Du wirst mit den anderen Frauen im Versorgungszug nachkommen. Prenn, der Hauptmann der Nachhut, wird sich um euch kümmern.»

Heseret schmollte. Das war einmal wirkungsvoll gewesen, doch inzwischen irritierte es Naja nur noch. «Aha! Damit du Lassa schwängern kannst, genau wie du es mit ihrer Schwester gemacht hast», keifte sie. Sie sprach von den beiden Prinzessinnen, die der Satrap von Sumer Naja als Zeichen seiner Ergebenheit als Geiseln übergeben hatte. Die Prinzessinnen waren beide jung und schlank, mit großen Brüsten. Sie bemalten ihre Brustwarzen und ließen sie nach sumerischer Sitte unbedeckt, wenn sie sich in der Öffentlichkeit zeigten.

«Du ermüdest mich, holde Gattin.» Naja verzog seine Oberlippe zu einem Lächeln, das jedoch zu einem hämischen Grinsen wurde. «Verstehst du nicht, dass das politisch notwendig war? Ich brauchte einen Sohn von mindestens einer der beiden Huren, um ihn auf den sumerischen Thron setzen zu können, sobald der alte König gestorben ist.»

«Schwöre beim Atem und Herzen des Sebek, dass du Lassa nicht in deinem Wagen mitnimmst», verlangte Heseret.

«Das schwöre ich gern.» Naja lächelte sein tödliches Lächeln. «Ich werde nämlich Sinnal von Hurria mitnehmen.» Sinnal war eine andere Geisel, noch jünger als die beiden Sumererinnen. Sie war gerade vierzehn und hatte kupferrotes Haar und grüne Augen. Ihr Hinterteil war groß und rund, und Heseret wusste aus Erfahrung, dass Naja ebenso gern durch den Hintereingang in diese Zitadelle eindringen würde wie durch das Vordertor.

«Auch von ihr brauche ich einen Sohn», erklärte Naja trocken, «einen Thronfolger für Assyrien.» Schließlich musste er doch lachen. «Du siehst, wie schwer man es als König hat.»

Sie funkelte ihn wütend an, und er rief die Sänfte heran, in der sie hinter seidenen Vorhängen versteckt nach hinten getragen wurde, wo Prenn für die Nachhut verantwortlich war.

Auf Taitas Rat hatte Nefer entlang der Küste des Roten Meeres eine Kette von Kundschaftern aufstellen lassen, die bei jedem Anzeichen eines Angriffs vom Meer aus Alarm schlagen würden. Aber Taita war sicher, dass Najas Hauptstreitmacht durch die Große Sandwüste kommen würde. Diese Route kannte Naja von dem Mesopotamien-Feldzug, den er mit Trok zusammen unternommen hatte, und seine Armee war zu groß, um sie auf Booten und Schiffen über das Rote Meer zu bringen wie Trok mit seiner viel kleineren Streitmacht.

Dank einer wunderbaren Erfindung des Magus kannten Nefer und sein Generalstab die genaue Kopfstärke und Zusammenstellung von Najas Armee. Einer der Hauptleute in unmittelbarer Umgebung des falschen Pharaos war ein alter Verbündeter Taitas und schuldete dem alten Mann einen Gefallen. Von ihm hatte Taita eine Botschaft erhalten, in welcher der Offizier seine Ergebenheit für Pharao Nefer Seti und seine Absicht, zu Nefers Armee überzulaufen, erklärte. Durch einen anderen alten Bekannten, einen Kaufmann von edlen Teppichen, der mit seiner Karawane nach Beersheba unterwegs war, hatte Taita dem Hauptmann geantwortet und ihm befohlen, an der Spitze seiner Abteilung zu verharren. «Im Augenblick brauchen wir Euch als Informationsquelle, nicht als Soldat», hatte er ihn wissen lassen. Und durch den Teppichhändler hatte er ihm zwei ungewöhnliche Geschenke überbringen lassen: einen Korb lebender Tauben und eine Papyrusrolle, auf der eine Geheimsprache erklärt war.

Wenn der Offizier eine dieser Tauben fliegen ließ, kehrte sie sofort zu dem Schlag in Avaris zurück, wo sie geschlüpft war. Jede der Tauben trug an einem Bein ein mit Seidenfäden zusammengerolltes Stück des dünnsten und leichtesten Papyrus, auf dem verschlüsselte Informationen geschrieben standen. Durch diese Nachrichten kannte Nefer die genauen Zahlen und Pläne von Najas Armee, und auch die Namen aller höheren Offiziere. Er wusste auch genau, an welchem Tag Naja von Babylon aufgebrochen war und wie viele

Leute er dort unter Asmors Kommando zurückgelassen hatte. Nefer konnte das Vorrücken der großen Armee Tag für Tag verfolgen, durch Damaskus und Beersheba und all die anderen Städte und Garnisonen.

Sehr bald wurde klar, dass Taita die Situation richtig eingeschätzt hatte und Naja keine überraschende Landung an der Westküste des Roten Meeres versuchen würde. Er schien in der Tat einen Frontalangriff durch die Große Wüste vorzuhaben.

Nefer zog seine Posten vom Roten Meer zurück und verlegte sein Hauptquartier und den größten Teil der Armee in die Grenzgarnison in Ismailia am Rand der Großen Wüste. Dort gab es reichlich Trinkwasser und ausgedehnte Weidegründe für die Pferde.

Mintakas Beiträge im Kriegsrat in der Festung von Ismailia waren von unschätzbarem Wert. Sie war eine Hyksos und kannte alle Offiziere, die einmal zum Stab ihres Vaters gehört hatten. Als Kind hatte sie gehört, wie ihr Vater jeden Einzelnen davon beurteilt hatte, und ihr Gedächtnis war – nicht zuletzt aufgrund der vielen Stunden, die sie über dem Bao-Brett zugebracht hatte – einzigartig. Sie konnte Nefer über die Stärken, Schwächen und persönlichen Eigenarten jedes dieser Männer unterrichten, wenn sie die Listen durchgingen, die sie von ihrem Spion erhielten.

«Prenn, der Kommandant der Nachhut, ist ein Verwandter von mir. Er war einer der Vettern meines Vaters. Ich kenne ihn gut. Er hat mir das Reiten beigebracht. Für mich war er Onkel Tonka, ‹der Bär› in meiner Sprache.» Sie lächelte, während sie sich an ihn erinnerte. «Mein Vater sagte, er ist treu wie ein Hund und geht gewöhnlich langsam und bedacht vor, doch wenn er einen Feind einmal bei der Kehle hat, lässt er nicht mehr locker.»

Meren hatte sich inzwischen fast vollständig erholt und seine alte Kraft und Gesundheit wiedererlangt. Er flehte Nefer an, ihn etwas Nützliches tun zu lassen, worauf der Pharao ihn mit einer Streitwagenabteilung vorschickte, um Najas weiteres Vorrücken zu beobachten, sobald dieser aus den Bergen in die Wüste herabkäme.

Merens Kundschafter sahen auch Najas Wasserwagen, die ihre Ladungen von Tonkrügen in dem trockenen Gelände deponierten, durch das Naja ziehen musste, um nach Ägypten zu gelangen. Meren bat um die Erlaubnis zum Angriff. Er wollte die Wasserkonvois vernichten, doch Nefer ließ ihm den Befehl zukommen, sie in Ruhe zu lassen und lediglich unter Beobachtung zu halten. Außerdem hatte Meren den Auftrag, sorgfältig festzuhalten, wo genau sich die Wasserlager befanden.

Dann ließ Nefer auch die Reservetruppen, die am Fluss einquartiert waren, zu sich rufen, und als sie um Ismailia ihre Lager aufgeschlagen hatten, berief er alle Befehlshaber zum Kriegsrat ein. «Naja hat fast dreimal so viele Streitwagen wie wir», warnte er. «Seine Truppen sind kampferprobt, seine Pferde voll ausgebildet und in erstklassigem Zustand. Wir können uns nicht leisten, ihn die Grenze überqueren und den Fluss erreichen zu lassen. Wir müssen ihn hier in der Wüste zur Schlacht fordern.»

Sie hielten die ganze Nacht Kriegsrat. Nefer legte ihnen seine Schlachtpläne dar und gab seine Befehle. Die ersten fünf Tage sollten sie sich Naja nicht in den Weg stellen, doch dann, sobald Najas Armee tief in der Wüste stand, würden sie die Wasserdepots überfallen und zerstören, sowohl vor ihm als auch in seinem Rücken. Damit wäre er in der Wüste gefangen.

«Ich kenne Naja gut genug. Wir können auf seine Arroganz und sein unerschütterliches Vertrauen in seine eigene Kriegskunst setzen. Ich bin sicher, er wird nicht umkehren, sondern weiterziehen, selbst nachdem wir seine Wasserversorgung zerstört haben. Seine Streitmacht wird mehrere Tage durstigen Eilmarschs durch die Wüste hinter sich haben, wenn sie vor Ismailia eintrifft. Unsere Pferde und Truppen werden dagegen ausgeruht und getränkt sein. Und wir werden bestimmen, wo das Schlachtfeld ist. Damit ist Najas Übermacht ausgeglichen.»

Taita saß während der langen Ratssitzung schweigend im Schatten hinter Nefers Feldstuhl. Er schien eingenickt zu sein, doch von Zeit zu Zeit öffnete er seine Augen und zwinkerte wie eine schläfrige Eule, bevor er sein Kinn wieder auf die Brust sinken ließ.

«Unser größter Nachteil ist die geringe Zahl und der Zustand unserer Streitwagen», fuhr Nefer fort. «An Bogenschützen, Speerwerfern und leicht bewaffneten Fußtruppen sind wir dem Feind ebenbürtig. Sobald Naja sieht, dass er kein Wasser mehr hat, wird er bestimmt mit allen seinen Streitwagen den Fußtruppen vorausfahren. Taita und ich haben eine Möglichkeit gefunden, wie wir seine Wagen in eine Falle locken und den kleinen Vorteil nutzen können, den uns die Wahl des Schlachtfelds bietet.

Vor der Stadt und den Brunnen werden wir eine Reihe niedriger Steinwälle aufbauen, hinter denen sich unsere Bogenschützen und Fußtruppen verbergen können. Die Wälle werden gerade hoch genug sein, dass ein Streitwagen sie nicht überwinden kann.» Nefer beugte sich über den Tisch vor sich und skizzierte mit einem Stück Holzkohle auf einem Papyrusbogen, was er sich vorstellte. Hilto, Schabako, Socko und die anderen Generäle reckten die Hälse, um zu sehen, was er zeichnete.

«Die Wälle werden wie eine Fischreuse angelegt sein.» Er zeichnete auf, wie die Wälle einen Trichter bildeten, dessen Tülle zur Festung von Ismailia zeigte.

«Und wie wollt Ihr sie in diesen Trichter locken?», fragte Schabako.

«Mit einem Vorstoß unserer Streitwagen und dem vorgetäuschten Rückzug, den Ihr so lange mit Euren Leuten geübt habt», erklärte Nefer. «Unsere Bogenschützen und mit Steinschleudern bewaffnete Fußtruppen halten sich hinter den Wällen verborgen, bis Naja uns in den Trichter gefolgt ist. Je tiefer sie dort hineinfahren, desto enger wird es für die Schwadronen. Und dann sind sie nah genug, dass sie ausgezeichnete Ziele für unsere Schleuder- und Bogenschützen abgeben.»

Nun war sogar Schabako beeindruckt. «Ihr wollt sie da hineintreiben wie eine Viehherde in die Koppel, wie Ihr es mit Trok gemacht habt.»

Sie besprachen den Plan voller Begeisterung und trugen ihre Vorschläge bei, wie sie ihn am besten verwirklichen konnten. Am Ende wählte Nefer Schabako als den Verantwortlichen für den Bau der Wälle aus. Taita hatte die vergangenen fünf Tage damit verbracht, das Schlachtfeld zu vermessen und die Positionen der Wälle zu markieren, sodass Schabako gleich am nächsten Morgen mit seiner Arbeit beginnen konnte.

«Wir haben nicht mehr viel Zeit», warnte Nefer. «Wir wissen, dass Najas Streitkräfte schon auf den Höhen um den Khatmia-Pass sind. Seine Wasserwagen haben die Verteilung und Einlagerung der Wasserkrüge fast beendet. Ich rechne damit, dass er innerhalb der nächsten Tage mit dem Abstieg in die Wüste beginnen wird.»

Schließlich löste Nefer den Kriegsrat auf, und die Offiziere machten sich eilig an die Aufgaben, die Nefer ihnen zugeteilt hatte. Nur drei Personen blieben im Turmzimmer der alten Festung von Ismailia zurück: Nefer, Taita und Mintaka.

Mintaka war die Erste, die das Wort ergriff. «Erinnert ihr euch an Prenn, meinen Onkel Tonka, von dem ich euch erzählt habe?» Nefer nickte ohne zu wissen, worauf sie hinauswollte. «Wenn ich mich mit ihm treffen könnte», fuhr Mintaka fort, «wenn ich von Angesicht zu Angesicht mit ihm reden könnte, würde er sich bestimmt gegen Naja auf unsere Seite schlagen.»

«Was meinst du damit?» Nefers Stimme war streng, seine Miene ernst.

«Als Junge verkleidet, mit einem kleinen Trupp guter Männer und schneller Pferde, könnte ich um Najas Hauptstreitmacht herumreiten und zu meinem Onkel in der Nachhut gelangen. Das Risiko wäre gering.»

Nefer war bleich vor Zorn. «Wahnsinn», sagte er mit bebender Stimme, «genau derselbe Wahnsinn, den du gezeigt hast, als du dich Trok als Köder dargeboten hast, damals vor Gallala. Ich will nichts mehr davon hören, kein Wort. Kannst du dir vorstellen, was Naja tun würde, wenn du in seine Hände fielst?»

«Kannst du dir vorstellen, was Naja tun würde, wenn er in der kritischen Phase der Schlacht von meinem Onkel Tonka, von seiner eigenen Nachhut, angegriffen würde?», funkelte sie Nefer an.

«Ich will nichts mehr davon hören!» Nefer sprang auf und schlug mit der Faust auf den Tisch. «Für den Rest des Feldzugs wirst du mit Merikara hier in der Festung bleiben. Wenn du mir nicht dein Wort gibst, dir solche Dummheiten aus dem Kopf zu schlagen, lasse ich die Tür zu deinen Gemächern verriegeln und stelle Wachen davor auf.»

«Du kannst mich nicht behandeln, als wäre ich dein Eigentum!» Die Stimme versagte ihr vor Zorn. «Ich bin nicht einmal deine Ehefrau. Du kannst mich nicht so herumkommandieren!»

«Ich bin dein König und verlange dein Wort, dass du dich nicht mit deinen irrwitzigen Plänen in Gefahr bringen wirst.»

«Es ist kein irrwitziger Plan, und auf mein Wort kannst du lange warten.»

Taita betrachtete die Szene und sagte nichts. Es war der erste ernsthafte Streit zwischen den beiden, und da sie so tief füreinander empfanden, musste er um so bitterer sein. Er wartete mit Spannung, wie sie aus dieser Situation herauskommen würden.

«In Gallala hast du absichtlich meine Befehle missachtet. Ich kann nicht sicher sein, dass du das nicht wieder tust. Du lässt mir keine Wahl», eröffnete Nefer ihr. Dann rief er der Wache an der Tür des Turmzimmers zu, sie solle Zugga, den Obereunuchen des königlichen Harems, kommen lassen.

«Merikara kann ich auch nicht mehr vertrauen», wandte er sich ernaut an Mintaka. «Sie steht vollkommen unter deinem Einfluss. Wenn du es sagst, wird sie sofort mitmachen bei deinem haarsträubenden Plan. Ich werde euch beide in die Zenana im Palast von Avaris zurückbringen lassen. Dort könnt ihr unter Zuggas Obhut Bao spielen, bis die Schlacht geschlagen und der Krieg gewonnen ist.» Zugga geleitete Mintaka hinaus. An der Tür schaute sie sich noch einmal um, und als Taita ihren Gesichtsausdruck sah, musste er lächeln. Nefer hatte in ihr einen hartnäckigeren Gegner vor sich als beide falsche Pharaonen zusammen.

Am Abend besuchte Taita sie in ihren neuen Gemächern, der ehemaligen Kommandeurswohnung der Festung von Ismailia. Vor der Tür standen zwei massige, freundliche Eunuchen, und vor dem vergitterten Fenster hielt ein dritter Wache.

Mintaka kochte immer noch vor Zorn, und Merikara war ebenso entrüstet darüber, wie ihr Bruder sie und ihre geliebte Mintaka behandelte, und besonders über die Demütigung, die diese unerhörte Gefangensetzung bedeutete.

«Wenigstens habt ihr daraus gelernt, dass es sich nicht lohnt, sich mit einem König zu streiten, selbst wenn er euch liebt», versuchte Taita sie zu besänftigen.

«Ich liebe ihn nicht», antwortete Mintaka mit Tränen der Wut und Enttäuschung in den Augen. «Er behandelt mich wie ein Kind. Ich hasse ihn.»

«Ich hasse ihn noch mehr», erklärte Merikara eifrig. «Ach, wäre Meren nur hier!»

«Versteht ihr nicht, dass das, was Nefer tut, nur ein Beweis seiner Liebe zu euch ist?», gab Taita zu bedenken. «Er weiß, welch schreckliches Schicksal euch erwartet, wenn ihr Naja Kiafan und Heseret in die Hände fallt.» Sie stürzten sich mit solcher Gewalt auf ihn, dass er beide Hände heben musste, um ihren Zorn abzuwenden, und taktvoll zog er sich zurück, während ihm ihre Proteste und Verwünschungen noch in den Ohren klangen.

Am nächsten Morgen sahen Nefer und Taita von der Brustwehr aus, wie eine kleine Karawane in Begleitung der Eunuchen und einiger Streitwagen nach Avaris aufbrach. Mintaka und Merikara saßen hinter den Seidenvorhängen der Sänfte in der Mitte des Zuges. Sie zeigten sich nicht und verabschiedeten sich nicht von Nefer und Taita.

«Lieber hätte ich mit einem kurzen Stock in einem Wespennest gerührt», murmelte Taita. «Vielleicht hättest du zu einem ruhigeren Klima beigetragen, wenn du etwas mehr Takt gezeigt hättest.»

«Sie müssen lernen, dass ich der Pharao bin und mein Wort auch für sie Gesetz ist. Außerdem habe ich im Moment andere Sorgen als die Wutausbrüche der Weiber», erwiderte Nefer. «Sie werden schon darüber hinwegkommen.»

Sie blieben auf der Festungsmauer stehen und sahen der Karawane nach, bis sie in der dunstigen Ferne verschwand.

Taita und Nefer ritten in die Wüste hinaus und inspizierten die Steinwälle, die Schabako mit seinen Leuten östlich der Oase von Ismailia aufgeschüttet hatte.

«Schabakos Werk gehört sicher nicht zu den architektonischen Großtaten unseres Zeitalters», äußerte Taita seine Meinung, «aber das ist nur gut so. Aus der Richtung, aus der Naja kommen wird, sehen sie aus, als gehörten sie zur Landschaft und werden keinen Verdacht erregen, bis Naja in den Trichter gerät und bemerkt, dass seine Front immer schmäler wird.»

«Dein Plan hat den überwältigenden Vorteil, dass er uns erlaubt, das Schlachtfeld zu bestimmen», nickte Nefer. «Mit Horus' Hilfe werden wir es in einen Schlachthof verwandeln.» Er legte seine Hand auf Taitas mageren Arm. «Ich bin wieder einmal tief in deiner Schuld, mein alter Vater. Es ist alles dein Werk.»

«Nein», schüttelte Taita den Kopf. «Ich habe dir nur einen kleinen Anstoß gegeben, den Rest hast du selbst getan. Du hast den militärischen Instinkt deines Vaters Tamose geerbt. Du wirst die Größe erlangen, die deinem Vater zugestanden hätte, wäre er nicht durch die Untat des Feindes, dem wir nun gegenüberstehen, so jung gestorben.»

«Es wird Zeit, dass ich seinen Tod räche», stimmte Nefer zu. «Wollen wir dafür sorgen, dass sich die Kobra diesmal nicht mehr herausschlängeln kann.»

In den folgenden Tagen war Nefer mit seinen Truppen im Manöver und übte die Einzelheiten seiner Verteidigungsstrategie. Die Bataillone der Bogenschützen und Fußsoldaten marschierten jeden Morgen in die Wüste hinaus und gingen in ihre Stellungen hinter den improvisierten Wällen. Davor platzierten sie kleine Steinhügel, mit deren Hilfe sie die Entfernung des Feindes schätzen würden, sodass sie die Falle genau im richtigen Augenblick zuschnappen lassen konnten. In der Nähe vergruben sie Bündel von Ersatzpfeilen, damit ihnen in der Schlacht die Geschosse nicht ausgingen.

Nefer und seine Generäle spielten zunächst die Rolle von Najas Armee. Sie kamen von der Wüste hereingeritten und inspizierten die Verteidigungstruppen mit kritischem Auge. Sie wollten sicher sein, dass sie vollkommen hinter den Wällen verborgen waren.

Dann übte Nefer vor den Wällen die Kavallerietaktik ein, indem er mit seinen Leuten immer wieder vorfuhr und sich zurückzog. Sie lernten dabei jede Falte und Rinne des Geländes kennen, jedes kleinste Hindernis auf dem Schlachtfeld. Er wählte sorgfältig die Sicherheitszonen hinter den Wällen aus, wo sie während der Schlacht die Pferde tränken würden und Reservetruppen sich aufhalten konnten, bis sie gebraucht wurden. «Ich bezweifle, ob je ein Feldherr vor mir das Brett, auf dem das Spiel stattfindet, so genau studiert hat», bemerkte Nefer einmal zu Taita, bevor er seine Schwadronen wieder hinausschickte, um die Übung zu wiederholen.

Am Abend fuhr er an der Spitze seiner Schwadron in die Festung zurück, Gesicht und Körper mit einer Mischung aus Schweiß und Staub bedeckt. Er war müde bis in die Knochen, konnte aber beruhigt sein, alles getan zu haben, was in seiner Macht stand, um seine Legionen auf ihre Aufgaben vorzubereiten.

Auf dem von der Sonne hart gebackenen Paradeplatz warf er Krus' und Dovs Zügel den Stallknechten zu und sprang von seinem Wagen. Doch seine gute Laune verflog sofort, als er Zugga auf sich warten sah. Der Obereunuch der königlichen Zenana stand da mit rot geweinten Augen und rang die Hände, wimmernd vor Angst. «Großer Pharao, vergebt mir. Ich habe mein Bestes versucht, aber sie ist schlau wie eine Füchsin. Sie hat mich überlistet.»

«Von welcher Füchsin redest du?», fragte Nefer streng, obwohl er genau wusste, wer sie war.

«Prinzessin Mintaka.»

«Was ist geschehen?», rief Nefer voller Sorge.

«Sie ist weggelaufen und hat Prinzessin Merikara mitgenommen», sprudelte es aus Zugga heraus. Er war sicher, dass ihn der Henkersstrick erwartete.

Mintaka und Merikara verbrachten den größten Teil ihrer Reise in der verschleierten Sänfte damit, ihre Flucht zu planen. Als Erstes verwarfen sie die Idee, einen der Streitwagen der Eskorte zu nehmen und damit das Weite zu suchen. In dem unwahrscheinlichen Fall, dass sie einen der Wagenlenker überlisten oder überwältigen könnten, hätten sie innerhalb einer Stunde die gesamte ägyptische Armee auf den Fersen, mit einem zornigen Pharao an der Spitze. Nach und nach entwickelten sie jedoch einen besseren Plan, wie sie sich aus ihrer Lage befreien konnten.

Mintaka machte sich zunächst bei Zugga, ihrem Behüter und Gefangenenmeister, beliebt, indem sie sich scheinbar widerspruchslos seiner Autorität beugte. Als sie nach vier Tagesreisen im Palast von Avaris ankamen, hatte sie ihn vollkommen eingewickelt, sodass er nur noch ein zartes, unschuldiges Wesen in ihr sah. Auf die süßeste, überzeugendste Art brachte sie ihn dann dazu, sie und Merikara den Tempel der Hathor besuchen zu lassen, wo sie für Nefers Wohlergehen und seinen Sieg in der kommenden Schlacht beten wollten. Trotz aller Bedenken ließ er zu, dass die beiden Frauen fast eine Stunde allein mit der Hohenpriesterin im Heiligtum des Tempels verbringen konnten. Zugga wartete nervös vor der Tür, denn kein Mann, nicht einmal ein Eunuch, durfte das Heiligtum betreten.

Wie groß war Zuggas Erleichterung, als all sein Misstrauen sich als unberechtigt erwies und Mintaka und Merikara schließlich herauskamen, beide so zart, demütig und unschuldig wie Tempeljungfrauen. Als sie einige Tage danach wieder fragten, ob sie im Tempel beten und der Göttin ein Opfer bringen durften, hatte Zugga nichts mehr dagegen einzuwenden, watschelte glücklich neben ihrer Sänfte her und erzählte ihnen durch die Vorhänge den saftigsten Palastklatsch.

Die Hohepriesterin erwartete die beiden Prinzessinnen wieder auf dem Vorplatz des Tempels und führte Mintaka und Merikara in das innere Heiligtum. Zugga, diesmal völlig sorglos, ließ sich vor der Tür nieder und wartete auf die Rückkehr des reizenden königlichen

Paars. Die Hohepriesterin schickte zwei ihrer Novizinnen zu ihm heraus, die ihm eine übervolle Platte mit gebratenem Huhn und Fisch brachten und dazu einen Krug vorzüglichen Weins. Zugga aß alles auf und leerte den Weinkrug bis auf den letzten Tropfen, bevor er im Schatten des Bildnisses der Göttin als Kuh friedlich einschlief. Als er wieder aufwachte, war die Sonne untergegangen, und er war mutterseelenallein. Die Sänftenträger waren verschwunden. Er richtete seinen massigen Körper auf und spürte Stiche im Bauch, die nicht von Blähungen kamen, sondern von dem bestimmten Gefühl, dass etwas Furchtbares geschehen war. Er hämmerte mit seinem Stab an die Tempeltür und schrie, bis sich nach einer Weile eine Priesterin zeigte und ihm die Nachricht brachte: «Die beiden Prinzessinnen haben um Asyl in unserem Tempel ersucht. Die heilige Mutter hat ihre Bitten erhört und ihnen Schutz gewährt.»

Damit stand Zugga vor einem großen Problem. Das Heiligtum des Tempels war unantastbar. Er konnte die Herausgabe seiner Schützlinge nicht verlangen, nicht einmal mit Vollmacht des Pharaos. Das Einzige, was er tun konnte, war nach Ismailia zurückkehren und sein Versagen zu gestehen, doch das war riskant. Der junge Pharao hatte sein wahres Wesen noch nicht gezeigt, und sein Zorn konnte durchaus tödlich sein.

In dem Augenblick, als sich die Tempeltür hinter ihnen schloss, ließen Mintaka und Merikara die Maske liebreizender Unschuld fallen.

«Habt Ihr alles getan wie besprochen, Heilige Mutter?», fragte Mintaka aufgeregt.

«Hab keine Furcht, meine Tochter. Es ist alles bereit.» Die braunen Augen der Priesterin funkelten vor Vergnügen. Das Abenteuer, ein Ausbruch aus dem ruhigen Einerlei des Tempellebens, machte ihr sichtlich Freude. «Ich habe in den Wein des Eunuchen ein mildes Schlafmittel gemischt», kicherte sie. «Ich hoffe, ihr denkt nicht, dass war zu böse von mir. Ich hoffe, ihr werdet mir vergeben.»

Mintaka küsste ihre glatte, blasse Wange. «Ich bin sicher, Hathor wird so stolz auf Euch sein, wie ich es bin.»

Die Priesterin führte sie in eine Zelle, wo alles, worum Mintaka gebeten hatte, für sie bereitlag. Sie streiften eilig die groben Bauernkleider über und wickelten sich dicke wollene Schals um die Köpfe. Dann hängten sie sich ihre Ledertaschen um und folgten der Hohenpriesterin durch ein Labyrinth von Korridoren. Der Tempel grenzte unmittelbar an den Nil, und das sanfte Plätschern des Wassers an der Außenmauer wurde schnell lauter. Schließlich gelangten sie durch eine niedrige Hintertür auf einen Pier, an dem eine große Dhau festgemacht war. «Ich habe den Bootsführer mit dem Gold bezahlt, das ihr mir gegeben habt», erklärte die Priesterin. «Er weiß, wohin ihr gebracht werden möchtet. Die anderen Dinge, um die ihr mich gebeten habt, habe ich in eurer Unterkunft verstauen lassen.»

«Ihr wisst, was Ihr Zugga zu sagen habt?», vergewisserte sich Mintaka, und die alte Frau musste wieder kichern.

«Ich bin sicher, Hathor wird mir diese kleine Unaufrichtigkeit vergeben. Es ist schließlich für einen guten Zweck.»

Sobald die beiden auf das Deck der Dhau sprangen, kamen die Schiffsleute, die im Schatten gedöst hatten, in Bewegung. Sie rappelten sich auf und setzten eiligst das Dreieckssegel. Ohne weitere Befehle steuerte der Bootsführer das Schiff in die Strömung und drehte den Bug flussabwärts auf das Nildelta zu. Den Rest des Tages blieben Mintaka und Merikara in ihrer winzigen Unterkunft. Sie wollten nicht riskieren, vom Ufer oder von anderen Booten aus erkannt zu werden. Am späten Nachmittag legte die Dhau kurz am Ostufer an, und zwei bewaffnete Männer kamen an Bord. Sie trugen schwere Säcke auf den Schultern. Danach hisste der Kapitän sofort wieder das Segel und fuhr, so schnell es ging, den Strom hinunter. Die beiden Männer begaben sich in die Unterkunft der Prinzessinnen und warfen sich vor Mintaka zu Boden.

«Mögen die Götter Euch lieben, Majestät», sagte der Größere der beiden, ein bärtiger Hyksos mit großer Nase und ausgeprägten Gesichtszügen. «Wir sind die Euren. Wir sind gekommen, sobald Ihr uns gerufen habt.»

«Lok!», rief Mintaka erfreut, als sie das vertraute Gesicht zum ersten Mal seit langer Zeit wiedersah. Dann wandte sie sich dem anderen Mann zu. «Und das ist bestimmt dein Sohn Lokka. Seid beide willkommen. Du hast meinem Vater immer treu gedient, Lok. Wirst du mit deinem Sohn dasselbe für mich tun?», fragte sie in der Sprache der Hyksos.

«Das schwören wir bei unserem Leben», sagten beide.

«Ich habe harte Arbeit für euch, wenn wir wieder an Land sind. Bis dahin ruht euch aus und bereitet eure Waffen vor.»

Der Bootsführer steuerte einen der vielen Mündungsarme des Deltas an. Die Strömung ließ nach, und der Fluss wand sich durch Sümpfe und Lagunen, aus denen Wolken von Wasservögeln aufstiegen. Es wurde dunkel, bevor sie das offene Meer erreichten, doch der Bootsführer lenkte das Schiff sicher durch die Untiefen und versteckten Sandbänke, bis der Gestank der Sümpfe von der klaren, salzigen Mittelmeerluft abgelöst wurde. Die beiden Mädchen kamen an Deck.

«Ungefähr jetzt wird Zugga entdecken, dass wir geflohen sind», sagte Mintaka. «Ich frage mich, was er Nefer erzählen wird. Hoffentlich sagt er, wir wären im Tempel der Hathor, unter den Fittichen der Hohepriesterin.»

Unter dem halben Mond am Himmel segelten sie aus den engen Mündungsarmen hinaus. Als der Bootsführer sicher war, dass er im tiefen Wasser segelte, drehte er nach Osten ab und und fuhr die Nacht über die Küste entlang.

Am nächsten Tag und in der folgenden Nacht segelten sie nach Osten durch den Khalij al Tinah und an der Kette von Inseln und Sandbänken vorbei, hinter denen die Lagune Sabkhat al Bardawil lag. Am nächsten Morgen näherte sich die Dhau dem Ufer bei Al Arisch, und sobald das Wasser nur noch hüfttief war, trugen Lok und Lokka die beiden Frauen an Land, bevor sie zurückwateten, um das Gepäck zu holen. Dann standen die vier am Ufer und schauten der Dhau nach, wie sie wieder aufs Meer hinaussegelte und die Rückfahrt zum Nildelta antrat.

«Wir haben es also geschafft», sagte Merikara zaghaft. Obwohl Mintaka bei ihr war, fühlte sie sich allein und verunsichert. «Doch was machen wir jetzt?» Sie war den Tränen nahe.

«Ich werde Lok schicken, Pferde und Wagen für uns zu finden», antwortete Mintaka, und um ihre Freundin zu trösten und zu beruhigen, erklärte sie ihr: «Nefer mag uns davon abgehalten haben, nach Süden zu fahren und meinen Onkel Tonka zu finden, doch wir haben ihn überlistet.» Ihr Lächeln war unbeschwerter, als sie sich in Wirklichkeit fühlte. Auch sie wusste, wie gefährlich ihre Lage war. Dennoch fuhr sie fort: «Denk nur, wie wütend Nefer und Meren wären, wenn sie wüssten, wo wir sind!» Sie lachten beide. «Wir sind im Rücken von Najas Armee, und die Straße zwischen Beersheba und Ismailia liegt nur wenige Wegstunden südlich von hier. Wenn Lok einen Karren oder ein Fuhrwerk findet, können wir in Najas Versorgungszug untertauchen und zu Onkel Tonkas Hauptquartier gelangen.»

Es war nicht ganz so einfach, ein Transportmittel zu finden, wie Mintaka es vorgab. Najas Quartiermeister waren vor ihnen da gewesen und hatten nicht nur alle Wagen und Pferde, sondern auch Lebensmittel und Ausrüstung der Bevölkerung beschlagnahmt. Am Ende mussten sie sich mit fünf klapprigen Eseln begnügen, für die sie teuer zu bezahlen hatten: zwei Goldringe und zwei aus Silber. Die Tiere waren kaum stark genug, auch nur die Frauen zu tragen, ganz zu schweigen von ihren beiden Beschützern. Sie mussten den größten Teil des Pfades nach Süden zu Fuß gehen. Am dritten Tag nach ihrer Landung kamen sie schließlich auf eine Anhöhe und sahen in dem Tal dahinter das Ende des Heerzuges des Pharaos Naja Kaifan. Truppen, Wagen und Pferde füllten die Hauptstraße von Osten nach Westen, so weit das Auge reichte, und der Staub, den sie aufwirbelten, verdunkelte den Himmel wie Rauch von einem Waldbrand.

Sie ritten ins Tal und schlossen sich dem Versorgungstross an. Sie tauchten unter in der langen Karawane von Fuhrwerken und Lasttieren. Mintaka und Merikara hielten ihre Köpfe und Gesichter bedeckt und erregten in ihren staubigen alten Kleidern wenig Aufsehen. Lok und Lokka blieben dicht bei ihnen und schirmten sie vor neugierigen Blicken ab. Das Marschtempo war so unendlich langsam, dass selbst die armen Esel schneller waren als die übrige Kavalkade und sich wie Treibgut auf einem mächtigen Strom langsam der Spitze näherten. Auf ihrem Weg kamen sie an Menschen jeder Art und jeden Standes vorbei: Bettler und Zuhälter, Kaufleute und Wasserträger, Barbiere, Kupferschmiede und Zimmerleute, Sänger und Artisten. Mit dem Gold der Tapferkeit behangene Offiziere preschten mit ihren Streitwagen wütend durch das Gedränge und peitschten Menschen an Krücken, Soldatenweiber mit ihren Bastarden an der Brust und weinenden Kindern am Rockzipfel aus dem Weg.

Mintaka und Merikara ritten so schnell, wie es die Esel zuließen, und schliefen in der ersten Nacht unter den Sternen, inmitten der Lagerfeuer, der Geräusche und des Gestanks der riesigen Menschenansammlung.

Am Morgen brachen sie auf, sobald es hell genug war, die Straße zu erkennen, und noch am Vormittag erreichten sie das Ende des

Hauptzuges: Kompanien von Speerwerfern, Bogenschützen mit abgespannten Bogen und Bataillone von Fußtruppen, die in der barbarischen Sprache der westlichen Inseln ihre Marschlieder sangen. Danach kamen sie an langen Kolonnen von Ersatzpferden vorbei, jeweils zwanzig an einer Leine hinter Futter- und Wasserkarren. Mintaka staunte über die Zahl. Sie konnte kaum fassen, dass es in Ägypten so viele Pferde gab.

Die Soldaten schauten die beiden Frauen an, denn vor so erfahrenen Augen konnten nicht einmal ihre schäbigen Kleider und die dicken Tücher um ihre Köpfe ihre Jugend und Anmut verbergen. Sie riefen anzügliche Komplimente und machten ihnen schmutzige Angebote, als sie vorbeiritten, doch ihre Offiziere und Loks und Lokkas drohende Blicke hielten sie von deutlicheren Annäherungsversuchen ab.

Am Abend, als die Hauptarmee ihre Lager aufschlug, ritten sie weiter, bis sie zu einer großen, mit Zaunpfählen und Dornbüschen eingefriedeten Zareba kamen. Sie war an einer Stelle am Straßenrand errichtet worden, wo das Gelände übersichtlich und leicht zu verteidigen war. Der Eingang war schwer bewacht, und um sie herum herrschte fieberhafte Aktivität: Wachkompanien, die an- oder abmarschierten, umhereilende Diener, Knechte und Offiziere des Roten Banners, die auf ihren Streitwagen hin- und wieder wegfuhren. Über dem Tor in dem Dornenwall wehte ein Banner, das Mintaka sofort erkannte. Es zeigte den abgehackten Kopf eines Ebers, dem die Zunge zwischen den Hauern heraushing.

«Wir sind da», flüsterte Mintaka Merikara zu. «Hier ist der Mann, den wir suchen.»

«Doch wie sollen wir an ihn herankommen?» Merikara blickte zweifelnd zu den Wachen.

Sie ritten ein Stück weiter und schlugen ihr eigenes einfaches Lager an einer Stelle auf, von wo aus sie das Tor des Hauptquartiers des Generals Prenn sehen konnten, des Offiziers des Roten Banners und Kommandeurs der Nachhut der königlichen Streitmacht.

Mintaka holte die kostbare Öllampe aus einer der Satteltaschen. Die Lampe hatte die Reise überstanden, und in ihrem Licht schrieb Mintaka eine kurze Nachricht auf einen Fetzen Papyrus. Sie adressierte sie an «Onkel Bär» und schloss mit der Zeile «Von deiner kleinen Heuschrecke».

Die beiden Frauen wuschen sich den Staub aus den Gesichtern, kämmten sich gegenseitig und schüttelten ihre Kleider aus. Dann nahmen sie einander bei der Hand, um sich gegenseitig Mut zu machen, und gingen auf das Tor des Regimentshauptquartiers zu. Der Wachsergeant sah sie kommen und trat ihnen in den Weg. «Na kommt, ihr süßen Schlangenfallen. Ihr solltet es besser wissen, als eure Lustritzen hier herumzuzeigen. Macht, dass ihr wegkommt.»

«Ihr seht aus wie ein guter, lieber Mann», erwiderte Mintaka tugendhaft. «Würdet Ihr zulassen, dass jemand so zu Euren Töchtern spricht?»

Der Soldat schluckte und starrte sie an. Sie sprach die Sprache des hyksischen Adels. Er hob seine Laterne und betrachtete die beiden Frauen genauer. Ihre Kleider waren einfach, doch ihre Züge ließen ihn den Atem anhalten. Dies waren eindeutig Frauen von hohem Rang. Noch beunruhigender war jedoch, dass sie ihm seltsam bekannt vorkamen, obwohl er nicht wusste, woher.

«Vergebt mir», stammelte der Mann, «ich dachte, Ihr wärt ...» Er stockte, und Mintaka lächelte gnädig.

«Natürlich vergeben wir Euch. Tut Ihr uns den Gefallen, General Prenn eine Nachricht von uns zu überbringen?» Sie hielt ihm die Pergamentrolle hin.

Der Sergeant zögerte einen Augenblick, bevor er die Rolle an sich nahm. «Entschuldigt, aber ich muss Euch bitten hier zu warten, bis ich zurückkomme.»

Nach kurzer Zeit kam er zurückgeeilt. «Edle Damen! Ich bin untröstlich, dass ich Euch so lange habe warten lassen. Folgt mir bitte.»

Er führte sie zu einem Zelt in der Mitte der Einfriedung, wo sie noch einmal warten mussten, während er leise mit dem jungen Soldaten am Eingang des Zelts sprach. Dann wurden sie hineingeführt. Das Innere war spärlich eingerichtet. Der Boden war mit Antilopen-, Zebra- und Leopardenfellen bedeckt. Auf den Fellen saß ein Mann mit überkreuzten Beinen, Landkarten und Schriftstücke um sich verstreut, einen Holzteller mit geröstetem Fleisch und einem Brocken Durrabrot auf dem Schoß. Er schaute auf, als die Mädchen eintraten. Sein Gesicht war hager, die Wangen eingefallen, und selbst die Bänder in seinem Bart konnten nicht verbergen, dass er mehr graue als schwarze Haare hatte. Ein Auge war mit einer ledernen Klappe bedeckt. Er runzelte die Stirn.

«Onkel Tonka!» Mintaka trat in den Lampenschein und warf ihre Kopftücher ab. Der Mann stand langsam auf und starrte sie an.

Dann begann er zu grinsen, und sein gesundes Auge funkelte. «Es ist nicht möglich!» Er umarmte sie und hob sie hoch. «Ich dachte, du hättest uns verlassen und wärst zum Feind übergelaufen!»

Als Mintaka sich von seiner Umarmung erholt hatte, keuchte sie: «Genau darüber möchte ich mit dir reden, Onkel Tonka.»

«Wer ist das?» Er schaute Merikara an, und dann erkannte er sie. «Beim stinkenden Atem des Seth!»

«Ja, es ist Prinzessin Merikara», bestätigte Mintaka.

«Najas entlaufenes Weib. Er wird froh sein, dass ihr wieder zurück seid», feixte Prenn. «Habt ihr schon etwas gegessen?» Ohne auf eine Antwort zu warten, rief er seinen Dienern zu mehr Fleisch und Brot zu bringen. Die beiden Mädchen bedeckten ihre Gesichter, während das Essen aufgetragen wurde, doch sobald die Diener gegangen waren, setzte sich Mintaka dicht neben Prenn, auf die Seite, auf der er besser hören konnte, und senkte ihre Stimme, damit niemand draußen sie hörte.

Er sagte nichts, während er ihr zuhörte, doch sein Gesichtsausdruck änderte sich, als sie ihm die schrecklichen Ereignisse jener Nacht schilderte, in der ihr Vater und alle ihre Brüder auf der brennenden Galeere vor Balașfura umgekommen waren. Mintaka meinte eine Träne in seinem Augenwinkel glitzern zu sehen, doch sie wusste, dass eine solche Schwäche bei einem Offizier des Roten Banners unvorstellbar war. Prenn wandte sich ab. Als er sie wieder ansah, war die Träne verschwunden, und sie wusste, sie hatte sich getäuscht.

Als sie ihre Erzählung beendet hatte, sagte Prenn schlicht: «Ich habe deinen Vater geliebt, fast wie ich dich liebe, kleine Heuschrecke. Doch was du vorhast, ist Verrat.» Er schwieg. Dann seufzte er: «Ich muss über alles nachdenken. Ihr könnt jedoch auf keinen Fall dorthin zurückkehren, wo ihr her gekommen seid. Das wäre viel zu gefährlich. Ihr braucht meinen Schutz, beide, bis ich entschieden habe.»

Sie protestierten, doch er schnitt ihnen brüsk das Wort ab. «Das ist keine Bitte. Es ist ein Befehl.» Er dachte einen Augenblick nach. «Ich lasse euch als zwei meiner hübschen Knaben verkleiden. Das wird kein Aufsehen erregen, da jeder hier weiß, dass ich eine Lende fast ebenso schätze wie eine Brust.»

«Kann ich wenigstens Nefer Seti eine Nachricht schicken?», flehte Mintaka.

«Auch das wäre ein zu großes Risiko. Habe Geduld. In wenigen Tagen werden wir vor Ismailia stehen. Die Schlacht wird entschieden sein, bevor der Mond des Osiris abzunehmen beginnt.» Sein Flüstern wurde zu einem Knurren. «Und dann muss auch ich mich entscheiden.»

In der Ferne sah Meren Pharao Najas Armee vom Khatmia-Pass in die Wüste herunterkommen. Er ließ zwei der Tauben fliegen, die Taita ihm mitgegeben hatte. Es mussten zwei sein, falls einer der Vögel einem Falken oder einem anderen Raubtier zum Opfer fiel. Beide trugen dieselbe Nachricht auf einem Stück Papyrus, das mit einem roten Faden um ihr Bein gebunden war: Der Vormarsch hatte begonnen.

Meren beobachtete die feindlichen Legionen auf ihrem sich lang hinziehenden Marsch durch die Einöde. Nachts kroch er näher an die Lager heran, beobachtete, wie die Soldaten Wasserkrüge ausgruben und die Tiere tränkten, und lauschte den Gesprächen an den Lagerfeuern.

In der fünften Nacht kam das Ende des Heerzuges die Hügel herunter. Nun war die gesamte Armee in der Wüste. Die Truppen an der Spitze waren schon auf halbem Weg zwischen Khatmia und Ismailia. Meren konnte hinter der Nachhut herfahren und die verlassenen Wasserdepots untersuchen. Die Krüge waren fast alle leer oder mitgenommen worden. Naja war offenbar so siegesgewiss, dass er Wasservorräte für einen möglichen Rückzug nicht für notwendig hielt. Aus einem der wenigen unbenutzten Krüge füllte Meren seine eigenen, fast leeren Wasserbeutel auf. Die restlichen Krüge zerschlug er.

Danach bewegte er sich parallel zu Najas Heerzug, außer Sichtweite von Najas Kundschaftern. Er umfuhr die schwerfällige, langsam dahinziehende Armee in großem Bogen und kam zurück zu der Stelle, wo er seine Einheit zurückgelassen hatte. Er rastete nur kurz, um seine Pferde tränken und die blauen Wimpel an den Streitwagen gegen Najas rote austauschen zu lassen. Er tröstete sich damit, dass dies eine erlaubte Kriegslist war, und fuhr mit seinen fünfzig Streitwagen, so schnell es ging, vor der Spitze des feindlichen Heerzuges Najas vorgesehene Route entlang.

Die Männer, die die Wasserdepots bewachten, sahen die Streitwagen aus der Richtung kommen, aus der sie ihre Kameraden erwarteten. Die roten Wimpel, die über ihnen flatterten, wiegten sie in Sicherheit. Meren ließ ihnen keine Zeit, genauer hinzuschauen, sondern stürmte mit seinen Leuten auf sie ein und hackte jeden nieder, der Widerstand leistete. Die Überlebenden hatten die Wahl zwischen Tod und Fahnenflucht. Die meisten liefen auf Nefer Setis Seite über. Jeder Tonkrug wurde mit einem einzigen Hammerschlag zertrümmert, und das kostbare Nass floss in den Sand, bevor Merens Schwadron wieder aufstieg und weiterfuhr zum nächsten Wasserdepot.

Vor den Toren Ismailias kam ihnen Nefer entgegengeritten, um sie zu begrüßen. Meren berichtete, er habe seine Aufgabe erfüllt, und Naja stehe mit seiner Streitmacht nun ohne Wasser in der Wüste. «Damit hast du dir dein erstes Gold der Tapferkeit verdient», sagte der Pharao. «Ich befördere dich zum Besten von Zehntausend.» Nefer war erleichtert, dass Meren sich von seiner Verwundung erholt zu haben schien und wieder sein altes sonnengebräuntes, eifriges Selbst war. «In der Schlacht, die vor uns liegt, sollst du den rechten Flügel kommandieren.»

«Wenn Ihr mit mir zufrieden seid, Pharao, dann bitte ich nur um eine Gnade.»

«Natürlich, alter Freund. Wenn es in meiner Macht steht, werde ich dir jede Bitte erfüllen.»

«Mein Platz ist an Eurer Seite. Wir sind zusammen die Rote Straße gefahren. Lasst mich wieder mit Euch fahren, lasst mich Euer Lanzenträger sein, dass wäre die größte Ehre, die Ihr mir schenken könnt.»

Nefer packte ihn am Arm und drückte fest zu. «Du sollst noch einmal in meinem Wagen mitfahren. Und die Ehre ist auf meiner Seite.» Er ließ Merens Arm los. «Doch jetzt haben wir keine Zeit mehr zum Plaudern. Naja kann nicht weit hinter euch sein. Sobald er entdeckt, was du mit seinen Wasservorräten gemacht hast, wird er gezwungen sein, in voller Geschwindigkeit vorzurücken.»

Sie schauten unwillkürlich in die Wüste hinaus, aus welcher der Feind kommen würde. Es lag ein so grauer Dunst in der Luft, dass in der glühenden Ebene nichts zu erkennen war. Doch das sollte sich bald ändern.

Pharao Naja zügelte seine Pferde und betrachtete die Überreste seines Wasserlagers. Die Kundschafter hatten ihn schon gewarnt, doch das Ausmaß der Zerstörung erschreckte ihn dennoch. Er stieg langsam von seinem Wagen und schritt durch das Trümmerfeld. Als er unter seinen Füßen die Tonscherben knirschen hörte, verlor er plötzlich seine eisige Selbstbeherrschung und trat wütend gegen einen der zerbrochenen Krüge. Dann stand er mit geballten Fäusten da und starrte nach Westen. Als er sich wieder etwas beruhigt hatte, ging er zu seinen Generälen zurück.

«Werdet Ihr den Rückzug anordnen?», fragte einer der Offiziere zaghaft.

Naja bedachte ihn mit einem eiskalten Blick. «Den nächsten Feigling, der davon spricht, werde ich nackt ausziehen und an den Füßen hinter meinen Wagen binden lassen. Ich werde ihn durch ganz Ägypten ziehen.» Die Offiziere senkten ihre Blicke und schauten auf den Sand.

Naja nahm sich die blaue Kriegskrone vom Haupt und wischte sich mit dem Tuch, das sein Lanzenträger ihm reichte, den Schweiß ab. Mit der Krone unter dem Arm verkündete er seine neuen Befehle. «Sammelt alle Wasserbeutel ein, von der gesamten Armee. Von jetzt an unterliegen die Wasservorräte meiner direkten Kontrolle. Kein Mensch und kein Tier trinkt ohne meine Erlaubnis. Es gibt kein Zurück, keinen Rückzug. Alle Streitwagen versammeln sich an der Spitze des Zuges, auch die von Prenns Nachhut. Die anderen Wagen und die Fußtruppen sollen hinterherkommen, so gut sie können. Ich werde mit der Kavallerie vorausfahren und die Brunnen von Ismailia einnehmen.»

Heseret steckte ihren Kopf durch die Öffnung im Zelttuch und rief den Hauptmann ihrer Leibgarde heran. «Was ist hier los, Mann? Dies ist heiliges, königliches Gelände. Was tun diese Hunde in meiner Einfriedung?» Sie zeigte auf die Männer, die die Wassersäcke von Heserets persönlichen Versorgungswagen losbanden. «Was glauben die, was sie tun? Wie können sie es wagen, unser Wasser zu nehmen? Ich habe noch nicht gebadet. Sag ihnen, sie sollen diese Säcke sofort wieder an meine Wagen binden.»

«Es geschieht alles auf Befehl Eures göttlichen Gemahls, Majestät», erklärte der Hauptmann, obwohl auch er sich nicht wohl fühlte bei dem Gedanken, ohne Wasser in dieser schrecklichen Wüste zu sitzen. «Sie sagen, alles Wasser würde für die Kavallerieschwadronen gebraucht.»

«Wie kann ein solcher Befehl für mich gelten, die göttliche Königin von Ägypten!», schrie Heseret. «Gebt die Wassersäcke wieder her!»

Die Soldaten zögerten, doch ihr Sergeant berührte mit seinem Schwert die Spitze seines Lederhelms. «Verzeiht, Majestät, der Befehl lautet, wir müssen alle Wassersäcke mitnehmen.»

«Du wagst es mir zu widersprechen?», schrie Heseret.

«Bitte vergebt mir, und versteht meine Lage, Majestät. Ich habe meine Befehle.»

«Im süßen Namen der Isis, ich werde dich erdrosseln und deinen Leichnam verbrennen lassen, wenn du mir nicht gehorchst.»

«Mein Befehl lautet ...»

«Die Pest über dich und deine Befehle. Ich werde mich sofort zu General Prenn begeben, und wenn ich zurückkomme, mach dich auf neue Befehle gefasst, Bursche.» Damit drehte sie sich zum Hauptmann ihrer Leibgarde um und befahl: «Macht meinen Wagen fertig und schickt mir eine Eskorte von zehn Mann.»

General Prenns Lager draußen auf der flachen, offenen Ebene war von Heserets Zelt aus klar zu sehen. Mit ihrem Streitwagen dauerte es nur Minuten, bis sie es erreicht hatte, doch dann stellte sich ihr der Wachhabende am Tor in den Weg. «General Prenn ist nicht hier, göttliche Majestät.»

«Das glaube ich nicht», funkelte ihn Heseret an. «Dort drüben flattert seine Standarte.» Sie zeigte auf die Fahne mit dem Eberkopf.

«Der General hat vor einer Stunde mit seiner Kavallerie das Lager verlassen, Majestät. Der Pharao hat ihn an die Spitze beordert.»

«Ich muss ihn sprechen. Es ist äußerst dringend. Er wäre nie weggefahren, ohne mich zu benachrichtigen. Tritt beiseite. Ich will selbst nachschauen, ob er hier ist.» Sie fuhr mit ihrem Wagen direkt auf den Wachhabenden zu, und er sprang im letzten Augenblick zur Seite.

Heseret fuhr geradewegs zu dem grün-gelb gestreiften Kommandozelt und warf ihre Zügel einem Pferdeknecht zu. In ihrer Erregung vergaß sie jedes Zeremoniell, sprang vom Wagen und stürmte zum Zelteingang. Er war unbewacht, und sie glaubte schon, man hätte ihr die Wahrheit gesagt und Prenn wäre tatsächlich nicht da. Dennoch öffnete sie die Zeltklappe und blieb wie angewurzelt auf der Schwelle stehen.

Auf den Tierfellen in der Mitte des Zeltes saßen zwei Knaben. Sie aßen mit den Fingern von einem Holzteller, doch als die Klappe aufflog, schauten sie überrascht auf.

«Wer seid ihr?», fragte Heseret, obwohl sie Prenn gut genug kannte, um zu wissen, wer und was sie waren. «Wo ist der General?»

Keiner der beiden Knaben antwortete. Sie starrten Heseret nur sprachlos an. Plötzlich verengte die Königin ihre Augen und trat einen Schritt näher. «Ihr!», schrie sie. «Ihr verdorbenen kleinen Giftschlangen!» Sie zeigte mit einem zitternden Finger auf die beiden Mädchen. «Wachen, hierher, sofort!»

Endlich kam Mintaka zur Besinnung, zog Merikara hoch und rannte mit ihr zum hinteren Ausgang.

«Wachen!», schrie Heseret noch einmal. «Da! Hinterher!» Ihre Leibwache stürmte durch den Zelteingang hinter ihr.

«Folgt mir!» Mit ihrer Leibgarde dicht auf den Fersen rannte sie hinter den beiden flüchtenden Mädchen her. Mintaka und Merikara waren schon auf halbem Weg zum Tor.

«Haltet sie auf!», rief Heseret. «Lasst sie nicht entkommen! Es sind Spione und Verräter!»

Ihre Leibwachen verfolgten die beiden Flüchtenden weiter und riefen den Männern am Tor zu: «Haltet sie auf! Packt sie! Lasst sie nicht entkommen!» Die Wachen zogen ihre Schwerter und stellten sich ins Tor.

Mintaka blieb stehen, als sie sah, dass es kein Entkommen mehr gab. Sie schaute wild in die Runde und lief, immer noch Merikara an der Hand, zu dem Dornenzaun und versuchte hinüberzuklettern. Die Leibwachen holten die beiden jedoch ein und zogen sie an den Fußgelenken herunter. Die Dornen hatten ihre Arme und Beine zerkratzt, und sie bluteten. Dennoch wehrten sie sich verzweifelt mit Treten, Kratzen und Beißen. Schließlich überwältigten die Soldaten sie und schleppten sie in das Zelt des Generals zurück, wo Heseret auf sie wartete. Sie lächelte böse. «Fesselt sie. Ich bin sicher, mein Gemahl, der einzige wahre Herrscher über Ägypten, wird eine passende Strafe für ihre Verbrechen finden, wenn er zurückkehrt. Ich freue mich schon auf ihre Schreie, wenn sie den letzten Preis bezahlen. Bis dahin sollen sie in einen Käfig gesperrt werden wie wilde Tiere. Und stellt den Käfig vor meinem Zelt auf, damit ich sie im Auge behalten kann.»

Die Leibwächter hoben die an Händen und Füßen gefesselten Prinzessinnen auf einen Wagen und brachten sie in Heserets Lager. Einer der Karren in Heserets Versorgungszug war mit Käfigen voll Hühnern, Schweinen und jungen Ziegen für die Küche der Königin beladen. Der Käfig, der die Ferkel enthalten hatte, war nun leer. Die Tiere waren alle schon geschlachtet und verspeist worden. Der Käfig war aus mit Lederstreifen zusammengebundenen Bambusstangen gefertigt und stank penetrant nach dem Schweinemist, der den Boden bedeckte. Die Wachen schoben die Mädchen durch die enge Käfigöffnung. Der Käfig war nicht hoch genug, um aufrecht stehen zu können. Sie mussten mit dem Rücken gegen die Bambusstangen auf dem verschmutzten Boden sitzen. Die Handgelenke wurden gefesselt und hinter dem Rücken an eine der Stangen gebunden. Sie waren schutzlos der Sonne ausgeliefert.

«Ich werde euch Tag und Nacht bewachen lassen», warnte Heseret sie, «und für jeden Fluchtversuch wird eine von euch einen Fuß verlieren.»

Sie konnten ihr am Gesicht ablesen, dass sie jedes Wort ernst meinte. Merikara begann zu weinen, und Mintaka flüsterte ihr zu: «Nein, mein Schatz. Sei tapfer. Gib ihr nicht die Genugtuung, dich weinen zu sehen.»

Von dem Wachturm über der Festung von Ismailia rief die Wache: «Pharao! Die Vorposten kommen herein!»

Nefer sprang vom Tisch unter dem Sonnendach auf, wo er mit Taita sein Mittagsmahl einnahm und noch einmal die Einzelheiten ihrer Verteidigungsstrategie durchsprach. Er stieg rasch die Leiter zur Turmplattform hinauf und schaute nach Osten. Durch die gelbe Sonnenglut sah er die Streitwagen von ihren Außenposten zurückkommen. Die Wachen öffneten das Tor und ließen sie in die Festung.

«Der Feind nähert sich in vollem Galopp!», rief ein Mann auf einem der Wagen Nefer zu.

«Gut gemacht, Sergeant», rief Nefer zurück. Dann befahl er dem Trompeter auf der Brustwehr über dem Tor: «Blast zu den Waffen!»

Der Klang des Widderhorns hallte über die Ebene, weitere Hörner erklangen von Legion zu Legion und Schwadron zu Schwadron. Aus den Zelten und unter den Sonnendächern hervor strömten die Krieger, griffen zu ihren Waffen und eilten in ihre Stellungen.

Taita kam auf die Turmplattform geklettert, und Nefer lächelte: «Naja ist tatsächlich nicht umgekehrt, obwohl sie kein Wasser mehr haben.»

«Genau wie wir es erwartet haben», sagte Taita leise.

Der östliche Horizont begann sich zu verdunkeln, als würde es frühzeitig Nacht. Der Feind rückte auf breiter Front vor, eine braune Staubwolke wie ein drohender Gewittersturm.

«Bis zum Mittag sind es noch mehrere Stunden.» Nefer schaute zu der unbarmherzigen Sonne auf. «Die Schlacht wird sich entscheiden, bevor die Dunkelheit hereinbricht.»

«Najas Pferde haben seit drei Tagen kaum noch Wasser bekommen. Sie müssen sehr erschöpft sein nach dem schnellen Marsch. Er weiß, er muss heute siegen und zu den Brunnen gelangen, sonst gibt es kein Morgen mehr für ihn.»

«Wir fahren ihm entgegen. Kommst du mit, alter Vater?», fragte Nefer, während er sich den Schwertgurt umschnallte.

«Nein.» Taita hob die linke Hand. Am Ringfinger trug er einen goldgefassten, taubeneigroßen Rubin, der in der Sonne funkelte. Nefer erkannte ihn als den Stein, den Naja sich vor Jahren in Theben vom Finger gezogen und Taita geschenkt hatte, als er dachte, der Magus hätte den jungen Pharao für ihn getötet. Nefer wusste, dass dieser Talisman fast so mächtig war wie eine Locke von Najas Haar oder ein Stück Fingernagel des falschen Pharaos. «Ich werde die Schlacht von hier aus beobachten. Vielleicht kann ich dir auf meine bescheidene Art von größerem Nutzen sein als mit Pfeil und Bogen.»

Nefer lächelte. «Deine Waffen sind schärfer und treffen besser als alle, die ich je in der Hand hatte. Möge Horus dich lieben und beschützen, mein alter Vater.»

Sie schauten zu, wie die Bataillone der Bogenschützen und leichten Fußtruppen in die Wüste marschierten und ihre Stellungen hinter den niedrigen Steinwällen einnahmen. Jede Bewegung war schnell und gezielt, denn jeder einzelne Krieger wusste genau, was er zu tun hatte. Der Letzte verschwand in seinem Hinterhalt, und das Schlachtfeld schien menschenleer.

Bald war die Staubwolke über Najas Armee keine Wegstunde

mehr entfernt. Nefer umarmte Taita und stieg die Leiter hinab. Unter dem Jubel seiner Streitwagenschwadronen schritt er durch das Festungstor. Er blickte zu seinen Generälen und rief: «Mut, Hilto! Noch einmal in die Schlacht für mich, Schabako! Heute Abend werden wir zusammen auf den Sieg trinken, Socko!»

Schließlich sprang Nefer auf seinen Streitwagen und nahm Meren, der Dov und Krus für ihn gehalten hatte, die Zügel ab. Dov erkannte sofort seine Hand, wieherte leise und schaute sich nach ihm um. Krus spannte die Rückenmuskeln und scharrte mit einem Vorderhuf.

Nefer hob seine rechte Faust und rief: «Marsch! Vorwärts!»

Das Widderhorn blies zum Vormarsch, und Nefer führte seine Kavallerie ins Feld. Reihe für Reihe fuhr majestätisch zwischen den Steinwällen hindurch, hinter denen nicht ein einziger Bogenschütze zu sehen war, hinaus in die offene Wüste.

Auf Nefers nächstes Handsignal bildeten die Reihen eine breite Front, und sie fuhren Rad an Rad der großen Staubwolke entgegen, die auf sie zurollte. An den Stellen, die er Wochen zuvor markiert hatte, hielt Nefer seine führende Schwadron an und ließ die Pferde ausruhen, während er den Vormarsch des Feindes studierte.

Wo die braune Staubwolke in die graue Ebene überging, sah er nun eine Reihe schwarzer Punkte und das Aufblitzen von Metall durch den flirrenden Hitzeschleier.

Bald nahm die heranstürmende Front feste Konturen an, und er konnte Pferde und die gepanzerten Krieger auf den Wagen dahinter ausmachen.

«Sei gepriesen, süßer Horus», flüsterte Meren. «Anscheinend kommt er mit all seinen Streitwagen. Er hat keine Reserven mehr.»

«Sie brauchen unbedingt Wasser. Sie können nur überleben, wenn sie frontal auf unsere Reihen einstürmen und sich zu den Brunnen durchschlagen.»

Der Feind kam immer näher. Jetzt konnten sie schon die Gesichter der Krieger in der ersten Reihe und an den Farben ihrer Fahnen die Regimenter erkennen. So sahen sie auch, welche Offiziere in den einzelnen Frontabschnitten das Kommando hatten.

Zweihundert Schritt vor Nefer kam der mächtige Heerzug langsam zum Stehen. Eine unheimliche Stille lag über der brütenden Landschaft, nur gebrochen von dem Flüstern des Windes. Der

Staubvorhang hob sich, und plötzlich waren beide Streitkräfte in jeder Einzelheit zu erkennen.

Aus der Mitte der feindlichen Front rollte ein einzelner Wagen vor. Das Gold schimmerte noch durch die dicke Staubschicht, die ihn bedeckte, und über dem Kopf des Fahrers flatterte das königliche Banner. Naja blieb weniger als hundert Schritt vor Nefer stehen, das kalte, ebenmäßige Gesicht unter der blauen Krone war genau zu erkennen.

«Heil, Nefer Seti, vom Samen des Hundes, den ich mit meinen eigenen Händen getötet habe!», rief Naja mit seiner klangvollen Stimme. Nefer war verblüfft, wie offen er den Königsmord zugab. «Auf meinem Haupt trage ich die Krone, die ich dem sterbenden Tamose abgenommen habe. In meiner Hand», er hob das mächtige blaue Schwert, «halte ich das Eisen, das ich seiner verkrampften Hand entrissen habe. Willst du es mir abnehmen, mein Hündchen?»

Nefer spürte, wie seine Hände an den Zügeln zu zittern begannen und rote Wut ihn zu blenden drohte.

«Ruhig», flüsterte Meren an seiner Seite. «Lass dich nicht provozieren.»

Mit größter Mühe konnte Nefer seinen Zorn bezähmen. Seine Miene blieb ausdruckslos, doch seine Stimme klang wie Metall auf Stein. «Macht euch fertig!» Er hob sein Schwert hoch über den Kopf.

Naja lachte lautlos, wendete den Wagen und fuhr an seinen Platz in der Mitte der feindlichen Linie zurück.

«Vorwärts! Marsch!» Naja hob sein blaues Schwert. Die erste Welle rollte immer schneller auf Nefers Reihen zu. «Galopp! Zum Angriff!» Sie stürmten geschlossen vor.

Nefer hielt seine Stellung und ließ sie herankommen. Najas Worte klangen ihm noch in den Ohren und die Versuchung war groß, all seine ausgefeilten Pläne fallen zu lassen, Naja entgegenzufahren und sein Verräterherz zu durchbohren. Er widerstand dieser Versuchung jedoch und hob sein Schwert. Mit der Spitze seiner Klinge zeichnete er drei blitzende Kreise in die Luft, und seine Legionen reagierten sofort. Die Wagen änderten die Richtung wie ein Vogelschwarm in vollem Flug. Wie von einem einzigen Willen geleitet, kehrten sie um und rasten in die Richtung zurück, aus der sie gekommen waren.

Najas erste Angriffsreihe hatte sich schon für den Zusammenstoß bereitgemacht, doch nun trafen sie auf keinen Widerstand und verloren den Schwung wie jemand, der über eine nicht existierende Stufe stolpert. Bis sie sich erholt hatten, hatte Nefer weitere hundert Schritt Vorsprung und änderte mit seinen Schwadronen zum zweiten Mal geschickt die Formation. Diesmal zogen sie sich aus einer breiten Schlachtordnung zu einer Kolonne mit nur vier Wagen nebeneinander zusammen.

Naja preschte hinter ihnen her, doch dreihundert Schritt weiter stießen seine Flanken auf niedrige Steinwälle schräg zu ihrer Fahrtrichtung. Sie konnten nicht anhalten und schwenkten von links und rechts in die Mitte des Zuges. Wie ein breiter Strom, der plötzlich in ein enges Tal gezwungen wird, wurden sie zusammengepresst. Die Räder der Wagen verhakten sich ineinander, und die Pferde hatten Mühe sich gegenseitig auszuweichen. Auf diese Weise kam der ganze Ansturm knirschend zum Stehen, und die Wagen und Pferde wurden zu einer kompakten Masse, in der sie sich weder vorwärts noch rückwärts bewegen konnten.

In diesem Augenblick hallte der Klang eines Widderhorns über das Schlachtfeld, und die Köpfe und Schultern der Bogenschützen und Fußtruppen tauchten zu beiden Seiten hinter den Wällen auf. Die Pfeile waren schon aufgelegt. Die Bogenschützen suchten sich sorgfältig ihre Ziele aus und spannten die Sehnen. Die erste Salve war immer die wichtigste. Die Fußtruppen wirbelten die Steinschleudern über ihren Köpfen. Sie hielten die langen Schleudern mit beiden Händen, um das Gewicht der Geschosse auszugleichen. Die Luft war vom Surren der Schleudern erfüllt, die immer mehr Schwung gewannen.

Najas führende Schwadronen befanden sich tief in dem Trichter zwischen den Verteidigungswällen, als die Herolde noch einmal ins Horn stießen und die Bogenschützen ihre erste massierte Salve abschossen. Sie hatten Befehl, auf die Pferde zu zielen und auf die Hauptleute der Feinde. Die Pfeile flogen fast lautlos durch die Luft. Nur die Federn flüsterten leise im Wind, doch nicht lange, denn die Entfernung, welche die Pfeile zu überwinden hatten, war nicht groß. Der Aufprall der Pfeilspitzen auf lebendiges Fleisch klang, wie wenn Steine auf ein Schlammfeld prasseln. Die erste Reihe in Najas Angriffsformation ging zu Boden.

Dann hagelten die Geschosse der Steinschleudern mit unheimlicher Genauigkeit auf Najas Kavallerie nieder. Sie hämmerten auf seine zweite Angriffsreihe ein und richteten furchtbares Unheil an.

Die Wagen dahinter konnten ihre Fahrt nicht bremsen und rasten in die Wracks, die schon in dem Trichter feststeckten. Die Rahmen krachten und knackten wie grüne Äste in einem Buschfeuer. Manche der langen Deichseln zerbarsten und spießten die Pferde auf. Räder brachen und fielen von den Achsen. Männer wurden von ihren Wagen geschleudert und von den fliegenden Hufen der sich aufbäumenden, vor Angst wahnsinnigen Pferde erschlagen.

An der Spitze seiner Schwadron machte Nefer das Handzeichen, das seine Männer erwarteten, und Schwärme von Fußtruppen sprangen aus ihren Hinterhalten. Sie zogen die Dornbüsche aus den Lücken, die sie in den Steinwällen gelassen hatten. Durch diese Lücken rasten nun Nefers Streitwagen, einer nach dem anderen hinaus auf das offene Gelände jenseits der Walle, wo sie wieder frei manövrieren konnten. Sie wendeten und fielen Najas eingeklemmten Schwadronen in den Rücken.

Nicht alle von Najas Wagen waren in den Steintrichter geraten. Es war einfach nicht genug Raum für alle auf einmal. Die noch beweglichen Streitwagen wendeten und stürzten sich Nefer entgegen, und bald tobte eine klassische Wagenschlacht mit Angriff und Rückzug und erneutem Angriff. Die Schwadronen gruppierten sich zu kleineren Einheiten, und überall auf der Ebene sah man einzelne Wagen im Kampf gegeneinander, Rad an Rad und Mann gegen Mann.

Trotz der furchtbaren Verluste, die Nefer dem Feind in der ersten Phase beigebracht hatte, waren Najas Soldaten zahlenmäßig immer noch weit überlegen. Während mal die eine, mal die andere Seite im Vorteil war, sah sich Nefer gezwungen, immer mehr Wagen der Reservestreitmacht herbeizubeordern, die er in einem Wadi hinter der Festung verborgen hatte. Jetzt rief er die letzten dieser Truppen herbei und warf damit alles in die Schlacht, was er aufzubieten hatte. Es war nicht genug. Durch seine schiere Übermacht rieb der Feind Nefers Männer und Pferde langsam auf.

In dem Staub und dem lärmenden Durcheinander suchte Nefer verzweifelt nach dem königlichen Banner und Najas goldenem Streitwagen. Er wusste, er konnte immer noch den Sieg davontragen, wenn er Naja zum Zweikampf stellen und töten würde. Naja war jedoch nirgendwo zu sehen. Vielleicht war er schon in dem Chaos zwischen den Wällen gefallen. Oder er lag verwundet oder tot irgendwo auf dem Schlachtfeld.

In der Nähe sah Nefer Hiltos Wagen zwischen zwei Wagen des Feindes eingekeilt. Der alte Krieger war verwundet und zu Boden geschleudert worden. Hiltos Schwadron sah ihren Führer im Staub liegen und floh in alle Himmelsrichtungen. Nefer spürte, wie sich die kalte Hand der drohenden Niederlage um sein Herz legte. Sie waren dabei, die Schlacht zu verlieren.

Er sah eine Reihe von Streitwagen unter dem roten Banner in weitem Bogen um seine Bogen- und Steinschleuderschützen herumfahren und sie mit Pfeilen und Speeren niederstrecken. Die Fußsoldaten traten schreiend die Flucht an. Ihre Verzweiflung schien ansteckend zu wirken. Nefer erinnerte sich, was Taita einmal gesagt hatte: «Es ist wie mit kleinen Vögeln – sobald einer losfliegt, fliegen sie alle.»

Nefer wusste, dass seine Armee bald vernichtend geschlagen sein würde. Er feuerte die Wagenkämpfer an, die nah genug waren, ihn zu hören. Den anderen versuchte er Mut zu machen, indem er noch einen Wagen des Feindes angriff und die Besatzung mit wenigen Schwertstreichen tötete. Dann verfolgte er den nächsten feindlichen Wagen, doch irgendwann waren auch Dov und Krus am Ende ihrer Kräfte, sie konnten den Feind nicht mehr einholen.

«Seht, Pharao!» Meren zeigte nach Osten in die Wüste hinaus. Nefer wischte sich mit einem Handrücken den Schweiß und das Blut der Feinde aus dem Gesicht und starrte in die glühende Hitze.

Er hatte keinen Zweifel mehr, dass es vorbei war, er die Schlacht verloren hatte. Von Osten nahten frische Streitwagentruppen. Nefer konnte sich nicht erklären, wo sie plötzlich herkamen. Er hatte gedacht, Naja hätte alle seine Wagen ins Feld geführt. Doch das spielte jetzt keine Rolle mehr. Die Schlacht war verloren.

«Wie viele?», fragte Nefer. Seine Seele füllte sich immer mehr mit kalter Hoffnungslosigkeit.

«Zweihundert», riet Meren, «vielleicht mehr.» Auch seine Stimme war matt und hoffnungslos. «Es ist vorbei, Pharao. Lasst uns im Kampf untergehen.»

«Noch ein letzter Angriff», rief Nefer den Streitwagenbesatzungen in seiner Nähe zu. «Folgt mir, blaue Truppen, zu Tod und Ruhm!»

Sie jubelten ihm heiser zu und gruppierten sich links und rechts neben ihm. Selbst Dov und Krus schienen neue Kraft zu schöpfen. Die dünne Linie der Streitwagen unter dem blauen Banner raste auf die neuen Feinde zu, um sich von Mann zu Mann mit ihnen zu schlagen. Als sie näher kamen, erkannten sie, dass über dem führenden Wagen das Banner eines Generals wehte.

«Bei Horus, ich kenne ihn», rief Meren. «Das ist Prenn, der alte Knabenschänder!»

Sie waren jetzt so nah am Feind, dass auch Nefer die hagere Gestalt mit der schwarzen Augenklappe erkannte. Er hatte ihn im Tempel von Perra getroffen. Dort hatte er zu Apepis Generalstab gehört, als sie den Vertrag der Hathor aushandelten – an demselben wunderbaren Tag, als er Mintaka zum ersten Mal erblickt hatte.

«Sein Auftauchen hier kommt zur falschen Zeit», sagte Nefer grimmig, «aber vielleicht können wir wenigstens die nächste Generation junger Burschen vor seinen amourösen Absichten bewahren.»

Er lenkte Dov und Krus direkt auf Prenn zu und versuchte ihn dazu zu zwingen, ihm eine Flanke für seinen Speerangriff zu bieten, doch als er näher kam, rief Meren plötzlich: «Warte! Er zeigt die blaue Flagge!» Prenns Banner wehte rückwärts hinter ihm her, weshalb es Nefer bisher nicht aufgefallen war. Doch Meren hatte Recht: Prenn und seine ganze Einheit führten das blaue Banner des Hauses Tamose an ihren Wagen.

Prenn zügelte seine Pferde, hielt sich den rechten Arm quer vor die Brust und grüßte Nefer mit einer Stimme, die selbst das Donnern der Wagenräder übertönte. «Heil, Pharao! Möget Ihr zehntausend Jahre leben, Nefer Seti!»

Nefer senkte den Speer, den er beinah geworfen hätte, und hielt seine Pferde an.

«Was sind Eure Befehle, Pharao?», rief Prenn.

«Wie kommt Ihr dazu, mich um Befehle zu ersuchen, General Prenn?», rief Nefer zurück.

«Prinzessin Mintaka hat mir Eure Botschaft überbracht. Ich bin gekommen, um mich Eurem Kommando zu unterstellen und Euch zu helfen, die Morde an König Apepi und Pharao Tamose zu rächen.»

«Mintaka?» Nefer traute seinen Ohren nicht. Mintaka hatte sich doch in ihr Heiligtum in Avaris zurückgezogen? Doch dann gewannen seine Kriegerinstinkte die Oberhand, und er schob den Gedanken beiseite. Er konnte später noch darüber nachdenken. «Ihr kommt keinen Augenblick zu spät, General Prenn. Lasst Eure Streitwagen neben mir auffahren, und wir fegen das Schlachtfeld leer, von einem Ende zum anderen.»

So fuhren Nefer und Prenn Seite an Seite. Nefers verstreute Legionen sahen die blauen Fahnen kommen und hörten die Schlachtrufe: «Für Horus und Nefer Seti!» Die Herolde stießen in ihre Widderhörner, und alle fassten neuen Mut. Die roten Schwadronen des Naja Kiafan hatten Prenns frischen Truppen kaum noch etwas entgegenzusetzen und leisteten wenig Widerstand. Sie kämpften noch eine Weile weiter, doch der Mut hatte sie verlassen. Viele von ihnen sprangen von ihren Wagen, fielen im Sand auf die Knie und flehten um Gnade. Ihr Verhalten war ansteckend und breitete sich schnell über das ganze Schlachtfeld aus. Die roten Wagenlenker warfen ihre Waffen weg und ergaben sich.

Nefer fuhr langsam das Schlachtfeld ab und suchte nach Naja. In seinem Herzen wusste er, dass sein Sieg erst vollkommen war, wenn er den Tod seines Vaters gerächt hatte. Er wollte an den Steinwällen suchen, wo er Naja, an der Spitze seiner Truppen, das letzte Mal gesehen hatte. Er fuhr durch die Trümmer der Schlacht, zwischen zerborstenen und umgestürzten Wagen, zwischen verwundeten und sterbenden Männern und Pferden und verstreuten Leichen hindurch. Obwohl die meisten der feindlichen Soldaten gefallen waren oder aufgegeben hatten, leisteten vereinzelte kleine Gruppen immer noch Widerstand. Mit ihnen zeigten Nefers Männer keine Gnade. Sie hackten sie nieder, selbst wenn sie sich ergeben wollten. Wo er konnte, schritt Nefer ein, um dem Massaker ein Ende zu bereiten und die Gefangenen zu schützen, doch seine Krieger waren im Kampfrausch, und Dutzende Feinde starben, bevor er sie retten konnte.

Vor einem der Wälle zügelte Nefer Krus und Dov und brachte seinen Wagen zum Stehen. Er konnte über den niedrigen Steinwall in den engen Keil schauen, in dem sie Najas führende Schwadronen zermalmt hatten. Die zertrümmerten Streitwagen lagen übereinander wie die Wracks einer Flotte, die ein mächtiger Sturm auf die Klippen geworfen hat. Um die Wagen herum lagen die Toten und Verwundeten. Manche krochen noch über den Boden, winselten nach Wasser und flehten ihre Götter und Mütter um Errettung an. Andere saßen matt und benommen vom Schmerz ihrer Wunden auf dem Boden. Einer versuchte sich einen Pfeil aus dem Leib zu ziehen, der tief in seinen Bauch gedrungen war. Nefer suchte nach Najas Leichnam unter den Toten, doch lagen sie alle durcheinander, und viele waren unter den Wagen begraben. Plötzlich blitzte vor ihm ein Stück Blattgold auf, und dann dann sah er auch das königliche Banner des Naja Kiafan zwischen den Lachen trocknenden Blutes im Staub liegen.

«Ich muss ihn finden», sagte Nefer zu Meren. «Ich muss wissen, ob er tot ist.» Er sprang vom Wagen.

«Ich werde dir suchen helfen.» Auch Meren stieg ab und machte die Pferde an den Steinen des nächsten Walles fest. Nefer sprang über den Wall in das Trümmerfeld und arbeitete sich zu dem goldenen Streitwagen vor, der auf der Seite lag. Eines der Pferde war noch am Leben, obwohl es beide Vorderläufe gebrochen hatte. Es hob den Kopf und schaute Nefer flehend an. Er nahm einen der Speere aus dem Waffenhalter des Wagens und tötete das Tier mit einem Stich hinter die Ohren. Dann hörte er Meren etwas rufen, sah ihn sich bücken und etwas aufheben. Er hielt es wie eine Trophäe hoch, und Nefer sah, dass Meren Najas blaue Kriegskrone gefunden hatte.

«Das Schwein muss tot sein. Er muss ganz in der Nähe liegen», rief Nefer. «Die Krone hätte er nie zurückgelassen. Sie bedeutete ihm zu viel.»

«Such unter seinem Streitwagen», rief Meren zurück. «Vielleicht ist er darunter eingeklemmt. Ich werde dir helfen, den Wagen anzuheben.» In dem Moment, als Meren über die Trümmer geklettert kam, sah Nefer aus den Augenwinkeln eine schnelle Bewegung, und Meren rief: «Pass auf! Hinter dir!»

Nefer duckte sich und wirbelte herum. Naja war in der Wagenkanzel aufgestanden, in der er sich versteckt gehalten hatte. Er hielt das blaue Schwert des Tamose und führte einen beidhändigen Hieb nach Nefers Kopf, doch weil Meren ihn gewarnt hatte, konnte Nefer sich unter der zischenden Klinge wegducken. Sein eigenes Schwert steckte noch in der Scheide an seiner Hüfte, doch er hatte den Speer in der Hand, mit dem er dem verletzten Pferd den Gnadenstoß gegeben hatte. Nun stieß er damit nach Najas Kehle, doch Naja war schnell wie die Kobra, von der er seinen Namen hatte, und drehte sich zur Seite. Nefer nutzte die Sekunde, die er dadurch gewann, um sein Schwert zu ziehen, und Naja trat einen Schritt zurück und schaute sich um. Meren kam Nefer mit gezücktem Schwert zu Hilfe. Dov und Krus standen mit Nefers leerem Streitwagen vor dem Wall. Naja trieb Nefer mit einem zweiten Hieb mit dem blauen Schwert zurück, dann wirbelte er herum und rannte weg. Nefer schleuderte ihm seinen Speer hinterher, doch ging sein Wurf weit daneben, und Naja erreichte den Wall. Noch im Sprung hackte er mit dem blauen Schwert die Stricke durch, mit denen die Pferde festgemacht waren. Dann schwang er sich auf den Wagen. Er gab sich nicht mit den Zügeln ab, sondern zog die Peitsche aus ihrem Halter und schlug Krus und Dov über die Flanken. Die beiden Tiere sprangen erschrocken vorwärts und nach wenigen Schritten liefen sie in vollem Galopp.

Nefer sprang auf den Wall und schaute Naja nach, der über die Ebene davonpreschte. Er holte tief Luft und stieß den hohen Pfiff aus, den Dov und Krus so gut kannten. Ihre Köpfe schnellten hoch, sie spitzen die Ohren und drehten sich zu ihm um. Sofort änderte Krus seinen Schritt und zog Dov scharf nach rechts. Der Wagen schleuderte hinter den Pferden, und Naja musste sich am Schildbrett festklammern, um nicht abgeworfen zu werden. So kam das Gespann zu Nefer zurückgaloppiert, der kampfbereit auf dem Wall wartete. Naja fand seine Balance wieder und hielt das blaue Schwert hoch, bereit zuzuschlagen, sobald Nefer in Reichweite war. Nefer wusste, dass er mit seiner Bronzeklinge nichts gegen dieses einzigartige Schwert ausrichten konnte. Es wäre sein sicherer Tod, sich auf einen Schwertkämpfer von Najas Format zu stürzen, der mit einer solchen Waffe ausgerüstet war.

Als die Pferde vor ihm vorbeigaloppierten, sprang Nefer auf Krus' Rücken und lenkte ihn mit den Knien wieder in die offene Wüste hinaus, immer noch in vollem Galopp. Er schaute zurück und sah Naja aus der Kanzel auf die Deichsel klettern, um zu ihm zu gelangen.

Nefer beugte sich hinunter und kappte mit seinem Schwert die Riemen, mit denen die Pferde an der Deichsel angeschirrt waren. Der Wagen schleuderte zur Seite. Najas Gewicht drückte die Deichsel nieder, deren Ende den weichen Boden pflügte. Der Wagen überschlug sich, und Naja wurde abgeworfen. Er prallte mit der Schulter auf, und trotz des Donnerns der Hufe und des in Trümmer fliegenden Wagens hörte Nefer wie Najas Knochen brachen.

Nefer wendete Krus und galoppierte auf Naja zu, der sich mühsam aufgerappelt hatte und schwankend, den verletzten Arm vor der Brust, auf den Füßen stand. Bei dem Sturz war ihm das blaue Schwert aus der Hand geflogen und steckte nun zehn Schritte von ihm entfernt mit der Spitze im Sand.

Naja torkelte auf die Waffe zu, doch dann sah er Krus auf sich zurasen, drehte sich um und rannte davon, bleich vor Schmerz und Angst.

Nefer beugte sich seitlich von Krus' Rücken herunter und zog das Schwert aus dem Sand, bevor er Naja verfolgte. Naja hörte das anschwellende Geräusch der Hufschläge hinter sich und schaute sich um. Augenschminke lief ihm über die Wangen wie schwarze Tränen, und Grauen verzerrte seine Miene. Er wusste, er würde der furchtbaren Rache nicht entkommen, die ihm drohte. Er fiel auf die Knie und hob flehend beide Arme. Nefer brachte Krus mit einem Handschlag zwischen die Schultern und einem scharfen Pfiff direkt vor dem knienden Naja zum Stehen, sprang ab und stand über seinem Erzfeind.

«Gnade!», schluchzte Naja. «Ihr könnt alles haben, die doppelte Krone und das ganze Königreich.» Erbärmlich kroch er vor Nefers Füße.

«Das habe ich schon. Mir fehlt nur noch eines: Rache!»

«Gnade, Nefer Seti, im Namen der Götter und Eurer Schwester, der Göttin Heseret, und des Kindes, das sie in ihrem Leib trägt!» Plötzlich hatte er einen Dolch in der Hand und stach blitzschnell nach Nefers Unterleib. Fast hätte er Nefer getroffen, doch der konnte gerade noch abdrehen, und die Messerspitze verfing sich in den Falten seines Rocks. Mit einem Streich des blauen Schwerts schlug er Naja die Waffe aus der Hand.

«Ich bewundere Eure Hartnäckigkeit. Ihr bleibt wirklich Eurem wahren Wesen treu bis zum Ende.» Nefer lächelte kalt auf ihn herab. «Ich gewähre Euch dieselbe Gnade, die Ihr meinem Vater, Pharao Tamose, habt zukommen lassen.» Er trieb das blaue Schwert mit solcher Kraft mitten in Najas Brust, dass die Spitze zwischen den Schulterblättern wieder austrat. Najas verzerrtes Gesicht zeigte ungläubiges Staunen.

«Ihr habt diese heilige Klinge entweiht. Nun werde ich sie in Eurem Blut waschen.» Nefer riss ihm das Schwert aus der Brust und stieß noch einmal zu.

Naja fiel mit dem Gesicht in den Staub und holte noch einmal röchelnd Atem, doch die Luft aus seinen Lungen schäumte Blasen formend aus der Wunde zwischen seinen Schulterblättern. Ein Zittern durchlief seinen Körper, und er starb.

Nefer schnürte die Füße des Leichnams mit Stricken zusammen und zog ihn hinter sich her über das Schlachtfeld. Seine Soldaten jubelten ihm zu, während er zum Festungstor ritt. Dort hackte er die Stricke durch und ließ Najas blutigen Leichnam im Staub liegen.

«Schneidet den Usurpator in kleine Stücke und schickt sie in jede Provinz meines Reiches, damit jeder Bürger Ägyptens sieht, was die Früchte von Königsmord und Verrat sind.»

Dann schaute er zu der Gestalt hinauf, die hoch oben auf dem Festungsturm stand, und grüßte sie mit der blutigen blauen Klinge. Taita erwiderte den Gruß, indem er seine rechte Hand hob, an deren Ringfinger Najas Rubin rot in der Sonne funkelte.

Der Magus hatte sich den ganzen Tag auf dem Turm aufgehalten. Welche Rolle hatte er wohl in der Schlacht gespielt, fragte sich Nefer. Hätte er auch ohne Taitas Hilfe gesiegt? Auf diese Frage gab es keine Antwort, und er schob den Gedanken beiseite. Er stieg die Leiter hinauf, stellte sich neben Taita und dankte seinen Männern für ihre Treue und Tapferkeit. Als Belohnung versprach er ihnen allen einen Anteil an der Beute und den Generälen und anderen Offizieren Beförderung, goldene Ordensketten und Ehrentitel.

Er beendete seine Rede mit einem Gebet: «Ich widme diesen Sieg dem Goldenen Horus, dem Falken der Götter», rief er, und während er das Gebet sprach, war ein seltsames Omen zu beobachten: Ein einzelner letzter Sonnenstrahl brach durch die Wolkenbank und fiel auf den Festungsturm, dass die Kriegskrone auf Nefers Haupt und das Schwert in seiner Hand blau funkelten.

Im selben Augenblick war hoch oben unter dem Himmel ein wilder Schrei zu hören. Alle blickten hoch. Ein großes Seufzen ging durch die Menge. Ein Königsfalke schwebte über dem Kopf des Pharaos, und während alle staunend zum Himmel aufschauten, stieß er noch einmal diesen eigenartigen, unheimlichen Schrei aus. Dann zog er drei Kreise und flog in gerader Linie mit schnellen, entschlossenen Flügelschlägen in den sich verdunkelnden Himmel nach Osten und war verschwunden.

«Der Segen des Gottes!», riefen die Soldaten. «Heil, Pharao! Die Götter grüßen dich!»

Etwas später, allein in Nefers Zelt, sagte Taita jedoch mit leiser Stimme, dass niemand draußen ihn hören konnte: «Der Falke hat keinen Segen gebracht, sondern eine Warnung.»

«Welche Warnung?», wollte Nefer wissen. Seine Stimme klang ruhig, doch er war zutiefst besorgt.

«Als der Vogel schrie, habe ich auch Mintaka schreien gehört», flüsterte Taita.

«Mintaka!» Nefer hatte sie über den Anstrengungen der Schlacht ganz vergessen. «Was hat Prenn noch gesagt?» Er ging zum Zelteingang und rief den Wachen zu: «Prenn soll herkommen! Wo ist General Prenn?»

Der hyksische General erschien sofort und kniete vor seinem Pharao nieder. «Ihr verdient unsere tiefste Dankbarkcit», lobte ihn Nefer. «Ohne Euch hätten wir nicht siegen können. Ich werde Euch reicher belohnen als alle anderen meiner Offiziere.»

«Majestät sind sehr großzügig.»

«Als Ihr zu uns gestoßen seid, habt Ihr von Prinzessin Mintaka gesprochen. Ich dachte, sie wäre sicher im Tempel der Hathor in Avaris. Wo und wann habt Ihr sie das letzte Mal gesehen?»

«Ihr täuscht Euch, Pharao. Prinzessin Mintaka ist in keinem Tempel. Sie kam zu mir, um mir Eure Nachricht zu überbringen. Ich konnte sie nicht mitnehmen in die Schlacht. Deshalb habe ich sie vor zwei Tagen in meinem Lager in der Wüste zurückgelassen, an der Straße zwischen hier und Khatmia.»

Nefer wurde von einer schrecklichen Vorahnung ergriffen. «Wer ist sonst noch in diesem Lager?»

«Einige der anderen Damen des Hofes, Prinzessin Merikara, die mit Mintaka kam, und ihre Majestät, die Königin Heseret ...»

«Heseret?» Nefer sprang auf. «Heseret! Was, wenn Mintaka und Merikara in ihrer Gewalt sind? Was wird sie ihnen antun, wenn sie hört, dass ich ihren Gatten getötet habe?» Er eilte aus dem Zelt und rief Meren herbei. «Mintaka und Merikara sind in furchtbarer Gefahr!»

«Woher wisst Ihr das, Pharao?», fragte Meren besorgt.

«Von Prenn. Und Taita hat im Schrei des Falken eine Warnung gehört. Wir müssen sofort aufbrechen.»

Heseret erwachte in der Dunkelheit und Kälte jener Stunde vor Morgengrauen, in der die Welt am finstersten ist und die Menschen am mutlosesten. Zuerst war sie nicht sicher, was sie geweckt hatte, doch dann hörte sie den Lärm vieler Stimmen, erst fern, dann immer näher. Sie setzte sich auf und versuchte zu verstehen, was draußen vor sich ging. Dann schnappte sie einzelne Worte auf: «geschlagen» und «tot» und «flieht».

Sie rief nach ihren Zofen, und zwei Mädchen mit Öllampen kamen verschlafen in ihr Zelt gestolpert.

«Was ist geschehen?», wollte Heseret wissen. Die beiden Mädchen standen mit weit aufgerissenen Augen vor ihr und verstanden nicht, wovon sie redete.

«Wir wissen nichts, Herrin. Wir haben geschlafen.»

«Ihr dummes Gesindel! Geht und findet sofort heraus, was da draußen los ist», befahl Heseret wütend. «Und vergewissert euch, dass die Gefangenen noch in ihrem Käfig sind.» Die Mädchen eilten davon.

Heseret sprang aus dem Bett und zündete alle Lampen an. Dann band sie sich ihr Haar hoch, streifte ein Hemd über und schlang sich einen Schal um die Schultern. Der Lärm vor der Einfriedung wurde immer lauter. Männer riefen durcheinander und auf der Straße rollten Fuhrwerke vorbei, doch sie verstand immer noch nicht, was geschah.

Die Mädchen kamen zurückgeeilt, und die ältere der beiden berichtete atemlos und kaum verständlich: «Es soll eine große Schlacht gegeben haben an einem Ort namens Ismailia.»

Naja hatte gesiegt, dachte Heseret voller Freude. In ihrem Herzen wusste sie, er hatte gesiegt. Dennoch fragte sie: «Und wie ist die Schlacht ausgegangen?»

«Das wissen wir nicht, Herrin. Danach haben wir nicht gefragt.»

Heseret packte das am nächsten stehende Mädchen bei den Haaren und schüttelte es so brutal, dass sie ihm ganze Haarbüschel ausriss. «Hast du keinen Funken Verstand in deinem dicken Schädel?» Sie schlug ihm mit der flachen Hand ins Gesicht und warf es zu Boden. Dann nahm sie eine Lampe und ging selbst nach draußen.

Erste Angst stieg in ihr auf, als sie bemerkte, dass die Wachen verschwunden waren. Sie lief zu dem Viehkarren, hielt die Lampe hoch und schaute in den Schweinekäfig. Sie beruhigte sich ein wenig, als sie sah, dass ihre beiden Gefangenen noch an die Käfigstangen gefesselt im Schmutz kauerten und sie aus erschrockenen Augen anstarrten.

Heseret rannte zum Tor des Lagers. Im Sternenlicht sah sie einen scheinbar endlosen dunklen Konvoi über die Straße rollen, von Ochsen gezogene Fuhrwerke und Karren. Auf manchen türmten sich Truhen und Ballen, auf anderen hockten Frauen, die ihre Kinder an sich drückten. Hunderte von Soldaten kamen zu Fuß vorbei, und Heseret bemerkte sofort, dass sie keine Waffen trugen.

«Wo wollt ihr hin?», rief sie den Männern zu. «Was ist geschehen?» Niemand antwortete. Niemand schien sie zu beachten. Heseret lief auf die Straße und packte einen der Soldaten. «Ich bin Königin Heseret, Gemahlin des Pharaos von ganz Ägypten.» Sie schüttelte ihn am Arm. «Schau mich an, Bursche!»

Der Soldat stieß ein eigenartiges, bellendes Lachen aus und versuchte sie abzuschütteln, doch Heseret klammerte sich mit der Kraft der Verzweiflung an ihn, bis er ihr hart ins Gesicht schlug und sie am Straßenrand in den Staub fiel.

Sie raffte sich wieder auf und erspähte einen Sergeanten in dem vorbeiziehenden Strom. Sie hielt ihn an. Das Blut tropfte ihr aus der Nase, als sie ihn fragte: «Welche Nachrichten gibt es von der Schlacht? Sag es mir, bitte, sag es mir!», flehte sie. Er schaute ihr ins Gesicht. Es war gerade hell genug, dass er sie erkannte.

«Keine guten Nachrichten, Majestät», sagte er mit rauer Stimme. «Es war eine furchtbare Schlacht, und der Feind hat gesiegt. Unsere Armee ist geschlagen, alle Streitwagen sind zerstört. Der Feind ist uns auf den Fersen und wird bald hier sein. Ihr müsst sofort fliehen.»

«Und der Pharao? Was ist meinem Gemahl geschehen?»

«Die Schlacht ist verloren, der Pharao ist tot.»

Heseret starrte ihn an, sprachlos und wie gelähmt.

«Wollt Ihr mit uns kommen, Majestät?», fragte der Sergeant. «Kommt lieber mit, bevor es zu spät ist. Wenn die siegreichen Truppen kommen, wird das Plündern und Vergewaltigen beginnen. Ich könnte Euch beschützen.»

Heseret schüttelte den Kopf. «Es kann nicht wahr sein. Naja kann nicht tot sein.»

Sie wandte sich ab und blieb allein am Straßenrand stehen. Dort stand sie noch, als die Sonne aufging, während der Flüchtlingszug kein Ende nahm. Wie wenig erinnerten diese kopflosen, verängstigten Massen an die stolze Armee, die sich vor wenigen Monaten vor dem Blauen Tor von Babylon versammelt hatte.

Unter den Flüchtenden waren auch einige Offiziere. Einem rief Heseret zu: «Wo ist der Pharao? Was ist geschehen?»

Der Offizier erkannte sie nicht in ihrem zerknitterten, schmutzigen Hemd und mit dem blutverschmierten Gesicht. Er rief zurück: «Naja Kiafan ist im Zweikampf mit Nefer Seti gefallen. Seine Leiche wurde in Stücke gehackt, die über die Provinzen Ägyptens verteilt werden sollen, damit alle sie sehen können. Die feindlichen Streitkräfte sind nicht mehr weit. Wahrscheinlich werden sie noch am Vormittag hier sein.»

Heseret stieß einen klagenden Schrei aus. Sie konnte nicht länger hoffen. Der Bericht des Offiziers klang zu glaubwürdig. Sie kratzte eine Hand voll Staub zusammen und streute ihn sich aufs Haupt. Immer noch schreiend zerkratzte sie sich das Gesicht, bis ihr das Blut vom Kinn tropfte.

Ihre Zofen und der Hauptmann ihrer Leibgarde kamen aus dem Lager gerannt und holten sie zurück, doch sie war wie von Sinnen vor Schmerz und überschüttete sie mit Beschimpfungen. Sie blickte zum Himmel und verfluchte die Götter, die ihren Gemahl nicht beschützt hatten, der ein viel größerer Gott war als alle anderen im Pantheon.

Ihr Heulen und Schreien wurden immer lauter, ihr Benehmen immer wilder und verrückter. Sie stach mit dem winzigen, juwelenbesetzten Dolch, den sie immer bei sich trug, auf ihre Brust ein, beschmutzte sich, ließ Wasser ihre Beine herunterlaufen und wälzte sich in ihrem eigenen Dreck. Dann sprang sie plötzlich auf und rannte zu dem Schweinekäfig auf dem Viehwagen. Durch die Gitterstäbe schrie sie Merikara an: «Unser Gemahl ist tot, erschlagen von unserem eigenen Bruder, erschlagen von dieser Bestie!»

«Hathor sei gepriesen, Hathor und alle Götter!», frohlockte Merikara.

«Du lästerliches Luder!», schäumte Heseret. «Naja Kiafan war ein Gott, und du warst sein Weib!» Sie steigerte sich immer mehr in ihren Wahnsinn. «Du hättest ihm ein treues Weib sein sollen, aber du hast ihn verlassen. Du hast Schande und Demütigung über ihn gebracht!»

«Ich gehöre Meren», erklärte Merikara kühl. «Ich verachte die

Kreatur, die du meinen Gemahl nennst. Er hat unseren Vater ermordet. Er hat die Bestrafung mehr als verdient, die Nefer an ihm vollzogen hat.»

«Meren ist nur ein gemeiner Soldat, und Naja war und ist ein Gott!»

Obwohl ihre Lippen von Durst und Sonnenbrand geschwollen waren, zwang Merikara sich zu einem Lächeln. «Meren ist göttlicher als Naja es je gewesen ist. Und ich liebe ihn. Er wird bald hier sein. Du solltest mich und Mintaka lieber freilassen, bevor er kommt, sonst werden er und Nefer dich hart bestrafen.»

«Ruhig, Merikara», flüsterte Mintaka. «Sie ist wahnsinnig. Schau dir nur ihre Augen an. Reize sie nicht. Sie ist jetzt zu jeder Untat fähig.»

Heseret hatte tatsächlich den Verstand verloren und war jenseits jeder Mäßigung. «Du liebst einen gemeinen Soldaten?», schrie sie. «Du wagst es, ihn mit meinem Gemahl zu vergleichen, dem Pharao Ägyptens? Dann sollst du deine Soldaten haben!»

Sie sich den Gardekommandanten an. «Zieht die Sau aus ihrem dreckigen Käfig.» Der Hauptmann zögerte. Er dachte an Merikaras Warnung: Nefer und seine Krieger würden bald hier sein.

Heseret wirkte plötzlich fast vernünftig und normal. «Ich befehle es dir, Hauptmann. Gehorche oder mache dich auf die Folgen gefasst.» Der Offizier gab den Befehl widerwillig an seine Soldaten weiter, die nun die Lederstricke durchschnitten, mit denen Merikara an die Bambusstäbe gefesselt war. Dann zogen sie sie an den Füßen aus dem Käfig.

Merikaras Hände und Füße waren blau geschwollen. Die Fesseln um Hand- und Fußgelenke hatten ihr das Blut abgeschnürt, und nun konnte sie kaum stehen. Wo ihre Haut der Sonne ausgesetzt gewesen war, im Gesicht und an Schultern, Armen und Beinen, war sie rot und voller Blasen. Das Haar hing ihr in verfilzten Strähnen ins Gesicht.

Heseret schaute sich kurz um und bemerkte ein Wagenrad, das am Zaun lehnte.

«Bringt mir das Rad dort», befahl sie, und zwei Soldaten rollten es zu der Stelle, auf die Heseret zeigte. «Bindet die Hure darauf fest – nein, nicht so. Mit gespreizten Beinen und ausgebreiteten Armen. So will sie ihre Soldaten empfangen.»

Die Männer gehorchten. Sie fesselten Merikaras Hände und Füße an den Radkranz. Heseret stellte sich vor sie und spuckte ihr ins Gesicht. Merikara lachte trotz ihrer aufgesprungenen Lippen. «Du bist wahnsinnig, Schwester. Die Trauer hat deinen Geist verwirrt. Du tust mir Leid, doch nichts kann dir Naja zurückbringen. Wenn das Ungeheuer am Tor zum Paradies Najas Schandtaten auf die Waage der Gerechtigkeit legst, wird es sein schwarzes Herz verschlingen, und niemand wird sich je an ihn erinnern.»

Heseret ritzte mit ihrem Dolch Merikaras Wangen auf beiden Seiten. Die Kratzer waren nicht tief, bluteten jedoch stark. Das Blut tropfte auf ihre Brust. Heseret schlitzte mit ihrem Messer das Leinenhemd auf und riss es mit beiden Händen auseinander, vom Hals bis zum Saum. Darunter war Merikara nackt.

Ihr Körper, unberührt von der Sonne, war weiß und zart, ihre Brüste klein mit hellrosa Spitzen, ihr Bauch flach und weiß und das Haar darunter ein seidiges Nest.

Heseret trat einen Schritt zurück und schaute ihre Leibwächter an. «Wer möchte der Erste sein?»

Sie gafften den schlanken nackten Körper auf dem Rad an.

Mintaka rief aus dem Käfig: «Hütet euch! Nefer Seti wird bald hier sein, und das ist seine Schwester!»

«Halte dein giftiges Maul!», schrie Heseret. «Du bist die Nächste. Dort draußen sind zehntausend Männer, und du wirst den meisten davon zu Willen gewesen sein, bevor dieser Tag zu Ende ist.» Dann wandte sie sich wieder an ihre Soldaten. «Na kommt schon, schaut euch dieses süße Stück Fleisch an. Möchtet ihr nicht ein Stück davon probieren? Na kommt, eure Knüppel sind schon ganz steif unter euren Uniformen, das sehe ich von hier aus.»

«Das ist Wahnsinn», flüsterte der Hauptmann, obwohl er seinen Blick nicht abwenden konnte von dem weißen Körper der jungen Frau. «Sie ist eine Prinzessin des Königshauses Tamose.»

Heseret riss dem nächsten Soldaten den langen Speer aus der Hand und hieb mit der Stange auf seinen Rücken ein. «Na komm schon, Korporal, hast du keine Eier im Sack? Ich will sehen, wie du in dieses kleine Honigloch tauchst.»

Der Mann sprang zurück und rieb sich den wunden Rücken. «Ihr seid wahnsinnig. Welche Strafe würde Nefer auf mein Haupt häufen, wenn ich es täte?» Dann drehte er sich plötzlich um und rannte durch das Tor auf die Straße, wo er im Flüchtlingszug untertauchte.

Seine Kameraden zögerten noch einen Augenblick, doch dann murmelte jemand: «Sie hat den Verstand verloren. Ich warte nicht, bis Nefer Seti hier ankommt und seine Schwester so sieht.» Im nächsten Moment rannte auch der Rest der Leibwache hastig aus dem Tor.

Heseret lief hinter ihnen her. «Kommt zurück! Ich befehle es euch!» Doch sie mischten sich unter die Menge und waren verschwunden. Heseret lief zu einem großen nubischen Bogenschützen in der Flüchtlingskarawane, packte ihn am Arm und versuchte ihn ins Lager zu ziehen. «Komm mit. Ich kenne euch schwarze Tiere. Eure Knüppel sind so lang wie die von Elefanten, und ihr lasst sie nicht gern unbeschäftigt. Ich habe etwas für dich, was dir gefallen wird.»

Der Bogenschütze stieß sie aus dem Weg. «Lass mich in Ruhe, Hure! Ich habe jetzt keine Zeit für deinesgleichen.»

Sie starrte ihm nach, wie er die lange, überfüllte Straße hinaufwanderte, und schrie ihm nach: «Nicht ich, du Tier! Wie kannst du es wagen, die Königin von Ägypten zu beleidigen?»

Weinend und keifend lief sie ins Lager zurück. Mintaka sagte: «Es ist vorbei, Heseret. Beruhige dich. Binde Merikara los, und wir werden dich beschützen.» Sie sprach mit leiser, ruhiger Stimme, denn sie wusste, dass Heseret die Grenzen des Verstands hinter sich gelassen und sich in der Wildnis des Wahnsinns verloren hatte.

«Ich bin die Königin von Ägypten, und mein Gemahl ist ein unsterblicher Gott!», kreischte Heseret. «Schau mich an, und fürchte meine Schönheit und Würde!» Sie war mit Blut und Schmutz bedeckt und fuchtelte wild mit dem Speer.

«Bitte, Heseret», flehte Merikara nun. «Nefer und Meren werden bald hier sein. Sie werden sich um dich kümmern und dich beschützen.»

Heseret funkelte sie an. «Ich brauche keine Beschützer. Verstehst du nicht, was ich sage? Ich bin eine Göttin, und du bist nur eine Soldatenhure.»

«Liebste Schwester, deine Trauer hat dich um den Verstand gebracht. Binde mich los, damit ich dir helfen kann.»

Heseret Miene erhellte sich plötzlich. «Du glaubst, ich finde keinen männlichen Knüppel, der es dir geben will? Wenn du das glaubst, dann täuschst du dich. Ich habe meinen eigenen.» Sie hob den langen Speer und drehte ihn um, dass das stumpfe Ende auf Merikara zeigte. «Hier hast du deinen Soldaten. Hier kommt er.» Sie ging drohend auf Merikara zu.

«Nein, Heseret!» rief Mintaka verzweifelt. «Lasst sie in Ruhe!»

«Du bist die Nächste, du verräterische Hure. Um dich werde ich mich kümmern, wenn ich diese hier bedient habe.»

«Heseret, nein!» Merikara wand sich in ihren Fesseln. Heseret schien ihr Flehen nicht zu hören und setzte den Speerschaft zwischen ihre gespreizten Beine.

«Das kannst du nicht tun, Schwester. Erinnerst du dich nicht ...» Sie verstummte und riss ihre Augen auf in Schock und Schmerz.

«Da!» Heseret trieb das Ende des Speerschafts tief in sie hinein.

«Da!», schrie sie immer wieder, «da!», und trieb den Schaft immer tiefer, bis er fast armlang in Merikaras Leib steckte und blutverschmiert war, als sie ihn wieder herauszog.

Beide Mädchen schrien nun: «Hör auf, bitte hör auf!», doch Heseret stieß weiter den Schaft in ihre Schwester, immer wieder.

«Da! Gefällt dir das?»

Merikara blutete in Strömen, doch Heseret stemmte ihr ganzes Gewicht in die Waffe und stieß schließlich die ganze Lanze des Schafts in sie. Merikara schrie ein letztes Mal, dann hing sie schlaff in ihren Fesseln. Das Kinn fiel ihr auf die nackte Brust.

Heseret ließ die Speerstange in dem schlanken, blassen Körper stecken und betrachtete ihr Werk mit verblüffter Miene. «Es war dein Fehler. Ich habe keine Schuld. Ich habe nur meine Pflicht getan. Du hast dich wie eine Hure benommen, und ich habe dich entsprechend behandelt.» Dann weinte sie wieder und rang die Hände. «Es ist gleichgültig. Nichts zählt mehr. Naja ist tot. Unser geliebter Gemahl ist tot ...»

Wie eine Schlafwandlerin wankte sie in ihr Zelt, zog das blutgetränkte schmutzige Hemd aus, nahm wahllos ein Gewand aus einem Haufen Kleider in einer Ecke des Zelts und schlüpfte in ein Paar Sandalen.

«Ich muss Naja suchen», sagte sie plötzlich ganz ruhig. Sie raffte schnell ein paar Sachen zusammen und steckte sie in eine Umhängetasche. Dann ging sie entschlossen zum Zelteingang.

Als sie in den frühen Sonnenschein trat, rief Mintaka von ihrem Käfig aus: «Bitte lasst mich frei, Heseret. Ich muss Eure kleine

Schwester pflegen. Sie ist schwer verletzt. Zeigt doch endlich Gnade, lasst mich zu ihr.»

«Du verstehst nicht.» Heseret schüttelte wild den Kopf. «Ich muss zu meinem Gemahl, dem Pharao von ganz Ägypten. Er braucht mich. Er hat nach mir gesandt.»

Ohne Mintaka noch einmal anzuschauen, eilte sie aus dem Lager auf die Straße, immer noch kopfschüttelnd und vor sich hinredend. Sie ging nach Westen, dem Flüchtlingsstrom entgegen, zurück nach Ismailia und Ägypten.

Mintaka hörte sie noch manchmal rufen, immer ferner und leiser: «Warte auf mich, Naja, mein einziger wahrer Geliebter. Ich komme. Warte auf mich!»

Mintaka zerrte an ihren Fesseln. Sie drehte und zog daran und stemmte sich gegen die Käfigstangen. Sie spürte, wie sich die Haut von ihren Handgelenken schälte und warmes Blut über ihre Hände und Finger tropfte, doch die Lederschnüre waren stark und die Knoten fest. Ihre Hände waren taub von Blutmangel. Wann immer sie von ihren Bemühungen abließ und sich ausruhte, sah sie Merikaras schlaffen Körper auf dem Wagenrad. «Ich liebe dich, mein Herz», rief sie ihr zu. «Meren liebt dich. Um unser beider willen, bitte stirb nicht.» Doch Merikaras Augen starrten weit aufgerissen ins Leere. Bald waren ihre Augäpfel in der Sonnenglut ausgetrocknet und überzogen mit einer dünnen Staubschicht. Fliegen umschwärmten sie und tranken von der Blutlache zwischen ihren Beinen.

Einmal hörte Mintaka ein verstohlenes Rascheln am Eingang zu Heserets Zelt, und als sie ihren Kopf umwandte, sah sie Heserets beide Zofen aus dem Zelt kommen. Jede trug ein Bündel voll Wertsachen, die sie ihrer Herrin gestohlen hatten. «Bitte, befreit mich», rief Mintaka ihnen zu, «ich werde euch die Freiheit schenken und euch reich belohnen.» Doch sie glotzten sie nur erschrocken und schuldbewusst an und huschten durch das Tor auf die Straße, wo sie sich der geschlagenen Armee auf ihrer Flucht nach Osten anschlossen.

Später hörte Mintaka Stimmen am Tor, und fast hätte sie wieder um Hilfe gerufen, doch im letzten Moment bemerkte sie die raue Sprache und blieb stumm. Vier Männer schlichen sich vorsichtig in die Einfriedung. Ihrem Aussehen, ihrer Kleidung und ihrer Sprache nach war es Gesindel der übelsten Sorte. Wahrscheinlich gehörten sie zu einer der Banden von Schakalen und Aasgeiern, die jeder Armee folgten und vergessene Beute und andere Überbleibsel einsammelten. Sie ließ den Kopf hängen und stellte sich tot.

Die Männer blieben vor Merikara stehen und schauten sie sich an. Einer lachte und machte eine so schmutzige Bemerkung, dass Mintaka die Augen zukneifen musste und große Mühe hatte, ihre Zunge im Zaum zu halten.

Dann schauten sie in ihren Käfig. Sie lag vollkommen still und hielt den Atem an. Sie wusste, wie furchtbar sie aussehen musste und spielte die Tote.

«Die hier stinkt wie eine Sau», sagte einer der Männer. «Lieber würde ich es mit Frau Palme und ihren fünf Töchtern treiben.» Sie lachten alle über den faulen Witz, und dann verteilten sie sich, um das Lager nach Beute zu durchsuchen. Nachdem sie mit allem, was sie tragen konnten, wieder verschwunden waren, sah Mintaka zu, wie die Schatten auf der verbrannten Erde des Lagerbodens immer länger wurden, während der Lärm der Wagen, Karren und Menschen draußen auf der Straße langsam nachließ, bis die Letzten vorübergezogen waren. Danach legte sich die Stille der Wüste und des Todes über das Lager.

In der Nacht schlief Mintaka unruhig, überwältigt von Erschöpfung und tiefer Verzweiflung. Wann immer sie voll erwachte, sah sie Merikaras bleichen Leib im silbernen Mondschein, und der grausame Kreislauf der Trauer begann von neuem.

Schließlich dämmerte der Morgen, und die Sonne ging auf, doch das einzige Geräusch war das Seufzen des Wüstenwinds in den Zweigen des struppigen Dornbaums am Lagertor und manchmal ihr eigenes Schluchzen, und das wurde immer leiser und schwächer, während noch ein Tag ohne Wasser verging.

Dann hörte sie ein fernes Dröhnen, das zu einem Rumpeln anschwoll, und sie wusste, es waren die Räder schneller Wagen – Streitwagen. Bald hörte sie auch die Hufschläge und Männerstimmen, lauter und lauter, bis sie eine davon erkannte. «Nefer!» Sie wollte seinen Namen rufen, doch heraus kam nur ein flüsterndes Krächzen. «Nefer!»

Dann hörte sie Schreie des Schreckens und des Zorns. Sie wandte langsam den Kopf und sah, wie Nefer durch das Tor gestürmt kam, Meren und Taita dicht hinter ihm.

Nefer sah sie sofort und rannte zu dem Käfig. Mit bloßen Händen riss er die Tür aus den Angeln. Dann zog er seinen Dolch und schnitt die Lederschnüre an ihren Handgelenken durch. Schließlich befreite er sie vorsichtig aus dem stinkenden Käfig und drückte sie an seine Brust. Er weinte, als er sie in das Zelt trug.

«Merikara», flüsterte sie durch aufgeplatzte, geschwollene Lippen.

«Taita kümmert sich um sie, aber ich fürchte, es ist zu spät.» Mintaka schaute über seine Schulter. Taita und Meren hatten Merikara vom Rad geschnitten und die blutverkrustete Waffe aus ihrem Leib gezogen. Nun legten sie ein weißes Leinentuch über sie, das ihre furchtbare Verletzung verbarg.

Mintaka schloss die Augen. «Ich bin erschöpft vor Schmerz und Trauer, mein Herz, doch dein Gesicht ist der schönste und willkommenste Anblick meines Lebens. Jetzt kann ich endlich schlafen.» Sie fiel sofort in Bewusstlosigkeit.

Mintaka erwachte langsam und hatte das Gefühl, aus einer finsteren, von Dämonen wimmelnden Hölle zurückzukehren.

Sie öffnete die Augen. Die Dämonen, die sie in ihren Träumen verfolgt hatten, verschwanden allmählich, und sie sah mit größter Erleichterung die beiden Menschen vor sich, die sie am meisten liebte. Taita saß an der einen Seite ihres Lagers und Nefer an der anderen.

«Wie lange?», fragte sie. «Wie lange habe ich geschlafen?»

«Einen Tag und eine Nacht», antwortete Taita. «Ich habe dir von der roten Schlafblume gegeben.» Sie hob ihre Hand ans Gesicht und entdeckte, dass es dick mit Salbe bedeckt war. «Ich bin hässlich», flüsterte sie. Sie schaute Nefer an.

«Nein», erwiderte er. «Du bist die schönste Frau, die ich je gesehen habe. Ich liebe dich mehr, als ich sagen kann.»

«Du bist nicht böse mit mir, weil ich dir nicht gehorcht habe?»

«Du hast mir eine Krone und ein Reich geschenkt.» Er schüttelte den Kopf und eine Träne fiel auf ihr Gesicht. «Und du hast mir deine Liebe geschenkt, die mir mehr wert ist als alles andere. Wie könnte ich je auf dich böse sein?»

Taita stand leise auf und ging hinaus. Nefer und Mintaka verbrachten den ganzen Tag zusammen und redeten miteinander.

Am Abend rief Nefer die Zeugen zusammen. Als sie sich um Mintakas Bett versammelt hatten, schaute Nefer ernst von einem zum anderen und sah, dass alle anwesend waren: Taita und Meren, Prenn, Socko, Hilto und Schabako, der immer noch an den Wunden litt, die er in der Schlacht von Ismailia davongetragen hatte.

«Wir haben uns hier versammelt, um Gericht zu halten», eröffnete Nefer seinen Freunden und Vertrauten. Dann rief er den Wachen am Zelteingang zu: «Bringt die Frau herein, die unter dem Namen Heseret bekannt ist.»

Mintaka zuckte zusammen und versuchte sich aufzusetzen, doch Nefer legte den Arm um ihre Schultern und drückte sie zärtlich wieder auf ihr Lager.

«Wo? Wie habt ihr sie gefunden?»

«Unsere Streifen haben sie draußen in der Wüste aufgelesen, auf der Straße nach Ismailia», erklärte Nefer. «Zuerst haben sie sie nicht erkannt. Sie beteuerte, sie wäre die Königin von Ägypten, doch niemand wollte ihr glauben. Sie dachten, sie wäre eine Verrückte.»

Die Wachen führten Heseret herein. Nefer hatte ihr erlaubt zu baden und saubere Kleider geben lassen. Taita hatte die Schnitte und Kratzer auf ihrem Gesicht und Körper behandelt. Nun schüttelte sie die Hände der Soldaten ab und schaute mit stolz erhobenem Kinn in die Runde. «Werft euch vor mir in den Staub», befahl sie den Männern im Zelt, «ich bin eine Königin.»

Niemand rührte sich, und Nefer sagte: «Bringt ihr einen Hocker.»

Als sie sich gesetzt hatte, betrachtete er sie mit einem so kalten Blick, dass sie ihr Gesicht bedeckte und zu weinen begann. «Du hasst mich», wimmerte sie. «Warum hasst du mich?»

«Das wird dir Mintaka erklären», antwortete er und wandte sich an seine Gefährtin. «Beschreibe uns bitte, wie Prinzessin Merikara gestorben ist.»

Mintaka sprach fast eine Stunde lang, und niemand im Zelt unterbrach sie mit einer Silbe. Nur manchmal, wenn der Bericht zu den grausamsten Begebenheiten jenes Morgens kam, stöhnten manche Männer auf oder äußerten ihren Abscheu mit empörtem Kopfschütteln. Am Ende schaute Nefer Heseret an und fragte sie: «Streitest du irgendetwas davon ab?»

Heseret erwiderte seinen kalten Blick. «Sie war eine Hure. Sie hat

Schande über meinen Gemahl gebracht, den Pharao von Ägypten. Sie hat den Tod verdient. Ich bin froh und stolz, dass ich ein Werkzeug des Gesetzes sein durfte.»

«Selbst jetzt hätte ich dir noch vergeben können», sagte Nefer leise, «wenn du nur ein Körnchen Reue gezeigt hättest.»

«Ich bin eine Königin. Ich kümmere mich nicht um eure lächerlichen Gesetze.»

«Du bist keine Königin mehr», antworte Nefer, doch sie schien nicht zu verstehen.

«Aber ich bin deine Schwester. Du würdest mir doch kein Leid antun ...»

«Auch Merikara war eine Schwester: deine Schwester. Hast du sie verschont?»

«Ich kenne dich genau, Nefer Seti. Du wirst mir nichts antun.»

«Du hast Recht, Heseret. Ich werde dir nichts tun. Es gibt aber jemanden, der nicht davor zurückschrecken wird.» Er wandte sich an seinen versammelten Stab. «Es gilt das uralte Gesetz des größten Leides. Tritt vor, Meren Cambyses.»

Meren erhob sich und trat vor. «Ich bin bereit, Pharao.»

«Du warst verlobt mit Prinzessin Merikara. Du hast das größte Leid erfahren. Ich lege also den Leib und das Leben der Heseret Tamose, die einmal eine Prinzessin des Königshauses von Ägypten war, in deine Hände.»

Meren legte Heseret eine goldene Kette um den Hals und sie begann zu schreien. «Ich bin eine Göttin und Königin, du wirst es nicht wagen, mich anzurühren!»

Niemand beachtete sie, und Meren schaute Nefer an. «Bin ich vollkommen frei in meinem Handeln, Majestät, oder ist es Euer Wille, dass ich Gnade und Mitleid walten lasse?»

«Sie ist dein, ohne Vorbehalt. Ihr Leben gehört dir.»

Meren lockerte das Schwert in der Scheide, straffte die goldene Kette um Heserets Hals und zog sie aus dem Zelt. Sie keifte und zeterte immer noch, doch niemand nahm davon Notiz, und niemand folgte Meren.

Sie saßen schweigend da und hörten durch das Zelttuch, wie Heseret heulte, flehte und fluchte. Dann war es plötzlich still, und sie hielten den Atem an. Schließlich ein kurzer, schneidender Schrei und dann wieder Stille, Totenstille.

Mintaka hielt sich die Hände vors Gesicht, und Nefer machte mit seiner rechten Hand das Zeichen gegen das Böse. Die anderen husteten und rutschten auf ihren Sitzen herum.

Dann flog die Zeltklappe auf, und Meren kam herein. In der Rechten trug er sein nacktes Schwert. «Majestät, das Urteil ist vollstreckt.» Mit der Linken hielt er den abgeschlagenen Kopf Heserets, der Witwe des Naja Kiafan, an den Haaren hoch, seine Finger tief darin vergraben.

Es dauerte noch fünf Tage, bis Mintaka sich so weit erholt hatte, dass sie die lange Rückfahrt nach Avaris antreten konnte, und selbst dann bestanden Taita und Nefer noch darauf, dass sie in einer Sänfte reiste, damit sie nicht unter den Unebenheiten der Straße zu leiden hatte. Sie reisten langsam, und erst nach fünfzehn Tagen sahen sie vom Rand der trockenen Hochebene aus das weite, grüne Niltal vor sich.

Nefer half Mintaka aus ihrer Sänfte, und sie setzten sich zusammen ein Stück abseits der Straße, wo sie den Augenblick der Heimkehr allein genießen konnten. Nach kurzer Zeit stand Nefer wieder auf und schaute den beiden Gestalten entgegen, die sich ihnen näherten.

«Was ist, mein Herz?», fragte Mintaka.

«Wir haben Besuch», sagte Nefer geheimnisvoll, doch als Mintaka ihrem Unmut über die Störung Ausdruck gab, beruhigte er sie: «Diese Besucher sind stets willkommen.»

Schließlich lächelte sie, als sie das eigenartige Paar erkannte, das auf sie zukam. «Taita. Und Meren! Was tut er nur in diesem seltsamen Aufzug?»

Taita und Meren waren in einfache lange Hemden gekleidet und hatten schlichte Sandalen an den Füßen. Auf dem Rücken trugen sie die kleinen Ledersäcke, mit denen heilige Männer durch die Wildnis zu pilgern pflegten.

«Wir kommen, euch Lebewohl zu sagen», sagte Taita.

«Du wirst mich doch jetzt nicht verlassen», rief Nefer empört. «Willst du nicht bei meiner Krönung dabei sein?»

«Deine Krönung war auf dem Schachtfeld von Ismailia», erklärte Taita.

«Doch was wird aus unserer Hochzeit?», fragte Mintaka besorgt. «Ihr müsst wenigstens zu unserer Hochzeit kommen.»

«Eure Hochzeit war vor langer Zeit», lächelte Taita, «vielleicht schon am Tag eurer Geburt, als die Götter euch füreinander bestimmten.»

«Und du, Meren, mein Bruder der Roten Straße, mein liebster Freund, was ist mit dir?»

«Es gibt hier nichts mehr für mich, jetzt, wo Merikara tot ist. Ich werde mit Taita gehen.»

Nefer wusste, dass es nichts mehr zu sagen gab. Weitere Worte hätten den Augenblick nur entwürdigt. Er fragte nicht einmal, wohin sie gehen wollten. Vielleicht wussten sie es selbst nicht.

Er umarmte und küsste sie. Dann blieb er mit Mintaka zurück, und sie schauten ihnen traurig nach, bis die Umrisse der beiden Pilger in der gelbbraunen Ferne verschwunden waren.

«Sie haben uns nicht wirklich verlassen», flüsterte Mintaka.

«Nein», sagte Nefer, «sie werden immer bei uns sein.»

Die Hohepriesterin und fünfzig Novizinnen des Tempels der Hathor geleiteten Prinzessin Mintaka Apepi zu ihrer Hochzeit mit Pharao Nefer Seti.

Sie standen alle auf der Terrasse des Palasts von Theben, hoch über den braunen Fluten des Nils. Es war die Jahreszeit des Hochwassers und der Erneuerung für alles, was lebte in Ägypten.

Mintaka hatte sich längst von ihren Verletzungen und Qualen erholt, und ihre Schönheit war vollkommen, doch in diesem Augenblick der Freude war sie noch zehnmal schöner als sonst.

Ganz Ägypten schien zu ihrer Hochzeit erschienen zu sein. Menschenmassen säumten die Nilufer, so weit das Auge reichte. Der Jubelruf, der sich erhob, als das königliche Paar sich umarmte und die Krüge, gefüllt mit Nilwasser, zerschlug, musste die Götter selbst aufgeschreckt haben. Und als Nefer Seti seine neue Königin an der Hand hinausführte und dem Volk präsentierte, fielen alle auf die Knie und weinten und beteuerten ihre Treue und Liebe zu Nefer Seti und Mintaka.

Plötzlich legte sich tiefes Schweigen über die Menschenmenge und alle blickten zum Himmel zu dem winzigen dunklen Punkt, der hoch über dem Palast kreiste.

In der Stille war ein wilder, einsamer Schrei zu hören, der Schrei eines Königsfalken. Nun stürzte der Vogel aus blauer Höhe senkrecht auf Nefer herab, bis er kurz vor dem Aufprall seine Schwingen ausbreitete und über der hoch gewachsenen Gestalt des Pharaos schwebte. Nefer hob seinen rechten Arm, und der majestätische Vogel landete sanft wie eine Feder auf seiner Faust.

Das Wunder war für alle sichtbar. Aus zehntausend Kehlen kam ein Laut wie das Rauschen des Ozeans. Doch Nefer hatte nur Augen für den schmalen Goldring am rechten Bein des Vogels, kurz über den mächtigen Krallen. In den Ring war ein Emblem eingraviert, und Nefer blieb fast das Herz stehen, als er es erkannte.

«Die königliche Kartusche», flüsterte er. «Es war kein wilder Vogel, der uns geleitet hat. Es ist Nefertem, der Falke meines Vaters. Deshalb hat er sich so oft gezeigt, wenn die Gefahr am größten war, um mich zu warnen und zu führen. Er ist der Geist meines Vaters.»

«Und nun ist er gekommen, um vor aller Welt zu bezeugen, dass du der wirkliche König bist.» Mintaka schaute zu ihm auf, strahlend vor Stolz und Liebe.